Der Sommer der Frauen

ECON Unterhaltung

Die Fishers sind eine normale, nette Familie. Gully und Geneva Fisher sind seit fast fünfzig Jahren verheiratet. Von ihren Zwillingssöhnen führt Michael mit seiner Frau Ursula ein beschauliches Mittelklasseleben. Fish, sein Bruder dagegen, mußte in den Vietnamkrieg; seit dieser Zeit gilt er als verkrachte Existenz. Seine Frau Katie will sich von ihm scheiden lassen, doch Fish ist nicht allein mit seinen Problemen. Die goldene Hochzeit der Eltern wird zur großen Abrechnung mit der Vergangenheit, und es zeigt sich, daß die Frauen der Familie die Fäden spinnen.

Sandra Scofield hat sich in den USA durch ihre eher stillen, sehr einfühlsamen Romane einen Namen gemacht. Sie erhielt bisher zahlreiche Preise, unter anderem den New American Fiction Award und den American Book Award.

Sandra Scofield

Der Sommer der Frauen

Roman

Aus dem Amerikanischen von
Dr. Eva Malsch

ECON Taschenbuch Verlag

Veröffentlicht im ECON Taschenbuch Verlag
Neuausgabe 1997

First published by The Permanent Press, New York
Titel des amerikanischen Originals: Beyond Deserving
Aus dem Amerikanischen übersetzt von Dr. Eva Malsch
Umschlaggestaltung: Init GmbH, Bielefeld
Titelabbildung: Reiner Tintel
Druck und Bindearbeiten: Ebner Ulm
Printed in Germany
ISBN 3-612-27319-1

In Erinnerung an Al Scofield
und für die, die ihn liebten

Für Judy Griswold

Und für Bill und Jessica,
die es möglich machten

Die Unterstützung des National Endowment for the Arts
möchte ich dankend erwähnen.

I'll be home soon. Will you understand
if not forgive
that I expect to be loved
beyond deserving, as always?

– Stephen Dunn, »Letter Home«

Teil I

Zwischen Traum und Wirklichkeit

1978

1

Katie hatte bereits geplant, mit dem Baby nach Texas zu ziehen. Das hatte gar nichts damit zu tun, daß Fisher sie geschlagen hatte. Auf keinen Fall würde sie sich anders besinnen – obwohl er geweint hatte, als sie morgens mit blauen Augen aufgewacht war. Er behauptete, vor lauter Reue habe er die ganze Nacht keinen Schlaf gefunden und überlegt, ob er sich umbringen solle. (In Wirklichkeit hatte er seinen Rausch ausgeschlafen und laut geschnarcht.) Natürlich würde sie ihre Mutter belügen müssen. Die würde ihr nicht glauben, also mußte Katie ihn verteidigen, wie sie es immer getan hatte, wenn er es auch nicht mehr verdiente.

Es war das erste Mal, daß er sie geschlagen hatte, falls man ein paar vorangegangene Knüffe nicht mitzählte. Einmal – 1969, lange vor der Hochzeit – hatten sie in Sausalito einen Kumpel von der Navy auf seinem Hausboot besucht. Fisher gab ihr an Deck einen Stoß, weil sie ihn angeschrien hatte, nicht so viel zu trinken, und dann ließ er sie mit der hochschwangeren Freundin seines Kameraden allein. Dieser Angriff brachte sie zum Schweigen und erschreckte sie da draußen im Dunkel. In ihrer Wut wäre sie beinahe mit dem Bus allein nach Hause gefahren. Aber die Freundin des Kumpels, vor der Hinwendung zu Jesus ein LSD-Freak, erklärte ihr, die Jungs würden immer noch an all den Killer-Vibrationen leiden. Nur mit Gebeten und Liebe könne man sie davon befreien. Den Großteil des Kriegs seien sie in seichten Gewässern gewesen, und das reale Leben erscheine ihnen furchtbar tief. Aber Jesus würde sie alle an der Oberfläche festhalten.

Katie sorgte sich da draußen auf dem Wasser ohne das Ruderboot. Als sie sich das überlegte, erkannte sie, daß das andere Mädchen schon länger nachdachte. Hätte Katie über einen gewissen Weitblick verfügt, wäre sie mit dem Bus heimgefahren. Aber der gesunde Menschenverstand sagte ihr, Fisher würde sie nicht vor der Küste treiben lassen, hundert Meter von einer Disco entfernt, sobald er genug von dem bekommen hatte, was er wollte und weswegen er verschwunden war. Klar, er hatte alles wieder gutgemacht. Zu Mittag war er mit Croissants und Eiern aufgetaucht, briet ihr ein Omelett und entschuldigte sein Verhalten mit zeitweiligem Irrsinn. Dann war er mit ihr an Deck gegangen – sie erinnerte sich immer noch an den Geruch des Kiesstrands und des Wassers und den Möwenkot zu ihren Füßen – und hatte ihr schüchtern einen dicken Joint angeboten. »Auf Gesten verstehe ich mich besser als auf Worte«, erklärte er, und ein Grinsen umspielte seine Mundwinkel. Katie erlag seinem tolpatschigen Charme und wünschte, er würde ihn öfter zeigen und das Lächeln wäre echt. Sie rauchte ein bißchen mit ihm, danach führte er sie wieder hinein, und ihr Herz glich einem gefangenen Vogel, dessen Flügel gegen die Rippen schlugen.

Der nächste Angriff lag noch gar nicht so lange zurück, und das machte alles noch schlimmer. Denn nun sah sie einen Zusammenhang zwischen dem damaligen Ereignis und dem jetzigen – eine Eskalation der Gewalt, über die sie nachdenken mußte, ehe sie eine Entscheidung traf.

Er war aus einer Bar gekommen, wo er bei einem Henkelkrug Oly ein paar Riesenarschlöcher hatte sagen hören, die Soldaten in Vietnam seien feige gewesen und die Hälfte davon würde nun durchdrehen. Irgendein Bursche hatte seine Frau und dann sich selber erschossen. Die Zeitung brachte eine Artikelreihe, die dieses Syndrom erläutern sollte. In der Stadtmitte, in einer schäbigen Gegend bei der Brinside Bridge, hatte man ein Center für die betroffenen Typen eröffnet. Katie und Fisher gingen immer dran vorbei, wenn sie ihr thailändisches Lieblingsrestaurant besuchten. »Alles nur Mist«, pflegte er zu murmeln. Acht Jahre zuvor war er aus Asien zurückgekehrt. Während die Jungs aus der Bar noch zur Junior High-School gegangen waren, hatte er sich im Mekong-Delta herumgetrieben, eine Dschunke nach der anderen eingenommen, manchmal Hunderte an einem Tag, und Bambuskais überprüft, die ihn leicht hätten aufspießen können. »Babyfaschisten«, meinte er, »noch nicht trocken hinter den Ohren.«

Katie wollte mit ihm fühlen. Sie selber war während des Krieges nicht auf der Junior High-School, sondern irgendwo im Universum gewesen. Noch nicht einmal gewählt hatte sie damals. Sie war aus Texas nach Westen und dann nach Norden geflohen, ohne sich umzudrehen, so als hätte sie auf irgendeinem ausländischen Territorium ihre Sprache verloren. Dunkel entsann sie sich einiger Demonstrationen, die den alten Rosenparaden glichen. Die Fotos aus dem Krieg waren erstaunlich scharf, die Erinnerungen daran blieben deutlich: brennende, schreiende Kinder; der kleine Junge, der das Gesicht verzog, von einer Kugel in die Stirn getroffen. Das waren berühmte Fotos gewesen, sonst hätte Katie sie nicht bemerkt. Über Politik hatte sie nicht nachgedacht. Dafür fand sie zwischen der Schule und diversen Jobs als Kellnerin keine Zeit. Nur selten war sie mit Jungs ausgegangen, die sie nach der Arbeit eingeladen hatten, und jedesmal war sie für Diskussionen zu müde gewesen.

Jetzt bedeutete ihr der Krieg viel mehr, weil Fisher soviel davon mit nach Hause gebracht hatte und sich immer noch daran klammerte. Sie war informiert. In der *Time* hatte sie gelesen, nach dem Ende eines Krieges würde es Jahre dauern, bis gute Bücher und Filme darüber entstanden. Fishers Schwägerin Ursula, stets auf dem laufenden, behauptete sogar, man habe noch nicht einmal begonnen, Vietnam zu bewältigen. Manche Leute bräuchten sehr lange, um einen Sinn darin zu erkennen. Es sei kein guter Krieg gewesen, meinte Ursula. Und Katie glaubte, das würde bedeuten, daß es einem anfangs schwerfiele, Mitgefühl zu entwickeln, Wenn Fisher sich schlecht fühlte, versuchte sie, ebenso zu empfinden. Seine innere Qual stieg in ihr auf wie siedendes Unheil. Aber ihr war ohnehin schon übel von dem Baby in ihrem Bauch, und noch mehr Unruhe da drinnen ertrug sie nicht. Und statt das Richtige zu sagen, als er an jenem Abend heimkam, rülpste sie. Da versetzte er ihr einen Stoß. Wie ein Kartoffelsack fiel sie zu Boden, auf den dicken Bauch, wälzte sich stöhnend herum, gerade noch rechtzeitig, um Fisher aus der Tür stürmen zu sehen. *Ich erzähl's Ursula lieber nicht*, dachte sie. Ursulas Job bestand darin, auf Leute aufzupassen, die zu unvernünftig waren, um für sich selber zu sorgen. Sie erteilt ihnen Ratschläge, und Katie merkte, daß sie selber dringend eine solche Hilfe brauchte. Aber ihre Mutter hatte stets erklärt, an ihr sei jeder gute Rat verschwendet, und in diesem Fall wollte sie auch gar keinen hören, von niemandem.

Und diesmal hatte Fisher sie schlicht und einfach geschlagen. Sie saß auf dem hohen Stuhl neben dem Küchenherd, stillte das Baby, und er kam sehr spät nach Hause, stolpernd und grölend. Sie wußte es besser, als ihn zu fragen, wo er gewesen sei, warum er betrunken sei – obwohl er versprochen hatte, sich zu ändern, und fast drei Wochen lang nüchtern gewesen war, seit der Geburt des Kindes. Also sah sie nur auf und sagte: »Hi, Fish.« Dabei versuchte sie, eine verständnisvolle Ehefrauen- und Madonnenpose einzunehmen und trotz ihrer Nervosität zu lächeln. Es war spät, und sie wollte nicht, daß er irgend etwas zerbrach, die Nachbarn alarmierte oder das Baby erschreckte. Einmal hatte sie ihn angeschrien: »Hör mit der verdammten Sauferei auf, Fish!« Da hatte er einen Topf vom Herd genommen und durch das Küchenfenster geschleudert.

Jetzt lächelte sie, und er fauchte: »Warum grinst du?« Die warme, schwere Brust entblößt, fühlte sie sich sehr verlegen. Um das zu kompensieren, lächelte sie noch breiter, so wie früher in der Schule, wenn sie angebrüllt worden war, weil sie zu schnell gelesen hatte. Da schlug er sie mit der Faust – peng! – direkt zwischen die Augen. Er stand nicht weit weg, hatte den Arm nicht nach hinten geschwungen, nicht gezielt. Der Unterarm schoß einfach vor, wie ein losgelassenes Gummiband, und ihr Gesicht war zufällig im Weg. Später fragte sie sich, ob er ihren Mund hatte treffen wollen, um das Grinsen wegzuwischen. *Mein Gott*, dachte sie, *er hätte mir die Zähne einschlagen können.* Aber sie erinnerte sich deutlich. Wie ein Roboter hatte er den Arm ausgestreckt, ein wenig oberhalb ihrer Nase, zwischen die Augen, und sie war etwa eine

Armeslänge entfernt gewesen, minus fünf gräßlicher Zentimeter.

2

»Ich bin müde«, sagte sie, als sie in die Flughafenhalle kam. Ihre Mutter June und Tante Christine holten sie ab. Jahrelang war sie nicht daheim gewesen, und den Anblick der Ebene von der Luft aus hatte sie wie einen Schock empfunden. Sie hatte vergessen, wie flach dieses Gebiet war.

Wie sie sich vom Grundschulunterricht her entsann, hatten hier einmal wilde Büffel gelebt. Alle waren gejagt und erlegt worden. Jetzt wurde die Region nur mehr von Menschen bewohnt.

Beide Frauen sahen anders aus als in Katies Erinnerung. Die Mutter – sehr hübsch in Gloria-Vanderbilt-Jeans und einem taubenblauen Noppenpullover, mit präzisem Haarschnitt – wirkte eher wie vierzig nicht wie fünfzig, während die jüngere Christine eher einer Sechzigjährigen glich. Beide Schwestern waren innerhalb von fünfzehn Monaten Witwen geworden und nahmen ihren Verlust auf verschiedene Art hin. Christine war trotz ihres mürrischen Ehemanns, des knappen Budgets und ihrer kinderlosen Einsamkeit immer fröhlich gewesen und besaß eine besondere Begabung für kunstvoll glasierte Torten. Katie hatte geglaubt, in ihrer neuen Freiheit würde die Tante aufblühen, joggen oder vielleicht an Kursen teilnehmen. Aber da stand sie mit strähnigem Haar, dickem Bauch und gequältem Lächeln. Katies Mutter hatte den Vater geliebt (niemals die Tochter!), und Katie hatte gedacht, June würde ohne ihn dahinwelken. Aber nein, sie war frisch und munter und attraktiv, so als wäre sie durch eine freundschaftliche Scheidung und nicht durch eine Herzattacke von ihrem Mann getrennt worden. Katie blickte in das Gesicht einer Fremden mit geheimnisvollem Schicksal. Was die Eltern einander wirklich bedeutet hatten, wußte sie nicht – nur, daß für sie selbst nicht viel übriggeblieben war.

Im Auto erzählte sie, wie sie das Haus durch die Hintertür verlassen hatte, um Fisher zum Abendessen zu rufen. Sie war um die Ecke gebogen und er aus der anderen Richtung gekommen, ein Stück Holz in der Hand. »Es war so dumm von mir«, fügte sie hinzu, und Tante Christine stöhnte entsetzt.

»Ein Glück, daß du das Baby nicht im Arm hattest.«

»Dann wäre er vielleicht ein bißchen vorsichtiger gewesen«, bemerkte June, die Hände fest um das Lenkrad gekrallt.

»Du meinst, er wäre an der imaginären Kreuzung stehengeblieben oder hätte gehupt?« fragte Katie bissig. »Es war ungewöhnlich, daß ich hinausging und ihn rief. Es regnete, und wenn ich jetzt dran denke, kann ich mir nicht vorstellen, warum ich überhaupt raus bin.« Schuldgefühle trieben ihr das Blut in die Wangen, so wie immer, wenn sie mit ihrer Mutter debattierte. Die Geschichte war so einfach. »Das Baby schlief. Es kam mir so vor, als wäre ich seit der Entlassung aus der Klinik in meinen vier Wänden gewesen. Vielleicht lief ich deshalb hinaus – aus Platzangst.« Damit übertrug sie die Verantwortung von Fisher auf sich selbst und empfand eine gewisse Genugtuung. Es war so leicht gewesen, die Ereignisse zu schildern. Vorübergehend vergaß sie ihren dumpfen Groll gegen Fisher, obwohl sie den ganzen Tag, in Flugzeugen und Flughallen, daran gekaut hatte. Jetzt wurde dieses Gefühl vom sofortigen Konflikt mit der Mutter verdrängt. Sie verschwendeten wirklich keine Zeit. Schweigend steuerte June den Wagen, aber die Spannung war fast greifbar und wartete auf Worte. Wenn es keine neuen Gründe gab, so waren es alte, die immer wieder Funken zwischen ihnen zündeten.

»Ich bin so müde ...«, war das erste, was Katie im Haus sagte. Das Baby kreischte. Sie sank auf die Couch, öffnete die Bluse und den BH, um es zu stillen. Ihr gegenüber saß Mutters alter Onkel Dayton in einem Lehnstuhl, lächelte und nickte hinter blinder Gebrechlichkeit. Das Baby saugte an der Brust, und Katie schloß die Augen. In ihren Schläfen pochte es. Nur zu gut wußte sie, wie sehr sie die Mutter und die Tante mit ihrem Veilchengesicht schockiert haben mußte.

Sie dachte an Fisher, aber ihr fehlte die nötige Kraft, um sich an die Entscheidungen zu erinnern, die sie in dieser Hinsicht treffen mußte. Dieses alles hatte sie wie einen Koffer mitgebracht, der darauf wartete, ausgepackt zu werden. Wenn sie ihn ignorierte, würde sie ihn ungeöffnet wieder mitnehmen. In ihren Gedanken kam Fisher ihr so flach wie ein Foto vor. Ja, genauso, als hätte sie ein Foto vor sich, sah sie ihn auf dem Dach des langgestreckten Wellblechlagerhauses hocken, wo er arbeitete. In dieser Jahreszeit setzte in Portland oft der typische Nieselregen ein. Man konnte so leicht ausrutschen und fallen, und er war ein unvorsichtiger Mann. Sie sah ihn wie eine Daunenfeder aus einem Kissen zum Pflaster hinabschweben.

Sie nickte ein. Das Unterbewußtsein würde ihr Träume schicken – gleißende, wilde Träume, die ihr auswichen, wenn sie wach wurde. Seit vielen Monaten wurde sie von ihnen heimgesucht, und sie hieß sie mittlerweile fast willkommen. Durch ihre Berechenbarkeit waren sie erträglich. Oft versank sie so schnell im Schlaf, als wäre sie von einer Gehsteigkante abgerutscht. Ein Traum sog sie in sich hinein, spuckte sie wieder aus, und sie kehrte erschöpft ins Bewußtsein zurück. Wenn sie nicht dagegen ankämpfte, konnte sie danach wieder schlafen und Ruhe finden. Wie sehr hatte sie in letzter Zeit gewünscht, die Dinge hätten ein System, ein gutes oder schlechtes – die Mahlzeiten, der Schlaf, die Streitereien ... Fisher tat ihr den Gefallen nicht. Er plante nichts, wandte keine bestimmten Tricks an, um sie aufzuregen und fertigzumachen. Niemals wußte sie, was sie von ihm erwarten sollte, weil er es selber nicht wußte.

Ehe der Schmerz kam, empfand man Liebe. Sehr schnell lernte sie die Rolle des Opfers, brillierte geradezu, wenn sie sich schikanieren ließ. In diesem Drama war sie eine Kollaborateurin. Manchmal provozierte sie ihn, um verletzt zu werden. Als er noch Gras geraucht hatte (zusammen mit ihr), war es viel besser gewesen. Aber er haßte das Spiel, das man mit den Dealern spielen mußte, und einmal hatte es Ärger mit dem Gesetz gegeben. Er behauptete, Wein sei genausogut, aber das stimmte natürlich nicht. Der Wein schloß Katie aus. Sie verabscheute den Geruch, den Geschmack, die süße Klebrigkeit. Wenn sie zusammen *stoned* gewesen waren, hatten sie sich irgendwo an einem sicheren Ort verkrochen – gemeinsam. Manchmal redete er dann mit ihr, erzählte vom Wasser des Mekong – so seicht war es, daß man Boote erfinden mußte, um auf einer dünnen Luftschicht darüberzugleiten.

Sie erinnerte sich, wie sie auf dem Badezimmerboden gesessen und den schreienden, lachenden Freunden in der Küche gelauscht hatten, die Knie bis ans Kinn gezogen, die Blicke ineinandergetaucht. Und er erzählte, der ganze Krieg sei auf einer ähnlichen Wolke an ihm vorbeigezogen. Regen, immer nur Regen; Leichen, – »Ihre und unsere und solche, bei denen man nicht sicher sein konnte«.

Ein amorpher Tod im würgenden Dschungelgestank; alles schwebte, hielt einen zum Narren, und man schaute zu und alterte zusehends. Er war flußaufwärts gefahren, auf Kanälen und winzigen Wasseradern – ins Herz eines Alptraums namens Flußkrieg, ins Dschungeldickicht, wo Guerillas gelauert hatten. Er genoß es, die schwarzen Pyjamas des Volkes zu tragen, das die Amerikaner vernichteten, kleiner, zäher Leute, die verstohlen durch die Wildnis schlichen. Sogar die Kinder hatten gekämpft.

Katie erinnerte sich, wie heftig während dieser Schilderungen der Puls in ihrem Hals gepocht hatte, wie heiß es in dem kleinen Raum gewesen war. Sie lag am Boden, die Wange ans Porzellan der Toilette gelehnt, und Fisher legte sich neben sie und sagte: »Eines Tages werden wir wirklich alt sein, und ich werde dir alles erzählt haben.« *Das wäre ein guter Zeitpunkt zum Sterben*, hatte sie gedacht und war glücklich gewesen.

Irgend jemand brachte ihr eine Decke, zog ihr die Schuhe aus und stellte einen Verdampfer auf. Die Mutter nahm ihr das Baby ab. »Ich habe das Bettchen aufgestellt.« Nach ein paar Minuten kehrte sie zurück, legte einen feuchten heißen Lappen über Katies Augen, dann einen kalten. Immer wieder wurden die Tücher ausgewechselt. Katie glaubte sich allmählich aufzulösen.

3

Beide besaßen ein bißchen Geld, als sie sich kennenlernten. Sie wurde im Freundeskreis aufgenommen, der vor Fishers Kriegsdienst entstanden war. Seine Freunde kamen gern in die Bar, in der sie arbeitete und deren Besitzer eines Tages erklärte, er wolle Bürgermeister werden. Sie halfen Katie, ein besseres Zimmer zu finden, und versuchten sie dazu zu überreden, auf dem College zu bleiben, trotz der schweren Zeiten. (Ursula sagte, sie verwahre in irgendwelchen Schubladen alte Studienunterlagen.) Aber als sie vom College abging und erklärte, es sei sinnlos, sie habe keine Ambitionen, hielten die Freunde auch zu ihr. Manche schlossen ihr Studium ab, wurden Sozialarbeiter, Postbeamte, Landvermesser und Lehrer. Sie zogen in Häuser und bekamen Kinder. (Später übersiedelten einige aufs Land.) Fishers Zwillingsbruder Michael und seine Frau Ursula stellten einen Planeten inmitten vieler Monde dar. Wenn irgend jemand wußte, wo die anderen waren, dann nur Michael und Ursula. Und sie wußten zahllose Geschichten zu erzählen.

Manche hörten wie Katie zu studieren auf. Der bärenstarke Winston, jedermanns Vertrauter (er zeigte soviel Begeisterung für die Schicksale der Freunde), fuhr einen Schulbus und ging für ein halbes Jahr nach Salt Lake, um Ahnenforschung zu betreiben. Katie bekam einen besseren Job in einer Imbißbude und sparte Geld, weil sie den Winter in Mexiko verbringen wollte. Damals kehrte Fisher nach Hause zurück. Er besuchte mit seinem Bruder die Imbißbude, wo sie Kabeljau aßen und Bier tranken, und wartete auf das Ende von Katies Schicht. Er berichtete, von seiner Tour sei Geld übriggeblieben, denn abgesehen vom Hin- und Rückweg habe er keine Möglichkeit gesehen, irgendwas auszugeben. Nun wohnte er in Michaels Keller, holte sie regelmäßig von der Arbeit ab, sprudelte geradezu über vor meist komischen Geschichten über die Leute, die er während der letzten vier Jahre getroffen hatte. Annäherungsversuche unternahm er keine, schaute ihr nur bei der Arbeit zu. Eines Abends zeigte er ihr zwei Kameras und zwei Radios. Einen Fotoapparat schenkte er ihr, den anderen verkaufte er, und sie merkte, wie sich die Beziehung allmählich festigte. Eines der Radios war ausgeräumt und mit Hasch vollgestopft worden. Auch das verkaufte er, oder zumindest den Großteil. Danach holte er aus der Innenstadt ein ehemaliges Grand-Prix-Auto. Es gehörte einem Hockeyspieler, der es zu seiner Mutter bringen lassen wollte. Fisher erklärte Katie – sie hatten sich noch immer nicht angerührt –, er halte es für eine gute Idee, daß sie nach Mexiko wolle. Ihr gefiel es, daß er voraussetzte, sie würden die Reise gemeinsam machen. Zuvor hatte sie beabsichtigt, mit dem Bus hinzufahren. Später erkannte sie in Fishers Plan eine seiner bisher kühnsten Aktivitäten. Noch nie hatte er sich mit Frauen eingelassen, abgesehen von Asien, wo sie sanftmütig und er, ein Amerikaner, als etwas Besonderes gegolten hatte.

Wie die Verrückten fuhren sie im Auto eines Fremden die kalifornische Küstenstraße hinab, erzählten einander Geschichten über erfundene Leute und erfanden Geschichten über sich selbst. Er behauptete, das erste Mal habe er mit einer furchtbar dicken Frau gebumst und nicht feststellen können, ob er überhaupt richtig in ihr drin gewesen sein. Und Katie sagte, ihr erstes Erlebnis habe im Gebüsch hinter einem Studentenclubhaus von der Texas Tech stattgefunden. Das kam der Wahrheit ziemlich nahe, aber sie lachte und hoffte, er würde zumindest zweifeln. Jedenfalls deutete sie an, es sei nur ein Scherz.

Was konnte sie von einem Mann erwarten, der auf der Schwelle des Todes gestanden hatte? Es machte ihr nichts aus, fröhlich zu sein. Das war besser, als nur so zu tun. Sie dachte, er wäre auf Sex versessen. Für sie machte das keinen Unterschied, doch sie fand, ein Mann wäre einer Frau für jedesmal etwas schuldig – ein wenig Konversation, ein bißchen Aufmerksamkeit. Eine gewisse Erinnerung, wenn er ging – oder wenn sie ging.

Katie bewahrte fast nur böse Erinnerungen. Sie hatte noch keine Männer wirklich gut gekannt und stets angenommen, sie würden sie schlecht behandeln.

An der mexikanischen Grenze versank Fisher in tiefem Schweigen. Als er ihren fragenden Blick bemerkte, erklärte er, an den Gedanken, *hier* zu sein und nicht mehr *dort*, müsse er sich erst gewöhnen. Er glaube aber, es würde ihm helfen, sich wieder im Ausland aufzuhalten, in einem Land, das nicht in einen widerlichen Krieg verstrickt war. Dann saßen sie in einem mexikanischen Bus, und Katies Neugier wuchs. »Wenn ich das Meer sehe, wird's mir bessergehen«, versprach er. Danach sagte er anderthalb Tage kein einziges Wort, und sie vergaß, was sie über ihn wissen wollte. Sie verstand es schon immer, Abstand zu halten. An den Bushaltestellen kaufte sie Süßigkeiten und Bier, und er nahm alles entgegen, ohne sie anzusehen. Sie fand ihn exotisch, seine Nervenschwäche faszinierte sie. Seit der Pubertät war sie oft ängstlich gewesen. Von Depressionen wußte sie nicht viel.

Am ersten Abend in Mazatlán änderte sich seine Stimmung. Sie hatten ein Zimmer in einem anständigen Hotel genommen, aßen Hummer und wurden richtig high. »O Lady«, gurrte Fisher, zwei Finger in ihr drin, und die halbe Nacht lag noch vor ihnen. »Deine kugelsichere Weste ist offen, du blöde Scheißlady.« Sie glaubte, er würde in irgendeinem Traum schweben, und es störte sie nicht. Damals nahm sie die Kommunikation nicht so wichtig. *Jeder wacht irgendwann auf*, dachte sie, *auch aus einem Tiefschlaf*. Sie hielt Träume für Ereignisse, nicht für Zustände. Niemals vermutete sie, die Dinge, die man aus einem Traum mitnahm, könnten die handfesteren Teile des Erwachens wegfressen. Vom Unterwasserkrieg wußte sie nichts.

Mit dem Bus fuhren sie zu einem Dorf weiter unten an der Küste und mieteten eine strohgedeckte *Palapa*. Dort blieben sie wochenlang. Zum ersten Mal in ihrem Leben glaubte Katie, glücklich zu sein. Eines Morgens wanderten sie in der Hitze über einen Hügel zu einem schönen Strand unterhalb eines Orangenhains. Sie saß auf einem Handtuch, während Fisher in die Brandung watete. Gerade hatte er ihr zugerufen, sie solle mit ihm schwimmen, als sie die Mexikaner am Rand des Orangenhains entdeckte. Aneinandergereiht hockten sie unter den Bäumen. »Komm zurück!« schrie sie. »Hier gefällt's mir nicht!« Er machte sich über sie lustig, aber sie bat ihn, zu ihr zurückzukehren, und zeigte auf die Mexikaner, die wie Statuen dasaßen. Seufzend erwiderte er, sie sei albern, stieg aber mit ihr den Hang hinauf. Während sie an den *Campesinos* vorbeigingen, geriet deren Reihe in Bewegung, dann standen alle auf und entfernten sich. »Was wollten sie?« wisperte Katie.

»Nichts«, entgegnete Fisher. Als der Hügel hinter ihnen lag, wiederholte sie ihre Frage. »In diesem Wasser gibt's gefährliche Strömungen«, erklärte er. »Die Leute haben nur abgewartet, ob wir absaufen.«

Sie bekam Durchfall, konnte ihn nicht loswerden, und

so flog sie von Mazatlán aus zu ihren Eltern nach Texas. In Dads Autoreifenhandlung war Hochsaison. Nach ihrer Genesung verfrachtete er sie ans Telefon. Sie rief Leute an, die vor ein oder zwei Jahren Reifen gekauft hatten, frischte ihren texanischen Akzent auf und machte gute Geschäfte.

Jeden Abend kochte die Mutter Fleisch mit Kartoffelbrei, und der Vater kam spät nach Hause. »Wenn er jeden Abend um diese Zeit kommt, ist es nicht wirklich spät, oder?« fragte sie ihre Mutter. June brach in Tränen aus, weigerte sich aber, darüber zu reden.

Dann tauchte Fisher in einem anderen Auto auf. Katie kaufte im Drugstore ein Mixgerät für ihre Mutter und stellte es mit einem Dankeskärtchen auf die Küchentheke. Auf dem Weg aus der Stadt fuhren sie an der Autoreifenhandlung vorbei, aber der Vater war nicht da, und sie wollten nicht warten. Sie sah ihn nie wieder.

Am nächsten Tag wurde ihr bewußt, wie wenig sie mit Fisher verband. Sie wußten nicht einmal voneinander, wie alt sie waren. Als sie aus Mexiko abgereist war, die Hände auf den Bauch gepreßt, hatte er sie beim Abschied kaum angeschaut. Jetzt fuhren sie zu einem Freund, der vielleicht in Mill Valley oder vielleicht in Sausalito wohnte. Völlig verrückt ... Inzwischen hatten sie Arizona erreicht, und Katie konnte nichts anderes tun, als die Landkarte lesen und das Radio einstellen. Auf einem Rastplatz, kurz nach Einbruch der Dunkelheit, liebten sie sich auf dem Rücksitz des Oldtimers. Ein feuchter Fleck blieb auf der taubengrauen Polsterung zurück. Sie fand das schrecklich – eine Beschädigung fremden Eigentums. Möglicherweise würde es niemand merken. Aber wenn man Liebe machte – oder andererseits extrem gräßliche Dinge –, hinterließ man unweigerlich

Spuren. Sie wußte nicht, wie sie es erklären sollte, hatte nie versucht, es in Worte zu fassen. Damals kannte sie noch nicht einmal das Wort *Karma*. Es war einfach nur eine ihrer Ideen, für die ihr das Vokabular fehlte. Sie fragte sich, ob irgend jemand, der nicht fernsah oder nicht gern las, auch auf solche Gedanken kam. Füllten die Leute ihre Gehirne, oder liefen sie mit leeren Köpfen herum? Das Wichtigste an dieser besonderen Idee war die spätere Hilfe bei moralischen Entscheidungen, wann immer sie sich an jenen Abend erinnerte. Zum Beispiel wußte sie, daß sie einen Krieg niemals überlebt hätte. Nie wäre es ihr gelungen, »sie« und »uns« auseinanderzuhalten.

Wieder auf dem Highway, dachte sie weiterhin nach und entschied, falls das Image eines Menschen aus Intensität bestünde, würde nirgends irgend etwas von ihr zu finden sein. Konstante Verzweiflung begleitete sie, leise und stetig wie das Schnurren einer Katze. Das Gefühl hielt sie in Gang, machte sie aber nicht interessanter. Sie begriff nicht, was Fisher an ihr gefiel, abgesehen von ihrer Verfügbarkeit. Das mochte ihn anfangs zu ihr hingezogen haben, würde ihn aber nicht an sie binden. Wenn es sonst nichts gab zwischen zwei Menschen – was vereinte sie dann? Für sie bestand Fisher aus Geheimnissen, und sie glaubte, in seinem Innern wäre das Schnurren viel lauter als in ihrem. Es lag nicht nur daran, daß er ein Mann war – keineswegs, sondern vor allem daran, daß er an einem Ort gewesen war, der zählte, den sie sich nicht einmal vorstellen konnte, an den zu denken er sie zwang, obwohl sie sich nie zuvor damit befaßt hatte. Als er erklärte, es störe ihn nicht, während ihrer Periode mit ihr zu schlafen, verschwieg sie ihre Antwort, dies sei nur fair, denn manchmal glaubte sie, Blut an ihm zu riechen.

Endlich brachte sie den Mut auf, ihn zu fragen: »Was war am schlimmsten im Krieg?« Er erwiderte, das Schrecklichste habe er in einer Bar in Oakland erlebt, kurz vor der Abreise nach Vietnam. Ein betrunkener Junge von der Navy habe einen anderen aufgefordert, ihn zu bumsen, mitten in der Bar. Bevor Fisher sein Bier ausgetrunken hatte, waren Bullen und Militärpolizisten über den Kleinen hergefallen, um diesen Scheiß aus ihm rauszuprügeln.

»Großer Gott, Fish, was hättest du denn tun können!« rief Katie. So lange hatte sie gewartet, ehe sie imstande gewesen war, ihre Frage zu stellen. Jetzt wollte sie sich nicht auf diese Weise abfertigen lassen. »Und der verdammte Krieg?« Sie haßte Andeutungen und Metaphern, alle Lügen, die keine unverkennbaren Phantasien waren. Ausgerechnet sie, die wandelnde Doppeldeutigkeit ...

»Ich habe einfach nur zugeschaut«, antwortete Fisher.

4

Sie stillte Rhea im Morgengrauen. Jemand hatte ihr das weinende Baby in die Arme gelegt und sie gerüttelt. »Katie, Katie, das Kind ist hungrig.« Wann hatte sie sich ausgezogen? Sie wußte es nicht. Sie strich über ihre Hüfte, spürte ein Flanellnachthemd, das wahrscheinlich Christine gehörte. Die Mutter trug nur Pyjamas.

Das Baby brüllte wie am Spieß, und ein paar Sekunden lang ärgerte sie sich, weil sie so gierig benutzt wurde. Dann ging das gurgelnde Saugen in einen intensiven Rhythmus über, den sie in der Brust und im Hals und im

Unterleib fühlte. Fisher hatte sie beim Stillen beobachtet, aber nie einen Kommentar dazu abgegeben.

Als der Hunger des Babys nachließ, streichelte es ihre Brust, und sie legte die freie Hand über den weichen Flaum am Köpfchen. Obwohl der winzige Mund nur mehr ganz sanft an der Brustwarze saugte, empfand Katie eine schwache Spur von Feindseligkeit unter ihren Fingern. Was für Möglichkeiten ... Schaudernd zog sie ihre Hand zurück. Die Mutter sah es, brachte das Kind rasch weg, und Katie schlief wieder ein – ausnahmsweise, ohne über den Standort des Betts nachzudenken. Sie schlummerte unter ihren Träumen.

Beim Erwachen ging es ihr besser, doch sie wollte nicht aufstehen. Wieder ein Kind sein, das Baby, nicht die Mutter – wie verrückt sie sich danach sehnte ... Zuflucht, Beistand, Rückzug – lauter erstrebenswerte Dinge. Als die Mutter vorschlug, das Kinderbettchen ins Wohnzimmer zu stellen, stimmte Katie erleichtert zu.

Später kehrte June zurück und verkündete, da sei ein Anruf. »Es ist Fish«, fügte sie angewidert hinzu. Er sprach in fast unhörbarer Monotonie, hatte nichts zu sagen. Wie Katie wußte, war dieses Telefonat das Äußerste, was sie anstatt einer Entschuldigung erwarten durfte, aber es genügte ihr nicht. Niemals würde sie die Initiative ergreifen. Nun, immerhin hatte er angerufen. »Wie geht's deiner Mutter?« Eine dumme Frage.

»Da kann ich nur die Achseln zucken«, entgegnete sie. June stand an der Küchentheke, am anderen Ende des Raums, und schnitt Pilze klein.

»Ist sie da?« wollte er wissen. Die kurzfristige Konzentration auf eine dritte Person – Katie hatte sie in zahlreichen Geschichten voll sanfter Bosheit angeschwärzt – brachte sie einander etwas näher. Sie gab ein wenig nach.

»Beide sind ganz verrückt nach dem Baby.« Was anderes fiel ihr nicht ein.

»Weißt du schon, wie lange du dortbleiben wirst?« Für diese Frage brauchte er einen gewissen Mut. Am Flughafen hatte sie sich nicht von ihm anfassen lassen und betont, nach dieser langen Zeit sei ihr die hoffnungslose Situation endlich klargeworden. Er war ein Trunkenbold und ein Monstrum. Fügsam wie ein Schoßhündchen stand er da, während sie ihn anfauchte. Sie wünschte, er würde irgend etwas Niederträchtiges tun und sie mit Treibstoff für die Reise versorgen, aber er war zu müde oder zu gleichgültig, um sich von ihr reizen zu lassen. Statt dessen ließ er die Schultern hängen wie ein Obstpflücker nach einem langen Arbeitstag. Das rührte sie nicht. In aller Entschiedenheit beabsichtigte sie, ihn zu verlassen. Vielleicht hatte sie es schon längst getan und unternahm die Reise nur zufällig.

»Wir haben kaum miteinander geredet«, meinte sie nun. »Ich weiß nicht, wie lange ich brauche.« Die letzten Worte rutschten ihr heraus. Ihre Mutter sah neugierig von den Pilzen auf. Oh, warum mußten sie immer in Rätseln sprechen? »Ich werde dir schreiben«, fuhr Katie mit schwacher Stimme fort.

Am nächsten Morgen kehrte June in ihren Alltag zurück. Sie besaß ein kleines Modegeschäft, das sie um neun öffnete. Gegen vier pflegte sie heimzukommen. Sie erklärte, solange Katie hier sei, wolle sie auch zum Lunch erscheinen. Christine kümmerte sich um den Haushalt und ging einkaufen, versorgte Onkel Dayton und jetzt auch das Baby. Währenddessen blieb Katie im Bett, las alte Zeitschriften und manikürte ihre Nägel. Sie beschloß, über ihre Ehe nachzudenken, die Jahre mit Fisher, einen Sinn darin zu finden. Aber dann war es plötzlich Zeit fürs Mittagessen oder eine Tasse Tee mit Christine, für ein Schläfchen, oder das Baby mußte gestillt werden.

Und so fing sie nicht einmal an, richtig nachzudenken. Sie kam immer nur bis zu jener langen Fahrt, die kalifornische Küste hinab, im Auto eines Fremden. Auf welche Weise Fisher das Vertrauen eines reichen Sportlers erworben und den Auftrag bekommen hatte, den Wagen zu überführen, konnte sie sich nicht vorstellen. Sie hatten viel gelacht. Während er gefahren war, hatte sie den Kopf in seinen Schoß gelegt, um festzustellen, ob es ihr gelingen würde, ihn zu schockieren.

Christine kam ins Zimmer, um sich mit ihr zu unterhalten. Sie hatte an einer Steppdecke gestichelt. Katie bewunderte das kunstvolle texanische Muster der Decke auf ihrem Bett, die ihre Großmutter angefertigt hatte. Die Tante gestand, sie habe kein Talent dafür, es sei June, die nähen könne, wie sie wolle, und Katie habe diese Begabung geerbt. Aber Christine liebte es, verschiedene Stoffe unter den Fingern zu spüren. Und so stellte sie Steppdecken aus großen Quadraten her, die sie zusammennähte. Jetzt machte sie eine für Onkel Dayton, wegen seiner Kreislaufschwäche doppelt so dick wie normalerweise.

June kam zeitig nach Hause und rückte einen Stuhl an Katies Bett, so als wäre ihre Tochter eine Patientin in einem Pflegeheim. Sie kündigte an, sie wolle von Katies früher Kindheit erzählen. Das kleine Mädchen habe an heftigen Koliken gelitten, und damit sei sie, die Mutter, nicht gut zurechtgekommen. Christine war oft gekommen, um ihr zu helfen. Einmal hatte sie Katie in Christines Gegenwart geschlagen, und danach war die Tante eine Woche lang im Haus geblieben. »Ich sank ins Bett, und als ich eine Woche später aufstand, war ich wieder bei Verstand und natürlich sehr zerknirscht. Es ist furchtbar, ein winziges Baby zu schlagen, und ich tat es nie wieder.« Sie hörte zu reden auf, und Katie wartete auf die Moral der Geschichte. Ihre Mutter hatte immer eine Ermahnung parat. Vielleicht wollte die Mutter andeuten, sie verstehe Katies Gefühle, oder sie wollte sie wissen lassen, eine Woche sei das Limit.

Aber was Katie wirklich interessierte, war die Frage, wie oft die Mutter sie geschlagen hätte, wäre sie nicht durch die Erinnerung an jenen Zwischenfall daran gehindert worden. Eine Zeitlang schwiegen beide, und Katie erkannte, daß ihre Mutter keine Antwort geben würde, ohne aufgefordert zu werden, und fragen wollte sie nicht.

Schließlich bemerkte June: »Du weißt, daß ich Fisher niemals mochte.« Katies Gesicht war ausdruckslos. »Nicht nur, weil er herkam und dich einfach holte, wobei er nicht einmal die primitivsten Anstandsregeln beachtete.« Katie wußte, daß dies zu den Gründen zählte. »Und es liegt auch nicht daran, daß du in all den Jahren kein richtiges Zuhause hattest und daß es bis zur Hochzeit so lange dauerte ...«

»Woran genau liegt es, Mutter?« fiel Katie ihr ins Wort.

June warf ihr einen merkwürdigen Blick zu, in dem Katie Abscheu zu lesen glaubte. »Deine Beziehung zu Fisher hat dich kein bißchen verändert.«

»Und dafür machst du ihn verantwortlich?«

»Ich glaube, eine gute Beziehung würde dir helfen, erwachsen zu werden – und ein besserer Mensch. Anscheinend war Fisher außerstande, das zu bewirken. Und umgekehrt war's vermutlich genauso.«

Katie überlegte, ob sie wie eine Katze hochspringen und ihrer Mutter die Augen auskratzen sollte.

»Während du hier bist, solltest du darüber nachdenken«, fügte June hinzu, und Katie spürte, wie ihre Hände juckten.

»Über Fishers Mißlingen, eine reife Persönlichkeit aus mir zu machen?«

»Denk drüber nach, was du sein willst und was du bist.«

»Du bist unglaublich!« zischte Katie. Sie mußte verrückt gewesen sein, hierherzukommen.

»Nein. Ich bin ganz normal. Viele Leute, die kein Blatt vor den Mund nehmen, sind normal.«

Daß diese Kategorien überholt waren, wußte June nicht. Katie, die sich während der letzten Worte stocksteif aufgerichtet hatte, sank in die Kissen zurück. Zum Teufel mit ihrer Mutter! Sie schlug mit der Faust auf die Matratze. Natürlich hatte sie sich bereits gefragt, wie der Preis für die Gastfreundschaft aussehen würde. Sie hatte ein paar kleine Ratschläge bezüglich des Babys erwartet. Aber nein, sie sollte sich mit Alchimie befassen, etwas werden, was sie nicht war, wenn auch keine von beiden wußte, was sie überhaupt war.

5

Das Thema Hochzeit war zur Sprache gekommen, als Katie etwa ein Jahr lang mit Fisher zusammengelebt hatte. Nicht ihre und seine Hochzeit. Nur seine. Sie hörte ihn mit Winston über ein Mädchen in Bangkok reden, wo er vier Monate verbracht hatte. Beide lachten über

Fishers »erste Frau«, nannten sie »Papierlady«, »Blütensaft« und »Drachenfrau«. Sie hieß Chee Sum (oder Chum See? Jedenfalls so ähnlich).

Katie versuchte, das Gerede zu ignorieren, doch es ging ihr nicht aus dem Kopf. Schließlich konfrontierte sie Fisher damit. Er wollte ihr nichts erzählen. Ja, es habe ein Mädchen in Bangkok gegeben, aber keine Ehefrau. In dieser Stadt finde man die besten Restaurants der Welt, erwähnte er ausweichend. Da könne man fangfrischen Fisch essen – und Pfeffergerichte, die einem Tränen in die Augen trieben. Sie wollte wissen, was so komisch an dem Mädchen sei, und er entgegnete, das würde sie nicht verstehen, denn sie sei nicht dort gewesen.

Erbost wies sie ihn darauf hin, Winston sei auch nicht dort gewesen. Aber bei der Army, in Japan stationiert. »Augen hoch, Augen runter.« Fisher lachte. »Vergiß es, Katie. Mit dir hat das nichts zu tun. Und mit mir auch nicht mehr.«

Sie versuchte es zu vergessen, aber seine Mutter schickte ihm einen Brief aus Bangkok nach. Katie ertappte ihn bei der Lektüre des Schreibens, stellte Winston zur Rede und wollte hören, was er wußte. Er berichtete, irgendeine amtliche Zeremonie habe stattgefunden, um das Gesicht des Mädchens zu wahren. Ihr Vater hätte sie sonst nicht mehr daheim wohnen lassen. Er besaß eine Buslinie in Bangkok und führte ein luxuriöses Leben in einem schönen Haus am Stadtrand. Fisher verbrachte viel Zeit bei der Familie.

Auf Katies Frage, wo Fisher das Mädchen kennengelernt habe, antwortete Winston: »In einem Bordell.« Sie selbst sei keine Hure gewesen, dafür aber ihre Freundin. Einmal hatte Fisher von einer Prostituierten erzählt, die in einer Bar auf einer Platte voller Pilze gesessen habe.

War das die Freundin gewesen? »Scheiße, Katie«, erwiderte Winston gereizt, »wie soll ich so was wissen?«

Er haßte es, zwischen die Fronten zu geraten. Aber Katie fand, er wäre ihr eine gewisse Loyalität schuldig, weil sie ihn noch vor Fisher kennengelernt hatte. Sie war ihm an ihrem Arbeitsplatz begegnet, in der Bar, und später hatte sie ihn in Fishers Freundeskreis eingeführt. Natürlich, er war ein *Mann* und jetzt Fishers Freund. Sie tranken zusammen, sie gingen gemeinsam zum Hood River und pflückten Äpfel. Gemeinsam erledigten sie Reparaturarbeiten in schäbigen Häusern. Manchmal waren sie sternhagelvoll und unerträglich. Katie jobbte wieder als Kellnerin, damit sie einen Platz hatte, wo sie abends hingehen konnte. Sie schämte sich zu sehr, um Ursula ihre Einsamkeit zu gestehen.

»Hör mal, Winston, ein Mädchen nimmt so was ernst – noch dazu, wo's eine Zeremonie gegeben hat!«

Winston behauptete, das Mädchen habe gewußt, daß es nur eine Show gewesen war. Fisher neige nicht dazu, falsche Versprechungen zu machen. Aber das Mädchen habe sich nun mal mit Amerikanern eingelassen und die Bedeutungslosigkeit solcher Beziehungen bald erkannt. Nur ein Scherz – was immer der Vater auch geglaubt haben mochte. Irgendwie hatte sie sich Fishers Adresse in den Staaten beschafft, Dafür hatte sie ein Jahr gebraucht, und nun war der Brief angekommen. Katie bezweifelte, daß es dem Mädchen gelungen wäre, ihn aufzuspüren, wenn kein Baby da war. Vor ihren Augen zerriß Fisher den Brief. »Sie will nur einen kostenlosen Flug in die USA rausschinden«, erklärte er.

»Und du wolltest nichts kostenlos haben?« konterte sie.

Ein paar Tage später – seit der Briefszene sprachen sie

nicht mehr miteinander – kam Katie nach Hause und traf Fisher nicht an. Zum ersten Mal war er verschwunden, aber nicht zum letzten Mal. Winston, ausnahmsweise nüchtern, machte in der Küche sauber. Er hatte alle kleinen hellblauen Fetzen des Luftpostbriefs eingesammelt und mehrere aus den Ritzen am Fuß des Schranks und unter dem Herd hervorgeholt.

»Was willst du denn wiedergutmachen?« fragte sie, mehr freundschaftlich als verärgert. Er teilte ihr mit, Fish besuche Kumpel aus Vietnam. Da geriet sie in Panik und flehte Winston an, sie nicht zu verlassen. »Ich bitte dich doch nicht, mit mir zu schlafen«, fügte sie hinzu, als sie sein Unbehagen bemerkte. Männer hatten keine Ahnung, worauf es den Frauen ankam. »Ich brauche nur Gesellschaft.«

Sie gingen in ein indianisches Lokal, aßen was schrecklich Scharfes und spülten es mit viel Bier hinunter. »Ich verstehe ihn einfach nicht«, klagte sie an dem schmutzigen kleinen Tisch. »Andauernd widerspricht er sich selbst. Ich wünschte, ich hätte ihn gekannt, bevor er bei der Navy war. Dann wüßte ich, wie er früher war und ob er sich ändern wird, wenn er das alles irgendwann überwindet.«

Winston schüttelte den Kopf. »Damit würde ich an deiner Stelle nicht rechnen.« Er brachte sie nach Hause und blieb bei ihr. Vielleicht tat sie ihm leid, oder er glaubte, er wäre ihr was schuldig. Jedenfalls versuchte er, ihr zu einem besseren Verständnis zu verhelfen. »Manche dachten, man müsse möglichst wenig auffallen und sich im Schatten verbergen. Andere sagten, man solle sich ständig bewegen. Verschiedene Überlebenstaktiken. Fish weiß noch immer nicht, auf welche Art man am Leben bleibt.«

Da erkannte Katie, wieviel Fisher ihr bedeutete. Nur aus einem einzigen Grund wollte sie seine Gedanken erforschen – damit sie ihn glücklich machen konnte. Ganz vorsichtig mußte sie erkunden, was er dachte, wie ein Soldat auf Patrouille. Aber sie standen beide auf derselben Seite! Ihr ging es nicht um Sabotage, sondern um Liebe.

Wenn man schnelle Flachboote für die seichten Gewässer erfinden konnte, wo er patrouilliert hatte; wenn man während des Monsuns Kutter auf Grenzpatrouille schicken konnte; wenn das alles möglich war, dann konnte es auch Liebe geben, wo zuvor keine gewesen war, weder für ihn noch für sie. Keiner sprach von den Eltern. Katie und Fisher stammten aus dem Nichts, beide bedürftig wie alle Wurzellosen, voller Sehnsucht nach Nähe ohne Umklammerung. Sie hatten niemanden auf der Welt, nur einander, aber das sprachen sie nie aus. »Eines Tages werde ich dir alles erzählt haben«, sagte er, als er einmal high war. Später fragte sie, ob er irgendwann jemanden geliebt habe. Da war er betrunken und fühlte sich elend. »Ach, Scheiße«, entgegnete er, »die Liebe ist genauso wie dieses verdammte Delta. Man schaut aus der Luft runter, und es sieht so harmlos und offen aus, so hübsch. Dann landet man, und das Dickicht droht einen zu ersticken.«

Das nächste Mal wurde das Thema Hochzeit vier Jahre später angeschnitten. Katie glaubte, sie wäre schwanger, und erklärte, sie würde ganz gern heiraten, stellte Fisher aber kein Ultimatum. Ohne Zögern stimmte er zu. Sie unterzeichneten Dokumente vor einem Priester, den irgend jemand aus Ursulas Büro vorgeschlagen hatte. Der Mann trug violette Perlen auf einem grauen Hemd mit Rollkragen und verstand nicht, warum sie keine Rede von ihm hören wollten. »Sogar wenn ein Boot vom Stapel läuft, werden Ansprachen gehalten«, betonte er. Katies Atem stockte, und sie erwartete, Fisher würde etwas sagen. Sicher fragte er sich, was ein Geistlicher, der sein Haar quer über den kahlen Oberkopf kämmte, von Schiffen wissen mochte. Sie rannte weg, um dem Priester ein Glas Cold Duck zu holen. Das Getränk schmeckte schal. Fisher hatte die Flasche bereits am Morgen geöffnet und einen großen Schluck genommen.

Wie sich herausstellte, erwartete sie kein Baby. Aber Rhea war eine Realität, und Katie mimte Verblüffung, aber seit jenem falschen Alarm hatte sie an ein Kind gedacht. Sie hatte nicht mehr aufgepaßt. Als sie es mit Sicherheit wußte, informierte sie zuerst Ursula, die sich auf die Unterlippe biß und sagte: »Ich glaube, ich werde keins mehr kriegen.« Sie hatte schon zwei. Ihre Worte erschienen Katie nicht besonders hilfreich. Sie hatte sich einen beruhigenden Zuspruch gewünscht. Eine Umarmung wäre noch netter gewesen.

In der Nacht, in der die Wehen begannen, war Fisher betrunken. Katie – zu verlegen, um Ursula anzurufen – fuhr mit einem Taxi zur Klinik. Am nächsten Nachmittag erschien Fisher. Das Baby lag in einem fahrbaren Bettchen neben der Mutter, und Katie las »*Mother Jones*«. »Eine Scheidung wäre schrecklich«, sagte Fisher zur Begrüßung und gönnte seiner Tochter nur einen kurzen Blick. »All der Papierkram – und ein Richter ... Du müßtest es ohne mich schaffen.« Sie blinzelte und brauchte nur wenige Sekunden, um ihn zu durchschauen. Die Ehe bedeutete ihm mehr als ihr. Sie hatte erklärt, sie würde ihn heiraten, um ihm zu beweisen, daß es sie keineswegs störte, ein Kind von ihm zu bekommen. Und er hatte in der Ehe eine Vielzahl von Versprechungen gesehen – die er auch geben und halten wollte.

Nun fühlte er sich schuldig. Er legte die Ehe wie ein Opfertier auf einen Altar. Und er war tatsächlich schuldig. Sie hatte sich nicht einmal darauf verlassen können, von ihrem Mann zum Krankenhaus gefahren zu werden.

»Komm, sieh sie doch an!« forderte sie ihn auf, so ruhig wie eine wiederkäuende Kuh, und ignorierte seine Zerknirschung und Sorge. Nein, sie würde sich auf keinen sauberen Schlußstrich einlassen, aus Rücksicht auf das Baby. Sie wollte beide behalten. Er schaute das Kind an und weinte, weinte wie ein ganz normaler Vater und machte Versprechungen, an die sich keiner von beiden später zu erinnern versuchen würde.

6

»Ich liebe dich«, beteuerte sie, als er das nächste Mal anrief. Seit zwei Wochen wohnte sie bei ihrer Mutter. Ihr fehlte der Mut, ihm zu sagen, sie wolle nicht zurückkommen. Sie liebte ihn, aber sie wollte nicht zu ihm zurück. Erklären konnte sie es nicht. Sie würde ihm schreiben, eine senkrechte Linie in der Mitte eines Papiers ziehen, auf die eine Seite »Liebe« malen, auf die andere »Der Rest davon«, das Blatt in ein Kuvert stecken und abschicken. Verdammt, diese Botschaft mußte er verstehen. Eine Scheidung wäre genauso, mit Stempelmarken und Unterschriften und großer Distanz zwischen ihnen. Sie würde aufhören, mit ihm zu reden, er würde sich gedemütigt fühlen. Seine schlimmsten Zweifel wären bestätigt. Was er wirklich wert war, wußte er. Von den Leuten, die sie und ihn kannten, würde er sich entfernen, sogar von Michael, und nach einer Weile konnte sie zurückkehren, falls sie es wünschte. Ursula sollte die Tante des Babys sein und auch ihr selbst näher kommen. Katie würde so tun, als hätte es Fisher nie gegeben. Und wenn sie über ihn sprachen, dann so wie von einem Toten.

Rhea lag in einer Babywippe auf dem Eßtisch. Sonnenlicht fiel auf ihre dicken Beinchen. Neben ihr ging schimmernder gelber Teig in einer Keramikschüssel auf. Draußen fegte der Wind über die kahle Landschaft hinweg. Ein Nordsturm stand bevor, aber wer wollte sich darüber beklagen? Jeden Tag hatte die Sonne hell geschienen. Wenn June zum Lunch heimkam, zog sie im Zimmer ihrer Tochter die Jalousien hoch und die Vorhänge auseinander. Es mißfiel ihr, daß Katie im Dunkeln liegen wollte.

Eines Nachmittags brachte June ein anderes kleines Mädchen, etwa in Rheas Alter, nach Hause mit, die Enkelin einer Freundin. Katie lag im Bett und hörte das Geschrei des fremden Babys. Sie ging in den Nebenraum, sah die beiden Schwestern, jede mit einem Baby im Arm. Das neue Baby war hungrig, und Katies Brüste begannen zu tropfen. Ihre Mutter versuchte, der Kleinen ein Fläschchen zu geben.

»Ist sie ans Stillen gewöhnt?« fragte Katie und nahm ihr das Baby aus dem Arm. Ihre Mutter erklärte, die Kleine würde vermutlich auf beide Arten trinken. »Meine Freundin paßt auf das Mädchen auf, wenn ihre Tochter arbeitet, aber nun hat sie sich einen Zahn ausgebrochen und mußte zum Zahnarzt. Das arme kleine Ding wurde aus seiner Routine gerissen und ist ganz durcheinander.«

Katie setzte sich mit dem Baby auf die Couch und öffnete ihre Bluse, um es zu stillen. Gierig nahm es die Brustwarze in den Mund. Eigentlich wollte sie es nur beruhigen, aber während das Kind saugte, wurde sie von einem wunderbaren Gefühl erfaßt. Sie glaubte, im warmen Sonnenschein zu liegen, hob zufrieden den Kopf und merkte, wie ihre Mutter und ihre Tante sie anstarrten. »Milch ist Milch«, erklärte sie. Es war erstaunlich.

Am Abend, als Rhea schlief, setzte Katie sich neben das Bettchen, drückte ihr Gesicht an die Gitterstäbe, die rote Streifen auf ihrer Stirn verursachten. Sie versuchte festzustellen, was an ihrem Kind so einzigartig war, was es von anderen Babys unterschied. Fisher hatte gefragt: »Glaubst du, sie sieht mir ähnlich? Oder dir? Ich wünschte, wir hätten sie fotografiert.« Und sie hatte erwidert, Rhea sehe einfach nur aus wie ein Baby.

Am nächsten Morgen erwachte sie mit einer schmerzhaften Spannung in den Brüsten. Ihr Nachthemd war naß. Sie schaute aus dem Fenster. Später Vormittag – niemand hatte sie geweckt und Rhea zum Stillen gebracht. Sie eilte in die Küche, wo ihre Mutter dem Baby ein Fläschchen gab. In den Schnuller hatte sie ein größeres Loch geschnitten, und nun fütterte sie Rhea mit dünnflüssigem Brei. Auf der Theke stand die Packung mit der Flockenmischung, die man in Wasser auflösen mußte. Ganz einfach. Der Brei rann über Rheas Kinn auf das Lätzchen hinunter.

Katie wandte sich ab, goß eine Kaffeetasse zu voll, schüttete achtlos Sahne dazu. In der Küche ging es laut und fröhlich zu, alle möglichen Geräte surrten und klickten und blubberten. Lächelnd beugte sie sich vor, um Kaffee zu schlürfen.

Nach dem Lunch kam June ins Zimmer ihrer Tochter, wo immer noch Dunkel herrschte. Brüsk zog sie die Jalousien hoch und trat ans Fußende des Betts. Der Himmel hatte die graue Farbe eines Schiffsrumpfs angenommen, und es wurde immer kälter. »Wenn du willst, behalte ich Rhea hier bei mir.« Eigentlich hatte Katie einen Kommentar über das Wetter erwartet. »Ich bin noch nicht allzu alt und gesund. Geld spielt keine Rolle. Ich empfinde keineswegs den verzweifelten Wunsch, für jemanden zu sorgen, also dürfte es sich wohl kaum um einen neurotischen Impuls handeln. Vermutlich denke ich nur an das Baby, wenn ich auch betonen muß, welch angenehme Verpflichtung es ist, ein so kleines Kind zu betreuen.«

Katie schwieg. Ihre Kopfhaut schien zu brennen. Eine Stunde später kehrte ihre Mutter zurück. »Wenn du mir das Kind überläßt, muß es auf legale Weise geschehen, in Form einer Vormundschaft. Ich möchte Rhea nicht bloß für kurze Zeit aufnehmen und liebgewinnen, und dann kommst du auf dem Weg nach Timbuktu vorbei und holst sie ab.« Die Tochter musterte sie mit unverhohlenem, düsterem Haß. »Denkst du darüber nach?« fragte June sanft. »Dem Baby zuliebe?«

Am nächsten Morgen war Katie bereits um acht angezogen. Christine schwirrte um sie herum, schenkte ihr Kaffee ein, aber die Mutter tat so, als hätte sich nichts verändert. Ein Tag wie jeder andere. June saß am Küchentisch, das Baby auf dem Schoß. »Ich habe ein Laufställchen für den Laden gekauft«, teilte sie mit, mehr an Christine als an ihre Tochter gerichtet. »Sicher wird es Rhea Spaß machen, unter Leuten zu sein.«

Katie erklärte, vielleicht könne sie helfen, und hörte selbst, wie albern das klang. »Ich meine, im Geschäft – nicht mit Rhea.«

»In dieser Woche wäre es ungünstig. Vielleicht nächste Woche. Ich würde dir den Laden gern zeigen. Ein paar Frauen nähen Sachen nach meinen Entwürfen. Habe ich dir das schon erzählt?« June stand auf und übergab Katie das Baby. »Ich habe sie schon gefüttert«, verkündete sie und verließ die Küche, um sich anzukleiden.

In einem Arm das Kind, in der anderen Hand ihre Kaffeetasse, ging Katie ins Wohnzimmer. Scheinbar bereitete ein Baby keine großen Schwierigkeiten, solange man nicht von anderen Dingen abgelenkt wurde.

Onkel Dayton saß wie üblich in seinem Lehnstuhl, in einer alten Gabardinehose und einem karierten Hemd. »Guten Morgen!« bellte er. Sie konnte nicht feststellen, ob er wußte, wer den Raum betreten hatte. Sein Sehvermögen gestattete ihm nur mehr, Personen oder Gegenstände als dunkle Flecken vor dem Licht wahrzunehmen. »Bring mir die Kleine zum Kuscheln«, bat er, und als sie seinen Wunsch erfüllte, zeigte er sich überrascht. »Du bist es heute morgen?« Da erkannte sie, wie lang die Tage sein würden, wenn sie so früh aufstand.

7

Der Kumpel, der das Hausboot besaß, war ein Halbindianer und 1966 zusammen mit Fisher in Rung Sat gewesen. Genausogut hätten sie einer Brüderschaft angehören können. Der Freund hieß Jake. In der Navy hatten sie ihn »Kneebone« genannt. Auch Fisher sprach ihn beim Wiedersehen so an, und Jake stieß einen Kriegsschrei aus. Er war ein Schwarzfußindianer und weit vom Meer entfernt aufgewachsen. Sie tauschten Geschichten aus, und eine handelte von einem Krähenindianer namens »Charlie-Bird-in-Ground«. Dem hatte man in einem Saigoner Bordell die Eier abgeschnitten und in seinen Mund gestopft. »So war das im Krieg«, sagten Fisher und Jake. Sie redeten darüber wie über dumme Streiche in der Schulzeit. Der gute alte Charlie ohne Eier.

An einer Wand des Hausboots hing ein Bild von Jake. Er stand auf einem Sampan, trug ein Stirnband aus einem zerrissenen schwarzen Pyjama und hielt eine Maschinenpistole in der Hand. Lang und seidig hing sein Haar herab, als hätte er geduscht und dann wieder seine schmutzigen Sachen angezogen. Auf dem Foto sah er viel eher wie ein Indianer aus als in Fleisch und Blut, mit einer Klugscheißermiene, die er jetzt nicht zeigte. Wenn er nicht betrunken war, sprach er sehr leise und schaute einem nie in die Augen. Aber irgend etwas von jenen Gefühlen mußte er immer noch empfinden oder sich daran erinnern oder sie wiedergewinnen wollen, denn da war dieses Foto – und ein Indianer aus Montana auf einem Hausboot in Sausalito.

Fisher studierte das Bild sekundenlang und nannte den Namen eines Orts – Can Tho oder Ham Lo, Katie verstand ihn nicht. »Genau«, lachte Jake alias Kneebone. »Als wir da durchmarschiert waren, hing kein einziges Blatt mehr an irgendeinem Strauch. Die ganze verdammte Küste haben wir kahlrasiert, Mann.« Auch Fisher lachte, und sein Kumpel fuhr fort: »Dreihundert Dschunken an einem Tag. Kleine Kerle mit Fischernetzen, die Hosen voll vor Angst.« Er schabte mit einem Fingernagel über das Foto. »In ihrer Fischsauce konnte ich Charlie riechen.«

»O Gott, Fish«, wisperte Katie, als sie in ihren Schlafsäcken lagen, nur wenige Zentimeter von dem anderen Paar entfernt, »ich weiß nicht, was ihr beide da redet, und es erschreckt mich. Obwohl es jetzt vorbei ist.« Im Schein der Lichter aus einer nahen Disco, die sich im

Fenster über ihrem Kopf spiegelten, sah sie Fishers Gesicht.

Er betrachtete sie, so wie man eine Katze im Schoß anschaut, kurz bevor man sie runterstößt. »Versuch erst gar nicht, das zu verstehen. Es war langweilig und feucht und heiß. Du könntest es nie begreifen. Warte auf die Filmversion.« Seine Stimme brach, als käme sie aus einem knisternden Funkgerät, über ein Reisfeld hinweg oder vielleicht um eine Kurve herum.

8

Fisher schwitzte die ganze Nacht, jede Nacht. Und wenn er erwachte, roch er muffig und säuerlich. Alle seine Hemden wiesen in den Achseln große nasse Kreise auf. Eine Zeitlang wechselte Katie täglich die Bettwäsche, doch das wurde ihr zu anstrengend. Sie lag auf ihrer trockenen Seite des Betts. In der Bar, in der sie jobbte, meinte der Koch, das klinge nach Diabetes.

Immer wieder redete sie auf Fisher ein, bis er endlich zu einem Arzt ging. Erbost kam er nach Hause. Er hatte dem Arzt erzählt, daß er Zimmermann war, und zur Antwort bekommen: »Erwarten Arbeiter etwa, sie würden niemals schwitzen?« Eine Blutuntersuchung war nicht vorgenommen worden. Der Koch empfahl einen Zuckertoleranztest. Und Ursula erzählte, Michael habe eine Krankheit seines Dads erwähnt. Vielleicht sei es Diabetes gewesen. Katie schluchzte frustriert und fauchte Fishers Bruder an: »Weißt du es denn nicht?« Da zuckte Ursula die Schultern und sagte, in vielen Dingen sei

Michael genauso wie Fisher. Und der weigerte sich, je wieder über das Thema zu diskutieren.

Er träumte. Manchmal stöhnte oder schrie er im Schlaf. Das schien ihn nicht zu wecken – nur Katie. Die Träume wiederholten sich jahrelang, und sie wies ihn darauf hin. »Ausgerechnet du mußt dich beschweren«, erwiderte er, »so wie du im Schlaf herumfuhrwerkst ...« Das benutzte er als Vorwand, um sie von hinten zu nehmen. »Mach nur weiter, schlängle dich herum und streck mir deinen kleinen Arsch ins Gesicht.«

Eins stand jedenfalls fest – er wollte nicht darüber sprechen, was mit ihm los war. Katies Träume wurden von seinen beeinflußt. Aber sie wußte, daß die wahren Alpträume nur ihn heimsuchten. Das Stöhnen war zu qualvoll, um ignoriert zu werden. Sie lernte, trotzdem weiterzuschlafen, gewöhnte sich daran wie an Straßenlärm, aber ihre Sorge wuchs. Auch das Schwitzen ließ nicht nach. Manchmal rutschte sie zu ihm, um ihre Liebe zu beweisen, und ihre Schenkel zuckten zurück, wenn sie das kühle, klamme Laken zwischen seinem und ihrem Körper berührten.

Aber es gab dunkle, reiche Nächte – Pflaumen- und Aprikosennächte, Weintrauben- und Nougatnächte. Da verschmolzen sie miteinander, versanken in süßem, brennendem Saft. Er schlummerte, wenn das Meer auf ihrem Bauch trocknete, und sie strich mit einem Finger über ihre Brustwarzen, leckte ihn ab, um das Salz zu schmecken, das er hinterlassen hatte. Das Bett blieb würzig von den gemeinsam erzeugten Gerüchen. Dafür gab es kein Wort. Liebe. Haß. Verlangen. Das passende Wort fehlte ihr. Es brauchte sechs bis acht Silben, rollende Konsonanten, einen vollen Klang. Ein russisches Wort würde sich vielleicht eignen. Ein Bolschewikenwort, dachte sie, wenn sie auch nicht wußte, was das bedeutete. Sie benötigte ein üppiges Wort, um zu benennen, was zwischen ihnen geschah, ein komplexes Wort, das traurig wirkte, wenn man es aussprach.

Einmal erwachte er und erzählte, er habe geträumt, er würde in ein Gewirr aus dicken grünen Ranken feuern. Plötzlich seien von allen Seiten Schlitzaugen heruntergefallen, lautlos wie Blüten von einem Baum, in einer schwachen Brise. Auch Katie sei unter diesen Gestalten gewesen, ein schwebender, sich krümmender Körper, dicht vor ihm im Schleim. Sie sah in dieser Traumschilderung ein Zeichen für Fishers Liebe, aber danach schloß er sie wieder aus. Er schien sie zu hassen, weil sie den Traum kannte. Manchmal lag er mit weit geöffneten Augen im Dunkel und starrte sie an, bis sie sich auf die andere Seite drehte. In solchen Momenten weigerte er sich, ihr irgend etwas mitzuteilen. »Ich sag's meiner Geliebten«, spottete er und verbrachte die restliche Nacht mit einer Burgunderflasche auf der Couch.

Sie begann lebhafter zu träumen – schwarze Träume, von Lichterbahnen durchkreuzt. Feuchte, klebrige Träume, an grausigen Orten. Was da geschah, fand sie nie heraus. Verwirrt erwachte sie, weinte hin und wieder. Fisher fragte, was zum Teufel los sei, und sie entgegnete, vielleicht werde sie von einem radioaktiven Niederschlag seiner Träume befallen. Sie waren in ihm so stark herangewachsen, daß sie nun zu ihr und in sie gekrochen waren. »Wie kann man so was Blödes sagen!« schimpfte er. Ja, ja, stimmte sie zu, die Lippen tränennaß. Möglicherweise hatte sie kein Recht auf sein Leid. Aber sie arbeiteten schon seit einem Jahrzehnt gemeinsam daran. Da lagen sie, zwei Körper. Seite an Seite, naß und trocken. War es denn so unfaßbar, daß sie nach dieser langen Zeit anfing, sein nächtliches Grauen zu teilen? Sie wünschte sich diese Träume nicht. Niemals hatte sie für Träume Geduld aufgebracht, weder für ihre eigenen noch für die anderer Leute. Aber diese Alpträume – die schien sie zu begrüßen. Wie aggressiv von ihr, in Fishers geheimes Versteck einzudringen und ihm etwas zu stehlen ... Eines Nachts erwachte sie in eisiger Angst und rief: »Ich weiß nicht, was ich träume. Hilf mir!«

Er stand auf, und danach wollte er tagelang nicht mit ihr schlafen. »Was für ein surrealistischer Godemiché!« murmelte er und zerrte die Decke vom Bett.

9

Sie fand Onkel Daytons Gesellschaft erstaunlich angenehm. Den Großteil ihrer Tage verbrachte sie mit ihm. Sein Gesicht kannte zwei Ausdrucksformen, zwischen denen er ständig hin und her wechselte. Manchmal wirkte er gütig, lauschte dem Gurgeln des Babys oder einer Spielshow im Fernsehen. Wegen seines schlechten Gehörs besaß er ein Radio, das an TV-Stationen angeschlossen war, und drehte sowohl das Rundfunkgerät als auch den Fernseher auf volle Lautstärke.

Katie fragte, warum er den Fernsehapparat einschalte, obwohl er nichts sehen könne. »Wenn man nur zuhört, entgeht einem die Hälfte von allem, was da passiert«, erwiderte er. Danach schilderte sie, was auf dem Bildschirm geschah, wie die Gewinner umherhüpften, oder sie beschrieb die Kleidung der Leute. Das gefiel ihm.

Bei anderen Gelegenheiten saß Dayton schweigend da, in Verletzlichkeit gehüllt wie in einen Nebel. Seine papierdünne Haut sah aus, als würde sie jeden Moment platzen. »Er befürchtet, seinen neunzigsten Geburtstag nicht mehr zu erleben«, erklärte Christine.

Katie verstand das nicht und fragte ihre Mutter, die ihr antwortete: »Er hat Angst, irgendwelche Zahlungen zu verpassen, die ab einem bestimmten Lebensalter fällig werden.«

Das faszinierte Katie. Da saß dieser uralte Mann in seinem Lehnstuhl, so klein und dünn, daß sie ihn mühelos hätte hochheben können. »Was hat er früher gemacht?« wollte sie wissen, aber June preßte die Lippen zusammen.

»Kümmere dich um deinen eigenen Kram.«

Katie beobachtete, wie ihre Mutter den Greis löffelweise fütterte, immer wieder Brühe wegwischte, bevor sie von seinem Kinn tropfte. Junes Stimme klang sanft, aber ihr Gesicht blieb hart und abweisend.

Wahrscheinlich werde ich niemals erfahren, was sie mit ihrem alten Onkel verbindet, dachte Katie. Plötzlich zweifelte sie an allen Wohltaten, die sie ihre Mutter jemals hatte verüben sehen. Und sie gelobte sich, niemals Großzügigkeit zu heucheln, die sie in Wirklichkeit nicht empfand.

Sie fragte June, ob sie einen Freund habe. »Ja, warum?« entgegnete June. Er war Chirurg.

»Könnte ich ihn kennenlernen?« erkundigte sich Katie und fügte beiläufig hinzu, als June skeptisch die Stirn runzelte: »Ich verspreche, mich anständig zu benehmen.«

Und so lud June den Arzt zum Dinner ein. Er war sehr nett, und Katie erkannte, wie sehr die beiden sich mochten. Und noch etwas anderes fiel ihr angesichts des Gastes auf, etwas, das sie lange nicht mehr gesehen hatte – unverhohlenes Verlangen. Das ertrug sie nicht, und so verließ sie das Eßzimmer.

Sie ging in das Modegeschäft ihrer Mutter. Eine Bluse stach ihr ins Auge, aus roter chinesischer Seide. June bestand darauf, ihr die Bluse zu schenken, und Katie trug sie als Nachthemd, mit einem Bikinihöschen. Sie glaubte, einer chinesischen Hure zu gleichen, und wünschte sich, Fisher könnte sie so sehen.

10

Nach über zwei Monaten in Texas konnte sie sich deutlich an den Traum erinnern. Schon die ganze Zeit hatte sie versucht, sich darin wiederzufinden. Alles wurde ihr klar, als sie merkte, daß sie zwar anwesend, aber nicht sichtbar war. Sie mußte den Traum von innen her betrachten.

Sie träumte von Hibiskusblüten, die wie Schaum auf Wellen trieben. Sie träumte von Sandbänken, die verschwanden und wieder auftauchten. Sie träumte von einem Unterwasserreich. In den weiten gelben Ebenen von West-Texas war sie aufgewachsen, und ihre Träume von braunen Gewässern jagten ihr Angst ein. Da hatte es eine Frau aus Mesquite gegeben, deren Ehemann in einer klaren Nacht von einem Bohrturm gefallen war. Danach besaß die Frau heilkundige Hände. Von überall kamen die Leute zu ihr. Katie hörte ihre Mutter davon erzählen und bat sie, mit ihr hinzugehen.

»Mit dir ist alles in Ordnung«, protestierte June, »und es wäre falsch, einfach nur zu gaffen.« Aber Katie hatte sich so sehr gewünscht, die Frau zu sehen, zu beobachten, wie kranke Menschen aufstanden. Jetzt dachte sie wieder an die Heilkundige und sehnte sich nach ihr, wenn auch nur in einem Traum. Hätte die Frau sie vor langer Zeit berührt, wäre die schreckliche Saat in ihr, die sich – von Fisher geweckt – zur vollen Blüte entfaltet hatte, vielleicht verwelkt und sie selbst ein ganz anderer Mensch geworden. Das Hibiscusrosa war Gift – Liebe.

Ein Sampan glitt zu einer Lichtung. Dort wartete Fisher. Sie konnte abdrehen, in den Dschungel zurückkehren, aber das Kind nicht mitnehmen, weil sie nicht wußte, was in der Wildnis lauerte. Oder sie konnte die Lichtung betreten, zu Fisher eilen, darauf vertrauen, daß er weder müde noch wütend werden, weder in Panik geraten noch schießen würde. Doch wenn das Kind zwischen ihnen stand, durfte sie das nicht tun.

So oder so, sie wollte Rhea nicht gefährden.

Mitten in der Nacht stieg sie aus dem Bett. Zunächst empfand sie Hunger, doch das Licht der Küchenlampe drang ihr schmerzhaft in die Augen. Sie ging in den Raum, wo das Baby schlief, und betrachtete es eine Weile. Dann sank sie wieder in ihr Bett, schob die Nacht zwischen sich und ihr Kind, erwachte am Morgen allein, lag da im kalten Dunkel und fragte sich, was sie mitnehmen und was sie zurücklassen sollte.

Teil II

Flaute

1987

11

Ursula mußte Katie schon zehn Jahre gekannt haben, ehe sie ihr anvertraute, einmal sei sie selbst entschlossen gewesen, Fisher zu heiraten. Während sie das erzählte, wußte sie nicht recht, ob es stimmte. Vor der Beziehung zu Michael war sie eine Zeitlang mit Fisher zusammen gewesen, und es hatte ihr gefallen. Zumindest das entsprach der Wahrheit. Der Rest bestand aus Erinnerungen, die es so an sich haben, mit den Jahren immer trauriger zu werden.

Anfangs blinzelte Katie verwirrt, erholte sich aber sehr schnell von ihrer Überraschung. Ein leichtes Flattern ihrer Lider verriet eine gewisse Kränkung, dann überspielte sie das mit einem Achselzucken. »Ich dachte immer, ich wäre die erste Frau, die er jemals geliebt hat.« *Die einzige*, meinte sie.

»Ich sage ja gar nicht, daß er mich geliebt hat«, fügte Ursula hastig hinzu. Wahrscheinlich hatte er das nicht getan.

Aber in der richtigen Stimmung war er fast schwindlig gewesen vor Liebe. Sex. Das hätte man kaum von ihm geglaubt.

»... es sei denn, man rechnet das Mädchen in Bangkok dazu.« Katie beobachtete ihre Schwägerin aufmerksam.

»Meinst du, sie zählt, Ursie?« Sie fragte nur, was Ursula vermutete – nicht nach der reinen, absoluten Wahrheit.

Ursula fand, die Thailänderin dürfte nicht mehr Mädchen genannt werden. Mädchen, die sich verlieben und verlassen werden, sind Frauen. »Natürlich nicht«, antwortete sie. Warum sollte man Walnüsse mit Quarkkäse vermischen? Eine Thailänderin in exotischer Umgebung, so fremd wie jene würzigen Speisen, die süße Unbefangenheit junger Huren (die manchmal ja wirklich noch Kinder waren)... Nach Fishers Heimkehr hatte Ursula versucht, sich danach zu erkundigen.

Er maß jener Liebesaffäre keine besondere Bedeutung zu, berichtete nur anekdotenhaft davon und erklärte, er bedaure, daß sie ihre Liaison mit einem Amerikaner so wichtig genommen habe. Auf Ursulas Frage, ob er der Thailänderin schreiben würde, reagierte er ungehalten. »Klar – sofort, nachdem ich meine Korrespondenz mit dem Dalai-Lama erledigt habe.«

Warum hatte sie überhaupt mit Katie über Fish geredet? Sie konnte sich nicht mehr erinnern. Sie fuhren nach Hause, nachdem sie ein paar Pfund Erdbeeren gepflückt hatten. Ihre Hände waren voller roter Flecken, das ganze Auto roch nach den Früchten. »Ich wollte ihn heiraten.« Diese Worte rutschten ihr heraus, ehe sie darüber nachgedacht hatte. Vielleicht, weil Katie gerade schwere Zeiten durchmachte und Ursula ihr zu verstehen geben wollte, sie alle würden ihn lieben, soweit er das zuließ. Er war der Cowboy der ganzen Familie, der ihr komfortables, geschäftiges, geradliniges Leben in Frage stellte, ganz einfach, weil er anders lebte. Ursula verstand die dunkle Anziehungskraft, die er auf Frauen ausübte, das Gefühl, das er in ihnen erregte – das Gefühl, zu fallen und den Absturz zu ersehnen. Angst vor dem

Licht ... Sie entsann sich, wie sie gekichert und geseufzt hatte und dann ganz allein erwacht war, wie eine Verbannte. Das alles lag so lange zurück. *Jetzt ist alles anders, ich bin eine andere Frau*, dachte sie und vergaß nicht, die Augen fest zu schließen und den Tag hinauszuschieben. Nach dem Abschluß der High-School kannte sie Begriffe wie Anziehungskraft (und inneren Zwang), und solche Wörter ließen Fisher weniger geheimnisvoll, Katie noch bedauernswerter und sie alle schuldig erscheinen. Wieviel tat Fisher für die Familie, indem er verwirklichte, wozu sich sonst keiner aufraffte? In welchem Maße hatten sie ihn alle benutzt?

»Fish hat seine Energie noch nie an eine Frau vergeudet.«

Das verblüffte Katie. »Er strotzt doch nur so vor Energie! Warum sonst, glaubst du, ist es so verdammt schwer, mit ihm zu leben?«

Ursula dachte wieder an jenen Sturz, an die Verzweiflung. *Vielleicht kennt Katie ihn tatsächlich*, überlegte sie, *im Gegensatz zu mir* ... Sie glaubte nicht, daß er sich in Vietnam völlig verändert hatte. Schon immer war er ein Meister in der Kunst gewesen, sein Seelenleben zu hüten, wenn sie ihn auch niedergeschlagen und restlos besiegt gesehen hatte, auf gräßliche, allzu sichtbare Weise. Man konnte kaum feststellen, was ihn wirklich verletzte. Daß er litt, wußte sie, doch sie vermochte seine Qual nicht zu benennen. Er weigerte sich, die Normen von Erfolg oder Akzeptierung anzuerkennen, nicht einmal auf dem niedrigen Niveau der trägen Jugend in den sechziger Jahren. Im Grunde seines Wesens war er unwandelbar. Was Katie an diesem Tag als Energie bezeichnete, Ursula hielt es für das Gegenteil – Unbeweglichkeit, aber eine zwingende, negative Starre, eine magnetische Kraft. Der grandiose Sog eines zusammenbrechenden Stars, eine Macht, die gewaltige Forderungen stellte. »Ein Glück für dich, daß du das weißt«, meinte sie.

Alle halten Fish für etwas Besonderes, sagte sie sich. Vielleicht wird es allmählich Zeit, das zu überwinden. Was er repräsentiert, ist verloren. Er ist wie jene Engländer im neunzehnten Jahrhundert, die sich in der Sahara herumgetrieben hatten, statt einen Job anzutreten und sich häuslich niederzulassen. Hätte Fish doch bloß eine Sahara! Ein Arabien!

Sie hatten erörtert, wie schwierig er war, und ob Katie sich von ihm trennen sollte. Das tat sie nicht, und sie kam auch nicht mehr zu ihrer Schwägerin, um einen Rat zu erbitten. Ursula verspürte Schuldgefühle und Mitleid angesichts der Beziehung zwischen Katie und Fish. Doch sie arbeitete zu hart in ihrem Beruf, strengte sich zu sehr dabei an, anderen Menschen bei der Bewältigung von Problemen zu helfen, um die falsche Verlockung des *Besserwissens* und dessen Vergeblichkeit nicht zu erkennen.

Es hatte Zeiten geben, wo Ursula nahe daran gewesen war, Katie von Fish wegzuzerren, ihm Vorträge zu halten (oder ihn kräftig zu ohrfeigen!). Doch sie tat weder das eine noch das andere. Sie warnte die beiden nicht, schimpfte nicht, bemühte sich nicht, ihnen den richtigen Weg zu zeigen, obwohl sie schnurstracks in die Hölle zu stürmen schienen. Und sie lernte sogar, nicht ihren Frust abzureagieren, indem sie Michael anzuheuern versuchte. Verärgert über die Litanei ihrer Sorge, hatte dieser nämlich betont, keinesfalls würde er, was Fish betraf, irgendeiner fixen Idee Vorschub leisten. Davon hatte er mehr als genug ertragen. Gekränkt warf sie ihm vor, er kümmere sich nur um seine Eltern, aber er unterbrach sie mit dem schlichten Einwand: »Sie sind alt.« Damit beendete er die Diskussion, ehe sie erwähnen konnte, Fish – stets der kleine Bruder, wenn auch nur zwei Minuten jünger – sei schon oft in den Genuß von Michaels Interventionen gekommen.

Nach so langer Zeit wirken Fish und Katie unzertrennlich. Oft fragt sich Ursula, ob sie die Beziehung überleben würden. Sie vergleicht Fish mit ihrem eigenen Mann und zählt dessen Vorzüge. Das Schicksal hat ihr die richtige Seite der Fisher-Medaille beschert. Natürlich haften auch Michael gewisse Fehler an (die nennt sie »Fisher-Fehler«), aber er ist solide und freundlich. Wenn er ihr bloß nicht das Gefühl gäbe, in einer Flaute dahinzutreiben, wie ein Boot auf einem großen, ruhigen See ... Wenn da nicht diese Sehnsucht nach kleinen Gewitterstürmen wäre, die das Wasser aufwirbeln würden ...

Nun ist Fish wieder da. Er könnte für einen oder zwei Stürme sorgen. Wenn sie sich's recht überlegt – vielleicht warten sogar alle darauf.

12

Ursula wird an einem Maimorgen von Michaels Schnarchen geweckt. Wenn sie sich darüber beklagt, streitet er ab, solche Geräusche von sich zu geben. Aber erst letzte Woche hat er – auf der klumpigen Couch im Kellergeschoß ausgestreckt, das Kinn erschlafft – jene besonderen Laute ausgestoßen, die sie so stören. Zum dritten Mal sahen sie im TV Sherlock Holmes mit dem langen Gesicht, und aus Michaels Mund drang dieses abgehackte, feuchte Blubbern. »He, das ist es!« kreischte sie. Er wurde ungehalten und fand es überhaupt nicht komisch, obwohl sie sich vor Lachen krümmte. Sie wußte, daß er sich selbst gehört hatte. Man konnte es seinem Gesicht ansehen.

»So was Blödes«, murmelte er und ging davon, um eine Schüssel Mokkaeis mit Mandeln zu holen.

»Gerade jetzt wird's spannend!« schrie sie ihm nach. Er aß sein Eis in der Küche und versäumte das Ende des Films.

Nachts findet sie die Geräusche weniger komisch. Anfangs ist es ihr gelungen, das Ärgernis zu unterbinden. Er schnarcht nur, wenn er auf dem Rücken liegt, und hört auf, sobald er sich zur Seite dreht. Darauf weist sie ihn hin, wann immer sie davon wach wird, und dann wälzt er sich folgsam herum. Dabei schafft er es manchmal sogar, sich zu entschuldigen. »Tut mir leid.« Das hat sie früher tief gerührt. Immerhin liebt sie ihn. Aber mittlerweile weiß sie, daß ihn der sanfte nächtliche Stups nicht sonderlich aufregt. Nur sie fühlt sich belästigt.

Seit etwa zwei Jahren schnarcht Michael. Er hat eine neue Version entwickelt, mit der er manchmal sogar den Nachteil der Seitenlage überwindet. Kraftvoll bläst er die Luft heraus, als müßte er im Schlaf irgendeinen inneren Druck loswerden. Ursula betrachtet diese Variante als Eskalation, und sie fragt sich, was die nächsten zwanzig Jahre bringen werden. Ganz subtil ändert sich ihre Reaktion. Noch vor kurzer Zeit hat sie ihn sanft berührt. Jetzt bohrt sie ihren ausgestreckten Zeigefinger immer gröber zwischen seine Rippen und ruft: »Michael! Du schnarchst!«

Es ist Mitte der Woche, und der Morgen dämmert, der Himmel schimmert in weichem, trockenem, streifigem Grau, obwohl es genieselt hat, als Ursula zu Bett gegangen ist. Nun kann sie nicht mehr einschlafen, und das stört sie. Der frühe Morgen ist ihr verhaßt. Sie kennt Frauen, die um halb sechs aufstehen und ins Fitneßzentrum gehen und mit Gewichten an den Fußknöcheln herumhüpfen, das alles vor der Arbeit. Was eine solche Kur für ihr Herz, ihre Figur oder ihre Selbstachtung bewirken könnte, kümmert Ursula nicht. Vor Sonnenaufgang möchte sie im Nichts versunken bleiben. Am liebsten schläft sie, bis der Wecker in ihren Ohren schrillt. Nun könnte sie ihn genausogut ausschalten, denn sie ist ohnehin hellwach.

Erbost – und wegen dieser Emotion zerknirscht – stößt sie Michael mit ihrem Knie an, gräbt es in seinen Schenkel und zischt: »Hör auf!« Sie sinkt gequält in ihr Kissen zurück. Ihr Leben lang hat sie überall einschlafen können, auf jeder Unterlage, in jeder Stellung. In spanischen Zügen, in Waggons zweiter Klasse, auf Kirchenbänken, Rücksitzen von Autos, harten Betten, die diesen Namen kaum verdient haben. *Daran hätte sich nichts ändern dürfen*, denkt sie. Warum wird ihr ausgerechnet dieser Segen genommen, während andere Gewohnheiten und Zustände im Kompost aneinandergereihter Jahre modern, im Sumpf eines etablierten Lebens. Peinliche, entnervende Weihnachtsfeste mit den Fishers, Gläser mit Mixed Pickles und Milchkartons, willkürlich in der Speisekammer gestapelt, tausend irrelevante Gegenstände im Kellergeschoß. Streitereien mit ihrem Sohn über Hygiene und Englisch. Das Klirren und Rattern von Autos, die zu viele Meilen gefahren sind – als wäre die Anschaffung eines neuen ein Verrat an irgendeinem höheren Prinzip. Sie sehnt sich nach Luxus, nach ein paar Tagen auf einer Farm, wo Leute in der Midlife-Crisis emotional aufgepäppelt werden. Um sich wieder zu entsinnen, was zählt und was nicht, braucht sie eine Neuorientierung.

An manchen Tagen fühlt sie sich wie in einer Zelle, wo sie eine lebenslängliche Strafe absitzen muß. Oder sie spürt ein Erdbeben – nur 1,5 auf der Richter-Skala, aber eine Warnung, der Boden unter ihren Füßen könnte sich umschichten.

Wenn Michael sie doch nur ein einziges Mal überraschen würde ... Womit, kann sie sich nicht vorstellen. Nichts Schlimmes, bitte. Nicht so wie die Männer ihrer Freundinnen, die plötzlich aus scheinbar unerschütterlichen oder passablen Ehen ausgebrochen sind.

»Was wollte er denn?« hat Carol Beyers vor einer Woche gejammert, nach einer Versammlung im Red Lion Motel. Ihr Mann, ein Versicherungsangestellter, ist nach Gabun gezogen, um mit irgendeiner Crew eine Pipeline zu verlegen. Danach möchte er vielleicht nach Texas gehen.

Was immer ich will, denkt Ursula, *das ist es nicht.*

Michael kriecht aus dem Bett, geht über den Flur zum Bad und putzt sich die Nase. Wenn er's könnte, würde er sie auswringen. Ursula knüllt ihr Kissen zusammen und schiebt den dicksten Teil unter ihren Nacken, der sich während des nächtlichen Schlafs nicht entkrampft hat. Also wird sie den neuen Tag mit den Verspannungen des gestrigen beginnen, die immer noch am Hinterkopf nagen. Sie lauscht dem ausgiebigen Schneuzen ihres Mannes und verzeiht ihm diese vulgäre Anwandlung. Immerhin läßt sie manchmal wochenlang Strumpfhosen über der Schranktür hängen. Sie möchte ihm freundlich gesonnen sein, ihrem Gatten, der niemals krank wird, abgesehen von einer Erkältung, nur einmal pro Jahr. Er ist ihr hilfreicher Gefährte, für den sie sehr viel Zuneigung aufbringt, den sie auch bewundert wegen seiner Immunität gegen Probleme. Ein Fels in der Brandung. Sie, die so vielen Menschen gehört und täglich anderen die Hand reichen muß, ob sie es wollen oder nicht, lebt in einem einzigen Chaos.

Sie döst. Die alte Katze Pajamas stößt gegen ihre Schulter und drückt sich dann in Michaels immer noch warme Kuhle. Ursula streichelt das Tier, aber es will nur Michael riechen. Sie hört Juliettes Wecker klingeln, aus weiter Ferne und gedämpft, wie das Glöckchen eines Falkners. Ihrer Natur gemäß, beginnt Juliette die Tage so träge wie die Mutter, steht aber trotzdem zu einer unchristlichen Stunde auf, um zu baden, ihr Haar zu flechten, die ersten Stretch-Übungen zu absolvieren, seufzend und ächzend die Beine zu spreizen, eine Wange auf den Schenkel zu legen, sich noch mehr zu dehnen und den Rist zu umfassen. Das ist ihr grandioser Start, und es schenkt ihr wohlverdiente Selbstsicherheit beim erstaunlich frühen Ballettunterricht, noch vor der Schule. Sie bezeichnet das akademische Einerlei der High-School als »langsamen Tod«. Nachmittags tanzt sie wieder. Ihre schulischen Leistungen verharren im soliden B-Durchschnitt. Aber Ursula weiß nicht, ob ihre Tochter später, wenn die Anforderungen unweigerlich steigen werden, noch irgendwelche Reserven zusetzen kann. Juliette findet es einfach unfair, irgend etwas lernen zu müssen, das sie fürs Ballett gar nicht braucht. Es dürfte schwierig werden, Algebra, Trigonometrie, Biologie, Wirtschaftskunde und dergleichen zu verteidigen. Für den Besuch einer Ballettschule braucht man diese Fächer nicht, aber um so dringender für den High-School-Abschluß.

Carter – nach Ursulas verstorbenem Vater, einem ernsthaften Gelehrten, benannt – gerät keineswegs nach ihm. Sein Intellekt bewegt sich hitzig und sprunghaft und oft nur kurzfristig. Der Morgen dämmert herauf, und

Carter schläft weiter – in der Unterwäsche von gestern, wenn er abends gebadet hat, oder in der von vorgestern, falls das nicht zutrifft. In allerletzter Sekunde steigt er aus dem Bett, nachdem Ursula bereits weggegangen ist. Seine Morgentoilette besteht darin, sich anzuziehen und das Haar über der Stirn hochzuzwirbeln. Erst in der zweiten Schulstunde beginnt er aufzuwachen. Trotzdem bewältigt er Mathematik und die naturwissenschaftlichen Fächer mit spielerischer Leichtigkeit. Er besitzt genau die Talente, die auf dieser Welt erwünscht sind. Ursula glaubt, daß das ein wesentlicher Grund für Juliettes Abneigung gegen ihn ist – und seine Gewohnheit, durch den Mund zu atmen.

Wenn Juliette von Schulkameraden gefragt wird, ob Carter ihr Bruder ist, entgegnet sie: »Macht ihr Witze?« Mittlerweile kann sich Ursula nicht mehr erinnern, wann sie ihre Kinder zum letzten Mal höflich miteinander reden gehört hat.

»Ursie, ich hab' hier Kaffee für dich«, verkündet Michael leise, und sie lächelt überrascht. Früher hat er ihr jeden Sonntagmorgen den Kaffee ans Bett gebracht. Jahrelang. Sie liebte den Luxus, ganz langsam Kaffee aus frisch gemahlenen Bohnen zu schlürfen. Und dann – an einem Sonntag vor langer Zeit – erwachte sie aus einem grausigen Traum und schrie Michael an, er solle sie an ihren freien Tagen in Ruhe lassen. Sie wolle schlafen, bis sie Lust habe, aufzuwachen. Da ging er. Zerknirscht lauschte sie dem Klirren der Tasse auf der Untertasse, als er den Kaffee in die Küche zurücktrug. Sie wollte ihm nachlaufen, nicht nur, um sich zu entschuldigen, sondern auch, um ihren Traum zu erzählen, in dem der vier- oder fünfjährige Carter – immer noch von ihrem riesigen, aufgeblähten Bauch umhüllt – ihr Fleisch systematisch verschlungen hatte, von innen nach außen. Doch sie schaffte es nur, in ihren Morgenmantel zu schlüpfen und nach unten zu gehen, mit einem halb verlegenen, halb belustigten Gesicht, das ihr schlechtes Benehmen eingestand. Aber Michael hatte das Haus bereits verlassen. Über die morgendliche Szene wurde nie gesprochen. Und er brachte ihr keinen Sonntagskaffee mehr ans Bett.

»Warum denn das?« Sie setzt sich auf. Ihr Flanellnachthemd ist nicht zugeknöpft, und ihre auseinanderfallenden Brüste schimmern blaß zwischen verblichenen violetten Blümchen. Instinktiv zieht sie den Kragen zusammen und schließt die beiden obersten Knöpfe. Sie klopft auf die Decke, lädt Michael ein, sich zu ihr zu setzen. Aber er ignoriert die Geste und hält ihr die Tasse hin. »Wenn du das getrunken hast, mußt du Katie zurückrufen.«

Ursula schaut auf die Uhr. Ein paar Minuten nach sechs. Sie hat das Telefon nicht klingeln hören, also muß sie doch noch ein bißchen geschlafen haben. »Was um alles in der Welt will sie denn, so früh am Morgen?«

»Du mußt noch nicht aufstehen. Katie sagte, du sollst sie anrufen, bevor du zur Arbeit gehst.« Dann verschwindet er – wahrscheinlich, um in seinem Haferschrot zu rühren. Oder um die Katze zu füttern, die ihm nach unten folgt. Oder beides.

Sie genießt den Kaffee. Michaels kleine Rituale. Dazu gehören frischgemahlene Bohnen. Das Resultat dieser Mühe kann sie nur selten mit ihm teilen. Normalerweise schüttet sie im Stehen eine Tasse Tee hinunter (dreimal den Beutel ins heiße Wasser tauchen, zwei Löffel Zukker), während die anderen noch oben sind. Juliette ißt nichts vor Mittag, was Ursula ärgert, obwohl ihre Tochter das kräftigste Familienmitglied ist, mit endlos langen

Beinen und fünfzehn Prozent Körperfett, laut Testergebnis beim Schulsport. (»Schulsport!« kreischt sie empört, wo sie doch ohnehin fünfzehn Stunden pro Woche tanzt.)

Carter kauft Pfannkuchen am Kiosk bei der Bushaltestelle und verläßt sich auf seinen rasanten Stoffwechsel, der für eine schlanke Linie sorgt. Nur Michael frühstückt richtig. Voller Hingabe bereitet er diese Mahlzeit zu und verspeist sie sorgfältig und konzentriert wie bei allen seinen Aktivitäten. Niemals zeigt er Eile. Es gab Zeiten, da hat dieser Charakterzug seine Frau beinahe in den Wahnsinn getrieben, aber sie bewundert ihn auch deswegen. Die stetige Sorge um das eigene Wohl ... Vielleicht hat sie ihn deshalb geheiratet – weil er den Eindruck erweckt, daß die Zeit tatsächlich verstreicht und jeder Moment ausgefüllt und unter Kontrolle ist oder zumindest aufmerksam beobachtet wird.

Sie steht auf und stellt die Kaffeetasse auf den Toilettentisch. Ein Chaos aus Schmuckstücken, gebrauchten Papiertaschentüchern, zusammengefalteten Notizzetteln und Einkaufslisten übersät die Tischplatte. Neuerdings verspürt sie eine intensive Sehnsucht nach einer etwas besser geordneten Existenz. Aber wie soll sie das nach zwanzigjähriger eher lascher Haushaltsführung (die Mutter hat ihr bei einem Besuch erklären müssen, wie man eine Toilettenschüssel reinigt) ihrer Familie erklären? Unter diesem Dach herrscht die Devise: Leben und leben lassen. Einmal wöchentlich wird das Erdgeschoß saubergemacht, das Bad, wenn sie sich einigermaßen inspiriert fühlt, der Rest des Hauses vielleicht einmal im Jahr. Um den Garten kümmert sich Michael. Er werkelt herum, repariert alles, hält die Dinge in Gang und befaßt sich ständig mit Projekten, die das Domizil verbessern sollen. Eigentlich gibt es keinen Grund zur Klage. Und außerdem ist das Durcheinander, das Ursula stört, ihr eigenes. Die Türen der Kinder bleiben stets geschlossen, Michaels Unordnung findet im Kellergeschoß und in der Garage statt.

Impulsiv sinkt sie wieder auf die weiche Daunendecke und wickelt sich darin ein, drückt das Gesicht hinein, träumt von längst entschwundenen Tagen voller Muße, vom Anfang des Erwachsenseins, vom Zustand der Zufriedenheit ohne Ambitionen. In Portland ist sie für lange Zeit sehr glücklich gewesen. Die Ankunft auf dem dortigen College erschien ihr wie eine Heimkehr, das Psychologiestudium wie eine Chance, sich selbst zu finden.

Natürlich werden die Menschen erwachsen (manche sterben, andere lassen sich scheiden oder erringen eine gewisse Reife), und die Dinge ändern sich. Sie liebt das Leben, begrüßt seine Überraschungen. Und sie glaubt, sich gut weiterzuentwickeln. Gelassen begegnet sie den unvermeidlichen Beeinträchtigungen. Die Kinder werden flügge, an den Hüften bilden sich unschöne Grübchen, Michaels Leidenschaft beginnt zu erlöschen (nicht allzu gravierend, noch nicht). Um ehrlich zu sein – sie freut sich sogar darauf, Carter zu »verlieren«. Der Wechsel zur üppigeren Kleidergröße ist ein Grund gewesen, eine neue Garderobe zu kaufen. Und Michael beabsichtigt wohl kaum, in absehbarer Zeit das Weite zu suchen. Wann immer sie ihre Pluspunkte zählt, fühlt sie sich besser.

In ihrem verlotterten Morgenmantel aus violettem Chenille geht sie zur Küche hinunter. Michael ißt Haferschrot, so wie an fast jedem Morgen. »Du frühstückst heute aber sehr zeitig.« Der Gedanke an diesen Kleister in seinem Magen dreht ihr den eigenen um. Aber sie stellt sich auch vor, wie warm sein Körper sein muß, durch und durch. Der Impuls, ihn zu berühren, gleicht jenem, der sie im Schlafzimmer auf die Wolke ihres Betts geworfen hat, für ein paar vergnügliche Minuten. Vierundzwanzig gemeinsame Jahre, und es gibt immer noch solche Augenblicke. (Warum muß sie's dann jedesmal eigens registrieren?)

Ohne sie anzuschauen, erwidert er: »Ich bin's nicht gewöhnt, beobachtet zu werden.«

Sie füllt eine saubere Tasse mit Kaffee, setzt sich Michael gegenüber an den runden Eichentisch in der Frühstücksecke und reibt ihre Finger in etwas Klebrigem auf der Holzplatte.

»Gestern abend hab' ich mit Carter ferngesehen«, berichtet er. Der »gute« TV-Apparat steht im Kellergeschoß, vor der klumpigen Couch. »Fish hat ein Mädchen mitgebracht, ein ganz junges.«

»Oh.« Sie spürt einen Kloß in der Brust. Es ist nicht das erste Mal, daß Katie und Fish sich getrennt haben, und er hat auch nicht zum ersten Mal Trost bei einer anderen gesucht. Aber Ursulas Sorge wächst, ihr Kummer um Fish und Katie, um alle Fishers, um entfremdete Liebende und verlorene Träume.

Daß Fish im Kellergeschoß schläft, ist ein zeitlich befristetes, aber seit vielen Jahren vertrautes Arrangement. Vor sechs Wochen hat man ihn aus dem Gefängnis entlassen, und sein eigenes Haus ist bis zum Sommer vermietet. Katie bewohnt ein winziges Quartier in der Innenstadt beim Theater, und sie will nicht versuchen, hier mit Fish zusammenzuleben. »Es ist eher ein Wohnheim als ein Apartmenthaus«, behauptete sie von ihrer Unterkunft, und Fish sagt, das schwule Theatervolk würde ihn nerven. Ein paarmal ist Katie zum Essen gekommen und hat ein paar Stunden mit ihm im Kellergeschoß verbracht, aber nie dort übernachtet, soviel Ursula weiß. Wer würde das auch wollen? Er schläft auf einer Sperrholzbank mit Schaumstoffmatte, über kleinen Vorratsschränken, die alle als sein Eigentum betrachten.

Ursula findet Fishs Anwesenheit im Keller irgendwie erfreulich. Dadurch scheint er unter ihrer Kontrolle zu stehen. Ein dummer Gedanke. Als könnte deshalb nichts Schlimmes mehr passieren ...

»Stimmt was nicht mit Katie?« fragt sie. »Geht's um Fish?« Im selben Moment vergißt sie die offenkundige Dringlichkeit von Katies Anruf. Denn plötzlich fällt ihr ein, daß sie gestern versäumt hat, Mrs. Angstrom wegen Carters Englisch-Leistungen zurückzurufen. Es sei wichtig, hat es geheißen. Vielleicht will Ursula gar nichts davon hören. Wenn der Junge nun durchfällt ... Ein Star in Infinitesimalrechnung und Chemie, Halbfinalist im Wettbewerb der »Verdienstvollen jungen Wissenschaftler« um die Stipendien. Und in Englisch vermasselt er alles! (Sie ist überzeugt, er würde im Finale stehen, wenn er sich ein bißchen intensiver mit dem sprachlichen Teil der Prüfungen befaßt hätte.)

»Ich bin nicht auf dem laufenden, Urs.« Ihr Mann stellt seine Schüssel neben seinem Stuhl auf den Boden, damit die Katze sie auslecken kann, und Ursula versucht ihren Ärger zu verbergen. Er geht zur Spüle und füllt die Pfanne mit Wasser, um den verkrusteten Haferschrot einzuweichen. Wegen dieser Pfanne hat es viele kleinliche Streitereien gegeben, bis Michael – ein fairer Mensch – dazu übergegangen ist, sie sofort gewissenhaft zu spülen, sobald er abends das Haus betreten hat. Seither muß Ursula sich nicht mehr darum kümmern, bevor sie das Abendessen kocht. Das macht sie zwar nur selten, doch das beeinflußt das Abkommen nicht. Immerhin ist es *sein* Haferschrot.

»Da es noch so früh ist – könntest du die Pfanne nicht gleich richtig spülen?« fragt sie – unfähig, die Worte zu unterdrücken. Sobald sie ausgesprochen sind, merkt sie, wie häßlich sie klingen. Es ist Carter, der sie zu diesem Tonfall inspiriert. Wo hat sie den Zettel mit der Nachricht von seiner Lehrerin hingelegt? Während der großen Pause in der Schule wird sie versuchen, Mrs. Angstrom zu sprechen. Sie findet es komisch, wenn Michael seine Pausen herbeisehnt, als müßten sich Lehrer wie Chirurgen zwischendurch gründlich die Hände waschen.

O Carter ... Meistens übersieht sie seine pubertäre Exzentrik. Sie hat viel Erfahrung mit überspannten, zornigen Teenagern, und sie weiß, daß es mit ihrem Sohn keine ernsthaften Probleme gibt – jedenfalls keine, die sich mit der Zeit nicht von selbst lösen werden. Aber in der Schule durchzufallen – das kommt gar nicht in Frage.

Michael kehrt zum Tisch zurück, bleibt hinter Ursula stehen, beugt sich herab und schiebt eine Hand in ihren Morgenmantel. Die plötzliche unerwartete Wärme auf ihrer Brust jagt einen kalten Schauer durch ihren ganzen Körper. Sie berührt seinen Arm. Wenn er sich ihr nicht offenbaren will – na, wenn schon? Immerhin erlebt sie solche Augenblicke, und das gar nicht so selten. Manchmal ärgert sie sich ein bißchen, weil er sie so selbstverständlich anfaßt. Sie glaubt, damit würde er versuchen, ihr auszuweichen, sie abzulenken, wenn sie die falschen Fragen stellt. Aber sie weist ihn niemals ab.

Den Fehler des abgelehnten Kaffees will sie in keinem anderen Bereich ihrer Ehe wiederholen. Außerdem – wenn sie Michael verletzen würde, wäre sie selbst die Verliererin.

Michaels Eltern sind seit fünfzig Jahren verheiratet. Ein halbes Jahrhundert voller Enttäuschungen, Schuldgefühle, unterdrücktem Zorn und – neuerdings – wildentschlossener Loyalität. Ursula fragt sich, ob Gully seine Geneva jemals auf so selbstverständliche Art berührt hat. Sie kennt Fotos von den beiden – jung, Seite an Seite, Gullys Arm um Genevas Schultern. Trotzdem erscheint ihr eine echte Nähe zwischen den Schwiegereltern unvorstellbar. Und doch – dieses jungverheiratete Paar ist mit einem 1932er Ford nach Mexico City gefahren, dann per Bahn und Bus nach Guatemala. Ein so kühnes Unterfangen muß von Leidenschaft inspiriert worden sein.

»Weißt du, dieser Gedanke ist mir auch schon gekommen«, sagt Michael und geht davon. Inzwischen hat Ursula vergessen, welcher »Gedanke« gerade zur Debatte steht. Er spricht in jenem leicht ironischen Ton, den Freunde charmant und charakteristisch finden, weil sie nie gezwungen werden, die Bürde alternativer Interpretationen zu tragen. In seinen schäbigen Schafsfellpantoffeln schlurft er zur Treppe.

Die Pfanne. Natürlich, die meint er, denkt sie verlegen. Dann fügt er hinzu, ehe er die Stufen hinaufsteigt: »Sicher hängt es mit Fish zusammen, welches andere Thema läge so klar auf der Hand?«

Sie spürt, wie sich ihre Brustwarzen unter dem Flanellnachthemd aufrichten. »Michael?«

Er bleibt stehen, einen Fuß auf der nächsten Stufe. Kein anderer Grund, nur der Anblick dieses Fußes erinnert sie an eine junge Patientin, der sie vor vielen Jahren zu helfen versucht hat. Das Mädchen war sehr krank. Oft stand sie stundenlang in der gleichen Pose da wie jetzt Michael, als würde sie niemals ermüden. Letzten Endes ging sie geradewegs aus dem Elternhaus auf eine verkehrsreiche Straße und wurde totgefahren. Vergebens hatte Ursula zuvor versucht, sie in eine Anstalt einweisen zu lassen, und sich mit der Erklärung zufriedengeben müssen, so etwas mache man heutzutage nicht mehr. »O Michael«, seufzte sie, aus der Vergangenheit zurückgekehrt.

»Jaaaa?« Er bringt sie zum Lachen, doch danach ist ihr im Augenblick nicht zumute.

Seine Eltern schlafen in getrennten Betten, an entgegengesetzten Seiten ihres Wohnwagens. Ihre eigenen Eltern haben sich scheiden lassen, als sie fünfzehn gewesen ist. In Juliettes Alter. Fangen Trennungen so an? Mit Schnarchen oder anderen gräßlichen kleinen Ticks? Oder werden die Leute von einem entwürdigenden Spektakel auseinandergerissen. *Werden wir eines Tages die Möbel in diesem Haus umstellen*, fragt sie sich. *Sind wir glücklich*?

Sie weiß, daß Michael sie nie verlassen wird. Niemals würde er diesen Gedanken ernsthaft erwägen, wie immer sich die Ehe auch entwickeln mag. Es ist an ihr, das Eheglück am Leben zu erhalten, denn selbst wenn es stürbe, würde Michael sich nicht die Mühe machen, es zu begraben. »Ich wünschte, wir hätten etwas mehr Zeit«, sagt sie.

13

Langsam trinkt sie ihren Kaffee. Heute morgen will sie nicht mit ihrer Schwägerin reden. Das Leben ist so ruhig verlaufen, während Fish seine Gefängnisstrafe abgesessen hat. Die einzigen persönlichen Krisen – nur ganz kleine – sind von ihren Kindern verursacht worden, die einen berechtigten Anspruch auf das Mitgefühl ihrer Mutter und deren gelegentliches Eingreifen haben.

Sie hat es nicht für möglich gehalten, daß Fish ein Jahr hinter Gittern überleben würde. In welch schreckliche Panik sie bei seiner Verurteilung geriet ... So als hätte man ihn in einem Sarg eingesperrt. Das Angebot seines Bruders, die Kaution zu bezahlen, lehnte er ab. »Diesmal kriege ich endlich mal richtige Tritte in den Arsch. Und damit kann's genausogut im Knast losgehen.«

Bei der Verhaftung hatte er verblüfft dreingeschaut, später niedergeschlagen und desinteressiert. Katie wollte er erst nach der Gerichtsverhandlung sehen, und dann sagte er ihr, sie solle ihn nicht im Gefängnis besuchen. Er würde ihr auch nicht schreiben. Sie zog für eine Weile zu Ursula und Michael. Das Haus außerhalb der Stadt – mit all den unvollendeten Projekten, dem verwilderten Garten und den düsteren Wintertagen – erschien ihr unerträglich. Sie konnte nicht schlafen, weinte viel, und Ursula merkte, daß ihre Schwägerin ohne Fish nichts mit sich anzufangen wußte. Sie riet ihr, sich einen Job zu suchen, aber nicht als Kellnerin. Denn der Müßiggang tat Katie nur gut, wenn sie ihn zusammen mit Fish genoß. Gemeinsam hatten sie viele Jahre voller Nichtstun angehäuft.

»Zum Teufel mit ihm – warum war er so verrückt?« schluchzte Katie. »Oh, ich verfluche ihn, weil er so verdammt schuldbewußt ausgesehen hat. Im Rückwärtsgang ist er davongekrabbelt, wie ein kranker Krebs.«

Tag und Nacht saß Ursula neben dem Telefon, versuchte herauszufinden, was vorging, was Fish machte, wohin man ihn gebracht hatte, wann sein Bruder ihn besuchen durfte. »Also wirklich, Ladys, was glaubt ihr wohl, was sie mit ihm anstellen werden?« fragte Michael.

Wenig später wurde Fish in ein Waldcamp verfrachtet, wo die Häftlinge Bäume pflanzen sollten. Knast war Knast, auch im Freien, aber wenigstens hockte er nicht in einer winzigen Zelle.

Einmal schrieb er ihnen eine Karte. Er berichtete, ein Indianerjunge sei im Camp verbotene Wege gegangen und in Schwierigkeiten gekommen. Ursula schrieb zurück und fragte, ob das vielleicht bedeute, daß der Indianer nach Salem zurückgekehrt sei, aber Fish antwortete nicht.

Nach der Entlassung tauchte er in jenem Stil auf, den sie erwartet hatte – mitten aus heiterem Himmel, ohne Vorwarnung, mit verlegener Miene und so ernüchtert, als hätte man ihn mit heruntergelassener Hose ertappt. Er kannte Katies Adresse nicht – (die Karte hatte er an Michael geschickt), und es war schon sehr spät. Sein Bruder scheuchte ihn ins Kellergeschoß, trug Decken, Laken und ein Kissen hinterher. Da unten hatte Fish schon oft genug geschlafen. Michael hatte das Haus seines Bruders für ein Jahr vermietet und die Sachen in seinem eigenen Keller verwahrt, bis auf die Waffen, die bei Dad lagerten.

Bei Fishs Anblick platzte Ursula heraus: »Du kommst ja viel zu früh!« Sie fand, daß er recht gut aussah, die Augen weniger schmerzlich. All die Monate ohne Fusel, Drogen, Sex – waren sie heilsam für ihn gewesen? Sie wollte in umarmen, sich an ihn pressen, seinem leeren Gesicht etwas Leben einhauchen, aber das stand natürlich nur Katie zu. Ursula wollte sie sofort anrufen.

»O nein, belästige sie nicht«, meinte Fish dazu nur. Michael ging weg, kaufte eine Flasche Tokaier und schaute dann zu, wie Fish sich betrank und zufrieden die Besinnung verlor. Er hatte selbst einen kleinen Schwips. Die Augen gerötet und leicht verwirrt, kam er nach oben. »Ist er wirklich okay?« fragte seine Frau schläfrig. »Bist du's auch?«

Dieselbe Frage stellte Katie am nächsten Morgen, als Michael sie anrief. Angespannt und wortkarg, war er außerstande, irgend etwas zu sagen – wie immer, wenn es darauf ankam.

Fish erzählte noch mehr Geschichten über den Indianerjungen, der pfeifen konnte wie dreißig Vögel auf einmal und Hirsch- und Elchrufe nachahmte. Er sagte, da sei auch ein alter Goldsuchertyp gewesen, der vier Sprachen beherrschte, darunter Athabaskisch. Jemand hatte außerhalb der Jagdsaison ein Reh angeschossen, und das war mitten ins Camp getaumelt, auf die Veranda einer Schlafbaracke gesunken und verendet. (Wenn Fish in guter Stimmung ist, redet er sehr schnell, so als wäre er mit Speed vollgepumpt.) Plötzlich schaltete er ein paar Gänge zurück, und es reizte ihn nicht mehr, das Leben im Gefangenenlager zu schildern. Bitter fragte er: »Ich hab's mir selber zuzuschreiben, nicht wahr?« Aber dann fügte er rasch hinzu: « Es hätte schlimmer kommen können.«

Inzwischen hatte sich Katie hinzugesellt, und er schaute sie an, als wären Ursula und Michael nicht da. »So war's nicht da drin, Baby, nicht für mich.« Er nahm einen großen Schluck aus seiner Flasche. »Ich bin zu alt. Und nicht mehr hübsch.«

»Was sollte das denn bedeuten?« fragte Ursula ihren Mann, sobald sie allein waren.

»Falls du's wissen willst, frag Fish oder Katie. Am besten Fish – weil er's gesagt hat. Hat er nicht früher oft mit dir geredet?«

Zu ihrer eigenen Überraschung wurde sie feuerrot. Sie

wußte nicht recht, was Michael meinte. Über ihre Affäre mit Fish hatten sie nie gesprochen, als wäre es eine Affäre mit jemandem gewesen, mit dem sie danach nichts mehr verband. Nie hatte sie erwähnt, wie glücklich sie sich schätzte, weil Fish sein ganzes Geld in Reno verschleudert und sich dann zum Kriegsdienst gemeldet hatte, und sie drei Wochen später mit Sack und Pack zu Michael gezogen war. Ein alberner Impuls, der sich im nachhinein als kluger Entschluß erwiesen hatte. Aber auch ein blindes Huhn findet mal ein Korn ... Zuvor hatte sie kurz erwogen, bei einem fortgeschrittenen Studenten namens Delmore einzuziehen. Aber der machte gerade eine makrobiotische Diät. Und sie hatte an ihrer diesbezüglichen Anpassungsfähigkeit gezweifelt.

Erst Tage später erkannte sie, daß Fish von Sex gesprochen haben mußte. Jeder wußte Bescheid über die Vergewaltigungen, die in Gefängnissen stattfanden, aber sie hatte sich einfach nicht gestattet, daran zu denken. Allein schon die Vorstellung machte sie krank, aber Fish behauptete ja, es sei ihm nicht passiert.

Sechs Monate nach Fishs Verurteilung hatte Katie erneut das Thema Scheidung angeschnitten. »Ich glaube, ich kann's nicht, wenn er hier ist ...« Sie war dünner geworden, kam nur selten zu Besuch und erklärte, sie müsse viel arbeiten. Ursula wollte sie nach ihren Gefühlen fragen, nach den Jahren mit Fish, hielt es aber für besser, gewisse Dinge nicht zu erfahren. Und sie glaubte, einer etwas kühleren Katie gegenüberzusitzen. Inzwischen schien die Chance für eine intime Freundschaft verstrichen zu sein. Hatte sie in die falsche Richtung geschaut und Katie als Freundin und Verwandte im Stich gelassen, um die eigene Angst, die dem Bruder ihres Mannes galt, zu beschwichtigen?

Zweifellos kam man mit einem abwesenden Fish bessere zurecht – aber eine Scheidung, während er völlig hilflos war? Unmöglich ... *Warum gerade jetzt*, dachte Ursula. Er hat niemandem was getan und ist ohnehin schon schwerer bestraft worden, als er's verdient. Nur eine kurze Fahrt in einem fremden Porsche, der in der zweiten Reihe geparkt hatte. An einem Samstagabend waren sie alle zum chinesischen Restaurant gegangen, um Hum Bows zu holen. Und da stand das verdammte Auto. Nur einmal um den Block herum. Leider war das nicht der erste von Fishs dummen Streichen. Gerade darum machte das Gericht ein großes Aufhebens. Fish sei eine Bedrohung für die Gesellschaft. Vielleicht spürte der Richter beginnende anarchische Tendenzen beim Angeklagten. Wenn's um kleine Fische ging, waren die Bullen und sonstigen Gesetzeshüter immer besonders arrogant.

Seit Jahren gehörte es zu Ursulas Job, Ratschläge zur Umgestaltung menschlicher Schicksale zu erteilen. Dieses Kind muß dem Einflußbereich seiner Rabenmutter entzogen, jenes in ein Heim gebracht werden. Welche Adoptiveltern passen zu welchem Kind? Welcher Kinderschänder soll strafrechtlich verfolgt werden? Sie versucht, immer nur das Beste von den Leuten zu denken (oder wenigstens nichts zu erwarten) und sie zu vergessen, sobald ein Fall zu den Akten gelegt wird. Manche Personen verfolgen sie auch später noch, aber die meisten nicht.

Ein Richter müßte ähnliche Erfahrungen gesammelt haben. Aber das Urteil gegen Fish war folgendermaßen begründet worden: »Jungen Leuten, die eine Situation noch nicht richtig einschätzen können, gestehen wir eine gewisse Leichtfertigkeit zu. Aber ein Mann um die Vierzig stellt eine Gefahr für seine Gemeinde dar, wenn er die grundlegenden Regeln mißachtet, die Eigentum und Anstand betreffen.« Eigentum – so lautete das Schlüsselwort. Bei Totschlag und Sodomie mit Kindern werden Strafen mit Bewährung verhängt. Aber wehe, man vergreift sich an fremdem Eigentum!

Ursula erinnert sich noch immer deutlich an den hilflosen Zorn, der sie wie eine sengende Welle durchströmte. Der Richter haßte Fish, dafür daß er schon so lange ein Leben führte, das das System nicht akzeptierte, und er warf auch Katie einen Blick voller Abscheu zu. Vielleicht wünschte er insgeheim, er könnte auch sie hinter Gitter schicken. Fish hatte nichts anderes erwartet. Er erklärte, in Vietnam sei er zu der Überzeugung gelangt, man dürfe weder mit dem Tod noch mit dem Leben rechnen. Und habe er nicht recht behalten?

In Augenblicken, wo es wichtig wäre, fragt Katie die Schwägerin nicht nach deren Meinung. Auf diese Idee ist sie auch damals nicht gekommen, als sie das Baby nach Texas gebracht und weggegeben hat. Ursula weiß, was sie gesagt hätte. Laß sie bei uns. Wir sind eine Familie. In vielen Nächten ist sie aufgewacht und hat um das Baby getrauert, als wäre es tot. Doch das verschwieg sie Katie. Nicht einmal Michael erfuhr es. Längst hat sie Katie verziehen, denn natürlich weiß sie, daß es ihr gar nicht zusteht, der jungen Frau zu grollen.

Katie kann mit einem Kind nichts anfangen und ist vernünftig genug, das zu erkennen. Wenn bloß mehr Mütter rechtzeitig eine solche Entscheidung treffen würden ... Dann gäbe es weniger unterernährte Kinder, viel weniger würden nachts allein gelassen oder in Bratpfannen geröstet. Nicht, daß Katie jemals so etwas getan hätte.

Aber der Keil, der durch jenen Entschluß zwischen die beiden Frauen getrieben worden ist, existiert immer noch. Katie sucht Anerkennung und Ursula verweigert sie ihr.

Wie Katie betonte, würde sie nun zum ersten Mal seit der Begegnung mit Fish nicht mehr zehnmal am Tag zur Tür schauen, um zu sehen, ob er zu ihr zurückkehrt. Endlich habe sie einen klaren Kopf und inneren Frieden errungen. Aber das sei nur ein vorübergehender Zustand, solange sie keinen eindeutigen Schlußstrich ziehe. Sie hat jetzt einen neuen Freund, in ihrem Alter.

Ursula glaubt nicht, daß Fish das weiß. Er muß noch viel lernen. Er meint, die Welt wäre im allgemeinen von Widerlingen bevölkert, aber von seiner Familie erwartet er immer nur das Beste, ebenso von seiner Frau. Seit einiger Zeit wohnt er nun schon im Kellergeschoß. Meistens hat er gearbeitet. Sobald Ursulas Vorgesetzte Angela von seiner Freilassung erfuhr, kündigte sie an, sie würde ihn bitten, einige Restaurierungsarbeiten an ihrem Haus vorzunehmen, einem wundervollen alten viktorianischen Gebäude oberhalb des Boulevards.

Dieser Plan machte Ursula nervös. Sie wollte wegen ihres Schwagers keinen Ärger mit Angela haben. Deshalb warnte sie ihre Vorgesetzte, Fish sei zwar ein fast künstlerischer Handwerker, aber unzuverlässig. Laut erinnerte sie sich an den Gartenzaun, den er für sie gebaut hatte, aber ohne Gatter. Das war erst drei Jahre später hinzugefügt worden (Michael wollte nichts damit zu tun haben, es war nicht sein Projekt.)

Angela hörte zu, ohne mit der Wimper zu zucken. »Wissen Sie, wie das ist, jemanden zu finden, der das Haus lieben wird, weil es schön ist.« Mit sanftem Tadel fügte sie hinzu: »Ich werde Ihnen keine Vorwürfe machen, das verspreche ich. Es ist meine Entscheidung – mein Risiko, wenn Sie es so nennen wollen.« Und es klappte recht gut.

Inzwischen hat Fish einen neuen Auftrag übernommen, unabhängig von Ursula, und sie kann sich allmählich entspannen.

Er meint, Katie würde Zeit brauchen, um über alles hinwegzukommen – was immer sie während seiner Abwesenheit erlebt hat. Daß sie nur herumgesessen habe, habe er nicht erwartet. Ursula hält das für großspuriges, aber leeres Gerede. Er schwebt in Gefahr. Eine erfreuliche Lösung des Problems ist nicht in Sicht, die Ehe der älteren Fishers kein Vorbild, und die Beziehung zwischen Ursula und Michael wird von Katie als glücklicher Zufall abgetan.

Sie ahnt nicht, wie stark manche Fisher-Charakteristika in Wirklichkeit sind, wie unaufhaltsam sie sich einen Weg durch die zähesten Hindernisse bahnen. Wie Ursula weiß, hat Katie sie nie um Michael beneidet. Falls Fish der Kain dieser zwei Brüder ist, interessiert sie sich nicht für den Abel. Im Lauf der Jahre ist sie verschlossen geworden. Ihr Leben weist Narben auf, über die sie keine emotionalen Erklärungen abgibt (eine echte Fisher, wenn auch nur ein angeheiratetes Familienmitglied). Und sie ermutigt auch niemanden, Fragen zu stellen.

Sogar in den schlimmsten Momenten hat es immer so ausgesehen, als wäre sie die Richtige für Fish, und an ihrer unverbrüchlichen Loyalität besteht kein Zweifel. Dieses Gefühl hat sie immerhin ein Kind gekostet.

14

»Katie, ich bin's. Ich war ganz überrascht, wieso du so früh angerufen hast.«

»Tut mir leid, Ursula. Ich weiß, am Morgen bist du nicht in Bestform. Aber ich sitze in der Klemme.«

»Was ist los?«

»Fish. Du weißt ja ... «

»Fish«, wiederholt Ursula und würde gern fragen, ob Katie jemals auch von anderen Personen oder Dingen enttäuscht worden ist.

»Ich werde das durchziehen. Zum ersten Mal, seit ich erwachsen bin, habe ich das Gefühl, mein Leben in den Griff zu kriegen. Ich glaube, mit ihm würde ich's nicht schaffen. Diesen Klotz am Bein kann ich nicht mehr mit mir rumschleppen.«

»Ich habe nicht viel Zeit, Katie. Könntest du heute abend noch mal anrufen!« Ursula schämt sich furchtbar, weil sie der Schwägerin ausweicht. Sie weiß, sie müßte auf die Botschaft hinter Katies Klage antworten. Doch die will sie nicht hören. Und außerdem wird ihre Zeit tatsächlich knapp.

»Nein, es ist wichtig. Meine Anwältin bedrängt mich schon die ganze Zeit. Wenn ich ihr nicht sofort erlaube, Fish die Vorladung zu schicken, will sie nichts mehr mit mir zu tun haben. Und die Vierhundert, die ich ihr schon gezahlt habe, kann ich vergessen. Sie sagt, nun muß es ganz einfach passieren. Scheiße, Ursula, sie hält sich für meine gottverdammte Psychiaterin! Für meine Mommy!«

»Ich wußte nicht, daß sich die Dinge schon so weit entwickelt haben.«

»O Ursula, ich hab's dir doch gesagt. Das weißt du.«

»Okay.«

»Nur heute nicht. Ich versprach ihr, heute würde es klappen, denn ich wollte es endlich hinter mir haben. Und ich sagte, er sei bei euch, und man müsse früh dasein, bevor er weggeht. Aber ich dachte nicht an den Samstag.«

»O Gott!« Die Jubiläumsparty im River Cove Grange! Fish wäre ein Trauergast. Seine Eltern feiern goldene Hochzeit, und er steht vor dem Ende seiner Ehe. Flüchtig überlegt Ursula, ob er sich mit Katie auf irgendwas geeinigt hat.

»Er wird durchdrehen«, fährt seine Frau fort. »Das könnte alles ruinieren. Wo hatte ich bloß meinen Kopf? Überall liegen diese kleinen Zettel rum, damit ich nichts vergesse. Den Anlasser vom Auto checken. Den Riemen an meiner Sandale reparieren lassen. Mit Geneva Servietten kaufen gehen. Servietten ... Ursula, könntest du sie besorgen? Ich will nicht fahren. Meine Karre spielt verrückt. Und ich hab' das Gefühl, daß nur die Hälfte meines Gehirns eingeschaltet ist. Manchmal wünschte ich, Fish wäre ...«

»Was soll ich sagen, Katie? Wann kommt die Vorladung?«

»Sag dem Boten, er soll am Montag noch mal kommen. Fish sei für den Rest der Woche verreist. Montag ist früh genug! Ursula, ich liebe ihn immer noch. Daran liegt es nicht.«

»Gut, ich kaufe die Servietten. Ich sehe nicht ein, warum Geneva dabeisein muß. Und du? Bist du okay?«

Katie stöhnt. »Keine Ahnung. Das werde ich erst wissen, wenn's vorbei ist.«

Ursula geht nach oben, um sich anzuziehen. Ein sonderbarer Laut dringt aus dem Bad – kein Seufzen, eher ein Klagen. »Juliette, bist du da drin?« Sie klopft an die Tür.

Als sie keine Antwort erhält, öffnet sie die Tür und steckt den Kopf hindurch. Juliette steht vor dem Spiegel, die Arme über den Brüsten verschränkt, die Hände berühren die Schultern. Sie sieht das Spiegelbild ihrer Mutter und wirbelt herum, die Augen weit aufgerissen. »Ich hasse sie!«

»Wen, Baby?«

Dramatisch wirft Juliette die Arme hoch, entblößt ihren weißen Hals und das rosa Trikot. Sie ist ein hübsches Mädchen. »Sie werden immer größer!« ruft sie in unverhohlenem Entsetzen.

Es dauert eine Weile, bis Ursula begreift, daß Juliette ihre Brüste meint. Bis jetzt hat sie nur winzige pubertäre Beulen entwickelt, aber wie ihre Mutter nun feststellt, beginnen sie sich zu runden. Von einem Busen kann man allerdings immer noch nicht sprechen. Nicht bei einem Mädchen, das hundert Pfund wiegt.

»O Schätzchen, die sind doch nicht der Rede wert.« Beinahe muß Ursula lachen. Sie erinnert sich an ihre eigenen vollen Brüste während der Mädchenzeit, an ihre Schulfreundinnen, die sich vor Neid die Augen ausgeweint haben.

»Wenn ich so einen Busen kriege wie du, schneide ich ihn ab!« Unglücklich stürmt Juliette an ihrer Mutter vorbei aus dem Bad.

Ursula wäscht sich das Gesicht und kämmt ihr wirres Haar. Es steht in allen Richtungen vom Kopf ab, ein Scheitel existiert nicht. Wenn es etwa drei Zentimeter gewachsen ist, vertrocknen die Spitzen und brechen ab. Es wird Zeit für einen Besuch beim Friseur. Juliette hat genug von den krausen Genen ihrer Mutter geerbt, um eine üppige, gepflegte Lockenpracht zu produzieren, in einer schöneren Farbe als Ursulas mattes Braun, mit rötlichen Fisher-Nuancen.

In ihrem Zimmer schlüpft sie in eines ihrer Nette-Lady-Outfits, ein Hemdblusenkleid aus Jersey, geeignet für Gerichtstermine oder Besprechungen. Michael kleidet sich mit langweiliger Pedanterie an, zupft und zerrt an sich herum, damit sein Hemd richtig sitzt. Dabei hängt seine Hose mit offenem Schlitz an einer seitwärts hochgereckten Hüfte. In solchen Momenten muß Ursula gegen die Versuchung ankämpfen, ihn zu ohrfeigen.

Ihr Blick fällt auf einen Wäscheberg in der Ecke. Ein Großteil davon muß gebügelt werden – eine Pflicht, die sie meistens während der Sonntagabend-TV-Show erfüllt. Manchmal wünscht sie, Michael würde Polyester tragen so wie andere Lehrer, aber sie hat ihm die Vorliebe für Baumwolle selber beigebracht. Heutzutage könnte er beim Unterricht auch Jeans tragen, aber er bevorzugt Köper in ganz bestimmter Qualität. Sie bewundert seinen flachen Hintern. Ein Fisher-Merkmal. Carter hat den runden Po und die kurze Taille der Mutter geerbt – ein gutaussehender Junge, aber er wird sich nicht so phantastisch halten wie sein Dad.

»Wirf alles in den Wäscheschacht«, sagt sie. »Ich gehe runter und steck' eine Ladung in die Maschine.«

Mit lautem Knall fällt die Kellertür hinter ihr zu. Es klingt wie ein Gewehrschuß. Ursula hat Michael gebeten, ein Schnappschloß anzubringen, weil niemand dran denkt, die verdammte Tür zu schließen. Manchmal ist sie überrascht, wie verblüffend gut es funktioniert. Am Fuß des Schachts rafft sie die Wäsche zusammen, trennt hastig dunkle von hellen Sachen, stopft die hellen in die Waschmaschine, schüttet Waschmittel hinein, dann zögert sie kurz. Wenn Fish noch schläft, wird ihn das Rattern wecken. Sie drückt auf die Starttaste. Nirgends ein Lebenszeichen, keine Geräusche hinter dem Vorhang, der Fishs Schlafplatz vom restlichen Kellergeschoß abschirmt.

In der Ecke rauscht die Toilettenspülung, die Dusche wird aufgedreht. Auch diesbezüglich ist er hart im Nehmen, denn die Waschmaschine wird den Wasserdruck verringern. Aber das belastet Ursulas Gewissen nicht so sehr, daß sie das Gerät abstellen würde. Außerdem weiß Fisher über das Wassersystem Bescheid und hat mehr Zeit als sie.

Die Tür nach draußen steht einen Spaltbreit offen. Verdammt! Sicher, Ursula neigt zur Pingeligkeit, was Türen betrifft. Aber ist es denn wirklich zuviel von Fish verlangt, er solle die Tür schließen, wenn er abends hereinkommt? Sie sind bereits ausgeraubt worden – also ist das keineswegs eine rein theoretische Bedrohung. Als sie einmal in Portland einen Tag lang unterwegs waren, ist jemand hereinspaziert, um die Stereoanlage mitzunehmen (den einzigen Wertgegenstand, den sie damals besessen haben), dazu noch einen Karton voller Pilze. Und hier, in Carters erstem High-School-Jahr, schlich jemand frühmorgens durch die unversperrte Vordertür herein und fuhr den Toyota weg, während sie sich alle im ersten Stock anzogen.

Sie macht zwei Schritte bis zur Tür, wirft sie krachend ins Schloß und dreht den Schlüssel herum.

Etwas später wischt sie den Frühstückstisch ab, und da hört sie Juliette kreischen. Als sie das Zimmer ihrer Tochter erreicht, ist Michael schon dort. An einer Seite gehen Juliettes Fenster zur Straße hinaus, an der anderen zu einer Glyzinienhecke.

»Er hat in unsere Büsche gepinkelt!« faucht Juliette wütend. »Splitterfasernackt!«

Über die Schulter schaut Michael auf Ursula und bemerkt gelassen: »Wer kann das schon gewesen sein?«

»Und ich dachte, er würde duschen.« Sie erinnert sich an die verschlossene Kellertür.

Mit quietschenden Reifen hält ein Auto am Gehsteigrand. Michael beugt sich aus dem Fenster und schreit: »Schlepp deinen Arsch besser ins Haus, Fish!«

»O nein!« jammert Ursula. Plötzlich wird ihr bewußt, daß Fishs Freundin unter der Dusche gestanden haben muß. Und er ging lieber hinaus ins Freie als nach oben ins Bad. Bevor sie die Kellertür versperrt hat.

Sie rast die Stufen hinab, um den Gerichtsboten an der Haustür abzufangen. Gleichzeitig erreicht auch Fish den Fuß der Treppe – splitterfasernackt. Ursula reißt die Tür auf und ruft: »Sie haben die falsche Adresse erwischt!«

Der Gerichtsbote – der einen Verlierer erkennt, sobald er ihn sieht – drückt Fish die Vorladung in die Hand. »Offenbar hat sie schon alles gekriegt, was Sie ihr bieten können.« Lachend schlägt er sich auf die Schenkel.

Verwirrt steht Fish auf der Veranda, das Hinterteil vor aller Welt entblößt. »Komm rein!« befiehlt Ursula. Er stürzt an ihr vorbei, läßt die Vorladung zu Boden fallen und ergreift die Flucht. Langsam hebt Ursula den Brief auf, als wäre er bleischwer. *Ich werde Katie sagen, der Bote sei gekommen, während ich telefoniert habe*, beschließt sie. *Die Wahrheit soll sie nicht erfahren.*

Aber sie wird trotzdem reden. Geschichten zu erzählen – das ist eine Methode, über etwas zu sprechen, ohne allzu intensiv in der Tiefe zu schürfen, das Leben kreativ zu gestalten und sich daran zu erinnern, noch während man es lebt. Aber manchmal wirkt das nur wie weißes Rauschen.

Sie dreht sich um. Michael steht hinter ihr und umarmt sie. »Armer Junge«, murmelt er. »Wie glücklich wir dagegen sind ...«

Ihr Herz flattert. *Ah – wie die Heldin einer Seifenoper*, denkt sie und hört die Zeit vorbeiticken. Sie umschlingen sich neben einer antiken Großvateruhr, die zwar geht, aber nicht die Stunde schlägt. »Ich muß weg«, wispert Ursula widerstrebend, läuft ins Eßzimmer und zerrt ihren Pullover von einer Stuhllehne, holt die Handtasche aus der Küche und ruft Michael von der Haustür aus einen Abschiedsgruß zu. »Bis heute abend!«

Im Auto beginnt sie zu singen, nur »La, la, la«, ohne Melodie. Nicht einmal Carter wäre imstande, lyrische Worte von Michael zu zerstören.

Sie fährt die Straße hinab und freut sich auf den Beginn des Tages. Leid und Mitleid prägen ihre Arbeit. Manchmal entfalten sich Tragödien – bevölkert von Opfern und Schurken, lauter schlechten Schauspielern. Und trotzdem stürzt sich Ursula jeden Tag mit neuer Begeisterung hinein. Man kann nichts dagegen tun, wenn man dazu neigt, mitzuleiden, sich völlig zu verausgaben. Immerhin sind die meisten Menschen berechenbar oder zumindest auf den zweiten Blick zu durchschauen. Gelegentlich schockieren sie einen, und solche Augenblicke sammelt man, um ein Repertoire anzulegen. Und hin und wieder wird man von Schmerz überflutet, wie von einer Welle aus fernen Gewässern. Man arbeitet flink, aber ohne Hast, trifft gute Entscheidungen, verteidigt sie mit stichhaltigen Argumenten. O ja, man tut wirklich eine ganze Menge.

Und man erkennt, wie kostbar das eigene gewöhnliche, glückliche, pockennarbige Leben ist. Jeden Tag gibt es einen Augenblick, wo man allen Grund hat, dankbar zu sein.

15

Auf dem gelben Notizzettel, der neben Katies Telefon an der Wand klebt, steht: »Geneva/Servietten/Mittwoch.« Sie schält das Papierchen herunter, zerknüllt es und wirft es in die braune Papiertüte beim Kühlschrank. Vorsichtig beugt sie sich darüber und schnuppert. Es kommt so wenig Abfall zusammen, daß sie oft vergißt, ihn hinauszubringen. Thunfischdosen, weggeworfene Salami-Endstücke, altes Brot und gebrauchte Frischhaltefolie pflegen erst mal langsam vor sich hin zu modern und dann explosionsartig Gestank zu verbreiten. Die Tüte ist nicht einmal halbvoll und enthält nur Papier, Joghurtbecher und Kaffeesatz. Tagelang hat sie nicht daheim gegessen. Sie nascht von den Resten, die ihre Nachbarin Maureen nach Hause bringt, Köchin in einem vegetarischen Delikatessengeschäft mit Stehimbiß, knabbert Cracker und Müsli ohne Milch. Ansonsten geht sie mit ihrem Liebhaber Jeff aus. Sie ißt, was er empfiehlt, und versichert jedesmal, es würde köstlich schmecken. Beim Zusammenleben mit Fish hat sie gelernt, alles zu essen. Oft wählte er merkwürdige Gerichte aus, um ihre Courage zu testen. Sie verspeiste Sardinen, Sushi, mehrere Wildarten, schwarze Pilze, chinesische Suppe mit Hühnerfüßen, Beeren und Wildkräutern, beim Camping gesammelt. Wann immer sie allein war, wußte sie nicht, was sie wollte. Manchmal hat sie in Fishs Abwesenheit gar nichts gegessen, außer einer Mahlzeit täglich am Arbeitsplatz.

Ihr Liebhaber ist Landwirtschaftsgenetiker und hat einen orangegelben Baby-Blumenkohl entwickelt. Derzeit reift auf der landwirtschaftlichen experimentellen Station die Ernte heran, in einer Hydrokultur. Vor ein paar Jahren hat er mitgeholfen, eine zierliche rosige Birne zu züchten. Dieses Obst wächst nun hier im Tal, muß aber noch modifiziert und widerstandsfähiger gemacht werden, um den Transport zu überstehen. Seit Katie über diese exotische Birne Bescheid weiß, blickt sie in wachsender Sehnsucht der Spätsommerernte entgegen und denkt in sonderbaren, unpassenden Momenten daran, zum Beispiel, wenn sie mit ihrem Freund schläft oder Borten an ein Offiziersjackett für die Tschechow-Premiere näht. Den Gedanken an die Birne zieht sie dem Gedanken an ihren Liebhaber vor. Mittlerweile konzentriert sich Jeffs Aufmerksamkeit auf Weintrauben. Er lobt die Bedingungen in dieser Region und findet sie genauso geeignet für den Anbau verschiedener Varianten wie die Napa- und Sonoma-Gebiete. Überall sind kleine Weingärten angelegt worden. Ein Franzose stellt zusammen mit einem pensionierten Experten für filmische Spezialeffekte sogar regionalen Cognac her. Jeff meint, Winzer seien hochinteressante Leute. Über Weintrinker gibt er keinen Kommentar ab.

Katie überlegt, ob er vielleicht auch in ihr eine Hybride sieht, vielleicht eine Wildfrucht, die man ins Labor gebracht hat, um sie zu domestizieren. Er zeigt sich entzückt über ihren etwas altmodischen persönlichen Stil (das lange glatte Haar, meistens zu Zöpfen geflochten oder zu einem Pferdeschwanz zusammengebunden, das – wie er es nennt – »reingewaschene« ungeschminkte

Gesicht, ihre Abneigung gegen Strümpfe, BHs, Slips und Schmuck). Andererseits bringt er ihr Geschenke mit, die ihr Äußeres ganz offensichtlich verbessern sollen – obwohl er behauptet, es würde ihm gefallen. Sie besitzt mittlerweile lackierte Haarspangen, einen geraden Faltenrock, einen hellgrauen Charmeuse-Slip, eine dünne Goldkette und Parfum. Und er fragt nach ihren Aussichten als Kostümbildnerin, als könnte er sich nicht vorstellen, daß sie als Schneidergehilfin zufrieden ist, die Säume bügelt, mit Heftstichen Kostüme präpariert, die rasch gewechselt werden müssen, Ornamente aufstickt und dergleichen.

Sie versucht ihm zu verschweigen, welch ein resigniertes Stiefkind sie ist unter ihren Mitarbeiterinnen, die Theaterwissenschaft oder Kostümkunde studiert oder Fachschulen für Mode- und Stoffdesign besucht haben. Sogar die wenigen anderen einheimischen Frauen, die für die Schneiderwerkstatt engagiert worden sind, verstehen mehr vom Nähen als Katie und zeigen größeren Ehrgeiz. Sie kaufen sich einschlägige Bücher, zum Beispiel Enzyklopädien über historische Kostüme aus aller Welt, deren Lektüre so anstrengend ist, daß Katies Augen tränen. Soll Jeff von ihrer niedrigen Position halten, was er will – sie nimmt es ihm nicht übel. Jeder erwartet etwas Außergewöhnliches von den Leuten, die am Theater arbeiten, selbst wenn ihre Pflichten nur darin bestehen, Broschüren auf die Post zu bringen und Eintrittskarten zu verkaufen.

Katie fragt sich zwar nur vage, was Jeff an ihr findet (was immer er behauptet, sie glaubt an ein rein sexuelles Interesse), wundert sich aber über ihre wachsende Abhängigkeit von ihm, die weniger emotional als praktisch orientiert ist. Er beginnt immer mehr Aspekte ihres Lebens zu steuern. Das Intimleben mit ihr hält er für selbstverständlich, obwohl sie noch immer mit einem anderen verheiratet ist. Natürlich weiß sie, daß sie das zugelassen hat, daß sie ihn in seinem Verhalten bestärkt hat, als Fish zurückkehrte und sie weiterhin allein leben wollte. Da es ihr unmöglich erscheint, mit ihrem Mann zusammen zu wohnen, hat sie ihrem Liebhaber gestattet, ihr gegenüber eine starke Autorität zu gewinnen, wenngleich sie sich nicht bewußt dafür entschieden hat. Darüber ärgert sie sich in letzter Zeit – vor allem über die Art und Weise, wie er Fragen nach ihrer Vergangenheit stellt. Hat Fish sie jemals geschlagen? Wollte sie Kinder? (Von Rhea weiß er nichts.) »Was macht dir im Leben den größten Kummer?« will er wissen.

»Erdbeben und Spinnen«, erwidert sie und unterdrückt ein spöttisches Lächeln.

Um so ausführlicher erzählt er von sich selbst und gesteht, früher habe er sich vor dem Wasser gefürchtet und es sei ihm schwergefallen, schwimmen zu lernen. Das kann er jetzt sehr gut. Eines späten Abends spricht er von seiner Studienzeit, wo er einmal eine Idee aus der wissenschaftlichen Abhandlung eines alten Meisters gestohlen hat. Das sei kein richtiges Plagiat gewesen, versichert er hastig, jedes Wort habe er letzten Endes selbst verfaßt. Trotzdem fühlt er sich schuldig. Andererseits weiß er jene Erfahrung zu schätzen, denn sie hat seine Moral gestärkt. Er berichtet von Essays, die er im *Esquire* liest – über Männerfreundschaft, Sport, medizinische Ethik. Anscheinend wünscht er, Katie möge seine Offenherzigkeit loben. Aber sie ist oft gelangweilt und geistesabwesend und kann es nicht würdigen, wenn er beteuert, mit ihr würde er sich viel intimer unterhalten als je zuvor mit anderen Frauen.

Wieso beurteilt er sie so falsch? Welches seiner Bedürfnisse hat die imaginäre Katie geschaffen? Für sie gibt es nur mit einem einzigen Menschen auf der Welt intime Nähe – mit Fish. Und die rührt nicht so sehr von wechselseitigen Offenbarungen her, sondern vielmehr von gemeinsamen Jahren und Erlebnissen, von geteilten und inzwischen verblaßten Träumen. Von geteilter Schuld, wie ihrer Mutter gegenüber, von geteilten Verlusten, zum Beispiel Rhea. Vom Bemühen, nicht jene Menschen zu werden, die den Eltern vorgeschwebt haben. Vom Drang, einander zu benutzen, um die Vergangenheit, die Gewohnheiten und Schwächen zu bekämpfen.

Sie muß ihr eigenes Leben überdenken, und es widerstrebt ihr, sich Jeff anzuvertrauen. Der Versuch, ihr eigenes Verhalten zu analysieren, ermüdet sie. Für dieses Unterfangen muß sie erst noch eine klare Linie finden. Oft spürt sie eine Blockade in ihren Gedankengängen, gewissermaßen mentale Krämpfe.

Sie kann sich gar nicht mehr genau erinnern, warum sie den Entschluß faßte, die Scheidung einzureichen. Jedenfalls ist es ihr Impuls (nicht Jeffs). Nicht zum ersten Mal hat sie es erwogen. Schon vor Jahren hat Ursula diesen Vorschlag gemacht – ganz vorsichtig. »Du kannst bestimmen, wie du leben willst. Du muß nicht so weitermachen.« In welcher Krise befand sie sich damals, um einen solchen Rat von ihrer Schwägerin einzuholen? Sie entsinnt sich nicht, und es spielt auch keine Rolle, abgesehen von dem Umstand, daß niemand zu verstehen scheint, warum Katie überhaupt bei Fish geblieben ist. Ihre Mutter wundert sich unentwegt, weil diese merkwürdige Ehe immer noch »hält«.

Diesmal ist Katie an einem besonderen Abend im letzten Dezember auf die Idee verfallen. Es war regnerisch und kalt, und sie schwelgte in Selbstmitleid, weil Fish im Gefängnis saß und nicht bei ihr. Später probierte sie ihren Gedanken an Ursula aus – nicht lange nach der Begegnung mit Jeff, klar ... Diese interessante Möglichkeit laut auszusprechen – das verlieh ihr eine gewisse Berechtigung. *Ich könnte mich scheiden lassen*, überlegte Katie. *Einen Freund habe ich ja schon.* Diese Tatsache mochte zwar das Räderwerk in Katies Gehirn geölt haben, stellt aber wohl kaum ein stichhaltiges Argument dar. Danach wuchs ihr Groll gegen Fish, der ihr nicht schrieb und ihr keinen Besuch in der Haftanstalt erlaubte. *Ich werd's ihm zeigen* – auch dieser Wunsch mochte sie motiviert haben.

Außerdem würde die Scheidung von einem schwierigen Mann den Kritikern gefallen (wenn ihr in diesem Zusammenhang auch nur die Mutter einfiel). Man wird es als »Schritt in die richtige Richtung« betrachten, nachdem sie ihr ganzes bisherigen Leben lang wie eine Plastikente in der Badewanne umhergeschwankt war.

Aber an diesem Morgen – während sie umhergeht, sich anzieht, ihr Bett macht, Kaffee trinkt, an ihren Fingernägeln zupft – ist sie überwältigt von der maßlosen Erleichterung, die sie nach ihrem Entschluß empfindet, Fish die gerichtlichen Papiere noch vorzuenthalten. Sie gewinnt den Eindruck, die Scheidung wäre von einer dritten Partei in Gang gebracht worden und sie selbst hätte eine Hand gehoben, um den fahrenden Zug aufzuhalten.

Sie ist erleichtert, vielleicht weil sie weiß, daß sie ihn am Samstag wiedersehen wird, und fühlt sich ihm in diesem Moment verbunden.

16

Nach sechs Uhr kommt Ursula nach Hause. Zu ihrer Verblüffung trifft sie Michael in der Küche an, wo er in den Hinterhof starrt. Das Radio läuft ganz leise, fast unhörbar, und so verpaßt er sein geliebtes *All Things Considered.*

»Hi«, sagt sie und stellt fest, daß er das Frühstücksgeschirr gespült hat. Sie sieht auch Spuren von Carter – ein offenes Erdnußbutterglas, umgeben von Krümeln, neben einem schmutzigen Messer.

Sie möchte fröhliche Schwatzhaftigkeit mimen, aber Michael läßt sich nicht gern aushorchen. *Was denkt er,* fragt sie sich, obwohl sie ihren Magister in Rechtsberatung gemacht hat und weiß, daß jedem Menschen die Wahrung seiner Privatsphäre zusteht – eines inneren Freiraums, oder wie immer man es nennen mag. Michael wirkt so vielschichtig, so makellos, und gerade deshalb so verlockend. »Jetzt habe ich dich beim Nichtstun ertappt.« Mehr bringt sie nicht zustande.

»Der Hinterhof sieht schäbig aus«, erwidert er. »Ich habe mir überlegt, ob ich einen Patio um die Platane herumbauen soll. Oder einen Pavillon.« Natürlich, er sucht nach einem Sommerprojekt. »Oder glaubst du, die Platane wirft zuviel Blätter und sonstiges Zeug ab? Daß ich's ständig wegfegen muß?«

»Das tust du doch ohnehin schon.« Dieser Gedankengang gefällt Ursula. Auch sie erschrickt manchmal über die schäbige Atmosphäre von Haus und Garten. Sie könnten sich leisten, alles in Ordnung zu bringen. Ab und zu müßte jemand kommen und richtig saubermachen. Sie haben die Zimmer vollgestopft und sich geringfügig bemüht, dies oder jenes anders zu gestalten, aber im großen und ganzen braucht das Domizil mehr Pflege. Oder sollte sie Michael zum Umzug in ein neues Haus überreden? Sie malt sich hohe, helle weiße Wände aus, Wasser, das durch glatte neue Röhren fließt. Eine funktionsfähige Dusche.

»Die Veranda ist okay«, überlegt Michael. Fish hat sie vor ein paar Jahren gebaut – mit breitem Bretterboden, einem Gitterzaun zu beiden Seiten und überdachten Bänken aus geschweiftem Holz. Dieses Projekt hat Ursula ebenfalls entzückt. Sie stellte sich vor, Partys im Freien zu geben, an lauen Sommerabenden. Dazu wollte sie nicht nur Sozialarbeiter einladen (Michael haßt deren Gerede), sondern auch Leute vom College und vom Theater. Einige dieser transplantierten kalifornischen Hippie-Typen mit ihren Tonstudios und Kunstgalerien. Natürlich kennt sie niemanden von dieser Sorte, und sie scheint nie Zeit zu haben. Nicht einmal Michaels Lehrerkollegen werden eingeladen. Und letztes Jahr hat die Familie höchstens fünfmal draußen gegessen. Wie albern. Dabei würden sie doch nur ein paar von diesen billigen Gartenmöbeln brauchen, die sie in den Läden stapeln wie Hüte.

»Bald beginnt der Sommer«, sagt sie leise. In diese Jahreszeit setzt sie jedesmal große Hoffnungen. Stets glaubt sie, das Familienleben würde dann beschaulicher verlaufen. In gewisser Weise trifft das sogar zu, weil Michael nicht unterrichten muß. Aber die Kinder verfolgen mittlerweile ihre eigenen Interessen, und Ursulas Arbeit geht ihren gewohnten Gang, wie zu jeder Jahreszeit. Außerdem sind manche Tage so heiß, daß man sich vor acht Uhr abends nicht bewegen kann. In einem neuen Haus würde sie eine Klimaanlage einbauen lassen.

»Wir brauchen Bäume mit ein bißchen Farbe. Holzapfelbäume? Rot-Ahorn? Irgendwas teures Japanisches, so wie unten im Park? Wir müßten mehr Schatten haben. Und immergrüne Gewächse. Es würde mir nicht schwerfallen, eine ganze Menge Geld für den Garten auszugeben.« Michael schüttelt den Kopf und schaut Ursula an. Im Grunde fordert er sie nicht zu einem Kommentar auf, er spricht nur aus, was er denkt. »Juliette hat angerufen. Sie ist zu Marina gegangen, um Französisch zu lernen.«

Später wird sie Marinas Nummer hervorsuchen. Sie vergewissert sich gern, wo ihre Tochter ist. Und sie muß auch mit Katie telefonieren. »Wir könnten uns neue Bäume leisten, Michael.«

Er schweigt, und sie zieht einen Stuhl unter dem Küchentisch hervor und setzt sich zu ihrem Mann. »Stimmt was nicht?«

Mit einer Fußspitze schabt er über den Boden. Vor zwei Monaten hat er das alte Linoleum entfernt. Seither gehen sie über Sperrholzplatten und warten darauf, daß er die neuen grauen Gummiplatten darauflegt, die nach seiner Meinung gut aussehen und widerstandsfähig sind. »Da stehen wir weicher drauf, während wir arbeiten«, hat er betont. Als wären sie Gourmet-Köche. Die Gummirollen lagern im Keller. Alle seine Projekte geraten irgendwann in eine Leerlauf-Phase. Ein Fisher-Merkmal. Gully hat seine Familie einmal für ein ganzes Jahr in einer Garage einquartiert, ehe er dazu gekommen ist, ein Haus anzubauen.

Michael seufzt geräuschvoll. »Wilson erklärte mir heute in der Schule, ich könne nächstes Jahr mit den Kindern keine Detektorenempfänger basteln. Keine elektrischen Eisenbahnen, keine Vogelhäuschen. Keine kleinen Gewächshäuser. Keine Landkarten vom Park. Nur

Rechnen, Lesen, Rechtschreibung. Reiner Lernstoff. Er hat's nie begriffen. Und ich dachte, diese Scheiße hätten wir überwunden.« Er unterrichtet Junior-High-School-Kinder, die in normalen Schulen nicht zurechtkommen, und versteht sich gut mit ihnen. Kinder, die der Norm mathematischer Anforderungen nicht entsprechen, aber Vogelhäuschen ausmessen und bauen können. Und diese Vogelhäuschen – in den Wäldern nahe den Nistplätzen der Drosseln verteilt – haben dem Bezirk eine gute Publicity eingebracht.

Entschlossen strafft Ursula die Schultern. Wenn Probleme auftauchen, findet sie fast immer eine Lösung. Ihr praktischer Verstand wird oft von ihren Vorgesetzten gelobt. Offenbar ist irgend jemand pikiert, weil Michaels Schützlinge Spaß in der Schule haben. (Er erzählt oft, da gehe es zu wie in einem Ferienlager.) Sie könnte zusammen mit ihrem Mann eine Aktennotiz für den Direktor entwerfen und dann tippen. Wenn es sein muß, wird er später auch noch an den Aufsichtsrat schreiben und Zeitungsartikel über das Drossel-Projekt beilegen, das nun schon einige Jahre läuft. Da gibt's ein grandioses Foto von einem Siebtkläßler mit einem Beamten vom Audubon-Verein.

»Eine Aktennotiz«, ist alles, was sie über die Lippen bringt.

Er hebt die Hände. »In diesem Jahr sind nur mehr drei Wochen übrig! Niemand kann in drei Wochen so was klären. In dieser kurzen Zeit werden sie nur Regeln aufstellen.« Seufzend dreht er die Handflächen nach oben. »Also hab ich's sausen lassen.«

Sausen lassen – das ist ihre Ausdrucksweise, nicht seine. Macht er sich über sie lustig? Wenigstens scheint er sich zu entspannen. Und vielleicht meint er ernst, was er sagt.

»Ich verstehe.« Später wird sie das Thema noch einmal anschneiden. Im Augenblick ist sie erschöpft. Sie fährt mit der Zunge über das wunde Fleisch an der Innenseite ihrer Wange, in die sie beim Lunch gebissen hat, statt in ein Putenbrust-Sandwich. Danach konnte sie nicht weiteressen. Und jetzt ist sie hungrig.

»Mom hat angerufen. Sie meint, Pop würde sich komisch aufführen.«

Gully ißt zu viele Süßigkeiten, zersägt zuviel Holz, kultiviert sonderbare Freunde, bleibt nachmittags zu oft weg. Man muß ihm andererseits zugute halten, daß er nicht mehr trinkt. Keinen Tropfen. Manchmal fragt sich Ursula, ob nicht gerade darin Genevas Problem liegt. Der gute Gully braucht nicht mehr soviel Fürsorge. Aber sie will nicht über ihn reden. Immerhin ist er schon dreiundsiebzig. »Kümmere dich nicht um Gully, Michael. Was ist mit unserem Sohn?«

»Carter?«

»Genau!«

Michael springt auf und beginnt diverse Gegenstände von der Küchentheke zu räumen. Er entfernt Carters Krümel, wischt den Rand des Erdnußbutterglases ab und schraubt den Deckel darauf.

»Würdest du bitte damit aufhören?« faucht sie. Jedesmal findet er Mittel und Wege, sie nicht anzuschauen, wenn sie über Carter diskutieren will. Nur sie – nicht er *und* sie. Michael weiß, daß der Junge fast unerträglich ist, verkraftet es aber nicht, über Strategien zu reden. Er zieht es vor, den Dingen ihren Lauf zu lassen, und glaubt felsenfest an die Wirksamkeit des Abwartens. Vor allem bei Kindern. Aber Sozialarbeiter sehen immer wieder, daß man diesen Luxus in gewissen Situationen nicht erlauben kann.

»Leg ihn in Ketten oder laß ihn in Ruhe«, schlägt er vor.

»Carter oder Gully?«

Grinsend kratzt er sich am Kopf. »Ganz wie du willst, Ursie.«

»Ich *will* dir mitteilen, daß Mrs. Angstrom die derzeit vorliegende Englisch-Arbeit deines Sohnes so nicht akzeptiert. Er hat das Wochenende – vier Tage – Zeit, um sich was anderes einfallen zu lassen. Sie erzählte mir, zuerst habe sie geglaubt, er wolle sie zum Narren halten. Offenbar liebt er es, in der Schule Witze zu reißen. Er behauptete, er habe wochenlang täglich über dieser Arbeit gesessen. Täglich!« Nach der Schule pflegt Carter daheim aufzutauchen, um was anderes anzuziehen und Gel in seine Haare zu schmieren. Manchmal ißt er etwas. Dann verschwindet er für mehrere Stunden. »Sie will wissen, ob wir seine Hausarbeiten überwachen. Aus welchem Jahrhundert stammt diese Frau? Was weiß sie über achtzehnjährige Jungs?«

»Was hast du ihr gesagt?«

»Daß er spätabends arbeitet und daß das meiste, was er da macht, mein Begriffsvermögen übersteigt. Da schaute sie sehr arrogant drein und erwiderte: ›Oh, ich verstehe.‹ Michael, diese Frau könnte ihm den Schulabschluß vermasseln.«

»Und dann wird er sterben«, ergänzte er so feierlich, als wäre das tatsächlich zu erwarten.

»Verdammt, Michael, sei doch mal ernst! Wenn er den Abschluß schaffen soll, muß er in die Sommerschule gehen. Dann wird natürlich nichts aus dem Job im Supermarkt ...«

» ... den du ihm bei deiner Freundin Sharon besorgt hast ...«

» ... und über den wir froh sind, weil wir beide mit unseren *gewaltigen* Einkünften seinen Lebensunterhalt bestreiten müssen.« Plötzlich gerät sie aus dem Konzept. Was redet sie da, und warum regt sie sich so auf? Natürlich, es geht um Carters High-School-Abschluß. »Was wird aus seinem Stipendium für die Universität? Wie ist es da überhaupt in die engere Wahl gekommen? Hat irgendwer mit irgendwem über ihn geredet?«

»Und Mrs. Angstrom hat unserem Sohn das alles gesagt?«

»Das behauptet sie. Klar.«

»Warum überlassen wir's dann nicht Carter, sich da herauszulavieren? Er hat einen Word Processor, also kann er seine Arbeit an einem Wochenende schreiben.«

»Das ist es ja. Er hat nur ein wildes Konglomerat aus Pünktchen und Buchstaben abgeliefert. Kennst du das Thema seiner Arbeit?«

»Nein. Du etwa?«

»Jetzt schon. Er behauptet, Außerirdische seien auf die Erde gekommen, um Pyramiden zu bauen. Als Beweise führt er die Positionen dieser Bauten an, ihre Stellung zur Sonne und zueinander, das verdammte Gekritzel in Peru ... Keine Ahnung, was sonst noch. Ich hab's nur überflogen, aber du kannst es ja lesen.«

»Wenn die Arbeit Bertie Angstroms Standard nicht entspricht – warum soll ich mich dann damit abplagen?«

»Um herauszufinden, ob dein Sohn seine Englischlehrerin auf den Arm nimmt oder ob er ein Idiot ist.«

»Carter interessiert sich für dieses Zeug, Schätzchen. Ständig liest er Bücher über ungeklärte Phänomene. Nachts öffnet er sein Fenster und sagt zum Universum:

›Hol mich!‹« Michael tätschelt Ursulas Finger, die sie ihm hastig entzieht. Sie hebt ihre Handtasche vom Boden auf, nimmt die zusammengefaltete Prüfungsarbeit heraus und drückt sie ihm in die Hand.

»Ich mußte mit ihr reden, also solltest du das wenigstens lesen.«

Er legt die Papiere bedächtig neben die Brotbox. »Okay.«

»O Michael«, jammert sie, »diese Frau ...« Dann zögert sie. Es fällt einem schwer, Lehrer zu kritisieren, wenn man mit einem verheiratet ist. Es ist, als ob man einen Fisher kritisiert.

Mrs. Angstrom hat sie mit ihren kleinen Frettchenaugen gemustert und erklärt: »Ich finde, die Kinder von Professoren, Sozialarbeitern und anderen Lehrern sind oft die schlimmsten Fälle. Entweder erwarten die Eltern zuviel oder gar nichts.« Wie sie in dieser Hinsicht über die Fishers dachte, ist klar zum Ausdruck gekommen. Schockiert machte sich Ursula auf weitere Erläuterungen gefaßt, aber die Lehrerin stand einfach nur auf und reichte ihr ein bläulich bedrucktes Blatt Papier – die klassische Kopie – und Carters Arbeit. »Da sind die Kriterien. Am Montag will ich eine vernünftige Abhandlung haben, oder er fällt durch. In diesem Haus muß man gewissen Ansprüchen genügen, wenn man seinen Abschluß haben will.«

Verzweifelt umklammerte Ursula die Papiere. Warum mußte sie sich das alles von dieser Frau aufhalsen lassen? »Über welches Thema soll er schreiben?« Sie schrie beinahe.

Die Lehrerin lächelte. (Schlaues Frettchen, dachte Ursula.) »Über etwas, das Sie interessiert, Mrs. Fisher. Glauben Sie nicht auch, das wäre am besten?«

Als sie davonstolzierte, spendeten ihr ausladendes Hinterteil und die glänzenden abgewetzten Stellen ihrer engen Hose niederträchtigen Trost. Sie ist jünger als ich, hat Ursula gedacht, aber hat sich längst nicht so gut gehalten.

Das alles kann sie Michael nicht erzählen. Irgendwann wird sie während einer Arbeitspause in der Cafeteria darüber reden und bei den Kolleginnen mitfühlendes Verständnis finden. Die werden eigene Erlebnisse mit Lehrern schildern. Aber Michael ... Er ist ein so wunderbarer, freundlicher Lehrer, und er soll nicht glauben, sie würde an ihm zweifeln. Auf keinen Fall möchte sie ihn aufregen. Nicht, daß er aus der Haut fahren würde. Wahrscheinlich würde er ganz ruhig bleiben – nach außen. Aber sein Inneres? Nun, Carter stellt seine Geduld auf eine harte Probe, davon ist sie fest überzeugt. Und Michael hat seine eigenen Probleme – im Beruf, mit seinen Verpflichtungen Gully und Geneva gegenüber, mit seinen unerfüllten Träumen. Sie befürchtet, seine Unfähigkeit, seinem Zorn, Frust oder Kummer Luft zu machen, könnte an lebenswichtigen inneren Organen zehren. Und wenn er eines Tages stirbt und man eine Autopsie vornimmt, um die Todesursache zu ermitteln, würde man feststellen, daß sein Körper innen leer ist.

»Ich hätte mit Bertie reden sollen«, gibt er zu, obwohl er bei Schulkonferenzen, Zahnarztterminen und in unglückseligen Grippenächten überreichliche Beiträge geleistet hat. Jetzt überantwortet er die Sorgen Ursula, oder er ermahnt sie, die Kinder alle Probleme selber lösen zu lassen, als wären sie schon frühzeitig autonome Erwachsene geworden. »Bertie ist starr wie ein gestärktes Leintuch, weil die Kinder sie zu Tode erschrecken. Wie wäre dir denn zumute, wenn du lauter Jungs mit rosa gefärbten Haaren und kahlgeschorenen Schläfen gegenüberstündest? Oder Mädchen, deren schmutzige lange Unterhosen unter winzigen getupften Röcken hervorlugen? Bertie sieht kaum was anderes. Sie fürchtet das Chaos, und schau doch mal den Tatsachen ins Auge – das Chaos regiert die High-School. Und was für Schüler ein Lehrer vorgesetzt bekommt, ist reine Glückssache.«

»Und wenn man Carter kriegt ...«

»Dann hat man einen echten Klugscheißer.« Etwas, das Michael nie gewesen ist, und das er bewundert? Er geht zum Kühlschrank. »Was gibt's zum Abendessen?«

Ursula hält die Diskussion nicht für beendet, schlägt aber vor: »Spaghetti.« Früher hat sie in den Kochbüchern geblättert, die in ihrem Regal stehen – benannt nach schicken Restaurants. Spaghetti kann sie auswendig.

»Mmmm«, erwidert Michael, und sie weiß nicht, was das heißen soll. »Warum nicht? Sauce ist noch da.« Über die Schulter lächelt er sie an. »Aber das wußtest du ja. Ich mache einen Salat, okay?«

Nun fühlt sie sich besser. Sie schätzt vereinte Bemühungen.

»Ruf Juliette an.« Er steht auf der anderen Seite der offenen Kühlschranktür. »Und red mit Carter.«

17

Ursula stapft die Treppe hinauf und ins Zimmer ihres Sohnes. Der Gestank schmutziger Socken und verfaulter Früchte weht ihr entgegen. Unter dem Bett erspäht sie das Kerngehäuse eines Apfels. Obwohl sie gelegentlich die Matratze am Boden mit einem frischen Laken bezieht, befindet es sich in kürzester Zeit anderswo, zu einer grauen Kugel zusammengerollt. Carter schläft auf einem alten Polyester-Deckbett, ohne Kissen.

Jahrelang hat seine Mutter auf ihn eingeredet, er müsse sein Zimmer einmal pro Woche in Ordnung bringen, schmutzige Kleidungsstücke einsammeln, das Bett machen, die Schubladen schließen und Staub saugen. So eine Erziehungsszene hat sich jedesmal zu einem Kampf entwickelt, der die Mühe nicht lohnt. Natürlich kennt sie die Maximen – beharrlich und konsequent sein. Ruhig bleiben. Solche Vorträge hat sie zahlreichen Eltern gehalten, die über geringere finanzielle Mittel verfügen als sie selbst, deren Kinder in echten Schwierigkeiten stekken. Vielleicht funktionieren »Liebe und Strenge« auf abgeschiedenen Farmen, wo die Delinquenten allmorgendlich früh aufstehen und den Stall ausmisten müssen, ehe sie ihr Frühstück bekommen. Aber in diesem realen Leben kann Carter jederzeit länger durchhalten als Ursula. Wie sein Vater hat er gelernt, welche Macht das Schweigen ausübt. Manchmal verliert er die Beherrschung – was Michael nicht passiert –, aber im allgemeinen strahlt er Sanftmut aus, manchmal allerdings beabsichtigte Impertinenz. *Ihm* ist sein Zimmer verdammt egal. *Ihr* nicht. Wessen Problem ist das also? fragt ihre innere Stimme eine private Rechtsberaterin. Inzwischen wäscht sie seine Sachen nur, wenn sie irgendwie in die Schmutzwäsche geraten. Sie befiehlt ihm, die Tür zu schließen, was er nur zu gern tut. (Zu seinen Lieblingsspielen gehört es, bei seiner Tür zu stehen und sie einen Spaltbreit zu öffnen, wenn er seine Mutter die Treppe heraufsteigen sieht, zu schnuppern oder die Augen zu schließen und eine Ohnmacht zu mimen, und so weiter.

Normalerweise versucht Ursula zu lachen, um dem Unsinn ein Ende zu bereiten.)

Beim alljährlichen Großreinemachen schrubbt sie, von Michael unterstützt, Carters Zimmer vom Boden bis zur Decke, räumt die Schränke aus, wirft gewaltige Müllberge weg, schimpft zwei Tage lang über den Charakter des Sohnes. Dann zieht er wieder ein, und alles fängt von vorn an.

Sie fragt sich, ob er Marihuana raucht. Wie das riecht, weiß sie nicht mehr. Vielleicht tut er's, mit Fish im Keller. Sollte sich der Verdacht bestätigen, würde sie alle beide umbringen. In die bisher schlimmsten Schwierigkeiten – in ernsthafte – ist Carter am Silvesterabend 1986 geraten. Er betrank sich mit mehreren Jungs im Haus eines Kumpels (dessen Eltern eine andere Party besuchten), und jemand wurde durch eine dicke Fensterscheibe gestoßen. Alle landeten vor Gericht. Für Ursula war das eine peinliche, lehrreiche Erfahrung. Sie hatte geglaubt, die Eltern des Gastgebers würden daheim sein. Und die hatten angenommen, ihr Kind wäre woanders eingeladen.

In emotionaler Hinsicht ist Carter unreif, in moralischer vielleicht zurückgeblieben. In den letzten Jahren, nachdem er begonnen hat, das schon lange währende Interesse der Mädchen zu erwidern (seit seiner fünften Schulstufe rufen sie an), beobachtet sie ihn aus der Ferne und hofft, er würde seine Freundinnen wie ein Kavalier behandeln. Sie malt sich hysterische Szenen aus – in den Hauptrollen die Eltern einer geschwängerten Tochter. Aufmerksam mustert sie die Mädchen, die – wie ambulante Patientinnen in einer Klinik – für kurze Zeit sein Zimmer betreten (wie sollten sie es auch länger darin aushalten?). Im vergangenen Jahr müssen es Dutzende gewesen sein, was sicher eine Übertreibung seiner Attraktivität darstellt. Die Mädchen sind alle recht hübsch. Manchmal erscheinen sie scharenweise, stapfen die Stufen hinauf und rempeln einander mit dem Ellbogen an.

Ursula versteht nicht, wie es möglich sein sollte, daß Carter mit irgendeiner *was getrieben* hat. Sie hat Michael gedrängt, mit seinem Sohn zu reden. Immerhin sind sie moderne Eltern. Beide verdienen ihren Lebensunterhalt, indem sie mit Kindern arbeiten. Aber er weigerte sich hartnäckig, trotz ihrer überdeutlichen Aufforderungen. Schließlich ging sie zur Elternberatungsstelle, sammelte alle verfügbaren Broschüren und schob auf Carters Schreibtisch Kleidungsstücke, Bücher, Colaflaschen, Einwickelpapier von Süßigkeiten, Zeitschriften und Kassetten beiseite, um Platz für die neue Literatur zu schaffen. Monatelang lagen die Heftchen da, um alsbald unter Unrat zu verschwinden, und monatelang litt Ursula unter dem Zwang, den Sohn bemuttern zu müssen (zu kontrollieren? Ihm nachzuspionieren, wie Michaels stumme Anklage lautet?). Schließlich tat es ihr beinahe körperlich weh, nur an ihn zu denken.

Bis zum heutigen Tag ist es ihr nicht gelungen, mit ihren Kindern über Sex zu sprechen. In diesem Zusammenhang ärgert sie sich schrecklich über Michael, über seine Feigheit. (Sie reden sich ein, ihre Tochter sei noch nicht reif für dieses Thema; Juliette findet Jungs immer noch eklig.) Als die Kinder noch klein gewesen sind, hat Michael klaglos Windeln gewechselt, Erbrochenes weggewischt, Fahrräder repariert, Schi gemietet, Bücher in die Bibliothek zurückgebracht; aber er ist einfach unfähig, mit seinem Sohn eine Unterhaltung über »persönliche Dinge« zu führen.

Ursula behauptet, die Kinder würden Anleitungen

brauchen. Und Michael nennt es »Indoktrination«. Sie sagt, die Kinder hätten Intimität nötig. »Mit uns?« fragt er.

»Verdammt!« ruft sie. »Die zwei sind auf unsere Ratschläge angewiesen, *ob sie es nun wissen oder nicht*!«

»Wir hatten unsere Chance«, entgegnet er. »Hast du nicht letztes Jahr bei Nancys Weihnachtsbuffet diesen kleinen intellektuellen Vortrag über unseren Einfluß auf die Kinder bis zu deren zehntem oder elftem Lebensjahr gehalten? Sagtest du nicht, alles weitere läge an ihrem Umgang?«

Das kann sie nicht leugnen. Er hat recht. Sie glaubt sogar an ihre eigenen Worte, wünscht aber, sie würden nicht zutreffen.

»Außerdem«, fügt Michael hinzu, »haben sie in der Schule Sexualunterricht.«

Aber das akzeptiert sie nicht. »O ja. Nabelschnüre und Eileiter. Perioden und umherschwirrende Spermien.« Damit bringt sie ihn nicht aus der Fassung.

»Weißt du, was dich in Wirklichkeit bedrückt? Du willst, daß Carter *nett* ist, du sorgst dich um seine *Beziehungen*, er soll alles zurückgeben, was er bekommt. Verdammt, Ursula, glaubst du nicht, daß er bereits von sich aus eine ganze Menge Schlußfolgerungen gezogen hat, angesichts der Parade von Leuten, die durch unser Haus gewandert sind? Hat er nicht genug gelernt über Toleranz und Zuneigung und die Bereitschaft, anderen zu verzeihen? Und über Intimität? Falls du bereit bist, eine gewisse Intimität in unserer Freundschaft mit Menschen zu sehen, die wir mögen, die hier ein und aus gehen, in unseren Rhododendron kotzen und uns Geschenke aus Mexiko, England oder Vietnam mitbringen ...«

Das alles hat er an einem einzigen Abend gesagt. Sie

erinnert sich noch, wie er dagesessen hat, den Rücken auf jene Weise gekrümmt, die seiner Haltung empfindlich schadet, im gelben Velourssessel, Pajamas auf dem Schoß. Wie sehr er sie mit dieser langen Ansprache überraschte! Sie neigte sich zu ihm, begierig auf alle Einzelheiten, fest entschlossen, keines seiner Worte und deren Bedeutung zu versäumen. Denn sie wußte, er würde nichts von alldem wiederholen oder erklären. Und eine Diskussion darüber kam schon gar nicht in Frage.

Michael ist ein Mann, der einmal Landkarten gezeichnet hat, statt Reisen zu unternehmen; sorgfältig und gründlich und loyal und unkritisch. Wenn es für ihn eine zentrale Philosophie gibt, dann lautet sie: Wir alle schwimmen auf dem Ozean des Lebens umher, und unser Schicksal hängt vom Glück, von den Strömungen und vielleicht von ein bißchen Mut ab. Wir alle sind Treibgut. Manche werden weiter aufs Wasser hinausgetragen, andere bleiben in Küstennähe so wie Michael, der gern festen Boden unter den Füßen spürt. Aber er liebt auch die Aussicht auf das Meer und fühlt mit den verlorenen Seelen da draußen, die seinem Herzen willkommen sind, wann immer sie auftauchen.

Das gilt auch für Carter.

In der Quintessenz: Carter ist achtzehn und hat alles bekommen, was seine Eltern ihm geben können. Wenn er mit einem Mädchen schläft und hinterher wegläuft, dann keineswegs, weil sie ihm nichts über Empfängnisverhütung erzählt haben. Oder weil Michael seiner Frau nicht verrät, was er wirklich in diesen oder jenen Belangen empfindet. Sondern wegen einer bestimmten Eigenschaft Carters, einer Neigung, ähnlich einer Empfänglichkeit für Fettansatz oder Depressionen. Und weil er selbst entscheidet, wer er sein wird, was nicht unbedingt einschließt, daß er auf andere Rücksicht nimmt.

Das fürchtet Ursula am allermeisten: Nicht sein drohendes Versagen in Englisch und die damit verbundene Peinlichkeit, ebensowenig den Verlust seiner Stipendien und die finanzielle Mehrbelastung der Eltern oder den plötzlichen Ausbruch eines Feuers in seinem Zimmer – sondern daß er sich zu jemandem entwickeln könnte, den sie nicht in die Nähe ihrer Tochter lassen würde, dem jene Werte fremd wären, die sie so hoch schätzt, Vertrauen und Mitgefühl. Es ist einfacher, Michael die Schuld in die Schuhe zu schieben und darauf herumzuhacken, wann immer Carter Ärger macht. Vorerst weiß sie nichts Besseres zu tun, als ihren Sohn zu beobachten, nach Anzeichen von Verletzlichkeit und Güte zu suchen. Da sie keine findet, beginnt sie traurig in einem Nebel verwerflicher Erleichterung zu versinken, weil er das Elternhaus wenigstens bald verlassen wird.

Sie räumt ein bißchen Abfall aus seinem Chaos, füllt Mülleimer aus seinem, aus ihrem Zimmer und dem Bad, reiht sie im Flur aneinander, wo er sie nicht übersehen kann. Dann dreht sie die Matratze um und bezieht sie mit einem frischen Laken, schüttelt das schmutzige Deckbett aus, legt es mit der dunkleren Seite nach oben wieder hin und streicht es glatt. Nachdem sie mit dem Fuß schmutzige Socken und Unterwäsche zu einem Haufen zusammengescharrt hat, stellt sie leere Limodosen vor die Tür. Mit einem seiner Unterhemden wischt sie alle zugänglichen Flächen ab. Sie reißt die Fenster weit auf und setzt sich müde auf das Bett. Wie sie von ihrem Platz aus bemerkt, ist sein »Augapfel« der einzige saubere, ordentliche Gegenstand im ganzen Raum. Er thront auf einem kleinen, eisernen weißen Computertisch, von einer Hülle geschützt. Manchmal arbeitet Carter die ganze Nacht daran. Er ist ein brillanter Mathematiker und erfüllt schon jetzt größere Anforderungen als ein kompetenter Programmierer. Vermutlich hat er mit diesem Gerät seine These über die außerirdischen Architekten entwickelt.

Sie entdeckt den Titel eines Buchrückens auf dem Schreibtisch. *Die mysteriösen Phänomene des* ... Mehr kann sie nicht lesen, und es ist ihr auch egal. Vielleicht glaubt ihr Sohn wirklich an solche Dinge. Wie sie gehört hat, lesen Jungs im Teenageralter nichts anderes als Science-fiction und Fantasy. Möglicherweise sieht Carter sich durch das Universum rasen, durch die Galaxien, weit weg von seiner angestammten Welt. Wer kann schon sagen, daß dies nicht tatsächlich geschehen wird?

Wie sehr gleicht der »Augapfel« Carters Gehirn, säuberlich verborgen, während das restliche Zimmer im Schmutz versinkt. Trotzdem könnte noch was aus ihm werden. Das ganze Leben liegt vor ihm. Genau deshalb macht sich Michael keine Sorgen. Er erinnert sich an seine Jugend, hatte nie die Chance, jung zu sein. Vielleicht entsinnt er sich, wie traurig es ist, zu schnell erwachsen zu werden.

Sie beschließt, Carter am nächsten Morgen zu wecken, bevor sie zur Arbeit fährt, und ihm zu erklären, er müsse jede einzelne Sekunde des Wochenendes am Eßzimmertisch verbringen und seine Arbeit schreiben – *mit der Hand.* Erst nachdem sie den Text gebilligt hat, darf er ihn auf den Computer übertragen. Sonst – was? Natürlich wird er sonst in Englisch durchfallen, und dann jeden Tag um acht die Sommerschule besuchen.

Andererseits sollte er auf die Party der Fishers gehen. Und sie wird den ganzen Tag weg sein, kann ihn nicht beaufsichtigen. Sie muß eben auf die Macht der drohenden Konsequenzen bauen, die ihn irgendwie festnageln wird. Vielleicht wird Mrs. Angstrom an der Sommerschule unterrichten. Damit könnte man ihm Angst einjagen.

Sie blickt auf, sieht Michael in der Tür stehen und den Kopf schütteln. »Los, sag's doch!« fordert sie ihn auf, und als er stumm bleibt, versichert sie: »Ich bin dir nicht böse.«

»Warum solltest du auch?« Mit ausgestreckten Armen kommt er zu ihr, umfaßt ihre Hände, und als er sie vom Bett hochzieht, veranstaltet er ein großes Spektakel. Sie fällt gegen ihn, dann findet sie ihr Gleichgewicht wieder. »Ich habe mich gegen Spaghetti entschieden, Ursie. Der Salat ist schon vor Tagen verwelkt. Gehen wir ins Thai Rose.« Im thailändischen Delikatessenladen mit Imbiß bekommt man gutes, billiges warmes Essen. Sogar Fish findet es okay. Er bestellt dort immer auf thailändisch.

»Und Juliette?«

»Ruf sie an. Wir bringen ihr etwas mit.«

»Ich könnte ihr einen Zettel hinlegen.« Er nickt, und sie fragt: »Michael – glaubst du, Carter ist – okay?«

»Du hast es großartig gemacht, Ursula.«

»Nach mir hab' ich nicht gefragt.«

Er küßt ihre Wange. »Okay. Gehen wir essen. Ich bin am Verhungern.«

18

Sie essen Gerichte mit Zitronengras und Erdnüssen und scharfem Pfeffer. Der Fisch hat eine knusprige Haut. Auf die Mahlzeit konzentriert, sprechen sie kaum, erzählen einander nur, dies sei köstlich, jenes würzig, und einer fragt den anderen, ob's schmeckt. Michael gießt Chilisauce über seinen Fisch und grinst, als ihm Tränen über die Wangen laufen. Ursula liebt ihn, weil er die Sauce ißt, und er lacht sie aus, wenn widerspenstige Nudeln aus ihrem Mund hängen.

Beim hellen bitteren Tee erwähnt er einen Anruf seiner Mutter. Er hat mit ihr telefoniert, während Ursula in Carters Zimmer gewesen ist. »Sie war ganz aufgeregt, weil Pop gestern abend sehr spät heimkam.«

»Am Dienstag geht er doch immer zu den Anonymen Alkoholikern, nicht wahr?«

»Da war er ja auch, aber danach brachte er jemanden mit nach Hause, und du kannst dir vorstellen, wie Mom den beiden klarmachte, was sie davon hielt.« Geneva pflegt sich bei solchen Anlässen mit dem auf volle Lautstärke geschalteten Fernseher im Schlafzimmer einzusperren und so laut zu schnauben, daß man sie auch durch die geschlossene Tür hört. »Also fuhr Pop den alten Knaben zur Fürsorgeverwaltung für Kriegsteilnehmer zurück. Wahrscheinlich redeten sie eine ganze Menge miteinander. Pop hat so was offenbar schon öfter gemacht. Er ist ganz hingerissen, wenn er mit so einem alten Furz quatschen kann, und das fällt Mom schrecklich auf die Nerven.«

»Wann kam er nach Hause?«

Michael hat vergessen, danach zu fragen.

»Alles ist relativ, nicht wahr?« meint Ursula. »Normalerweise geht Gully um neun ins Bett, an Dienstagen vielleicht um zehn. Also wird ›spät‹ vermutlich halb elf bedeuten.«

»Er war schon verschwunden, als sie am Morgen aufstand. Ohne Frühstück. Deshalb machte sie sich ja solche Sorgen.«

»Möglicherweise hatte er zwei Dollar in der Tasche und ging ins Café.«

»Kann sein. Jedenfalls fuhr er in seinem Laster weg.«

Ursula holt ein paar Kartons bei der Thailänderin, die an der Kasse sitzt, und packt das restliche Essen hinein. Zu ihrer eigenen Bestürzung überlegt sie, ob das Mädchen eine gute Schülerin ist, so wie es von asiatischen Kindern behauptet wird.

»Weißt du, Michael, das hört sich so an, als müßte deine Mutter ganz einfach jammern. In all den Jahren hat sie's nicht getan. Warum jetzt? Was wird dein armer Pop noch alles anstellen?« Neulich hat sich Geneva bei ihrer Schwiegertochter beschwert, weil Gully seine Zehennägel nicht mehr schneidet. Sie fürchtet, die würden einwachsen. Wahrscheinlich hofft sie, Michael würde sich freiwillig bereit erklären, seinen Vater in ihrem Sinne zu beeinflussen.

»Er bleibt immer länger von zu Hause weg, und Mom hat Angst, er könnte allmählich senil werden.«

»Oder daß er ein bißchen Unabhängigkeit zurückgewinnt!« erwidert Ursula bissig und fragt sich, warum sie das so wichtig nimmt.

Michael zieht seine Brieftasche hervor. »Ich habe nicht genug Geld bei mir«, verkündet er, und seine Frau zahlt.

Draußen ist es dunkel, aber nicht kalt. »Ich liebe diese Jahreszeit«, erklärt sie. »Die Obstbäume haben schon Knospen und sehen so hübsch aus.«

Zwei etwa zehnjährige Jungen hüpfen auf dem Gehsteig umher, als Ursula und Michael vorbeigehen. »Du verdammtes Arschloch!« schreit einer. »Lauft nach Hause, alle beide!« schimpft sie und hofft, Michael würde sie wegen dieses Gefühlsausbruchs nicht tadeln. Ihr Autoritätsinstinkt wirkt manchmal albern. Aber offensichtlich hat ihr Mann den Zwischenfall gar nicht zur Kenntnis genommen.

»Wirst du was unternehmen?« Sie findet, Geneva müßte sich einer Frauengruppe anschließen, Steppdecken nähen, Kräuter trocknen, an irgendeinem Programm teilnehmen, das den Anonymen Alkoholikern angegliedert ist. Sie braucht eine Möglichkeit, Geschichten zu erzählen, und Unterstützung. Oder das vielleicht besser doch nicht.

»Ich würde gern wissen, was mit Pop los ist.«

»Der Frühling fängt an. Gully hat eben doch noch ein bißchen Saft in den Adern.«

»Sei nicht dumm!« entgegnet Michael beleidigt.

»Großer Gott, ich rede nicht von Frauen, sondern vom Leben.«

»Mom sorgt sich.«

»Warum fragst du ihn nicht einfach, was er treibt und was er denkt? Warum fragt Geneva ihn nicht? Sprechen sie nicht miteinander?«

Michael kaut an seinem Schnurrbart, während sie weiterschlendern. Sie würde gern seinen Arm nehmen, aber er hat die Hände in die Hosentaschen gesteckt, wie ein Gelehrter, der eine komplizierte Theorie erwägt.

Der ganze Dialog könnte auch andersrum verlaufen und nach einem kurzen Schweigen mühelos fortgesetzt werden, mit vertauschten Rollen. Manchmal verteidigt sie Geneva, und Michael tritt für Gully ein. Bei anderen Gelegenheiten ist es umgekehrt, so wie jetzt. Sie versucht, die unglaubliche Realität von Genevas und Gullys fünfzigjähriger Ehe zu erfassen. Ihre eigenen zwanzig

Jahre mit Michael scheinen so schnell vergangen zu sein. »Warum reden wir so viel über deine Eltern?«

»Sie haben nur mich. Das habe ich dir schon oft gesagt, Ursula.«

Das stimmt. Zum Beispiel hat er es betont, als er mit seiner Familie ins Rogue Valley übersiedelt ist, um für seine Eltern zu sorgen. Ursula war in Portland vollkommen glücklich. Sie liebte ihren Job, ihre Mitarbeiter, das Haus, das sie mit der finanziellen Hilfe ihres Vaters gekauft hatten. (Jetzt würde es ihr nicht mehr gefallen. Es war nichts Besonderes, doch das wußte sie damals nicht.) Michael sagte: »Pop verliert den Boden unter den Füßen. Was soll Mom tun?« Also zogen sie um. Die Möglichkeit, die Eltern nach Portland zu holen, wurde gar nicht erst erörtert. Das wäre noch schlimmer gewesen.

Arme Juliette, denkt sie nun. In der Stadt hätte meine Tochter ein interessanteres Leben geführt. Aber wer konnte das damals wissen? Beim Umzug war sie noch ein Kleinkind.

Ursula bleibt vor einem Haus stehen, das sie tief beeindruckt, ein eher gewöhnliches zweistöckiges Gebäude, etwa fünfundvierzig oder fünfzig Jahre alt. Die Besitzer haben es türkis und gelb streichen lassen, farbenfrohe Vorhänge schmücken die Fenster. »Was glaubst du, sollen wir unser Haus streichen lassen?«

Michael fährt sich durchs Haar, streicht es gewohnheitsmäßig nach hinten, obwohl er es jetzt ganz kurz trägt. »Grau?«

Grau! »Oh, wann wirst du endlich aufhören, dich um deine Eltern zu kümmern!« platzt sie heraus. Nur eins wünscht sie sich wirklich – wieder jung zu sein, Wein zu trinken, auf indianischen Bettdecken Liebe zu machen. Sie träumt von einem gelben Haus. Natürlich ist ihr Geschmack jetzt der Mittelschicht angepaßt. Sie hat hübsches Porzellan. Und Michael hat seine Eltern. Sie respektiert sein Verantwortungsgefühl, und sie hofft, Carter würde daraus lernen. Wenn Geneva bloß ein paar Bedürfnisse weniger hätte, wenn das heikle Gleichgewicht in der Fisher-Familie Bestand haben könnte ...

»Wenn sie sterben«, antwortet er kühl.

Sie überlegt, ob er das schon immer gewußt hat oder erst mit der Zeit darauf gekommen ist. Vielleicht stört es auch ihn, aber er vermag nichts dagegen zu tun. Er verhält sich so, wie es ihm richtig erscheint. Vielleicht ist das nur fair. Vielleicht verdienen es seine Eltern, weil sie ihm keine heiße Suppe über den Kopf geschüttet und ihn nicht zu Tode geprügelt haben. Und er muß auch noch die Rollen seines Bruders und seiner toten Schwestern übernehmen.

Ursula erinnert sich, wie sie am Bett ihres Vaters im Haus in Evanston gesessen hat, wie er vor ihren Augen verfallen ist. Er war Professor gewesen, Experte für bestimmte chinesische Dynastien. »Da mußt du hin«, beschwor er sie. Damit meinte er China. All die Jahre hatte er nicht sehen können, wonach er sich sehnte, und dann öffnete Nixon die Türen. Der Vater schickte ihr ein Foto von sich, das seine Frau Sheila außerhalb der Verbotenen Stadt geknipst hatte und das ihn mit ekstatischem Lächeln zeigt.

Während er im Sterben lag, versuchte Ursula mit ihm zu reden. Jenes letzte Mal blieb sie eine Woche in seinem Haus. Sie wollte ihm Sylvia Plaths Gedicht »*Daddy*« vorlesen, ihm danken, weil er sie großgezogen hatte, und beteuern: »Für mich gab es niemals einen Grund zur Klage.« Und sie wollte ihn wissen lassen, daß er sie der Mutter nicht weggenommen habe, daß niemand die Schuld an ihren mangelnden Ambitionen trage. Welch hohe Ziele hatte er für sie angestrebt ... Es gelang ihr, ihm einiges von diesen Dingen zu erklären, und wie sie dabei merkte, wußte er es bereits. »Sorge für deine Mutter«, sagte er und verbesserte seine Ermahnung sofort. »Nun ja, schau ab und zu nach ihr.«

Um Clare muß man sich nicht kümmern, aber um einen Großteil der Welt.

»Im nächsten Frühjahr fliege ich mit Juliette nach Frankreich«, sagte sie zu ihrem Vater. So wie die Mutter mit ihr selbst, als sie vierzehn gewesen war. Ursula glaubte ihn zusammenzucken zu sehen, doch es lag vielleicht an den Schmerzen. Sie entsann sich, wie sie mit Clare in einem Café in Nizza Eiskaffee getrunken hatte. »Bist du nicht schrecklich enttäuscht vom Strand?« hatte die Mutter gefragt und nach Ursulas Antwort, im Gegenteil, sie finde ihn sehr schön, hinzugefügt: »Dein Vater und ich lassen uns scheiden.«

Ursula war wütend und schockiert gewesen. (Nein, sie hatte es nicht kommen sehen. Die Eltern, immer höflich, schienen einander zu mögen.) Erbost schrie sie Clare an, die nur wegen ihrer zufälligen Anwesenheit die volle Wucht des Angriffs zu spüren bekam: »Ich werde nicht bei dir leben!«

Lächelnd erwiderte die Mutter: »Das ist okay. Ich werde nach Seattle zurückkehren.«

Hatte der Vater darunter gelitten? Weckte Ursula nun qualvolle Erinnerungen, indem sie die Reise einer neuen Generation zum Louvre erwähnte? Er hatte eine gute zweite Ehe geführt, mit einer Frau, die besser zum sanften, etwas langweiligen Ritual eines Akademikeralltags paßte. Und die Mutter fühlte sich wohl in Seattle in einer exzentrischen Künstleratmosphäre (sie war Agentin und leitete eine Galerie). Später empfand sie ein Bedürfnis nach größerer Sicherheit und arbeitete als Verwaltungsbeamtin an einem Kunst-College.

»Vielleicht du und Michael ...«, begann der Vater. Offenbar sprach er immer noch von China. »Du bekommst genug Geld von mir.« Damit hatte sie bereits gerechnet, ertrug es aber nicht, ihn darüber reden zu hören.

»Das ist wunderbar«, entgegnete sie, um ihm einen Gefallen zu tun – obwohl sie es grauenvoll fand, so etwas zu sagen. »Natürlich werden wir nach China reisen.«

»Ich habe ihm meine Landkarten vermacht«, fuhr er fort. Michael hatte einmal Kartograph werden wollen. Ursula weinte. Sie wußte nicht, ob ihr Mann Interesse zeigen würde, doch er freute sich über die teils sehr alten, wertvollen Karten. Mit dieser Hinterlassenschaft bewies der Vater, daß er den Schwiegersohn ernst nahm – ernster als dieser sich selbst. Michael gibt sich mit einem gewöhnlichen Leben zufrieden, unterrichtet Kinder, die von anderen Leuten nicht gemocht werden.

Beinahe haben die Landkarten Ursula das Herz gebrochen.

19

Als sie zu Hause ankommen, liegt Juliette quer über dem Bett und starrt schluchzend in die französische Grammatik. Ursula blickt ihrer Tochter über die Schulter. Das Kapitel handelt vom *passé composé* bei unregelmäßigen Verben, aber sie weiß, was dem Mädchen Schwierigkeiten bereitet. Juliette hat sich nie die Mühe gemacht, bei neuen Substantiva zu lernen, ob sie maskulin oder feminin sind, und nun stürmen sie wie geballt auf sie ein. Ob *le* oder *la* – diese Frage kann einem in Französisch das Leben ganz gewaltig erschweren.

Ursula muß sich sehr beherrschen, um hinunterzuschlucken, was ihr auf der Zunge liegt. (»Ich hab's dir ja gesagt.«) Statt dessen schlägt sie vor: »Wenn du willst, schauen wir's uns zusammen an.« Die arme Juliette sieht elend aus. Wegen solcher Kleinigkeiten leidet sie. Um so glücklicher strahlt sie, wenn sie tanzt.

»Geh weg!«

Tränen brennen in Ursulas Augen, als sie die Treppe hinabsteigt. Heute abend vermißt sie ihren Vater, und sie ist müde. Natürlich weiß sie es besser, als sich über die Launen einer Fünfzehnjährigen aufzuregen.

Michael räumt die Kartons mit dem thailändischen Essen weg, und seine Frau bemerkt: »Anscheinend ist Juliette nicht hungrig.«

In seinem Blick glaubt sie eine gewisse Überlegenheit zu lesen. Hat er sie nicht oft genug vor heißen Öfen, knurrenden Hunden und Teenager-Töchtern gewarnt?

Er geht ins Wohnzimmer, legt eine Kassette in den Recorder, die er mit Kopfhörern genießt, und setzt sich, um eine naturhistorische Fachzeitschrift zu lesen. Bald erscheint Pajamas, schiebt mit der Nase das Magazin aus dem Weg und rollt sich zwischen Michaels Schenkeln zusammen. Träge streichelt Michaels Hand den Katzenkopf. Seine Augen schließen sich, die Zeitschrift gleitet zu Boden. Wahrscheinlich ist sein Gehirn leer, bis auf die Musik. Er schafft es tatsächlich, *nicht zu denken*, und er hält es für reine Sturheit, daß Ursula diese Fähigkeit zur Flucht nicht besitzt.

Im oberen Stock läßt sie heißes Wasser in die alte Wanne mit den Klauenfüßen laufen. Beim Kauf des Hauses (der frühere Besitzer war ein Chiropraktiker, mit einer Praxis im jetzigen Eßzimmer) hat sie die hübsche Fiberglaswanne entfernen lassen. Dann ist sie durch das ganze Valley gefahren, bis sie die antike Wanne gefunden hat, die sie nun als ihr Eigentum betrachtet. Sie liegt im Wasser, als Juliette hereinkommt und mit Kleinmädchenstimme sagt: »Mutter?«

»Hi, Liebling.«

»Wenn ich versuche, nur ich selbst zu sein und nicht nachzudenken, bevor ich was sage – so wie du mir's geraten hast ...«

»Wenn du spontan bist«, kommt Ursula ihr zu Hilfe.

»Ich war noch nicht fertig, Mutter!« Das Mädchen setzt sich auf den Wannenrand. »Also, ich schaff's einfach nicht. Ich hab keine Ideen. Dabei will ich was sagen, das ihnen gefällt – damit sie mich mögen. Aber ich sage immer was Dummes.«

»Du bist doch so klug, Darling. Wer sind *sie*?«

Juliette stürmt aus dem Bad, und Ursula läßt die Tränen über ihr Gesicht fließen und unterhalb der Ohren ins Wasser tropfen. Sie sind so warm und wirken beruhigend.

»Mutter?« Es ist wieder Juliette. Ursula öffnet die Augen und nickt. Es ist besser, wenn sie schweigt. »Darf ich zu dir in die Wanne steigen?« Ihre Tochter sieht sehr müde aus und sehr jung. Ein einziger Blick schmilzt den mütterlichen Zorn. *Wie kann sie sich so aufführen, wo sie doch weiß, daß ich sie liebe?*

»Meinst du, wir haben genug Platz?« Ursula zieht ihre Knie an. »Mit deinem großen Busen?« Ihr Atem stockt, und sie hofft, nicht schon wieder das Falsche gesagt zu haben.

Lachend zieht Juliette sich aus, dann klettert sie in die

Wanne. »Würdest du ein bißchen heißes Wasser reinlaufen lassen?« Sie sitzt eigenartig da, die Fersen unter dem Po.

Irgend etwas am Wasser, an der gemeinsamen Nacktheit und der Abendstunde erzeugt eine gemütliche Atmosphäre. »Ich habe an Europa gedacht«, erzählt Juliette. »Jetzt, wo ich ein bißchen Französisch kann, würde ich gern noch mal hin. Glaubst du, das wäre möglich?«

Ursula ist überrascht, erinnert sich aber, wie beeindruckt sie damals von der Reiselust ihrer Tochter gewesen ist, ihrer Begeisterung für die Farben und die Beschaffenheit alter Mauern, das Entzücken über das exotische Gerede der Leute. Juliette bewies einen geradezu unheimlichen Orientierungssinn, ein Gespür für die richtigen Cafés und Pensionen. Wenn Ursula mit Stadtplänen und Reiseführern kämpfte, voller Unsicherheit immer wieder Lire oder Francs zählte, ergriff Juliette die Initiative. »Gehen wir da hinüber!« rief sie. »Oh, schau doch, Schokoladencroissants!«

Wie Ursula das Selbstbewußtsein ihrer Tochter bewundert hat ... Und der Aufenthalt in Europa liegt erst ein Jahr zurück. Es ist schmerzlich und verwirrend, sie jetzt so niedergeschlagen zu sehen. Der Einfluß, den die High-School auf das Kind ausübt, läßt sich nicht leugnen. Irgend etwas am System dieser Schule quält das Kind. Carter scherzt darüber, legt sich die Dinge so zurecht, wie er sie haben will, und verläßt sich auf seine mathematische Begabung. Wer schätzt Juliettes Anmut und Disziplin? Wer erkennt ihr Bedürfnis nach Zeit, um das Richtige zu tun?

»Erinnerst du dich an Madame Serault?« fragt sie nun. »Ich war so verlegen wegen der Marmelade.« Fröhlich lacht sie, obwohl an jenem Abend Tränenströme geflossen sind. Beim Abendessen hatte sie Madame um Marmelade für ihr Brot gebeten. Madame fand das überaus komisch. Sie war eher Italienerin als Französin, mit weit ausholenden Gesten und einer lauten Stimme. Juliette hatte den albernen Geschmack der Amerikaner demonstriert, und das amüsierte Madame, die – wie Ursula annahm – keineswegs grausam sein wollte. Zerknirscht hat sich Juliette in den Schlaf geweint. Jetzt erinnert sie sich verträumt an die Episode, als wäre die in der Jugend eines uralten Menschen passiert.

»Weißt du noch, wie sie ganze Knoblauchzehen ins Hühnerfleisch gesteckt hat? Und ich hatte keine Ahnung, was das war. ›Oh, die Amerikaner kochen nur mit Konserven, nicht wahr?‹ sagte sie, und ich verstand nicht, was sie meinte. Ich konnte doch nicht kochen!«

»Sie übertrieb alles ein bißchen, aber sie meinte es nicht böse.«

»Jedenfalls kochte sie großartig. Erinnerst du dich an die deutschen Jungs, die alles in sich reinschaufelten? Wie Schweine. Als ich sie beobachtete, vergaß ich zu essen.«

»Es wäre nett, wieder mal rüberzufliegen«, bemerkt Ursula unverbindlich. Eigentlich sieht sie keinen Sinn darin, die Reise zu wiederholen, wo es noch soviel von der Welt zu sehen gibt. Während der High-School-Zeit hat sie einige Monate bei einer Familie in England verbracht. Zwischen dem ersten und zweiten Studienjahr am College war sie in Spanien und Marokko. In jenem Herbst, in einer Pension, hat sie Fish und Michael und die anderen kennengelernt.

»Es ist so schön, auf Reisen zu gehen«, seufzt Juliette. Damals haben sie die letzten sechs Wochen des Schuljahrs genutzt, vor dem Ansturm der Sommertouristen.

»Das werde ich nie vergessen.« Sie steigt aus der Wanne. »Weißt du, daß manche Mädchen in der Schule ganz *schrecklich* über ihre Mütter reden?«

Sobald sie sich abgetrocknet und angezogen hat, versinkt sie wieder in ihrer trüben Stimmung. Die töchterliche Zuneigung ist erschöpft. In ein Badetuch gewickelt, folgt Ursula dem Mädchen in sein Zimmer und versucht das Gespräch über Reisen fortzusetzen. »Wenn wir noch einmal nach Europa fliegen, sollten wir dein Interesse fürs Ballett berücksichtigen. Ist es nicht Bejart – so heißt er doch? –, der eine legendäre Tanzschule im Senegal eröffnet hat?«

Aber Juliette wirft nur einen vernichtenden Blick über die Schulter, der jede weitere Einmischung in ihre Privatsphäre verbietet und Ursula in ihr eigenes Zimmer scheucht.

Zuvor hat sie das Bett aufgeschlagen. Sie hebt Kleidungsstücke vom Boden auf, wirft sie dann aber wieder hin, schlüpft in einen Flanellpyjama – der Abend ist kalt geworden – und bürstet langsam ihr Haar. Später sieht sie noch einmal nach Juliette, in der Absicht, ihr einen Gute-Nacht-Kuß zu geben (mag er erwünscht sein oder nicht) und danach einen Teil ihrer Pflichtlektüre zu erledigen.

Im Zimmer ihrer Tochter brennt noch Licht, und Ursula knipst es aus, Juliette vergräbt den Kopf im Kissen. »Mommy!« jammert sie und rückt zur Seite, um ihrer Mutter Platz zu machen. »Nur für eine kleine Weile, bis ich schläfrig werde ...«

Während Ursula der Aufforderung folgt, erkennt sie im Dunkel, daß Juliette geweint hat, und wischt ihr über die Wangen. Sie entsinnt sich nicht, ob sie Michael jemals weinen sehen hat. Ihr Sohn vergießt seit der Kindheit keine Tränen mehr. Nicht einmal, als Ursulas Vater gestorben ist. Sie hat die Kinder nach Evanston zum Begräbnis mitgenommen. Natürlich stand er seinem Großvater nicht besonders nahe. Die gemeinsame Zeit ist zu knapp gewesen.

Nun weiß sie nicht, wovon sie reden soll. Wenn Juliette traurig oder frustriert ist, können einzelne Worte wie winzige Dynamitstangen wirken. Es ist so leicht, das Falsche zu sagen. Und Ursula hat gelernt zu warten, bis ihre Tochter das Schweigen bricht.

»Ich weiß nicht, wie ich's bis zum Ende schaffen soll.« In ihrer tiefen Verzweiflung erwähnt Juliette nicht, welches Ende sie meint.

Ursula entscheidet sich für die beste Alternative, weil die am nächsten liegt und nicht so gräßlich erscheint. »Es sind ja nur mehr ein paar Wochen.«

»Nur das Ballett ist mir wichtig, und ich bin immer so müde. Ich fürchte, daß ich nicht schlafen kann, und wenn ich mich nicht genug ausruhe, bin ich morgens müde. Dann wird Brian sagen, nein, diesmal kein Spitzentanz. Er hat mir eine kleine Rolle im zweiten Ballett versprochen, auf Spitze. Aber dafür muß ich *alles* geben. Und wenn ich immer fetter werde, kann ich mein Gleichgewicht nicht halten. Ich werde so häßlich sein«, klagt Juliette und bricht wieder in Tränen aus.

Ursula denkt an Michaels Hand auf ihrer Brust heute morgen, erinnert sich an ihre Jugend. Damals hat ihre Libido ein eigenes Leben besessen. Sie wurde von einem Sonnenstrahl auf dem Fensterbrett erregt, von Radiomusik. Oder weil ihre Schenkel einander gestreift haben, wenn sie in einem Sessel umhergerutscht ist. Jetzt muß etwas anderes geschehen. Sie braucht eine treibende Kraft. Vor allem wird sie von Überraschungen animiert, von sanften Momenten, von Michaels unerwartetem Anblick. Ob er ähnliche Gedanken hegt, weiß sie nicht. Er ist ein guter Liebhaber, im Bett weniger gehemmt als in anderen Bereichen seines Lebens. Die Stellen ihres Körpers, die zu erschlaffen beginnen, scheinen ihn nicht zu stören, die unvermeidlichen Auswirkungen des Alters und der Schwerkraft.

»Du hörst mir nicht zu«, beschwert sich Juliette tonlos und dreht der Mutter abweisend den Rücken zu.

»Julie.«

Tief und geräuschvoll atmet Juliette, läßt die Luft in einem langgezogenen pfeifenden Strom aus dem Mund heraus. »Siehst du!« Sie schreit beinahe. »Ich kann nicht einmal richtig atmen? Ich kann mich einfach nicht – *entspannen*!«

Ursula legt eine Hand auf das Haar ihrer Tochter und denkt an frühere Jahre, wo Juliette klein und voller Energie gewesen und zur Schlafenszeit nicht zur Ruhe gekommen ist. Manchmal fielen ihr beim Abendessen die Augen zu, doch dann lag sie hellwach und angespannt im Bett. Ursula hat ein Ritual erfunden, um sie einzulullen. »Deine Haarwurzeln geben nach – spür doch, wie deine Kopfhaut schmilzt«, wispert sie, und Juliette wimmert leise. »Und deine Fingerspitzen fließen wie Gelee von deinen verkrampften Händen ...« Sie verstummt und streicht über ihre eigenen Wangen. In diesem Augenblick sehnt sie sich danach, aufzustehen und Feuchtigkeitscreme in ihrem Gesicht zu verteilen. Sie hat gelesen, daß man die Creme mindestens fünfundvierzig Minuten vor dem Schlafengehen auftragen muß. Denn wenn man sich direkt danach hinlegt, schließt die Creme die Poren, hält die Feuchtigkeit darin fest, und man erwacht mit größeren Tränensäcken denn je.

»Das hilft wirklich«, seufzt Juliette.

Auf der Treppe riecht Ursula Popcorn. Sie geht in die Küche und schaut ins Eßzimmer. Vor ihrem Sohn stehen eine Pizzaschachtel und eine Salatschüssel voller Popcorn. Fish sitzt an derselben Seite des Tisches, trinkt aus einer Flasche mit dunklem Wein und redet – redet nicht nur, sondern ergeht sich über Patrouillen und Attacken, über jenen Augenblick, wo er mit seinen Kameraden ein Waffenversteck im Boot eines Fischers gefunden hat.

»Er war so groß.« Fish zeigt auf seine Brust. »Ich packte ihn am Arm, der war dünn wie ein Zweig, aber ich spürte seine Stärke und seine Sturheit. Und seine Angst.« Er nimmt einen großen, kräftigen Schluck. »Der äußere Schein verriet nichts davon. Die waren alle so verdammt klein, aber stahlhart. Ich hielt ihn also fest, und mein Kamerad ließ sich per Funk Anweisungen geben. Da trat mich das Schlitzauge gegen das Schienbein und warf mich beinahe in die dreckige Brühe. Natürlich war ich stinksauer, umklammerte seinen Hals, und über seiner Schulter sah ich das Zeug unter den Netzen. Er transportierte Waffen und Munition – genauso, wie man's uns gesagt hatte. Aber ich war schon monatelang hinter den Fischern her gewesen und hatte nichts anderes gefunden als blöde Fische!« Belustigt lacht er. Carter schnauft und kichert. Für ihn besteht Vietnam nur aus Fish-Anekdoten.

Lautlos geht Ursula zur anderen Seite der Küche, wo ein Torbogen ins Eßzimmer führt. Ihr Sohn schaut sie an, die Backen voll. Sein Haar steht zu Berge wie ein Palmlilienbüschel. Fish nickt ihr zu und trinkt wieder aus der Flasche. Michael beugt sich über einen linierten gelben Schreibblock.

»Was soll das werden?« fragt Ursula.

»Hör mal, Mom, ich werde eine tolle Arbeit abliefern. Die ersten Einsätze der Navy in Vietnam. Fish war *da.* Also kann ich ihn interviewen und das als eine meiner Quellen angeben. Er war im Delta. Jeder weiß Bescheid über die Plackerei im Schlamm und Dreck und die Minen, und so weiter. Aber wer weiß was übers Delta?« Carter springt auf. »Ich bin duuurstig!« ruft er und läuft an Ursula vorbei zum Kühlschrank.

»Ihr zwei helft ihm also und gebt im Interviews.« Ursula mustert Fish, der den Blick mit schweren Lidern erwidert. Seine gute Laune verblüfft sie. Die muß an der Weinflasche liegen.

Michael legt seinen Bleistift beiseite und wischt sich mit den Fingerknöcheln über die Augen. »Und du?« fragt sie gereizt. »Welche Rolle spielst du dabei?«

Er lehnt sich zurück, läßt den Stuhl auf den hinteren Beinen wippen – obwohl sie ihre Familie immer wieder ermahnt, das nicht zu tun. »Verdammt, Ursie, in zwei Nächten kriegen wir das hin.«

Ihre Ohren glühen. Wenn die Männer zusammen sind, erscheinen sie ihr immer so fremd. Sie selbst ist ein Eindringling, und sie wünscht, sie wäre nicht heruntergekommen. Das Ganze mißfällt ihr. Sie hätte wissen müssen, daß ihr Mann für Carter einspringen würde, trotz seines Geredes über Konsequenzen. Natürlich hätte sie's wissen müssen, aber sie hat es vergessen. Michael rauft sich nicht die Haare, knirscht nicht mit den Zähnen, schimpft nicht, verlangt keine Dankbarkeit. Er, der Heiligste unter allen Heiligen, ergreift ganz einfach die Initiative.

Sie fühlt sich albern und ausgeschlossen. Dann wird sie etwas ruhiger. Die Szene erinnert an alte Tage: Fish, vom Alkohol angeregt und von Freunden bedrängt, redet wie ein Wasserfall. Michael tut, was getan werden muß. Und Ursula? Sie wartet, bis sie auch mal zu Wort kommt, beobachtet die anderen und freut sich aufs Bett.

»Ich bin nur heruntergekommen, um gute Nacht zu sagen«, erklärt sie. Als Carter vorbeigeht, bietet er ihr einen Schluck aus seiner Pepsi-Dose an. Sie schüttelt den Kopf, und er setzt sich wieder.

»Keine Bange, Mom, Fish ist heute abend wirklich gut drauf, und er hat auch Bücher – erstklassige Quellen.« Er grinst breit. »Morgen mittag hole ich mir noch andere aus der Bibliothek. Das kriegen wir ruck, zuck hin.«

Michael macht sich Notizen, und Ursula fragt: »Welche Rolle spielst du dabei, mein Sohn?«

Carter hält das für einen Scherz. Er lacht, ein glücklicher, allseits geliebter junger Mann. »Oh, das weißt du doch, Mom. Ich geb' die Arbeit ab.«

Sie versucht auf Michael zu warten, nimmt sich Papiere ins Bad mit, um zu lesen. Das Thema der Unterlagen handelt von Hilfsmaßnahmen für Babys, die von süchtigen oder verstorbenen Müttern geboren worden sind. Ursula sitzt auf den Fliesen, weil der kalte Boden sie wach hält.

Sie erinnert sich, wie sie zum ersten Mal Carters Bewegungen in ihrem Bauch gespürt hat, kurz nach der Lektüre eines Artikels in einer Frauenzeitschrift, mit einer Liste von Meilensteinen in der Schwangerschaft. Sie verwahrte ihn in der Schublade ihres Toilettentischchens und zog ihn immer wieder heimlich zu Rate.

»Das Gefühl von Fötusbewegungen kann wie eine Blähung wirken, wie Verdauungsbeschwerden ...« Doch so war es nicht, sondern so wunderbar wie ein Sonnenaufgang. Sie gewann den Eindruck, der Rest ihres Lebens würde heranreifen. Davor hatte sie die Schwangerschaft nicht einmal gewünscht. Carter, Carter ... Eher würde er sterben, als sich vorzustellen, welche Gedanken ihr seinetwegen durch den Kopf gegangen waren.

Und diese armen Frauen, die Objekte trockener Abhandlungen – denken auch sie an das Leben in sich? Nehmen sie es wahr?

Um zwei Uhr morgens wird sie vom Schnarchen ihres Mannes geweckt und rüttelt ihn sanft. »Michael, Michael, du ärgerst mich wieder mit deinen komischen Geräuschen.«

»Mmm«, murmelt er, und sie legt die Hand auf eine Stelle, wo er's bemerken wird. Er dreht sich zu ihr und fragt gähnend: »Darf ich nach einem harten Arbeitstag und langer nächtlicher Mühe nicht weiterschlafen?«

»Erst muß du mich entschädigen.«

»Du bist wütend über Carters Schularbeit?«

»Jetzt nicht. Es geht ums Schnarchen. Das ist schon das zweite Mal in zwanzig Stunden – und sogar noch vor dem Morgen.«

Seine Hand umfaßt ihre hübsche runde Brust. »Du machst es einem Mann verdammt schwer.«

20

Ursula gießt sich eine Tasse Tee ein und stellt den Fernseher an, um auf die PBS-Nachrichtensendung zu warten. Der kleine Schwarzweißapparat steht auf dem alten Hochstuhl an der Wand neben der Kellertür. Die Freitagabend-Zusammenfassung der Börsenneuigkeiten flimmert über den Bildschirm. Manchmal versucht Ursula zuzuhören und etwas zu lernen. Das Investment ihres Vaters hat sie in denselben Fonds gelassen. Nur der Eigentümer ist ausgetauscht worden. Immer noch verläßt sie sich auf ihren Dad, der stets das Richtige getan und auch immer gewußt hat, was *sie* hätte tun sollen. Aber die Zeiten ändern sich, und Investments sollten sich ebenfalls ändern. Sie muß sich informieren, um ihr Vermögen zu vergrößern. Andererseits kommt ihr das Erbe wie ein unverdientes Geschenk vor, und sie vertraut ihrem Vater, der sicher bedacht hat, daß ihr für so etwas das Verständnis fehlt. Juliette ruft an. »Wo – wo bist du?« stottert ihre Mutter. Sie hat nicht auf die Uhr geschaut. Schon sieben. Michael ist nach River Cove gefahren, um seine Pflicht zu erfüllen.

»Mom, Dad war nicht da, als ich vom Ballett nach Hause kam, und ich fand auch keine Nachricht ...«

»Beantworte meine Frage. Wo bist du?«

»Andere Kinder gehen da- und dorthin, ohne die Eltern alle fünf Minuten zu informieren. Du tust so, als wäre ich noch ein Baby.«

»Ich warte.«

»Nun ja, ich bin im Einkaufszentrum.«

»Im Einkaufszentrum!« Das liegt zwanzig Meilen entfernt, in der Nachbarstadt. »Wie bist du da hingekommen?«

»Kristis Mom hat uns mitgenommen und abgesetzt.«

»›Uns‹? Wer ist das?«

»O Mutter!«

»Juliette, du kannst nicht einfach mit irgend jemandem wegfahren, ohne uns zu verständigen.«

»Ich hab's versucht, aber ich wußte nicht, wo du warst.«

»Dann hättest du eben warten müssen ...«

» ... und meine Chance verpassen?«

Die hohe, weinerliche Stimme verrät Ursula, daß Juliette sich in die Enge getrieben fühlt. Und ihre Klage ist zumindest teilweise berechtigt, denn die Mutter hat vergessen, mit der Tochter Freitagspläne zu machen, und bis zu dem Anruf gar nicht daran gedacht. »Okay. Wann kommst du nach Hause, und was machst du im Einkaufszentrum?«

»Für den Bus ist es zu spät, Mom.«

»Wo ist Kristis Mutter?«

»Ich sagte doch, sie hat uns abgesetzt – Kristi, mich, Darlene und Brie.«

Das ist nicht Juliettes gewohnte Clique. (Warum nennt man ein Kind nach einem Käse?) Sie hat keinen großen Freundeskreis. Meistens ist sie mit Marina zusammen, einer Kameradin aus ihrer neunten Klasse, die ebenfalls tanzt, und gelegentlich mit ein paar anderen Mädchen. Niemals verbringt sie die Nacht woanders, und an Schulfesten nimmt sie nur selten teil. Von den jetzigen Begleiterinnen ihrer Tochter hat Ursula schon gehört. Die gehören zu den »beliebten« Mädchen. Brie hat Juliette letzte Woche auf ihre gespaltenen Haarspitzen hingewiesen. Daraufhin wollte Juliette so bald wie möglich zum Friseur gehen, aber ihre Mutter erklärte, damit müsse sie bis zum Ende des Schuljahres warten. Und inzwischen scheint das Mädchen diesen Wunsch vergessen zu haben.

»Wer bringt dich nach Hause?«

»Könntest du uns nicht abholen?«

»Nein.«

»Und wie soll ich dann heimkommen?«

»Was machst du gerade?«

»Brie sucht ein Kleid für den Schülerball, Kristi hat

schon einen Badeanzug gefunden, und ich – nun ja ... Sie warten auf mich, Mom. Ich muß jetzt Schluß machen. Du holst uns also nicht ab?«

»Euch vier würde ich gar nicht in mein Auto kriegen.«

»Eine kann in der Mitte sitzen.«

»Ohne Sicherheitsgurt? Nicht in meinem Wagen.«

»Mutterrr!«

»Ich werde dich abholen. *Dich.* Juliette.«

»Aber ich habe ihnen schon gesagt, du würdest alle mitnehmen.«

»Du kannst nicht in meinem Namen Versprechungen machen. Das alles gefällt mir ganz und gar nicht. Bevor ich irgendwas unternehme, schau ich mir noch die Nachrichten an. Geiselnahme, Verteidigungsmaßnahmen ...« Ursula seufzt. »Gary Hart. Um acht fahre ich los. Sei um Punkt halb neun am unteren Eingang von Meier and Frank. Vor der Schuhabteilung. Alles klar!«

»Und was soll ich ihnen sagen?« Ursula hört Tränen in der Frage ihrer Tochter.

»Daß sie *ihre* Mütter anrufen sollen. Also, um halb neun.«

Auf der Fahrt zum Einkaufszentrum mildert sich Ursulas Stimmung ein wenig. Sie weiß, was geschehen ist. Ihre süße Juliette stand in der Nähe, als diese Mädchen ihre Pläne schmiedeten, und ließ sich mitreißen. Ein Trip ins Einkaufszentrum, mit Mädchen aus dem Valley. Verständlich. Ungewöhnlich für Juliette, aber nicht für eine normale Jugendliche.

Sie versucht sich an die Gesichter der von Juliette genannten Mädchen zu erinnern. Aber in ihrer Phantasie erscheinen nur Haare und Augen der Standard-Teenager. Das sind also die ersehnten Gefährtinnen. Sie versucht sich vorzustellen, wie sie durchs Einkaufszentrum schwirren, Kleider begutachten, Modeschmuck, Tücher, Taschen und kleine Stofftiere betatschen. Hoffentlich läßt sich keine zu einem Ladendiebstahl verleiten.

Ursula möchte sich auf den Zustand der Welt konzentrieren, aber solche Gedanken machen alles noch schlimmer. Manchmal erwacht sie nachts, in klassischen kalten Schweiß gebadet, und entsinnt sich ihrer Träume von Tschernobyl und Sternenkriegen.

Um halb neun erreicht sie ihr Ziel. Keine Spur von Juliette. Fünf Minuten wartet sie im Auto, dann steigt sie aus und geht ins Kaufhaus. Diese Abteilung ist fast menschenleer. Eine dürre Verkäuferin lehnt zusammengesunken am Rahmen eines Torbogens, der ins Schuhlager führt. Jenseits des Mittelgangs, in der Elektroabteilung, beobachtet ein viel älterer, sichtlich erschöpfter dicker Mann, der einen Polyesteranzug trägt, die Schuhverkäuferin. Auf einem Sofa sitzen zwei Frauen, etwa in Ursulas Alter, stecken die Köpfe zusammen und unterhalten sich angeregt. Sie geht an ihnen vorbei, dann am Lift, um in der Teenagerboutique nachzusehen, ohne große Hoffnung. Aber wenn Juliette zu früh dran gewesen ist, wandert sie vielleicht herum.

Nach einer erfolglosen Suche fährt Ursula im Lift nach oben, späht in alle Abteilungen. Dann verläßt sie das Kaufhaus und schaut zu den Bänken in der Mitte des Centers, um festzustellen, ob die Mädchen irgendwo sitzen. Sie schlendert darauf zu, sorgt sich dann aber, Juliette könnte inzwischen am Treffpunkt angelangt sein und sich fragen, wo ihre Mutter bleibt. Also eilt sie zurück. Die beiden Frauen sind vom Sofa verschwunden, das Mädchen von der Schuhabteilung rückt gähnend die Schaustücke zurecht und macht sich nicht die Mühe, eine Hand vor den Mund zu halten. Der Mann von der Elektroabteilung ist verschwunden, ebenso wie Juliette.

Ursula setzt sich auf einen Stuhl in der Schuhabteilung, zum Mittelgang gewandt, und wartet. Zweimal steht sie auf, um draußen nachzusehen. Ihr unverschlossenes Auto parkt in ihrem Blickfeld.

Ich sollte wütend sein, denkt sie, malt sich aber bereits die schrecklichsten Dinge aus. Kleinstädte sind keineswegs sicher vor wahnsinnigen Monstern. Um ihnen zu entrinnen, müßte man in ein anderes Land ziehen – Kanada, Neuseeland, Japan. Und Juliette, so naiv, so verletzlich, so süß ... Ursula greift nach einem Paar hellblauer Schuhe für achtundvierzig Dollar und inspiziert die dicken Kreppsohlen.

Juliette kommt herein, drei Mädchen im Schlepptau. *En masse* wirken sie irgendwie formidabel.

Ich werde sie nicht in Verlegenheit bringen, beschließt Ursula, als ihre Tochter sich von der Gruppe löst und zu ihr läuft. *Wir sprechen später darüber. Außerdem hat sie kein Kapitalverbrechen verübt.* Sie zwingt sich zu einem Lächeln. »Ich habe mir schon Sorgen gemacht, Schätzchen. Gehen wir.« Sie umfaßt Juliettes Hand, die ihr sofort entrissen wird.

Heiser und giftig zischt Juliette: »Wage es bloß nicht, mich zu demütigen!«

Ursula lächelt die anderen an und ruft: »Gute Nacht!« Sie grinsen spöttisch.

»Wiedersehen, Brie«, piepst Juliette, als ihre Mutter die Ausgangstür aufstößt, und fügt draußen hinzu: »Ich hasse dich.«

Schweigend lenkt Ursula das Auto auf die Schnellstraße. Juliette sitzt stocksteif neben ihr, das Gesicht vor Wut verzerrt.

»Ich bin dir nicht böse«, beteuert Ursula honigsüß. Ihre Hand juckt, aber sie hat noch nie ein Kind geschlagen.

»Wie konntest du nur so mit mir reden?« faucht Juliette.

»Halt den Mund! Ich bin es, die sich ärgern müßte, nachdem ich eine halbe Stunde Däumchen gedreht habe. Wo zum Teufel warst du?«

»Um halb neun warst du nicht da. Ich habe dich überall gesucht.« Juliettes Ausrede klingt wenig überzeugend.

»Das stimmt nicht, wie du sehr wohl weißt. Du hättest da warten sollen, wo wir's vereinbart haben.«

»Wo du's befohlen hast.«

»Genau.«

»Sie wollten mich da ganz allein lassen, und ich fragte: ›Könnt ihr nicht mit mir warten, bis meine Mom kommt?‹«

»Und wo warst du, Schätzchen?«

Juliette beginnt heftig zu schluchzen und weint während der ganzen Heimfahrt, wenn die emotionalen Energien auch allmählich erlahmen. Ursula – provoziert, aber auch verwirrt – beißt sich auf die Lippen.

Sobald sie das Haus betreten, schreit ihre Tochter: »Dir ist es *egal*, daß ich keine Freundinnen habe. Dir ist es *egal*, wie blöd ich in meinen *idiotischen* Kleidern und mit dieser *idiotischen* Frisur aussehe!«

Ursula streckt die Arme nach ihr aus. Solche Wutanfälle pflegt sie zu bewältigen, indem sie das Mädchen an sich drückt und abwartet.

»Ich hasse dich!« Juliette rennt in ihr Zimmer, krachend fällt die Tür hinter ihr ins Schloß.

Pajamas kratzt an der Kellertür in der Küche und verlangt miauend ihr Abendessen. Ursula läßt sie herein und ruft in die Schwärze hinab: »Bist du da, Fish?« Natürlich nicht, sein Lieferwagen war ja auch nicht da. Aber sie sehnt sich nach Gesellschaft. Das hat sie in der Anfangszeit ihrer Ehe sehr genossen. Sie wohnte mit Michael in einem schäbigen Loch, aber die Freunde kamen immer wieder für eine Nacht, für eine Woche. Carmen blieb über ein Jahr bei ihnen. Nicht Fish – damals noch nicht. In jenen ersten Jahren war er woanders. Und als er zurückkam, war die Ehe real und gefestigt, das Leben stabil und Carter bereits auf der Welt.

Sie knipst das Licht an und füttert die Katze. Eine Spinne schwimmt im Wasserschüsselchen. Ursula spült es aus und füllt es mit frischem Wasser, dann hockt sie sich neben Pajamas hin, die ihre Mahlzeit attackiert. »Könntest du nicht ein Kumpel sein?« fragt sie, und das Tier dreht sich herum, so daß sie mit seinem Hinterteil redet. »Könntest du nicht ein bißchen mit mir kuscheln, wenn ich dir was zu fressen gebe?« An manchen Abenden springt Pajamas auf Michaels Schoß, reibt ihren Kopf an ihm, schmiegt sich an seinen Bauch, seine Brust, leckt seine Hand ab und rollt sich schließlich auf seinen Schenkeln zusammen. Als die Kinder noch klein gewesen sind, hat er die Katze oft bei den Pfoten genommen und mit ihr »getanzt«. Jetzt wird Pajamas allmählich alt. Eine kahle Stelle an ihrer Kehrseite stammt von einer Schürfwunde.

Ursula wandert durch die Räume im Erdgeschoß und schaltet alle Lampen ein. Irgendwo hat sie gelesen, Licht sei ein probates Mittel gegen Depressionen. Eigentlich ist sie nicht richtig deprimiert, sie fühlt sich nur einsam. Früher hat sie die ganze Woche lang nur für den Freitag gelebt, und dann große Mengen Stew oder Chili gekocht, die Freunde saßen um sie herum, hörten Bob

Dylan und Janis Joplin, sprachen davon, nach Alaska oder Belize zu ziehen, als ob irgendeiner von ihnen zu solchen großen Veränderungen fähig gewesen wäre.

Winston lebt jetzt in Seattle und fährt einen Schulbus. Zwei Stunden lang, zweimal am Tag. Das ist seine Karriere. Noch komischer – er wohnt mit Carmen zusammen, die vorher stets exotische Männer aus dem Ausland bevorzugt hat. Harry Dayton ist in Mexiko an einer heftigen allergischen Reaktion auf irgendwelche verdammten Pilze gestorben. Die Lutters leben immer noch in Portland mit ihren vier Kindern in einem viel hübscheren Haus als diesem. Und das Landleben der Edsons funktioniert bestens. Kurz gesagt, niemand ist mehr hier außer Fish. Und Katie.

Natürlich haben sie Freunde. Aber jetzt ruft man an, bevor man vorbeikommt. Man plant die Dinnerpartys und revanchiert sich für Einladungen. Sie kann sich nicht vorstellen, wie sie es ohne Kaffeepausen während der Arbeit und die Anteilnahme der anderen aushielte. Sozialarbeiter zeigen immer Mitgefühl.

Carter trägt seinen Computer ins Erdgeschoß und stellt ihn auf die alte Empfangstheke, die noch aus den Zeiten des Chiropraktikers stammt. Eigentlich hätte sie entfernt werden sollen, aber dazu sind sie noch nicht gekommen, und sie besteht immerhin aus Eichenholz. Natürlich sieht sie albern aus, aber da steht sie nun mal, ein perfekter Platz zum Tippen. Ursula hat kleine Blumentöpfe mit Begonien und Efeu darauf gestellt, und dahinter auf dem Boden stapelt sie Zeitschriften.

Dort hat sie an einem Sommertag eine halbleere Coladose gefunden. Ameisenscharen krabbelten darüber, auch über die Theke, an den Seiten hinab und in die Ritzen am unteren Ende der Wände. Sie schrie nach Carter, der vergnügt behauptete: »Die Ameisen waren schon früher da. Sie hatten sich nur versteckt, Mom. Und ich tat dir doch einen großen Gefallen, sie da hervorzulocken.«

Wie sich herausstellte, mußte sie ihm mehr oder weniger recht geben. Sie entdeckte Ameisen auf Fensterbrettern, im Erdgeschoß und oberen Stockwerk, in ihrem Schrank, in den Taschen ihrer Kleider. Schließlich engagierte sie einen Kammerjäger, und die Familie verließ das Haus für zwei Tage. Sie fuhren nach Newport und stiegen im neuen Sylvia Beach Hotel ab. Carter bekam das Edgar-Allen-Poe-Zimmer, mit schweren Vorhängen rings um das Bett.

Es war ein teures, aber amüsantes Wochenende. Als sie heimkehrten, öffneten sie alle Fenster, trotz eines Gewittersturms. Michael erklärte, nächstes Mal würde er im Garten Futter für die Ameisen verstreuen. Es sei nicht nötig, die ganze Familie zu vergiften. Aber danach sind keine Ameisen mehr aufgetaucht.

Im Eßzimmer liegen Bücher, auf dem ganzen Tisch verteilt, zwischen kleinen gelben Zetteln, die auch den Boden bedecken. Ursula geht ein Licht auf. Offenbar hat Carter den Tag nicht in der Schule, sondern hier verbracht. Sie holt eine Plastiktüte aus der Küche und sammelt die weggeworfenen Zettel ein. Notizen? Entwürfe? Was auch immer, er wird sie nicht mehr brauchen. Seine ganze Arbeit oder die seines Vaters ist jetzt auf einer mickrigen Diskette gespeichert.

Ursula trägt die Tüte und den Küchenabfall zur Mülltonne im Durchgang. Auf dem Weg zum Bad bemerkt sie die immer noch vollen Mülleimer vor Carters Zimmer.

Sie wäscht sich die Hände und klopft leise an die Tür ihrer Tochter. »Juliette?« Keine Antwort. Ursula kehrt ins

Erdgeschoß zurück, rollt sich auf der Couch zusammen und versucht eine Buchkritik in der *New Republic* zu lesen. Nach fünfzehn Minuten schläft sie ein.

Als sie erwacht, sitzt Michael ihr gegenüber in seinem Sessel, die Katze auf dem Schoß. Er hat den Großteil der Lampen ausgeschaltet. »Was machst du?« fragt sie.

Er tätschelt Pajamas und erwidert: »Ich beobachte dich.«

»Das ist nicht besonders viel.« Verlegen sagt sie sich, wie derangiert sie aussehen muß. Wann immer sie sich hinlegt, vergrößern sich ihre Tränensäcke.

»Gerade dachte ich an die letzten Monate vor Juliettes Geburt. Da konntest du einfach nicht wach bleiben. Schließlich hast du Urlaub genommen. Ich schwöre, du bist nur aufgewacht, um zu essen und zu baden.«

»Und ich habe fünfzig Pfund zugenommen. Da geschah eine Menge. Ich schlief nicht nur, ich produzierte ein Baby!« Sie freut sich über seine Erinnerung, und es verblüfft sie, daß er davon spricht. Nur selten gerät er in nostalgische Stimmung. Nach der Geburt hat er sich ein Jahr freigenommen, um Juliette zu betreuen, während seine Frau wieder zur Arbeit gegangen ist. Die Leute fanden das ein bißchen verrückt. Aber es hat sich für beide gelohnt, und heutzutage entscheiden sich viele junge Eltern für diesen Weg. Damals hat Michael an einer High-School in Portland Sozialkunde unterrichtet und sich gelangweilt. Außerdem mißfiel es ihm, umfangreichen Schulklassen gegenüberzustehen. Also nutzte er die Zeit, in der er als Babysitter fungierte, um sich auf sein Examen in Pädagogik vorzubereiten.

Ursula ist nach Carters Geburt zu Hause geblieben. (Trotzdem fühlt sie sich Juliette enger verbunden.) »Da wir gerade von unserer Tochter reden – würdest du mal nach ihr sehen? Wir hatten Streit.«

»So?«

»Sie trieb sich mit ein paar Mädchen im Einkaufszentrum rum. Und als ich hinfuhr, um sie abzuholen, kam sie erst mit einiger Verspätung zu unserem Treffpunkt – aus irgendeinem Grund war *sie* deswegen sauer auf *mich.*«

»Vielleicht solltest lieber du zu ihr gehen.«

»Ich weiß nicht, ob sie was gegessen hat. Ich bin jedenfalls nicht dazu gekommen.«

»Soll ich euch ausführen?«

»Hast du schon gegessen?«

Er schneidet eine Grimasse. »Hackfleischbraten mit Dillkartoffeln.«

»Klingt gut. Zu schade, daß Geneva nichts vom Ausgehen hält ... Wie war's bei ihr?«

»Kämm dich. Inzwischen hole ich Juliette.«

Ursula fragt sich, ob man das, was soeben stattgefunden hat, als Konversation bezeichnen kann. Wie würde Michael reagieren, wenn sie ihn aufforderte: »Erzähl mir was, das du mir nicht erzählen wolltest. Verrat mir eines deiner Geheimnisse.« Sicher würde er erwidern, er habe keine, und wenn doch, würde er sie für sich behalten. Sonst wären es keine Geheimnisse.

Wenn man weiß, was der Ehemann sagen würde – weiß man dann auch, was er denkt?

Auf dem Weg zum Auto drückt Juliette die Hand ihrer Mutter, und während sie in einer Nische auf die Hamburger warten, schildert sie schüchtern die Ereignisse im Einkaufszentrum. »Oh, ich hasse sie! Ich wollte mich wirklich mit ihnen amüsieren, und anfangs dachte ich auch, es könnte klappen. Wenn sie was komisch fanden, lachte ich mit ihnen, aber sie rannten im ganzen Einkaufszentrum herum und machten sich über die Leute lustig. ›Schaut euch diese häßliche Alte an!‹ riefen sie andauernd. Und dann verspotteten sie eine riesengroße Frau, die mit einem winzig kleinen Mann zusammen war. Natürlich sahen die beiden albern aus, aber die Mädchen hätten nicht so gemein sein müssen. Und dann waren sie wütend, weil ich sagte, du würdest sie nicht nach Hause fahren.«

Ursula knirscht mit den Zähnen. Der Dentist hat ihr schon mit einer Gebißschutzvorrichtung für die Nacht gedroht, falls sie's nicht bleiben läßt. »Natürlich höre ich damit auf«, hat sie versprochen.

»Dann trafen sie ein paar Jungs, die letztes Jahr ihren Schulabschluß gemacht hatten, und fragten, ob die sie heimbringen würden. Mit denen waren wir zusammen, bevor ich in die Schuhabteilung kam. Wir saßen bei ihnen im Auto.«

»Wenigstens waren die Mädchen nett genug, um mit dir auf mich zu warten.« Ursula versuchte, ihre Tochter ein wenig zu trösten.

»Hör mal, Mom, die saßen im Auto dieser Jungs und rauchten Hasch. Ich sagte, nun müsse ich gehen, du würdest schon da sein. Und ...« Tränen glänzen in Juliettes Augen.

»Nun, ich glaube, jetzt ist uns alles klar«, wirft Michael sanft ein.

Ursula runzelt entsetzt die Stirn. Nicht Juliette! »Du hast doch nicht ...«

Sekundenlang schließt das Mädchen die Augen und holt tief Atem. »Großer Gott, Mutter, du kannst mir vertrauen. So dumm bin ich nicht.«

»Das freut mich.«

»Dann sah ich dein Auto und wußte, daß du mich im Kaufhaus suchen würdest. Ich sagte, meine Mom sei da und ich müsse gehen. Da wollten sie unbedingt mitkommen und sich von dir verabschieden. Ich dachte, sie würden irgendwas Schreckliches tun. Die waren *stoned*, Mom. Hast du das nicht gemerkt?«

Ursula hat die Mädchen nur unhöflich gefunden. Die Kellnerin serviert die Hamburger, auf Tellern mit hohen Pommes-frites-Bergen. »Vergiß es, Darling«, sagt Ursula. »Essen wir.« Ihr Herz blutet. Und was am schlimmsten ist – in jenem Alter war sie eher so wie die verrückten Mädchen, nicht so wie ihre Tochter.

Während Michael von ihren Pommes frites nascht, sagt sie: »Ich glaube, Carter hat heute die Schule geschwänzt, um an seinem Aufsatz zu arbeiten.«

»Nun, er muß ihn ja auch fertig kriegen. Wenigstens nimmt er diese Krise ernst.« Er ißt ein paar Zwiebelringe.

»Du weißt, was ich vom Schulschwänzen halte.«

Juliette seufzt traurig. »Ich wünschte, ich könnte bis zu den Ferien daheim bleiben.« Aber sie ißt mit gutem Appetit und wirft ihrer Mutter einen kurzen Blick zu. »Tut mir leid«, wispert sie.

Vor dem Haus klirrt Michael mit seinen Schlüsseln, aber Ursula sieht, daß die Tür nur angelehnt ist. »Dieser verdammte Junge! Nicht einmal die Tür kann er hinter sich zumachen.«

Draußen ist es warm wie im Sommer. »Vielleicht hat er sie für uns offengelassen«, meint Michael.

Nachdem sie das Haus betreten haben, verkündet Juliette: »Ich gehe ins Bett.«

»Und ich spüle das Geschirr«, sagt Ursula.

Ihr Mann räuspert sich. »Ich glaube, wir sind bestohlen worden.«

Juliette ruft vom Treppenabsatz herunter: »Was hast du gesagt, Daddy?« Sie läuft wieder ins Erdgeschoß.

»Das soll wohl ein Witz sein!« stöhnt Ursula. Das haben sie doch schon hinter sich ...

Michael starrt zu dem Schrank, wo sein Kassettenrecorder stehen müßte, und sie sehen den Staubrahmen, der die leere Stelle umgibt. Juliette schmiegt sich fest an ihn und flüstert: »O Daddy!«

»Der Fotoapparat!« Ursula hat ihn auf die hohe Kommode gestellt, um ihn nicht zu vergessen, wenn sie zur goldenen Hochzeit der Fishers geht. Vor langer Zeit hat Fish ihn aus Hongkong mitgebracht und dann bei Michael »verpfändet«. Die beiden Filme sind auch verschwunden.

Alle rennen nach oben. Juliette wirft sich quer über ihr Bett und tastet in den Zwischenraum an der Wand. »Mein Radio ist noch da!« kreischt sie beglückt.

Michael umarmt seine Frau. »Viel besitzen wir sowieso nicht, Ursie. Und wir haben ja noch die Versicherung.«

Sie fühlt sich so, als wäre jemand unter ihre Bettdecke gekrochen, um zu warten, bis er sie in die Zehen beißen kann. Ein Diebstahl ist etwas Gräßliches. »Wie sind sie hereingekommen?« Noch während sie die Frage stellt, kennt sie bereits die Antwort. Sie stößt Carters Tür auf. Ihr Sohn liegt auf seiner Matratze, Kopfhörer über den Ohren, im Tiefschlaf. Irgendwo hat er einen Ventilator gefunden und auf seinen Schreibtisch plaziert. Die Luft bläst über seine steif emporragenden Haare hinweg. Ursula rüttelt heftig an seiner Schulter. »Steh auf!«

Leicht benommen erwacht er. Angesichts der mütterlichen Hektik blinzelt er verwirrt. »Was ist denn los?«

»Du hast die verdammte Tür offengelassen! Und du hast die *Mülleimer* vor deiner blöden Tür nicht geleert! Da warten sie schon seit *Mittwochabend!* Steht sofort *auf!* Hab' ich dir nicht oft genug gesagt, du sollst die Türen *abschließen?*«

Michael zupft Ursula von hinten. Inzwischen ist es ihrem Sohn gelungen, sich aufzusetzen und den Kopf zu schütteln. Die Kopfhörer baumeln wie High-Tech-Juwelen, das Kabel hängt frei in der Luft. Er trägt nur eine Jockey-Unterhose. Das Deckbett ist um einen Fuß gewickelt. Carter schaut zu seiner Mutter auf. »Dad?«

Erbost reißt sie sich von Michaels Hand los und eilt in den Flur. »O Gott, die Landkarten.« Tausendmal hat sie ihrem Mann erklärt, sie müßten in einem Safe verwahrt werden. Er würde sie am liebsten verkaufen. Die Landkarten ihres Vaters. Sie läuft ins Schlafzimmer, erinnert sich aber nicht, wo sie die Hinterlassenschaft deponiert haben. »Die Karten!«

»Die sind da, Schätzchen.« Michael zerrt alle Handtücher und Waschlappen aus dem Wäscheschrank im Flur und wirft sie auf den Boden. Ganz hinten liegen die Landkarten, in einem Pulloverbeutel, den er hochhält. »Alles okay, Ursula. Beruhige dich. Da sind sie.«

»Ja, Mom«, sagt Carter von seiner Tür her. »Du verdienst wirklich dein Diplom in Krisenbewältigung.«

Voller Verachtung starrt sie ihn an. Wie kann er es wagen, sie zu verhöhnen, nachdem sie beraubt worden ist? Dann muß sie beinahe lachen. Er besitzt das unheimliche Talent, im falschen Moment recht zu haben. Aber sie beherrscht sich. Die Situation ist gar nicht komisch, und er soll keinen verkehrten Eindruck gewinnen. »Du hast es verschlafen«, sagt sie in kühlem Ton. »Sei froh, daß du nicht umgebracht wurdest.«

»Aber Mutter«, erwidert er gedehnt. »Die wollten doch nur ein bißchen was mitnehmen, um es zu verkaufen. So schlimm ist das nun auch wieder nicht.«

»Was weißt du denn schon? Hat das der arme Junge auch gedacht, den diese Punker im Mini-Markt vor ein paar Monaten in den Kopf geschossen haben? Nicht so schlimm? Und du hast im Bett gelegen. *Schau doch mal deine Kopfhörer an!«*

Carter braucht eine Weile, um zu erkennen, daß seine teure Stereoanlage zu den verschwundenen Gegenständen zählt. »*Arschlöcher*!« brüllt er und schleudert die Kopfhörer an die Wand.

Juliette zieht sich in ihr Zimmer zurück und wirft die Tür zu, dann stößt sie einen gellenden Klageschrei aus. Ehe Ursula zu ihrer Tochter laufen kann, kommt Michael ihr zuvor.

»Was ist los, Julie?« Er hat die Tür geöffnet und steckt den Kopf hindurch. »Was haben sie gemacht?«

»Nichts! Ich hab' nichts, was sich zu stehlen lohnt!«

»Was ist es denn dann?« fragt er geduldig.

»Ich gehe schlafen und will nie mehr aufstehen!« jammert Juliette und wirft krachend die Tür zu (schon wieder), um sie eine Sekunde später nochmals zu öffnen. »Beraubt zu werden – das ist die schrecklichste aller Tragödien.«

Michael wendet sich zu Carter. »Nimm ein Bad, mein Sohn.« Zu Ursula sagt er: »Gehen wir hinunter.« Auf der Treppe lacht er. »Beraubt!«

Der kleine Fernseher ist aus der Küche verschwunden. Michael setzt Teewasser auf, und Ursula starrt auf den Hochstuhl. »Warum haben wir dieses Ding immer noch?« fragt sie. Weil der Fernseher drauf steht. Sie kann sich nicht vorstellen, beim Kochen keine Nachrichtensendungen zu sehen. Falls sie mal kocht. Michaels Gelassenheit zerrt an ihren Nerven. Sie fühlt sich wie ausgelaugt.

»Wahrscheinlich waren's halbe Kinder«, meint er. »In dieser Gegend ist die Verbrechensrate nicht besonders hoch. Das ist nicht Portland. Und es ist auch nicht der Mini-Markt. Was glaubst du – wo könnten sie versuchen, das Zeug zu verhökern?«

»Sie werden's untereinander verkaufen.«

Er grinst. »Das weißt du?«

»Erinnerst du dich an das Jahr, wo ich Krisenbewältigung trainierte – an die Mutter, die mich anrief, weil sie im Schrank ihres Sohnes lauter Stereoanlagen fand? An die Jungs, die riesige Schließfächer mieten, um darin Computer zu verstauen?«

»Ich gieße den Tee ein, dann rufe ich die Polizei an.«

Mit einem wilden Schrei stürmt Carter die Stufen herab, ein Handtuch um die Hüften geschlungen. Atemlos schaut er durch die Küchentür. »Habt ihr meinen Computer gesehen?«

Ursula preßt die Hände an die Schläfen, und Michael folgt seinem Sohn ins Wohnzimmer. Sie hört Carter sagen: »Heute hab' ich alles runtergebracht, um an meinem Aufsatz zu arbeiten. Der ist schon auf der Diskette. Ich muß den Text nur noch drucken. *Wo ist mein Drukker?«*

Fluchend stapft Carter durchs ganze Erdgeschoß, und Ursula wird von allen obszönen Wörtern umschwirrt, die er kennt. Manche klingen archaisch. Immer wieder klagt er: »Meine Arbeit! Meine gottverdammte Arbeit!« Und dann stellt er seine Mutter zur Rede. »Wo ist mein Rohentwurf? Was hast du mit den Zetteln gemacht?«

»Ich rufe Mrs. Angstrom an«, erbietet sich Michael.

»Als ob die das interessieren würde!«

»Was für Zettel?« fragt Ursula, um Zeit zu gewinnen. Sie spürt, wie ihr Kopf schmerzhaft zu dröhnen beginnt.

»Du hast gesagt, ich soll's erst mal mit der *Hand* schreiben. Dann hab' ich's auf die *Diskette* übertragen.«

»Während du in der Schule sein solltest.«

»Nicht jetzt«, warnt Michael.

Schrill beginnt der Wasserkessel zu pfeifen, und Michael entfernt sich, um den Tee aufzubrühen.

»Ich habe deinen Abfall eingesammelt«, berichtet Ursula mit ruhiger Stimme, »und in die Mülltonne geworfen. Das heißt, nur den Mist, den du im Erdgeschoß verstreut hast.«

»O Scheiße!« Carter läuft zur Hintertür hinaus.

»Milch oder Honig?« fragt Michael.

»Egal.«

Michael nimmt Zucker und mißt ihn genau ab, jeweils einen gestrichenen Teelöffel. Sie fragt sich, ob ihn Kaloriensorgen bewegen oder ob es einfach nur an seiner Pedanterie liegt.

Carter kommt zurück, das Handtuch so fest um die Taille gewickelt, daß sein Hintern entblößt ist.

»Zieh eine Hose an, mein Sohn«, empfiehlt Michael.

»Mom! O Gott, Mom! Du hast den Küchenabfall direkt auf meine Zettel geworfen. Alle sind verdreckt!«

»Viel Spaß, Carter«, seufzt sie. Sie fragt sich, ob ein paar von Carter's Freunden in den Diebstahl verwickelt sind. Ein paar von den reichen, die daran der Nervenkitzel reizt.

»Denk an die Hose, mein Junge«, mahnt Michael.

Carter rennt in sein Zimmer, seine Mutter nippt an ihrem Tee, und Michael ruft die Polizei an. Als die Beamten an der Tür läuten, geht Ursula hinauf, um nach Juliette zu sehen. Sie hört, wie ihr Mann in ruhigem Ton Erklärungen abgibt. Jemand kommt zum Treppenabsatz herauf, hält kurz inne und steigt wieder hinunter.

Sie setzt sich auf das Bett ihrer Tochter. Finsternis erfüllt das Zimmer, nur durch die Jalousien dringt schwaches Licht von den Straßenlampen herein. Juliette weint, quer über dem Bett ausgestreckt, in T-Shirt, Höschen und Socken. Am Fußende der Matratze hängt die Jeans zum Boden hinab.

»Reg dich nicht so auf, Darling«, sagt Ursula besänftigend. »Natürlich, es hat uns alle schockiert, aber die Diebe waren sicher enttäuscht.«

»Was kümmert mich das?«

»Und ich bin dir auch nicht böse.«

Juliette stöhnt, und Ursula fragt sich, ob sie in ein Motel fliehen soll. Sie ist völlig erschöpft. Sogar ein ganz billiges, schäbiges Motel erscheint ihr verlockend. Sie muß ihr Haar waschen, und sie sehnt sich nach einer Dusche. Um acht Uhr morgens wird sie beim Partyservice erwartet. An einem Samstag. Und sie hat Katie noch immer nicht angerufen.

Nun beginnt Juliette ernsthaft zu schluchzen. »Niemand auf der Welt macht sich was aus mir.«

»Juliette!«

»Außer dir und Dad.«

»Und Marina?«

»Wir gehen in dieselbe Ballettschule. Und wir lernen miteinander Französisch.«

»Das muß noch lange nicht bedeuten, daß ihr keine Freundinnen seid.«

»Es heißt genausowenig, daß wir befreundet sind. Ich bin ihr egal. Sie versteht mich nicht. Außerdem wollen wir dieselben Rollen haben. Wie können wir da Freundinnen sein?«

»Julie, Julie ...«

»Erzähl mir bloß nichts von deiner Jugendzeit!«

»Das hatte ich gar nicht vor«, erwidert Ursula gekränkt und fühlt sich ertappt. Als ihre Mutter Evanston verlassen hatte, um nach Seattle zu ziehen, drehte Ursula ziemlich durch. Sie tat schlimmere Dinge, als in einem geparkten Auto zu sitzen und Hasch zu rauchen. An einem Samstagabend beschwor sie mit ihrer Clique eine Razzia in einem Holiday Inn herauf. Sie waren zu laut gewesen. Glücklicherweise hatten sie kaum auf was anderes Lust gehabt – meistens nur auf Lärm. Und trotzdem ist etwas aus ihr geworden.

»Du kannst keine Freundinnen gewinnen, wenn du Dinge tust, die dir in Wirklichkeit widerstreben.«

»Mutter, ich gehöre nicht zu deinen *armen* Schützlingen von der Wohlfahrt.«

Ursula kann ihrem Nachwuchs nicht begreiflich machen, daß es in den Familien aller Gesellschaftsschichten Kinder gibt, die Probleme haben. Die beiden lieben es, den Job der Mutter als Waffe zu benutzen. »Ich gehöre nicht zu denen«, pflegen sie zu betonen.

»Ich wette, Gramma Clare kommt zu deiner Ballettpremiere aus Seattle herunter. Rufen wir sie an diesem Wochenende an.«

»Hoffentlich kommt sie.« Juliettes Stimme erinnert an eine Siebenjährige.

»Wenn ich eine Weile hier sitze – glaubst du, kannst du dann einschlafen?«

Juliette richtet sich auf und zieht ihr T-Shirt aus. Darunter trägt sie ein dünnes Hemd. Die kleinen Brustwarzen pressen sich wie Knöpfe gegen den Trikotstoff. Sie hebt die Bettdecke und kriecht darunter.

»Ich liebe dich so sehr, Juliette. Vielleicht hast du noch nicht die richtigen Mädchen und Jungs kennengelernt. Außerdem ist das nicht so wichtig. Kinder mit deinen Interessen ...« Ursula tätschelt das Laken auf der Schulter ihrer Tochter.

»Hier bring ich's doch ohnehin zu nichts«, murmelt Juliette schläfrig.

»Schließen wir ein bißchen die Augen«, schlägt Ursula vor und schlüpft neben ihr unter die Decke.

Plötzlich erwacht sie – aus einem bösen Traum, wie sie zunächst glaubt. Jemand übergibt sich im Bad. Sie eilt in den Flur. Es ist Michael, und sie weiß nicht, was sie tun soll. »Bist du okay?« ruft sie.

Wortlos bricht er weiter. Sie kehrt ins Bett zurück, um auf ihn zu warten, da sie annimmt, er würde sofort wieder zu ihr kommen. Statt dessen steigt er die Treppe hinab, nachdem er sich gewaschen hat. Lange Zeit bleibt sie wach und denkt über seine Übelkeit nach. Warum schreit oder weint er nicht einfach, so wie sie selbst? Damals ist ihm auch übel geworden, als man seinen Vater in die psychiatrische Klinik gebracht hat. Er wollte nicht darüber reden, aber er erbrach tagelang. Und das hat er »Grippe« genannt.

Wäre es Carter, würde sie ihm einen feuchten Waschlappen bringen. Und wenn es Juliette wäre, würde Ursula neben ihr knien und sie festhalten, bis sie's überstanden hätte. Aber Michael? Auf den Knien, nachdem ihm ein Diebstahl den Magen verdorben hat? Oder was immer mit seinen Eltern passiert ist? Oder sein Job? Seine Kinder? Seine Frau?

Da er noch immer nicht ins Bett kommt, geht sie hinunter, um nach ihm zu sehen. Sie findet ihn im Keller bei Fish. Die beiden sehen ein Stock-Car-Rennen im TV. »Welch ein Glück, daß die Diebe nicht dran gedacht haben, sich hier unten umzuschauen«, meint sie.

Fish ist betrunken. »Ah, Big Mama will Daddy holen.« Es klingt fast liebevoll.

»Gute Nacht, Ursula«, sagt Michael, ohne aufzublicken. Die Federn der Couch, auf der er mit Fish sitzt, sind ausgeleiert, und die beiden – verschieden groß – gleichen Laurel und Hardy.

»Kommst du ins Bett?« fleht sie.

Michael ergreift das Glas seines Bruders. Heute abend scheint Whisky an der Reihe zu sein. »Später. Jetzt nicht.« Er beugt sich vor, beobachtet den Bildschirm, dann boxt er Fish ins Knie. »Was für Eier dieser Typ hat!« Das paßt nicht zu Michael. Es wirkt so vulgär und geistlos-männlich.

Zum ersten Mal fragt sich Ursula, ob die brüderlichen Gespräche geheimnisvoll und skandalös sind und Charakterzüge aus Michaels Seelenleben hervorzerren, die sie nicht sieht, von deren Existenz sie nicht einmal weiß. Plötzlich empfindet sie schreckliche Angst vor ihrem Schwager.

Sie geht nach oben, um Katie anzurufen. Die liegt schon im Bett und beantwortet Ursulas Mitteilung, die gerichtliche Vorladung sei abgegeben worden, mit den knappen Worten: »Ich bin schläfrig.« Abrupt legt sie auf.

Ursula ist enttäuscht. Sie hat von dem Einbruch erzählen wollen. Seufzend geht sie ins Bad und setzt sich auf den kalten Boden. Sie versucht in einem Buch zu lesen, das Angela ihr an diesem Tag geliehen hat. Es handelt von Familientherapien. Der Autor ist Experte für fehlgeschlagene Bemühungen um Individualisierung und schreibt in höherem Stil, mit Fachjargon gespickt. Sicher kann man viel von ihm lernen, daran zweifelt Ursula nicht, aber sie leidet an Konzentrationsschwäche. Familientherapie ist ein Luxus der Mittelklasse, genau wie Zahnorthopädie. Sie ertappt sich bei der Überlegung, warum Juliette im Bett Socken trägt. Das wäre Carter viel eher zuzutrauen.

21

Der Freitag ist für Geneva ein einziges Chaos. Erleichtert atmet sie auf, als Gully erklärt, er würde sich ein Sandwich machen und dann Brennholz sammeln. Im Hochland liegt hier und da immer noch Schnee, aber tiefer unten findet er vielleicht ein paar Morcheln und Wildblumen. Sie fragt sich, ob er immer noch in die Gegend geht, wo sie den Doktor gesucht haben, der im Februar auf dem Weg nach Bend verschwunden ist.

Vor allem wird Gully nach Stellen Ausschau halten, wo man gutes Holz hacken kann. Den ganzen Winter heizt er den Ofen auf der Veranda. Er verhängt die Gitterfenster mit Plastik, sitzt draußen in einem Liegestuhl und liest alte Abenteuergeschichten von Richard Halliburton oder Joshua Slocum. Und wenn er sich während vieler Stunden ein einziges Mal bewegt – dann nur, um neues Brennholz vom Stapel zu holen.

Jetzt, im Frühling, sitzt er natürlich nicht den ganzen Tag herum. Ständig will er irgendwas tun und weiß gar nicht, wie alt er schon ist.

Geneva hat mit Aggie Kolvitz ein regelmäßiges

Stammtischtreffen im Heads Up. Und bei all dem Tumult dort und wegen der Klatschsucht ihrer Freundin wird sie sich nicht rechtzeitig loseisen können, um den Lunch zu kochen. Außerdem will Michael nach der Schule kommen. Sie wird ein Abendessen vorbereiten, damit er länger bleibt.

Zu den Vorzügen von Gullys Ruhestand gehört nach Genevas Ansicht auch ihre Alleinherrschaft über den Essenszeitplan. Jahrelang hat sie täglich Brot gebacken und für das Dinner um Punkt achtzehn Uhr ein paar Töpfe voll gekocht und danach noch alles saubermachen müssen. Nun bereitet sie die Hauptmahlzeit für die Tagesmitte vor, und um fünf gibt es Reste oder Suppe. Wenn Gully im Sommer angelt und in einem Zelt übernachtet, begnügt sie sich vor dem Schlafengehen nur zu gern mit Crackern und Milch, wenn sie überhaupt was ißt. Jeder weiß, wie gesund es ist, sich im Alter, wenn die Verdauungsorgane immer empfindlicher werden, auf diese Weise zu ernähren.

Am Donnerstag hat sie einen Hackbraten gemacht, und davon ist immer noch genug für eine ganze Mahlzeit übrig, mit hübschen roten Dillkartoffeln, so wie's Gully gern mag. Die Gefriertruhe ist mit Gemüsepäckchen gefüllt. Manchmal hilft Gully im Anglerhotel ein paar Meilen weiter flußaufwärts aus, wenn irgendwelche Maschinen zusammenbrechen oder wenn was repariert werden muß – Zäune, Veranden, Dachrinnen, was auch immer. Der Hotelmanager entlohnt ihn teilweise mit Tiefkühlkost, Dosenmilch und irgendwelchen Geräten, die durch neue ersetzt worden sind. Die alten bringt Gully in Ordnung, um sie zu verkaufen, und damit verdient er ein willkommenes Taschengeld. Jetzt stehen schon zwei Waschmaschinen auf der Veranda. Es würde Geneva nicht überraschen, Käufer dafür zu finden, wenn sie Aggie Kolvitz davon erzählt.

Gully verspätet sich. Zuerst kommt Michael, der unglücklich und müde aussieht. Er sagt, die Schule würde an seinen Nerven zerren. Das verblüfft Geneva. Nie hat er sich über irgendwas beschwert. In dieser Hinsicht gerät er nach ihr. Sein langsamer, fast gedehnter Bericht über Erschöpfungszustände und Entmutigung zwickt und zwackt sie, so wie früher ihre Eierstöcke beim Eisprung.

»Ich weiß, ich sollte die Schüler wie Dosensuppen betrachten, die auf einem Fließband an mir vorbeiziehen. Aber ich kann einfach nicht genug tun, Ma. Ich schlage nur die Zeit tot.«

Er ist so ein guter Schüler gewesen, mit lauter A-Noten und Sternchen in den Zeugnissen. Dann die Stipendien, die ihm halfen, an der Portland-State-Universität zu studieren. Nie suchte er Vorwände, um sich vom Lernen zu drücken – im Gegensatz zu Fish, obwohl beide Jungs gern Ausflüge unternahmen, meistens gemeinsam. Fish hätte mehr erreichen können – auch er war sehr klug. Aber Gully fand die Ausbildung seiner zwei Söhne nie so wichtig. Und auf Geneva hörte Fish nicht. Er wolle so wie sein Pop sein, erklärte er. O Gott, damit hätte er hundert verschiedene Dinge meinen können. Gully hatte eine wilde Jugend hinter sich, besaß aber eine bessere Schulbildung als seine Frau.

Für ihren Stiefvater war sie eine Sklavin gewesen. Ebenso wie ihren Bruder hatte er sie oft als Arbeitskraft an Farmer »vermietet«. Manchmal mußten sie sich gewaltig anstrengen, zum Beispiel als sie das zweitklassige kleine Hotel abrissen. Zwei Halbwüchsige mit einem Brecheisen! Ruby behandelte der Stiefvater etwas besser

– vielleicht, weil sie die Jüngste war. Zwischen ihr und Geneva lagen zehn Jahre. Oder vielleicht, weil Ruby hübsch aussah. Oft saß sie auf seinem Schoß und schmeichelte dem alten Furz, um ihm ein Fünfcentstück für ein Eis abzuluchsen. Immer ist sie zur Schule gegangen, immer hat sie ein Mittagessen bekommen.

»Es ist ein guter Job, mein Junge«, versichert Geneva ihrem Sohn. Als Kind hat er erklärt, er würde später im Dschungel leben und die Flüsse auf Landkarten einzeichnen. Wie oft vertiefte er sich in die *National Geographic*! Diese Magazine fand sie auf Flohmärkten und bezog sie später per Abonnement. »Hör dir das an, Ma!« pflegte Michael zu rufen und las ihr etwas über Volksstämme vor, die abgeschieden irgendwo am Amazonas lebten. Oder in Borneo oder im Kongo.

»Ich komme auch mit und baue uns ein Boot«, sagte Fish.

Und Gully bemerkte: »Immerhin besser als das hier.« Das kränkte Geneva, denn damit meinte er ihr gemeinsames Leben. Eines Abends saßen sie alle am Tisch, über einen Atlas gebeugt, und er schlug mit der Faust auf das Buch. »Vielleicht können wir nicht nach Neuguinea reisen, aber verdammt noch mal, wir können uns das Land anschauen, in dem wir wohnen!« Danach besorgte er irgendwo einen alten Schulbus und baute ihn um. Der war zehn Monate lang ihr Zuhause. Zigeuner. Was für Zeiten sind das gewesen ...

Sie weiß nicht, was Lehrer verdienen, aber sie sind versichert und haben später ihre Pension. Lauter Wohltaten. Die Lehrer gehören einer Gewerkschaft an, und es beruhigt Geneva sehr, daß Michaels Lebensunterhalt gesichert ist. Junge Leute erinnern sich nicht an frühere Zeiten. Damals hat man nur besessen, was eben dagewesen ist. Und wenn es weg war, hatte man gar nichts mehr. Versicherungen erscheinen ihr immer noch wie ein Wunder. Allein schon die Arztkosten in den letzten fünfzehn Jahren hätten sie ohne die Gewerkschaftsversicherung völlig ruiniert. Dann Gullys Zusammenbruch, die kleinen Krisen danach, seine Angina, ihre kranken Füße, sein Zwerchfellbruch ...

Nun fragt sie sich, ob ein Krebsgeschwür in ihr wächst. Von der Gewerkschaft und der Sozialversicherung erhalten sie eine kleine Pension. Sie kommen ganz gut zurecht, denn Gully repariert gern alte Geräte, um sie zu verkaufen, nimmt hie und da kleine Jobs an, und Geneva hilft bei großen Dinnerpartys in der Küche aus. Natürlich geht es Michael und Ursula viel besser. Das große Haus, zwei Autos, Kleider, Fernsehapparate, Videogeräte, Kameras, Schi. Nun, das haben sich Gully und Geneva für ihre Kinder gewünscht. Wenn man in Armut aufgewachsen ist, hält man sich oft mit dem Gedanken aufrecht, welches Leben die Kinder einmal führen werden, wenn man Kraft und Ausdauer beweist.

Fish bereitet ihr Kummer. Am 4. Juli wird er fünfundvierzig, so wie Michael, und ist immer noch wurzellos und unglücklich. Sie hat gehofft, er würde bei der Navy Karriere machen, hätte es aber besser wissen müssen. Zu viele Dinge sind schiefgegangen. Der Militärdienst ist vor allem eine Huldigung der Autorität. Fisher sah keine Erleichterung darin, die Beschlüsse anderer auszuführen. Trotzdem ging er diesen Weg, zusammen mit anderen Unzufriedenen und Gammlern. Er hatte die Abneigung seines Vaters gegen Vorgesetzte geerbt, ebenso dessen Mißtrauen gegenüber Versprechungen und dessen Wanderlust. Leider fehlte ihm das eiserne Rückgrat Gullys, das diesem geholfen hatte, eine Wirtschaftskrise und die Erklärung seiner Mutter zu überstehen, sie könne ihn nicht länger ernähren.

Nach dem Dienst bei der Navy wollte Fisher zur Küstenwache gehen. Er fand, für die würde er sich besser eignen. Sie war kleiner, interessanter und in Kriegszeiten vielleicht sicherer. Aber eines Tages kehrte er nach Portland zurück, in Zivilkleidung. Die Küstenwache hatte ihn abgewiesen. Wo er seit seiner Entlassung aus der Navy gewesen war, erzählte er nie. Jedenfalls hatte er fast ein Jahr gebraucht, um wieder heimzukommen.

Gully und Geneva bezahlten alles, was sie jemals in ihrem Eheleben kauften, mit barem Geld. Nur Evelyns plötzlicher Tod überrumpelte sie. Geneva mußte von Ruby Geld leihen, um die Begräbniskosten zu bestreiten, aber drei Monate später beglich sie die Schulden. In einem Nieselregen stand sie am offenen Grab und beobachtete, wie ihr erstgeborenes Kind, ihre Tochter, ins Erdreich gebettet wurde. Dabei dachte sie zutiefst bedrückt: *Nie hätte ich geglaubt, daß ich Ruby einmal um Hilfe bitten müßte.*

»Es ist ein guter Job«, stimmt Michael zu. »Und im September fühle ich mich auch immer wohl dabei. Ich werde die Kinder immer mögen.« Er grinst seine Mutter an und klopft auf seinen Bauch, der im letzten Jahr runder geworden ist. Fish sieht immer noch wie ein Brett aus. »Wenn man ein bißchen zunimmt, macht man leicht schlapp«, fügt Michael hinzu, als könnte er seiner Mutter etwas über die Folgen des Alterns erzählen. »Die Leute glauben, es wäre phantastisch, wenn man den ganzen Sommer Urlaub hat. Aber wenn man während des Schuljahrs immer wieder Nebenjobs annimmt, um das niedrige Gehalt aufzustocken, merkt man bald, daß nur der lange Sommer einen älteren Lehrer bei der Stange hält. Mit den Jahren ist man verschlissen und würde das Handtuch werfen, wenn man sich nicht auf die ausgedehnte Erholungspause freuen könnte.«

»Du rechnest dich also schon zum alten Eisen?« Geneva findet ihre Söhne attraktiv und robust. Allen physischen Herausforderungen begegnen sie mit der vom Vater geerbten Willenskraft. Aber keiner von beiden ahnt auch nur, was es heißt, sogar dann noch weiterzuarbeiten, wenn man die selbst eingeschätzte Grenze der eigenen Leistungsstärke bereits überschritten hat.

Michael nimmt einen Milchkarton aus dem Kühlschrank und gießt sich ein halbes Glas ein. »Meinst du nicht, der fünfundvierzigste Geburtstag wäre eine gewisse Trennlinie?« Er trinkt einen Schluck, setzt das Glas ab und wischt sich den weißen Schnurrbart mit dem Unterarm ab, so wie er es schon als Dreijähriger getan hat.

Seine Mutter weiß einiges über den Zeitgeist. Sie liest Magazine und gelegentlich ein Buch über populäre Psychologie, wenn Mary Courter sie auf einen neuen Titel hinweist. »Sag mir bloß nicht, du würdest in einer dieser Krisen stecken!« hänselt sie ihren Sohn und hofft, es ist tatsächlich nur ein Scherz. »Ich habe eine TV-Sendung über Männer in mittleren Jahren gesehen, die behaupteten, sie wären lieber Frauen. Stell dir das mal vor!«

Er lacht, und sie atmet auf. »Ich glaube, mein Junge, das Leben ist eine unvorhersehbare Reihe von Erschütterungen, die das System durchrütteln, und der Allmächtige beurteilt einen danach, wie hoch man dabei springt. Kinder und Probleme zu haben, alt zu werden ... Über das alles kann ich dir kaum was erzählen, die Dinge verändern sich zu schnell. Jetzt mußt du alles auf deine eigene Weise hinkriegen. Das dürfte dir nicht schwerfallen – bei deiner Ausbildung ...«

Geneva spült sein Glas aus und stellt es auf die Küchentheke, die im rechten Winkel aus der Schrankreihe mit dem Spülbecken herausragt. Ihr Fuß stößt gegen den Abfalleimer und wirft ihn beinahe um. Sie rückt ihn zurecht, ehe sie weiterspricht. »Faß das nicht als Kritik auf.« Michaels Miene bleibt gelassen. Er zeigt nie, was er denkt. Sein Vater hat die Angewohnheit zu blinzeln, wenn ihm ein Gespräch mißfällt. Diese zuckenden Lider warnen seine Frau. Wenn sie nicht den Mund hält, wird er davongehen. »Aber ich finde, es ist tatsächlich ein Glück, wenn man die Sommermonate frei hat. Jedes Jahr bekommst du die Chance, das Feuer in dir ein bißchen zu schüren. Den meisten Leuten geht es nicht so gut. Und die längsten bezahlten Ferien, die dein Vater jemals hatte, dauerten nur zwei Wochen. Weißt du, was er als Urlaub betrachtete? Einen Stellungswechsel.«

Allerdings hat er sich gelegentlich freigenommen. Einmal gab er seinen Job im Bahnhof auf und schickte ihr eine Ansichtskarte aus El Paso. Aber er blieb nur einen Monat weg. Bei der Heimkehr beteuerte er dann, er wisse nicht, was in ihn gefahren sei. Er habe viel gesehen. Danach hat er wieder gearbeitet. »Es gab viele Sommermonate, wo dein Vater gern Urlaub gehabt hätte, aber in Oregon arbeitet man gerade bei schönem Wetter am härtesten – wenn man Arbeiter ist.«

»Ich weiß, Ma. Glaubst du, ich erinnere mich nicht, wie ihr beide euch abrackern mußtet, während ich aufwuchs?«

Natürlich zweifelt sie nicht an seinem Gedächtnis. Er ist ihr stets eine Hilfe gewesen, in viel größerem Maße als Evelyn. Die jammerte ständig über die Hausarbeit. Und sie dachte, am Wochenende müßte sie sich gar nicht erst ankleiden. Sobald sie achtzehn war, zog sie aus. Bei der letzten Begegnung sagte Geneva: »Bitte, komm nach Hause, Liebling. Bleib wenigstens eine kleine Weile bei uns.«

»Das würde Pop nicht gefallen«, erwiderte Evelyn. »Das weißt du nicht, Ma. Er mochte mich nie besonders – und jetzt schon gar nicht.« Weil sie schwanger war – das meinte sie offenbar. Doch das wußte Geneva damals nicht.

Sie möchte sich nicht beklagen, das ist nicht ihre Art. Und sie empfindet Dankbarkeit, weil sie nicht ihr ganzes Leben an einen einzigen Ort gebunden gewesen ist und nicht immer nur dasselbe getan hat, im Gegensatz zu so vielen Frauen. Die Ehe langweilte sie niemals. Sie verliebte sich in Gullys Leichtlebigkeit und reiste mit ihm im ganzen Land umher, nach Mexiko und Guatemala, quer durch Kanada. Während des Kriegs, vor Evelyns Geburt, verbrachte sie ein glückliches Jahr in Schiffswerften. Sie wohnte in alten, leerstehenden Hütten, Schulbussen, Garagen, auf Ladeflächen von Lastern. Sie liebte Gullys Abenteuerlust. Deren Kehrseite, sein Bedürfnis nach Einsamkeit, der Drang, sich tief hinabzuwühlen zu einem Ort, wo man Schmerzen leidet – das alles überraschte sie. Aber sie haben die schweren Zeiten zusammen durchgestanden. Und das ist jetzt der Lohn – das gemeinsame Altern. Es langweilt Geneva nicht mehr, stets in ein und demselben Haus zu verharren, ein Leben zu führen, das sich täglich wiederholt. Und es ist ein besonderer Glücksfall, die Söhne in der Nähe zu wissen. »Ich glaube, in diesem Sommer werde ich Fish helfen, wenn er gelegentlich als Zimmermann arbeitet.« Michael spricht so leise, daß sie nicht sicher ist, was sie gehört hat. »Ein paar Leute wollen ihn engagieren. Er läßt sich wie ein Handlanger stundenweise bezahlen, weil er nirgendwo gebunden sein will. Das alles muß ich mir mal anschauen.« Bei diesen Worten schüttelt er ein wenig den Kopf, wie um sich selber zuzustimmen.

Das ist es also. Eine Welle reiner Freude durchströmt Geneva und scheint ihr bis in die Knochen zu dringen. »Diese Art von Arbeit würde dir gefallen?« So oft hat Gully die beiden Jungs veranlaßt, irgendwas zusammenzusetzen oder auseinanderzunehmen. Sie bauten Boote, Vogelhäuser, Radios, Autos aus Einzelteilen alter Schrottkarren. Es gab eine endlose Parade von Fisher-Projekten. Und Gully war stolz auf alles, was er mit seinen Händen schaffen konnte. Vor allem genoß er es, als Schweißer zu arbeiten. Er baute Schiffe für sein Land, Maschinen, die in Alaska Straßen ebneten, beteiligte sich an Bauarbeiten an Dämmen (wenn er sie auch nie mehr erwähnt). Jedes Haus, das ihnen jemals gehörte, errichtete er selbst – bis auf dieses. Aber das hat er immerhin renoviert.

»Ja, das würde mir gefallen, Ma«, bestätigt Michael, läßt die Fingerknöchel knacken und schüttelt seine Hände.

Gully kommt heim, und während er den großen Verandaraum durchquert, ruft er: »Genny!« Ein alter Kauz, den er im Wald kennengelernt hat, begleitet ihn. Homer trägt ein kariertes Flanellhemd, abgetragene bügelfreie Hosen, eine Levis-Jacke und Stiefel und sieht genauso schlimm aus wie Gullys völlig verrückter Freund Austin Melroy. Er stinkt zum Himmel – nach Schweiß, Fusel und Holzkohlenrauch.

»Freut mich, Ihre Bekanntschaft zu machen, Ma'am«, sagt er, sehr höflich für einen Rumtreiber. Wer redet heutzutage schon so? Vielleicht hat Gully das mit ihm eingeübt, um Geneva zu besänftigen. Zum Beispiel könnte er erklärt haben: »Meine Frau legt großen Wert auf Süßholzgeraspel.«

Er entschuldigt sich für die Verspätung. »Wir schwatzten und schwatzten, und ich merkte gar nicht, wie tief die Sonne schon stand.«

Geneva strafft die Schultern. »Wascht euch draußen. « Sie mag es nicht, wenn Gully die Küche schmutzig macht. In der Waschküche gibt es ein Spülbecken, ein weiteres hinten im Wohnwagen, wo ein Tisch für ihre Topfpflanzen steht. Dieses Jahr hat sie allerdings auf ihre Blumen verzichtet. Wenn sie welche sehen will, kann sie in den Nachbargarten schauen. Ihr Rücken schmerzt.

Sobald die beiden Männer hinausgegangen sind, wendet sie sich zu Michael. »Ich glaube, er findet keinen Schlaf, wenn er nicht ein bißchen gepredigt hat. So einen Vagabunden hier anzuschleppen! Hast du die kleinen Bücher gesehen, die er in seinen Overalls mit sich herumträgt? Die holt er immer wieder raus und liest jedem vor, der lange genug still sitzt. Sentimentales Gefasel!« Gully fällt es schwer, ihr zum Geburtstag zu gratulieren, geschweige denn, ihr zu sagen: »Ich liebe dich.« Dafür zitiert er mit Begeisterung Gedichte, Predigten und die Bibel.

»Anscheinend ist er glücklich, Ma.« Michael ergreift den zusätzlichen Teller, den sie ihm reicht, und stellt ihn auf seine Seite der Theke, dann rückt er vom kleinen Schreibtisch mit dem Telefon einen Stuhl herüber. »Wirklich, ich denke, er sieht gut aus. Sein Gesicht hat schon ein bißchen Farbe bekommen.«

»Das alles gefällt mir irgendwie nicht.« Sie möchte vermeiden, daß Michael sie mißversteht. »Dein Dad schwor schon immer auf die Bibel. Lange Zeit ging er nicht zur Kirche, aber er kannte die Heilige Schrift, die Gebote. Das alles stachelt ihn an, wider jede Vernunft. Es wird einfach zuviel. Wofür hält er sich eigentlich? Für einen Missionar? Glaubt er denn, er müßte diese Kerle retten?« Sie zeigt mit dem Kopf zur Tür. Noch kann sie die Männer nicht hören. »Ich wette, jetzt erzählt er diesem Rumtreiber draußen im Hof, wie er früher selber getrunken hat und daß er's jetzt nicht mehr tut. Er redet und redet, während das Dinner zäh wird.«

Es ärgert sie, daß Gully die Vergangenheit auf diese Weise benutzt. Nach ihrer Ansicht müßte so etwas Privatsache bleiben. Sie glaubt, er macht sich selber schlechter als er jemals gewesen ist – nur um gewisse Effekte zu erzielen. Nach der Behandlung in der Klinik hat er sich nicht richtig an die Dinge erinnert. Er geriet oft in düstere Stimmung, sicher, ging allein weg und trank ein bißchen. Aber er torkelte niemals wie ein Verrückter herum und trank nie so viel, daß es seine Arbeitskraft beeinträchtigt hätte. Die Versammlungen, zu denen er jahrelang gegangen ist, nerven ihn jetzt. Sie hat gedacht, die wären nur eine vorübergehende Maßnahme, die ihm über die erste Zeit nach dem Krankenhausaufenthalt hinweghelfen sollte. Merkt er denn nicht, wie sehr sie ihn verwirren? Aus welchem anderen Grund muß er dauernd in die Wälder fliehen? *Was gibt's da draußen?* Könnte er die Vergangenheit nicht zugunsten der Gegenwart aufgeben? Es ist nicht fair. Nie hat sie ihm seine Fehler und Schwächen vorgehalten, nicht einmal damals, als sie wirklich darunter gelitten hat, *als sie wichtig gewesen sind.* Sie braucht nicht daran erinnert zu werden. Schlafende Hunde dürften nicht kläffen und knurren. Deshalb ist ja auch dieses Sprichwort darüber entstanden.

Geneva rumort im Kühlschrank herum und richtet sich dann auf, eine Pfirsichdose und eine halbe Packung Hüttenkäse in den Händen. Sie gibt die Dose Michael, zusammen mit einem Öffner, löffelt Miracle Whip auf den Hüttenkäse und rührt darin herum, füllt die Creme in die Pfirsichhälften und richtet jeweils zwei auf dem Teller für die Männer an, nicht für sich selbst.

Ihr Sohn schiebt ihr seinen Teller hin. »Nimm dir was.«

»Ich kann das Zeug nicht ausstehen«, schnauft sie. Endlich hört sie Gully und diesen Mann die Stufen zur winzigen Diele heraufstapfen. »Gesegnet seien alle Heiligen!« ruft sie. »Jetzt können wir essen!«

Fröhlich bemerkt Gully: « Ich hab' einen gewaltigen Appetit.«

»Heute morgen aß ich nur ein paar Cracker zum Kaffee«, berichtet Homer. Sein Blick wirkt verschlagen. Es dauert eine Weile, ehe er sich für einen der beiden verfügbaren Teller entscheidet und neben Michael Platz nimmt.

Leute, die nicht regelmäßig essen, müssen bei jeder sich bietenden Gelegenheit Vorsorge treffen. Das weiß Geneva von einer langen hungrigen Kindheit her. Fünfzig Jahre sind verstrichen, seit sie jenes gräßliche Magenknurren verspürt hat. Gully konnte stets alle ernähren. Wie er wußte, verstand sie sich darauf, Mahlzeiten zu strecken und mehr aus einem Dollar zu machen, aber zumindest dieser eine Dollar war immer da. Er gab ihr jedesmal genug Geld, wenn er wegging, um mit sich selber allein zu sein. Sie ist traurig gewesen, sie ist heiter gewesen – aber in diesem halben Jahrhundert an Gulsvig Fishers Seite niemals hungrig. »Bedienen Sie sich«, fordert sie Homer freundlich auf und reicht ihm die Platte mit dem Hackbraten.

22

»Homer hat am Tok Highway gearbeitet«, erklärt Gully. Sie muß verblüfft dreinschauen, denn er fügt hinzu: »Wie klein die Welt ist, was?«

»So?« würgt sie hervor. Das »Was?« ist offenbar für Homer bestimmt, überlegt sie. Ein Mann, der die Bibel, William Shakespeare und Hermann Melville gelesen hat, müßte es besser wissen.

»Ja, Ma'am«, stimmt Homer mit halbvollem Mund zu. »Einen ganzen Winter hab' ich in diesem alten Wellblechwohnwagen gehaust und Zweige verbrannt und drauf gewartet, daß die Arbeit wieder anfängt. Von der kanadischen Grenze bis nach Tok hinauf.«

»Der Highway führt noch weiter.«

Homer lacht. »Klar. Aber ich hörte von einem Job weiter oben im Norden, wo man wirklich gut bezahlt wurde ... Nun ja, das klang wie ein Abenteuer, und ich wollte den richtigen Norden sehen. Aber das klappte nicht so recht.« Er stopft sich Kartoffeln zwischen die Zähne.

»Denk doch mal an all die Straßenmeilen, die sie mit meinen Maschinen gebaut haben.« Ehrfurcht schwingt in Gullys Stimme mit, und Geneva hofft, er wird nicht anfangen, die Namen diverser Orte zu nennen. Er liebt es, Landkarten zu betrachten und den Finger dahin zu legen, wo er allein, mit ihr oder mit der ganzen Familie gewesen ist. Am besten gefällt es ihm, den anderen zu zeigen, wo ein Schiff gesegelt ist, an dessen Entstehung er mitgeholfen hat, wo eine Straße verläuft, an der er mitgearbeitet hat. Einmal haben sie in Guatemala eine Lokomotive gesehen, die laut Gully ein Produkt von Sumter, Oregon, gewesen ist. Er räuspert sich. »Ein Mann geht seinen Weg, Schritt für Schritt.«

Und Homer schluckt. »Manchmal ist es der erste Schritt, der einen umbringt.«

Das weiß Gully. »Wozu hat man Freunde?« Er hält einen Finger vor seine Nase. Auf diese Weise pflegt er ein Zitat anzukündigen. »Der Trost eines wahren Freundes ist eine Lebensversicherung.« Dann schaut er Michael an. »Homer hat ein kleines Problem mit der Trinkerei«, erklärt er und wirkt nach Genevas Ansicht sehr zufrieden.

»Ich hab' noch nie von jemandem gehört, dem man den Fusel ausreden konnte«, wirft sie mißmutig ein.

»O Ma'am, so leid's mir auch tut, da muß ich dir widersprechen. Da gibt's viele Leute, die sich davon abbringen lassen.« Gully saugt an seinen Zähnen. »Irgendwo, an jedem Abend in jeder Woche im Jahr und oft auch mittags passiert so was.« Wieder hebt er den Finger. »Allerdings ... ›Niemand soll sich der Täuschung hingeben, daß das Wissen um den Weg die Notwendigkeit aufhebt, einen Fuß vor den anderen zu setzen.‹ M. C. Richards.«

»Wenn du meinst ...« Geneva räumt die Teller weg, nachdem Homer den letzten Fettfleck von seiner Portion mit einem Stück Brot aufgetunkt hat.

In der Abendbrise rascheln die silbernen Blätter des Ahornbaums vor dem Küchenfenster. Nach dem Feuer ist er von ganz allein gewachsen. Er stammt laut Gully aus den Wurzeln des hohen Baumes, der zwanzig Meter entfernt auf dem Lewis-Grundstück steht. Die seien durch das Trauma des Brandes aus dem Erdreich gelöst worden.

»Ich könnte Kaffee kochen«, schlägt sie ohne Begeisterung vor. Sie spürt, daß alle drei aufbrechen wollen.

»Jetzt muß ich nach Hause, Ma«, erwidert Michael. Sie beklagt sich nicht. Niemals hat sie einen verheirateten

Sohn gebeten, ihr Zeit zu widmen, die seiner Frau gehört. Aber sie fragt sich, was die beiden an einem Freitagabend vorhaben, so daß er nicht ein bißchen bei ihr sitzen kann – vor allem, nachdem er gesehen hat, in welchem Zustand sich sein Vater befindet.

»Gehen wir in den Hof.« Gully schiebt Homer zur Tür.

»Das Essen war großartig, Ma'am«, beteuert Homer, und Geneva preßt die Lippen zusammen, um bloß nichts zu sagen, was sie hinterher bereuen könnte. Homer kommt ihr vor wie ein Veteran, der zu viele Feldküchen kennengelernt hat.

Diesen anderen Kerl hat Gully am Dienstagabend, nach der verflixten Versammlung, angeschleppt und gefüttert. Da ist sie in ihrem Zimmer geblieben. Drei Scheiben Pastete waren noch übrig. Ihr Mann behauptete, *er* habe das meiste davon gegessen, aber so viel konnte er in der kurzen Zeit gar nicht verdrücken. Den Großteil hat er verschenkt, um den alten Trunkenbold festzuhalten und einen Zuhörer für sein Gefasel zu finden.

Sie liegt auf ihrem Bett und lehnt sich an die Kissen, die sie sich hinter den Rücken gestopft hat. Lautlos läuft der Fernseher. Nach einer Weile versucht sie in der Zeitschrift *Good Housekeeping* zu lesen, findet aber keinen Artikel, der sie interessiert. Offenbar glauben die Redakteurinnen, die Frauen würden mit vierzig sterben.

Von ihrem kleinen Nachttisch (einer mit Pappe beklebten Obstkiste) nimmt sie eine Einladungskarte. Vor ein paar Wochen hat sie mehrere verschickt. »Einladung zur Feier mit Gully und Geneva Fisher ...«

Fünfzig Jahre! Auf die Rückseite der Karten hat sie drucken lassen: »Ein altmodisches Rezept für eine erfolgreiche Ehe.« Das meiste davon hat sich Gully ausgedacht. Aber im Grunde war es ihre Idee. Und sie hat alles aufgeschrieben.

1. Einen Jungen und ein Mädchen zusammenbringen.
2. Termin festsetzen.
3. Blutuntersuchung vornehmen lassen und Heiratserlaubnis einholen.
4. Zwei Freunde oder Rumtreiber finden.
5. Das Leben zu zweit beginnen.
6. Dabei bleiben.

Die Leute werden es entweder verstehen oder komisch finden. Jedenfalls ist es die Wahrheit, und viel mehr Menschen müßten es wissen. Junge Menschen erwarten heutzutage zuviel von der Ehe. Was wollen ihre eigenen Söhne? Im großen und ganzen hat Michael alles gut hingekriegt. Ein lobenswerter Familienvater. Ursula ist zwar nicht besonders freundlich, aber sie leistet ihren Beitrag, und sie haben Kinder. Aber Fish und Katie – ein Kuriosum ... Lange Zeit hat Geneva gar nichts von dieser Ehe gewußt. Manchmal sah sie die beiden nur alle halben Jahre – und die schwangere Katie kein einziges Mal. Niemand erzählte ihr davon. Schließlich erfuhr sie es von der kleinen Juliette, die ihr später auch erzählte, daß Katie mit ihrem Baby verreist und allein zurückgekommen sei. Wenigstens hat sie das Kind bekommen und nicht umgebracht.

Geneva stellt Fish keine Fragen. Sie erinnert sich an Tage, wo er verkündet hat, er wolle nur Zigaretten holen, und sich danach einen Monat lang nicht blicken ließ. Als er in Vietnam war, schrieb er so lange nicht, daß sie fast verrückt wurde. Sie schickte einen Brief an seinen Kommandanten, der den Feldkaplan zu Fish sandte. Daraufhin hat der Junge ihr geschrieben und gedroht, nach dem

Krieg nicht nach Hause zu kommen, falls sie so was noch einmal machen würde.

Sie weiß, was mit Fish und Katie los ist. Die sind zu egoistisch für ein Baby und noch immer nicht erwachsen. Natürlich kann sie Katies Mutter nicht beurteilen, weiß aber, daß sie selbst ihr Bestes getan hat. Um das zu erkennen, braucht man nur Michael anzuschauen. Fish hätte sich eigentlich auch besser entwickeln müssen. Zwillinge – zwei Seiten einer Medaille. Sie glaubt, daß Gully großen Anteil daran hat. Dem ist sofort irgendwas klargeworden – etwas, das in Fish steckt und das Michael fehlt. Jetzt tut's ihm leid. Erst neulich hat er bemerkt: »Ist das nicht merkwürdig? Fish kauft von seinem Entlassungsgeld ein Haus, und jetzt wohnt keiner der beiden drin.«

Geneva wäre überrascht, wenn Fish oder Katie bei der morgigen Feier erscheinen würden. Sie hat Katie gebeten, mit ihr Servietten zu kaufen, in der Hoffnung, ein bißchen Zeit mit ihr zu verbringen. Und sie wollte sehen, wie die Schwiegertochter zurechtkommt. Aber Katie hat ihr erwartungsgemäß einen Korb gegeben.

Sie geht in Gullys Zimmer am anderen Ende des Wohnwagens und glättet das Bett. Jeden Morgen zieht er die Decke über das Durcheinander, das er aus seinen Laken und Kissen gemacht hat. Und jeden Tag, irgendwann vor der Schlafenszeit, bringt sie das Chaos in Ordnung und breitet die Decke darüber, so als hätte sie nichts angerührt.

Der Raum riecht nach Gully, ein wenig beißend. Wie ein kleiner Junge hat er Socken auf den Schrankboden geworfen. Der Wollpullover hängt an einem Haken, wodurch der Kragen ausgedehnt wird. Sie setzt sich auf die Bettkante, und die Matratze gibt nach wie eine Hängematte. Letztes Jahr hat sie ihrem Mann erklärt, sie würden beide neue Matratzen brauchen. Aber er bestand darauf, nur für sie eine zu kaufen, nicht für ihn. Sein Bett gefalle ihm, so wie es sei.

Alles mögliche hat er an die Wände geheftet. Zeitungsausschnitte (der tote Doktor, neue Ausgrabungen in Ägypten, Karikaturen, ein Foto von Michael und seinen Schülern mit den Vogelhäusern). Zeichnungen von den Kindern aus der Zeit, wo sie noch klein gewesen sind, zerknittert und an den Rändern braun verfärbt. Der Reiz kindlicher Kunst greift einem ans Herz. *Ihre* Kinder. Gezeichnete Menschen, so groß wie die Bäume neben ihnen. Ein Löwe mit lockiger roter Mähne. Blumen mit gelben Monden in der Mitte. Diese Zeichnungen steckten während des Feuers in einem Atlas und sind dadurch verschont geblieben. Da gibt es auch ein Foto von Fish, vor dem Funkgerät an Bord seines Schiffes. Lächelnd blickt er in die Kamera. Die anderen Schnappschüsse, aus Vietnam nach Hause geschickt, sind verbrannt. Alle Schulfotos und Zeugnisse, Zertifikate, Leistungsabzeichen und Orden. Evelyns gelber Afghane, von ihr selbst geknipst. Es wäre ein Trost, dieses Bild noch zu besitzen. Nichts von ihr ist übriggeblieben, außer einiger Geburtstagskarten, die Geneva in einer Metallkassette vor den Flammen bewahrt hat. Wahrscheinlich stammt eine der Zeichnungen auch von Evelyn, doch Geneva weiß nicht, welche. Sie könnte Gully danach fragen, aber das würde sie beide nur traurig stimmen. Mit Erinnerungen geht er auf seine eigene Art um.

Sie verläßt sein Zimmer und schließt die Tür. Es bedrückt sie, hierherzukommen. Ihr Zimmer gehört nur ihr, und dort klammert sich nichts an die Vergangenheit, abgesehen von jener Metallkassette. Geneva lebt in der

Gegenwart. Sie hat Gully, das genügt. Michael hat seine Familie, Fish seine Verhaltensweisen. Evelyn ist tot. In den letzten zehn Jahren haben sie nicht einmal einen Hund besessen.

Sie steht an der Tür zur großen, von Wänden umgebenen Veranda, wo Gully einen Holzofen, einen Ladentisch und die Geräte aufbewahrt, die repariert werden müssen. Geneva hat ihre Waschküche und die Gefriertruhe. Durch das Türfenster sieht sie die Umrisse der Männer vor dem Laster, und sie hört die Stimmen. Womöglich werden sie die ganze Nacht reden. Dann wird Gully vor der Party todmüde sein. Was immer Michael meint, Gully erscheint ihr gebrechlich, und sie macht sich Sorgen.

An jedem Abend in jeder Woche, hat Gully gesagt. An jedem Abend Versammlungen bei den Anonymen Alkoholikern soll das heißen. Eine Zeitlang ist er an zwei, drei oder vier Abenden pro Woche weggegangen. Schließlich glaubte sie, in ihrer Einsamkeit schreien zu müssen. Für ihn war es wichtig, an diesen Treffen teilzunehmen. Die Leute konnten ihm etwas geben, das er von seiner Frau nicht erhielt. Sie sagte nichts, schwieg ebenso wie damals, als er in seiner Trunkenheit den Schuppen angezündet oder als er Evelyn eine Hure genannt hatte, weil sie spät nach Hause gekommen war – mit ihren sechzehn Jahren schon erblüht wie eine erwachsene Frau. Es ist sinnlos, die Bedürfnisse eines Mannes zu bekämpfen. Man überantwortet ihn den Händen des Allmächtigen und sammelt danach die Scherben auf. Und man ist dankbar für die guten Tage.

Jetzt geht Gully immer am Dienstag weg. Manchmal besucht er das Vereinsgebäude der Vietnam-Veteranen und redet mit den Jungs. Und er macht sich oft auf die

Suche, nicht so sehr, um Brennholz zu sammeln, sondern um Menschen aufzuspüren, die ihn vielleicht brauchen. »Warum verschwendest du deine Zeit mit diesen alten Säufern?« hat sie eines Abends gefragt. Er entgegnete, das müsse er tun. »Man muß anderen die Hand reichen, um selbst Halt zu finden.« Manchmal hört sie ihn in seinem Zimmer flüsternd in der Bibel lesen. Er führt auch ein kleines Tagebuch. Darin kritzelt er, wenn er in den Regenmonaten draußen auf der Veranda sitzt, und Geneva vermutet, er würde seine Sünden und sein Unglück zu Papier bringen.

»Warum sprichst du dann nicht auch mal mit deinem Sohn?« hat sie einmal gefragt und in Wirklichkeit gemeint: *Alle deine Zitate nützen dir nichts, wenn's um Fish geht.* Er schaute so verzweifelt drein, daß sie ihre Worte bereute. »Als ob ich das nicht wollte, Ma ...« Mehr hat er nicht geantwortet.

Geneva schaltet ihre Lampe aus, bevor er ins Haus zurückkehrt, denn sie weiß, er wird nichts mehr zu ihr sagen, wenn er kein Licht bei ihr sieht. Er pflegt zu respektieren, daß sie schläft oder sich schlafend stellt. Aber es ist erst halb elf, und morgen werden sie ihre Ehe feiern, die nun schon länger dauert, als manche Menschen leben.

Sie zieht ihren Morgenmantel vor der Brust zusammen, verknotet den Gürtel und geht zu ihrer Tür, als Gully gerade das Bad betritt. Während sie in der Küche ein Glas Wasser trinkt, hört sie durch die Wand ein heftiges Plätschern. Sicher macht er alles naß.

»Brauchst du noch was?« erkundigt sie sich, als er aus dem Bad kommt. Auch er füllt ein Glas mit Wasser. Sie setzt sich an die Theke, und er nimmt ihr gegenüber

Platz. »Wie ist er heimgekommen?« Sie überlegt, wo der alte Mann hausen mag. Welch eine Lebensweise!

Vor dem Waschen hat Gully sein Hemd ausgezogen und danach den Overall vor der nackten Brust zugeknöpft. Mit seinem dünnen Hals gleicht er einem Vogel. Seine Oberarme sind immer noch stark und muskulös, doch die Hände wirken schwach. »Ich hab' ihn im Laster einquartiert.« Unter einer Markise verwahrt er ein Feldbett für seine Ausflüge in die Wälder und Berge. »Im Morgengrauen wird er verschwinden.«

»Ich verstehe«, lügt sie.

Er tätschelt ihre Hand. »Wenn ich dich nicht hätte, würde ich jetzt da draußen liegen.« Dann steht er auf und wünscht ihr eine gute Nacht.

Geneva sinkt wieder in ihr Bett, liegt im Dunkel und lauscht den Ahornblättern. Sie denkt an den Tag, an dem Gully sie zum ersten Mal berührt hat. Es ist vor langer, langer Zeit geschehen, doch sie behält es in lieber Erinnerung. Das letzte Mal hat sie längst vergessen, doch das erste Mal bleibt für immer in ihrem Gedächtnis haften.

23

Katie gewinnt den Eindruck, die Prozedur einer Scheidung würde einen Menschen daran hindern, alles gründlich zu überdenken. Sie fühlt sich wie ein Opfer des Systems, so als würde sie – seit der Unterzeichnung eines Papiers, das ihr die Anwältin für vierhundert Dollar ausgehändigt hat – durch eine Vakuumröhre gesaugt werden und das Leben ihr entgleiten. Früher hat man Gründe anführen müssen – Ehebruch, Mißhandlung, seelische Grausamkeit. Einmal erzählte die Mutter von einer Freundin. »Er gab ihr wirklich allen Grund.«

Würden diese Gesetze immer noch gelten, Katie wäre nie über den bloßen Gedanken an eine Scheidung hinausgekommen. Was sollte sie Fish anlasten? Wie könnte sie eine häßliche Akte mit bitteren Neuinterpretationen der gemeinsamen Vergangenheit füllen. Auch sie ist daran beteiligt – eine Art Komplizin. Es hat ein paar bedeutungslose Seitensprünge gegeben. Nur Unfug, der ihr weh tun oder ihn besänftigen sollte, und es ging jedesmal schnell vorbei. Und unplanmäßige Spritztouren, ohne Rücksicht auf Katies Gefühle ... Doch das liegt ihm nun mal im Blut. Eines Tages ist er in Berkeley durchgedreht. Er hat sie einfach in einem chinesischen Lebensmittelladen stehenlassen und ist mit einem Wochenlohn von der Schiffswerft nach Reno gefahren. Warum, weiß sie nicht mehr. Aber sie hat ihn zweifellos provoziert.

Und dann die Prügel vor ihrer Reise nach Texas ... Aber dafür hat sie ihn schon bestraft, nicht wahr? Sie ist so lange weggeblieben. Jetzt sieht sie mehr Gründe für ein neues Zusammenleben als für eine Trennung. Fish ist wie ein Teil von ihr, den sie einfach nicht aus sich herausreißen kann. Mit so vielen Dingen kennt er sich aus – Bauarbeiten, Reparaturen, und sein Einfallsreichtum ... Da würde sie sich niemals allein zurechtfinden. Einmal, in British Columbia, haben sie eine Holzhütte an einem Berghang bezogen. Der türkische Besitzer des Anwesens hatte ihn beauftragt, das Gelände zu roden, damit dort ein Campingplatz entstehen konnte. Fish verwandelte die primitive Hütte in ein gemütliches Heim. Aus einem schmalen Bach leitete er Wasser zu ihnen, aus einem Metallkanister bastelte er einen Ofen, aus Holzabfällen ein

Bett. Im Schein einer Kerosinlampe hat er ihr Romane vorgelesen.

Und dann all die Orte, an denen er vor der ersten Begegnung mit ihr gewesen ist, die Erfahrungen, die er ihr nahebringt wie einen verlassenen Garten voll immergrüner Gewächse. Er erzählt ihr Geschichten wie ein Mann, der Blumen pflückt.

Vielleicht könnte man ihm vorwerfen, daß er sich so wenig um die Menschen im allgemeinen kümmert, und ihn als unsozial bezeichnen. Aber Fishs Haltung bestätigt Katies eigene Ansicht über einen Großteil der Welt, und das verschafft ihr die tröstliche Gewißheit, in ihm einen Gesinnungsgenossen zu finden. Viele Leute verabscheut er, die meisten betrachtet er nur als flüchtige Erfahrungen auf seinem Lebensweg, aber Katie liebt er. Für ihn sticht sie zwischen allen anderen Frauen hervor. Er hat ihr versichert, ihre kleinen Brüste seien perfekt. Ihre Haut könne man als das Organ ansehen, das sie ist. Und sie habe eine vollkommene Vagina. Sie entsinnt sich, wo sie gewesen sind, als er solche Dinge gesagt hat, erinnert sich an die schmutzigen Kleiderhaufen am Boden, nahe dem Fußende der Matratze, wo sie gelegen haben. Alles weiß sie über die Zeiten, in denen er so geredet hat.

Ihre Freundin Maureen, die das Apartment ihr gegenüber bewohnt, auf der anderen Seite des Flurs im alten viktorianischen Haus beim Theater, arbeitet als Köchin in einem vegetarischen Delikatessengeschäft mit Stehimbiß. Sie behauptet, Beziehungen seien wie Spiegel, die einem die eigene Vergangenheit vor Augen führen würden. Dadurch würde man Familienmythen ausleben. Oft spricht sie von ihrer »Familie des Ursprungs«. Sie gibt Katie Bücher, die Geschichten von Menschenschicksalen enthalten und die Auswirkungen der Kindheit auf das

Verhalten Erwachsener illustrieren. Und sie leiht ihr auch dünnere, in komprimierter Form verfaßte Bücher, die man vor dem Einschlafen lesen soll – Bücher voller guter Ratschläge über Heiterkeit, Selbstachtung, Entschlossenheit und Intimität. Der zweite Büchertyp enthält viele weiße Seiten, Checklisten und kühne Überschriften. Das macht es einem leichter, einzelne Punkte mehrmals zu wiederholen, wie ein literarisches Mantra.

Katie ist keine Leseratte, aber sie hat sich durch viele Seiten in Maureens Büchern gekämpft und folgende Schlüsse daraus gezogen. Die Eltern orientieren sich an einem Lebensmuster, das wahrscheinlich von ihren Reaktionen auf das Verhalten ihrer eigenen Eltern bestimmt worden ist, und so weiter. Auf diese Weise lernt man, wie Männer und Frauen miteinander zurechtkommen. Außerdem wird man auch von jedem Elternteil gesondert beeinflußt, und das alles bringt einem während des Heranwachsens bei, mit Menschen umzugehen. Der Geist wird gestempelt, wie die Visa, die man zur Einreise in unglückliche Staaten braucht. Ganz egal, wie man seine Kindheit beurteilt hat – man sucht Mittel und Wege, um sie ins Erwachsenenleben einzubeziehen. In der Familie hat man am Weihnachtsabend die Geschenke ausgepackt. Und wenn das den Vorstellungen des Partners vom Weihnachtsfest widerspricht, kämpft man dafür, bis einer von beiden nachgibt. Man hält Ausschau nach jemandem, der sein könnte, was man selbst nicht ist, der Stärke zeigt im Gegensatz zur eigenen Schwäche – nach einem Yin für das eigene Yang – oder umgekehrt?

Dieser Gedanke fasziniert sie. Lange hat sie überlegt, was er für sie persönlich bedeuten könnte. Ehrlich gesagt, erinnert sie sich kaum an ihre Familie. Die Eltern des Vaters (aus Mississippi) sind schon vor Katies Geburt gestorben. Die Eltern der Mutter lebten am anderen Ende von Texas. Katie sah sie nur selten. Und ihre eigenen Eltern erscheinen ihr vage, wie Gestalten, die sie durch Nebelschleier betrachtet.

Sie ist in einem Haus aufgewachsen, in dem niemand viel geredet hat, abgesehen von der Mutter, die ihr erklärte, was zu tun war. Und von ihrem Vater, wenn er einmal mit ihr sprach, hörte sie nur Worte, die er auch zu jedem anderen Kind hätte sagen können. »Gib mir mal die Kartoffeln. Da sind die Witzseiten aus der Zeitung. Zieh die Jalousien herunter. Schalt auf den anderen TV-Kanal.« Er merkte es nicht, wenn sie sich die Haare schneiden ließ oder aus ihren Kleidern herauswuchs. Als sie sich den Arm gebrochen hatte, nahm er den Gips nicht wahr, ehe man ihn darauf hinwies. Da fragte er nur: »Hat's weh getan?« Und dann wandte er sich ab, ehe sie ihm erzählen konnte, wie unvermutet es geschehen sei.

Wie sie später bei ihren amateurhaften psychologischen Studien herausfinden sollte, stand er auch ihrer Mutter nicht nahe. Er war ein unzugänglicher Mensch. Natürlich hat auch Katie einen Mann geheiratet, der nicht immer da ist, aber nie versucht, ihm solche Zugeständnisse zu machen wie die Mutter dem Vater – oder so zu tun, als führte sie mit Fish eine ganz normale Ehe. Sie fragt sich, ob ihr Vater Sauftouren unternommen hat, auf dem Heimweg von der Arbeit in Bars gegangen ist. Wie sie sich entsinnt, hat er oft auf der Couch geschlafen und ist häufig sehr spät nach Hause gekommen. Doch sie erinnert sich an nichts, das auf Alkohol hinweisen würde. Stets ist sie der Meinung gewesen, ihr Vater habe hart gearbeitet, um die Mutter zufriedenzustellen.

Maureen weigert sich allerdings, andere Möglichkeiten in dieser Analyse außer acht zu lassen. Beide haben viel Freizeit, die sie mit Gesprächen über die Kindheit ausfüllen. Katie lungert im Apartment der Freundin herum, das mit den Möbeln eines früheren Mieters besser eingerichtet ist als ihr eigenes. Während aus dem Recorder ein altes Therapieprogramm tönt, das der Gruppenleiter Donahue für sie zusammengestellt hat, diskutieren sie die erörterten Probleme und erzählen einander ihre Lebensgeschichten.

Was Maureen zu berichten weiß, klingt interessanter. Sie erklärt, sie habe an den Einzelheiten gearbeitet und ist enttäuscht, weil die Schilderungen ihrer Freundin so viele »leere Wände« aufweisen. Andererseits findet sie Katies »Amnesie« faszinierend. Sie meint, wenn Katie etwas tiefer in ihrer Seele schürfte, würden diese Wände einstürzen. »O Mann, Katie, paß auf! Brich aus, fühle den Schmerz, befreie dich!«

Der Ratschlag stützt sich auf Maureens Überzeugung, daß Gespräche heilsam wirken. »Anfangs spielt es keine Rolle, ob jemand, dem man etwas erzählt, ebenfalls aus sich herausgeht – solange er nur zuhört.« Aber später brauche man einen Förderer und danach vielleicht einen Therapeuten oder spirituellen Mentor.

Früher ist Maureen Mitglied bei den Anonymen Alkoholikern gewesen, und jetzt geht sie immer noch hin, weil sie sich dauernd in Jungs verliebt, die zuviel trinken, und weil sie sich zu viele Sorgen macht. Neuerdings nimmt sie an einer Gruppentherapie für Kinder aus gestörten Familien teil, die der Zwölf-Stufen-Linie der Anonymen Alkoholiker folgt, zwischen Anonymität und Sponsorenschaft. Ihre Mutter ist Trinkerin gewesen. Und Maureen hat gelernt, wie sehr die mütterliche Fehlfunktion ihr eigenes Leben immer noch beeinträchtigt. In jeder Gruppe hat sie einen Sponsor. Sie selbst sponsert mehrere

Leute, kann sich aber keinen Therapeuten leisten. Sie erklärt, das bedeute, daß die Zeit dafür noch nicht reif ist. Ein- oder zweimal im Jahr nimmt sie an einem Workshop teil, um »innerlich zu wachsen«. Das letzte Seminar hat von persönlicher Mythologie gehandelt. Dabei gewann sie neue Einblicke in ihr überwältigendes Gefühl, dem Untergang geweiht zu sein. Und das Seminar davor hatte sich um ein keltisches Ritual gedreht.

Alles nähre die eigene Transformation, sagt sie. Ihre Lieblingsstufe ist die Nummer zwölf, eine geistige Erleuchtung. Sie kündigt an, demnächst Hildegard von Bingen zu lesen. Maureen neigt dazu, imposante Sätze und Wörter zu verwenden, die sie in Büchern gefunden hat. Und Katie findet, ihr Begriffsvermögen würde von der Freundin auf eine zu harte Probe gestellt und für etwas sehr Selbstverständliches gehalten. Sie fragt sich, ob Maureens Behauptung von der »Heilkraft der Gespräche« in Wirklichkeit nicht bloß ein Kürzel für einen substantielleren Prozeß ist, den sie nicht richtig definieren kann. Oder falls es für eine Selbsttransformation eine Formel gibt, dringt diese vielleicht nicht über die Grenzen der Zwölf-Stufen-Linie hinaus. So wie Cola eben nicht Pepsi ist.

»Wenn jemand eine so angespannte Beziehung zur Mutter hat wie du«, erläutert Maureen, »dann gibt es etwas, das er nicht analysiert hat. Ich wette, dazu gehört auch eine ganze Menge Zorn.« Hastig fügt sie hinzu, man könne die Vergangenheit nicht ändern. Aber man müsse sich selbst ändern. Katie protestiert und betont, ihre Mutter sei ihr nicht mehr besonders wichtig und habe keine Macht über sie. Natürlich weiß sie, wie wenig überzeugend das klingt, wenn man bedenkt, daß ihre Mutter Rhea aufzieht, Katies Tochter. Ein schockierender Gedanke – das Mädchen wird von einer Frau geformt, deren Gesellschaft Katie keine fünf Minuten ertragen kann.

Aber wenn sie etwas gründlicher darüber nachdenkt, erscheint ihr der Versuch sehr verlockend, ihrer Vergangenheit eine Struktur zu geben, die Fisher einbezieht und – ja, auch Rhea. Sie erkennt zahlreiche Variablen, die dabei zu berücksichtigen wären. Die Vergangenheit wirkt wie eine gigantische Hausaufgabe, fast so schlimm wie Trigonometrie und Chemie.

Einmal ist sie mit Maureen zu einer Versammlung gegangen. In dieser Gruppe befaßte man sich mit »schrecklichen Eltern«. Die emotionsgeladene Atmosphäre verblüffte Katie. Sie vermochte sich nicht vorzustellen, selbst so freimütig zu sprechen, von schmerzlichen Kindheitserfahrungen und gegenwärtigem Leid zu erzählen. Warum sollte das irgendwen interessieren? Und wie konnte sie jemals Worte dafür finden? Wenn sie ihre Mutter beschriebe, würde June wahrscheinlich klug und großzügig wirken – und Katie kleinlich und dumm.

Außerdem geriet sie in Verlegenheit angesichts der eimerweise vergossenen Tränen, von lautem Geheul begleitet, der Gefühlsstürme, der allzu offen gezeigten Empfindungen wie Wut, Groll und Selbstmitleid. Das alles erschütterte sie. »O ja«, bekräftigten die anderen, wenn jemand seine Geschichte erzählt hatte. »Wir haben dir zugehört.« Und: »Danke, daß du deinen Kummer mit uns teilst.«

Die Gruppe war anscheinend für Leute bestimmt, die ihr Erwachsenenalter nicht verarbeitet hatten und die Vergangenheit dafür verantwortlich machen mußten. Dieses Erlebnis trieb Katie in die Defensive. Sie glaubte, nicht zu einer solchen Gruppe zu passen, und erklärte Maureen, falls sie therapeutische Hilfe wünsche, habe sie eine Sozialarbeiterin in der Familie, nämlich ihre Schwägerin.

»Und was nützt dir das?« rief Maureen. »Du kannst das alles nicht in der Küche vom Bruder deines Mannes raushängen lassen. Diese Leute sind samt und sonders in dieselben Familienlügen verstrickt.« Noch während sie sprach, begann eine gräßlich dicke Frau über ihr Schicksal zu klagen. Sie war aus einem Restaurant gewiesen worden, weil ihr Anblick die anderen Gäste beleidigt hatte. Als sie diese Erfahrung schilderte, bebte sie am ganzen Leib. Ihre fetten Oberarme und das Doppelkinn zitterten, und sie blieb in ständiger Bewegung wie ein riesiger gefangener Thunfisch. Als Donahue fragte, ob sie okay sei, platzte sie heraus: »Ich bin hungrig!«

Entsetzt starrten sich Katie und Maureen an, dann brachen sie in Gelächter aus und kamen einander wieder näher.

Maureen meinte, Katie solle vielleicht einmal zu den Anonymen Alkoholikern mitkommen. »Das ist eine ruhigere Gruppe. Die konzentrieren sich auf die Gegenwart, auf die positiven Schritte, die man unternehmen kann. Sie schwelgen nicht im Unglück.«

Katie hob nur die Schultern, weil sie nichts zu erwidern wußte, und ihre Freundin beharrte: »Erst fängst du zu reden an. Dann arbeitest du an den einzelnen Stufen. Und danach beginnt der Heilprozeß. Du wirst es schon sehen, Katie. Die Dinge, die dich quälen, gehören nicht zu dir wie ein kostbarer Schatz. Auch andere Leute waren da, wo du jetzt bist, und gingen neue Wege.«

Vielleicht ist es das gewesen, was Katie mißfallen hat – die Art und Weise, wie das Bewußtsein ihrer Einzigartigkeit von Maureen und deren Gruppen bedroht worden ist. Sie sieht nicht ein, wieso Fremde sie verstehen sollten.

Und sie glaubt nicht einmal, daß Ursula sie versteht. Außerdem fühlt sie sich nicht krank, nur verwirrt. Der Impuls, sich scheiden zu lassen, ist schwach und alt geworden, eine schwankende Emotion. Es hat einen Augenblick gegeben, wo ihr der Entschluß völlig richtig erschienen ist. Jetzt kann sie diesen Moment nicht mehr heraufbeschwören, und sie ist sich nicht mehr so sicher.

Maureen behauptet, Katie habe alle ihre Empfindungen in sich vergraben, was wohl heißen soll: Du machst dir was vor. Wenn Katie auch nicht antwortet – sie ahnt, was die Freundin meint und was geschehen könnte, wenn sie ihren Gefühlen freien Lauf ließe.

24

Weil Jeff nicht in der Stadt und der Freitagabend so einsam ist, weil keine guten Filme in der Stadt gezeigt werden, weil sie zuwenig Hunger hat, um allein essen zu gehen, weil Maureen die Anonymen Alkoholiker aufsuchen will und keinerlei Überredungskünste anwendet, beschließt Katie mitzukommen.

Sie staunt über die für einen Freitagabend große Beteiligung. Die meisten Gruppenmitglieder sind verheiratet – und alle weiblich. Nach einer Weile vermutet Katie, daß die Freitagabende für diese Frauen wahrscheinlich nicht anders verlaufen als irgendwelche anderen Abende in der Woche. Sie setzt sich in die Nähe der Tür, während Maureen einen Platz am anderen Ende des Raums findet, und spürt nichts von der Anspannung in der Gruppe, der Elektrizität, die leidvolle Funken zu sprühen droht. Eine junge Frau scheint noch keine zwanzig zu sein, eine ältere hat schönes weißes Haar, das ihren Kopf wie ein Helm umschließt. Die anderen sehen wie Hausfrauen aus (falls es einen solchen Look gibt, wovon Katie immer noch ausgeht).

Abwechselnd lesen die Teilnehmerinnen mit ruhigen Stimmen die Prinzipien der Gruppe vor, die zwölf Stufen, dann einige Predigten und »Gedanken für den Tag«. Das Spezialthema des Abends, von der Gruppenleiterin dieser Woche ausgewählt, lautet: »Immer nur von einem Tag bis zum nächsten.« Wie sich herausstellt, handelt es sich dabei um den allgemeinen Slogan der Anonymen Alkoholiker. Die Ausführungen stellen Variationen ein und derselben Grundidee dar: Sorgen helfen einem nicht weiter. Man sollte sich drauf konzentrieren, den Tag auf eine Art und Weise zu überstehen, die für einen selbst am besten ist, sich nicht von anderen dreinreden lassen, und so weiter. Die Schlichtheit der Aussagen bereitet Katie Unbehagen, und sie erscheinen ihr noch weniger herausfordernd als die schmalen Taschenbücher, die Maureen ihr geliehen hat.

Während des nächsten Vortrags hört sie nicht mehr zu und erfindet eigene alberne Sprüche – zum Beispiel: »Niemand ißt einen Apfel mitsamt dem Kerngehäuse.« Sie ertappte sich bei einem Lächeln. Über alles kann man irgendwas sagen, denkt sie, und wenn man es in kurze knappe Sätze faßt, auf einer Seite oder noch kleinerem Raum aneinanderreiht und mit einem Zitat garniert, dann hat man etwas Tiefschürfendes ausgedrückt – insbesondere, wenn das Zitat von einem Propheten stammt.

Eine Frau weint. Sie sagt, sie sei erst neulich hierher gezogen und habe die Teilnahme an der Gruppe hinausgezögert, vor lauter Sorge um ihren neuen Job und ihr Apartment, das sie in Ordnung bringen müsse, und die erwachsene Tochter, die in Portland lebe. Irgendwann während dieses Berichts beginnt sie zu schluchzen. Von einer der Frauen wird sie aufgemuntert, und das gefällt Katie. »Sie hätten früher zu uns kommen sollen, aber das spielt keine Rolle. Jetzt sind Sie ja hier.«

Die anderen beteuern: »Wir wissen, wie Sie sich fühlen.«

Katie verspürt ein starkes Bedürfnis, das Wort zu ergreifen, zu schildern, was in ihrem Leben vorgeht – nur um herauszufinden, ob sie dann auch sagen würden: »Wir wissen, wie Sie sich fühlen.« Das wäre zu komisch, weil sie es selber nicht weiß! Etwas Neues fängt an, das alles verändert.

Eine Gruppenteilnehmerin arbeitet gleichfalls für das Theater. An ihre spezielle Tätigkeit erinnert sich Katie erst am Ende der Versammlung. Die Frau ist Hosteß im Salon für den Theaterclub, eine hübsche Person mit zierlichen Händen. Sie lächelt Katie an, die aber glaubt, es wäre nicht in Ordnung, nach der Versammlung mit ihr zu sprechen, da Anonymität zu den Prinzipien der Gruppe gehört.

Die Hosteß heißt Joyce, und sie erklärt, sie habe Probleme, weil sie die Dinge immer sofort klären möchte. Sie haßt ein Leben in Ungewißheit. »Mein Alkoholiker will von hier wegziehen. Er meint, seine Schwierigkeiten würden mit dem Mangel an sinnvoller Arbeit zusammenhängen, und in einem kleinen Bezirk fände er keinen vernünftigen Job. Und mich drängt es, alles sofort zu regeln, eine gute Stellung für ihn zu suchen oder, falls das mißlingt, eine für mich selbst.« Wehmütig lächelt sie. »Das einzige, was mir hilft, ist die Lektüre meiner eigenen Sprüche. Gestern schrieb ich etwas, das mir besonders gefällt.« Sie nimmt einen zerknitterten Zettel aus ihrer Hemdtasche. »›Es gibt nichts, was ich tun muß. Ich muß nur jemand sein.‹« Dabei wackelt sie mit dem Kopf, als hätte die vorgelesene Zeile sie ein wenig aus dem Gleichgewicht gebracht, dann beruhigt sie sich. »Danke.«

Und die anderen antworten: »Danke, Joyce.«

Katie weiß zwar, wie albern es ist – aber als das Notizbüchlein an sie weitergereicht wird, schreibt sie ihren Namen hinein. Dann notiert sie Joyces Namen und Telefonnummer auf der Rückseite einer Broschüre, die sie in ihre Handtasche steckt. Eine Zeitlang studiert sie die Schreibweise des Namens und glaubt, etwas darin könnte erklären, wer Joyce wirklich ist. Aber Katie sieht nur eine hübsche runde Handschrift, in jenem Stil, um den sich High-School-Schülerinnen so eifrig bemühen, mit kleinen Kreisen statt i-Punkten und ausgeprägten Großbuchstaben. Das J ist vollkommen symmetrisch, oberhalb und unterhalb der Zeile auf dem linierten Papier, und gleicht einem seitwärts liegenden Bogen.

Am Schluß stehen alle im Kreis, halten sich an den Händen und rufen fröhlich: »Wir wollen wiederkommen! Es hilft uns wirklich!«

Katie gewinnt den deutlichen Eindruck, Joyce würde sie direkt anschauen. Und Maureen beobachtet Joyce. Bevor die Frauen rechts und links von Katie deren Hände loslassen, drücken sie ganz fest zu. Wenn sie auch bezweifelt, daß ihre Bindung an Fish und die Komplikationen der Trennung bei den anderen auf Verständnis treffen würden, so empfindet sie die Gemeinschaft der Gruppe doch wie ein Sicherheitsnetz unter einem Seiltänzer.

Auf dem Weg nach draußen redet Maureen mit ihr. Katie blickt sie an, ohne die Worte wahrzunehmen, und weiß nicht, was sie sagen soll. Der Gedanke, wie sie sich fühlen wird, wenn sie in die Tiefe stürzt, jagt ihr Angst ein.

25

Geneva steht bei einem der langen gedeckten Tische in der River Cove Grange Hall, den Rücken zur Punschschüssel gewandt. Wegen ihrer Größe sieht es so aus, als könnte ein Gleichgewichtsverlust das Ding umwerfen. Sie unterhält sich mit der Bibliothekarin von River Cove, Mary Courter, in der sie eine gute Freundin sieht. Mary ruft sie immer sofort an, wenn ein neues Buch eintrifft, von dem sie annimmt, es könnte Geneva interessieren.

Zur Feier des Tages trägt Geneva neue Sachen (aus Versandkatalogen), eine himmelblaue Polyester-Stretchhose, eine graue Georgette-Bluse mit rundem Kragen und Schößchen und beige, an den Seiten aufgeschlitzte Filzpantoffeln, um ihre Hühneraugen und Hammerzehen zu schonen. Die neue Dauerwelle hat sich bewährt. Das kurze Haar, straff aus dem Gesicht gekämmt, betont ihre glatte, klare Haut. Geneva ist keineswegs dick, nur hochgewachsen, größer als sonst jemand in der Familie. Das gilt für ihre eigene Generation ebenso wie für die nächste. Sie hat breite Schultern und Hüften und lange Beine, unterhalb der Knie ein bißchen knochig. So attraktiv sie auch aussieht – ihr ist heiß. Polyester bleibt zwar stets in Form, läßt die Haut aber nicht atmen.

»Ich glaube, dem Partyservice darf man keinen Vorwurf machen«, bemerkt sie seufzend, ebenso wie Mary leicht bestürzt über das enorme Tempo, in dem die Hors d'œuvres aufgetaucht und wieder verschwunden sind. Beide haben keinen Bissen zu sich nehmen können, ehe alles wieder abgeräumt worden ist. »Die Frau ist ja nicht dran schuld, wenn es Anfang Mai schon so heiß ist. Das war nun wirklich nicht zu erwarten.« Mary Courter neigt zustimmend ihren silbrigen Lockenberg, und sie sprechen über andere Hitzewellen, an die sie sich erinnern, über verregnete Junitage und milde trügerische Frühlingszeiten, die manchmal bereits im Februar in Oregon anbrechen.

Der Punsch – ein Gemisch aus 7-Up, Ginger Ale und zwei verschiedenen Sorbets – ist zu früh serviert worden, noch vor dem Essen. Die Sorbets sind zu dünnem Schaum zerschmolzen. Eistee oder Limonade wären besser gewesen, aber Geneva hat alle Arrangements Ursula überlassen, die bestrebt gewesen ist, alles besonders festlich zu gestalten.

Ursula steht am anderen Ende der Tafel, wie die Hälfte eines Buchstützenpaars, und zupft nervös am Tischtuch. Vor acht Jahren hat sie das Rauchen aufgegeben, aber manchmal fällt es ihr immer noch schwer, ihre Finger zu beschäftigen. Oft zerrt sie an Fäden und hat schon viele Knöpfe abgerissen. Ihre Mitarbeiterinnen hänseln sie deswegen und behaupten, eines Tages wird sie nach einem strapaziösen Gerichtstermin aufstehen, und alle Kleidungsstücke werden von ihr runterfallen, weil alle Fäden rausgezogen sind.

Sie hat zwölf Dollar Leihgebühr für die schweren weißen Tischtücher bezahlt, außerdem fünfunddreißig für die beiden phantasielosen Blumenarrangements in der Tafelmitte. Der wenig eindrucksvolle Effekt deprimiert sie, und sie entscheidet, daß es am Damast liegen muß, der nicht in die Grange Hall paßt. Buntes Papier wäre angebrachter gewesen.

Während sie sich umblickt, überlegt sie, ob die Party den Höhepunkt überschritten hat. Schon so früh ... Wenn ja, drohen Schwierigkeiten. Man kann nichts anderes tun, als Konversation zu machen, bis das Essen fertig ist, und die meisten Leute sehen einander sowieso jeden Tag.

Kaum sind zwei Platten mit Essen abgeliefert worden, als Ursula bereits erkennt, daß es bei dieser Hitze der Schwerkraft nicht standhalten wird. Sofort bringt sie beide Platten in die Küche zurück und stellt sie in den großen Kühlschrank, wo auch die Torte wartet – sehr hübsch, hoch aufgetürmt, mit dicker Glasur und einer Inschrift in Grün und Gelb – *Fünfzig gute Jahre.* Ursula hofft, Gully wird genug Geduld für eine kleine Zeremonie aufbringen. Geneva soll die Torte anschneiden und ihren großen Moment genießen. Wird die Inschrift womöglich zu lässig wirken?

Geneva sieht aus, als hätte sie sich aus dem großen Raum zurückgezogen und seine Grenze an der Tischkante gefunden. Ihre Isolation scheint den Gästen nicht aufzufallen, oder vielleicht fühlen sie sich nicht verpflichtet, den Ehrengast aufzuheitern. Nachdem Mary Courter davongewandert ist, schaut Geneva noch grimmiger drein, die Lippen zusammengepreßt, wie mit Klebeband verschlossen. Natürlich könnte sie zu jedem der etwa zwanzig Gäste gehen. Sie ist noch nie schüchtern gewesen, und sie redet gern. Aber sie steht wie festgewurzelt da, mit sturer Miene. Ursula überlegt, ob sie sich zu ihr gesellen und sagen soll: »Die Leute sind deinetwegen gekommen. Halt ihnen wenigstens das zugute.«

Das Tuch zwischen ihren Fingern fühlt sich durch die

ständige Reibung immer heißer an. Die wichtigsten Leute sind noch gar nicht da (ein Sohn und die Schwester), und Gully ist in den Garten geflohen.

»Sie hat dich keineswegs gebeten, alles zu erledigen«, hat Michael am Morgen betont. Müde und mißmutig belud Ursula das Auto. Samstage sind zum Ausschlafen da. Warum mußte sie eigentlich die Verantwortung für das ganze Getue tragen? Geneva hatte nie mehr für sie getan, als ihr Kuverts mit Gutscheinen oder Zeitungsausschnitten (Rezepte aus Zeitschriften) zu überreichen und sie zu Weihnachten mit Geschenken wie Stützstrumpfhosen zu beleidigen.

»Sie hat mich also nicht drum gebeten!« Seit Monaten kannte Ursulas Schwiegermutter kein anderes Gesprächsthema als die goldene Hochzeit. Ihre Anspielungen waren so subtil gewesen wie der berühmte Wink mit dem Zaunpfahl. Sogar am Weihnachtsabend hatte sie nur von dem bevorstehenden großen Fest geredet.

»Heutzutage trennen sich die Leute wegen lächerlicher kleiner Streitigkeiten«, hatte sie betont und Gully beobachtet, als wäre vielleicht auch er davongelaufen, wenn keine so starke Bindung zwischen ihnen bestünde.

Mit zitternder Stimme stimmte er zu. (Neuerdings scheint er immer kleiner zu werden.) »Wir haben's gut gemacht, Ma und ich.«

In letzter Zeit erwähnt er Genevas Willenskraft und Loyalität sehr oft. Den Anonymen Alkoholikern und Jesus gesteht er einen großen Anteil an seiner Rettung zu, und er spricht wie ein Mann am Ende einer gefährlichen Reise, dankbar und immer noch ein bißchen schwach. Eines Tages ist er zur Vernunft gekommen, und Geneva hat auf ihn gewartet. Er schuldet ihr alles.

An jenem Weihnachtsabend hat er die Kinder mit seiner bärbeißigen Selbstkritik in Verlegenheit gebracht. Michael bat Juliette, die zur Küche starrte, ihm doch bitte die Süßkartoffeln zu reichen. Als Carter verkündete, er würde niemals heiraten, meinte seine Schwester: »Ist doch klar, Mann! Keine Frau will dich haben.«

Ungewohnt höflich fragte Michael seine Mutter, was sie zuletzt gelesen habe. Ein Buch über den irischen Bürgerkrieg. (*Erstaunlich*, dachte Ursula, die eher auf eine Liebesromanze getippt hätte.) Während Geneva von ihrer Lektüre erzählte, konnten die anderen in Ruhe essen. Carter rülpste, aber sie zuckte mit keiner Wimper. »Die Frauen in Belfast wissen, wie man echte Widerstandskraft beweist«, betonte sie, als gehörte sie selbst dazu.

Ursula wartet auf Michael, der neues Eis holt. All die Miniatur-Krabbenquiches, zarten Blätterteighäppchen mit Käse und Cracker mit Lachspastete werden in der Hitze vor Salmonellen bersten. Bedauerlicherweise hat sich Ursula von der cleveren jungen Angestellten des Partyservice zu diesem Menü überreden lassen. Die Frau wollte sich in Szene setzen. (Sie kocht im Keller einer renovierten Kirche. Im Erdgeschoß liegt ein Kabarett, und dort serviert man die Desserts, die sie zubereitet.) »Unterschätzen Sie nicht das Vergnügen, das die Menschen an einem schön gedeckten Tisch voller Köstlichkeiten finden«, ermahnte sie Ursula und meinte damit das Jubelpaar und seine schlichten, volkstümlichen Freunde. Die würden sich bei Chips und Dips, Cracker und Käse wohler fühlen. Nur in einem Punkt konnte Ursula ihren Willen durchsetzen – mit der weiß glasierten Torte, um die Geneva ausdrücklich gebeten hatte.

Nun hegt Ursula den Verdacht, daß die Dame vom Partyservice ihr ein viel zu teures Menü aufgeschwatzt und ihre Unsicherheit schon meilenweit gewittert hat.

Wenn es um die Fishers geht, wird Ursula stets von Schuldgefühlen geplagt. Aber das Essen ist wenigstens hübsch anzusehen, und wenn es der Hitze standhalten wird ... Die Fenster und Doppeltüren der Halle stehen offen, aber die Luft ist so unbewegt wie in einem geschlossenen Schrank. Der Fluß jenseits der Straße und der schmalen Uferböschung spendet keine Kühlung.

Wie Ursula nun erkennt, hat sie einfach zuviel aus dem Fest machen wollen. Der halbe Spaß ist bereits abgehakt gewesen, als Geneva ihre albernen Einladungskarten mit dem »Rezept« verschickt hat. Ursula fragte Michael, was er davon halte, und er entgegnete:« Es hat was für sich, wenn man simple Regeln befolgt.« Niemals löscht er Flammen, die gar nicht brennen. Und er stochert nicht in Wunden herum. Er fragt sich auch nicht, ob die Dinge besser sein könnten, wenn sie im Grunde gar nicht so übel sind.

Geneva hat sich nichts weiter gewünscht, als Gäste zu empfangen und Gratulationen entgegenzunehmen. Ebenso wie Gully stammt sie aus einer Familie, die von Tod und Selbstaufopferung geprägt gewesen ist. Ihre und seine Lebensleistung besteht in fünfzigjähriger Treue.

Immerhin sind der Apotheker und die Bibliothekarin erschienen, auch der Hausmeister der Grundschule, der manchmal mit Gully angeln geht. Natürlich ist auch der Pfarrer mit seiner Frau da. Fish glänzt durch Abwesenheit, Genevas Schwester Ruby wird erst noch aus Spokane anreisen. Vorerst ist Katie nicht aufgetaucht, und Michaels Kinder haben sich geweigert zu kommen. »Besser tot als verheiratet«, deklamierte Carter dümmlich.

Juliette fragte: »Wie soll Brian einen *pas de deux* choreographieren, wenn eine von uns fehlt?« Sie sprach den Namen in nasalem Französisch aus – Briãn. Wenigstens hat keines der Kinder ausgesprochen, was sie ebenso wie ihre Mutter wissen – daß Geneva ihnen nie besonders zugetan gewesen ist, wenn sie neulich auch konstatiert hat, sie würde Fishs Nase bei Carter erkennen und ihre eigenen langen Beine bei Juliette. Ab und zu genießt sie es, die Kinder zu zählen: zwei in dieser Generation, beide noch am Leben.

Das Streichquartett aus der nahen Canyon High-School spielt Mozart, mit anscheinender Begeisterung, zumindest aber in lebhaftem Tempo. Die hübsche Geigerin ist so vernünftig, ein Sonnenkleid zu tragen. Schweiß glänzt auf ihrem Rücken und den Schultern. Ursula hört bereits, wie sie Carter später erzählen wird, die Musikerin habe zauberhaft ausgesehen, der Rock sei wie ein Blumenschleier von ihren Knien herabgefallen. Carter mag es, wenn Mädchen Ohrschmuck in den oberen Knorpelteilen tragen, Soldatenhosen oder Boxershorts, formlose Hemden und chinesische Schuhe.

Zwei weitere Geigen und ein Cello werden von Jungs gespielt. Darüber ist Ursula erstaunt gewesen, als sie das Quartett zum ersten Mal gehört hat, letzten Februar bei einer Weinverkostung zugunsten eines Heims für mißhandelte Frauen. Carter, achtzehnjährig und – wie man annehmen sollte – auf der Schwelle zum Mannesalter, genießt mittels Kopfhörer *Heavy Metal*, kann aber keinen Ton auf irgendeinem Instrument spielen, obwohl er Unterricht bekommen hat, auf zwei verschiedenen Hörnern und Gitarre. Die einzige kulturelle Vorliebe, die er mit den Eltern teilt, gilt den Grateful Dead. Und die wird verzerrt von Totenschädeln und Gebeinen auf seinen T-Shirts, an seiner Tür und in Form eines Aufklebers an der Stoßstange des Autos. Den hat er allerdings auf Ursulas Befehl wieder herunterkratzen müssen. Michaels Bemerkung, früher seien die Dead durch Haare und erheblich geringere Körperfülle aufgefallen, ist von Carter mit meckerndem Gelächter quittiert worden.

Sanft bewegen die Musiker ihre Körper, im Rhythmus der Bögen, die über die Saiten streichen, die Augen halb geschlossen, als wären sie verzaubert. Sie spielen für sich selbst und Mozart, scheinen nicht auf die Gäste zu achten, die ihnen das kein bißchen übelnehmen.

Michael taumelt mit zwei großen Beuteln voller zerstoßenem Eis in die Halle. Die Unterlippe, von Konzentration und Anstrengung nach innen gesogen, verschwindet unter dem Schnurrbart und zieht das Kinn so stark hinauf, daß sein Gesicht zu kurz wirkt. Ein wackerer alter Knabe streckt ihm hilfreich die Hände entgegen, aber Michael nickt nur und beschleunigt sein Tempo auf dem Weg zur Küche. Ursula folgt ihm. »Was glaubst du, wird Katie noch kommen? Sie sagte, sie würde einen Kassettenrecorder und Windham-Hill-Musik mitbringen. Das alles wollte sie sich von dieser Maureen ausleihen, ihrer Nachbarin. Wir haben sie kennengelernt, erinnerst du dich? Im Kino, bei der Wiederaufführung von *Martin Guerre.*«

Er klatscht das Eis auf die Küchentheke und reibt sich heftig die Arme. Das hübsche tannengrüne Hemd aus Köpervelours hat Ursula im letzten Winter für ihn gekauft. Sie stellt fest, daß er am Morgen seinen Schnurrbart gestutzt haben muß, sehr sorgfältig und gerade. Wenn sie sich nach der Schnurrbartpflege lieben, kitzeln die frisch getrimmten borstigen Haare in Ursulas Nase, und sie niest. Manchmal bringt sie das zum Lachen, und sie findet es wundervoll in den ersten Augenblicken der sinnlichen Freude.

Aber jetzt denkt sie an den Frust der vergangenen

Nacht. Heute morgen haben sie nicht darüber gesprochen. Michael scheint einen klaren Kopf zu haben und nicht allzu müde zu sein, nur ein bißchen mürrisch. Er trinkt niemals zuviel, trotzdem stört es sie, daß er überhaupt gemeinsam mit Fish dem Alkohol zuspricht. Schon vor langer Zeit hat sie akzeptiert, daß ihr Schwager sich ständig vollaufen läßt. Doch es bereitet ihr Unbehagen, wenn Michael ihm dabei Gesellschaft leistet, obwohl er sich in angeheitertem Zustand niemals auch nur annähernd schlecht benimmt. Vielleicht ist es dumm von ihr, aber sie betrachtet das Trinken als schlechten Erbfaktor, der plötzlich die Oberhand gewinnen könnte. Es macht sie schon nervös, wenn Carter in ihrer eigenen Küche ein Bier konsumiert. Das mag an ihrer Unerfahrenheit liegen. Ihre Eltern haben beide nicht getrunken. Andererseits schätzt sie den träumerischen Zustand, den eine halbe Flasche Wein hervorruft. Aber in letzter Zeit ist sie so übervorsichtig, daß sie wohl bald anfangen wird, ihren verdammten Puls zu messen.

Sie tritt näher und greift nach Michaels Hand, die sich vom Eis ganz kalt anfühlt. »Ich erklärte Katie, diese Leute seien alle alt. Was sollen sie mit *New Age* anfangen? Täusche ich mich da, Michael? War es falsch, das Streichquartett zu engagieren?« Natürlich werden Geneva und Gully niemals sagen, daß Mozart ihnen mißfällt, und eher das Gefühl haben, sie müßten ihn mögen. Aber wenn alle in Wirklichkeit lieber Unterhaltungsmusik hören würden?

»Pop ist draußen im Garten und schaut über die Straße hinweg zum Fluß«, berichtet Michael. »Ich wette, er würde lieber angeln.« Er entzieht Ursula seine Hand und steckt sie in die Hosentasche. »Die Frauen reden ihm zu laut, sagt er, und er kann hier drinnen nicht atmen.« Das alles klingt völlig humorlos. Es ist die trockene Feststellung einer Tatsache – die Fisher-Männer hassen gesellschaftliche Ereignisse. Bei diesem schönen Wetter wird Gully ein Haus nur betreten, um zu essen und zu schlafen. Noch lieber parkt Gully seinen Laster im Wald und übernachtet draußen. Das stört Geneva. Sie beschwert sich, er würde nach fauligen Blättern und Fisch riechen, wenn er heimkommt. Außerdem will sie Gully stets in ihrer Nähe haben, wenn er ihr auch nicht im Weg sein darf. Es ist faszinierend, wie sie ihre Kontrolle über ihn ausübt oder sich das zumindest einbildet, während er immer wieder raffinierte Mittel und Wege findet, um seine Unabhängigkeit zu sichern.

»Die Kinder müßten hier sein«, bemerkt Ursula, in der Überzeugung, die Abwesenheit der beiden würde auch Michael ärgern. Er findet, sie könnten sich in zahlreichen Situationen besser benehmen, aber es liegt ihm nicht, auf eiserne Disziplin zu pochen. Niemals verliert er die Beherrschung. Obwohl er Ursulas Nerven mit seinem Schweigen strapazieren kann, werden Carter und Juliette dadurch nur noch unzugänglicher. Wenn er von Kindern spricht, meint er nicht seine eigenen, sondern die gesamte jugendliche Bevölkerung. Er sieht keinen Widerspruch, wenn er erklärt, ein Junge, der das Auto seiner Eltern fährt, solle arbeiten und die Versicherung selbst bezahlen, und von Carter nichts dergleichen verlangt. Es ist ihm auch nicht recht, daß sein Sohn das Elternhaus verlassen wird, um woanders zu studieren – wo es doch ein College gibt, das nur eine Meile von daheim entfernt liegt. Aber Ursula hat betont, seit zwei Jahren lebe sie nur noch für den Tag, an dem Carter ausziehen würde, und die Diskussion damit beendet. Eine Bedingung hat sie allerdings gestellt. Der Junge muß den ganzen Sommer für ihre Freundin arbeiten, die einen Obst- und Gemüsemarkt am alten Highway besitzt. Er soll jeden Morgen möglichst früh aufstehen und verschwinden und ein bißchen was über den Wert eines Dollars lernen.

Als ihr Mann schweigt, fügt sie hinzu: »Carter würde Geneva mit seiner Aufmachung und seiner Frisur, diesem gräßlichen Hahnenkamm, nur aufregen. Sie erzählte mir, Gully habe sich geweigert, sein Haar schneiden zu lassen.«

»So eine Bagatelle! Man sollte meinen, mit so was könnte sie ihn in Ruhe lassen«, knurrt Michael. Seit seinem letzten Haarschnitt sind einige Monate vergangen, und Fish hat sogar im Gefängnis seine schulterlange Mähne behalten. Ursula findet, daß die Fisher-Männer eine merkwürdige Art haben, ihr Selbstwertgefühl zu demonstrieren. Gully lehnt es ab, andere Socken als weiße zu tragen, und dann seine schrecklichen Overalls ... Michael besteht darauf, beim Essen eine Pfeffermühle zu benutzen, und wechselt zweimal monatlich seine Zahnbürste. Und Fish wirft ein T-Shirt erst weg, wenn es in Fetzen an seinem Körper hängt.

»Mach dir um Mom keine Sorgen«, erwidert Michael. »Es ist ihre Party. Fünfzig Jahre bei der Stange bleiben ... Darum geht's doch, oder?«

Ursula weiß nicht, ob er die Party oder die Ehe meint, und wenn es die Ehe ist, die seiner Eltern oder im allgemeinen. Wahrscheinlich hat es Zeiten gegeben, wo er unglücklich mit ihr gewesen ist. Dann hat er wohl gedacht, er müßte eben »durchhalten«. Aber sie weiß beim besten Willen nicht, wann das gewesen sein könnte. Sie selbst hat sich in ihrer Ehe niemals ernsthaft unglücklich gefühlt. Obwohl sie oft böse auf ihn war und sich, vor allem in früheren Jahren, nach mehr Zärtlichkeit sehnte ...

Aber um Michaels Treue und seine Auffassung von familiären Pflichten hat sie sich nie gesorgt. Er ist nicht der Typ, der sich vor einer Verantwortung drückt.

»Sie hat alles ›ertragen‹«, bemerkt sie. Dieser Ausdruck stammt von ihrer Schwiegermutter.

»Es gab Zeiten, wo ich einfach zur Tür hinausgehen wollte«, hat Geneva gestanden. Alle wissen, wann das gewesen ist. Als Gully im Bahnhof arbeitete und nach Guatemala fuhr; als er absichtlich mit einem Laster gegen einen Baum prallte, weil er den gebrochenen Startblock nicht reparieren konnte ... Dieser mittlerweile ziemlich gebrechliche alte Mann muß früher ebenso ein Tyrann wie ein Trunkenbold gewesen sein, manchmal unverläßlich, sogar bösartig. Ganz sicher ist sich Ursula in dieser Hinsicht nicht. Geneva macht verschleierte Anspielungen auf »schwere Zeiten« und »jene Tage«. Und Michael erzählt, sein Vater habe hart gearbeitet, sich aber manchmal freigenommen, meistens nur über Nacht – um der Familie zu entfliehen und mit seinen Dämonen zu kämpfen. Trotzdem haben die beiden Jungen immer nur auf Gully gehört, nie auf Geneva. Deren Trost ist die Tochter gewesen, ein Jahr älter als die Zwillinge. Später hat sich Evelyn zu einem verrückten, wilden Mädchen entwickelt und ist schließlich – tödlicher Höhepunkt ihrer Dummheit – das Opfer einer verpfuschten Abtreibung geworden, was heutzutage, wo so etwas problemlos gehandhabt wird, bestimmt nicht passiert wäre.

»Fish müßte, verdammt noch mal, hier sein«, sagt Michael und überrascht Ursula. Nur selten spricht er aus, was er von seinem Bruder hält. Statt dessen pflegt er zu fragen, wenn Fishs Name erwähnt wird: »Was hat er jetzt wieder angestellt?«, weigert sich aber nie, ihn zu retten. Falls Fish zu retten ist ...

Ursula spürt einen schmerzhaften Stich im Kreuz und legt ihre Hand darauf, um ihn herauszupressen. »Ich muß irgendein Gefäß für Wasser finden.« Inzwischen ist Michael auf den Knien umhergekrochen, um das Chaos zu beheben, das seine Frau in den Schränken hinterlassen hat. Sie ist aus Gewohnheit schlampig. Wenn sie morgens aufsteht, liegt das Bettzeug am Boden. Wenn sie kocht, bleiben in der ganzen Küche Spuren zurück. Ständig räumt er hinter ihr auf. Michael selbst braucht länger, bis er eine gewisse Unordnung verursacht hat, aber manchmal sammelt sich auch bei ihm einiges an.

»Ich weiß nicht, was ich mir dabei dachte, als ich Fish ausgerechnet jetzt diese Papiere schickte ...« Katie steht vor dem geöffneten Kühlschrank und reicht Ursula die gefüllten Platten. »Wenn Geneva das hört, glaubt sie sicher, ich wäre ein ganz gemeines Biest. Hast du diese blöde Einladungskarte gelesen? *Dabei bleiben!* Was meinst du wohl, für wen dieses *Rezept* bestimmt war? Wenn sie durchgehalten hat – warum kann ich's dann nicht auch? Sie bildet sich ein, wenn man die Hacken in den Boden stemmt, würde man das ewige Heil gewinnen. Ich wette, sie denkt immer noch: Evelyn hätte das Baby bekommen sollen. Großer Gott, was für ein Leben! Schau sie doch an! Siehst du mich so, in dreißig Jahren? Siehst du Fish?«

»Habt ihr genug Schüsseln?« Michael wirft eine Schranktür zu.

»Meine Anwältin hat mir so zugesetzt«, jammert Katie und starrt Michael an. »Ich habe versucht, die Vorladung zurückzuhalten – oder etwa nicht?«

»Ich gehe mal hinaus und schaue nach Pop.« Michael taucht die Hände in die Eiswürfel, die Ursula gerade auf einer Platte verteilt, hält sich ein paar über den Kopf und läßt Wasser auf sein Gesicht tropfen. »Waldbrände und

Familienstreitigkeiten«, faßt er die Sommeraussichten nach der Frühlingsdürre zusammen, dann geht er, weil er das Gerede seiner Schwägerin über die Scheidung nicht hören will. Ursula denkt über seine Gründe nach. Interessiert es ihn nicht? Weiß er nicht, wie er helfen kann? Oder findet er das Gespräch zweier Frauen einfach nur langweilig? Niemals gelingt es ihr, seine Gedanken zu lesen. Nie! Und wenn er sagt, was er denkt, muß sie manchmal trotzdem versuchen, seine Worte zu interpretieren. Er erklärt, wenn er sich beschäftige, bleibe sein Geist frei. Aber sie glaubt eher, sein Schweigen würde ihn vor unerwünschten Verpflichtungen bewahren. Auf irgendeiner tieferen Ebene ihres Seelenlebens hat sie sich immer nach einer engeren Bindung an ihren Mann gesehnt.

»Geneva wird nichts erfahren, solange du ihr nichts erzählst«, versichert sie Katie in munterem Ton. »Also sag's ihr ein andermal. Wenn das hier vorbei ist. Oder erst nach der Scheidung. Sie wird niemals fragen, was los ist.« *Das geht mich nichts an*, lautet Genevas Motto, aber Ursulas Mutter behauptet das auch.

»Wenn Fish heute nicht auftaucht, wird sie wissen wollen, warum – nicht wahr?« erwidert Katie leichthin.

Ursula seufzt. »Einmal erzählte sie, früher habe sie das Essen vorbereitet, in den Backofen gestellt und vergessen. Das sollte wohl heißen, daß sie nie wußte, wann mit den Fisher-Männern zu rechnen war. Und von Fish erwartete sie nicht viel. Wer tut das schon?«

»Wo ist Juliette?«

»Am Samstagvormittag hat sie Ballettunterricht.« Ursula reißt sich zusammen, bevor sie noch einmal seufzt. »Sie proben für die Aufführungen im Park, die nächsten Monat beginnen. Kommst du hin? Ich werde dich daran erinnern. Niemals würde es ihr einfallen, diesen kleinen französischen Zuhälter zu enttäuschen, ihren Lehrer.« Sie beißt sich auf die Lippen und greift nach einem großen Topf, mit Eis und Spinattörtchen gefüllt. Es dauert eine Weile, bis sie ihr Gleichgewicht wiederfindet, den Topf an die Brust gepreßt. Genau diesen Moment wählt Katie, um den Blick ihrer Schwägerin aufzufangen.

»Ich weiß nicht, was ich sonst tun soll, Ursie, und wie ich mein Leben in die Reihe kriegen könnte.«

Hängt es mit Katies Freund zusammen? Hat sie irgendwas gelesen oder sich einer Gruppe angeschlossen? – oder einfach nur die Geduld verloren? Ursula deutet mit dem Kopf über die Schulter zu den Schüsseln und Platten, die auf der Küchentheke stehen. »Los, biete den alten Käuzen und Schrullen was an, erzähl ihnen was Lustiges. Die Show muß endlich anfangen.«

»Wer soll denn das alles essen!« ruft Geneva. Die Leute wandern umher, nehmen sich kleine Pappteller mit Schlüsselblumenmuster an den Rändern. Ungraziös beugt sie sich vor, wühlt unter dem Tisch in ihrer Handtasche, um die Kamera hervorzuholen. »Sagt alle ›Cheese‹!« befiehlt sie, als sie sich wieder aufrichtet. Der Apparat ist mit einem billigen kleinen Blitzlicht ausgestattet, das sämtliche Augen orangerot färben wird.

Wir hätten ihr eine Kamera mit automatischem Blitzlicht schenken sollen, denkt Ursula bedrückt. Sie hat geglaubt, die Party wäre ein ausreichendes Geschenk, aber es ist nichts wirklich Greifbares, nichts Persönliches. Es findet wenig Anklang.

Geneva beginnt umherzuwandern, knipst alle Fotos, die sie sich wünscht. Nur sie allein scheint sich auf der Party zu bewegen. Sie ersucht die Musiker, ihr Spiel zu unterbrechen und vor der Kamera zu posieren, die Bögen auf die Streichinstrumente gelegt. Dieser Aufforderung folgen sie, höfliche Kinder, die sich pro Stunde fünfzehn Dollar teilen.

26

Ursula lernte ihre Schwiegereltern erst kurz vor ihrer Hochzeit kennen. Zunächst wohnte sie mit Michael und Fish in einem Mietshaus bei der Portland State. Die alten Fishers lebten weiter östlich, am Fluß. An vielen heißen Frühlingssonntagen fuhren die jungen Leute nach Troutdale, um zu schwimmen. Aber nur Michael legte die paar zusätzlichen Meilen zurück und besuchte seine Eltern. Fish unternahm vor der militärischen Grundausbildung mit seinem Vater eine dreitägige Wandertour bei Schlechtwetter.

Später, während Michael und Ursula bereits zusammenlebten, fuhr er etwa zweimal im Monat zu den Eltern, schlug ihr aber nie vor, mitzukommen. Sie fragte nicht nach seinen Gründen, aber als sie beschlossen zu heiraten, meinte er: »Nun müßtest du sie wohl mal sehen.« Sie hatte nicht gewußt, daß er keineswegs ihretwegen von der Ausbildung beim Friedenskorps zurückgekehrt war, sondern den Fishers zuliebe. Das stellte Geneva klar, indem sie sagte, sie habe immer damit rechnen können, daß er in Krisenzeiten dasein würde. »Brauchen Eltern ihre Söhne nicht genauso wie diese Afrikaner die amerikanischen Soldaten?«

Ursula war bereit gewesen, zwei Jahre auf Michael zu warten. Als sie ihn fragte, ob seine Mutter ihm tatsächlich während seiner Ausbildung geschrieben und ihn um seine Heimkehr gebeten habe, bestätigte er das. Sie hatte betont, einer ihrer Söhne sei ohnehin schon in einer gottverlassenen Gegend. Das Friedenskorps solle sich jemand anderen suchen.

Die erste Begegnung zwischen Ursula und den Fishers verlief ziemlich steif und dauerte nicht lange. Nach der Hochzeit, vor Carters Geburt, sah Ursula die Schwiegereltern nur zweimal, in deren Haus, nicht in den diversen schäbigen Buden, die sie zusammen mit Michael mietete. Sobald Carter auf der Welt war, fühlte sie sich verpflichtet, das Familienleben zu fördern. Ihr eigener Vater kam zu Besuch und leistete die Anzahlung für ein Haus, in das sie mit Michael und ihrem Sohn zog. Und ihre Mutter brachte ihnen wundervolle praktische Geschenke. Geneva überreichte ihr Reinigungsmittel und eine Rassel für das Baby, wobei sie bemerkte, »Carter« sei ein komischer Name. (»Gulsvig« etwa nicht?)

Erleichtert atmete Ursula auf, als die Fishers in den südlichen Teil des Staates zogen. Allerdings verbrachte Michael dort einige Sommerwochen und half seinem Dad, ein Haus zu bauen. Sie sah die Schwiegereltern erst wieder, als auch sie widerstrebend nach Süden übersiedelte – ihretwegen. Fish und Katie waren auf der Wanderschaft gewesen, und als sie schließlich ein altersschwaches Haus mieteten, nicht weit von Michaels neuem Domizil entfernt, freute sich Ursula. Später kauften sie ein Haus acht Meilen außerhalb der Stadt, sehr billig, weil es reparaturbedürftig war, mit einem großen, verwilderten Garten.

Im Sommer, als die Kinder fünf und acht waren, überredete Ursula ihren Mann zu einem Ausflug ins Disneyland. So albern dieser Vergnügungspark auch sein mochte – alle Kinder, die Carter und Juliette kannten, hatten ihn bereits gesehen. Vielleicht mußte man ihn auch als Erwachsener besichtigen. Wollten ihn nicht alle ausländischen Würdenträger bewundern? Und sterbende Kinder? Anfangs glaubte Michael, sie würde Witze machen. Doch sie erwiderte, sie meine es ernst, und da gab er erstaunlich schnell nach. Er gestand, mit seiner Familie habe er solche Trips niemals unternommen, abgesehen von ein paar Campingtagen am Strand.

Ursula erklärte, sie alle müßten Erinnerungen schaffen. Jeder Mensch würde später gern auf solche Erlebnisse zurückblicken. Sie freute sich immer noch über ihre eigenen Kindheitsreisen nach Washington, D. C., Montreal und Barbados (vor der Trennung ihrer Eltern, unbelastet von Disharmonie). Daß sie das alles aussprach, konnte sie selber kaum glauben, und sie erwartete, Michael würde sie unterbrechen. Als er es nicht tat, war sie enttäuscht. Sie hatte gehofft, er würde sie herausfordern und ein Gespräch über die »Dinge, die wirklich zählen«, beginnen. Im letzten Jahr hatte sie den Eindruck gewonnen, sie würden nur mehr über die Pläne für den nächsten Tag reden – Mahlzeiten, Probleme mit Autos und Ölöfen, die Erkältungen der Kinder und, unweigerlich, Fishs und Gullys verrückte Einfälle.

Aber Michael ließ sich auf keine Diskussion ein. Er kaute an seinem Schnurrbart und meinte, einen solchen Ausflug könnten sie sich vermutlich leisten. Dabei spielte er nicht einmal den Märtyrer. Natürlich liebte er die Kinder und genoß die Stunden, die er mit ihnen verbrachte. Er befaßte sich öfter mit ihnen als die meisten Väter mit ihren Kindern. Nicht einmal Ursula widmete ihnen soviel Zeit wie er. Er pflegte zu tun, was getan werden mußte, solange er es erkannte oder darauf hingewiesen wurde. Wenn sie auch fand, er würde die Kinder zu kritisch beurteilen, so kam er doch leichter mit ihnen zurecht als sie.

Der Trip ins Disneyland verlief erfreulich, trotz sengender Hitze und mehrerer heftiger Gewitter. Am Nachmittag begannen die Kinder zu jammern, und sie gaben zuviel Geld aus, größtenteils fürs Essen. Doch es machte Spaß, durch ein Wildgehege zu fahren, tausend Puppen in verschiedenen Volkstrachten zu besichtigen, die sauberen Straßen entlangzuwandern und die fast zwei Meter großen Disney-Karikaturen herumwatscheln zu sehen, über deren Possen die Kinder entzückt lachten. Als sie am Morgen der Abreise ihre Sachen packten, fragte Ursula, um ihre Dankbarkeit auszudrücken: »Einmal hat gereicht, nicht wahr?«

Da drückte Michael ihren Arm. »Einmal war's okay.«

Auf der Heimfahrt hielten sie in einer Küstenstadt nördlich von Los Angeles. Dort fand ein Fest statt. Bunte Seile und Girlanden sperrten die Straßen ab, überall drängten sich fröhliche Leute, aßen und tranken, rempelten einander freundschaftlich an. Sobald sich die Fishers von einer Musikergruppe entfernten, hörten sie auch schon eine andere. Jongleure und Clowns traten auf. An einem Imbißstand unter einer rotgoldenen Markise aß die Familie Eis am Stiel. Die Kinder waren hingerissen und bester Laune, ein klarer Himmel wölbte sich über dem Rummelplatz, und vom Meer wehte eine angenehme Brise herüber.

Im Zentrum des Geschehens tanzte eine Gruppe in elisabethanischen Kostümen. Die Damen stützten die Hände in die Taillen, legten sie dann ganz leicht auf die Arme der Herren, hoben die Röcke, wenn sie sich im Kreis drehten, schwangen die Beine hoch, beugten die Köpfe, so daß die Haarsträhnen wie Bänder flatterten. Die

Fishers schauten ihnen eine Viertelstunde lang zu, dann legte die Tanzgruppe eine Ruhepause ein. Ein Geiger und ein Flötist musizierten, und Michael meinte: »Wir sollten weiterfahren, wenn wir morgen daheim sein wollen.« Als sie sich nach den Kindern umsahen, konnten sie Juliette nirgends entdecken. In ihrem plötzlichen Entsetzen übergab sich Ursula beinahe, aber ihr Mann beruhigte sie. »Da drüben ist sie, bei den Tänzern.«

Eine Frau mit roten Locken zeigte dem Kind, wie man zierlich den Fuß hob, die Zehen nach unten gerichtet, und ihn dann graziös schüttelte. Juliette war eine gelehrige Schülerin, die Unterlippe konzentriert zwischen die Zähne geklemmt. Alle Herzen flogen der Fünfjährigen zu, deren welliges Haar wie ein Wasserfall auf den Rücken fiel und die alle Leute völlig unbefangen ansah. Ein Publikum hatte sich versammelt, ermunterte sie mit Bravorufen und Applaus. Michael ging zu ihr und erklärte, nun sei es an der Zeit, aufzubrechen. Da entgegnete sie: »Aber Daddy! Gleich tanzen sie wieder. Ich muß dableiben.« Sie sprach ganz ernsthaft, ohne jammernden Unterton, und er brauchte nur einen kurzen Blick mit Ursula zu wechseln. Natürlich würden sie eine weitere Tanznummer abwarten.

Im Auto war Juliette immer noch aufgeregt, aber auch müde. Ursula fürchtete, diese beiden Gemütsverfassungen könnten sich in übler Weise vermischen, zu einem launischen Anfall führen, der womöglich Carter anstecken würde. Der Junge war eingeschlafen, sobald sie sich ins Auto gesetzt hatten.

Aber Juliette verkündete nur: »Wenn ich groß bin, werde ich Tänzerin.« Dann legte sie sich auf die Rückbank zu ihrem Bruder und schlummerte so schnell ein, daß Michael und Ursula in Gelächter ausbrachen und einander umarmten.

Der Zwischenfall mit der Tanzgruppe versetzte Ursula in freudige Erregung – nicht nur, weil er eine hübsche Überraschung gewesen war und weil sie in Juliette verborgene Talente entdeckt hatte (die Fähigkeit, sich vor einem Publikum zu produzieren und Beifall zu finden), sondern weil sie darin ein zukunftsweisendes Ereignis sah. *Jetzt wird Michael mit mir über die Kinder reden*, dachte sie. *Was soll aus ihnen werden? Was soll aus uns werden?* Es waren seine Kinder, ihr Leben stellte eine Fortsetzung seines eigenen dar. Und – auf einer banaleren Ebene – hatten sie alle einen wundervollen, denkwürdigen Ausflug genossen. Sie hatten sich kaum gezankt, im Gegensatz zu so vielen anderen Familien unter dem Streß von Disneyland.

Und Michael und Ursula waren sich so nahe gewesen in jenem Augenblick im Auto, vereint durch die Freude an ihren Kindern. Sie stellte sich vor, wie sie ihn fragen würde: »War es nicht nett von der rothaarigen Tänzerin, Juliette ein paar Schritte zu zeigen?« Viellcicht würden sie im Spaß darüber streiten, was ihnen im Disneyland am besten gefallen hatte, und die Kinder würden rufen: »Wann fahren wir wieder mal irgendwohin?« (Vielleicht Washington, D. C., das Smithsonian, das Lincoln-Denkmal?) Sie malte sich aus, wie Michael sagen würde, er sei stolz auf seine Kinder. Das wäre schon sehr viel, mehr als genug. Daß er von sich selbst sprechen würde, bezweifelte sie.

Wie sich herausstellte, waren die nächsten Wochen von Aufregungen und Kummer erfüllt, von harter Arbeit und der Bewältigung zahlreicher Unannehmlichkeiten.

Und so wurde der Ausflug nie wieder erwähnt. Es dauerte fast ein Jahr, bis Ursula dazu kam, die Fotos entwickeln zu lassen, die im Disneyland entstanden waren.

Bei der Heimkehr trafen sie Katie im Haus an. Sie sprang auf, als sie zur Tür hereinkamen, und half ihnen, das Gepäck aus dem Auto zu holen. Sofort fragte Ursula, ob irgend etwas schiefgelaufen sei. Sie nahm an, Fish würde in Schwierigkeiten stecken. Es war etwa acht Uhr an einem Juliabend, kurz vor Sonnenuntergang, und Michael hatte eine lange Autofahrt hinter sich. Deshalb fand sie es ziemlich rücksichtslos von Katie, hier aufzutauchen und mit schlechten Neuigkeiten zu warten, die sicher noch Zeit bis morgen hatten. Was Fish anging, konnte Michael ohnehin nicht viel tun, wenn er auch schon mehrmals die Kaution nach Anzeigen wegen diverser Verkehrsdelikte gezahlt und den Bruder irgendwo abgeholt hatte, wenn dessen Laster zusammengebrochen war.

Verdammt, warum verschwindet er nicht endlich aus unserem Leben? Wie Ursula sich später entsinnen sollte, war das ihr erster Gedanke bei Katies Anblick. Sie müßten Fish ganz einfach sich selbst überlassen. Das hätten sie schon längst tun sollen.

Aber Katie erklärte, Michael und Ursula müßten sofort zu den alten Fishers fahren, sie würde inzwischen auf die Kinder aufpassen. »Was ist passiert?« erkundigte sich Michael so ruhig, daß seine Frau ihn am liebsten geschüttelt hätte. (Später fragte sie ihn: »Dachtest du nicht daran, einer der beiden könnte gestorben sein? Hast du dir keine Sorgen gemacht?« Verblüfft entgegnete er: »Warum sollte ich mich aufregen und sie mit Fragen bombardieren, wo sie doch vor mir stand – drauf und dran, mir mitzuteilen, was ich wissen mußte?«)

Innerhalb einer halben Minute hatte Ursula ein Dutzend Möglichkeiten erwogen. Keine kam auch nur annähernd an die Realität heran, abgesehen von der Tatsache, daß es Ärger gab. Katie umarmte die Kinder und schickte sie nach oben, wo sie sich ausziehen sollten. Sobald sie das Zimmer verlassen hatten, erzählte sie Michael, das Haus seiner Eltern sei abgebrannt. Hastig fügte sie hinzu, niemand sei verletzt. Doch das Haus sei nicht zu retten gewesen.

Auf der Fahrt nach River Cove begegneten Ursula und Michael einer Ambulanz auf dem Weg nach Medford. Wie sie später hörten, brachte der Krankenwagen Gully zur Klinik, wo er die Nacht verbringen sollte. Daraus wurden mehrere Monate. Er hatte am Fluß gesessen, getrunken und geangelt und dann bei seiner Heimkehr das Haus in Flammen stehen sehen. Da lief er Amok, obwohl die Feuerwehr ihm klarzumachen versuchte, niemand sei drinnen. Er schien jedes Zeitgefühl verloren, die Jahreszahl und sein eigenes Alter vergessen zu haben. Immer wieder jammerte er, alles sei seine Schuld, und was würde den Kindern zustoßen? »Wo sind die Kinder?« rief er in einem fort.

Geneva war in der Bibliothek gewesen, und bei der Rückkehr wurde sie von dieser Szene empfangen: das verkohlte Haus, die sterbenden Flammen, überall das Chaos der Spuren, die der Kampf gegen den Brand hinterlassen hatte, und der faselnde Gully, der händeringend umherstapfte. Sobald er sie entdeckte, begann er hysterisch zu schreien. Er glaubte, Evelyn wäre in der Ruine, und die Männer mußten ihn gewaltsam daran hindern, hineinzustürmen. Der Feuerwehrhauptmann erklärt Geneva, in Krisensituationen würden viele Leute so reagieren. »Ich wette, nur ganz wenige Männer«, meinte sie, als sie Michael später von dieser Äußerung berichtete.

Der Feuerwehrhauptmann schüttelte Gully, verfrachtete ihn in einen Laster und bat einen Nachbarn, telefonisch eine Ambulanz anzufordern. Bei ihrer Ankunft wehrte sich Gully mit Händen und Füßen. Erneut mußte man ihn mühsam festhalten.

Geneva zog zu Ursula und Michael. Ihre Söhne brachten die Brandstätte in Ordnung. Fish überstand jene Zeit sehr gut. Tag für Tag arbeitete er bis nach Einbruch der Dunkelheit, bis er ganz schwarz vom Ruß war.

Mit Michaels Hilfe kaufte Geneva einen Wohnwagen. Darin verstauten sie die Sachen, die das Feuer überstanden hatten. Das Haus wollte sie nicht aufbauen, sie brauchten nicht viel Platz. Der Haushalt war ihr ohnehin zuviel geworden, und nun würden sie Geld sparen. Von der Entschädigung durch die Versicherung blieb einiges übrig, das wurde in Wertpapieren angelegt, und die Zinsen warfen ein kleines Einkommen ab.

Geneva bemühte sich, tapfer zu erscheinen, und betonte, ausnahmsweise könne sie mal selber Entscheidungen treffen, statt immer nur zu nehmen, was sie bekomme. Sie vermißte Gully ganz schrecklich und fragte sich beunruhigt, was man wohl mit ihm anstellen würde. Michael besuchte seinen Vater im Krankenhaus, veranlaßte seine Mutter jedoch, daheim zu bleiben (was ihm nicht schwerfiel). Sobald Gully wieder klar denken konnte, weigerte er sich, seine Frau in der Klinik zu empfangen. So sollte sie ihn nicht sehen.

Wochenlang redete sie fast ununterbrochen, fast wie unter einem Zwang. Dadurch erfuhr Ursula einiges über die Familiengeschichte. Immer wieder versicherte sie der Schwiegermutter, nun würden sich die Dinge bessern. Und Geneva gestand, sie habe um ein Ereignis gebetet, das Gully aufrütteln würde ... Doch da versagte ihre Stimme, und sie konnte nur noch weinen.

Katie und Ursula halfen ihr, die teilweise verbrannten Fotoalben und Schachteln mit Erinnerungsstücken aus der langjährigen Ehe durchzusehen. Viel war nicht übriggeblieben. Eine feuerfeste Box schien wichtige Papiere zu enthalten, aber es lagen nur alte Glückwunschkarten und ähnliche Dinge darin. Als Geneva sah, daß dies alles unversehrt war, vergoß sie Freudentränen. »Das da bedeutet mir am meisten.« Natürlich, deshalb hatte sie es ja auch in der Metallkassette verstaut. Ursula erkannte den Wert der Sachen nicht, schaute sie aber nicht genauer an und stellte auch keine Fragen. Sie freute sich, weil der Schwiegermutter die offensichtlich hochgeschätzten Habseligkeiten geblieben waren.

Wie Geneva erzählte, war Gully einmal mit einer Zigarette auf der Couch eingeschlafen, die dadurch Feuer gefangen hatte. Darüber erschrak er dermaßen, daß er das Rauchen aufgab – das Trinken allerdings nicht. Ein andermal brannte er einen Schuppen nieder, weil er es nicht schaffte, das Tor richtig in die Angeln zu hängen. Sie glaubte, an diese Dinge hätte er sich beim jüngsten Feuer erinnert. »Nie sagte er, es tue ihm leid, aber jetzt empfindet er tiefe Reue.«

Abgemagert, mit eingefallenen hängenden Schultern kam er nach Hause. Das schüttere Haar – inzwischen lang genug für einen Pferdeschwanz, wie ihn seine Söhne trugen – war fast weiß. Er litt unter Gedächtnislücken, entsann sich zwar der Anekdoten aus seiner Jugend und über seine Kinder, die er so gern zum besten gab, wußte aber nicht, wo er vor zwei Minuten seine Kaffeetasse abgestellt hatte. Namen entglitten ihm. Oft geriet er in tiefe Verlegenheit, wenn er Leute traf, die er kannte, aber nicht beim Namen nennen konnte. Lange Zeit ging er nicht ins Café. Er ließ sich für arbeitsunfähig erklären und trat schließlich in den Ruhestand. »Zum Glück bin ich in der Gewerkschaft.« Er hatte bei einer Firma gearbeitet, die schwere Straßenbaumaschinen herstellte. Nun sagte er: »Wenn ich bedenke, was Gott geschehen lassen mußte, um meine Aufmerksamkeit zu erregen ...«

Ursula vermutete, die Schocktherapie hätte seine Persönlichkeit verändert, aber Michael tat das als Unsinn ab. Monatelang ging Gully fast jeden Abend zu den Versammlungen der Anonymen Alkoholiker. An den Mittwochabenden besuchte er mit Geneva die Gebetsstunden der Christlichen Gemeinde von River Cove. Die jungen Leute waren sehr erleichtert, weil er kaum darüber sprach. Niemals bemühte er sich, Jesus irgend jemandem aufzudrängen.

Allmählich konnte er wieder klarer denken, und er verbrachte seine Tage, indem er herumwerkelte, angelte und seine Kumpel flußab- und flußaufwärts besuchte. Bald ging er seltener zu den Anonymen Alkoholikern und widmete die Dienstagabende dem Versammlungssaal der Episkopalkirche. Er entwickelte eine gewisse Sanftmut. Doch seine Wut auf Leute, die für große Ereignisse verantwortlich waren, ließ nicht nach. Dazu gehörten der CIA, United Fruit, das Armeekorps der Pioniere und das Pentagon. Er nannte Geneva seine gute Frau, die er gar nicht verdiene, doch sie hausten in getrennten Zonen eines kleinen Lebens und kamen nur zusammen, um die Rituale einer langjährigen Ehe zu begehen.

Fish ließ sich nicht bei ihnen blicken. Der Zustand von Genevas Füßen verschlechterte sich, und Gully bekam

Angina. Diese Dinge versorgten sie am Frühstückstisch mit Gesprächsstoff. Und Fish gab ihnen vor allem Grund zur Sorge. Michael spendete ihnen ein wenig Trost. Irgendwie lebten sie weiter.

27

Gully und Michael stehen bei der Straße und kehren der Grange Hall den Rücken zu. Während Ursula sie durch eine der offenen Türen beobachtet, denkt sie, wie sehr sie einander ähneln – die gleichen abfallenden Schultern, der gleiche drahtige Körperbau, sogar die gleiche Haltung – die Hände in den Hosentaschen. Wie Jungs, die vielleicht Steine in den Fluß werfen wollen ...

»Genauso steht Fish da, die Fäuste in den Taschen, die Hose ein wenig hochgezogen.« Katie ist neben ihre Schwägerin getreten. »Natürlich wäre er wütend, wenn er mir jetzt zuhörte. Er will nicht so wie Gully sein.«

»Zu schade«, erwidert Ursula, »denn das ist er nämlich, in so mancher Hinsicht.«

»Er erträgt die Schwäche und Duckmäuserei seines Vaters nicht.«

»Vermutlich kann er den Gedanken nicht verkraften, alt zu werden.«

»Er behauptet, er würde niemals so gebrechlich werden wie Gully. Und ich nehme an, er hat auch gar nicht vor, alt zu werden. Sicher findet er Mittel und Wege, um eine Katastrophe zu inszenieren, die ihn schon vorher umbringt.« Katies Stimme klingt rauh.

Ursula entfernt sich ein wenig von ihr, in die Richtung der Männer. »Das verschafft ihm eine gute Ausrede, sich möglichst verrückt aufzuführen.« Aber »verrückt« ist nicht das richtige Wort. Katie weiß sicher ein besseres, aber sie geht kommentarlos davon. Niemand außer ihr darf Fish kritisieren. Nun, sie ist ja auch am längsten mit ihm zusammen gewesen und kennt die Spielarten seines Irrsinns.

Leise ruft Ursula den Namen ihres Mannes. Er dreht sich um, schaut sie fragend an, als könnte er nicht ergründen, warum sie gerade jetzt zu ihm kommt. Gully bemerkt es nicht, und sie hört ihn sagen: »Irgendwer muß ihm was angetan haben.« Offenbar meint er den verschwundenen Fußspezialisten. Manche Leute glauben an ein Verbrechen, können aber kein einleuchtendes Motiv angeben. Der Jeep des Mannes wurde auf einer Forststraße bei River Cove gefunden, aber von ihm selbst fehlt jede Spur. Im Februar, als er vermißt worden ist, hat man die Umgebung gründlich abgesucht und dann wieder im März, nach der Wetterbesserung. Gully scheint ihn gekannt zu haben. Er spricht von »Dr. Jim«.

»Da gibt's viele Möglichkeiten, Pop«, erwidert Michael, und Ursula hätte ihn gern aufgefordert, eine zu nennen. Noch lieber wäre es ihr gewesen, wenn Michael seinen Vater gefragt hätte: Was bedeutet dir Dr. Jim? Ist etwas geschehen, das dir angst macht? Weißt du irgendwas? Sie hat Michael stundenlang mit Fish oder Gully über die Welt im allgemeinen und über das Jagen oder Angeln im besonderen reden hören, auch über Sünden gegen die Umwelt. Aber die drei reden niemals über persönliche Dinge.

»Wann soll ich die Torte holen?« fragt Ursula und stellt fest, wie nervös ihre eigene Stimme klingt. Sie ist müde und fürchtet, die Gäste könnten gehen, wenn sie die Torte nicht bald serviert – obwohl Ruby noch immer nicht eingetroffen ist. Mit Fish rechnet sie nicht. Daß er Katie aus dem Weg gehen möchte, ist ein bequemes Alibi. Er haßt Sentimentalitäten, Menschenmengen und alles, was ihn zwingt, sich anständig zu benehmen. Vielleicht ist er an diesem heißen Tag zum Strand gefahren.

»Komm, Pop«, sagt Michael sanft und umfaßt den Ellbogen seines Vater.

»Was ist das?« fragt Gully in zitterndem Ton und zeigt die Straße hinab, in die Richtung, wo er etwa eine Meile entfernt wohnt. »Siehst du den Rauch?«

»Wahrscheinlich verbrennt irgend jemand Abfälle«, meint Michael, aber Gully weicht nicht von der Stelle. Der Rauch gleicht einem Bündel dünner Fäden wie Gullys Pferdeschwanz. Möglicherweise stammt er von einem Lagerfeuer.

Ursula schneidet beunruhigt eine Grimasse, die Michael herausfordert: *Warum kannst du nicht die Initiative ergreifen*? Verärgert wendet er sich von ihr ab und verspricht seinem Vater: »Sobald wir hier fertig sind, schauen wir nach.« Er tritt vor den alten Mann und dreht ihn zum Haus herum.

Sie erreichen die unterste Stufe der Eingangstreppe und zucken plötzlich zusammen. Reifen quietschen auf dem Highway, ein Holzlaster bremst verzweifelt, als ein glänzender RV ihn schneidet und dann in die Zufahrt der Grange Hall biegt. Ursulas Hände zittern und rauben ihr alle Kraft. Sie weiß nicht, was sie sagen soll.

»Bringen wir's hinter uns«, hört sie Michael vorschlagen. Es wirkt etwas niederträchtig, die Situation auf diese Weise zu betrachten. Aber Geneva zuliebe strengen sie sich alle an, das ist kein Geheimnis.

»Gulsvig Fisher! Du bist ja richtig geschrumpft!« Wie

das Muhen einer Kuh hängt Ruby Hammonds Stimme in der Luft. Sie steigt aus dem Camper, in einem grellen türkisblauen Strickensemble, eine attraktive wohlhabende Witwe, die viel bessere Tage gesehen hat als ihre Schwester.

Während sie auf die Männer zugeht, sprintet Gully, plötzlich wieder rüstig, die Treppe hinauf. Michael folgt seinem Vater, eilt wortlos an Ursula vorbei, die auf Ruby wartet und verlegen Küsse mit ihr austauscht, nicht ganz auf die Wangen, nicht ganz auf die Lippen. »Wir haben uns schon Sorgen gemacht.«

Mit einer extravaganten Geste fegt Ruby den Vorwurf beiseite. »Ich dachte, ich hätte alle Zeit der Welt. Ich bin heute morgen nur aus Salem gekommen, aber auf dem Highway geriet ich in eine endlose Parade idiotischer Fahrer. Wo steckt denn meine Schwester?« Sie umklammert Ursulas Arm und zeigt die Stufen hinauf. »Fünfzig Jahre! Wie hat sie das bloß ausgehalten?« Einen halben Kopf kleiner als Ruby, fühlt sich Ursula wie ein getadeltes Schulmädchen.

Ruby läßt sie sofort los, sobald sie Geneva entdeckt, und ruft, genauso durchdringend wie draußen: »Schau dir doch meinen schnittigen Marauder an!« Nach schmatzenden Küssen und heftigen Umarmungen bemerkt sie die Gäste, die sie anstarren, und fragt großspurig: »Will noch jemand mitkommen?« Und als sie Geneva die Treppe hinab zu ihrem Camper zerrt, folgen ihr tatsächlich ein paar Neugierige. Sie umringen das schikke Fahrzeug, während die Schwestern ein- und aussteigen.

In der Wagentür hält Geneva inne. »So sauber und praktisch, wirklich süß.« Sie tritt hinunter und wendet sich an die Pfarrersfrau. »Alles würde ich für so ein kleines Haus auf Rädern geben. Damit kann man fahren, wohin immer man will.«

Freundlich stimmt die Pfarrersfrau zu, und Geneva seufzt sehnsüchtig.

Alle kehren in den Saal zurück und beginnen hektisch zu essen, von Rubys Ankunft aufgemuntert. Ruby nimmt Geneva völlig in Beschlag, ergreift ihren Arm, zieht sie durch den ganzen Raum und verlangt, mit allen Leuten bekannt gemacht zu werden. Der Lärmpegel des Stimmengewirrs schwillt an, ein gutes Zeichen. Ursula läuft mit einer großen Plastiktüte umher, sammelt übriggebliebene Spinattörtchen und Servierplatten ein. Katie hat mehrere Krüge gefunden und mit Wasser gefüllt. Hier und da liegen umgekippte Becher in kleinen Pfützen.

Ursula bemerkt, wie erschöpft die Musiker wirken. Ein Geiger zieht ein Taschentuch hervor und wischt sich über die Stirn. Plötzlich zeigen alle Gesichter jenen halb verzweifelten Ausdruck, der den Wunsch verrät, endlich gehen zu dürfen.

»Okay, jetzt essen wir die Torte!« verkündet sie. »Kommt alle zum Tisch!« Die Gäste gehorchen. Viele werden bald ähnliche Feste begehen, manche die eigenen Beerdigungen.

Spontan beschließt Ursula, den 4. Juli mit einem ganz besonders tollen Picknick zu feiern. Dabei wird es ihr egal sein, ob sich irgend jemand vollaufen läßt, solange es nur möglichst lebhaft zugeht.

Gully ist aufgelesen worden, wie ein von der Leine gefallenes Wäschestück. Wieder drängen sich die Gäste heran, um dem Jubelpaar zu gratulieren. Ursula eilt in die Küche und nimmt die Torte aus dem Kühlschrank. Inzwischen hat Katie ein großes Fleischermesser aufgespürt. »Das ist okay«, meint ihre Schwägerin, balanciert die Torte auf beiden Händen und tänzelt zur Party zurück.

Schwungvoll ergreift Geneva das Messer, schneidet fachmännisch die Torte an. Zwischen seiner Frau und seiner Schwägerin gefangen, schaut Gully peinlich berührt um sich. Aber wenigstens hält ihn niemand mehr fest, und er unternimmt keinen Fluchtversuch.

»Fünfzig Jahre – ich sage, das ist ein Grund zum Jubeln!« ruft Mary Courter. Alle gehorchen und treiben Geneva Tränen in die Augen. Sie nimmt den ersten Bissen, den nächsten bietet sie Gully an. Unglücklich weicht er ihrem Blick aus, steckt aber ein winziges Stück in den Mund, mit soviel Begeisterung, als würde er einen Socken essen.

Ruby lacht gackernd. »Diese Torte schmeckt wie Luft.« Ihre Schwester scheint es nicht zu hören. Oder es macht ihr nichts aus. Alle Gäste holen sich ein Stück Torte und kehren dann in andere Teile des Saals zurück. Erstaunt spürt Ursula Tränen in den Augen. Michael kommt zu ihr, legt einen Arm um ihre Taille, drückt sie kurz an sich und verschwindet wieder. Für seine Verhältnisse ist das eine grandiose Geste.

Immer noch in bester Stimmung, ruft Geneva dem ersten Paar zu, das sich dem Ausgang nähert: »Auf Wiedersehen, auf Wiedersehen!« Die beiden lächeln etwas schuldbewußt, aber da ihnen die Flucht so mühelos gelingt, folgen andere ihrem Beispiel.

Ursula eilt zu Geneva und versichert ihr, sie würde phantastisch aussehen. »Hast du noch etwas Film drauf?« Sie ergreift die Kamera und drängt Gully, sich neben seine Frau zu stellen.

»Für so ein altes Mädchen hat sie sich recht gut gehalten, was?« meint er. Sichtlich erfreut, verzieht Geneva das Gesicht und verdreht die Augen. Diese Miene wird geknipst, und dann merkt Ursula, daß es das letzte Foto auf dem Film ist. Michael und Katie wandern umher und sammeln den Abfall ein. Ein paar Gäste sind noch geblieben, lecken sich die Finger ab und schwatzen.

Und da kommen Fish und Juliette herein. Er trägt das Hemd, das Katie ihm letztes Jahr für die Gerichtsverhandlung gekauft hat. (Statt dessen ist er in der schäbigen Gefängniskleidung erschienen, in einem grünen Overall.) Das Hemd ist weiß mit dünnen roten Streifen, und er sieht aus wie ein Pfefferminzlutscher, frisch geschrubbt und gekämmt, das Haar noch feucht vom Waschen. Den Kopf gesenkt, schaut er niemanden an. Juliette hat ihre Ballettsachen an, ein schwarzes Trikot mit einem schwarzen Gazerock, der um ihre Beine flattert.

Geneva verstummt mitten im Satz, als Fish die Halle betritt. Ihr Gesicht erschlafft. *Immerhin ist er gekommen*, denkt Ursula. Dann mustert sie Fish und sieht, was ihre Schwiegermutter sieht – sein Unbehagen, das anschwellen kann wie eine Überschwemmung. Juliette, das Haar zu einem losen Knoten geschlungen, aus dem sich einzelne Locken gelöst haben, ist sehr hübsch, ihre schlechte Stimmung vom Morgen offenbar verflogen. Oder sie verbirgt, was sie empfindet.

Plötzlich verspürt Ursula das unkontrollierbare Bedürfnis zu fliehen. Sie wendet sich ab und läuft zur Küche zurück. In der Tür stößt sie mit Katie zusammen. Die Wucht des Aufpralls, der glücklicherweise seitlich und nicht frontal erfolgt, läßt beide nach Luft schnappen.

»O Gott!« sagt Katie und schaut in den Saal. »Oh ...« Ursula drückt ihr die Hand und deutet mit ihrem Blick in die Küche, um auf einen Fluchtweg hinzuweisen, aber ihre Schwägerin macht einen Schritt nach vorn und schiebt sie mit sich. »Ich bin es, die nicht hierhergehört.« Ihr Kinn zittert.

»Das ist okay, Katie«, wispert Ursula. »Er wußte, daß du hier bist. Reg dich nicht auf.«

Katie geht an ihr vorbei zu Fish und erreicht ihn, von Ursula gefolgt, als er seiner Mutter gerade mitteilt: »Jetzt bin ich eine Unperson. Ein Jahr lang war ich eine Nummer. Jetzt bin ich ein Nichts.« Verwirrt hört Geneva zu. »Kein Vater, kein Ehemann, kein Ernährer. Ein Niemand. Nicht einmal in meinem eigenen Haus kann ich wohnen, weil es vermietet ist.« Er schlägt mit der Faust in die andere Hand.

Genevas Gesicht verzerrt sich. Ihr Kragen ist verknittert, ein Blusenknopf über der Taille geöffnet, wodurch das Schößchen etwas schief sitzt.

Verzweifelt bricht Katie in Tränen aus. »Es war so schön hier!« kreischt sie. »Warum bist du gekommen?«

»Wessen Party ist das?« fragt er sarkastisch. »Wessen Eltern sind das?« Er ballt seine Hand so fest, daß die Adern hervortreten. »Hast du Ma dein kleines Geschenk schon übergeben? Deine Neuigkeit?«

Ursula blickt sich nach Michael um, der ebenso wie Gully verschwunden ist. Auch alle anderen sind gegangen, bis auf die Musiker, die ihre Notenständer zusammenklappen und dann zum Auto tragen. Sie überlegt, ob sie in Ohnmacht fallen soll, zweifelt aber an ihren schauspielerischen Fähigkeiten. Was nun geschehen wird, weiß sie bereits, und das macht sie ganz krank. Fish, ermattet und voller Selbstmitleid (bald dürfte sein Zorn verrauchen ...), todunglücklich und verbittert, wird von Katies wachsender Hysterie besiegt werden, von ihren Anschuldigungen, von all den Dingen, die sie vor seinem

Antritt der Gefängnisstrafe und nach seiner Entlassung nicht ausgesprochen hat.

»Was weißt du schon von einer Ehe?« schreit Katie. »Wann hast du jemals ein Versprechen gehalten? Wann hast du mir deine Aufmerksamkeit geschenkt? Ich mußte mir ein gottverdammtes *Taxi* nehmen, um mein *Baby* zu kriegen, weil du *besoffen* warst!«

Bleischwer hängt ihre Wut in der Luft. Genevas Gesicht verrät ihr Wissen um Gullys Verschwinden, um funktionsunfähige Liebe, um das traurige Schicksal, das Fish droht. Der Rest der Torte liegt in einem Berg aus zerronnener Glasur, Ruby sieht entsetzt, aber immer noch energiegeladen aus. Sie weicht nicht zurück, wie das die Fishers tun, und verfolgt die Ereignisse interessiert.

Juliette läuft aus dem Saal, zu den Musikern, und Ursula beobachtet, wie ihre Tochter mit ihnen spricht und aufgeregt gestikuliert.

»Das hast du großartig gemacht!« lobt Fish seine Frau. »Sicher hast du dir's vorher genau überlegt.«

Ruby nimmt Geneva in die Arme, und Katie zieht Fish in eine Ecke. Stimmengewirr erfüllt den Raum, aber Ursula bezweifelt, daß wirklich etwas gesagt wird. Sie beobachtet ihren Schwager und ihre Schwägerin. Wird er sich auf Katie stürzen und sie schlagen, ohne vorher nachzudenken? Aber die beiden lehnen an der Wand wie ein High-School-Pärchen in einem dicht bevölkerten Flur. Ein Wortschwall bricht aus Katie hervor, mit Schluchzen vermischt. Einmal boxt sie Fish in die Brust, doch er rührt sich nicht. Geneva weint und sieht dasselbe wie Ursula – die niedergeschlagene Haltung ihres Sohnes.

Fish berührt Katies Haar, und Ursula hält den Atem an, voller Angst, ihre Schwägerin würde wieder zu schreien beginnen. Statt dessen neigt sie den Kopf zu ihm, und schließlich sinkt sie seufzend an seine Brust.

Die zwei Geiger kehren mit ihren Instrumenten zurück, begleitet von vier oder fünf Gästen, die noch nicht weggefahren sind. Die anderen Musiker stehen draußen und fächeln sich mit Notenblättern Kühlung zu.

Die Jungs beginnen eine lebhafte, melodiöse Gavotte zu spielen. Die Geigen unters Kinn gedrückt, die Hälse gebogen. Während sie im Stehen musizieren, zittern ihre Körper ein wenig, wie Schilfstengel in einer Brise. Juliette beginnt zu tanzen. Zunächst braucht sie nicht viel Platz. Beinahe bewegt sie sich wie die Geiger, in sanftem Flattern. Dann streckt sie die Arme aus wie eine aufblühende Blume und hebt den Kopf. Das Gesicht süß und bleich, traurig und sehnsuchtsvoll. Langsam dreht sie sich, dann noch einmal, und wagt sich ins Zentrum des Saales. Die Arme schwingen empor, scheinen sie himmelwärts zu ziehen, hinaus aus dem Haus, weit weg von allem Streit. Noch nie hat Ursula ihre Tochter so tanzen sehen – zierlich und kraftvoll zugleich, sehr fröhlich im Vierviertel-takt, aber auch sanft und traurig.

Das Tempo der Musik ändert sich, wird plötzlich schneller, und Juliette wirbelt umher, neigt sich hierhin und dahin. Katie späht um Fishs Schulter herum, Geneva lehnt an Ruby, eine Hand auf dem Tisch, um noch besseren Halt zu finden.

Fünfzig Jahre lang haben die Fishers die falschen Dinge gesagt oder überhaupt nichts oder vorgegeben, miteinander zu reden, aber in Rätseln gesprochen und einander getäuscht. Und jetzt rettet eine Fisher mit ein paar kunstvollen Schritten und geschickten Drehungen den Tag vor allen Gehässigkeiten. Fish ist überwältigt, Katies

Wut und Verlegenheit von ihren Tränen hinweggespült. Und Geneva steht immer noch auf ihren kranken Füßen.

Sobald die Musik verstummt, scheinen die Musiker und die paar Gäste wie durch Zauberei zu verschwinden. Juliette eilt an Ursula vorbei zu dem Tisch, auf den sich ihre Großmutter stützt, und knickst. Alle wirken wie erstarrt, bis Ruby das Schweigen bricht. »Habt ihr das gesehen? Ein Engel!« Mehrere Sekunden lang klatscht sie Beifall – nur sie allein.

In plötzlicher Schüchternheit, wie ein kleines Kind, richtet Juliette sich auf. Nie hat Geneva gewußt, wie sie Ursulas Kinder lieben soll, und das auch gar nicht gewünscht. Ihre eigenen Kinder haben den ganzen Brennstoff ihrer Liebe verbraucht, all die Zuneigung und Zärtlichkeit aufgezehrt. Und doch hat Juliette der Großmutter etwas von sich selbst geschenkt, dieser alten Frau, deren Gesicht jetzt fleckig von Tränen und deren Mund noch klebrig von der Torte ist. Das Mädchen hat ihr etwas gegeben, was Kinder niemals tun, wenn sie darum gebeten werden. Oder – Ursula will das allerdings nicht glauben – Juliette hat einfach nur die Macht einer künstlerischen Darbietung kennengelernt. Wie auch immer, sie hat den Tag gerettet.

Weinend flieht Ursula in den Garten. Würde sie in diesem Moment gefragt werden, wen sie mehr liebt, ihren Mann oder ihre Tochter, sie könnte es nicht sagen. Und würde irgend jemand sie alle anklagen, eine Familie aus Bäumen ohne Zweige, sie wäre eine leidenschaftliche Verteidigerin.

Im Norden, hinter der Kurve des Highway, sieht sie wieder den Rauch, eine nebelhafte Wolke über Dächern und Wipfeln, graue Kräusel vor dem Himmel. Und um dieselbe Kurve kommen die kleinen Gestalten ihres

Mannes und seines Vaters zu ihr. Sie kann nicht anders, sie läuft ihnen entgegen.

28

Fish schiebt Katies Auto an, damit es anspringt, und folgt ihr dann in seinem Wagen bis zu Michaels Haus. Sie versucht, nicht in den Rückspiegel zu schauen. Die Situation macht sie nervös. Sie weiß, sie fährt zu langsam. Sicher wird er mit der Faust auf sein Lenkrad schlagen und ärgerlich murmeln, sie solle doch beschleunigen.

Juliette fährt mit ihr. Die Eltern sind in River Cove geblieben, um die Grange Hall abzuschließen.

»Du hast wirklich phantastisch getanzt«, meint Katie, als sie River Cove verlassen haben und Eisenwarenläden, Fast-Food-Buden, Lagerhäuser und Schrottplätze passieren. Wo es Bewässerungsanlagen gibt, erstrecken sich grüne Felder, aber man sieht schon jetzt im Mai verdorrte Grasflecken. Oder vielleicht ist es immer so. Katie fehlt der Sinn für Landschaften, die alle Fishers so lieben. Darin gleicht sie einem Kind im Kindergarten – für sie zählt nur eine verallgemeinerte Landschaft aus Hügeln und Bergen, Flüssen und Bächen, Bäumen, Blumen und Straßen.

An manchen Sommertagen ist sie mit Fish durch den östlichen Teil des Staates gefahren, um zu campen und zu wandern. Sie kamen zu großen Wiesen voller weißer und violetter Blumen. Im Süden, jenseits der Berge in Kalifornien, folgten sie Straßen, von dichten orangeroten Büschen gesäumt, die zu brennen schienen. Sie fuhren durch gnadenlose Sommerhitze, einen Fluß entlang, suchten nach abgeschiedenen Plätzchen ohne Camper und Schleppnetzfischer.

Immer sind sie überall gut zurechtgekommen, zumindest solange das Auto funktioniert hat.

Hier wächst nur häßliches Unkraut mit gelben Köpfen. Die Schönheit liegt am Horizont, in blauen und violetten Bergen, die während des Winters in Nebel oder Dunst verschwinden.

Juliette starrt aus dem Autofenster an ihrer Seite. Ihr Gesicht zeigt Trauer. Heißer Wind weht in den Wagen.

»Ich fürchtete, es würde zu einer Katastrophe kommen«, sagt Katie. »Und ich glaubte, deine Großmutter hätte sich zu große Hoffnungen gemacht. Dann tauchte Fish auf, und ich dachte – o Mann! Aber du bist auch gekommen und hast die Party gerettet.« Sie wirft einen Seitenblick auf Juliette, um festzustellen, ob das Mädchen sich freut. Teenager werden doch gern gelobt, oder?

»Es war ja nur ein dummer Tanz.«

»So einen habe ich nie zuvor gesehen.«

»Ohne Choreographie ...«

»Du meinst – kein Ballett?«

»Genau.«

»Jedenfalls habe ich noch nie einen Tanz gesehen, bevor ich mit deiner Mutter zu deinen Vorführungen gegangen bin.«

»O Gott, das nennt man doch nicht Vorführung!«

»Oh?«

»Ich bin kein kleines Mädchen mehr, ich tanze keine Blumen oder Feen oder ähnlichen Quatsch.«

»Und wie nennst du's?«

Juliette schaut Katie vernichtend an. »Matineen oder Ballettabende.«

»Ich weiß noch, wie du im Tutu ausgesehen hast, mit vorgestrecktem Bäuchlein.« Klingt das so, als würde eine alte Dame mit einem Kind reden? Ist es schon so weit mit ihr gekommen?

Juliette seufzt vernehmlich, läßt ihre Hand aus dem offenen Autofenster hängen und starrt hinaus. Noch mehr Haare haben sich aus ihrem Knoten gelöst und flattern in welligen Strähnen. Nach einer Weile sinkt sie in sich zusammen. »Ich habe Brian und diese Kleinstadttanzerei so satt. Wie gern würde ich mal was Modernes machen! Aber Brian behauptet, damit würde man die Pomuskeln verkrampfen und sich den ganzen Stil verderben. Ich weiß nicht ... Er ist keineswegs der Allmächtige. Und Ballett kann nicht alles sein.«

»Niemand zwingt dich zu tanzen, nicht wahr?«

»Was soll ich denn sonst tun?« Wieder dieser vernichtende Blick.

»Siehst du den kleinen Hamburgerstand da drüben?« fragt Katie. »Ein Arbeiter aß dort, bekam Hepatitis, und neunhundert Leute mußten geimpft werden.«

»Wir sollten einfach nur fahren, Katie, okay?« Juliette legt den Kopf an die Rückenlehne und wendet sich von Katie ab, die es bedauert, daß ihr nichts einfällt, was sie sagen könnte. Sie behandelt Juliette wie ein kleines Mädchen, obwohl sie keins mehr ist. Mittlerweile fällt es ihr auch schwer, mit Rhea zu sprechen, und sie kann sich vorstellen, wie es in ein paar Jahren sein wird. Dann wird sie verstummen, eingeklemmt zwischen ihrer Mutter und ihrer Tochter, in albernem Schweigen.

Katie sieht Fish hinter sich, als sie die Freeway-Zufahrt erreichen. Er bemerkt ihren Blick im Rückspiegel und grinst. Wenn er so dreinschaut, zweifelt sie nie an ihm, zweifelt nie an seiner Freude, die nur dem jeweiligen Moment gilt, an seinem Wunsch, ihr zu gefallen. Zu Täuschungsmanövern ist er unfähig. So etwas wäre ihm lästig.

Sie überlegt, ob es leichtsinnig von ihr ist, ihr Auto von ihm reparieren zu lassen. Wenn sie es in die Werkstatt bringt, kostet es eine Menge Geld. Außerdem will Fish das erledigen. Autoreparaturen gehören zu seinem Repertoire, zu den Dingen, die er beherrscht.

Auf der Autobahn schiebt sich ein Fahrzeug zwischen sie.

»Gehst du jetzt nach Texas?« fragt Juliette.

»Vielleicht besuche ich Rhea in diesem Sommer. Ich habe noch keine Pläne gemacht.«

»Ich meine, ob du dort leben wirst.«

»O nein.«

»Wirst du immer noch meine Tante sein?«

»Wenn ich geschieden bin?« Das ist es also.

»Ja. Was wirst du sein, wenn du nicht mehr mit Fish verheiratet bist?«

Seine Exfrau, denkt Katie. Das klingt verlogen, wie eine Figur aus einer Seifenoper. »Ich werde Katie Fisher sein, so wie vorher. Und ich werde nicht verschwinden oder aufhören, euch zu lieben. Es wird mir immer noch Spaß machen, deine *Matineen* und *Ballettabende* zu sehen.« Sie versucht Juliette anzulächeln, aber eine schreckliche Trauer steigt in ihr auf. Was es bedeuten wird, Fish nicht mehr zu sehen (von Ursula, Michael und deren Kinder ganz zu schweigen), hat sie nicht bedacht. Und was hat sie sich vorgestellt? Vielleicht ist es einfach nur so: Sie muß sich nicht mehr um Fish sorgen, er wird nicht mehr ihr Problem sein, zumindest nicht in größerem Maße als das Problem anderer Leute. Kann die Scheidung das bewirken und sie so sehr verändern?

Heute hat sie ihn gehaßt, als er mit seinem armseligen Selbstmitleid zu Geneva gekommen ist. Dann führte er sie beiseite und flüsterte ihr etwas zu, nur ihr – Katie. Da verflog ihr Zorn. Sie spürte seinen Atem auf ihrer Schulter. Und er hat gesprochen, ohne sie anzuschauen.

»Hast du Fish dazu überredet, in der Grange Hall aufzukreuzen?« fragt sie Juliette.

»Ich kam von der Tanzprobe nach Hause. Da hing er in der Küche rum. Und ich sagte, ich würde hingehen, wenn er mich begleitet.«

»Hast du den Tanz vorher einstudiert?«

»Es war doch nur ein blödes Gehopse! Ich merkte, wie sich alle aufregten, und dabei sollte es doch ein Freudenfest sein. Aber sie waren so wütend. Diese bösen Blicke! Außerdem schauten plötzlich alle mich an – ich war die Solistin, der Star.«

»Natürlich.« Katie fragte sich, ob ihre Mutter Rhea verstehen wird, wenn sie in dieses Alter kommt. June hat jedenfalls nicht gewußt, was mit Katie vorgegangen ist. Die hat bereits mit fünfzehn gelernt, wie man die Aufmerksamkeit eines Jungen erregt und ihn veranlaßt, einem Mädchen seine Zeit zu opfern. Man darf nicht zu zimperlich sein, wenn er seine Hände da- oder dorthin legen will. Vielleicht wird es beim zweiten Mal einfacher für June sein. Und vermutlich ist es leichter, Rhea zu lieben.

Katie biegt in die Zufahrt, und Fish bedeutet ihr, zur Garage zu fahren. Er parkt am Straßenrand. Bevor sie aussteigen, berichtet Juliette:« Auf dem Weg nach River Cove sagte Fish, er würde vielleicht ein Boot bauen und um die Welt segeln. Glaubst du, das wird er wirklich tun?«

»Das halte ich für sehr, sehr unwahrscheinlich.«

»Meinst du, er ist verrückt und kann sich selber nicht helfen?«

»Das hängt davon ab, was ein Mensch deiner Ansicht nach unter Kontrolle haben müßte.« Juliette ist sichtlich verwirrt, und Katie rät ihr: »Zerbrich dir nicht den Kopf darüber. Das soll Fish mit sich selber abmachen.« Noch während sie das ausspricht, überlegt sie, daß sie vielleicht etwas Wichtiges erkannt hat – etwas, das die Frauen bei den Anonymen Alkoholikern verstehen würden. Sie glaubt, sie alle lächelnd und zustimmend nicken zu sehen und Joyces Stimme zu hören. »Es gibt nichts, was ich tun muß. Ich muß nur jemand sein.« Warum erscheint ihr das wie ein brandneuer Gedanke? Was hat sie denn in all den Jahren anderes getan?

29

Sie sind hungrig. »Sieht so aus, als würden hier nur Tote wohnen«, klagt Juliette, während sie den Inhalt des Kühlschranks inspiziert, dem ein unangenehmer Geruch entströmt. »Offenbar glaubt meine Mutter, in diesem Haus würde niemand mehr essen.«

Fish lacht, und Katie durchsucht die Schränke. Sie findet eine Dose mit Hühnerfleisch und eine mit grünem Chili. »Gibt's Käse?«

Juliette bringt ein steinhartes Stück Cheddar zum Vorschein, das etwa fünf Zentimeter im Quadrat mißt, mit

Krusten an den Rändern. Das zerknitterte Wachspapier hat sich davon gelöst.

»Ich kann die vertrockneten Teile wegschneiden«, schlägt Katie vor. »Wie wär's mit Omeletts? Da sind Eier.«

Juliette steckt ihre Finger in den Mund und gibt Würgelaute von sich.

»Was ist mit den Enchiladas, die du früher so oft gemacht hast?« fragt Fish.

»Ohne *Käse*?« Irgend etwas an seiner unbefangenen Vertraulichkeit stört Katie. Vielleicht will sie nicht daran erinnert werden, daß sie so viele Jahre lang für ihn gekocht hat.

Um seine Kapitulation zu bekunden, hebt er beide Hände. »Ich gehe in diesen verdammten Laden.«

»Käse und Tortillas, das ist alles, was ich brauche.«

»Und Sauerrahm«, ergänzt Juliette. »Salsa.«

»Salat«, sagt Fish.

»Ich werde auf keinen Fall Salat waschen«, warnt Katie.

Er wirft seinen Schlüsselbund und einen Zehndollarschein auf den Tisch. »Geh du einkaufen. Inzwischen schaue ich mir dein Auto an.«

»Ich?« Ihr Herz macht einen eigenartigen Sprung. Seit dem letzten Sommer hat sie nicht mehr am Steuer seines Lasters gesessen.

Ohne mit der Wimper zu zucken, erwidert er ihren Blick. »Hast du in den letzten zehn Minuten das Fahren verlernt?«

»Ich werde mal duschen.« Juliette flieht die Treppe hinauf.

»Okay, okay«, seufzt Katie, und Fish verschwindet im Keller. Sie geht durch die Vordertür hinaus und nähert sich beklommen dem Laster. Es erscheint ihr viel zu persönlich, in Fishs Domäne einzudringen.

Eine Zeitlang sitzt sie reglos hinter dem Lenkrad und versucht einen klaren Kopf zu bekommen. Auf dem ganzen Armaturenbrett prangen Fishs Bleistiftberechnungen – Meilenstand, Benzinverbrauch pro Meile, ein paar Telefonnummern mit Initialen. Sie weiß nicht, wie er schlau daraus wird.

Auf dem Beifahrersitz steht ein zerkratzter rosa Recorder, daneben vier oder fünf Kassetten. Sie greift danach – Janis Joplin, Jefferson Airplane, Dylan. *Ihr lebt in einem anderen Jahrhundert*, würde Carter sagen. Eine nostalgische Welle durchströmt Katie. Die Musik hat unzählige Meilen in diesem Vehikel begleitet, zu so vielen Orten. Sie drückt auf den Startknopf, und Mick Jagger klagt: *»High and dry – up here with no warning ... What a way to go ... She left me with no warning ...«* Oh, perfekt, denkt sie schmerzlich, und schaut nach hinten zur Ladefläche. Dort hat Fish ein Bett gebaut, aus einem Holzrahmen, mit Seilen zusammengebunden. Mindestens hundert Nächte hat sie auf diesem Lager verbracht, in diesem Laster oder seinem Vorgänger. Jetzt ist das Bett mit Holzstücken, Aktendeckeln und Papiertüten übersät. Das besänftigt sie. Es ist weniger ein Bett als eine Unterlage für Fishs Kram.

Nun erkennt sie den Grund ihrer Beunruhigung – ein Impuls, sich nicht von etwas so albern Nostalgischem wie einem Bett rühren zu lassen, das Fish alle paar Nächte neu zusammengezurrt hat, um es instand zu halten.

Einen Sommer lang haben sie auf dem Parkplatz beim Pier von Honeymoon Bay gewohnt. Fish arbeitete als Lachsfischer auf einem Trawler, den ein nervöser College-Professor gemietet hatte. Jeden Tag fuhr sie mit Fish aufs Meer hinaus (was hätte sie sonst tun sollen?), war ihm aber keine Hilfe. Viel mehr als Tee zu kochen und die Seelöwen anzuschreien, die zum Boot schwammen und die Lachse von den Leinen bissen, brachte sie nicht zustande. Täglich wurde ihr übel, und sie magerte ab, bis sie schließlich weniger als hundert Pfund wog. Aber sie wollte bei ihm sein. Sie hatte Angst vor dem Nebel, um Fish. Und sie bildete sich ein, wenn sie ihn begleitete, würde ihm nichts zustoßen – oder wenn doch, wäre sein Schicksal auch ihres, und dann würde es keine Rolle spielen.

Nur ein wirklich schöner Tag blieb ihr im Gedächtnis. Gleißend schien die Sonne, warm genug für nackte Schultern, die am Spätnachmittag krebsrot waren. Der Professor fuhr mit ihnen hinaus und schwor, er habe einen Wal gesehen, rannte von einer Seite zur anderen und erschütterte das kleine Boot mit seinem beträchtlichen Gewicht. Weder Fish noch Katie haben einen Wal erblickt.

Nun wandert sie durch den Safeway-Laden wie eine Besucherin aus einer anderen Stadt und vergißt immer wieder, warum sie in diese oder jene Abteilung gekommen ist.

Als sie die Enchiladas vorbereitet hat (Juliette kümmert sich um die Mikrowelle), betritt Fish die Küche und verkündet, er müsse Ersatzteile kaufen. »Heute ist es zu spät, und am Sonntag kriege ich sie wahrscheinlich nicht. Am Montag erledige ich das – spätestens. Keine große Sache, Katie. Du hättest den Anlasser schon längst reparieren lassen sollen.« Selbstbewußt tadelt er sie, und ihre Anwesenheit scheint ihn zu beglücken. Hat er vergessen, was zwischen ihnen steht?

»Du darfst deine Arbeit nicht versäumen«, wendet sie mit schwacher Stimme ein. »Ich bringe das Auto in irgendeine Werkstatt.« Plötzlich droht sich der Anlasser zu einer Intimität zu entwickeln, die nur sie beide betrifft. Eigentlich sollte es ihn nicht freuen, an ihrem Wagen herumzuwerkeln.

»Und wie kommst du da hin?« neckt er Katie.

Sie setzen sich, um zu essen, aber sie stochert nur auf ihrem Teller herum. Fish fragt Juliette, ob sie bei ihm fahren lernen will. Dieser Vorschlag muntert sie auf. »Bis jetzt hatte niemand Zeit, mir was beizubringen.«

Katie zweifelt an Fishs pädagogischen Fähigkeiten (obwohl er ihr das Fahren mehr oder weniger beigebracht hat – im Laster, was weit über ihre zuvor erworbenen, begrenzten Künste hinausgegangen ist). Vielleicht wird er Geduldsreserven anzapfen, deren Existenz sie vergessen hat. Ebenso wie Juliette scheint er Katies bescheidene Mühe um das Dinner zu würdigen.

»Nie wieder goldene Hochzeit!« stöhnt Ursula, als sie mit Michael hereinkommt.

»Was rieche ich denn da?« fragt Michael begeistert und nimmt sich auf dem Weg zur Theke einen Teller. Ursula wirft ihrer Schwägerin einen seltsamen Blick zu, und diese kann nicht feststellen, ob er kritisch gemeint ist. Vermutlich hängt er eher mit Fish zusammen als mit Katies Tätigkeit in Ursulas Küche. So etwas hat Ursula nie gestört.

»Die Spinattörtchen haben wohl nicht genügt, was?« Sie setzt sich, ohne an der Mahlzeit teilzunehmen, und trommelt mit den Fingern der rechten Hand auf den Tisch.

»Fish hat sich mein Auto angesehen«, erklärt Katie.

Wortlos schaut Ursula sie an, die linke Hand folgt dem Rhythmus der rechten.

»Könntest du mich nach Hause bringen, Ursula?«

Katie betont, wie schwer es ihr fallen wird, Fish auszuweichen, ohne der ganzen Familie aus dem Weg zu gehen.

»Vielleicht wäre es einfacher, wenn du die Stadt verlassen würdest«, entgegnet Ursula. »Aber das ist vermutlich mit Komplikationen verbunden ...«

»Die Kostümwerkstatt wird bald geschlossen. Ich würde gern bei einer Aufführungsserie als Garderobiere arbeiten, aber wenn es sein muß, bekomme ich sicher Urlaub. Die Werkstatt soll erst nach Weihnachten wieder geöffnet werden.«

»Du könntest Rhea besuchen.«

»Vielleicht.« Bei diesem Gedanken spürt Katie einen Kloß im Hals. Manchmal vermißt sie ihre Tochter auf vage, wehmütige Weise. Das Gefühl gleicht dem Traum von einer Himalaja-Reise, von der man in einem Buch gelesen hat.

»Du muß mit deiner Mutter telefonieren, Katie. Gestern abend rief sie hier an, nachdem ich mit dir gesprochen hatte. Ich gab ihr deine Nummer nicht, aber du solltest dich bei ihr melden. Irgendwie mußt du mit ihr zurechtkommen, Rhea zuliebe.«

»Ja, sicher.« Katie starrt aus dem Autofenster, in die pittoreske Straße mit den viktorianischen Häusern und gepflegten Gärten. Wie eine Filmszenerie. In Michaels und Ursulas Straße sehen die Häuser etwas verrückt aus, aber nicht ärmlich. Die mittellosen Leute wohnen weiter unten im Tal. »Weißt du, was Fish mich heute gefragt hat? Ob's meinem neuen Freund gefällt, wie ich schmecke.«

»Meint er damit was Obszönes?« Ursula wirkt nicht schockiert.

»Nein. Und Jeff macht so was auch gar nicht.«

»O Katie.«

»Das soll keineswegs heißen, daß er's nicht tun würde. Aber manche Dinge sind immer noch ... Sie gehören immer noch Fish.«

»Deine Sexualität nicht, Katie. Nicht, wenn du dich scheiden läßt.« Ursula spricht in neutralem Ton, wie eine Sozialarbeiterin. Wahrscheinlich denkt sie an ihr Bad. Sie liebt Schaumbäder und Lotions und Luffaschwämme, ein Radio im Badezimmer, ein kleines Plastikkissen in der Wanne, an das sie sich anlehnen kann.

»Noch bin ich nicht geschieden, oder?«

»Noch nicht. Aber so, wie ich die Situation sehe, stehst du kurz davor.«

30

Der Professor, der das Lachsfischerboot gemietet hatte, erschien jede Woche, um die Fortschritte zu inspizieren. Er schien nostalgisch an frühere eigene Seeabenteuer zu denken, aber wenn er morgens mit Fish und Katie hinausfuhr, konnte man schwer glauben, daß er etwas von der Navigation verstand. Manchmal brachte er Hasch mit, guten Stoff, den er ihnen wichtigtuerisch anbot. Gelegentlich kam er auch mit einer teuren Weinflasche an Bord. Offensichtlich erwartete er, daß sie sie mit ihm tranken, denn er trug einen Korkenzieher bei sich. Aber Fish machte sich einen Spaß daraus, ihn zu enttäuschen. Und sobald er wieder mit Katie allein war, schüttete er den Wein in sich hinein, als hätte die Flasche zwei Dollar gekostet.

Der Mann fand großen Gefallen an Fish (nicht an Katie, wie sie natürlich zunächst geglaubt hatten). Sie nahm an, daß er Fish bewunderte, der so lebte, wie es der Professor gern getan hätte, wäre er nicht zu verantwortungsbewußt und ehrenhaft gewesen.

Er erkundigte sich nach Vietnam, und Fish gab nur knappe, nichtssagende Antworten, die den Professor nicht zu weiteren Fragen ermutigten.

Aber Fish verdiente gut auf dem Boot, denn sein Arbeitgeber hatte einen Forschungszuschuß erhalten. Er war Soziologe und interessierte sich vor allem für die »alternative Kultur«. Oft zitierte er aus Büchern, von denen er irrtümlicherweise glaubte, Katie und Fish würden sie kennen. Oder er deklamierte Textzeilen aus Rock 'n' Roll Songs, als würde er seinen Shakespeare hervorkramen. Bald merkten sie, wieviel er von ihnen hielt. Fish begann ihn an der Nase herumzuführen. Zum Beispiel erzählte er von der Reise nach Altamont (wo sie tatsächlich gewesen waren) und behauptete, sie hätten die *Angels* das arme Kind töten sehen (was nicht stimmte). Wenn er bei Laune war, konnte er ohne Punkt und Komma reden.

An einem Samstag im August lud der Professor sie in sein Haus ein. Dort fand ein Barbecue statt, mit einer Rockband, weil seine Tochter ihren siebzehnten Geburtstag feierte. Leute aus Sausalito stellten Zelte im Garten auf. »O Gott, wir haben nichts anzuziehen«, klagte Fish.

Der Professor nahm ihn ernst. »Das ist schon okay«, versicherte er. »Wir erzählen allen, Sie kämen direkt von meinem Boot. Bleiben Sie einfach so, wie Sie sind.«

Das brachte Fish erst richtig in Fahrt. Er strich über

sein Hemd. »Mit ein paar Fischgedärmen oder Ködern in der Tasche?«

Lachend schlug ihm der Professor auf die Schulter und scherzte: »Auf jeden Fall müssen Sie Ihren Schnurrbart tragen.«

Das Haus lag in Freemont, im ehemaligen Ödland. Der Professor führte sie in den Garten hinter dem häßlichen Gemäuer im Tudor-Stil und zeigte ihnen das Spielhaus seiner Tochter, eine abgewandelte Replik des Haupthauses, mit elektrischem Strom und Fenstern, die sich öffnen ließen. Wieder schlug er auf Fishs Schulter. »Hier gab sie Teepartys für ihre kleinen Freundinnen. Jetzt bringt sie ihre Freunde her und will ein Schloß an der Tür haben.« Ha, ha.

Schwer legte er seine Hände auf Fishs Schultern und schaute ihn eindringlich an. »Hören Sie ...« Seine Stimme schien in feierlichem Ernst zu vibrieren, und er beugte sich noch näher zu Fish, der zurückschreckte. »Wenn die Revolution beginnt ...« Er warf einen Blick nach hinten. »Wird man mir dann mein Haus wegnehmen?«

Fish befreite sich von dem massiven Griff, zog die Bootsschlüssel aus der Tasche und überreichte sie dem Professor. »Klar, Mann. Ich hatte keine Ahnung, in welcher Gefahr wir schweben, wenn wir uns mit Ihnen abgeben. Verdammt, beinahe hätte es uns erwischt!«

Mit hundertdreißig Stundenkilometern fuhr er den Laster über den Freeway, so daß das Metall erschauerte. Er stieß einen langgezogenen Schrei aus, eine Art Kriegsschrei, den man – wie Katie vermutete – vermutlich in Vietnam vor einem Angriff angewandt hatte, um Kinder in Psychosen zu versetzen. Dann beugte er sich aus dem Fenster und brüllte: »*Arschloch!*«

Fish hat diese Geschichte oft erzählt. Und Katie hörte sie auch aus Ursulas Mund, aber vor einer halben Ewigkeit. Sie selbst berichtete Jeff davon und versuchte, in ihm Verständnis für ihre Jahre mit Fish zu wecken.

Mitten in der Geschichte wurde sie verlegen, weil ihr bewußt wurde, daß Jeff zum Zeitpunkt jener Ereignisse die High-School besucht hatte. »Eigentlich will ich nichts von ihm wissen«, sagte er. »Warum nervst du mich mit solchen Anekdoten über deinen verrückten Mann?«

Natürlich waren es keine »Anekdoten«, nur eine einzige Story. Sie forderte ihn auf, sich zum Teufel zu scheren und nicht mehr wiederzukommen. Es war ihr peinlich, wie ein Kunstprodukt aus den sechziger Jahren zu wirken. Das alles hatte sie einfach loswerden müssen (und sie redete ohnehin nicht viel), und nun war sie dadurch in eine unmögliche Lage geraten.

Ein paar Tage später tauchte Jeff auf, als wäre nichts geschehen, hänselte sie wegen ihrer Zöpfe, kitzelte sie in den behaarten Achselhöhlen und nannte sie »meinen kleinen Hippie«. Wie sie wußte, wollte er damit überspielen, daß er etwas von ihr erfahren hatte – einen *Teil* von ihr, der ihm mißfiel. Dieser Teil beinhaltete Fish, den Genuß von Fast-Food und den Unsinn, einen aufgeblasenen Akademiker zu verulken. Vielleicht war die Ehe mit Fish zu schwierig geworden, doch sie hatte sich keineswegs in einen anderen Menschen verwandelt, haßte immer noch Arroganz und Leute, die mit aller Macht »in« sein wollten. Nach wie vor erfüllte es sie mit Stolz, niemals einem Club angehört zu haben. Jener bewußte Teil von ihr betrug vielleicht nur ein Sechstel oder ein Achtel. Doch den konnte sie nicht wegwerfen, mochte er Jeff auch noch so sehr stören.

Sie erzählte Maureen von dem Streit – wenn man es so

nennen konnte, obwohl die wahrscheinlich überhaupt nichts von den Sechzigern wissen würde, wenn nicht John Lennon ermordet worden wäre und jeder versucht hätte, diese Tatsache kommerziell auszuschlachten. Maureen, noch keine Dreißig, erklärte, kein Mann wolle was von einem früheren Liebhaber hören, von einem Ehemann schon gar nicht.

»Aber alles, was ich jemals in meinem erwachsenen Leben tat, hing mit Fish zusammen!« jammerte Katie. Was für eine Vergangenheit hätte sie denn, wenn sie ihn eliminieren würde? *Außerdem kennt mich Fish*, dachte sie. *Und Jeff nicht.*

»Manchmal muß man reinen Tisch machen«, beharrte Maureen.

Das klang so, als wäre es Katie gewesen, die man ins Gefängnis gesteckt hatte. »Scheiße! Was wird Jeff sagen, wenn er von Rhea erfährt?«

31

Um halb sieben holt Jeff sie ab und führt sie in ein neues mexikanisches Restaurant, nicht weit von ihrem Apartment entfernt. Es wird von einem Ehepaar aus Südkalifornien betrieben. Zu allen Gerichten servieren sie schwarze Oliven.

Katie möchte nicht erwähnen, daß sie eben erst Enchiladas gemacht hat, und so behauptet sie, sie habe auf der Party zuviel gegessen. Während Jeff Fajitas verspeist, trinkt sie eine Cola und pickt etwas Grünes von seinem Teller. »Das schmeckt mir, was ist das?«

Er erklärt, es sei Cilantro. »Du solltest mir beim Kochen helfen. Bald werde ich Chutney für den nächsten Winter einwecken.«

Danach trinken beide Bier, und er berichtet von der Konferenz in Eugene, wo er die letzten drei Tage verbracht hat. Agrargenetiker sind im Riverside Inn abgestiegen. Nun rutscht er unruhig auf seinem Stuhl umher. »Ich muß dir wirklich was erzählen.«

Sie unterdrückt ein Gähnen. Ein mühsamer Tag liegt hinter ihr, und Jeffs Begeisterung wirkt kein bißchen ansteckend. Im Grunde gibt es nicht viel, was ihn entzückt, abgesehen von Obst und Gemüse und einer gewissen Art, wie sie ihn im Bett berührt. Sie kann nicht aufhören, an Fish zu denken. »So oft habe ich dir wehgetan, und das tut mir sehr leid«, hat er ihr in der Ecke der Grange Hall zugeflüstert. »Ich wünschte, ich wäre ein besserer Mensch.« Wenn er so etwas sagt, ist das sehr bedeutsam. Damit hat er sie verlegen gemacht. Die Männer geben ihr das Gefühl, sie wäre für deren Schwächen verantwortlich. Darauf ist sie bei der Lektüre eines Buches gekommen, das sie von Maureen geliehen hat.

Jeff schlägt einen Spaziergang vor. Ihre schläfrige Nonchalance ärgert ihn, aber auf der Straße kann er seine Freude nicht verbergen. »Die Winzer schicken mich nach Frankreich!« Sie bleiben am Ententeich im Park stehen. »Wahrscheinlich werde ich auch Birnen besichtigen.«

Birnen besichtigen ... Das klingt schrecklich albern. Was soll sie sagen? »Wie nett.«

»Nett!« Er packt ihre Hand und zieht sie zur Straße, den steilen Hang bis zu ihrem Hintereingang hinauf. »Nett, sagt die Lady! Ich gehe nach Frankreich, und sie findet das nett!« In ihrem Apartment umarmt und küßt er sie. »Haben sie ihm die Vorladung gebracht?« fragt er und lehnt sich an sie, so wie Fish am Nachmittag in der Grange Hall.

»O ja.«

»Gut.«

»Er kam zur goldenen Hochzeitsfeier seiner Eltern, völlig außer sich. Ich hätte es nicht tun sollen.« Jeff läßt sie los, und sie fügt hinzu: »Es wäre besser gewesen, bis nächste Woche zu warten.« Plötzlich erinnert sie sich lebhaft an Genevas Nachsicht, Rubys gutmütige Dreistigkeit, das gräßliche Essen, das dem Anlaß keineswegs entsprochen hat. Und Juliette, die Arme über dem Kopf. Es wäre zu anstrengend, Jeff das alles zu erklären, und es würde ihn auch gar nicht interessieren. Sogar der Gedanke, die Ereignisse zu schildern, ermüdet sie.

»Jetzt ist der Stein ins Rollen gekommen. Nichts kann mehr passieren, bis das hinter dir liegt.«

»Das? Fish ist kein Neutrum«, widerspricht sie störrisch.

»Ich meine – dieses unsägliche eheliche Verhältnis.«

Sie fragt nicht: Und was geschieht danach? An die Zukunft hat sie noch nicht gedacht, und sie weiß nicht, ob Jeff solche Überlegungen anstellt. Er ist eher in Maureens Alter als in ihrem und war erstaunt, als sie ihm mitgeteilt hat, sie sei vierzig. Außerdem empfindet sie keine übermäßige Neugier, was ihn betrifft – oder die Zukunft im allgemeinen. Wenn sie überhaupt an irgend etwas glaubt, dann an das Schicksal.

Jeff platzt heraus: »Verdammt noch mal, wir können keine Pläne machen, solange du ihn am Hals hast.«

Ihr mißfällt die Vorstellung, er könnte wissen, wie die Dinge sich entwickeln werden. Er will Pläne schmieden. Was bildet er sich denn ein? Sie hat keine Pläne, weder mit ihm noch ohne ihn. Vielleicht wird sie sich eine kleine Klimaanlage kaufen, um die heißen Juli- und Augustwochen zu überstehen, und das ist so ungefähr ihr einziger Plan. Sogar die Scheidung erscheint ihr nebulös. Immerhin steht noch kein Gerichtstermin fest, oder?

Sie sinkt auf ein Kissen am Boden. Jeff schiebt eines heran und setzt sich zu ihr. Der Raum ist angenehm kahl. Nahe den Kissen liegt eine rechteckige Glasscheibe auf Holzblöcken. Es gibt ein altes Lehrerpult, einen winzigen Spot an einem schmalen, hohen Ständer. Den winzigen Küchentisch kann man an der Wand hochklappen, wenn er nicht gebraucht wird. Sie schläft auf einer Futon-Matte in einem Alkoven und verwahrt ihre Kleider in Körben. Seit ihrem Auszug aus Junes Haus hat sie noch nie ein so ordentliches Leben geführt wie jetzt. Aber es kommt ihr nicht so vor, als würde sie hier wohnen. Eher fühlt sie sich wie ein Gast. Sie denkt an Fishs Haus.

Jeffs Finger gleiten über Katies Nacken, er beugt sich zu ihr, um sie zu küssen, nennt sie »Kate«. Er will ins Bett, und so steht sie mit ihm auf. Als blasser, schlanker Schatten geht er hinter ihr. Seine Fairneß gefällt ihr nicht besonders, wenn sie sich auch daran gewöhnt hat. Dafür mag sie die Muskelstränge seiner Beine, seine langen Finger, die breiten Schultern, die über ihre hinausragen, wenn er auf ihr liegt, und eine Begegnung der Knochen vermeiden. Sie findet es angenehm, daß er sich anders anfühlt als Fish.

Sie lieben sich auf ihrer hellgrünen Daunendecke. »Pistazieneis« lautet der Name der Farbe, der auf der Verpackung stand. Ursula überreichte ihr die Decke zu Weihnachten, als hätte sie ihr während der Abwesenheit Fishs etwas Besonderes geben müssen. Das teure Geschenk stimmte Katie unbehaglich, und sobald sie mit ihrer Schwägerin in der Küche allein war, sprudelte sie hervor: »Ich habe einen Liebhaber.« Prompt legte Ursula hektische Geschäftigkeit an den Tag, schnitt Käse in Scheiben, richtete Cracker auf einer Platte an und hüllte sich in Schweigen. Später hat Katie gedacht: *Vielleicht habe ich in Wirklichkeit nur gesagt, ich hätte einen Freund.*

»Du könntest mitkommen«, sagt Jeff. Nach der dreitägigen Trennung ist er ungeduldig. Er joggt, spielt Squash, macht Liebe. Ein wohlausgewogenes Fitneß-Programm. »Dann würdest du den Sprachführer bei dir tragen.« Seine Hand streicht über ihren Rücken. Katie fühlt sich losgelöst von ihm. Wenigstens wird sie danach schlafen können, und der Schlummer wird sie von ihren Gedanken befreien, die sie so quälen.

Ihre Finger berühren Jeffs Rücken, pressen sich zwischen die Muskeln in einer Art und Weise, die ihn gleichzeitig erregt und verlegen macht.

»Wann?« fragt sie und meint die Reise nach Frankreich.

»Jetzt!« stöhnt er.

»Wo ist dein Auto?« Er steht hinter ihr in der Küchentür und blickt zum kleinen Parkplatz hinter dem Haus.

»Bei Ursula. Der Anlasser ist kaputt. Ich mußte heute morgen angeschoben werden.«

»Wir holen ihn morgen.«

»Nein, nein, das ist schon okay.« Sie merkt, daß ihm das mißfällt, und weiß nicht, wann er so besitzergreifend geworden ist – oder was immer es sein mag. Wahrscheinlich seit Fishs Entlassung aus dem Gefängnis. Bei Jeffs erstem Besuch in ihrem Apartment betonte sie: »Ich möchte nicht so tun, als wäre ich ungebunden, wenn ich's nicht bin.« Der Klang ihrer eigenen Stimme bewog sie, in nervöses Gelächter auszubrechen, und sie fühlte sich wie machen müssen. Sie fürchtet, er wird über ihren Kräutertee spotten und ihn »affektiert« nennen – etwas, das sie von ihrem »Künstlervolk« übernommen hat. Wenn er Maureens Wohnung sehen könnte, mit den Aphorismen an allen Wänden ...

»Nein, Katie, ehrlich nicht.« Er drückt das Gesicht ans Türfenster, Licht fällt darauf. »Riech doch mal ...«

Sie öffnet die Tür und läßt ihn herein. »Es gibt nichts zu besprechen.« Sie bleiben in der Tür stehen, und sie bemüht sich um kühle Gelassenheit. Wenn sie miteinander reden, wird er sie nur verwirren und gefährliche Gefühle wecken.

»Im Gefängnis habe ich viel gelernt. Ich hatte eine Menge Zeit, um nachzudenken.«

»Du warst schon vorher im Knast. Und was hast du da gelernt? Hat die Gefängnisstrafe dir oder sonstwem jemals genützt?«

»Das war vor unserer ersten Begegnung.« Er läßt zwei Nächte wegen Strafzetteln aus, dreißig Tage wegen Trunkenheit am Steuer, fünfundvierzig Tage, die er in Napa hat absitzen müssen, bis es ihm gelungen ist, den Verdacht des Drogenbesitzes zu entkräften. Für ihn zählen nur die harten Zeiten in Miami und Oakland und bei der Navy. »Ich lernte nur, Wut zu empfinden und niemandem zu trauen und kein Trottel zu sein.«

Das erste Mal in Miami (auch damals mit einem »geliehenen« Auto unterwegs) ist er dem großen schwarzen Burschen dankbar gewesen, der ihm eine Zigarette angeboten hat. Sobald er sich abwandte, zerrte der Kerl ihm die Hosen runter und preßte eine Hand auf seinen Mund, ehe Fish einen Zug machen konnte ... Diese Geschichte hat Katie gepeinigt, als Fish das letzte Mal ins Gefängnis gewandert ist. Sie erinnert sich an den Klang seiner Stimme, als er von jenem Zwischenfall gesprochen hat, an den Schmerz, ihren Wunsch, das alles an ihm wiedergutzumachen.

»Und was weißt du jetzt, Fish?« Sie fühlt sich so, als würde zähflüssige Masse in ihre Adern gegossen, und sie möchte ins Bett.

»Ich baue das oberste Stockwerk dieses großen alten Hauses zu einem Apartment um. Ein Nachbar will eine schicke, geschlossene Terrasse haben. Verdammt, es gibt so viele Jobs, Katie. Und Michael meint, ich müßte mir eine Arbeitserlaubnis beschaffen, ganz legal. Er will sich drum kümmern. Was ich jetzt tue, gefällt mir, und es ist angenehm, ein paar Dollars in der Tasche zu haben.«

»Ich weiß.«

»Soll ich dir Geld geben?« Welch eine erbärmliche Frage! Er weiß es wirklich nicht. Aber Katie auch nicht.

Sie zahlen an June keinen Unterhalt für Rhea. Das gehört zur Abmachung. June hat Rhea und das Sagen, und sie bestreitet die Kosten. Katie und Fish haben ihre Freiheit. Aber neuerdings fragt sie sich, ob sie nicht glücklicher wäre, wenn sie statt dessen ihre Tochter bei sich hätte. »Ich verdiene genug.«

»Du nähst, nicht wahr?«

Tränen drängen aus einem tiefen Brunnen in ihrer Brust zur Nase empor. »O Gott, Fish, ich will nicht mitten in der Nacht hier rumstehen und dir von Knöpfen und Reißverschlüssen und Heftfäden erzählen!« Sie geht ins Wohnzimmer, die gläserne Tischplatte ist fleckig von Fingerabdrücken und Schmutz. Katie hat plötzlich das dringende Bedürfnis, sie zu reinigen.

»Tu's nicht, Kate. Noch nicht. Gib mir etwas Zeit.«

»Das kann ich nicht.«

»Weil du dir's sonst vielleicht anders überlegen würdest?«

»Weil mein Entschluß feststeht.« Ohne ihn anzusehen, setzt sie sich auf ein Kissen.

Blitzschnell kniet er vor ihr nieder und legt die Hände auf ihre Hüften. Er ist schon immer ein guter Liebhaber gewesen. Wenn er sie jemals übertrumpft hat, dann auch in dieser Hinsicht. Niemals hat er sie nur benutzt. »Um Himmels willen, verlaß mich nicht, Katie-Baby.« In einem wilden Schwall brechen die Worte aus ihm hervor. »Was habe ich denn ohne dich? Wie soll ich die Jahre überstehen?«

Ihr Blut rauscht zu den Stellen, wo sie seine Hände spürt. Vor langer Zeit hat er gesagt, sie würden zusammen alt werden, und sie ist hingerissen gewesen.

Seit seiner Entlassung aus dem Gefängnis hat er nur ein einziges Mal mit ihr schlafen wollen, in Michaels Keller. Er stank nach Zigaretten, Wein und Schweiß. Von diesem Geruch wurde ihr ganz übel. Sie hat ihn abgewiesen und ihm erklärt, sie sei überarbeitet und brauche Zeit, um sich an ihr neues Leben zu gewöhnen.

»Nur heute nacht«, wispert Fish. Er hat noch einmal geduscht und ein frisches Hemd angezogen, mit verblichenen gelben Karos. Das hat sie auf einem Flohmarkt in Astoria gekauft.

Abrupt springt sie auf und verwirrt ihn. »Du mußt nach Hause gehen.« Sie sieht nur einen einzigen Weg, die Situation zu meistern – ihn möglichst weit von sich zu entfernen. *Am besten fliege ich nach Texas und finde die Lieblingsfarbe meiner Tochter heraus*, denkt sie. »Verdammt, Fish, gerade war ich mit einem anderen im Bett. Geh nach Hause!«

Er hat sich auf ein Kissen gesetzt, die Beine gespreizt,

die Ellbogen auf den erhobenen Knien. Sein Kopf hängt hinab. »Scheiße«, murmelt er. »O Scheiße.«

»Hör mir zu.« Sie tritt ein paar Schritte zurück. Es ist ihr unangenehm, ihn zu überragen, gleichsam das Zepter zu schwingen, aber sie wagt sich nicht auf seine Ebene hinab. Wie zerknirscht und traurig er da kauert, mit flehender Miene ... Ganz zärtlich würde er sie lieben und sie zum Weinen bringen. »Ich hasse dich nicht, ich bin nicht verrückt, und es ist kein Gag.« Das einzige, womit er sich auskennt – Gags ... Von Problemlösungen weiß er nichts. »Ich habe meine Entscheidung getroffen. Das ist alles. Sozusagen bin ich um eine Ecke gebogen.«

»Es ist dieser Kerl, der dir über den Weg gelaufen ist, während ich im Knast gesessen habe. Jemand, mit dem du's getrieben hast, als ich eingesperrt war und nichts weiter tun konnte, als meine Zeit zu verplempern.« Während er spricht, starrt er auf den Boden.

Vielleicht hat er recht – vielleicht ist es Jeff, der ihr Mut macht. Vielleicht benutzt sie alles, was sie finden kann, um Kraft aufzubringen.

»Es ist so, als wäre mir das Benzin ausgegangen. All die Energien, die ich im Lauf der Jahre verbrauchte ... Anfangs konnte ich nur weinen. Dann war ich's leid, den ganzen Tag vor Ursulas Fernseher zu sitzen und besorgte mir den Job und dieses Apartment. Das gab mir neue Kraft. Aber die will ich auch für etwas Neues verwenden.«

Er hebt den Kopf. »Was zum Teufel hast du gelesen?«

Katie lächelt verkniffen. Warum muß er mit dem Finger darauf zeigen? Sie beginnt tatsächlich so zu reden, wie sich die Autoren von Maureens Büchern ausdrücken. Aber wenn man aufhören möchte, die ganze Welt abzulehnen, braucht man einen Halt, eine Brücke.

Und Bücher sind besser als die meisten anderen Dinge, jedenfalls besser als nichts. Sie verhelfen einem zum nötigen Vokabular, zu Ideen, die man in Worte fassen kann, wenn man keine eigenen Einfälle hat. Und manchmal treffen die Texte sogar den Nagel auf den Kopf.

»Ich habe den ganzen Tag keinen Tropfen getrunken«, betont Fish.

»Das ist mir egal!«

»Und ich könnte ganz zu trinken aufhören. So, wie du's immer wolltest. Ich *habe* bereits aufgehört. Wenn ich nicht mehr damit anfange und regelmäßig arbeite? Was wäre dann?«

»Vermutlich würde alles besser für dich laufen.«

»Ist das nicht der Grund, warum du dich scheiden lassen willst? Um einen besseren Menschen aus mir zu machen? Du hältst mich für einen verdammten Alkoholiker, aber ich sage dir, Katie, das bin ich nicht. Ich habe im Gefängnis nicht gezittert und gestöhnt, weil ich nichts zu trinken hatte. Ich bin nicht abhängig.« Sie weicht seinem Blick aus, und er fragt: »Wie lange dauert es, bis die Scheidung rechtskräftig ist?«

»Neunzig Tage.«

»Und wenn ich die ganzen drei Monate nüchtern bleibe? Wenn ich dich nicht belästige und wie ein Mönch lebe? Würde das einen Unterschied machen? Könnte es dich umstimmen?«

»Ich glaube nicht.«

Endlich steht er auf. »Blöde Gans!«

Sie geht zur vorderen Wohnungstür hinaus, wirft sie krachend zu und klopft auf der anderen Seite des Flurs bei Maureen an. Die Freundin trägt einen Bademantel, aber die Lampen brennen noch. »Komm herein, schnell, Schätzchen.«

Katie befürchtet, sie würde in Tränen ausbrechen, doch sie kann sich beherrschen und holt tief Atem. »Fish ist drüben bei mir. Er behauptet, er würde ein völlig neues Leben beginnen.«

»Gehen wir ins Bett, du siehst völlig erschöpft aus.« Maureen löscht das Licht, und Katie folgt ihr ins Bett, kriecht schweigend hinein. Die Freundin kuschelt sich an sie und streicht ihr das Haar aus der Stirn. Sie riecht nach Sesamöl.

»Jeff geht nach Frankreich«, sagt Katie müde. »Er will mich mitnehmen.«

»Oh, zum Teufel mit Jeff«, seufzt Maureen.

Im Morgengrauen erwacht Katie. Sie möchte in ihr eigenes Apartment zurückkehren, liegt aber auf der Innenseite von Maureens Bett, an der Wand, und sie möchte ihre Nachbarin nicht wecken.

»Wälzt du Probleme?« fragt Maureen.

»Oh, ich habe dich gestört ...«

»Ich habe einen leichten Schlaf.«

»Gerade habe ich mir überlegt, ob ich mein Auto verkaufen soll. Ich ertrage es nicht, mich ständig darüber zu ärgern. Wenn ich mir vorstelle, wie oft ich es im letzten Monat benutzt habe ... Sicher könnte ich auch ohne die Karre auskommen.«

»Wird die Reparatur teuer?«

»Wahrscheinlich nicht. Es liegt nur am Anlasser. Ach, ich bin einfach albern ...«

»Schau doch mich an.« Maureen besitzt keinen Wagen.

»Zum ersten Mal habe ich ein eigenes Auto. Bevor ich Fish kennenlernte, bin ich nie gefahren.«

»Ich dachte, alle Texaner wären Autonarren.«

»Ein Mythos. Während der High-School machte ich den Führerschein, aber das Auto wurde immer nur von Dad benutzt. Meine Mutter erklärte, ich dürfe ihm deswegen nicht auf die Nerven fallen.«

»Willst du hören, wie ich zu fahren anfing?«

»Klar.« Durch die dünnen Gardinen sieht Katie das Tageslicht.

»Damals war ich zwölf.«

»Nein!«

»Wir wohnten in Prineville. Weißt du, wo das ist?«

»So ungefähr. Im östlichen Teil des Staates.«

»Genau. Zum Einkaufen mußten wir nach Redmond – meine Mutter und ich und zwei kleinere Kinder. Sie hatte für kurze Zeit einen Freund. Der neckte mich und behauptete, ich sei groß für mein Alter. Jetzt glaube ich, daß er was von mir wollte, aber er trat mir nie zu nahe. Er blieb nicht lange genug bei uns. Eines Tages sagte er, ich müsse fahren lernen – so, wie es um meine Mutter stehe. Damit meinte er, daß sie morgens oft nicht aus dem Bett fand. Manchmal arbeitete sie in einem Café, hin und wieder lebten wir von der Wohlfahrt. Jedenfalls gab er mir Fahrstunden, und das war gut. Einmal brachte ich eine meiner Schwestern ganz allein ins Krankenhaus. Sie hatte sich bei einem Sturz von der Schaukel den Arm gebrochen.«

»Wo sind deine Schwestern jetzt?«

»Das erzähl' ich dir ein andermal.«

»Ich sollte in mein Apartment rübergehen.«

»Gib mir eine halbe Stunde Zeit und komm zum Kaffee zurück.«

»Du tust viel zuviel für mich.«

»Komm zurück. Ich hasse den Sonntagmorgen.«

Katie wendet sich zu Maureen, sieht Tränen in ihren

Augen und ergreift ihre Hand »Habe ich dich traurig gemacht? Geht es um deine Schwestern? Sind sie okay?«

Maureen schüttelt den Kopf. »Nein«, flüstert sie, ohne zu erklären, welche Frage sie beantwortet, und legt ihren Finger an die Lippen. »Ein andermal.«

Als Katie zurückkehrt, in einer weitgeschnittenen alten Khakihose und T-Shirt, hat Maureen Blaubeergebäck in den Ofen geschoben und Kaffee gekocht. Ein rosa Zettel auf dem Kühlschrank verkündet: *Meine Vergangenheit ist beendet, ich bin frei davon.*

»Weißt du«, bemerkt Katie, während sie auf das Gebäck warten und die erste Tasse Kaffee trinken: »Du kommst mir nicht vor wie ein Mädchen mit schwerer Jugend, eher wie – nun ja, wie alle anderen.«

»Ich gehörte zu einem ziemlich üblen Gesindel.«

»Was Besonderes war ich auch nicht.«

»Wie alt warst du beim ersten Mal? Du weißt schon ...«

»Siebzehn. Es passierte in meinem letzten High-School-Jahr, und es war idiotisch. Wirklich nicht umwerfend.«

»Ich war vierzehn. Meine Mutter sagte, ich würde mich wie eine Nutte aufführen. Das ärgerte mich. Ich schminkte mich und zog mit älteren Kids herum, aber das war auch schon alles. Eines Tages machte sie mich richtig wütend. Ich brachte einen Jungen mit nach Hause, gegen neun Uhr abends, und sie lag bewußtlos auf der Couch. Wir gingen in mein Zimmer. Am nächsten Tag erzählte ich ihr alles, bevor sie ganz wach war. Sie tat so, als würde sie's nicht verstehen. ›Also, Maureen, wenn du mit einem Jungen hierherkommst, mußt du ihn mir vorstellen und mich wecken, falls ich ein Schläfchen halte!‹ Ein Schläfchen!« Sie nimmt das Blaubeergebäck aus dem Ofen. »Ohne Butter? Ist das okay?«

»Wer braucht Butter?«

Sie brechen das Gebäck auseinander, dem süße Düfte und Dampf entströmen, und Maureen fährt fort: »Am schrecklichsten fand ich, daß meine kleinen Schwestern im Wohnzimmer fernsahen, während ich's in meinem Zimmer trieb. Ich hatte das Gefühl, ich würde ihnen das gleiche antun wie meine Mutter mir.«

»Du warst erst vierzehn und nicht für deine Schwestern verantwortlich.« Eine Zeitlang essen sie schweigend, dann gesteht Katie schüchtern: »Kaum zu glauben, daß ich mit dir drüber reden kann. Seit hundert Jahren habe ich nicht mehr an diesen Jungen gedacht. Es geschah in einem Park, hinter Büschen. Sicher dachte er, ich wäre ganz scharf und erfahren, und als er das Gegenteil feststellte, reagierte er ziemlich verwirrt. Er sagte, es tue ihm leid, und er brachte mich zum Weinen. Später sprach ich nie mehr mit ihm. Und jetzt, nach so vielen Jahren, sehe ich ihn wieder vor mir, seinen kurzen Haarschnitt, die imposanten breiten Schultern, die engen Jeans. Und ich erinnere mich, daß ich's meiner Mutter auch erzählen wollte, um sie aufzuregen. Aber ich wußte, es würde nicht sie verletzen, sondern mich selber. Es war besser, ein Geheimnis zu haben, mich fragen zu lassen, wohin ich ging und was ich machte und Ausgehverbot zu bekommen – und gleichzeitig zu wissen, daß ich tun konnte, was mir beliebte. O Gott, die Vergangenheit kehrt zurück ...«

»Siehst du. Die Erinnerung ist kein Loch, in das unser Leben hineinfällt. Alles ist da – immer. Damit könntest du dich befassen. In dieser Stadt gibt's genug Clubs und Gruppen. Vielleicht möchtest du dich mit der Wiedergeburt auseinandersetzen – oder noch weitergehen.«

Katie findet das komisch. »Ich glaube, ich wurde gar nicht geboren. Meine Mutter spuckte mich einfach aus.«

33

Katie steht mit Jeff in der Zufahrt von Michaels Haus. Sie hat sich bereits für das Dinner umgezogen. Ihr Schwager hat gerade den Rasen gemäht. Nun schaltet er das Gerät aus und hört ihnen freundlich zu.

»Ich begreife dieses Arrangement von Vehikeln nicht«, sagt Jeff. Er hat darauf bestanden, Katies Auto zu holen und am nächsten Morgen von einem Freund reparieren zu lassen. Es parkt bei der Garage, hinter Ursulas Wagen und Michaels erbsengrünem Kleinlaster. »Wie können wir da richtig Gas geben?«

Katie schweigt, und Michael meint gedehnt: »Ich fürchte, das würde nichts nützen.«

»Ich hab' doch gesagt, es liegt nicht an der Batterie.« Katies Kiefer schmerzen, weil sie die Zähne so fest zusammenbeißt. Jeff zuliebe, der noch ein anderes Paar eingeladen hat, trägt sie ein Kleid. Erst vor ein paar Wochen hat sie es gekauft. Es ist malvenfarben, im modifizierten Vierziger-Jahre-Stil, vorn durchgeknöpft, locker in der Taille. Vor Michaels Augen fühlt sie sich in ihrem neuen Kleid unbehaglich.

»Man müßte die Karre anschieben«, sagt Michael ausdruckslos.

»Anschieben!« explodiert Jeff. »Wie zum Teufel sollen wir ein Auto anschieben, das zwischen einem anderen und dem Garagentor eingeklemmt ist?«

»Ich nehme an, Fish will's nicht mehr anschieben. Er

wird den Anlasser reparieren, wenn wir morgen früh zur Arbeit gefahren sind. Dann hat er genug Platz.«

»Wenn Sie Ihre Autos jetzt entfernen, können wir's zur Straße schieben«, schlägt Jeff vor. Peinlich berührt fragt sich Katie, was er im Schilde führt. Vielleicht wird er bald merken, wie idiotisch er sich aufführt. Bis zum heutigen Tag hat sie ihn für einen ruhigen, höflichen, intelligenten Menschen gehalten, der sich von geringfügigen Ärgernissen nicht provozieren läßt. Ein Wissenschaftler. Anscheinend hat sie seine schlimmsten Eigenschaften ans Licht geholt.

»Ursula!« ruft sie betont munter, als ihre Schwägerin die Eingangstreppe des Hauses herabsteigt, etwas derangiert und verschlafen. Hastig macht Katie sie mit Jeff bekannt, wobei die beiden kaum Notiz voneinander nehmen. »Wir holen mein Auto.«

»Fish ist zum Bi-Markt gefahren. Sicher kommt er bald zurück. Möchte irgend jemand ein Bier?«

Während Jeff zu Katies Wagen marschiert und hineinsteigt, wendet sie sich zu Ursula. »Der Sommer liegt schon in der Luft, was?« Sie fühlt sich schrecklich albern.

Michael wickelt das Kabel ordentlich um den Griff des Rasenmähers und befestigt es mit einem Stück Draht. »Ein Bier wäre nicht schlecht«, meint er und rollt das Gerät zu den Kellerstufen.

Inzwischen hat Fish am Straßenrand geparkt. Mit einer großen braunen Papiertüte voller Dosen kommt er die Zufahrt herauf. »Da ich heute nicht am Anlasser arbeiten kann, will ich das Öl, die Zündkerzen und die Filter wechseln«, erklärt er Katie und tut so, als würde er Jeff nicht sehen.

»Wir würden das Auto gern mitnehmen«, verkündet Jeff förmlich, tritt näher und schaut auf seine Uhr.

»Das wäre wirklich idiotisch«, sagt Fish zu Katie.

»Ich habe bereits Arrangements getroffen.« Auch Jeff spricht ausschließlich mit ihr.

»Das ist doch lächerlich!« faucht Ursula. Ihre Augen verengen sich, und ihr vernichtender Blick gilt allen Anwesenden. So schlecht gelaunt ist sie nur selten.

»Hier sind genug Leute, die helfen können. Wir schieben den Wagen einfach auf die Straße und starten den Motor.« Jeff schlägt einen geduldigen Ton an, als wären sie alle kleine Kinder. »Wenn die anderen Autos aus dem Weg sind«, fügt er hinzu und geht zu seinem eigenen.

Katie beobachtet Fishs Gefühlsskala, die erst Wut, dann Kränkung und Verwirrung anzeigt und schließlich alles noch einmal von vorn. Er preßt die Dosen an seine Brust. »Was soll der Scheiß?« fragt er sie.

Es geht einzig und allein um *ihre* Angelegenheiten, denkt sie erbost, und um Jeff, dem es nicht zusteht, ihr Befehle zu erteilen. So beharrlich, so vernünftig und ruhig ist er gewesen.

Sie solle nicht auf den Mann bauen, von dem sie sich scheiden lassen will. Sie solle lieber lernen, sich selber um ihren Kram zu kümmern. (Und wer kümmert sich jetzt darum?) »Ich muß gehen.«

»Also, dann schiebe ich den verdammten Schlitten die Auffahrt runter«, erbietet sich Fish, wirft die Papiertüte zu Boden, und die Dosen rollen heraus. »Ich schieb' ihn durch den verdammten Garten ...«

Ursula packt ihn am Hemd. »Moment mal!«

Rasch wendet Katie sich ab und folgt Jeff zu seinem sauberen kleinen Nova. Auf der Straße bleibt sie stehen, neben der Autotür, und lächelt Fish verkrampft an. »Tut mir leid.« Sie weiß nicht, ob er sie hören kann, aber er schaut sie an und muß irgendwie ahnen, was sie ihm sagen will. Schließlich hebt er die Dosen auf und stapft zu ihrem Wagen.

Michael kommt die Haustreppe herunter, Bierflaschen in den Händen, und Katie hört Ursulas Stimme: »Vergiß es.«

»Vielen Dank!« ruft Katie und kommt sich wieder einmal schrecklich dumm vor. Ursula und Michael beschäftigen sich bereits mit etwas anderem, und es ist eine große Erleichterung, dem allen zu entfliehen.

»Was geht hier eigentlich vor?« fragt Jeff, als er die Fahrertür krachend ins Schloß fallen läßt. »So eine verdammte verrückte Scheidung kann's doch gar nicht geben.«

Sie schaut an ihm vorbei zu den Fishers im Garten. Carter ist hinter dem Haus aufgetaucht und hat von seinem Vater ein Bier entgegengenommen. Eindringlich, mit lebhaften Gesten beginnt Ursula auf ihren Sohn einzureden, der wie üblich aussieht, als würde er jeden Augenblick in Gelächter ausbrechen. Juliette beugt sich aus ihrem Fenster im ersten Stock und winkt Jeffs Auto zu. Ihr offenes Haar hängt herab, eine Rapunzel-Kaskade. Vor einem Jahr ist sie noch ein Kind gewesen. »Ich will losfahren«, sagt Katie, und Jeff startet den Motor. »Es gibt zwei Möglichkeiten, den Abend zu überstehen«, fügt sie hinzu. »Bring mich nach Hause oder vergiß diese Szene.«

»Ich habe einen Lammbraten im Ofen und erwarte gute Freunde zum Dinner.« Düster schaut er sie an, und es erscheint ihr fast komisch, ihn sagen zu hören: »Das ist also der berühmte Fish.«

Katie ignoriert den verächtlichen Ton, obwohl sie sich angegriffen fühlt und wütend wird. Tonlos entgegnet sie: »Er ist ein ganz gewöhnlicher Mensch, so wie ich.«

Jeffs Freund Oatley ist Getreidespezialist in der Experimentalstation. Seine Frau Jane ist schwanger, ihr Bauch zeigt gerade die erste leichte Wölbung. Beide sind mindestens zehn Jahre jünger als Katie. Aus der Stereoanlage tönt Musik, die ihr mißfällt – irgendwas Jazziges, aber leise, gedämpft, langweilig.

Die beiden Männer diskutieren über Dinge, die sie nicht versteht, während sie ebenso wie Jane am Chablis nippt und gelegentlich lächelt. Das zweistöckige Apartment ist komfortabel eingerichtet. Sie lehnt sich in die weiche Polsterung eines großen Sessels zurück. Jeff erklärt, er müsse sich um das Essen kümmern, und Oatley folgt ihm in die Küche, wo sie das Gespräch über Hartweizen fortsetzen.

»Haben Sie ...«, fangen beide Frauen gleichzeitig an und lachen. »Sie zuerst«, sagt Katie und betrachtet Janes teuren Haarschnitt in jenem präzisen lässigen Stil, der den Eindruck erweckt, es wäre völlig überflüssig, auch nur ein bißchen Zeit an die äußere Erscheinung zu verschwenden. Schon immer hat sie diese Art von mühelos erzielter Schönheit bewundert.

»Haben Sie irgendwas mit der Station zu tun, Katie?«

»Nein, Jeff und ich trafen uns auf einer Party. Ich arbeite in der Kostümwerkstatt vom Festspieltheater.« Katie ist sich sicher, daß Jane alle Angestellten der Experimentalstation kennt. Warum fragt sie nicht einfach: Wer sind sie?

»Oh, wie großartig! Wie faszinierend!«

Katie weiß nicht, ob sie sich erkundigen soll, was Jane macht. Sie selbst hat während ihrer Schwangerschaft gar nichts getan.

Vielleicht wartet Jane auf weitere Informationen über den Job in der Kostümwerkstatt. Die Leute finden alles aufregend, was mit dem Theater zusammenhängt. Und in gewisser Weise stimmt das auch. Katie verfolgt den Weg der Kostüme von den Entwürfen auf dem Papier durch die Hände der Schneiderinnen bis zur Bühne. Es ist die einzige interessante Arbeit, die sie je geleistet hat. Und wenn sie bedenkt, daß sie ihre Nähkünste ausgerechnet von ihrer Mutter gelernt hat ...

Würde Jane sich für das alles interessieren? Oder will sie lieber über sich selbst reden?

In der Werkstatt hört Katie die Frauen über Babys sprechen. Freundinnen, Schwestern und eine der Zuschneiderinnen sind schwanger. Sie erörtern, ob dieses oder jenes Baby ein Wunschkind ist oder nicht, ob ein Arzt oder nur eine Hebamme gerufen werden soll, über pränatales Yoga und Bauchbandagen.

Jane scheint Katies Schweigen für ein Stichwort zu halten. »Ich verfasse Kinderbücher. Eigentlich wollte ich sie nur illustrieren, aber wir sind so weit weg vom Schuß, daß ich auch die Geschichten selber schreiben muß. Hier gibt's niemanden, mit dem ich zusammenarbeiten könnte.«

»Das macht sicher viel Spaß.«

»O ja, obwohl ich nicht besonders gut daran verdiene. Ich müßte nach New York und Kontakte knüpfen. Wenn die Leute mich erst mal kennen, läßt sich alles Weitere telefonisch und per Post erledigen. Ursprünglich hatte ich vor, in diesem Winter ein paar Wochen in New York zu verbringen, aber jetzt ...« Jane tätschelt ihren Bauch.

»New York wird später auch noch existieren.« Es ist der allerletzte Ort, wo Katie sein möchte.

Die Konversation, falls es überhaupt eine ist, erstirbt, Katie erbietet sich, noch etwas Wein zu holen, aber Jane klopft wieder auf ihren Bauch und lehnt ab. »Ich versuche alles richtig zu machen. Immerhin bin ich mit einem Biologen verheiratet.«

Das soll wohl eine witzige Bemerkung sein, denkt Katie und lächelt Jane an. Sie ist hungrig und überlegt, ob Jeff ihr noch lange grollen wird. Hoffentlich hat die unerfreuliche Szene nicht auch Fish verärgert. Dann würde sich ihr Auto morgen noch immer nicht von der Stelle rühren. Sie wünscht sich, Jeff wäre wieder der alte, aber ohne amouröse Ambitionen. Am liebsten würde sie einfach nur essen, dann nach Hause gehen und schlafen. Allein. Sie hat das Gefühl, in einen Konflikt geraten zu sein, der sich nicht lohnt, und sie will ihn vergessen. Es wäre ihr gleichgültig, wenn sie Jeff nie wiedersehen würde.

Erleichtert mustert sie das Essen, das die Männer servieren – Lammbraten, knusprige Kartoffelpuffer, den orangegelben Blumenkohl, von dem sie schon gehört hat. Sie lobt die Mahlzeit, gibt knappe Antworten, wenn man ihr Fragen stellt. Und als die Teller leer sind, merkt sie, daß die drei sich auch ohne sie gut amüsieren. Sie sind Freunde, mühelos wechseln sie von einem Thema zum anderen, und sie weiß nichts hinzuzufügen. Meistens weiß sie nicht einmal, wovon gesprochen wird – von alten Wäldern, landwirtschaftlichen Projekten, Flugsicherheit, vom Bauplatz für ein Museum. Bald kann sie ihr Gähnen nicht mehr unterdrücken.

Mit Fish hat sie sich über die Dinge unterhalten, die ihnen tagsüber aufgefallen sind. Über Dinge, die ihnen idiotisch erschienen, die sie wütend machten, weil daraus hervorging, wie schlecht die Welt regiert wurde. Sie erzählten einander die Handlungen der Bücher, die sie gerade lasen, redeten über Ursula und Michael und deren Kinder, über die Frage, was sie am Abend kochen sollten, oder vielleicht den Ort, wo sie nächsten Winter oder nächsten Sommer oder nächstes Jahr hinfahren könnten. Was sie sagte, spielte keine große Rolle. Sie haben auf derselben Ebene zueinandergefunden, sind Gefährten gewesen.

Die anderen beginnen über das Baby zu reden. Janes Mutter wird ihr in den ersten beiden Wochen beistehen, dann Oatleys Mutter und danach wird Oatley einen längeren Urlaub nehmen. Das hintere Schlafzimmer soll neu eingerichtet werden, in Gelb und Weiß. Im Krankenhaus möchten sie einen privaten Geburtsraum benutzen. Katies Gedanken entfernen sich allmählich. Sicher wird man sie nicht nach ihrer Meinung fragen. Während ihrer eigenen Schwangerschaft hat sie keinen einzigen einschlägigen Zeitschriftenartikel gelesen und angenommen, in der Klinik würde man ihr schon sagen, was zu tun sei. Sie ist froh gewesen, weil sie sich keine Illusionen über die dortigen Kompetenzen gemacht und vorher nicht gewußt hat, wie demütigend und schmerzhaft das alles sein würde.

Falls man sie anschaut, wird sie sagen: Wie wundervoll!

Das eigentliche Wunder liegt in Jeffs Faszination. Er genießt das Gespräch über Babys und Atemübungen, hat das Thema selber aber noch nie angeschnitten. Vielleicht glaubt er trotz all seiner weitschweifigen Gefühlsergüsse, sie wäre zu alt, um über Babys zu reden.

Oatley und seine Frau sind kaum zur Tür hinaus, als Katie auch schon über Jeff herfällt. »Davon konntest du gar nicht genug kriegen, was?« Er ist ein ganz normaler, hart arbeitender, erfolgreicher junger Mann, mit ausgeprägtem Ego und gutem Grund, sich ein traditionelles Leben zu wünschen, ein Familienleben, von dem sie selbst nie geglaubt hat, sie würde es irgendwann führen.

Für diese Überzeugung ist Fish eine Art Garantie gewesen.

Seine Augen funkeln vor Ärger. »Heute abend müssen wir etwa fünfzig Themen erörtert haben.«

»Babys.«

»Die beiden sind meine Freunde, und sie haben mich zum Paten bestimmt.«

»Du möchtest auch ein Baby haben, nicht wahr? Du wärst gern Vater?« Zorn steigt in ihr auf, und sie hat weder Zeit noch Lust, sich zu fragen, warum.

»Natürlich!« Er schaut weg. Katie holt tief Luft, wird allmählich ruhiger und kommt sich wie eine Närrin vor. Wie schon seit Tagen, gewinnt sie auch jetzt den Eindruck, die Dinge würden ihr entgleiten. Sie hat keinen Streit vom Zaun brechen wollen. Jeffs Verteidigungshaltung ist voller Warnungen und Hinweise auf Perspektiven, die sie nicht berücksichtigt hat. Sein Privatleben. Seine Zukunft. Trotz all seiner intimen Worte hat er nie etwas wirklich Bedeutsames gesagt.

Katie ordnet ihre Gedanken. »Ich hatte nur einen richtigen Liebhaber, und das war Fish. Andere Beziehungen gab es nicht. Mir fehlt die nötige Erfahrung, also habe ich keine Ahnung, wo wir beide stehen, Jeff. Wenn ich irgendwas verstehen soll, mußt du mir's erklären. Wahrscheinlich ist das nicht der richtige Zeitpunkt, um über so was zu reden.« Sie überlegt, warum er sich zu ihr hingezogen fühlt. Auf ihn muß sie furchtbar ungebildet und altmodisch wirken, wenn er auch einmal behauptet hat, gerade das würde ihn reizen.

»Großer Gott, ich habe dich doch gebeten, mit mir nach Europa zu gehen!«

»Und?«

»Ich bezahle dafür«, stößt er irritiert hervor, »und ich

lege großen Wert auf deine Gesellschaft, Katie. Ich dachte, du würdest dich freuen.« Wenn er auf die Palme gebracht wird, spricht er sie wenigstens mit ihrem richtigen Kindernamen an, nicht mit jenem, den er ihr aufgezwungen hat.

»Ich habe nie behauptet, ich würde von einer Europareise träumen.«

»Jeder will nach Frankreich.«

»Und jeder will Kinder. Du solltest jemand anderen fragen. Mit mir hast du in dieser Hinsicht nichts im Sinn.«

»Ich fliege nicht nach Europa, um ein Baby zu kriegen! Warum versuchst du mit mir zu streiten? Du lieber Himmel, Katie, du bist völlig verrückt.«

»Ich möchte gehen.« Er hat sie »verrückt« genannt. Und vielleicht hat er recht.

34

Schweigend fahren sie zu Katies Apartment. Nachdem Jeff sie ohne Entschuldigung abgesetzt hat (Was sollte ihm leid tun? Warum haben sie sich überhaupt gezankt?), sitzt sie in ihrem dunklen Wohnzimmer, trinkt ihren billigen Chablis, bis die Flasche ebenso leer ist wie ihr Gehirn. Sie kennt nur einen einzigen Gedanken – *was habe ich mir bloß gedacht*? Wie hat sie jemals vergessen können, daß sie eine Außenseiterin ist und daß nur ein anderer Außenseiter sie je verstehen wird.

Sie schlüpft in ihre abgewetzten Turnschuhe, wandert den Hügel hinab und über den Boulevard zum Fisher-Haus. Im vorderen Raum brennt eine einzige Lampe, aber Katie sieht nichts durch das Fenster. Sie stellt sich vor, Michael würde lesen. Oder Carter erledigt Schularbeiten.

Aus dem winzigen Kellerfenster dringt kein Licht. Sie steigt die Stufen hinab, dann steht sie wie eine dumme Gans da und weiß noch immer nicht, was sie tut. Hat sie geglaubt, Fish würde am Straßenrand sitzen und auf sie warten?

Wenn sie an all die Jahre mit ihm zurückdenkt, an den Kummer, die Trennungen, die Streitigkeiten, das lange Schweigen – dann erinnert sie sich auch an die vollkommenen Momente. An die Augenblicke, wo sie erkannt haben, daß schlimme Zeiten beendet sind, wo sie einander wiedergefunden haben, ohne zu erklären oder zu analysieren, was vorher geschehen ist. Sie versöhnten sich einfach, weil sie es für richtig hielten. Sie beide gegen den Rest der Welt. Worte sind überflüssig gewesen.

Sie neigt sich zur Tür, hört das leise Murmeln eines Radios. Fishs Laster steht auf der Straße, also muß er dasein. Etwas tut ihr weh, wenn sie auch nicht weiß, wo. Die Tür öffnet sich, und Katie zuckt zusammen.

»Ich habe dich auf der Treppe gehört.« Fish verläßt den Keller und schließt die Tür hinter sich. Er trägt nur Jeans, kein Hemd, keine Schuhe. Sanft legt er die Hände auf ihre Schultern.

»Es tut mir leid wegen heute nachmittag«, flüstert sie.

Sie stehen so nah voreinander, daß sie seine Körperwärme spürt. Wie braun gebrannt und stark er ist, die Arme muskulös, die Hände rauh von der Arbeit. Es muß einen Grund geben, warum er sie nicht in den Keller bittet, und sie wird rot vor Verlegenheit. »Ich werde wieder gehen ...«

»Nein.« Er legt einen Arm um ihre Taille, mit der anderen Hand berührt er den obersten Knopf ihres Kleids. »Hübsch.« Katie schüttelt seinen Arm ab, steigt die Stufen hinauf, langsam und mühselig. »Setzen wir uns in den Laster«, schlägt er vor.

Sie dreht sich zu ihm um. »Wer ist drinnen?«

»Kümmere dich nicht drum. Sie schläft. Ich wollte ohnehin herauskommen und eine Zigarette rauchen.«

Katie folgt ihm zum Laster, steigt auf der Fahrerseite ein und rutscht zum Beifahrersitz. Sterne glitzern am Himmel. In einer solchen Nacht sollte man glücklich sein. Irgendwo in der Nähe spielt jemand eine melancholische Melodie auf einem Saxophon, nicht gut, zu langsam.

»Was willst du von mir?« Fish nimmt eine Zigarette und eine Streichholzschachtel vom Armaturenbrett. Tief inhaliert er den Rauch, als der Tabak glüht.

»Erzähl mir davon.«

»Vom Gefängnis?«

Am engsten fühlt sie sich mit ihm verbunden, wenn er Ereignisse schildert, die er fern von ihr erlebt hat – wenn er über Dinge spricht, die er niemand anderem mitteilt, die niemals zu dem Repertoire seiner Geschichten gehören werden. »Ja«, bestätigt sie und wartet, während er ein paarmal an seiner Zigarette zieht.

Schließlich wirft er den Stummel auf die Straße. »Wir haben Bäume gepflanzt.«

»Das weiß ich. Aber vorher – in der Zelle ... Haben sie dir wehgetan?«

»Nein. Sie tun nur jüngeren Häftlingen weh. Hübschen Burschen.« Er rückt näher zu ihr. »Frischfleisch.«

Ihr Atem stockt. »Aber dir nicht.«

»Nachts lag ich auf meinem Feldbett und hörte sie schreien.«

»Und niemand kam.«

»Niemand.«

»Im Camp war's nicht so?«

»Nicht ganz. Zwei Männer trieben's miteinander, aber sie wollten es beide, und niemand scherte sich darum.« Wieder berührt er den obersten Knopf ihres Kleides und öffnet ihn, zwei Finger streichen über ihren Halsansatz.

»Und der Indianer?«

Er zieht seine Hand zurück und starrt vor sich hin. »Der Indianer?«

»Du hast von einem Indianer geschrieben.« Wie kann er das vergessen? Es war seine einzige Postkarte. (»Er kann wie ein Vogel zwitschern.«) »Wurde er zurückgeschickt, nachdem er gegen die Regeln verstoßen hatte?«

»Er mußte in der Küche arbeiten.«

»Oh.«

Fish kriecht an ihr vorbei und beginnt die Sachen vom Bett auf der Ladefläche zu werfen. Ihr Herz pocht so heftig, daß sie glaubt, er müßte es hören. Der geöffnete Knopf scheint an ihrem Puls zu vibrieren.

Sorgfältig schüttelt Fish die schäbige Steppdecke aus und breitet sie über das Bett. Katie hat diese Decke aus Stoffresten genäht, während eines Winters in einer gemieteten Hütte in British Columbia, und sich überaus tüchtig gefühlt, wie eine Pioniersfrau.

»Komm her.« Er sitzt auf der Bettkante, und Katie folgt ihm, hockt sich hin, aber in einigem Abstand. Wieder dringen die Klänge des Saxophons zu ihr, das dieselbe Melodie spielt – irgendein Lied, das sie kennt. »Im Camp gab es Rehe.« Jetzt klingt seine Stimme ganz sanft und rührt an eine Stelle tief in ihrem Innern. »Da war ein kleines Kitz, dessen Mutter man vermutlich erschossen hatte. Wir hörten es im Gebüsch jammern und holten es in die Baracke. Die Wärter besorgten uns Flaschen, damit wir es ernähren konnten. Ich fütterte es sehr oft.«

Sie streicht über Fishs Hand, die sich warm anfühlt, und fröstelt beinahe. »Es war also nicht so schlimm – lang, aber nicht schrecklich.«

»Nicht allzu schrecklich.« Er kniet vor ihr, schiebt Sachen beiseite, legt den Kopf in ihren Schoß. »Halb und halb war es mein Leben«, glaubt sie herauszuhören. Langsam zieht er ihren Rock hoch, drückt das Gesicht zwischen ihre Beine. »Es war wie für die Ewigkeit und hat alles verändert.«

Stöhnend sinkt sie nach hinten auf das schmale Bett. Ihre Schläfe stößt gegen die Wand des Lasters. Sie riecht Holz und das kalte Metall von Werkzeugen, die muffige Steppdecke. Fish küßt und liebkost sie. Ein alter Nina-Simone-Song, jetzt ist sie sich sicher. »Aber der Indianer war okay?«

Er klettert zu ihr aufs Bett, rückt ihren Körper zurecht, so daß sie der Länge nach daliegt, dicht neben ihm. »Er steckte den Kopf in einen Brotsack und erstickte. Immer mußte er das letzte Wort haben.«

»Fisher«, flüstert sie. Der Song lautet: *»I see my life come shining ... Any day now, any day now, I shall be released.«*

Die Nacht wird kalt, und Katie würde frieren, läge Fish nicht bei ihr. Im ersten grauen Tageslicht fährt sie voller Panik aus dem Schlaf hoch. Auch Fish erwacht. »Katie«, sagt er mit fremder, kehliger Stimme.

Sie setzt sich auf. »Ich muß gehen. Bald fängt mein Job an.«

»Ich fahre dich hin.«

»Nein.« Katie zieht ihre Schuhe an und versucht, ihr Haar zu glätten.

»Das ist doch albern.«

»Ich gehe lieber zu Fuß.« Sie klettert über die Lehnen der Vordersitze und steigt aus dem Laster. Fish folgt ihr, preßt sie gegen die Wagenwand und lehnt sich an sie, das Gesicht neben ihrer Wange. »Ich liebe dich. Du bist die einzige Frau, die ich je geliebt habe, der einzige Mensch, der den Schmerz jemals verstanden hat.«

»Psst! Sag nichts – bitte, sag nichts.« Dabei ist sie doch hergekommen, um mit ihm zu reden. Jetzt weiß sie es nicht mehr. Sie erinnert sich an eine Geschichte, die sie vor Jahren in einer Zeitschrift gelesen hat – von einer New Yorkerin, die sich während des Urlaubs in einen Lappländer verliebte. Sie hütete mit ihm seine Rentierherde und verstand kein einziges Wort von seiner Sprache ...

»Was wird geschehen, Katie?«

»Das weiß ich nicht!« Sie stößt ihn von sich, eilt die Straße hinab und spürt, wie er ihr nachschaut, bis sie aus seinem Blickfeld verschwindet. Nun ist sie froh, daß sie das neue Kleid trägt. Was würde er von ihrem Seidenslip halten, von ihrem Leinenrock?

35

Am selben Morgen erwacht Gully um fünf. Für Geneva ist es zu früh, das weiß er. Er tappt ins Bad, dann zurück in sein Zimmer, setzt sich in Boxershorts und Hemd aufs Bett. Leise beginnt er zu sprechen. »Das Gestern zählt nicht, das Morgen kommt schnell heran. Und das Heute will ich meistern, so gut ich kann.« Das Gedicht stammt von ihm selbst, und er sagt es täglich auf. Er glaubt daran.

Weil er noch etwas Zeit totschlagen muß, bis Geneva

aufsteht und Kaffee kocht, holt er ein kleines Buch voller philosophischer Betrachtungen hervor und liest eine Weile darin. Er versucht, nicht über die Worte nachzudenken, nicht zuviel hineinzugeheimnissen. Er widmet sich einfach nur seiner Lektüre, wenn er auch dazu neigt, eine Seite zwei- oder dreimal zu lesen, ehe er zur nächsten übergeht. Es gibt Dinge, an die er erinnert werden muß, wie an die Existenz einer höheren Macht. Und weil er das weiß – hilflos und wertlos, wie er nun mal ist –, kann er den Tag vielleicht stocknüchtern überstehen, vielleicht irgendwem oder irgendeiner Sache nützen, solange er sich nicht zu intensiv mit seinen eigenen Bedürfnissen und Wünschen befaßt, mit den Dingen, die er in einer fernen Vergangenheit lieber anders gemacht hätte.

Seine Gedanken entfernen sich von den Zeilen des Buchs. Er hat von seinen Söhnen geträumt. Und manche Teile dieser Träume bleiben bei ihm – glückliche Augenblicke. Das Jahr, in dem das Hochwasser des Columbia River den Sandy meilenweit hat anschwellen lassen, so daß ein See entstanden ist ... Fish betrieb seine, wie er es nannte, Beschiß-Holzgeschäfte (und das waren sie auch), heuerte Michael und den Hund Sprout an, ohne den sie nichts unternahmen. Die Jungs sammelten Baumstämme, die nach früheren Überschwemmungen am Flußufer steckengeblieben waren, und nutzten das Hochwasser, um sie flußabwärts zu befördern. Am schwierigsten war der Wechsel vom trägen Wasser in den reißenden Columbia, in einem etwa dreieinhalb Meter langen Boot mit einem Dreieinhalb-PS-Motor. Da ging's drunter und drüber, und sie steuerten mühsam den Ausleger des Holzhändlers an, aber sie verloren nie auch nur einen einzigen Baumstamm.

Was für gute Jungs – und so einfallsreich ... Vor allem

Fish hatte immer seine fünf Sinne beisammen, und er strotzte vor zielstrebiger Abenteuerlust. Er liebte es, Dinge zu tun, die sich vor ihm noch niemand ausgedacht oder bewältigt hatte. Mit dieser Geisteshaltung mußte er für die Navy ein guter Fang gewesen sein.

Gully erinnert sich an eine von Fishs Kriegsgeschichten. Das Boot des Jungen hatte im Mondlicht einen nordvietnamesischen Frachter herausgefordert. Die Amerikaner reizten den Feind und veranlaßten ihn, das Feuer zu eröffnen, damit sie zurückschießen konnten. Viele junge Männer nahmen an der Aktion teil. Es war ein großen vietnamesisches Boot, eines der größten, die während des Kriegs zerstört wurden, und die GIs wurden später belobigt. Aber Gully verknüpft jenes Ereignis stets mit Fish in seinem Sandy-River-Boot, in dem er sich den Weg zum Floß des Holzhändlers erkämpft und allen Gefahren getrotzt hat.

An Gullys kleinem Fenster hängt keine Jalousie, und der Raum erhellt sich. Ist es Geneva schwergefallen, einzuschlafen? Den ganzen Sonntag hat sie mit ihrer Schwester geredet und geredet. Um diesem Gequassel zu entrinnen, ist er durch die Wälder gestapft. Es sieht ihr nicht ähnlich, bis nach sechs zu schlafen, obwohl sie manchmal Kaffee kocht und dann unter die Decke zurückkriecht. Nun, er kann warten. Wenn sie immer noch im Bett liegt, dann nur, weil sie wirklich Ruhe braucht.

Wenn er bloß wüßte, was er sonst noch für sie tun könnte ... Es ist ihm mißlungen, irgend etwas an ihr wiedergutzumachen, obwohl er's oft genug versucht hat – stufenweise. Aber man kann eine Stufe niemals beenden. Man bewegt sich im Kreis, wenn man neue Wege sucht, um ein besserer Mensch zu werden oder – was auf Gullys Fall wohl eher zutrifft – sich an das Beste klammert, was man zustande bringt. Ständig lernt man was über sich selbst dazu, erinnert sich an Fehler, die man begangen hat. Nie wird man fertig. Aber Dr. Jim hat ihm was Wichtiges erklärt. Wenn man zu lange über die Sünden und schmachvollen Ereignisse der Vergangenheit nachgrüble, würde einen der Glaube an die eigene Bedeutsamkeit zu sehr aufblähen. Es ist eine heikle Sache, sich zu entsinnen und dies oder jenes zu bedauern, ohne in übertriebener Reue zu schwelgen. So oder so, Geneva taucht in allen seinen täglichen Grübeleien auf – nicht nur, weil sie da ist (Gott segne sie, was würde er tun, wenn sie's nicht wäre?), sondern weil stachlige Sträucher zwischen ihnen wuchern, über die sie erst mal hinweggreifen müssen.

Lange Zeit hat er geglaubt, er könnte Fish helfen und seine Frau dadurch glücklich machen. Das erwähnte er sogar bei einer Versammlung der Anonymen Alkoholiker. Aber sobald er diese Idee ausgesprochen hatte, erkannte er, welch ein Narr er war – und wie arrogant, wenn er sich einbildete, eine solche Macht zu besitzen. Man kann Menschen nicht hin und her schieben, retten oder bessern oder so gestalten, wie man sie haben will. Man sollte auf sich selbst schauen, und wenn man bescheiden und heiter ist (Bescheidenheit ist überaus wichtig), dann können sich die anderen ein Beispiel dran nehmen, *wenn sie's wollen.* Sogar wenn es den eigenen geliebten Sohn betrifft und man in dessen Gesicht überdeutlich die scharfen Linien erkennt, die Schmerz, Scham und Hoffnungslosigkeit hinterlassen haben, kann man die Probleme nicht für ihn lösen. Das ist so schwierig. Allmächtiger, hilf mir, *alles zu akzeptieren*, betet man. Das betet er morgens und hundertmal am Tag. Oh, wie inbrünstig hat er in diesem letzten Jahr gebetet, als Fish im Gefängnis war! Hilf mir, alles zu akzeptieren. Für Fish betet er nicht, sondern um die eigene Gelassenheit. Für Fish wird der liebe Gott schon sorgen. Vielleicht.

Geneva – das steht auf einem anderen Blatt. Sie ist seine Frau. Tag für Tag serviert sie ihm seinen Kaffee und seine Mahlzeiten, wäscht seine Sachen, hält das Haus sauber, in dem sie wohnen, mit all ihren Schachteln voller Erinnerungsstücken und geliehenen Videos und Büchern aus der Bibliothek. Er weiß, er muß für sie tun, was er nur kann. Und er bemüht sich. Er baut neue Regale, verkauft seine Arbeitskraft für eine bessere Waschmaschine in der Hütte oben an der Straße. Er hat bei ihr gesessen und hat ihr den Willen gelassen, als sie so wild entschlossen gewesen ist, dieses idiotische »Rezept« für eine glückliche fünfzigjährige Ehe zu schreiben. Und er erträgt ihre Schwester. Natürlich gibt er zu, daß er ohne Geneva nicht so lange am Leben wäre. Er prahlt mit ihr. Aber sie ist eine Frau voller Zorn, und daran kann er nichts ändern. Es liegt nicht in seiner Macht. Es ist nicht seine Wut.

Er kann Evelyn nicht zurückholen.

Mit Fremden vermag er besser umzugehen als mit seiner eigenen Familie. Dr. Jim hat ihn gelehrt, die Hand auszustrecken, und ihm beigebracht, es sei die zwölfte Stufe, die dem ganzen Rest Nahrung gibt. Der Doktor hat ihm seine Telefonnummer aufgeschrieben. Und dann kam die Zeit, wo Gully einfach reden mußte. Die Begegnung mit Dr. Jim war reines Glück, eine göttliche Fügung. Wie sie herausfanden, wanderten sie beide gern im Freien umher. Dabei ist einem das Sprechen leichter gefallen. Ein bedrückender Gedanke, daß der Doktor verschwunden ist, daß man nicht weiß, wie und warum ...

Nun, jetzt ist er's selber, der den Leuten hin und wieder einen Rettungsring anbietet. Die Betroffenen gehören zu seiner Sorte, abgesehen von gewissen Unterschieden in den einzelnen Schicksalen. »Komm mit zu mir nach Hause, Bruder«, pflegt er zu sagen. »Laß mich erzählen, was ich schon hundertmal getan habe.« Oder: »Was quält dich denn?« Die meisten Kerle ergreifen die Flucht, wenn sie eine Mahlzeit, etwas Wärme und ein bißchen Gesellschaft genossen haben, gelegentlich auch einen Schlafplatz für eine Nacht. Aber so mancher nimmt auch eine Idee mit, den Keim seiner Rettung, denn er hat erfahren, daß es noch andere Menschen auf der Welt gibt – Menschen, die sich um ihn sorgen. Vielleicht möchte er noch nicht trocken werden, aber er weiß, wohin er gehen kann, wenn es soweit ist. »Erinnere dich«, schärft er den Typen ein, »du brauchst nicht mich, sondern die Anonymen Alkoholiker.« Von einer »höheren Macht« spricht er nicht, denn es dauert eine Weile, bis man die akzeptiert. Die Leute sollen einfach nur wissen, daß sie überall Hilfe finden, ganz egal, wo sie hingehen, sogar im Gefängnis, in Ausnüchterungszellen, in billigen Absteigen. »Zerbrich dir nicht den Kopf über das, was du mal tun wirst«, sagt er. »Denk immer nur an den ersten Schritt, die nächste Stufe«. Lerne verzichten, mein Sohn.

Nie ist es ihm gelungen, seiner Frau dies alles begreiflich zu machen. Einmal überredete er sie dazu, mit ihm zu einer Versammlung der Anonymen Alkoholiker zu gehen, und da starb sie beinahe. »Warum muß ich mir anhören, wie eine Räuberbande Schreckensgeschichten erzählt?« schimpfte sie erbost und meinte, auch *er* habe keinen Grund, sich mit diesen Leuten abzugeben. Er sei kein Trunkenbold, er brauche keine Krücke.

»Jetzt bin ich kein Trunkenbold mehr, das stimmt, Geneva Fisher«, erwiderte er. »Aber ich bin ein armes Schwein, das für Alkohol anfällig ist, und daran wird sich nichts ändern, bis du mich in mein kühles Grab legst.«

Da trat sie den Rückzug an und murmelte: »So schlimm war's doch nie mit dir.« Aber sie wußte, wie schlimm es gewesen war. Schlimmer, als sie's je in ihrer Erinnerung wahrhaben will.

Vielleicht hat sie ihm nie verziehen. Man kann sein Bestes tun, um dies oder jenes an den Menschen wiedergutzumachen. Aber man kann sie nicht zwingen, einem zu verzeihen. Ganz egal, seit wie vielen Jahren er jetzt schon auf den Alkohol verzichtet – früher ist er ein Trinker gewesen. Diese Barriere zwischen ihnen wird erst dann einstürzen, wenn Geneva es zuläßt. Aber sie hält daran fest. Aus irgendeinem Grund wünscht sie sich einen neuen Gully. Aber ein bißchen was will sie auch vom alten haben, wenn sie auch noch so oft behauptet, er habe niemals richtig gelebt.

Um sechs trinkt er ein Glas Wasser und nimmt eine Dose Orangensaft aus dem Gefrierschrank, um sie auftauen zu lassen. Zwanzig Minuten später steht er vor Genevas Tür und weiß nicht, was er hören wird. Oft schläft sie, während die ganze Nacht das Radio läuft. Ein paar Minuten lang wartet er, dann glaubt er zu hören, wie sie sich im Bett umdreht. Also kehrt er in die Küche zurück. Das Wochenende muß seine Frau überfordert haben. An beiden Abenden ist er ins Bett gegangen, während sie noch mit Ruby im Camper geredet hat. Deshalb weiß er nicht, wann sie eingeschlafen sind.

Er wird sich den Kaffee selber kochen müssen. Es fällt

ihm nicht schwer, den Topf zu finden, denn der steht umgestülpt im Spülbecken. Dann beginnt er in den Küchenschränken nach dem Kaffee zu suchen. Der erste Schrank ist der falsche. Gully hätte sich erinnern sollen, daß sie hier ihren Crosco und die kleinen Dosen mit den Gewürzen für diese oder jene Saucen verwahrt. Beim zweiten Versuch öffnet er den richtigen Schrank, aber die Kaffeedose enthält Teebeutel, ein Nestlé-Glas ist mit Reis gefüllt, dahinter eine Malto-Meal-Dose mit gefleckten Bohnen. Er sieht Backpulver und Natron, Salz und Pfeffer, eine weitere Teedose und irgendwelche Pülverchen, die er nicht identifizieren kann – was er auch gar nicht will. Aber den verdammten Kaffee findet er nicht.

Gully zieht seine Schuhe an. Nun wird er tun, was er sofort hätte tun sollen – in den Laster steigen und seinen Nescafé holen.

In der Tür trifft er Ruby. Sie hält eine Kanne mit dampfendem Kaffee in der Hand, und Geneva folgt ihr auf dem Fuß. »Setz dich. Meine Schwester sagt, es wird Zeit für deine Brühe, Gulsvig.« Er hat keine Ahnung, warum Ruby ihn immer noch mit diesem Namen anspricht, aber er macht kein Aufhebens darum. Eine solche Genugtuung gönnt er ihr nicht. Irgendwann wird sie auch diese Hänselei satt haben. Dabei ist es nicht einmal sein richtiger Name. Er heißt Michael Fisher. Früher ist er einmal ein Michael Gulsvig gewesen, bis er den Namen seines Stiefvaters angenommen hat, um einem anständigen Mann Respekt zu zollen. Aber seine Mutter nannte ihn Gully, und das taten dann auch alle anderen, sogar auf Arbeitsplätzen, wo die Kollegen mit den Nachnamen angeredet wurden. Aus einer gewissen Sentimentalität heraus (von dem Wunsch beseelt, die Vergangenheit am Leben zu erhalten, obwohl nur die Gegenwart zählt, wie jeder weiß) haben sie den zweiten Zwilling nach dem blutsverwandten Großvater getauft, einem unzuverlässigen, schon in jungen Jahren verstorbenen Mann.

Zu seiner Frau gewandt, platzt Gully heraus: »Ich dachte, du wärst tot!«

»Ich habe in Rubys Camper geschlafen«, erklärt sie sanft. Sie trägt einen blau-gelb gestreiften Morgenmantel, der nicht ihr gehört und ihr das Aussehen einer arabischen Konkubine verleiht. Das frisch geschnittene Haar steht struppig zu Berge, wie bei Austins Hund Rowdy. Morgens sind die Tränensäcke angeschwollen, aber sie wirkt ausgeruht. Also hat sie sich gar nicht in ihrem Bett umgedreht – und ganz gewiß nicht das Zeitliche gesegnet!

»Du hast dir also Sorgen gemacht.« Ruby gießt ihm Kaffee ein, und dafür ist er dankbar, obwohl *sie* ihm den Gefallen erweist. Außerdem schmeckt der Kaffee gut, und das sagt er auch, weil er kein Kleingeist ist.

»Der kommt aus einer Mr.-Coffee-Kaffeemaschine, die ich mir schon seit sechs Weihnachtsfesten hintereinander wünsche, Gully Fisher«, verkündet Geneva in durchdringendem Ton und knallt eine Dose Kondensmilch vor ihm auf den Tisch. Er hat bereits einen Schluck schwarzen Kaffee getrunken, obwohl er den nicht mag. Nun rührt er sorgfältig Milch hinein und überlegt, daß er in der Klemme zu stecken scheint, obwohl er nichts verbrochen hat.

»Eine Kaffeemaschine in einem Camper, stell dir das mal vor.« Irgendwie fühlt er sich verpflichtet, einen Beitrag zur Konversation zu leisten.

»Das ist noch gar nichts«, erwidert Geneva. »Sie hat eine Mikrowelle, einen Fernseher, einen winzigen Staubsauger, ein komfortables kleines Gästebett zum Runterklappen, und auf der Heimfahrt will sie sich in Portland auch noch eine süße, winzige Geschirrspülmaschine kaufen.«

Gully versteht nicht, warum manche Leute Sachen mit sich herumschleppen, die man nicht einmal zu Hause braucht. Die haben einfach viel zuviel Krempel. Trotzdem sagt er: »Wie nett!« Jetzt, mit Milch und Zucker, ist der Kaffee perfekt und weckt Hungergefühle.

»Was ist mit meiner Küche passiert!« ruft Geneva, als sie sich umdreht und all die Dosen und Gläser auf der Theke entdeckt.

»Ich hab' den Kaffee gesucht.«

»Du weißt doch genau, daß ich den im Kühlschrank aufhebe!« Sie öffnet den Kühlschrank und holt aus seinen Tiefen eine gelbe Dose mit albernem Blumenmuster hervor. »Kaffee!« informiert sie Gully und hält ihm das Gefäß vor die Nase.

»Ich merk's mir – fürs nächste Mal«, verspricht er, obwohl er genau weiß, daß er nie mehr länger als fünfzehn Minuten warten wird, ehe er zu seinem Laster geht und den Nescafé holt. Oder noch besser – er wird zur Imbißbude am Fluß fahren. Dort sitzen jeden Morgen genug alte Knaben, die schon vor ihren Frauen aufgestanden sind.

Geneva rumort herum und bringt aus einem hinteren Schrankwinkel drei idiotische kleine Dinger zum Vorschein. »Ich koche weiche Eier und benutze endlich mal diese süßen Eierbecher, die du mir vor drei Jahren zu Weihnachten geschenkt hast, Ruby.« Ein Topf klirrt auf dem Herd.

»Ihr habt keine Morgenzeitung«, bemerkt Ruby und setzt sich neben Gully, um ihren Kaffee zu trinken. »Wie haltet ihr das bloß aus!«

Irritiert schüttelt Gully den Kopf. Noch nie haben sie diese Eierbecher verwendet, und er fragt sich, was er damit anfangen soll. »Ich glaube, ein Ei am frühen Morgen würde meinem Magen schaden. Ich hätte lieber eine Scheibe Toast – und vielleicht ein paar Weizenflocken.«

Geneva holt eine Schachtel Wheaties und den Milchkarton und knallt beides vor ihn hin. Er steht auf und sucht sich selber eine Schüssel. Wenn er nichts ißt, wird ihm in einer Stunde übel sein, aber sein Magen krampft sich zusammen, und er will nur noch raus. Was mit Geneva los ist, braucht er gar nicht erst zu fragen. Sie spielt immer verrückt, sobald Ruby aufkreuzt. Mit der vergleicht sie sich, und dann macht sie ihm Vorwürfe, weil er nicht stirbt und sie wohlversorgt zurückläßt, wie der arme alte Gordon ihre Schwester. Sie sitzen herum und reden über Dinge, die ihn in Wut bringen, und das ist dann ihre Vorstellung von einem angenehmen Zeitvertreib.

Er hat sein Müsli bereits verspeist, als Ruby ein Messer ergreift und fachkundig ihr Ei köpft. Aufmerksam schaut Geneva zu, und während Gully zur Tür geht, hört er sie bitten: »Oh, mach das auch mit meinem Ei!« Dann springt sie auf und packt die Tür, ehe sie zufällt. »Wo läufst du heute hin, Gully Fisher? Ich habe bereits Pläne geschmiedet.« Ihre Stimme klingt richtig gemein.

»Ich muß was am Laster reparieren«, knurrt er, dann hat er eine Idee. »Und ich will auch nach Austin Melroy sehen. In letzter Zeit fühlt er sich nicht gut. Zum Dinner bin ich wieder da. Amüsiert euch inzwischen.«

»Wir essen nicht vor sechs!« faucht sie und kehrt zu ihrem kopflosen Ei zurück.

36

Man kann Austin Melroys Haus von der Straße aus nicht sehen. Es steht in einer kleinen Senke, durch die ein Bach fließt, umgeben von Erlen und hohen Pyramidenpappeln. Auf den Hängen wachsen Eichen, und durch die hohen, dichten Brombeersträucher genießt Melroy eine uneinnehmbare Privatsphäre, so als würde er auf dem Mond leben.

Das Anwesen erinnert an die Filmkulisse einer gepachteten Farm, mit Schrotthaufen, einem halb verfallenen Hühnerstall, ein paar scharrenden Hühnern im Hof und viel, viel Mist, der sich während der winterlichen Regenzeit in Schlamm verwandelt und zum Himmel stinkt.

Da parken auch ein paar Vehikel. Melroy besitzt einen rostigen buttergelben ’52er Buick, der so aussieht, als stammte er aus derselben Epoche wie das Haus. Das ist der Lieblingsschlafplatz der Hunde, und beide Türen stehen immer offen. Der rote 1954er GMC-Lieferwagen, das einzige Fahrzeug, das noch funktioniert, wird hinter dem Brombeergestrüpp am Ufer des Bachs versteckt. Die beiden restlichen Autos, ein alter zweifarbiger Chevy und die völlig verrostete Karosserie eines noch älteren Willys, könnten in besserem Zustand einiges wert sein. In diesen schäbigen Karren lagert die Ware für Austins Flohmarkt. Auf dem Rücksitz des Chevy häufen sich Töpfe und Pfannen, auf dem Vordersitz alte Küchengeräte. Der Willys enthält Bibeln, antiquarische Wörterbücher und Enzyklopädien, Kochbücher und einen merkwürdigen Band mit Benimmregeln und Aphorismen. Auf der Ladefläche des Lieferwagens türmen sich Fahrräder, auf der Veranda des Wohnwagens Ersatzteile, Pumpen, Öl- und Farbkanister.

Die Hitze des späten Morgens hat die Hunde bereits in den Schatten gescheucht. Ein riesiges Tier, vielleicht teilweise ein Bernhardiner, liegt unter der Wohnwagentreppe. An einer Seite ragt die Nase hervor, an der anderen sein Schwanz. Zwei Hunde räkeln sich beim Brombeergestrüpp, einer hat seine Nase auf den Bauch des anderen plaziert.

Melroy besitzt über ein Dutzend Hunde, zumeist Promenadenmischungen, die er vor der Langeweile oder dem Tod im Tierheim rettete. Einige sind ihm zugelaufen, so als hätte sich seine Tierliebe herumgesprochen. Letztes Jahr ist er mitsamt seinen Hunden in die Zeitung gekommen, als er einen Spitz an einer verkehrsreichen Unterführung aufgelesen hat. Das zitternde Tier entleerte vor Angst seinen Darm, während die Autos vorbeirasten. Es trug keine Hundemarke, also nahm Melroy es mit nach Hause. Er wollte den Eigentümer ausfindig machen (der verdammte Rassehund war ein nervöser Kläffer), rief die Rundfunkstationen an, und die Story wurde in der Abendzeitung veröffentlicht. Die Besitzerin des Spitz (eine Bankiersgattin) erschien, um ihr süßes Schoßhündchen abzuholen. Das Chaos und die Spuren schändlicher Vernachlässigung, die sie zu erblicken glaubte, brachten sie dermaßen in Wut, daß sie sofort zum Tierheim eilte. Und obendrein noch zum Bezirksstaatsanwalt. Die Beamten im Tierheim kannten Melroy und bewunderten ihn. Trotzdem führten sie Ermittlungen durch, besuchten ihn zweimal – einmal mit einem Reporter auf den Fersen, dann mit einem Kameramann von den Spätnachrichten im Fernsehen. Der Direktor des Tierheims trat kurz im Fernsehen auf und erklärte, die meisten von Melroys Hunden wären bereits tot, hätte er sie nicht gerettet. Diese Aussage mußte er wiederholen, als der Banker, von seiner Frau angestachelt, vor Gericht eine gründlichere Untersuchung verlangte. Für die Dauer der Verhandlungen wurden Melroys Hunde ins Tierheim gebracht und auf Kosten der Steuerzahler gefüttert. Drei Tierärzte boten an, sie gebührenfrei zu behandeln. Ein Tierfutter-Discountladen stellte hundert Pfund Fertignahrung zur Verfügung, die Melroys Hunde nicht anrührten. Ihre Heimkehr wurde mit einem Zeitungsartikel gewürdigt, der in der »Lifestyles«-Sparte eine Viertelseite einnahm.

Den Großteil seiner Zeit verbringt Melroy mit den Hunden, abgesehen von den Stunden, die er benötigt, um in den Abfällen des Cafés und des Lebensmittelladens nach Speiseresten für seine Lieblinge zu suchen oder Kleinwild zu jagen. Wenn er bei schönem Wetter seinen Flohmarkt betreibt, nimmt er oft mehrere Hunde im Lieferwagen mit.

Den Unterricht, den er den Tieren gibt, kann man nicht als »Abrichten« bezeichnen. Er verwendet weder Leinen noch Ketten. Statt dessen überredet er die Hunde zu allem, was sie tun sollen. Er sagt, einen Hund würde er genauso wenig zu irgend etwas zwingen wie ein Kind. Und wenn er animiert wird, redet er ohne Punkt und Komma über die Nötigungen und Täuschungsmanöver und furchterregenden Mittel, die manche Leute bei der Kindererziehung und Hundedressur einzusetzen pflegen.

Um die Aufmerksamkeit der Hunde zu wecken, benutzt er eine alte Bierdose voller Bohnen. Das ist sein strengstes Zuchtmittel, wenn er ein Tier wegen schlechten Benehmens strafen will.

Geneva ist empört gewesen, als sie die Zeitungsartikel über Melroy gelesen hat. »Was geht das einen *Banker* an?« tobte sie, und Gully liebte sie wieder so innig wie in der Jugendzeit, weil sie für einen guten Menschen Partei ergriff. Aber ihre Begeisterung für Melroy ist bald verflogen. Sie haßt es, wenn Gully ihn besucht, und sie hält den alten Mann für einen verrückten, stinkenden Trunkenbold. Damit hat sie mehr oder weniger recht, aber weder ihre Nörgeleien noch Austins schlechte Angewohnheiten können Gully von dieser Freundschaft abbringen.

Er mag Melroy. Außerdem hat er ihn unter seine Fittiche genommen. Der Greis füttert nur seine Hunde und vernachlässigt sich selbst. Und Gully fühlt den Augenblick herannahen, in dem er Melroy aus dem Dickicht seiner selbstgeschaffenen Misere (Rhabarberwein, selbstgebrautes Bier, billiger Whiskey, schlechte Ernährung) führen kann.

Heute will er Melroy gründlich bearbeiten.

Melroy steht mitten im Hof und wirft für Rowdy, seinen struppigen Halbterrier, einen Stock. »He, Boy!« ruft er, und der Hund bringt ihm den Stock zurück, geifernd vor Stolz und Freude. »He, Boy!« wiederholt Melroy und sieht aus den Augenwinkeln Gully herankommen. Er läßt sich auf ein Knie nieder, tätschelt den Terrier und erduldet feuchte Hundeküsse auf seinem Unterarm.

Er liebt Schwache und Benachteiligte. Für ihn hat ein Straßenköter mindestens die gleichen Rechte wie ein saft- und kraftloser Rassehund mit endlosem Stammbaum. Als einstiger Farmerjunge zur Zeit der großen Wirtschaftskrise, der dann vor der Übersiedlung in den Nordwesten dreißig Jahre auf Ölfeldern verbracht hat, weiß man den Hund von der Straße zu schätzen. Man identifiziert sich mit ihm.

Melroy hat Gully einmal gefragt: »Kannst du mir sagen, inwiefern sich ein Bastard von einem Barsoi unterscheidet, wo sich doch beide hinhocken, wenn's in ihren Gedärmen rumort?« Er erinnert sich an elegante Banker, Ingenieure und Journalisten aus dem Osten, die durch die Bars und Straßen der Ölbonzenstädte stolziert sind und sich den gewöhnlichen Sterblichen weit überlegen gefühlt haben. Melroy stand den Huren und Schwarzbrennern stets näher als diesen Dandys, und ein Mann, der den Abschaum auf den Ölfeldern kennengelernt hat, weiß genau, welche Tiere seine Aufmerksamkeit verdienen.

Gully und Melroy trafen sich zum ersten Mal hinter dem Cove Country Café. Austin wühlte bei der Hintertür in einer Mülltonne, und Gully fuhr durch die Gasse, um seinen Laster zu wenden. Auch jeder andere hätte die Situation mißverstanden. Da stand Melroy in langen roten Unterhosen und kniehohen Gummistiefeln, mit Schirmmütze. Gully stellte den Laster ab und ging zu dem sonderbaren Mann. Bis jetzt war es ein langweiliger Tag gewesen, und nun fand er jemanden, der offensichtlich Hilfe brauchte. »Ich kaufe Ihnen einen Kaffee – und einen Pfannkuchen.« Weil der Alte noch immer nicht reagierte, fügte Gully hinzu: »Und ein Ei.«

Da begann Melroy zu lachen, und es hörte sich an, als wollte er nie wieder aufhören. Gully folgte ihm zu seinem Wohnwagen und verbrachte dort viele Stunden, versäumte das Mittagessen und handelte sich Ärger mit Geneva ein.

»Einmal lebte ich zwei Wochen lang von Bohnen und Maisbrot«, erzählte Melroy. »Ich hatte auf einem Ölfeld gearbeitet, und dann verließ der Aufseher die Stadt, ohne meine Kollegen und mich zu bezahlen. Ich besaß nur mehr einen Sack mit gefleckten Bohnen und einen mit Maismehl. Seither kann ich keine gefleckten Bohnen mehr sehen, aber weiße esse ich immer noch.«

Aufmerksam lauschte er Gullys Ausführungen über Wahnsinn und Ausschweifung und sein großes Glück, rechtzeitig zur Vernunft gekommen zu sein, wußte aber keinen Kommentar abzugeben. Sobald Gully die Luft ausging, lotste Melroy ihn in den Hof, wo er die Hunde fütterte, und erörterte den unterschiedlichen Wildbestand im Nordwesten und im Südwesten, was zu interessanteren Geschichten über verregnete Jagdausflüge, raffinierte Rehe und Lieblingsschrotflinten führte. Solche Gespräche fördern die Freundschaft.

»Hallo!« ruft Gully, und die Hunde richten sich jaulend auf. Melroy befiehlt ihnen, an ihre Manieren zu denken. Da es für größere körperliche Aktivitäten zu heiß ist, legen sie sich wieder hin. Eine fette Hündin läuft zu Melroy, so schnell ihre kurzen Beine sie tragen, umklammert sein Knie, postiert sich zwischen seinen Fußknöcheln, hebt ein Hinterbein und pinkelt.

Um nicht vollgespritzt zu werden, geht er zur Seite und schüttelt den Kopf. »Das ist Haggerty. Ich hab' sie nach meinem Sohn genannt, der den Namen vom Bruder seiner Mutter bekam, lauter scheue Hunde. Natürlich steckt in Haggerty keinerlei Bosheit. Sie hat nur einen einzigen Makel – diese blöden kurzen Beine. Mein Sohn dagegen lernte schon frühzeitig, durch Tücke wettzumachen, was ihm an Mut fehlte, und schlich sich immer nur von hinten an seine Gegner ran, statt vor sie hinzutreten. Komm rein, Gully. Freut mich, dich wiederzusehen.«

»Ich hab' den Lunch mitgebracht.« Gully trägt eine Papiertüte aus dem Café bei sich, mit Hühnersandwiches, zwei dicken sauren Gurken und zwei winzigen albernen

Säckchen, die je fünf Kartoffelchips enthalten. Seine Thermosflasche hat er mit Kaffee gefüllt.

»Nun schau dir das an!« ruft Melroy, als Gully das Essen auf den Tisch legt, der in dem vollgestopften Raum kaum Platz findet. An einer Wand stehen Flaschen in Zweierreihen, eine neue Abfüllung vom selbstgebrauten Bier, an einer anderen stapeln sich Zeitungen, Farmer-Almanache und ein abgegriffenes Wörterbuch mit ausgefranstem Einband. Da häufen sich Socken, die vom Trocknen hereingebracht und nicht weggeräumt wurden, eine Nadel steckt in einem Stückchen Karton, um den sich ein Faden windet, und diverser anderer Kram liegt herum.

Bounder – halb Retriever, halb was Kleineres – hat unter dem Tisch geschlafen. Nun springt er an beiden Männern hoch, leckt sie ab und beschnüffelt sie, wedelt mit dem Schwanz, wirft eine Tasse und ein Glas um, die neben einem Sessel am Boden stehen.

»Mit Bounder hab' ich einen Fehler gemacht.« Melroy tätschelt das Tier, bis es sich wieder niederlegt. Er klappt sein Sandwich auseinander, verteilt die Kartoffelchips darauf, klappt es wieder zu und setzt sich in seinen Schaukelstuhl. »Er kam ganz jung zu mir, im letzten Winter. Ein ungünstiger Zeitpunkt. Endlose Regentage, Eiseskälte. Man bleibt in seinen vier Wänden, und ein blöder junger Hund kriecht ständig auf einem rum, schleckt einen ab, und dann ist das verdammte Biest fürs Leben verdorben. Klar, so ist er's gewöhnt. Er glaubt, der Wohnwagen gehört ihm, und ich bin sein Haustier. Um die anderen Hunde schert er sich keinen Deut.«

Haggerty kommt zur Vordertür und winselt gellend. »Oh, diese Pest!« schimpft Melroy in gespielter Verzweiflung. In sein Sandwich hat er noch immer nicht gebissen.

»Hat Angst vor der Einsamkeit, dieser verschreckte kleine Scheißer. Deshalb lasse ich Haggerty hier drin schlafen. Letztes Jahr wimmelte es bei uns nur so von Waschbären, bis ich das verflixte Hundefutter ans andere Bachufer brachte. Wenn sie sich hier herumtrieben, fiel Haggerty in Ohnmacht. Natürlich waren sie für sie so groß wie Eisbären.«

Gully geht zur Tür und läßt die Hündin herein. Eine Zeitlang läuft sie im Kreis, dann rollt sie sich zwischen Melroys Füßen zusammen, und Gully sinkt in einen alten grünen Lehnstuhl mit breiten, flachen Armstützen.

Wenig später watschelt Haggerty herüber und hopst hoch, um die Pfoten auf den Rand der Polsterung zu legen. »Sie will dir nur zeigen, daß sie beten kann«, erklärt Melroy. »Daran haben wir gearbeitet. Du mußt ihr's nur sagen, dann wirst du's schon sehen.«

»Okay, spricht dein Gebet, Haggerty.« Gully hat selbst Hunde besessen, mit ihnen Verstecken gespielt und herumgetobt und Stöckchen geworfen. Aber seine Hunde haben nie gebetet.

Prompt legt Haggerty die Vorderpfoten zusammen, senkt den Kopf und quietscht. »Braver Hund«, lobt Gully, und sie trottet davon, verzieht sich wieder zwischen Melroys Füße. Ein paar Minuten lang kauen die Männer zufrieden.

Gully ist erleichtert, als er Melroy essen sieht. Könnte man den alten Mann mit spirituellen Zusammenhängen vertraut machen und von seinen zerstörerischen Verhaltensweisen abbringen, würde er gesund und gelassen werden. Es dürfte eine Weile dauern, aber im Grunde ist er ein guter Mensch – geschwätzig, aber sanftmütig.

»Ich hab' den Kaffee vergessen«, sagt Gully.

Sein Freund bedeutet ihm, sitzen zu bleiben, wäscht

zwei Tassen und ergreift die Thermosflasche, um beide zu füllen. Nach einem großen geräuschvollen Schluck nimmt er wieder Platz, und mit dem nächsten spült er ein paar Sekunden lang den Mund aus. »Das ist heute mein erster Kaffee. Am Morgen hatte ich keine Zeit dafür. Ich fütterte die Hunde, trainierte mit ihnen, räumte ein bißchen Mist weg, und dann warst du auch schon da. In meinem Alter verstreicht das Leben immer schneller.« Das sagt er, als spräche er mit einem Kind, nicht mit einem Mann, dessen Geburtsdatum sich nur um wenige Jahre von seinem eigenen unterscheidet. Er zieht die Stiefel aus, und Bounder rückt näher heran, um seine Flanke als Fußstütze anzubieten. Gully beobachtet, wie die Zehen seines Freundes mit dem Hundefell spielen.

Hätte Melroy seine Hunde nicht, sähe er wohl kaum einen Grund, morgens aufzustehen. Aber er hat sie nun mal, und wie man zugeben muß, kommen sie alle bestens miteinander zurecht.

Der Seelenfrieden kann exzentrische Formen annehmen, denkt Gully. Unglücklich ist Austin Melroy gewiß nicht. Wenn er sein Leben Revue passieren ließe und überlegte, an wem er was gutmachen müßte – wer könnte das sein? Aber das ist natürlich Austins ureigenste Sache.

»Ich glaube, es gibt keinen Hund, den du nicht haben wolltest«, bemerkt Gully. »Abgesehen von den geschniegelten.«

»Arrogante Kläffer mag ich auch nicht«, antwortet Melroy und legt sein halbgegessenes Sandwich auf den Tisch. »Gegen eine gelegentliche kleine Rangelei mit einem alten Socken hab' ich nichts. Alle meine Hunde lieben so was. Aber wenn ich einen Dobermann oder Schäferhund treffe, passe ich genau auf, ob er das Maul zu weit aufreißt. Solche Hunde werden von ihren Besitzern

›Fang‹ oder ›Killer‹ genannt. Mit so einem Hund will ich nichts zu tun haben. Der läßt sich nur schwer umerziehen, und ich muß an meine anderen Hunde denken. Sonstige Probleme kann man lösen. Es wäre langweilig, wenn sie hier ankämen wie gottverdammte gedrillte Kadetten. Als ich diesen kleinen Beagle bei mir aufnahm, fraß er leidenschaftlich gern Scheiße. Das gewöhnte er sich nur schwer ab. Doch jetzt würdest du's kaum glauben, wenn ich's dir nicht erzählte. Ab und zu beobachte ich, wie er einen Scheißhaufen betrachtet. Dann schüttle ich ganz laut meine Bierdose mit den Bohnen. Ich glaube, er tut's nur, um mich auf den Arm zu nehmen und sich ein bißchen zu behaupten.«

Gesättigt und zufrieden, wünscht Gully, er müßte sich nie mehr von der Stelle rühren. Der Hundegeruch ist ihm bereits vertraut. Er fragt sich, ob Austin jemals daran denkt, wieder mal einen Ausflug nach Texas zu unternehmen. Er selbst möchte den Big-Bend-Park sehen und vielleicht in einem Boot flußabwärts fahren.

Wenn Melroy doch bloß sein Sandwich aufessen würde ...

»Ich glaube nicht an die Bösartigkeit von Hunden.« Melroy schwatzt gern, und Gully weiß nicht, wer ihn sonst noch zu besuchen pflegt. »Ich hatte zwei Frauen, und beide waren so gemein, wie Zitronen sauer sind. Aber wenn ein Hund in die Enge getrieben wird, tut er nur, was er tun muß. Ich rede nicht von den Hunden beim Marinekorps, von Nazis und Drogenschnüfflern, sondern von Straßenkötern. Was weiß so einer schon von Politik und Gehässigkeit? Einmal hatte ich eine süße kleine Spanielhündin. Wir lebten in Blanco, Texas. Ich nannte sie Sugar, und sie war so gut erzogen wie jeder Dandy-Hund. Aber wenn sie mal raus mußte, wurde sie von meiner Frau ignoriert. Also verkroch sie sich in einer Ecke, ließ was fallen, jaulte und fühlte sich elend. Meine Frau behauptete, Sugar tue das aus reiner Bosheit. Eines Abends ging ich zur Arbeit und meine Frau in ein Kino, ohne den Hund vorher rauszulassen. Sie war vor mir daheim und stellte fest, daß er in einem ihrer Schuhe sein Geschäft erledigt hatte. Als ich nach Hause kam, sagte sie: ›Dieses gottverdammte Biest mag mich nicht. Entweder er oder ich, Austin.‹« Grinsend kratzt er sich am Kopf. »Das war meine zweite Frau.«

»Ich bin seit fünfzig Jahren verheiratet.« Irgendwie klingt es übertrieben, wenn Gully das so schlicht und schnörkellos ausspricht.

»Tatsächlich? Aber du hast keine Hunde.«

»Im Augenblick nicht«, bestätigt Gully verlegen. Wenn man's recht bedenkt, ist ein Leben ohne Hund unvollkommen. Vor ein paar Jahren ist der nicht ganz rassereine Retriever gestorben. Und als Gully zum Tierheim fahren wollte, um einen neuen Hund zu holen, erklärte Geneva, dafür sei der Wohnwagen zu klein – in einem Tonfall, der das Thema ein für allemal beendete. Er hätte den Hund in der Werkstatt oder im Laster halten können, aber er widersprach nicht. So sehnlich hat er sich ja auch keinen Hund gewünscht, nicht wahr? Er weiß gar nicht mehr, ob während der letzten Jahre überhaupt jemals ein brennender Wunsch in ihm erwacht ist. »Ich hab' schon drüber nachgedacht«, sagt er jetzt – für ihn selber eine Neuigkeit ... Aber es hört sich ehrlich an.

»Such dir ein Glanzstück aus meinem Zoo heraus.« Melroy lacht schallend und zeigt zum Hof. »Wann immer du dich dazu entschließt. Ich meine es ernst, Gully. Bounder wäre ein guter Kamerad. Oder wie wär's mit Haggerty? Sie wird bald flügge, und du könntest sie in die

Gesellschaft einführen.« Gully starrt die Bierflaschen an und wird von seinem Freund ertappt. »Möchtest du eine?«

»Nein. Du kennst mich, Austin. Ich darf nicht trinken. Du weißt, ich ...«

»Ja, ja, aber das ist selbstgebrautes Bier, mild wie Muttermilch. Wir teilen uns eine Flasche, und da wirst du nicht halb so besoffen wie von einem Löffel Hustensirup.«

Nie denkt Gully an den Geschmack von Bier oder Whiskey. Niemals denkt er ausdrücklich: *Ich wünschte, ich hätte jetzt einen Drink.* Aber er fühlt sich unbehaglich, als er das Angebot ablehnt. Es wirkt unhöflich, irgendwie steif. Vielleicht führt Austin ein ungesundes Leben, aber er ist umgänglich, sympathisch und ganz gewiß unabhängig.

»Nicht zu vergleichen mit dem Zeug, das ich als Junge trank«, fährt Melroy fort. »Was für ein mieser Fusel! Hab' ich dir das jemals erzählt?«

Gully schüttelt den Kopf. Eigentlich sollte er das Thema wechseln, aber es interessiert ihn. Männer in ihrem Alter haben reichhaltigere Erfahrungen mit Alkohol als die Jungs heutzutage, trotz all der ausländischen Biersorten in den schicken Flaschen.

»Es passierte im Van Zandt County, in einer winzigen Stadt. Dort lebten ein Texas-Ranger und viele strenggläubige Leute. Aber es gab auch Tanzlokale und wilde Kerle wie in jeder Ölbonzenstadt. Ich war ein benebelter, blöder Farmerjunge und hatte einen Riesenrespekt vor der Firma und all dem Geld. Meine Familie war am Verhungern, und nun konnte ich endlich gutes Geld verdienen. Die Typen nannten mich ›Stöpsel‹ und ›Rüsselkäfer‹ und ›Kiddo‹. Untereinander gaben sie sich noch seltsamere Namen. Eines Abends hatte ich selbstgebrautes Bier mit ihnen getrunken, als sie zusätzlich was von der scheußlichen Pisse zwischen die Finger bekamen, die dort verkauft wurde. Diese besondere Marke bestand hauptsächlich aus ungenießbarem Alkohol. Ein paar Männer starben, andere bekamen diesen ruckartigen Gang, den wir Jake-leg nannten. Nachher hörte man diese Story auf allen Ölfeldern. Jeder wußte Bescheid über Jake-leg. Meine Freunde und ich hatten uns schon mit Bier vollaufen lassen und nicht viel von dem Fusel getrunken. Wir wurden krank, aber auch wieder gesund – ohne Jake-leg.«

»Ich hab' gehört, was die Schwarzbrennerei alles anrichten kann.«

»Nur die betrügerische Schwarzbrennerei. Jetzt sind diese Typen vermutlich alle tot. Rüsselkäfer! Ha! Das war 1930 oder 31. Und wie ist es dir damals gegangen, Gully?«

»Ich hab' meinen Weg gemacht, genauso wie du.« Es dauert nur ein paar Sekunden, bis deutliche Erinnerungen zurückkehren. Sein Stiefvater hatte ihm einen Job beim Verkehrsamt verschafft, als Mitglied eines Vermessungsteams für Bahnlinien. Er lächelt, in seine Erinnerungen vertieft.

»Nur knauserige Leute erinnern sich schweigend an die Vergangenheit, Gully.« Schwungvoll öffnet Melroy ein Bier.

Das muß ganz warm sein, denkt Gully. »Eines Sonntags fuhr ich mit einem anderen jungen Mann in einem Auto los, das man mit der Hand ankurbeln mußte. Wir picknickten und tranken was aus einer geschnorrten Flasche. Whiskey nannte das mein Freund, aber diesen Namen verdiente es nicht. Wir amüsierten uns, bekamen einen kleinen Schwips, und dann traten wir die Heimfahrt an. Wir hatten's satt, die Kurbel zu betätigen, und weil's bergab ging, fanden wir das auch überflüssig. Was wir allerdings nicht bedachten – sobald die Karre beschleunigte, bekamen wir die Kurbel nicht mehr in den Griff und konnten das Vehikel nicht unter Kontrolle bringen. Es flog in die Luft und mitten in unser Camp. Beinahe wäre es zu einer Katastrophe gekommen.« In plötzlicher Verlegenheit spürt er, wie seine Wangen brennen. Geneva würde jetzt sagen, er führe sich auf wie ein alter Mann. Sie hört nicht gern von seinen Abenteuern, die sie nicht miterlebt hat.

»Wenn ich geduldig mit Bleistiften umgehen könnte, würde ich meine Memoiren schreiben.« Melroy reicht Gully die Flasche, die gedankenlos entgegengenommen wird. »Es tut gut, auf die Jugend zurückzublicken. Und man freut sich, weil man nicht steif und prüde und stocknüchtern wie ein gottverdammter Pfarrerssohn herangewachsen ist und weil man früher das Leben ein bißchen genossen hat, was?«

Gully nimmt einen großen Schluck. Es dauert einige Zeit, bis er den Geschmack registriert, ein komisches heftiges Prickeln ganz hinten im Hals, als die Flüssigkeit durch seine Kehle rinnt. Er fühlt, wie es sich im Hinterkopf ausbreitet, hinter seinen Ohren. Abrupt stellt er die Flasche auf den Tisch und steht auf. »Ich muß raus. Hier drin ist es zu heiß.« Er hat sich zu schnell erhoben, und nun wird ihm schwindlig.

Sein Freund streckt die Beine aus und rülpst. »An einem heißen Tag ist Bier genau das Richtige.« Er stöhnt. Irgend etwas tut ihm weh.

Bounder fährt hoch, läuft von einem Ende des Wohnwagens zum anderen. Dann landet er mit einem langgestreckten Sprung in dem Lehnstuhl, in dem Gully eben noch gesessen hat.

»Er denkt, du hast das Plätzchen für ihn gewärmt«, erklärt Melroy, »und er findet dich wundervoll.« Der Hund steckt die Pfoten unter die Schnauze und schließt die Augen.

»Du mußt aufpassen, Austin«, warnt Gully mit schwacher Stimme. Er will vom Feuer erzählen, das sein Leben verändert hat. »Das Zeug wird dich noch umbringen.«

»Mein Bier?« schnauft Melroy. »Wohl kaum.«

Gully möchte schildern, wie schlimm es gewesen ist, bevor der Allmächtige eingegriffen hat, und Melroy eines Abends zu einer Versammlung mitnehmen. Vielleicht sollte er eine Art gesellschaftliches Ereignis draus machen.

»Verdammt, Gully, ich bin unverheiratet. Mein Sohn kümmert sich nicht um mich. Ich fahre nie Auto, wenn ich betrunken bin. Da gibt's nur mich, mein Heim, meine Hunde und meine Erinnerungen. Also, hat ein Mann denn nicht das Recht, hin und wieder ein bißchen fröhlich zu sein, ein wenig Spaß zu haben? Der Alkohol ist ein so angenehmer, kurzer Weg zum Vergnügen.«

»So habe ich das nie gesehen, sondern immer nur als Fluchtweg.«

»Aber jetzt bist du älter, und die Dämonen schlafen.« Melroy hievt sich aus dem Sessel hoch, verzieht entschuldigend das Gesicht, rückt die Hose zurecht und dreht den Hals zum Hintergrund des Wohnwagens. »Lauf nicht weg!« bittet er und geht zur Toilette.

Eine Minute lang starrt Gully die geschlossene Tür an, dann schüttelt er den Kopf, um wieder einen klaren Gedanken zu fassen. Er streichelt Bounders Rücken, der Hund windet sich mit wohligem Stöhnen, ohne die Augen zu öffnen. Dann schaut er hingerissen zu Gully auf, der ihm mitteilt: »Ich kann niemanden zu seinem Glück zwingen. Bei einem Mann wirkt der Trick mit der Bierdose voller Bohnen nicht.« Und dann fährt er nach Hause.

37

Bald nach dem Abendessen geht Gully ins Bett, aber er ist nicht schläfrig, und so liest er noch ein paar Seiten in einem Buch, das Fish vor einigen Jahren dagelassen hat. Joshua Slocums Bericht über eine einsame Segelfahrt. Ein wackerer alter Knabe. Er kennt den Traum seines Sohnes, sich irgendwo im Meer zu verlieren. Und obwohl Gully diesen Wunsch nicht teilt (er glaubt, er würde die endlose Weite nicht mögen, den schwankenden Boden unter den Füßen), würde er alles tun, um seinem Jungen eine solche Segeltour zu ermöglichen.

Geneva folgt ihrer Schwester zum RV hinaus, und als sie gegen neun zurückkommt, ist Gully immer noch wach. Sie braucht lange, bis sie ins Bett geht, rumort in der Küche herum und dann im Bad. Später hört er, wie sie in ihrem Schlafzimmer zwischen den Fernsehsendern hin und her schaltet und dann das Radio anstellt. Durch den ganzen Wohnwagen glaubt er ein Seufzen zu vernehmen, ein Schluchzen, und das bereitet ihm Sorgen. Wenn sie krank ist, würde er es erst am nächsten Morgen erfahren.

Er schaut nach. Die Tür ist geschlossen. Leise klopft er an und öffnet sie. Geneva sitzt im Bett. Neben ihr und auf der Decke liegt der Inhalt ihrer Erinnerungsschachtel verstreut. Kleine selbstgemachte Valentinsgrüße mit ausgeschnittenen Herzen und weißen Spitzendeckchen. Die hat Evelyn angefertigt, wie er sich entsinnt. Es gibt auch gekaufte Karten, inzwischen verblaßt und ein bißchen zerknittert, aber mit glänzenden Bildern.

»Sei mein.« – »Liebe mich, ich liebe dich.« Und Weihnachts- und Geburtstagskarten ... Gully erkennt sie wieder, jeder merkt sich so was, aber er hat nicht gewußt, daß sie diese Dinge in der nachgedunkelten Metallkassette verwahrt. Alle Karten – bis auf die von Evelyn gebastelten – hat Geneva ihren Kindern gegeben. Er erinnert sich, wie am Valentinstag auf dem Frühstückstisch Karten neben den Tellern der Kinder gelegen haben. Evelyn las ihre Karte, lächelte scheu und sagte: »Wie süß, Mama!« Aber die Jungs legten die Kuverts beiseite, ohne sie zu öffnen, aßen Haferflocken und Toast. Nie hat er sich gefragt, wohin die Karten nach dem Frühstück verschwunden sind.

Gemächlich beginnt Geneva sie einzusammeln. Ihre schmalen, fleckigen Hände bewegen sich anmutig, mit einer gewissen Trauer. Er möchte ihrem Blick begegnen, weiß aber nicht, was er sagen soll. Wie schmerzlich muß es sein, Erinnerungsstücke aufzubewahren, die niemand entgegengenommen oder behalten oder gewollt hat. Er empfindet tiefes Mitleid, und noch schlimmer ist die Erkenntnis, daß er nichts davon gewußt hat. Natürlich konnte sie's ihm nicht erzählen, mußte in seiner Abwesenheit die Karten mit den albernen Versen einsammeln und aus undefinierbaren Gründen irgendwo aufheben. *Hätte ich's gemerkt, hätte ich sie sicher ausgelacht*, denkt er bedrückt. Wahrscheinlich liegen auch alte Schulfotos in der Kassette, ein oder zwei Briefe von Fish aus der Militärzeit. Daß man so was verwahrt, versteht Gully. Wenn er sie darum bäte, würde sie ihm ihre Schätze zeigen? Vielleicht wird sie ihm vorwerfen: *Du und deine Söhne, ihr habt mir niemals Valentinskarten geschenkt. Keiner hat je zu mir gesagt: ›Sei mein.‹*

Er setzt sich auf die Bettkante, zwischen ihnen steht die Kassette, von ein paar Karten umgeben. Ihr Mund ist verkniffen, und er erwartet, daß sie ihm erklären wird, er sei ohne ihre Erlaubnis hereingekommen und das alles gehe ihn nichts an. (Das weiß er selber, und er wünscht, er hätte sie nicht bei dieser Tätigkeit ertappt.) Aber sie hört auf, herumzukramen, sitzt einfach nur da, die Hände im Schoß, über einer verblichenen roten Karte.

»Genny«, murmelt er mit der Stimme eines alten Mannes. Er könnte fluchen, weil sie so heiser und zittrig klingt.

Sie legt die letzten Karten in die Kassette, schließt sie und stellt sie auf den Boden, weit weg von Gully. »Ich will jetzt schlafen.«

Behutsam berührt er ihre Hände, die sie ihm nicht entzieht, und er atmet erleichtert auf. »Ich bin froh, daß Ruby gekommen ist.«

»Sie sagt, ich soll mit ihr kommen.«

»Nach Spokane?«

»Nein, in den Süden, nächsten Winter.«

»Hm ...« *Eigentlich dürfte ich nicht überrascht sein*, denkt er, *aber ich bin es.* Nie mehr stellt er sich vor, der eine könnte ohne den anderen sein. Ohne sie würde er nicht weggehen, jetzt nicht mehr.

»Es ist lange her, seit ich zuletzt was von diesem Land gesehen habe.«

»Du wärst nur enttäuscht. So, wie jetzt alles verbaut und zugepflastert ist ...«

Nun befreit sie ihre Hände, streicht über ihr Haar,

zupft an den drahtigen Löckchen. »Trotzdem sollte man wissen, was jenseits der eigenen vier Wände passiert.«

»Dann solltest du verreisen.« Er versucht in herzlichem Ton zu sprechen, doch seine Stimme verrät ihn. Oder vielleicht liegt es nur an der – für seine Verhältnisse – späten Stunde. Slocum ist davongesegelt, um seine Frau hinter sich zu lassen.

»Das werde ich noch entscheiden.« Plötzlich steigt sie aus dem Bett, und er kommt sich wie ein Narr vor, wie er da auf ihrem Bettrand sitzt, wie ein alter Bussard auf einem Ast.

Nachdem er ebenfalls aufgestanden ist, faßt er sich ein Herz. »Noch mal fünfzig Jahre würden mir nichts ausmachen, Geneva – wenn nicht in diesem, dann im nächsten Leben.« Er möchte sie trösten, ihr etwas geben, das sie sich wünscht.

Sie schüttelt den Kopf. »So?« *Nun wird sie erzählen, was ihre Schwester von mir hält*, denkt er, aber sie sagt nur: »Der Kaffee für dich steht auf dem Herd.« Gully beobachtet, wie sie wieder ins Bett kriecht. Sie trägt einen alten weichen Flanellpyjama. Wenn es heiß wird, vertauscht sie ihn mit Baumwoll-»Shorties«, wie sie sich ausdrückt. »Du mußt nur heißes Wasser in den Filter gießen, falls ich noch schlafe.« Sie schließt die Augen.

Gully nickt und verläßt das Zimmer, fühlt sich albern und verwirrt. Er denkt an die Zeiten, als Geneva nach dem Abendessen weggegangen ist, zu irgendwelchen Versammlungen. Einmal half sie bei den Vorbereitungen für eine Kirchentombola mit. Evelyn sollte inzwischen das Geschirr spülen, aber sie beklagte sich darüber. Als er sie anschrie, ließ sie Wasser in die Spüle laufen und begann zu arbeiten, auf einem Standbein, die andere Hüfte hochgereckt, in obszöner, aufreizender Haltung. Prompt zerbrach sie einen Teller. Da hat er sie geschlagen. Er entsinnt sich, wie er sie voller Abneigung beobachtet hat, wie der Teller aus ihrer Hand gerutscht und zu Boden gefallen ist. Und er erinnert sich an seine klatschende Hand auf ihrem Ohr, an die Stunden, in denen er diese Szene im Suff vergessen hat.

Seine Frau kam nach Hause. Heulend rannte Evelyn zu ihr, und Geneva stand ihm gegenüber, auf der anderen Seite des Raums, starrte ihn an und haßte ihn. Da hatte er den Zwischenfall schon vergessen. Das Mädchen war immer unglücklich, jammerte ständig, wollte sich vor der Arbeit drücken oder verbotene Dinge tun. Und dies war nur ein weiterer jener Momente, irgendwas zwischen Mutter und Tochter, das er nicht zu verstehen brauchte. Als er an jenem Abend ins Bett taumelte, baute Geneva einen Wall zwischen sich und ihn, aus zusammengerollten Decken und Kissen. Das kümmerte ihn nicht. Er nahm es kaum wahr, bevor er einschlief.

Doch der Wall trennte ihn noch sehr lange von ihr. Erst viele Wochen später machte sie das Bett wieder auf die alte Weise, so daß er ein glattes Laken vorfand, als er die Decke zurückschlug. Es gab keinen Grund, nicht nach Geneva zu greifen oder zu ihr hinüberzurücken. Doch auch das hatte er vergessen. So vieles hatte er vergessen. Zwischen dem Tag, an dem Evelyn den Teller zerbrochen hatte, und ihrem Begräbnis hing nur ein verschwommener Nebel. Blaß lag sie im Sarg, wirkte rein und keusch. »Jetzt kann sie nichts mehr tun, was dir mißfällt«, flüsterte Geneva ihm zu. Ringsum standen Leute, und als er seine Frau verblüfft anschaute, hatte sie sich bereits abgewandt. Danach verwischten sich die Dinge wieder. Das Feuer, das Krankenhaus, gewisse Augenblicke, wo er wußte, daß es seine eigene Stimme war, die da schrie. Und dann dieses neue bessere Leben. Stücke, die sich wieder zusammenfügten. Bis auf das Mädchen. Und über allem ein Schleier aus Leid.

Er möchte nicht wieder zu trinken anfangen, und er muß auch nichts vergessen, weil sein Gedächtnis immer noch jene Lücke aufweist. Aber Geneva weiß alles, und der Wall umschließt sie, als lebte sie in einem eigenen Haus.

In der Küche geht er zum Herd, ergreift die Kaffeekanne, stellt sie wieder hin und beginnt zu weinen, so leise wie möglich.

38

Katie ruft ihre Mutter an, und June meldet sich schon nach dem ersten Läuten. Es scheint sie weder zu überraschen noch zu freuen, die Stimme ihrer Tochter zu hören. Ihr unpersönlicher Tonfall erinnert an eine Sprechstundenhilfe.

»Habe ich einen ungünstigen Zeitpunkt erwischt?« fragt Katie.

»Ein Suppentopf steht auf dem Herd, und ich sitze am Tisch und lese. In einer Viertelstunde bringe ich Rhea zum Training.«

»Was trainiert sie denn?«

»Gymnastik.«

»Oh«, sagte Katie. Daran hätte sie denken sollen. »Ursula erzählte mir von deinem Anruf. Ich habe jetzt ein eigenes Telefon.« Während sie ihrer Mutter die Nummer diktiert, steigt ihr das Blut in die Wangen. Ob sie sich schämt, weil June diese Information erst jetzt erhält, oder nur frustriert ist, weiß sie nicht.

»Ich habe mich schon gewundert, was du so treibst.«

»Nun, ich arbeite, esse und schlafe.«

»Du hast geschrieben, du seist bei einer Anwältin gewesen.«

»Ach, das ...«

»Wirklich, Katie, ›das‹?«

Sicher gefällt es ihr, denkt Katie und verspürt das heftige Bedürfnis, den geplagten Fish zu schützen. »Alles ist in die Wege geleitet, Mutter. Das Ende von Katie und Fish.« Sie wiederholt sich. Oder war es Jeff, der das gesagt hat?

»Besteht die Möglichkeit, daß du hierherkommen willst, Liebes? Rhea fragt nach dir.«

»Ich arbeite und im Moment kann ich nicht weg.« Wenn ihre Mutter sie »Liebes« nennt, übt das die gleiche Wirkung aus wie ein Nagel, der über eine Schiefertafel schabt.

»Dann kann ich wohl nichts tun.«

»Was solltest du tun?«

»Vielleicht müßte ich dir helfen.«

Katie fühlt, wie sich ihre Kehle zuschnürt. »Du tust ohnehin schon so viel. Zum Beispiel sorgst du für meine Tochter.« June hält ihr das niemals vor, sie selbst erwähnt es immer wieder.

»Sie ist so ein fröhliches kleines Mädchen. Ich weiß nicht, von wem sie das hat. Und meistens gelingt es ihr, auch uns in gute Laune zu versetzen.«

»Das freut mich.«

»In letzter Zeit fragt sie oft nach dir. Und nach ihrem Vater.«

»Was erzählst du ihr?«

»Ich versuche, die Fragen möglichst direkt zu beantworten, und sage, ihr Vater sei ein Zimmermann und lebe in Oregon, wo viele Bäume wachsen. Und ihre Mutter würde in einem Theater arbeiten, in einem Büro, wo sie Karten verkauft. Das ist doch okay?«

»Du verrätst ihr also nicht, daß ich zwanzig Jahre lang Kellnerin war? Und daß ihr Vater im Gefängnis saß?«

Ein langes Schweigen entsteht, dann erwidert June: »Heutzutage ist es nichts Besonderes, wenn ein Kind ohne die Eltern aufwächst – ohne *beide* Eltern.«

»Wie glücklich müssen wir uns doch alle schätzen, weil wir uns dem modernen Stil anpassen ...«

»Niemand kritisiert dich, Katie.«

»Hoffentlich nicht. Ich bezahle nämlich dieses Telefonat.«

»Ich werde dir schreiben, das kostet dich gar nichts.«

»Tut mir leid, Mutter, wirklich.«

»Ich glaube nur, Rhea möchte mehr von dir haben. Das ist alles. Sie fühlt sich keineswegs unglücklich, aber sie wächst heran und möchte natürlich einiges wissen.«

»Vielleicht war es falsch von mir, sie überhaupt zu besuchen.« Jedesmal, wenn Katie sich in Junes Haus aufhält, gibt es schlimme Momente, doch das hängt nicht mit dem Kind zusammen.

»Jetzt ist es zu spät, darüber nachzudenken. Und du bist keineswegs gestorben. Ich wollte sie nicht gegen dich eintauschen. So habe ich das damals nicht gesehen.«

Aber genau das war deine Absicht, Mutter, entgegnet Katie stumm. *Du bekamst Rhea, Fish bekam mich – und ich meine Freiheit.* »Ich hab' noch keine Ahnung, wann ich euch besuchen kann.« Wie soll sie ihre Mutter behandeln? Wie könnte sie irgend etwas wiedergutmachen? Nie ist es ihr gelungen, ihr eigenes Leben zu führen. Stets hat ihre Mutter die Oberhand behalten.

39

Zu Weihnachten ist Katie nach Texas geflogen. Diese Reisen sind keine Heimkehr. Wenn das Haus auch dasselbe ist, es sieht anders aus, und sie fühlt sich anders darin. Natürlich lebt jetzt eine neue Familie hier, von der alten ist nur June übriggeblieben. Und so viele Jahre später wirkt sie jünger und glücklicher, für Rhea eine heitere, zwanglose Mutter.

Es gibt wirklich einen großen Unterschied – die Atmosphäre des Hauses, geprägt von der fröhlichen Rhea und der Haltung, die Großmutter und Großtante ihr gegenüber einnehmen.

Durch einen neuen Anstrich, Tapeten und geschmackvolle Möbel ist das Haus verschönert worden, seit einigen Jahren kann man auf einer großen Sonnenveranda sitzen. Schwebende Leichtigkeit und Licht erfüllen die Räume. June hat die alten Bilder entfernt und die Wände leer gelassen. Zierliche Sessel mit geflochtenen Sitzflächen, eine Couch mit Chintzbezug und dicken Kissen, eine antike Chaiselongue mit glänzend glatter Baumwollpolsterung ersetzen das massive Mobiliar der fünfziger Jahre.

Rhea bewohnt ein Zimmer mit zwei gleichen Einzelbetten, Tante Christine den dritten Schlafraum. Wenn Katie zu Besuch kommt, wird sie bei Rhea einquartiert. Früher ist dies ihr Zimmer gewesen, später hat es Onkel Dayton für ein paar Jahre übernommen.

Nachts lag Katie im Bett und versuchte sich den Raum so vorzustellen, wie er während ihrer Kindheit ausgesehen hatte. Auch damals gab es zwei Einzelbetten, aus hellem Holz. (Rhea besitzt weiße Eisenbetten mit fester Matratze und Daunenkissen.) Deutlich erinnert sich Katie an einen dunklen Schrank mit Schubladen an zwei Seiten und einem großen ovalen Spiegel in der Mitte, vor dem sie auf einem gepolsterten Hocker gesessen hatte – ein unsicherer Teenager, tief bekümmert über die eigene äußere Erscheinung. An dieser Stelle erhob sich jetzt eine schicke Schrankwand mit Jalousientüren. Am Fenster stand ein kleiner eingebauter Schreibtisch. Über den Kommoden erstreckten sich offene Regale, gefüllt mit den Paraphernalien eines modernen jungen Mädchens. Die Buchreihe *Little House on the Prairie*, ein Dutzend Taschenbücher, alle *Babysitter's Club* genannt, auch ein paar alte Bände von Katie – Märchen und Bibelgeschichten, Mythen und Legenden, Balladen; Plastilin und daraus modellierte, phantasievolle kleine Tiere; Zeichnungen, Flugzeugmodelle, eine funktionsfähige Pappuhr, Origami-Vögel, ein herabbaumelndes dreieckiges Auge Gottes.

Katie dachte an ihre Kinderbücher mit den roten und braunen Rücken, an die Schulbücher auf dem unbenützten Bett, die Kleider am Boden, die Haarbürste auf dem Toilettentisch. An mehr erinnerte sie sich nicht, und das wenige kam ihr so unpersönlich vor, ohne jeden Charakter. Was für ein Kind war sie gewesen? In diesem Haus gibt es nichts mehr, was diese Frage beantworten könnte. Ein Porträt, das sie im Alter von fünf oder sechs zeigt, hängt im Zimmer der Mutter, ein Schwarzweißfoto, mit Farben retuschiert, die ihr Apfelbäckchen und zitronengelbe Haare verleihen. Das Bild erschien Katie fremd, denn in diesem Mädchen erkannte sie sich selbst nicht wieder. Sie glaubte, sie würde sich auf Fotos aus der Zeit nach dem zwölften Geburtstag wiedererkennen, aber auf früheren Bildern wohl nicht. Irgendwo mußte noch ein altes High-School-Jahrbuch herumliegen. Sie beschloß, es hervorzusuchen, doch am nächsten Tag vergaß sie diese Absicht.

Sie erinnerte sich, wie sie damals täglich von der Schule heimgekommen war. Leise betrat sie das Haus, sprach nur mit ihrer Mutter, wenn diese im Wohnzimmer saß oder aus der Küche nach ihr rief, und ging ansonsten schweigend in ihr kleines Reich, um zu lesen oder zu grübeln.

Oft starrte sie stundenlang an die Zimmerdecke. In Juliettes Alter durchlebte sie eine lange Phase, wo sie zuviel oder sehr schlecht schlief. Manchmal sank sie sofort nach der Schule ins Bett und stand erst auf, wenn die Mutter sie zum Dinner rief. Dann lag sie nachts lange wach, begann den neuen Tag todmüde und widerstrebend.

Fröhlich wachte Rhea auf. Als Katie am Morgen die Augen öffnete, wurde sie von ihrem Kind beobachtet. Und sobald es merkte, daß sie wach war, begann es zu schwatzen – über die Pläne für diesen Tag, das Frühstück, einen Traum.

June strahlte in jenen Tagen eine neue Sanftmut aus, und Katie hatte sie viel strenger in Erinnerung (was sie der Tochter gegenüber immer noch sein kann). Aber im großen und ganzen behandelte sie Katie behutsam, wie jemanden, der sich gerade von einem Nervenzusammenbruch erholt. Sie stellte keine indiskreten Fragen. Schon immer waren sie alle am besten miteinander ausgekommen, wenn sie sich beschäftigt hatten.

Sie brauchten einen Zeitvertreib. Dazu diente ein Spiel, das Rhea sehr liebte, und das so ähnlich wie Monopoly gespielt wurde, aber vom Leben auf einer Farm handelte. Es war endlos und langweilig und albern. Oft dauerte es stundenlang, vor allem, wenn das Kind seine Tante Christine dazu überredete.

Auf der Sonnenveranda stand ein weiterer Spieltisch, und da lag ein Puzzle, mit dem man ein Bild von winzigen Eidechsen zusammensetzen konnte. Das fiel Rhea schwer, und auch für Katie war es nicht gerade einfach. Außerdem mochte das Kind Kartenspiele wie *Go Fish*, *Hearts* und *Old Maid*. Manchmal half es Tante Christine, kompliziert verzierte Kekse zu backen, während Katie am Küchentisch saß und zuschaute. »Die haben wir letztes Jahr beim Schulkarneval verkauft«, erzählte Rhea ihrer Mutter, »für fünfzig Cent pro Stück!« Christine lächelte liebevoll, und Katie erklärte, das würde sie nicht überraschen.

Es war seltsam, nachts im dunklen Zimmer ganz in Rheas Nähe zu liegen, umgeben von Stofftieren und japanischen Schachteln, unter einer mit Pandabären gemusterten Decke. Katie versuchte zu erraten, wovon das Kind träumen mochte. Vermutlich durchwanderte es eine Phantasiewelt, von Filmen angeregt. Jedenfalls schien Rhea keine Alpträume zu haben, denn sie bewegte sich fast nie.

Eines Tages sagte sie ihrer Mutter, sie wolle ihr etwas zeigen. Katie folgte ihr ins Kinderzimmer, setzte sich auf ein Bett, und Rhea kramte in einigen Schubladen, bis sie einen alten flachen Geschenkkarton fand, in dem vielleicht einmal ein Tuch gelegen hatte.

»Ich habe sie alle aufgehoben – siehst du?« Rhea war sichtlich zufrieden mit sich selbst. Oder sie freute sich, weil sie Katie ihre Schätze zeigen konnte. Sie warf Grußkarten auf ihr Bett und wühlte darin, suchte eine hervor und reichte sie ihrer Mutter. »Die hab' ich von dir zu Weihnachten bekommen, als ich sechs war.«

Verwundert betrachtete Katie die Karte, an die sie sich nicht erinnerte, dann ergriff Rhea eine andere. »Und die ist von meinem Vater.« Sie drückte einen Kuß darauf und gab sie ihrer Mutter. »Die hab' ich alle aufgehoben.«

»Wie nett!« würgte Katie mühsam hervor. Sie fühlte sich schuldig und verlegen, wünschte verzweifelt, woanders zu sein. Bald wurden ihr die Karten wieder vertraut, und während sie pflichtbewußt eine nach der anderen ansah, entsann sie sich, wo sie diese oder jene ausgesucht und gekauft hatte. Mit einigen war sie zu Fish gegangen, um sie unterschreiben zu lassen. Hatte Rhea nie gemerkt, daß alle Karten in der Handschrift ihrer Mutter adressiert waren? War ihr nichts aufgefallen? Auf den Karten, die vermeintlich von Fish stammten, stand: »Frohe Weihnachten, von Fish.« Oder einfach nur: »Fish«. Eine trug eine völlig unleserliche Unterschrift. Und Katie erinnerte sich sofort an die Szene, wo sie geschrien hatte, sie verlange doch nur, daß er seinen gottverdammten *Namen* auf eine *gottverdammte Weihnachtskarte* für sein *Kind* kritzle.

Ursula, über die Geburtstags- und Weihnachts-Täuschungsmanöver informiert, warnte die Schwägerin. Irgendwann würde die Wahrheit Katies gute Absichten zunichte machen, und das könnte Rhea noch tiefer kränken, als wenn sie keine Karten von ihrem Vater bekäme. Aber sogar Ursula gab zu, es sei schwierig, ein einmal gesponnenes Lügennetz zu zerreißen. Und so schickte Katie weitere Karten ab – eine sogar vor jenem Weihnachtsfest, wo sie nach Texas fahren wollte. Sie fälschte Fishs Unterschrift, wodurch das Lügengewebe noch verdichtet wurde. Und Rhea verwahrte alle Karten.

Später lagen sie im Dunkeln beisammen, und Rhea fragte nach Fish. »Ist er ein Hippie?«

»Das bezweifle ich. Und ich glaube, auch du würdest ihn nicht so bezeichnen.« Wütend fragte sie sich, wo das Kind dieses Wort gehört hatte.

»Baut er hübsche Häuser?«

Geduldig erklärte Katie, er würde an alten arbeiten und sie verschönern.

»Wo wohnst du?« wollte Rhea wissen. Ihre Mutter nannte den Namen der Stadt, aber das Mädchen erwiderte, es würde sich für das Haus interessieren, und Katie beschrieb es eingehend. Ein bißchen schäbig und renovierungsbedürftig, aber von vielen Bäumen und Büschen umgeben, mit einer gemütlichen hellen Küche (nun, da schien ja wirklich viel Licht hinein) und einem Kamin im Wohnzimmer.

Langsam sprach sie weiter, bis ihre Tochter einschlief. Und als Rhea sich nicht mehr rührte, sagte Katie: »Das Haus steht in einem kleinen Tal. Ein perfektes Plätzchen für ein Paar von unserer Sorte. Hinten gibt's einen alten Hühnerstall voller leerer Flaschen, und dein Vater stellt Tag für Tag neue dazu, Fish der Säufer.«

June leitet jetzt eine kleine Fabrik, in der Textilien nach ihren eigenen Entwürfen produziert werden. Sie hat sich auf komfortable Kleidung für korpulente berufstätige Frauen spezialisiert. Katie fragt sich, ob die schlanke Figur ihrer Mutter kein Neid in der Kundschaft weckt.

Außerdem stellt June Accessoires her – Tücher, Satinrosetten, Klipse mit Schleifchen. Solche Sachen sind anläßlich des Weihnachtsfestes, das Katie bei ihr verbracht hat, auf einer Benefizveranstaltung zugunsten des Krankenhauses verkauft worden. June hing ihre wohltätigen Bemühungen zwar nicht an die große Glocke (sie veranstaltete solche Abende schon seit vier oder fünf Jahren), freute sich aber doch, als man ihr mitteilte, ihre Spende sei der Entbindungsabteilung zugute gekommen.

Meine Mutter, die Geburtshelferin, dachte Katie. Was mochte aus dem leidenschaftlichen Liebhaber von einst geworden sein, jenem Chirurgen? Sie brachte es nicht über sich, Christine nach dem Privatleben ihrer Mutter zu fragen – hauptsächlich, weil sie selbst kaum etwas von ihrem eigenen verriet.

Im Haus sah sie Bücher von C. S. Lewis und Thomas Merton herumliegen. Keinen der beiden Autoren hatte sie selbst gelesen, aber man konnte nicht in einer »eingeweihten« Gemeinde existieren, ohne diese Namen gehört zu haben. Es gab sogar eine C.-S.-Lewis-Studiengruppe. Sie hatte ein Plakat entdeckt, neben anderen, die Studiengruppen für feministische Mythologie, Traumanalysen und »Einen Kurs für Wundertaten« anpriesen.

»Hast du mal dran gedacht, wieder in die Schule zu gehen?« frage June eines Abends, kurz vor Katies Rückkehr nach Oregon. Sie strickte einen eleganten Pullover aus Mohair und Seidenwolle. Rhea war vor dem Fernseher eingeschlafen, und Christine lag bereits im Bett.

Katie gab vor, in einer Zeitschrift zu lesen. »Nein«, erwiderte sie knapp.

»Heutzutage hat man so viele berufliche Möglichkeiten. Im Geschäftsleben, im Gesundheitswesen ...«

»Das ist mir gar nicht bewußt geworden.«

»Du bist eine intelligente junge Frau, und du verbringst dein Leben damit, in Kneipen herumzulaufen und die Leute zu bedienen.«

»Mutter, ich habe nicht genug Geld, um eine Schule zu besuchen, und auch keine Lust.«

»Ich wünschte, ich hätte dieses Thema früher angeschnitten. Dann wärst du vielleicht hiergeblieben und auf eine Fachschule gegangen, während Fish sich – eh – woanders aufgehalten hat.«

»Zu spät«, entgegnete Katie, entsetzt über diesen Gedanken.

June legte ihr Strickzeug beiseite und schaute ihrer Tochter direkt in die Augen. »Ich will mich nicht einmischen – ich will nur das Beste für dich. Du sollst ein schönes Leben führen, das wünsche ich mir immer noch.«

»Immer noch? Obwohl ich's nicht verdiene.«

»Das meine ich nicht. Du bist vierzig Jahre alt, und eigentlich sollte ich mich nicht mehr um dein Wohlergehen kümmern. Aber du erscheinst mir immer noch wurzellos, unkonzentriert und unbeständig.«

»Ich habe fast zwanzig Jahre in Oregon gelebt. Dort besitzen wir ein Haus.«

»Offenbar willst du mich nicht darüber reden lassen.«

»Mutter, viele Leute kommen einfach nur irgendwie zurecht, wahrscheinlich die meisten. Man muß nicht unbedingt Karriere machen. Was hast du denn in all den Jahren getan?«

»Die Welt sah anders aus, als ich jung war. Wenn man damals das Glück hatte, keine arme Frau zu sein, sah man seine Aufgabe darin, für das Haus und die Familie zu sorgen. Aber heutzutage ist das wohl ein Luxus, den sich immer weniger Frauen leisten können.« Mutter die Feministin, denkt Katie, und nach einer Weile fügt June hinzu: »Du könntest dich immer noch für etwas entscheiden und deinem Leben einen Sinn geben.«

»Letztes Jahr habe ich gegen den Hunger in dieser Welt demonstriert.« In Wirklichkeit war sie auf dem Gehsteig neben der Gruppe dahingewandert, die vom Zentrum Plakate zur nächsten Stadt getragen hatte – an einem schönen Frühlingssamstag. Katie wollte endlich etwas tun, und Fishs Spott über ihren Einsatz und ihr Interesse bestärkte sie in ihrem Entschluß. Tagelang hatte sie über die hungrigen Menschen in diesem Land, vielleicht sogar in dieser Stadt nachgedacht – und in Afrika und Asien, weiß Gott. Irgendwie versöhnte sie der Gedanke an ausgemergelte Frauen, deren faltige ausgetrocknete Hängebrüste über den Gesichtern verhungernder Babys baumeln, mit ihrem eigenen Schicksal. So viele Leute sind verzweifelt, überlegte sie, so viele sterben in jungen Jahren. Sie war glücklich, die zu sein, die sie war. Sie hatte bei der Demo vierzig Dollar für die Welthungerhilfe gespendet.

»Gut.« Die Mutter griff wieder nach ihrem Strickzeug.

Katie haßte sie wie eh und je, nicht weil June sich einmischte, sondern weil sie recht hatte. Meistens hatte Katie ein sehr langweiliges Leben geführt, besonders, wenn Fish »woanders« gewesen war. Ihren Erlebnishunger stillte sie, indem sie sich Ursulas Geschichten von Kindern anhörte, die man auf Schrottplätzen gefunden hatte – oder nackt in einem Haus voll bewußtloser Drogensüchtiger.

Und sie ließ sich auch von Ursulas Kindern erzählen, die ein erfreuliches und manchmal komisches Leben führten, insbesondere Carter.

Nach einigen Minuten brach ihre Mutter das Schweigen. »Eins sollst du wissen. Wenn mir etwas zustößt, bevor Rhea erwachsen ist ...« Sie legte eine Pause ein. Um die Wirkung ihrer Worte zu verstärken, vermutete Katie, die noch nie an die Möglichkeit gedacht hatte, June könnte sterben. Die war in viel besserer Verfassung als sie selber. »Wenn das passiert – nun, dann ist genug Geld für Rhea da. Christine wird bis zu ihrem Tod in diesem Haus wohnen, aber da wären das Geld und das Geschäft.

Damit verknüpfen sich allerdings gewisse Bedingungen.«

»Natürlich.«

»Ich wollte nicht, daß du dir Sorgen machst.«

»Du wolltest nicht, daß ich mich auf ein Leben in Saus und Braus freue!« explodierte Katie. »Auf solche Ideen wäre ich nie gekommen! Ich hielt dich immer für *unsterblich*!« Sie schleuderte das Magazin, das in ihrem Schoß lag, quer durch den Raum, ohne auf etwas Bestimmtes zu zielen. »Verdammt, warum *bezahlst* du mich nicht für meinen Besuch hier?«

Rhea, die am Boden schlief, stöhnte.

»O Katie«, erwiderte June, »du weißt, daß ich deinen Lebensunterhalt bestreiten würde, wenn du das möchtest. Und ich bin froh, daß du hergekommen bist, um Rheas und deiner selbst willen. Für uns alle ist es wundervoll.«

»Warum? Damit du mir an einem beschaulichen Abend das Messer in die Brust stechen kannst? Normalerweise geht's um meine Ernährungsgewohnheiten.«

Christine erschien in der Tür. »Nicht, June«, mahnte sie leise – immerhin klug genug, um nicht Katie zu tadeln!

»Schon gut, Tante Christine. Gerade wollte ich Mutter von meinem neuen Job erzählen. Den trete ich sofort nach meiner Rückkehr an. Ich werde für das Festspieltheater arbeiten. Ein *phantastischer Job*!« Katie stürmte aus dem Zimmer und ließ die beiden Frauen allein, damit sie einander ihr Leid über die schlechten Manieren und das unkontrollierte Temperament ihrer Tochter beziehungsweise Nichte klagen konnten. *Zum Teufel mit Mom*, dachte sie. *Bedingungen! Welch eine riesige Überraschung!*

Natürlich war es ein bißchen niederträchtig von ihr gewesen, den neuen Job beim Theater ausgerechnet in jenem Moment zu erwähnen, ohne zu erklären, worin er bestand. Genausogut hätte sie ein andermal sagen können: Mutter, du errätst es nie ... Freust du dich nicht, daß du mir das Nähen beigebracht hast? Wußtest du, daß ich's so gut gelernt habe? Ich werde Schneiderin in einer Kostümwerkstatt. Endlich wird mir meine Arbeit Spaß machen.

Sie wußte, daß sie die Information so lange für sich behalten hatte, weil sie ihrer Mutter die Freude mißgönnte. Bedrückt ging sie schlafen. Christine brachte Rhea etwas später ins Bett. Anscheinend war das Kind nicht aufgewacht. Die Tante setzte sich auf Katies Bettrand und streichelte ihren Arm. »Deine Mutter findet wohl nie die richtigen Worte, um dir was zu sagen, Katie, aber sie meint es nicht böse. Sie liebt dich, und sie ist ein guter Mensch – gut zu Rhea und zu mir. Und wenn sie nur wüßte wie – dann wäre sie auch zu dir gut.«

Schmollend drehte sich Katie auf die andere Seite, wie ein ungezogenes Kind. *Klar, Rhea ist der brave Engel, und ich bin ein trauriger Fall, nicht wahr*, dachte sie, schwelgte in Selbstmitleid und Eifersucht. Oh, sie sehnte sich danach, wieder ein Kind zu sein, mit anderen Eltern, in einem anderen Leben ... *Wenn ich bloß Rhea wäre ...*

Am nächsten Morgen wurden ihre negativen Gefühle von Rheas Liebenswürdigkeit und Enthusiasmus gelindert. June tat so, als wäre nichts geschehen. Was immer June unternahm, um das Gewissen ihrer Tochter zu belasten (es würde Katie schwerfallen, sich an all diese Bemühungen zu erinnern, aber der vergangene Abend war sicher ein gutes Beispiel) – Rheas Heiterkeit und Gesundheit erleichterte die Bürde. Es tat Katie nur leid, daß ihrem Mann das alles entging. Eine süße Tochter wäre heilsam für ihn gewesen. Doch darin bestand der Lebenszweck eines Kindes nun bestimmt nicht. Katie benutzte Rhea nicht auf diese Weise. Und darüber war sie froh.

40

Die Woche verstreicht, und Fish bringt Katies Wagen nicht zurück. In der Wochenmitte ruft sie Ursula an, um herauszufinden, was los ist. Die Schwägerin verhält sich dickköpfig, zwingt sie, ausdrücklich nach Fish zu fragen, und bemerkt, er strenge sich mächtig für einen neuen Job an – einen großen Job.

»Oh, das Auto ... Hat er dich nicht angerufen?«

»Warum sollte er?«

»Also hat er nicht angerufen, um dir zu sagen, es würde länger dauern?«

»Nein.«

»Es steht immer noch vor der Garage. Kannst du vorerst drauf verzichten?«

»Ja.« Das stimmt sogar. Katie geht zu Fuß zur Arbeit. In dieser Woche näht sie Klettverschlüsse in Westen und Jacken, damit die Schauspieler ihre schweren Shakespeare-Kostüme schneller wechseln können.

»Soll ich ihm von deinem Anruf erzählen?«

»Ja ... Nein, lieber nicht. Er versprach, am Montag würde es soweit sein, und so schnell gebe ich nicht auf. Die nächste Woche hat ja auch einen Montag.« Lachend legt Katie auf. Sie redet sich ein, es sei ein gutes Zeichen, daß Fish sich selber treu bleibt. Würde er pünktlich Wort halten, wäre sie beunruhigt. Hätte er ihr Auto sofort repariert, würde das wie eine kühle leidenschaftslose Aktion wirken. Und die hat er glücklicherweise vermieden.

Am frühen Samstagnachmittag geht sie mit Maureen, die etwas später noch arbeiten muß, zum Park. Schweigend wandern sie den ersten Häuserblock entlang, dann gesteht Katie, sie sei sich wegen der Scheidung nicht mehr sicher.

Die Freundin meint, vielleicht sei Katie zu früh vorgeprescht. Oder sie wolle die Scheidung benutzen, statt sie einfach nur hinter sich zu bringen. Davor habe Fish sie verwirrt, jetzt übe die Scheidung eine ähnliche Wirkung aus. »Mach dir nichts vor. Das Ende dieser Ehe wird dein Problem nicht lösen – weil Fish nicht das Problem ist. Das liegt in dir selber.«

»Großartig. Vielen Dank.«

»Du mußt wieder an einer Gruppensitzung teilnehmen und hören, was andere Leute gelernt haben. Und du mußt lernen, wie du das Programm für dich verwenden kannst.«

»Das kommt mir vor wie eine Berieselungsanlage.«

Maureen ergreift unbeirrt Katies Hand, während sie weitergehen. »Hast du die Stufen gelesen?«

»Ich habe zugehört, wie sie an jenem Abend vorgelesen wurden.«

»Mit der ersten Stufe mußt du anfangen. Vielleicht weichst du ihr aus. Die erste Stufe ist die Kapitulation.«

»Kapitulation vor was?«

»Vor der fixen Idee, daß du alles kontrollieren kannst – Fish, dein Leid, dein Leben.«

»Hätte ich den Glauben daran verloren, könnte ich genausogut alles aufgeben.«

»O nein, Katie. Du hast dich selber dermaßen aufgebläht, daß die Proportionen nicht mehr stimmen. Viele

Leute fühlen sich ganz toll, wenn sie die Kurve kratzen – oder auch nicht. Davor sind sie ein Haufen Dreck. Wie ich selber. Ich war eine Trinkerin, verliebte mich immer nur in Alkoholiker, besoff mich mit meiner Mutter und meiner Schwester und schickte sie dann im Auto weg. Soweit brauchst du nicht zu gehen. Du bist funktionsfähig.«

»Solange mir jemand sagt, was ich tun soll.« Katie denkt an ihre Mutter und an Jeff. Vielleicht jetzt an Maureen ... »Nicht, daß ich Ratschläge allzu getreulich befolgen würde.« Womöglich wünscht sie sich nur Mitgefühl. Aber von wem?

»Niemand kann dir sagen, was du tun sollst. Das mußt du selbst herausfinden.«

»Du redest im Kreis.«

»Schau in dein Inneres. Sprich über das, was du dort findest. Bald wirst du verstehen, was du sagst.«

»Klar. Und wer würde mir zuhören? Wen interessiert das?«

»Mich zum Beispiel. Und alle anderen in der Gruppe. Wenn du bereit bist anzufangen, bekommst du Hilfe, das verspreche ich dir. Du mußt nur den ersten Schritt tun – auf die erste Stufe steigen.«

Als sie den Park erreichen, erklärt Maureen, sie würde ihren Neffen Ricky und seine Pflegeeltern treffen. Die Pflegemutter hat einiges in der Stadt zu erledigen, und Maureen kann eine Stunde mit dem Kind verbringen. Katie hört zum ersten Mal von Ricky und atmet erleichtert auf, weil endlich das Thema gewechselt worden ist.

»Sie wohnen weit draußen auf dem Land, da komme ich nicht hin. Aber manchmal ruft die Pflegemutter an, dann fahre ich mit dem Bus zum Einkaufszentrum, und wir treffen uns dort. Es ist fast zwei Monate her, seit ich

Ricky zuletzt gesehen habe. Ihm scheint's egal zu sein, er ist erst sieben. Ich glaube, er nimmt die Dinge so, wie sie sich ergeben.«

»Und ich darf wohl nicht nach seinen richtigen Eltern fragen?«

»Denkst du etwa, ich will Geheimnisse hüten und hätte irgendwas zu verbergen?« Maureen lacht. »Ich habe doch gesagt, ich würde dir von meinen Schwestern erzählen. Eins nach dem anderen. In diesem Fall geht's um Rochelle – zwei Jahre jünger als ich.«

Sie blickt auf ihre Uhr. »Wir sind etwas zu früh dran. Machen wir einen Schaufensterbummel?«

»Nein, ich will diese Geschichte hören.«

Sie setzen sich auf eine niedere Steinmauer im Schatten. Maureen spricht leise und starrt ins Gras. »Deine Schwägerin müßte Rochelle kennen. Jeder, der im Valley mit Sozialarbeit zu tun hat, kennt sie. Letztes Jahr war sie ein ganz großer Fall. Sie hatte Ricky und eine kleinere Tochter namens Summer – und diesen Freund, der zu ihr ziehen wollte. Nach dem war sie ganz verrückt. Der Vater der Kinder hatte sich bei ihrer zweiten Schwangerschaft aus dem Staub gemacht. Sie lebte von der Wohlfahrt, trank, litt unter Depressionen, und dann kam dieser Kerl und heiterte sie auf. An einem sonnigen Frühlingstag vor einem Jahr fuhren sie zum See. Rochelle hatte Sandwiches eingepackt. Ich nehme an, sie veranstalteten ein Picknick, breiteten eine Decke im Gras am Ufer aus. Irgendwann am Nachmittag ging Rochelle hinter ein Gebüsch, um zu pinkeln ...« Maureens Stimme bricht, sie schaut Katie an. »Niemand glaubte es. Ich auch nicht, aber ich versicherte ihr das Gegenteil. Sie ist doch meine Schwester.«

»Was geschah denn?« Katie ahnt es bereits. Ganz

schwach erinnert sie sich an den Fall, den Ursula geschildert hat.

Maureen holt tief und geräuschvoll Luft. »Die Leute behaupten, sie sei mit ihrem Freund ins Gebüsch gegangen. Aber laut Rochelle dösten sie auf der Decke, dann verzog sie sich hinter die Sträucher, um zu pinkeln. Ihr Freund schlief, die Kleine schlief, Ricky befaßte sich mit seinen Spielzeugautos ...«

»O Scheiße, Maureen, diese Geschichte kenne ich.«

Trotzdem spricht Maureen beharrlich weiter. »Die Kleine erwachte und lief zum See hinab. Ricky stand am Ufer, Summer stolperte ins Wasser und ertrank.« Sie drückt Katies Hand. »Wäre es denn wirklich so schlimm, wenn sie sich beide ins Gebüsch verkrochen hätten. Wäre es schlimmer, wenn der Kerl dort gesteckt hätte statt auf der Decke? Ändert das irgendwas an Summers Tod?«

Katie erinnert sich an Ursulas Aufregung über den Fall. Den Mann hat man nicht zur Rechenschaft gezogen. Er war nicht der Vater, er trug keine Verantwortung. Rochelle ist wegen fahrlässiger Tötung vor Gericht gestellt und zu einer Gefängnisstrafe verurteilt worden.

»Ricky bleibt also bei seinen Pflegeeltern, bis sie – wieder auf die Beine kommt?«

»Oh, sie ist längst wieder auf den Beinen«, antwortet Maureen. »Nach der Haftentlassung verschwand sie – mit der Erklärung, man würde ihr Ricky nicht mehr anvertrauen, wozu solle sie also um ihn kämpfen?«

»Wie ich mich entsinne, sagte Ursula, auf Dauer würde man Ricky nicht von seiner Mutter fernhalten können. Der Staat wünscht, daß die Kinder bei ihren Eltern aufwachsen. Das betont meine Schwägerin immer wieder.«

»Ich kann ihn jedenfalls nicht zu mir nehmen, das verstehst du doch?« Jetzt klingt Maureens Stimme noch leiser, fast unhörbar. »Ich brauche meine ganze Kraft, um selber zurechtzukommen, und ich setze immer noch mühsam einen Fuß vor den anderen.« Sie steht auf, streicht ihre Hose und ihr Haar glatt. »Willst du immer noch mitkommen? Ich dachte, ich kaufe ihm einen Vollkorn-Hot-dog, und dann gehen wir zu den Schaukeln.«

»Klar komm' ich mit.«

Sie schlendern zu den geparkten Autos. Maureen entdeckt den Jungen und seine Pflegemutter bei der Brücke. Sie winkt, und die Frau winkt zurück. Mit ausdruckslosem Gesicht beobachtet Ricky, wie sich die beiden Freundinnen nähern. Die Pflegemutter gibt ihm einen Abschiedskuß und kündigt an, in einer Stunde sei sie wieder da. Er schweigt und schaut ihr nach, als sie davonfährt.

Katie denkt an Rochelle hinter dem Gebüsch. In dieser Hinsicht bin ich wenigstens ein bißchen besser, überlegt sie. Ein schwacher Trost. Sie streckt dem Jungen eine Hand hin, als er zwischen ihr und Maureen geht. Ohne sie anzusehen, hebt er einen schlaffen Arm und erlaubt ihr, seine Finger zu umfassen.

In plötzlicher Scham drückt sie seine Hand, nur ganz leicht. Sie wandern über die Brücke zum Teich. Eine Ente überquert den gepflasterten Weg. Das Kind reißt sich von den Frauen los, läuft zu ihr, und Maureen eilt ihm nach. »Erschreck sie nicht, Ricky!« Die Ente watschelt die Grasböschung hinauf und wieder zurück auf den Weg. Weiter hinten im Park liegt ein anderer Teich, fern vom Getümmel. Ricky bleibt hinter der Ente, paßt seine Schritte ihrem Tempo an, und die Freundinnen folgen ihm.

»Er stand am See und sah seine Schwester ertrinken«,

sagt Maureen. »Ich fragte seine Pflegemutter, ob sie ihn zu einem Kinderpsychologen gebracht habe. Da meinte sie, er sei noch zu klein, er würde es vergessen. Die ist ja ganz nett, aber – zu klein? Woran erinnert er sich? Er spricht nie von seiner Mutter. Ich hab' versucht, das Thema anzuschneiden. Aber was soll ich ihm erzählen?«

»Ich kaufe Entenfutter«, bietet sich Katie an. »Dann treffen wir uns am oberen Teich und amüsieren uns.« Enten füttern – das ist wenigstens eine Beschäftigung. Dankbar nickt Maureen und tritt näher zu dem Kind. Katie beobachtet, wie die beiden ein paar Schritte machen, dann wendet sie sich ab und ergreift die Flucht.

An einem der nächsten Abende trifft sie Maureen zu Hause an. Die Freundin trennt gerade ein fehlgeschlagenes Strick-Projekt auf und wickelt die Wolle auf einen Knäuel in ihrem Schoß. »Hallo«, sagt sie ohne Lächeln.

»Bist du okay?«

»Es ist nur eine melancholische Stimmung. Wahrscheinlich liegt's an meinem Wiedersehen mit Ricky. Ich denke über meine Familie und mein Leben nach.«

Mehr will Katie gar nicht wissen. Sie fühlt sich betrogen. Seit Monaten gibt Maureen ihr Ratschläge. Und jetzt, wo Katie mit ihrer Unschlüssigkeit kämpft und verzweifelt tun will, was die Nachbarin sagt, und sich selber laut denken hören möchte – gerade jetzt vergräbt sich Maureen in ihren eigenen Sorgen.

Eins steht jedenfalls fest. Katie weiß nicht, wie sie die Freundin trösten soll. Der einzige Mensch, den sie einigermaßen versteht, ist Fish. Das bedeutet jedoch nur, daß sie sich hütet, seine Aktionen zu prophezeien. Seine Unberechenbarkeit ist ihr im Lauf der Jahre vertraut geworden. Und jetzt hat *sie* das System durchbrochen und etwas getan, das seine Zähne klappern läßt. Er wird von einer einzigartigen Energie getrieben, kann nicht herumkommandiert werden und verhandelt nicht, es sei denn, er hat sich schon vorher zum Nachgeben durchgerungen.

Die einzig wichtige Frage lautet nun: Wie lange wird es dauern, bis er etwas unternehmen wird? Sie glaubt zu wissen, was er tun wird. Eigentlich ist es gar keine Entscheidung mehr, sondern Schicksal.

41

Katie kommt nach Hause und sieht ihr Auto auf dem Parkplatz. Die Schlüssel liegen am Boden. Sie läuft in die Wohnung, um Fish anzurufen, aber nur Carter ist daheim. »Sag Fish, vielen Dank«, bittet sie, ein wenig außer Atem.

Doch sie verläßt sich nicht darauf, daß der Junge eine Nachricht weitergibt, und so wählt sie die Nummer später noch einmal. Jetzt meldet sich Michael. »Carter hat mir von deinem Anruf erzählt«, sagt er, und sie fühlt sich wie ein alberner Teenager, der nach seinem ersten Freund schmachtet.

An diesem Abend arbeitet Maureen im Delikatessenladen, und Katie wünscht, die Freundin wäre daheim und würde ihr Gesellschaft leisten. Sie könnten die Donahue-Aufnahmen hören, über die Probleme anderer Leute diskutieren, und vielleicht würde sich herausstellen, was mit Maureens zweiter Schwester geschehen ist.

Sie hat sich ausgezogen und will gerade duschen, als es

an der Hintertür klopft. »Einen Augenblick!« ruft sie und kleidet sich hastig an.

Es ist Jeff, nicht Fish. Für den Bruchteil einer Sekunde zögert sie, ehe sie ihn hereinbittet, und er fragt:« Sind wir wieder Freunde? Oder bist du mir noch böse?«

Die Enttäuschung erscheint ihr fast greifbar – so als hätte sie ein Geschenk ausgepackt und einen Mixer oder ein Buch mit Synonyma in der Schachtel gefunden. »Ich bin nicht böse. Ich dachte, du wärst es.«

»Gehen wir irgendwohin auf einen Drink? Oder ein Dessert?«

»Lieber nicht.« Sie streicht über ihre alten Jeans und das Hemd. Jeff wartet offensichtlich. Ob es ihr gefällt oder nicht, die Rolle der Gastgeberin wird ihr aufgezwungen. »Ich könnte Tee machen.«

Er lehnt am Türrahmen, während sie Jasmintee zubereitet. In einem marineblau-weißen Baseball-Sweatshirt und einer ordentlich gebügelten Leinenhose sieht er attraktiv und stilvoll aus, passend gekleidet für einen formlosen Besuch. Wie schlampig sie dagegen wirkt ... Sie spürt seinen prüfenden Blick, kommt sich nackt vor unter den Jeans und dem Hemd. In letzter Zeit sind an ihrem Körper seltsame Gefühlszonen aufgetaucht, an der Seite ihrer linken Brust, nahe der Achselhöhle, am Arm knapp über dem Ellbogen und eine größere Stelle an der rechten Hüfte. Manchmal brennen die Flecken ein wenig, oder sie prickeln, und Katie dreht und verrenkt sich, um nach einem Ausschlag zu fahnden – vergeblich. Auch jetzt spürt sie ein leichtes Brennen, die Baumwolle des Hemds irritiert die Brustwarzen. Sie stellt sich vor, Jeff würde sie dort berühren – irgend jemand würde sie dort berühren –, und ein stechender Puls erwacht in den Falten ihrer Schamlippen.

»Ich hätte vorher anrufen sollen«, sagt Jeff, und sie schüttelt den Kopf, um zu bekunden, das sei nicht nötig gewesen. Sie hat wirklich kaum an ihn gedacht und statt dessen auf eine Nachricht von Fish gewartet. »Ich hätte früher kommen sollen«, fügt er hinzu. Wieder schüttelt sie den Kopf und konzentriert sich auf den Tee. Die hellen Blüten steigen im Wasser empor und versinken wieder. Sie reicht ihm eine gefüllte Tasse und geht an ihm vorbei.

Sie setzen sich ins Wohnzimmer, und Katie hält sich ihre dampfende Tasse dicht vors Gesicht. »Hast du hart gearbeitet?« Ihr fällt nicht ein, was sie sonst sagen könnte. Die Woche seit der letzten Begegnung mit Jeff erscheint ihr unendlich lang.

Er lächelt. »Meine Arbeit ist oft intensiv und oft langwierig – aber niemals hart. Dafür liebe ich sie viel zu sehr. Die Pflanzen verwirren einen, aber sie politisieren nicht ...« Abrupt verstummt er und blickt über seine Schulter.

Er hat gemerkt, daß sie an ihm vorbeistarrt und nicht zuhört. Das Blut steigt ihr in die Wangen, und sie schaut ihn mit entschlossenem Ernst an. Erst jetzt fällt ihr seine veränderte Frisur auf.

»Was hast du gemacht?« Sie streicht über ihre eigene Stirn.

»Ich lasse mein Haar vorn ein bißchen wachsen. Das ist keine umwerfende Neuigkeit, Katie. So was passiert, wie der Weizen wächst, immer wieder um ein kleines Stückchen. Aber du hast es erst jetzt wahrgenommen.« Er beugt sich vor. »Sehe ich zu zerzaust aus?«

»Mir gefällt's.«

»Tut mir leid, wenn ich dich schikaniert habe.«

»Tut mir leid, wenn meine Reaktion übertrieben war.«

Schüchtern sehen sie sich an und nippen am duftenden Tee. Als sie etwas später die Tassen gleichzeitig auf die Glasplatte stellen, lachen beide. *Ein netter Mann*, denkt Katie. *Er mag mich, und je deutlicher er's zeigt, desto schrecklicher führe ich mich auf. Es ist mir rätselhaft. Was für ein Biest ich bin* ... Diese Erkenntnis stört sie nicht, sie fragt sich nur, wann Jeff das herausfinden wird.

»Ich habe Kassetten gekauft«, verkündet er.

»Welche Gruppe?« Er schätzt Jazz und Sänger, von denen sie nie gehört hat. Vielleicht sind es Zeitgenossen, eine Kategorie, zu der Katie nicht zählt.

»Französisch. Gestern abend habe ich mir die erste Kassette zu Gemüte geführt. *Comment-allez vous. Je voudrais.* Dieses elementare Zeug.«

»Fiel dir das alles wieder ein?«

»Anfangs schon. Ich erinnerte mich, wie ich in der High-School Vokabeln und Grammatik lernte. Aber dann ging der Lehrer auf dem Band zu schnell von einem Punkt zum anderen über, und ich erkannte überhaupt nichts mehr.«

»Dafür muß man eine Ader haben, so wie für Musik. Mir fehlt ein solches Talent.«

»Zur Septemberernte werde ich in Bordeaux sein. Danach fahre ich vielleicht nach Italien. Italienisch-Kassetten habe ich mir auch gekauft, aus einem Impuls heraus. Bald werde ich mich in drei Sprachen unverständlich ausdrücken ... Ich dachte, vielleicht möchtest du später rüberkommen, gegen Ende des Sommers. Wenn alle Studenten wieder daheim sind. Du kannst dir die Kassetten ausleihen ...« Er zuckt die Achseln. »War nur so eine Idee.«

Katie schweigt. Sie erinnert sich nicht an Italien, abgesehen von den Märtyrern und Löwen im Kolosseum und einem Bild von Mussolini, das irgendwo gehangen hat, mit dem Kopf nach unten.

»Eigentlich bin ich gekommen, um dir was zu erzählen.« Jeff nimmt die entschlossene Miene eines Lehrers an und holt tief Atem. »Vor ein paar Jahren hatte ich eine Freundin, kurz nach meinem College-Abschluß. Sie rauchte, und das haßte ich. Ständig lag ich ihr deshalb in den Ohren. Schließlich erklärte sie: ›Hör mal, Rauchen ist eine Gewohnheit, und ich bin davon abhängig. Es würde mir sehr schwer fallen, darauf zu verzichten. Wenn du das von mir verlangst, mußt du auch was aufgeben und darunter leiden. Du sollst am eigenen Leib spüren, was ich durchmache.‹ Also verzichtete ich auf Zucker. Ich tat ihn weder in den Kaffee noch ins Müsli. Ich fing sogar an, mein eigenes Brot zu backen, gab keinen Zucker und keinen Honig dazu. Beim Bäcker kaufte ich nur französisches Brot aus Mehl, Hefe, Wasser und Salz. Und ich überlegte sogar, ob das bißchen Zucker zählt, das man benutzt, um die Hefe aufgehen zu lassen.«

Unruhig rutscht Katie auf ihren Kissen umher. Der Fleck in der Achselhöhle brennt wie Feuer. Sie weiß, daß Jeff ihr etwas Wichtiges mitzuteilen versucht, kann sich aber nicht vorstellen, was es sein mag. Offenbar glaubt er, es wäre zu Ihrem Besten. »Ich gieße uns noch etwas Tee ein.« Sie greift nach den Tassen auf der Glasplatte, und eine stößt klirrend an die andere, aber er hebt die Hand, um sie zurückzuhalten.

»Warte! Einmal unternahmen wir einen Wochenendausflug mit einem anderen Paar. Die beiden machten mir die Hölle heiß mit meinem ›Zucker-Fetisch‹, wie sie es nannten. Meine Freundin beobachtete uns, hörte die spöttischen Kommentare, schaute ganz cool drein und half mir nicht. Ich wollte schreien: ›Ich tu's nur für sie!

Sie hat mich dazu gezwungen!‹ Und nun entstand der Eindruck, ich würde einen Fehler machen, obwohl ich doch nur etwas tat, was ich eigentlich gar nicht wollte. Am nächsten Morgen wollten wir zurückfahren. Ich erwachte zeitig, und meine Freundin war nicht mehr in der Hütte. Ich dachte, sie würde ihre Sachen ins Auto bringen, und ging hinaus, um nach ihr zu sehen. Es war windig und feucht. Und da stand sie neben dem Wagen und rauchte. Als ich das sah, drehte ich durch und brüllte sie an. Aber sie lachte nur und sagte: ›Jetzt darfst du wieder essen, was du willst, nicht wahr?‹«

»Es hat also nicht funktioniert.« Katie findet das Mädchen ziemlich cool.

»Allerdings nicht. Ich war damals völlig besessen von meinem Entschluß gewesen, ihr das Rauchen abzugewöhnen – so als hätte sie in dieser Sache gar keine Entscheidungsfreiheit. Deshalb veranlaßte sie mich, etwas zu tun, in dem ich keinen Sinn sah, das ich gar nicht wollte. Ich war weder dick noch zuckerkrank. Und ich aß keineswegs zu viele Süßigkeiten. Genausogut hätte ich's aufgeben können, Eier zu essen, Radio zu hören oder Liegestütze zu machen. Sie war's, die mir vorschlug, auf Zucker zu verzichten. Danach schwor ich mir, nie wieder in die Entscheidungen anderer Leute einzugreifen oder sie zu bevormunden. Trotzdem hab ich's neulich wieder versucht. Ich wollte dich veranlassen, meine Wünsche zu erfüllen. Tut mir leid, dazu hatte ich kein Recht.«

Erleichterung und Sympathie erfüllen Katie. Sie könnte ihm erklären, er sei nicht der erste, der sie mit Verhaltensmaßregeln ärgere. Sie scheint ihr Umfeld dazu herauszufordern. »Wann immer ich etwas an Fishs Handlungsweise auszusetzen hatte und er das merkte, tat er was noch Schlimmeres. Das war seine Art, mir zu zeigen, daß ich ihn weder in der einen noch in der anderen Richtung beeinflussen konnte.« Da erinnert sie sich, daß jenes andere Gespräch über Fish zu einem Streit geführt hat. »Vergiß es«, fügt sie müde hinzu und hofft, sie würden nicht anfangen, alte Szenen zu analysieren.

»Das ist schon okay, Kate – Katie. Sprich nur weiter.«

»Einmal fuhren wir zu einem Bergsee, um zu angeln. Wir freuten uns über das herrliche Frühlingswetter. Es war mitten in der Woche, und niemand anderer würde dort sein, und das fanden wir großartig.« Es ist ihnen wichtig gewesen, keine Ausflüge in Gegenden zu unternehmen, wo sie andere Leute treffen würden. Nun fragt sich Katie, ob ihnen etwas entgangen ist, weil sie die ausgetretenen Pfade gemieden haben. »Als wir aus dem Laster stiegen, sahen wir, daß das gesamte Ufer voller winziger, krabbelnder Frösche war. Wo man auch hinsah – überall Froschbabys, kaum größer als Kaulquappen. Es war phantastisch. Fish beugte sich hinab, um die Tierchen genauer zu betrachten, und ich kreischte. Er schaute zu mir auf und ärgerte sich, weil ich so zimperlich war. ›Wann hast du so was je gesehen?‹ fragte er und warf sich rücklings auf die Frösche. Die Arme weit ausgebreitet, lachend und schreiend, lag er auf dieser Froschdecke.

»Werde ich in Italien etwas sehen, was diese Szene übertrifft?«

Jeff bekommt rote Ohren. Bevor er antworten kann, berührt sie seine Hand. »Das war nicht ernst gemeint. Natürlich weiß ich Bescheid über Italien. Florenz, Venedig ... Es wäre nett, diese Städte kennenzulernen und später sagen zu können, ich war in dieser Kirche, sah jene Statue. Michelangelo, Spaghetti ...« Plötzlich fühlt sie sich schwindlig. Er steht an einem Ende einer Leine, sie am anderen. Manchmal zieht er daran, und sie folgt ihm – oder auch nicht. Gelegentlich läßt sie die Leine völlig erschlaffen, dann reißt sie plötzlich daran wie ein Kind, das eine Forelle an der Angel hat, und er läßt nicht los! Bei diesem Gedanken kommt sie sich sehr klug vor. Der Reiz einer Metapher ist ihr neu, so wie pasta al dente nach einer Kindheit voller weichgekochter Nudeln. Wenn alles zwei Bedeutungen hat, dann müßte das Leben mehr Raum im Universum einnehmen, weil es sowohl Leben als auch ein Spiel des Lebens ist. Eine Show und eine Wiederaufführung.

Jeff streicht seine neuen längeren Haare aus der Stirn, und sie bemerkt seine Ungeduld. Er erinnert sie an ihre Mutter. »Das Beste ist der Augenblick, in dem man's tut – nicht der spätere, wo man drüber redet.«

»Das ist *dein* Standpunkt«, erwidert sie freundlich. Vielleicht wird sie später an der Tür sagen: Gute Reise! Sie greift wieder nach den Tassen, und diesmal streifen sie einander mit einem einzigen Glockenton, mit einem leisen, anmutigen Signal, wie der Gong, der am Ende einer Kampfrunde ertönt.

42

Sie zieht einen alten Baumwollkimono an, den sie in einem Discountladen in Vancouver gekauft hat. Das blaue Blumenmuster ist zu hellem Grau verblichen. An einem Regentag hat sie diesen Kimono erstanden und sich glücklich gefühlt. Erinnerungen erwachen – auch daran, wie wenig sie immer verlangt hat, um glücklich zu sein. Wenn es regnete und wenn sie einen Platz im Trockenen fanden. Wenn sie hungrig waren und billiges Essen kaufen konnten. Wenn sie einen Tag mit Fish verbrachte und ihre Brust nicht schmerzte von der Mühe, das Richtige zu sagen. An solchen Tag war sie glücklich.

Sie frottiert ihr frischgewaschenes Haar, kämmt es und schaut auf die Uhr. Wird Maureen jetzt zu Hause sein? Katie muß ihr einige Bücher zurückgeben, und sie könnten darüber reden. Es gibt eine ganz neue Sprache, zusammengesetzt aus Begriffen, die man lernen muß, wenn man anfängt, sich mit Psychologie zu befassen. Sobald man die lernt, scheint man Energien zu gewinnen. Man ergründet bessere Methoden. Wenn man von einem anderen Leben spricht, kann man es auch leben. Was tun all die Therapeuten denn anderes, als einen darauf hinzuweisen? Warum schafft man's nicht allein?

Sie ist bei der Vordertür, als sie das Klopfen am Hintereingang hört. Fish schaut sie durch das Gitterfenster an, bis sie ihn seufzend hereinläßt. Er hält in jeder Hand eine Flasche und trägt ein hellblaues T-Shirt mit der Aufschrift »Aspen«.

»Ich dachte, du hättest es aufgegeben«, bemerkt sie. Wo hat er so ein albernes T-Shirt gefunden? Aspen. Der letzte Ort, wo er hinfahren würde.

»Oh, ich hatte es verdammt noch mal satt, allein zu trinken. Natürlich hasse ich es, mich so beschissen aufzuführen, das schwöre ich ...« Er hebt eine Flasche mit hellem Wein hoch. »Aber das Zeug ist wirklich gut, und ich finde, wir sollten es teilen.«

»Teilen?«

Er grinst. »Ich hab' viel gelesen und kann mich jetzt gewählter ausdrücken.«

Da muß sie lachen. Adrenalin vibriert in ihr, rauscht in ihrem Kopf, läßt ihr Herz rasen.

Sie besitzt zwei billige Weingläser. Fish gießt den Pinot

noir ein und stößt mit ihr an. »Auf uns. Auf sauberes Wasser und reine Luft, sichere Arbeitsplätze und gutartige Muttermale ...«

»Okay – auf die Muttermale.« Sie trinkt und fühlt sich, als stünde sie auf Sprungfedern, die plötzlich unter ihr emporschnellen. Wenn sie sitzt, wird sie festeren Boden unter sich spüren. »Ich habe noch nichts gegessen. Der Alkohol wird mir zu Kopf steigen.« Es ist ein guter Wein.

»Und dann wirst du mich verführen?«

»Wahrscheinlich werde ich einschlafen.«

»Wenn ein Restaurant geöffnet hätte, würde ich mit dir hingehen.«

»Irgendwas muß noch da sein.« Sie öffnet eine Schranktür, entblößt fast leere Regale. Da steht eine Schachtel Ritz. Katie ißt einen Cracker und nimmt noch einen Schluck Wein. »Das sollte ich nicht tun.«

»Ein Rat deiner Anwältin?« fragt er bitter.

»O nein, sie käme gar nicht auf den Gedanken, daß ich mit dir zusammensein wollte.«

»Du mußt ihr viel Scheiße erzählt haben.«

»Ich sagte, ich möchte mich scheiden lassen, und gab ihr Geld.«

Katie hofft, es würden keine Feindseligkeiten entstehen, nicht einmal eine gewisse Fremdheit zwischen ihnen. Sie genießt seine Gesellschaft, und sie muß sich keiner Prüfung unterziehen. Wenn jemand was zu beweisen hat, dann er – und zwar ihr. Sie versucht sich zu entsinnen, was sie bei den Anonymen Alkoholikern über Distanz gelernt hat. Man darf keine Krise inszenieren, soll aber auch keine verhindern. Ein Rezept für das Leben, so wie es sich ergibt. Sie empfindet das Bedürfnis, ihre Fähigkeit zur Distanz auszuprobieren. Das heißt keineswegs, daß man unfreundlich sein muß.

»Gib mir einen Cracker«, sagt Fish und beobachtet sie. Er sieht etwas anderes in ihr. Falls ihn das beunruhigt, wird er ihr's heimzahlen. Falls es ihn erregt, wird er das Versprechen hinter dem Reiz suchen.

Ich habe überlebt, als du weg warst, denkt sie. Mehr gibt es nicht zu sagen – außer daß jetzt *sie* entscheidet, ob er dableiben kann. Sie klemmt einen Cracker zwischen die Zähne, und er ragt aus ihrem Mund. »Nimm ihn dir«, fordert sie Fish auf, von neuen Schwindelgefühlen erfaßt.

Als er nahe genug herangerückt ist, legt er die Hände seitlich an ihre Brüste. Sein Daumen drückt auf die empfindsame Hautstelle. »Ich versteh's nicht«, flüstert er und beißt den Cracker ab.

»Ich auch nicht.« Geräuschvoll kauen sie.

»Was willst du heute nacht tun?«

»Mich bewegen. Vielleicht spazierengehen.«

»Du willst nicht ...?« Er schaut weg.

»Doch.« Sie spürt, wie ihr das Blut in die Wangen steigt. »Aber erst später – nicht, bevor ich's mir stundenlang gewünscht habe.«

Da sieht er sie wieder an. »Möchtest du uns beide quälen?«

»Nur die Vorfreude schüren.«

»Soll ich noch eine Flasche öffnen?«

Während sie trinken, greift Fish immer wieder herüber und berührt sie irgendwo. Jedesmal zucken ihre Nerven, als hätte er ihr einen Schock versetzt. Sie findet, er sieht jetzt nicht mehr so schlecht aus wie beim ersten Treffen nach seiner Entlassung aus dem Gefängnis. Sein Gesicht und die Arme sind bereits gebräunt.

Sie hört Maureen nach ihr rufen, ein Klopfen und sagt durch den Türspalt: »Ich hab' Besuch.«

»Besuch?«

Katies Lippen formen das Wort »Fish«.

»Wirklich?«

»Warum nicht?« faucht Katie.

Maureen weicht abrupt zurück, als hätte sie eine Ohrfeige bekommen. »Du mußt tun, wozu du bereit bist.«

»So?« Es dröhnt in Katies Schläfen.

»Kommst du rüber, wenn er weg ist?«

Katie schüttelt den Kopf. Ihre Nachbarin wird es nie verstehen.

»Du trinkst ...«

»Du denkst immer nur eingleisig, Maureen«, erwidert Katie und beugt sich angriffslustig vor.

»Alkohol verändert den Blickwinkel.«

»Bei dir, aber nicht bei mir. Du solltest nicht dauernd hier aufkreuzen und dich um meine Besserung bemühen.«

Maureen ist gekränkt. »Das tu' ich nie. Ich besuche dich, weil es gut für mich ist – um mir selber zu helfen. Und ich dachte, wir wären Freundinnen.«

»Möchtest du reinkommen?« fragt Katie steif. Sie haßt es, Maureen zu ärgern oder zu verletzen (das Gesicht da draußen scheint weit weg zu sein, die Konturen verschwimmen), aber sie besitzt nur einen gewissen Vorrat an Kräften. Man kann nur für einen bestimmten Zeitraum über sein Leben nachdenken, dann springt man wieder mitten hinein. Und für sie bedeutet das – Fish. Zumindest heute nacht.

Maureen lächelt schwach. »Nein, Kindchen. Wie ich sehe, würde das niemandem nützen.«

»Ich bin hungrig«, verkündet Katie. Plötzlich fühlt sie sich ganz benommen.

»Scheiße, jetzt sind alle Restaurants geschlossen.« Fish liegt bequem auf den Kissen.

»Das Safeway hat noch offen. Wir könnten Käse oder sonstwas kaufen.«

»Ich weiß was! Gehen wir in das Haus, wo ich arbeite. Dort brate ich dir Spiegeleier.« Er springt so schnell auf, daß sie verwirrt blinzelt.

»Die erlauben dir, da zu kochen?«

»Ich mache mir mein Frühstück öfter dort als bei Michael. Diese Frau ist total cool. Flachgelegt zu werden, das steht ganz oben auf ihrer Liste – zusammen mit einer Vorliebe für handgewobene Kleider und der Mitgliedschaft bei Amnesty International. Sie war ganz wild drauf, mich als Zimmermann zu engagieren. Außerdem ist sie nicht da, sondern in San Francisco, und ihr Sohn treibt sich auf Hawaii rum.«

»Ich zieh' nur rasch Jeans an.«

Die Nacht ist mild und klar, Katie riecht Gras und junge Blätter in der Luft. Sie lassen den Laster beim Apartmentblock stehen, gehen mit langen Schritten die Straße entlang, an drei Kindern in Pyjamas vorbei, die auf einer Rasenfläche liegen. Eins schaut durch ein Fernglas zum Himmel hinauf. Das Haus hinter ihnen liegt im Dunkel.

»Diese Frau hat einen tollen Geschmack«, erzählt Fish. »Eine Anthropologin im Ruhestand. Wieder mal jemand aus Kalifornien, der hier ein billigeres Leben führen will.«

Ein Mann, den Katie oft auf der Straße sieht, kommt ihnen entgegen. Er trägt einen zu kurzen, fadenscheinigen Pullover über seinem Hemd, eine Schirmmütze und einen langen, an einem Ende zugespitzten Stock, mit dem er etwas vom Boden aufspießt. In der anderen

Hand hält er eine McDonald's-Tüte, in der Katie Papier und Zigarettenstummel vermutet. Fish scheint weder den Penner wahrzunehmen noch den Mond, der groß und rund direkt vor ihnen hängt, wie am Ende der Straße. Sie nimmt seinen Arm, aber ehe ihr etwas einfällt, um das Gespräch fortzusetzen, bricht er sein Schweigen.

»Sie erklärte mir, zuerst habe sie ein Cottage gesucht. Natürlich fand sie nur schäbige Buden. Das hätte ich ihr vorher sagen können, aber ich wußte ja nichts von ihrer Absicht, oder?« Er redet sehr schnell. »Und diese handtuchgroßen Häuschen östlich von der High-School mit den briefmarkengroßen Gärten und Glastürchen und Spielzeugbrücken über dem Bach – das gefiel ihr auch nicht. Also kaufte sie das große Haus. Da will sie eine Frühstückspension eröffnen. Den Keller richte ich für den Jungen her, das Erdgeschoß für sie, da kommt eine Dusche mit Zedernholzwänden rein, und im ersten Stock liegen die Gästezimmer. Es ist phantastisch, Katie. Von allem will sie nur das Beste. Und sie sagt, ich soll mir Zeit nehmen. Die stinkt vor Geld.«

Katie zieht an seinem Arm, damit er stehenbleibt, und zeigt zum Mond. Ein eigenartiges Gefühl breitet sich in ihrer Brust aus, steigt durch die Kehle empor. Sie glaubt, es müßte mit dem Himmel zusammenhängen, mit den Kindern auf dem Rasen, und es drängt sie, zu ihnen zurückzulaufen, sich neben sie zu legen. Fish wartet, als würde sie nur innehalten, um sich irgendwo zu kratzen. Plötzlich kommt sie sich ernüchtert und albern vor. Sie weiß nicht, wie sie ihm ihre Emotionen übermitteln soll. Das kann sie nur, wenn sie mit ihm schläft.

Er führt sie eine Seitenstraße und eine Zufahrt entlang, auf die Hinterveranda eines großen, bräunlichen viktorianischen Hauses. »Sie wollte es violett streichen lassen, aber ich machte ihr klar, daß ich das nicht tun würde. Großer Gott, violett!« Fish nimmt einen Schlüssel aus einer Mulde unter einem Verandapfosten, und sie gehen hinein. Drinnen ist es heiß. »Übermorgen wird das Heizungssystem eingeschaltet, dann kann ich bei der Arbeit den Komfort einer Klimaanlage genießen. Toll, was?«

Die Tür bleibt offen, und er schiebt auch ein Küchenfenster hoch. Dann führt er Katie nach oben, zu einer kurzen Besichtigungstour. Wieder in der Küche, steuert er den Kühlschrank an. »Eier, sonnengetrocknete Tomaten, grüne Paprika, schwarze Oliven. Was hab' ich dir gesagt? Und hier ...« Er hält ein Fläschchen hoch. »Balsamessig«, verkündet er, bückt sich wieder und schiebt ein paar Sachen umher. »Keine Butter. Kann ich die Eier in Olivenöl braten?«

»Ich glaube, die Italiener machen das so.« Katie hat sich auf einen Stuhl gesetzt und schaut Fish vergnügt zu. »Nur so viel, daß die Pfanne eingefettet ist.« Plötzlich bricht sie in lautes Gelächter aus. »Die sieht wie eine Fast-Eddy-Pfanne aus.«

Er grinst. »Der absolute Gipfel aller Blödheit ...«

In einem regnerischen Winter haben sie auf der Sechelt Peninsula von Eddy und seiner Frau eine Hütte gemietet. Eines Abends um neun tauchte Eddy aus Vancouver auf, um eine Eisenpfanne zu holen, die seine Frau für einen Apfelpfannkuchen brauchte. Er schwirrte in der Küche herum, dann raste er mit der Pfanne davon, um die letzte Fähre zu erreichen. Seither haben sie jeden, der wegen irgendeines Unsinns außer Rand und Band geraten ist, Fast Eddy genannt.

Vorsichtig läßt Fish die aufgeschlagenen Eier in die erhitzte Pfanne gleiten und summt dabei eine Dylan-Melodie. *»Lay lady lay, across my big brass bed ...«*

»Hallo!« Ein Mädchen in einem kurzen schwarzen Tupfenrock, einem ärmellosen gelben T-Shirt und rosa Turnschuhen kommt herein. »He, Fish, du hast eins von den tausendundeins T-Shirts des reichen Juniors an. Glaubst du nicht, daß er's vermissen wird?«

»Carol Lee«, stellt Fish den Neuankömmling vor und verfrachtet die Spiegeleier auf einen Teller.

»Wo finde ich eine Gabel?« Vorerst versucht Katie das große, langbeinige Mädchen mit dem fast taillenlangen Haar zu ignorieren.

»Mein Bruder spielt den grandiosen Gastgeber, da wollte ich nicht heimgehen«, erklärt Carol. »Ich habe gesehen, wo du den Schlüssel deponiert hast, und im Zimmer vom Junior geschlafen.«

»Hm«, murmelt Fish, und Katie ißt ihre Spiegeleier. Das Mädchen wendet sich zu ihr. »Manchmal helfe ich Fish.«

»Ich manchmal auch.«

»O Gott!« stöhnt er. »Sie ist doch noch ein Kind.« Katie wäscht ihren Teller im Spülbecken ab, und Fish tritt hinter sie. »Carol wohnt gegenüber von dem Haus, wo ich neulich meinen ersten Job bekommen habe. Die hängt einfach nur rum, streckt die Beine in die Sonne, kocht Kaffee, hält ein Brett am anderen Ende fest ...«

Katie dreht sich um und wischt die Hände an ihren Jeans ab. »Kümmern Sie sich nicht um mich«, sagt sie zu dem Mädchen.

»Ich hab' ein paar Joints«, verkündet Carol und schmollt, als weder Fish noch Katie das Angebot annehmen. »Es ist einfacher, hierzubleiben, versteht ihr? Ich meine, mein Bruder kann ein richtiger Trottel sein, wenn er eine Party gibt. Sonst ist er okay, aber ...«

»Meinetwegen müssen Sie nicht gehen«, fällt Katie ihr

ins Wort und sieht sie erleichtert aufatmen. Sie zweifelt an Carol Lees Recht, allzu hohe Ansprüche zu stellen.

Das Mädchen kauert sich mitten in der Küche auf den Boden. »Ich hab' mich schon gewundert, wie Sie aussehen.«

»Das ist cool«, murmelt Fish. »He, ist schon okay«, fügt er hinzu, ohne sich an eine bestimmte Adresse zu wenden.

»Die sitzen jeden Abend da und starren in die Glotze.« Carol kreuzt die Beine in einer Yoga-ähnlichen Haltung. »Er hockt in seinem Sessel, in dem Fummel mit den Enten drauf, und sie sitzt auf der Couch, die Füße in eine Decke gewickelt, die sie selber gehäkelt hat. Sie ist Bankkassiererin. Jeden Abend sagt sie: ›Meine Beine tun weh, Joey.‹ Und er fragt: ›Würde es dir was helfen, wenn ich sie massiere?‹ Ein paar Minuten lang reibt er ihre Waden, dann holt er den Vibrator aus dem Korb, wo sie die Zeitschriften aufhebt. Sie knipst den Vibrator an, während er den Fernseher lauter stellt. Nach einer Weile gibt sie ihm das Ding, und er wischt sich damit über seinen Nacken. Manchmal höre ich sein Zähne klicken.«

»Die typische amerikanische Familie«, wirft Fish ein. »Was, Katie?«

Sie zuckt die Achseln. Offensichtlich ist das eine kleine Sondereinlage von Carol Lee.

»Früher war sie fett«, fährt das Mädchen fort. »Dann ging sie zu dieser Gruppe, die sich regelmäßig trifft. Diese Leute lassen sich wiegen und gestehen einander, wie viele Schokoriegel sie während der letzten Woche heimlich verputzt haben. Dann kommt sie nach Hause und erzählt uns, was jeder einzelne gesagt hat.«

»Und jetzt ist sie nicht mehr fett?«

»Nein. Sie kocht nur mehr Gemüse, und dazu ißt sie

gebackene Kartoffeln. Außerdem macht sie Gymnastik und schimpft über Joeys Bauch. Sie drängt ihn, auch zu dieser Gruppe zu gehen, dann würde er sich besser fühlen. Vielleicht ist er krank oder sonstwas, sagt sie. Bei einem Mann sei ein runder Bauch eine Art Zeitbombe, vor allem wenn er wie ein Verrückter arbeitet. Joe ist amtlich zugelassener Wirtschaftsprüfer.«

Katie lacht. »Na und?«

»Alles Quatsch«, meint Fish. »So wie bei den Anonymen Alkoholikern. Die kamen in den Knast und versuchten uns einzuwickeln. Sie behaupteten, sie könnten nachfühlen, wie uns zumute sei. Scheiße. Nach der Versammlung gingen sie heim – aber wir nicht. Mein Pop ist an dieser Scheiße kleben geblieben. Den haben sie ganz klein gekriegt und ihm das Hirn aus dem Kopf geblasen.«

»Du findest das also dumm, Fish?« fragt Katie. »Daß die Leute miteinander reden, um sich besser zu fühlen?«

»Ach, zum Teufel, mir ist das egal«, erwidert er großzügig. »Jeder soll tun, was ihm gefällt – wenn er glaubt, dadurch kann er die ganze Scheiße eher überstehen. Aber ich nicht! Für mich gibt's kein Gruppendenken, und ich lasse keine Gehirnwäsche mit mir machen. Ich erzähle auch niemandem von den Fusseln in meinem Nabel, und wie ich früher meine Mutter gebumst habe.«

»Das ist idiotisch«, mein Carol.

»Findest du?« fragt er.

»Ich höre gern Geschichten«, sagt Katie, »solange sie komisch sind.«

43

Sie rauchen Carols Dope, dann gehen sie zum Laster. Katie schlägt eine Spazierfahrt vor. Sie halten beim Safeway, wo Fish eine Flasche Chablis kauft. Die zeigt er Katie, als er sich wieder ans Steuer setzt. »Weiß.« Er mag lieber Rotwein, kennt aber ihre Vorliebe für weißen. Am Stadtrand bemerkt er: »Da drüben steht unser Haus.«

»Warst du mal dort, seit du wieder zurück bist?« fragt Katie.

»Nein. Michael hat sich drum gekümmert. Ende Juni müssen die Mieter raus.«

»Oh, ich würde so gern auf dem Land leben«, gurrt Carol. »Auf irgendeinem hübschen Fleckchen, wo viele Bäume wachsen, damit die Leute nicht sehen, was ich treibe.«

»Klingt nach unserem Haus«, sagt Fish. »Und der Garten wäre groß genug, so daß man eines Tages ein Boot bauen könnte.«

Die erste Anwältin, zu der Katie gegangen ist, hat ihr empfohlen, sie solle Fish zwingen, das Haus zu verkaufen und den Erlös mit ihr zu teilen. »Nie im Leben«, hat sie dieser Hexe versichert. Ihretwegen soll Fish nicht den Rest seiner Tage in Michaels Keller verbringen. Und dann auch noch Unterhalt für das Kind zahlen. Ist es etwa Katies Mutter, die sich scheiden lassen will? Katie hat eine andere Anwältin gefunden und weder das Haus noch das Kind erwähnt.

In einer langgezogenen dunklen Kurve drosselt Fish das Tempo. »Von hier aus ist es nicht mehr weit ...«

»Dann fahr vorbei«, sagt Carol.

»Ja, Fish, fahr vorbei«, stimmt Katie zu. Sie hat sich vorgestellt, wieder dort zu wohnen, kurbelt das Fenster herunter, und ihr Haar flattert im Wind. Bald erreichen sie das Haus. Es steht am Ende einer langen Zufahrt, von der Straße aus kaum zu sehen.

Fish löscht die Lichter und biegt in die Auffahrt. Vorher hat Katie in den Strahlen der Scheinwerfer gesehen, daß das Anwesen in Ordnung gebracht worden ist. Man hat den Abfall weggeräumt, die Büsche gestutzt, das Gras sorgfältig gemäht. Dieser neue Look wird Fish sicher nicht gefallen. »Das sind wohl anständige Mieter, was?« fragt sie.

Er öffnet die Weinflasche, Katie klettert aus dem Laster, schließt leise die Tür. Unter ihren Sohlen knirschen die Kieselsteine auf der Zufahrt. Im Haus brennt Licht. Ein paar Schritte von der Kiesstraße entfernt setzt sie sich ins Gras. Fish und Carol kommen zu ihr, schweigend reichen sie die Weinflasche herum. Nach einer Weile holt Carol noch einen Joint hervor.

»Sieht so aus, als wäre hier alles okay«, meint Fish. »Verdammt, sogar der Rasen ist gemäht.«

»Ich hörte Michael sagen, die Frau sei schwanger«, berichtet Katie.

»So?« Eine Zwischenbemerkung von Fish.

»Ich bekam mal ein Baby«, verrät Carol.

»So?« Wieder Fish.

»Meine Eltern warfen mich raus, weil ich nicht abtreiben wollte. Da zog ich zu meinem Bruder. Für einen Zweiunddreißigjährigen ist er okay.« Lachend neigen sich Katie und Fish zueinander. Carol sieht es nicht. »Damals war ich sechzehn. Die Kleine ist jetzt vier. Vorhin habe ich sie für eine Minute gesehen. O Gott, es tat weh.« Sie legt sich ins Gras zurück. »Jetzt wäre es anders – und einfach großartig, immer mit einem Kind beisammen zu sein.«

Katie fühlt sich fast zu dem Mädchen hingezogen, das sie an die eigene Jugend erinnert, obwohl sie selbst nie verrückt nach Babys war. Sie wendet sich zu Fish. »Bist du wach?«

Er rückt näher und legt seinen Arm um ihre Schultern. »Ich habe gerade an Michael und Ursula gedacht. Wir gingen zu einem Konzert in einem Park in Portland. Danach nahmen wir vier Leute mit nach Hause, darunter Carmen. Sie wohnte fünfzehn oder sechzehn Monate bei ihnen. Damals war sie in Carols Alter.«

Carol ist anscheinend eingeschlafen.

»Schau dir diesen verfluchten Mond an, Fish«, sagt Katie. Im selben Moment kommt jemand mit einer Taschenlampe zu ihnen, der Lichtstrahl läßt sie verwirrt zusammenzucken. »Wer ist da?« ruft eine Männerstimme.

»O Scheiße!« Fish springt auf. Das Licht beleuchtet sein Gesicht, und er hält schützend einen Arm vor die Augen. »He, hören Sie auf mit dem Unsinn, Mann! Kein Grund zur Aufregung. Wir sind nur vorbeigefahren.«

»Verschwinden Sie!« Der Mann ist noch ziemlich jung.

Katie läuft zu ihm. »Das ist unser Haus, verstehen Sie? Wir sind erst vor kurzem in die Stadt zurückgekommen und hier herausgefahren, das ist alles. Wir heißen Katie und Fish, und das ist unser Haus.«

»Wer ist es, Sky?« Eine dicke Frau mit heller Mädchenstimme stolpert durch die Dunkelheit. Als sie näher kommt, zeigt sich ihre Schwangerschaft. Nur der Bauch ist so rund.

»Geh hinein, Prudence«, befiehlt Sky.

Carol hat sich aufgesetzt. »Wann kommt das Baby auf die Welt?«

»Es kann jeden Augenblick soweit sein.« Prudence

sinkt neben ihr ins Gras. »Die treten mich noch zu Tode!«

»He, Mann, tut uns leid, daß wir Sie erschreckt haben«, entschuldigt sich Fish und streckt die Hand aus, die Sky zögernd schüttelt.

»Wir wollen keine Camper auf unserem Grund und Boden haben.«

Stöhnend versucht Prudence sich wieder aufzusetzen, Carol und Sky helfen ihr. »Kommt alle rein«, schlägt sie vor. »Gerade wollte ich Tee machen. Ich kann nicht schlafen.«

»Nun ja ...«, murmelt Fish.

»Was für einen Tee?« fragt Carol. »Haben Sie grüne Minze oder Hagebutte?«

»Klar.« Prudence wankt voraus, und sie folgen ihr.

Durch das vordere Zimmer gehen sie in die große Küche, und Katie blinzelt leicht benommen. Der Raum ist so hell wie ein Operationssaal. Eine Reihe Neonleuchten ist hinzugefügt worden, die Wände und die Decke sind grellweiß gestrichen, die Schränke hellgelb, an den Rändern prangen mit Schablonen aufgemalte Blumen. Jemand hat viel Zeit dafür verwendet. Auf dem Herd beginnt ein glänzender schwarzer Kessel zu pfeifen.

Prudence hat ein zartes, herzförmiges Gesicht mit spitzem Kinn und so weit auseinanderstehenden Augen, daß man die ganzen Lider sieht. Die langen zierlichen Arme hängen an ihrem stark gewölbten Körper wie Zweige an einem Schneemann. Wenn sie steht, gewinnt man den Eindruck, auf ihrem Bauch könnten zwei Leute sitzen, und sie muß sich mühsam darüber beugen, um den Kessel zu ergreifen. Sie zeigt zum Tisch. »Setzt euch. Wie heißt ihr? Ich hab's nicht verstanden.«

Katie macht alle miteinander bekannt, und Fish schaut

unbehaglich drein. »Ich würde mich gern hinten umsehen, wenn's recht ist – um Erinnerungen aufzufrischen. Ein Jahr lang war ich nicht mehr hier.«

Sky nimmt zwei Bierflaschen aus dem Kühlschrank und öffnet die Hintertür. Er hat ein Babygesicht von jener Sorte, die lange braucht, um zu altern, und dann ganz plötzlich erschlafft. Vielleicht ist er dreißig. Es läßt sich schwer feststellen.

Carol setzt sich an den Tisch, mittlerweile hellwach. »Engagieren Sie eine Hebamme oder was?« fragt sie Prudence.

Eilig folgt Katie den Männern zur Tür hinaus, obwohl sie ihr keine Beachtung schenken. Sky schaltet das Hoflicht ein. »Da, Fisher.« Er reicht Fish ein Bier. »Sie werden doch so angeredet? Mit Ihrem Nachnamen?«

»Fish«, murmelt Fish.

»Sie verstehen doch, daß wir vor Ende Juni nicht ausziehen können. Jeden Moment kann das Baby kommen, und das Haus, in das wir dann ziehen, ist noch nicht fertig. Genaugenommen werden wir im Haus von Prus Mutter wohnen, und es ist ihr neues Haus, wo die Bauarbeiten plötzlich nicht mehr vorangehen.«

»Schön kalt.« Fish trinkt sein Bier und beginnt im Hof umherzuwandern. »Hat mein Bruder für all diese Scheiße bezahlt?«

Sky räuspert sich. »Wir haben das mit der Miete verrechnet. Hoffentlich gefällt's Ihnen, was wir gemacht haben.« Ein Teil des Buschwerks ist entfernt, der Hof vergrößert, ein kreisrunder Platz aus Steinen angelegt worden und ringsherum ein Beet, wo kleine Blumen die Köpfe aus der Erde stecken. Den hinteren Zaun hat man repariert.

»Ich weiß nicht«, erwidert Fish. »Ich selber hätte es nicht gemacht.«

Katie setzt sich auf eine Bank bei der Hintertür und beobachtet ihren Mann, der vor dem Schuppen stehenbleibt. Sie sieht, daß das Holzstück, das Fish als Klinke benutzt hat, durch einen richtigen Knauf ersetzt worden ist. Verzweifelt wünscht sie sich, sie wäre hier allein mit Fish, könnte die Zeit rückwärts oder vorwärts drehen, eine neue Chance erhalten. Beim Kauf des Hauses hat sie gedacht: *Nun werden wir doch noch ein wirkliches Leben führen.* Das hat sie auch bei Rheas Geburt geglaubt. Ein wirkliches Leben erscheint ihr wie ein wundervoller und möglicher Traum. Wenn sie ihn bloß nicht zerstört hätte ... Hinter einem ihrer Lider fängt es zu pochen an.

Sie stellt sich vor, was Fish jetzt möchte – wahrscheinlich das Licht ausschalten, einen Stuhl finden, im Dunkel sitzen und sich betrinken. All die »Verbesserungen« betrachtet er mit Abscheu, das weiß sie. Es drängt ihn, seine Sachen dahin zu bringen, wo er sie haben will, die süßen kleinen Schablonenblumen zu übermalen, Fett auf den Herd zu gießen. Er dreht sich um, einen wilden Ausdruck in den Augen, den nur sie bemerkt.

Am letzten Abend in diesem Haus, vor seinem Vollrausch, hat sie eine Pizza gebacken, mit Schweinefleisch und Bohnen. Beim Essen lachten sie, bis sie Seitenstechen bekamen. Es hat gräßlich geschmeckt.

Er öffnet den Schuppen. Sogar im trüben Licht kann er sehen, daß man den Boden gefegt, den ganzen Kram geordnet hat. Die Flaschenkästen stehen immer noch da. »Dazu sind Sie wohl nicht gekommen?«

Sky tritt näher und späht durch die Tür. »Die Bierflaschen von da drin und vom Hof hab' ich in den Laden zurückgebracht. Aber die Weinflaschen ... Wir werfen so was natürlich in die Recyclingtonne, aber ich dachte, vielleicht wollen Sie die aus irgendeinem Grund aufheben – weil Sie selber Wein machen.« Seine Stimme klingt nervös.

»Werfen Sie die bloß nicht weg!« Fish schließt die Tür und fährt herum, beinahe berühren sich die Nasen der beiden. »Und streichen und reparieren Sie auch nichts mehr!«

»Klar, Mann, was immer Sie sagen.« Sky weicht zum Haus zurück.

»Ich wohne jetzt im gottverdammten Keller meines Bruders, *Mann*!«

»Nun ja – am 1. Juli gehört dieses Haus wieder Ihnen. Ich hatte gehofft, wir könnten den Mietvertrag verlängern ...«

»Sie wissen doch, daß am 4. Juli der verdammte Unabhängigkeitstag gefeiert wird?«

»Klar – und?«

»Das ist mein Geburtstag. Da werde ich fünfundvierzig, Mann. Und dann will ich in meinem Haus sein, *Mann*. Und ich will auch alle meine Flaschen haben.«

»Warum regen Sie sich so auf, Fisher! Es gibt doch keinerlei Probleme. Wir haben einen Vertrag.«

»Als ob ich das nicht wüßte!« Fish stapft ins Haus, und Katie folgt ihm.

Sie durchqueren geradewegs die Räume und ignorieren Prudence, die ihnen zuruft: »Der Tee ist fertig ...«

Fish steigt in den Laster und startet den Motor. »Warte!« sagt Katie. »Was ist mit Carol?«

Er dreht den Zündschlüssel wieder in die andere Richtung und lehnt sich zurück. »Widerliche Hippies.«

Katie kriecht hinter die Sitze und zu Fishs Seite. Sie massiert seine Schultern, und er stöhnt. »Carol und die

Frau verstehen sich so gut. Können wir nicht warten, bis sie ihren Tee getrunken haben?« Er wendet sich zu ihr, kniet auf dem Sitz, schlingt die Finger in ihr Haar und küßt sie. »Mmm«, summt sie, schiebt ihn sanft weg und legt sich aufs Bett. Als er neben ihr am Boden sitzt, ergreift er die Weinflasche und gibt sie ihr.

Der Wein ist immer noch kühl und schmeckt herb. Sie glaubt, im Laster zu schwimmen wie ein Goldfisch im Aquarium. Fish zieht ihr Hemd hoch, legt eine Hand auf ihren Bauch. Er lehnt die Flasche an einen der Sitze. »Du bist ganz warm.«

»Es kommt mir vor wie im Sommer.«

»Ich war echt sauer, als ich diese Typen in unserem Haus sah.«

»Natürlich«, sagt sie in besänftigendem Ton.

»Jetzt fühle ich mich wieder okay.«

Sie dreht sich zur Seite. Auf den Ellbogen gestützt, fragt sie: »Erinnerst du dich noch an die kleinen Frösche, damals am See?«

Es dauert eine Weile, bis er antwortet. »Die sind wie verrückt herumgekrabbelt.«

»Das war um diese Jahreszeit. Glaubst du, wir würden sie dort wieder finden?«

»Wahrscheinlich war das nur eine besondere Laune der Natur.«

»Mag sein.« Sie legt sich auf den Rücken. »Jetzt würde ich mich wohl nicht mehr davor ekeln.«

»Warum nicht?«

Sie lacht. »Ich bin älter geworden.«

Fish streckt sich neben ihr aus. »Und hübscher.«

»Und du bist dümmer.«

»Und du so sexy wie nie.«

»Und du geiler denn je.«

»O ja.« Er küßt sie.

»He, Leute!« Carol öffnet die Tür. »Wißt ihr was? Ich bleibe hier.«

»Was?« ruft Fish.

»Zumindest heute nacht. Sky will ins Bett, und Pru kann nicht schlafen. Ich sagte, ich würde mich zu ihr setzen. Vielleicht helfe ich ihr, wenn die Babys kommen.«

»Babys?« fragt Katie.

»Habt ihr's nicht gehört? Sie kriegt Zwillinge. Ich erzählte ihr, Fish und sein Bruder sind auch Zwillinge, und sie meinte, vielleicht liegt's am Haus. An eurem Haus, versteht ihr?« Carol schlägt die Tür zu und läuft davon.

Fish und Katie brechen in Gelächter aus, dann erkundigt sie sich: »Wo hast du sie aufgegabelt?«

»Das hab' ich doch schon erwähnt. Sie kam vorbei, als ich an diesem Haus an der Primrose arbeitete.«

»Sie ist süß. Ein bißchen jung.«

»Ja, sie ist jung«, stimmt Fish zu und drückt Katie aufs Bett zurück.

»Und ich bin alt«, wispert sie, »aber sexy.«

»Genau, daran erinnere ich mich.«

Sie öffnet den Reißverschluß ihrer Jeans. Keiner hat sie je so gern berührt wie Fish. Er nimmt sich alle Zeit der Welt. Seine Hand gleitet über ihren Bauch und läßt sie lange warten. »Kannst du dein Geld nicht zurückbekommen?« Sein Gesicht liegt auf ihrem Bauch. Seine Zunge kreist um ihren Nabel, dann über den Rand des Schamhaars.

»Welches Geld?«

»Das du der Anwältin gegeben hast. Wird so was zurückerstattet?«

Ihr Magen zuckt und beruhigt sich wieder. Sie antwortet nicht, und beide vergessen die Frage. Was sein Finger und was seine Zunge ist, kann sie nicht feststellen. Es ist so vertraut und so erstaunlich. »Wo sollen wir hingehen? Zu Michael? Oder zu dir?«

»Fahren wir zum See ...« Sie werden nicht rechtzeitig zur Arbeit zurückkehren. Eine lange Fahrt auf einer gewundenen dunklen Straße ...

»Was immer du willst. Wenn du so lange warten kannst ...« Er gibt ihr einen feuchten Kuß, der nach Wein schmeckt. »Ich habe fast ein Jahr gewartet.« Er legt die Rolling-Stones-Kassette in den Recorder, steuert den Laster rückwärts aus der Zufahrt und den Hang hinab. »Was soll ich jetzt mit diesen Papieren machen, Katie? Was hast du mit deinen gemacht?«

44

Im vergangenen Monat hat Ursula manchmal den Eindruck gewonnen, ihre Kinder auf Video zu beobachten. Sie wirken unzugänglich. Carter ist gesund und fröhlich, auf dem glücklichen Weg zu einem Neuanfang, aber seiner Mutter so fremd wie ein Austauschstudent – als hätte er ein anderes Leben, in das er am Jahresende zurückkehren wird. Mit nostalgischem Schmerz denkt sie an die Aufregung und Verwirrung um die rechtzeitige Abgabe seiner Schularbeit, die sie schließlich auf einer geliehenen Schreibmaschine getippt hat, bis drei Uhr morgens. Der Alltag beschert ihnen zu wenige Berührungspunkte. Er ist nur selten daheim. Sie glaubt, er kann die Stille im teilweise ausgeraubten Haus nicht mehr ertragen. Michael hat etwas von einer neuen Stereoanlage gemurmelt und erwähnt, zum High-School-Abschluß könnte man dem Jungen einen Computer schenken. Aber danach ist beides nicht mehr zur Sprache gekommen. Natürlich kann er sowohl das eine wie auch das andere gekauft haben, aber nichts davon taucht auf.

Ursula hat Carter neulich in der Innenstadt gesehen. Sie fuhr von der Bäckerei nach Hause und entdeckte ihn in Begleitung eines Mädchens im roten Kleid und kurzer schwarzer Jacke, bunt verziert wie der Bolero eines Stierkämpfers. Ihr helles Haar glänzte, und sogar aus der Ferne betrachtet machte sie einen sehr gepflegten Eindruck. Sie gehörte nicht zu den Mädchen, die im letzten Jahr durch das Fisher-Haus gewandert waren. Bei Carter eingehängt, neigte sie sich zu ihm, während sie am Rand des Parks standen. Ursula beobachtete, wie ihr Sohn das Haar des Mädchens berührte, und diese zärtliche Geste in aller Öffentlichkeit verblüffte sie. Sofort sagte sie sich, daß es Carters gab, die sie noch nicht getroffen hatte und vielleicht nie kennenlernen würde, einen jungen Mann, den er nur jungen Damen präsentierte, fern von den Zwängen im Elternhaus.

Juliette weicht ihr aus und bereitet ihr Sorgen. Sie schlüpft an Ursula vorbei, so als hätte sie es drauf angelegt. Oft verläßt sie abends das Haus im selben Moment, in dem das Auto der Mutter in die Zufahrt biegt. Ursula vermutet, die Ballettproben würden das Mädchen viel Zeit kosten. Sobald Juliette davon zurückkommt, geht sie ins Bett, manchmal schon ziemlich früh, dann steht sie mitten in der Nacht wieder auf, um zu baden und ihr Haar zu waschen. Sie nascht irgendwas vor dem Dinner, und bei der Mahlzeit hat sie keinen Hunger. Sie ist zu beschäftigt, zu müde, zu satt, um mit der Familie Spaghetti oder Steaks essen zu gehen – oder die Cajun-Shrimps im Bay Leaf Deli, die Carter so schätzt. Und sie erklärt, sie müsse nirgendwohin gefahren werden, sie könne zu Fuß gehen.

Hin und wieder schleicht sie sich nach Einbruch der Dunkelheit aus dem Haus und macht im Garten Stretch-Übungen. Oder sie sitzt in einem Liegestuhl auf der Veranda, die Füße unter den Pobacken, das Kinn auf einem Knie, und starrt zur Platane, hinter der ein japanischer Student in einem umgebauten Schuppen von der Größe einer Waschküche traurige Saxophonmelodien spielt.

Es hat keine Trotz- oder Tränenszenen mehr gegeben, keine kindliche Suche nach Trost. Juliette ist ein Phantom.

Ursula denkt an die Zeit, wo ihre Kinder herangewachsen sind, und beklagt die Dinge, die sie versäumt hat. Warum gehören sie keiner Kirche an? Warum hat es so wenige athletische Bemühungen gegeben, warum ist der Schwimmunterricht abgebrochen worden? Warum kein Tennis, obwohl die Tennisplätze des Colleges nur fünf Gehminuten entfernt liegen? Und warum hat sie es so gedankenlos unterlassen, den beiden die Familiengeschichte nahezubringen? Die Familien-Storys komprimierte sie zu Anekdoten, höchstens drei Sätze lang, scherzte darüber und machte sich nicht die Mühe, Zusammenhänge zu erläutern. Sie alle haben praktisch nichts getan, um Familienrituale zu etablieren. (Was gibt's über Weihnachten zu sagen, abgesehen vom Besuch der älteren Fishers, dem späten Dinner, den Geschenken, über die man zuvor verhandelt hat, um Enttäuschungen zu vermeiden, und die somit niemanden überraschen? Sogar Halloween wurde auf peinliche Weise vernachlässigt. Juliette erinnert sich noch gut an die erste Schulklasse, wo ihr die Lehrerin ein Leintuch über den Kopf geworfen hat, weil sie sonst das einzige nicht kostümierte Kind gewesen wäre.)

Die Jahre zwischen dem Babyalter und der High-School erscheinen im Rückblick wie eine Zeit, in der die Kinder hin und her geschoben worden sind, in der die Eltern die Betreuung wie einen Stab beim Staffellauf ausgetauscht haben, so daß immer nur ein Läufer auf der Strecke gewesen ist. Mit einem stechenden Schmerz – ganz real und physisch lokalisiert unter dem Brustbein – erkennt Ursula, daß Michael ein paar hundert Stunden, vielleicht sogar einige hundert Tage mehr mit ihnen verbracht hat als sie selbst. Die Sommermonate nicht mitgerechnet. Die drei haben Tage miteinander verlebt, die ihr nur als Arbeitstage im Gedächtnis geblieben sind. Sie gingen schwimmen und wanderten, bauten Spielhäuser, Vogelhäuser, Tretroller und Webstühle. Einmal stellten sie einen Brennofen her und produzierten hundert Tontöpfe. Ursula, seit achtzehn Jahren im Zwang bürokratischer Tagesplanung, hat die offizielle Freizeit organisiert. Es gab Camps mit Lagerfeuer, ein zehntägiges botanisches Camp am Meer, von dem Carter mit einem heftigen Fieber abgeholt werden mußte, das bei der Ankunft zu Hause sofort sank. Ein halbes dutzendmal fuhr sie mit den Kindern nach Chicago oder Seattle. Und Disneyland – da waren sie alle zusammen.

Nie hat sie versucht, die Zukunft der Kinder zu gestalten, von deren Karrieren und Ambitionen zu träumen. Immer noch spürt sie schmerzlich, wie enttäuscht ihr Vater von ihr gewesen ist, nach jahrelangen freundlichen Diskussionen über das Gelehrtendasein, die er in der Hoffnung führte, er würde sie mit seinem Ehrgeiz anstecken. Aber obwohl es nur selten erwähnt worden ist, weiß sie auch, daß die Mutter ihr intellektuelles und künstlerisches Leben der Ehe und der Tochter geopfert hat, mangels der nötigen Willenskraft und der familiären Unterstützung.

Werdet das, was ihr wollt, sagt Ursula ihren Kindern, *aber macht eure Sache gut, denn ihr müßt sie viele Jahre lang machen.* Sie möchte ihnen die Augen für die vielen Möglichkeiten öffnen. Einmal hat sie Carter bei der Fernsehsendung *Nature* gefragt (damals ist er elf gewesen): »Was glaubst du, wer da sitzt und wartet, bis die Nachtblume aufblüht?«

»Nur Vampire kommen nachts raus«, hat er gelangweilt erwidert und ist davongelaufen, um irgendwas Albernes mit seinem ersten Computer zu spielen.

Michael spricht mit den Kindern nicht über Berufsmöglichkeiten. Er teilt Ursulas Überzeugung nicht, ein erstrebenswertes Leben müßte Erfüllung und Befriedigung auch im beruflichen Bereich enthalten. Nach seiner Meinung reichen die wenigen Berufe, die innere Befriedigung vermitteln, nicht für alle. Jemand muß eben auch die Scheiße wegschaufeln. Manchmal führt er sich auf, als wüßte er nicht, daß er der Mittelschicht angehört, den höheren Berufsständen. Und doch hat es ihm immer Spaß gemacht, in der Schule zu unterrichten. Zumindest stört es ihn nicht allzusehr, daß er nicht die Dinge tut, von denen er früher geträumt hat.

Carter und Juliette sind schneller herangewachsen, als Ursula sich das vorgestellt hatte, und anscheinend immer größer geworden, während sie irgendwo anders gewesen ist. Das gilt besonders für Juliette – vor zwei Jahren noch ein kleines Mädchen. Nun läuft sie mit hängenden Schultern umher – eine Pose, die gar nicht zu einer Ballerina paßt – und verbringt zu viele Stunden allein. Ursula sieht sie nie essen, nur gewisse Spuren davon, und das Mädchen ist zwar schlank, aber nicht mager.

Sie würde gern mit Michael über die Kinder sprechen, aber er sagt, der Säer könne den Erntesegen nicht herbeireden. »Wart's ab«, rät er ihr. Sie möchte ihn fragen, ob seine Eltern das auch getan hätten. Wann haben sich die Brüder so unterschiedlich zu entwickeln begonnen, als Jungen oder als Männer? Als Ursula die beiden kennenlernte, spürte sie sofort die unheimliche Bindung zwischen ihnen, obwohl sie monatelang nicht wußte, daß sie Zwillinge sind. Damals schien Fish an der vordersten Front des Lebens zu stehen. Oft kam er Leuten und Ereignissen in die Quere, stolperte er über Konventionen. Michael dagegen agierte still im Hintergrund und fand seinen Weg, ohne irgendwen zu behelligen oder zuviel zu verlangen. Aber wie desorientiert er war, als Fish zur Navy ging und aus dem Blickfeld verschwand. Michael träumte von seinem Bruder, vor allem, als dieser nach Vietnam ging. Oft weckte er Ursula dadurch, daß er sich unruhig im Bett umherwarf, behauptete aber, es liege an Verdauungsbeschwerden, einer verstopften Nase oder Schlafstörungen. Verächtlich lachte er, als Ursula sagte, Zwillinge würden stets verbunden bleiben, über Raum und Zeit hinweg. Er betonte, sie seien nicht eineiig, und damit wies er auf seine und Fishs Individualität hin. Nur durch Familienbande und ein gemeinsames Geburtsdatum stünden sie sich nahe – so als hätten die Jahre die Ähnlichkeit eher verringert.

Und als Fish aus Asien zurückkehrte, glaubte Ursula lange Zeit, die beiden wären tatsächlich völlig verschieden – letztendlich getrennt durch Krieg und Ehe, Vietnam und Ursula.

Eines Nachts stellt sie ihn im Bett zur Rede. In der letzten Zeit hat er seine ganze Freizeit mit Fish verbracht, im Keller oder im Garten, die Wochenenden mit Fishs Hausprojekt. Ursula beobachtet, wie sie über Plänen und Zahlenkolonnen sitzen, Fotos und Listen studieren, und erwägt, sie zu belauschen und herauszufinden, was da vorgeht, aber sie sprechen eine andere Sprache, einen mysteriösen Fachjargon. Und weil ihr unzählige andere Dinge einfallen, die sie erledigen muß, läßt sie die Brüder allein.

Doch an diesem Abend ist Fish ausgegangen. Michael nimmt ein ungewöhnlich langes Bad und geht dann ins Bett, packt eins von Ursulas Kissen, um es seinen zwei eigenen hinzuzufügen und die nötige Stütze zu erhalten, justiert die Nachttischlampe und ergreift die *National Geographic*-Spezialausgabe über eine neue Ausgrabung in Peru mit fabelhaften Goldfunden und vielen Kunstwerken. Sie fragt, ob er glaube, daß sie mit Juliette einen Berater aufsuchen soll.

»Wegen des nächsten Schuljahrs?«

»Sei nicht albern, Michael!« schimpft sie.

»Also meinst du einen Therapeuten.«

»Ja.« Sie wird rot vor Verlegenheit, genauso wie an jenem Tag, an dem sie in Juliettes siebentem Schuljahr die Notwendigkeit einer Zahnspange erwähnt hat. Er nannte das ein »typisch amerikanisches Mittelschichtsyndrom«, so als müßte sie die verbogenen Zähne der Tochter ignorieren und sie zu einem schiefen Lächeln oder Problemen beim Beißen verdammen, obwohl sie die erforderlichen finanziellen Mittel für eine Korrektur besaßen. Natürlich überließ Michael die Entscheidung seiner Frau, und wenn sie einen Fehler beging, schlug sie sich eher auf die luxuriöse Seite mütterlicher Fürsorge als auf die sparsame. Um ihr Gewissen zu besänftigen, hat sie einen riesigen Kleiderberg für den nicaraguanischen Friedensbus und zwölf Tuben Neosporin gespendet.

»Sieht du etwas auf uns zukommen?« fragt Michael. Die Katze, die auf seiner Brust ruht, streckt sich zu ihrer vollen Länge aus. »Glaubst du, sie braucht Hilfe, um ihr *Selbstbewußtsein* zu entwickeln?« Mit einem lauten Seufzer bekundet er, daß er sich gestört und ausgenutzt fühlt, wirft das Magazin auf den Boden und zerrt Ursulas Kissen unter seinem Kopf hervor. »Soll sie schon so früh anfangen? Eine Art BH-Training?«

Sie richtet sich auf, damit er das Kissen unter ihren Nacken schieben kann. »Natürlich nicht. Wir sind viel zu schick, was?« So ein Konzept verachtet Michael. Er findet, gebleichtes Eichenholz und exotisches Gemüse wären wie Pisse auf den Teppichen der Mittelschicht. Kommt uns bloß nicht mit eurem Polyester und Fast-Food, sagen solche Leute. Eine Version dieses Arguments (eher einer Schmährede) bringt er jedesmal vor, wenn Ursula etwas im Haus verändern, ein neues Möbel- oder teures Kleidungsstück kaufen will. Niemals kommt es zur Sprache, wenn *er* im Konsumrausch schwelgt. Aber – und das würde sie zugeben, wenn er sie unter Druck setzte – er kauft nur Sachen zu seinem eigenen Vergnügen und nie, um zu protzen. »Ich habe ihr noch nie einen Trainings-BH gekauft, das weißt du«, fügt sie hinzu.

»Aber eine Therapie – darin hast du schon einiges investiert. Das wäre dein Ressort.« Soll das heißen, ihre Ausbildung *stört* ihn?

»Das ist unfair. Ich bin keine Therapeutin, wenn ich diesen Beruf auch ausüben könnte. Du weißt, ich habe beschlossen, für den öffentlichen ...« Sie sucht nach dem passenden Wort. »Sektor« fällt ihr ein, und sie fürchtet daran zu ersticken, wenn sie es ausspricht. »Ich arbeite für die Stadtverwaltung, um ihr zu helfen, ein paar Kinder aus der schlimmsten Misere rauszuholen. Mit Therapie hat das nichts zu tun.«

»Oh, da habe ich mir eine unwürdige Fehleinschätzung erlaubt.« Michael wechselt zu seinem schelmischen Humor über. Vermutlich sieht er sich als Star in einer britischen Filmkomödie. Eine Hand legt er auf Pajamas' Hüfte, die andere auf die seiner Frau. »Warum haben wir eigentlich dieses Thema angeschnitten?« Das Tier schnurrt laut, zieht sich noch mehr in die Länge und gleicht einer mumifizierten Katze, die Ursula im British Museum bewundert hat.

»Bemerkst du ihre Depressionen nicht? Findest du nicht, daß sie uns ausweicht und die Einsamkeit sucht?«

»Sie pubertiert, ist empfindsam – und eindeutig deine Tochter.«

Ursula rutscht unter dem Laken hervor und setzt sich auf. Michaels Finger gleiten von ihrem Schenkel. »Du nimmst mir übel, daß ich drüber rede?«

»Wirklich, Ursula, ich sehe keinen Grund zur Sorge, also plagen mich auch keine Gewissensbisse. Aber warst du nicht der Teenager, der literweise Zitronenlimonade getrunken hat, um sein inneres System zu reinigen, und später Kirschsirup mit Kodein, um high zu werden?«

»Teenager-Dummheiten sind nicht erblich. Außerdem diskutieren wir nicht über meine Krankheitssymptome, auch nicht über die Juliettes.« Sie muß ein Lächeln unterdrücken. Michael bringt eine uralte Story ins Gespräch und beweist damit, daß er ihr irgendwann in ferner Vergangenheit einmal zugehört hat. Wie lange ist es her, seit sie zuletzt persönliche Dinge aus der Vergangenheit ausgetauscht haben? Wann hat er ihr zuletzt eine private Frage gestellt?

»Vielleicht ist das bei Mädchen nun mal so«, meint er.

»Oh, großartig.«

»Für Carter schlägst du keine Therapie vor.«

»Das will ich einem Therapeuten nicht antun.«

»Seine Psyche braucht ja auch keine Hilfe. Er benötigt nur Zeit und Erfahrung mit diesen oder jenen Konsequenzen.« Michael spricht beiläufig, spielt vielleicht auf seine eigenen Erfolge mit Carters Rettung und auf Ursulas Mißbilligung an.

»Er braucht einen Haarschnitt.« Sie hört, wie steif und gepreßt ihre Stimme klingt, und das Bild des Sohnes, das in ihrer Phantasie auftaucht, läßt sie schaudern. »Gib's zu, Michael, er sieht wie ein Hahn aus.«

»Er hat eine schöne Freundin – Annabel.«

»Ich glaube, ich habe sie neulich gesehen, beim Park. War sie hier? Hast du sie kennengelernt?«

»Wir trafen uns schon ein paarmal. Die fährt einen Honda Prelude. Neu.«

»Tatsächlich?«

»Eine reiche Erbin, sagt der Junge.«

»Ist das einer der Gründe für sein plötzliches Interesse?«

»Ich denke, so plötzlich ist es gar nicht. Vermutlich bringt er sie nicht her, weil er noch nicht sicher ist, wie sich die Sache entwickeln wird. Offenbar ist er sehr stolz auf sie.«

»Weil sie schön ist oder weil sie reich ist?«

»Weil sie seinen Trend durchbrochen und bewiesen hat, daß er sich nicht in eingefahrenen Gleisen bewegt.«

»Ich wußte gar nicht, daß da ein bestimmter Trend war. Es gab so viele.«

»Nur dumme Mädchen.«

»Die kleine Kincaid hat ein tolles Zeugnis. Ich hörte ihre Mutter im Waschsalon damit prahlen.«

»Und wie lange hat sie's mit Carter ausgehalten?«

»Oder er mit ihr. Sag mal ehrlich, Michael – was hat er in diesen letzten paar Jahren mit den Mädchen getrieben? Wenn die Kids ausgehen – wohin?«

»Ins Kino, ins Einkaufszentrum, in Spielsalons und Discos. Diese Dinge ändern sich nicht allzusehr. Manchmal treiben sie sich auch in Hintergassen rum.«

»Du hältst ihn also im Grunde für einen Durchschnittsjungen?«

»Er steht irgendwo in der Mitte der Kurve.«

»Also können wir ihn laufenlassen, nicht wahr? Es ist immer noch Juliette, um die ich mich sorge. Nicht, daß Carter mir früher keinen Kummer bereitet hätte. Nicht, daß ich mir keine Gedanken über sein Verantwortungsgefühl oder die Frage gemacht hätte, ob er sich nächstes Jahr noch die Zähne putzen wird. Aber hör auf, mich abzulenken, Michael. *Juliette leidet.*«

»Ich weiß. Die ist dir entglitten. Und du hast keine Ahnung, worüber du mit ihr reden sollst.«

»Genau.«

»So was passiert nun mal, Ursie. Die Kinder schieben ihre Eltern beiseite, damit sie erwachsen werden können. Das Kapitel Kindesentwicklung. Erinnerst du dich?« Nun spricht er in freundlichem Ton, und sie beschließt, nicht gekränkt zu sein, will aber sagen: *Ich vermisse sie.*

Doch sie entgegnet: »Meine Mutter verließ die Stadt, also fiel es mir leicht, mich von ihr zu lösen.«

»Und meine Mutter biß während meiner Kindheit die Zähne zusammen. Da kam man nicht los.«

Sie widersteht der Versuchung, ihm zu erklären, er

habe sich noch immer nicht von Geneva befreit. Statt dessen bittet sie: »Paß auf Juliette auf. Nachmittags bist du vor mir daheim. Vielleicht kannst du ein bißchen mit ihr zusammensein. Im Augenblick hat sie keinen Bedarf an mütterlicher Zuwendung. Versuch mich zu beruhigen.«

»Wenn ich's schaffe ...«

»Willst du mir nicht diese Bitte erfüllen?«

»Natürlich will ich das.« Er rutscht eine Zeitlang im Bett umher, bis er eine bequeme Lage gefunden hat. »Wenn ich's nicht täte, würdest du dich aufregen, und wie sollen wir dann – du weißt schon, was? In dieser Woche ist es noch nicht passiert.«

»Michael! Sind Fish und Katie wieder zusammen?«

»Ein andermal, Ursie. Mach das Licht aus.« Er ist zu ihr gerückt, sein Mund berührt ihre Schulter.

»Okay, aber eins noch.«

»Ursula, Ursula.«

»Du mußt den Küchenboden reparieren. Zu Carters Schulabschluß wünsche ich mir einen ordentlichen Boden.«

»Diese Zeremonie wird nicht in unserer Küche begangen.«

»Ach, ich könnte eine Party geben.«

»Hast du mit Carter darüber gesprochen?«

»Diese Party würde ich nicht für ihn veranstalten, sondern für uns.«

»Wir wollen also feiern?«

»Nicht richtig. Wir werden uns eher in Reminiszenzen wälzen, die Alben mit den Babyfotos hervorholen, Geschichten von früher erzählen. Und ich würde gern ein paar alte Freunde sehen.«

»Wohnen die nicht ganz woanders?« Sie hört einen

traurigen Unterton aus seiner Stimme heraus und spürt, wie sich ihr Bauch erwärmt, wie ihre Knie unwillkürlich zucken. Seine Lippen pressen sich heiß auf ihr Schlüsselbein.

»Ich erzähl' dir eine Geschichte«, murmelt er.

»Ich lausche.«

»Komm näher.« Er richtet sich auf und flüstert was in ihr Ohr.

»Du bist pervers, Michael!« *Wie wundervoll*, denkt sie.

»Dafür bekommst du dann einen grauen Linoleumboden.«

»Abgemacht«, stimmt Ursula ihrem Mann zu, und der Gedanke an Juliette entschwindet wie ein Schatten auf einer Filmleinwand – wenn auch eine innere Stimme seufzt. Aber im Augenblick kann man nichts für das Mädchen tun.

45

Am Sonntagmorgen vor Carters Schulabschlußfeier trifft Ursula in der Bäckerei eine Sozialarbeiterin aus dem Büro, Teresa. Sie bestellen Cappuccinos und gratulieren einander, weil sie schon um halb acht auf den Beinen sind. Während sie in der schaumigen Milch rühren, planen sie die Route für den langen Spaziergang, den sie am Freitag verabredet haben.

Ursula staunt, weil an einem Wochenende bereits so früh am Morgen schon so viele Leute unterwegs sind.

»Es ist warm wie im Sommer«, meint Teresa. »In ein paar Wochen werden uns die Touristen nerven. Jetzt gefällt's mir hier besser – solange ich noch das Gefühl habe, die Stadt gehört mir.«

Sie wandern durch den Park in die Berge hinauf. Allmählich verlangsamen sich die Schritte. »O Gott«, keucht Ursula. »Mir geht die Puste aus.«

Teresa lacht, ebenfalls ein wenig atemlos. »Warum machen wir das nicht den ganzen Sommer und Herbst, bis das schlechte Wetter anfängt?«

»Das muß ich mir erst noch überlegen«, stöhnt Ursula.

Beide bleiben stehen, schnappen lächelnd nach Luft, und Teresa legt eine Hand auf Ursulas Schulter. »Befassen wir uns mit der unmittelbaren Zukunft. Wollen wir zusammen einen Flohmarkt veranstalten?«

»Einen Flohmarkt?« Ursula stellt sich die Kleiderberge, Stühle, Tennisracketts und Lampen im Hintergrund ihrer Schränke vor. »Eine phantastische Idee! Wann? Bei dir oder bei mir?«

»In meinem Haus muß ich einiges reparieren und die Wände streichen lassen, und ich will neue Möbel kaufen. Also machen wir's auf meiner Zufahrt. Ich kümmere mich um die Annoncen. Sagen wir, in einem Monat, gegen Ende Juni?«

»Einverstanden.«

»Vielleicht könnte der Bruder deines Mannes mal rüberkommen und sich anschauen, was getan werden muß. Angela sagt, er sei sehr tüchtig.«

»Ich werde ihn fragen.«

»Gehen wir noch mal in die Bäckerei. Diesmal essen wir was.«

Ursula stimmt zu und schwenkt heftig die Arme. »Glaubst du, wir haben genug Kalorien verbraucht?«

Hochzufrieden mit sich selbst, kehrt sie nach Hause zurück. Es ist erst neun, und sie hat das Bett schon vor zwei Stunden verlassen. Michael und Fish sitzen auf den Verandastufen und trinken Kaffee. »Buttergebäck«, verkündet Ursula und hält ihre Einkaufstüte hoch. Die Männer folgen ihr in die Küche.

»Wir machen den Boden«, sagt Fish und beißt in ein Brötchen.

»Jetzt gleich?« fragt sie.

»Ich hab's doch gesagt«, entgegnet Michael.

Ursula geht nach oben, um zu baden. Während sie in der Wanne sitzt, klopft Juliette an die Tür. »Ich muß ganz dringend auf die Toilette.«

»Du kannst reinkommen!« ruft Ursula, und ihre Tochter seufzt angewidert.

»Beeil dich!«

Als Ursula, in ein Handtuch gewickelt, das Badezimmer verläßt, stürmt Juliette hinein. Lautstark rumoren Michael und Fish in der Küche. Die Linoleumrolle ist aus dem Keller geholt worden.

Ursula geht mit einer Tasse Kaffee ins Eßzimmer und ruft ihre Mutter an. Im oberen Stockwerk hört sie Wasser rauschen, und nachdem sie weiß, daß Juliette beschäftigt ist, vertraut sie Clare ihre Sorgen an.

»Sie ißt überhaupt nichts und magert buchstäblich vor deinen Augen ab?« fragt Clare ruhig, fast beiläufig.

»Das nicht gerade – aber sie ist nicht allzu robust.«

»Sie ist Tänzerin und will ihre Knochen zeigen.«

»Sie ist ein Kind, das immer noch wächst. Nun hat sie Angst, ihre Brüste könnten zu groß werden.«

»Wo du deine her hast, ist mir schleierhaft.« Clare ist dünn, knochig und flachbrüstig, ein Typ, der knackig altert. »Wahrscheinlich von der Mutter deines Vaters. Die war überall gut gepolstert.«

»Ich habe dich nicht angerufen, um über meine Figur zu diskutieren.« Ursula hätte sich denken können, daß die Mutter das Problem herunterspielen würde. Eine von Clares Lieblingsphrasen lautet: *Ich habe schon was Schlimmeres gesehen.*

»Ich komme zu ihrer Ballettaufführung. Glaubst du, Carter wird mir sehr böse sein, wenn ich am Freitag seine Schulabschlußfeier versäume?«

Ursula lacht. »Bald nach der Zeremonie fährt eine ganze Busladung Kids nach Disneyland. Carter hat jetzt eine Freundin, und er findet es sogar komisch, daß ich die Feier besuchen will. Für ihn ist das alles schon abgehakt.«

»Sag Juliette, sie soll mich anrufen. Wenn sie allein daheim ist.«

Ursula weiß, daß ihre Tochter diesen Wunsch erfüllen wird, und verspürt brennende Eifersucht, seltsamerweise vermischt mit Dankbarkeit. »Vielleicht kannst du am Telefon herausfinden, ob sie unsicher ist. Wirst du's mir verraten, wenn sie auch dir Sorgen macht?«

»Unterschätze deine mütterlichen Fähigkeiten nicht, Ursula. Du hast alle beide gut erzogen, und ich habe dein lockeres Händchen immer bewundert.«

»*Ich* war mit fünfzehn natürlich völlig verrückt.«

Ein langes Schweigen verrät, daß Clare keinen Wert darauf legt, die Vergangenheit wachzurufen. »Aber ich hab's ganz gut überstanden«, fügt Ursula hinzu.

»Ohne allzu intensive Einmischung meinerseits, wenn ich mich recht entsinne.«

»Du warst nicht da.« Verblüfft hört Ursula, wie vorwurfsvoll ihre eigene Stimme klingt.

»Nun, ich telefonierte regelmäßig mit deinem Vater – oder mit seiner zweiten Frau, falls er sich in seinen Büchern vergrub. Mehrmals pro Woche, und zwar jahrelang, meine liebe Tochter.«

Jetzt ist es an Ursula, einige Sekunden lang verdutzt zu schweigen. »Davon hatte ich keine Ahnung.«

»Wir beschlossen alle drei, nicht allzuviel in deine Launen hineinzugeheimnissen. Dein Vater meinte, die könne er verkraften, solange du gute Noten aus der Schule nach Hause bringen würdest. Mit aller Macht wollte er dich auf ein gutes College schicken. Hat er dir das erzählt, oder hast du's einfach nur gespürt?«

»Ich erinnere mich nicht, ob ich drüber nachgedacht hatte. Die Schule fiel mir nicht schwer, das war alles.«

»Auf deine Stiefmutter konnte man sich verlassen. Es war ihre Idee, dich im Sommer zwischen der Unter- und der Oberstufe nach England zu schicken.«

»In diesem überwältigend korrekten britischen Haushalt war ich hoffnungslos höflich und verunsichert«, erinnert sich Ursula.

»Deine Stiefmutter vertrat den Standpunkt, diese neue Erfahrung würde dich von allem Unsinn ablenken.«

»Und meine Gewohnheiten verändern?« Zum Beispiel ganze Wochenenden im Bett, die Weigerung, aufzustehen. Zweimal am Tag ist die Stiefmutter mit einem Tablett erschienen, ohne ein einziges mahnendes Wort. Und dann die großen Besäufnisse mit Bier, wovon der Vater sicher nichts gewußt hat ...

»In jenem Sommer wollte ich dich nach Seattle holen«, sagt ihre Mutter. »Ich leitete gerade eine wunderbare kleine Galerie. Wir veranstalteten den ganzen Sommer Kurse. Ich dachte, wenn ich dich veranlassen könnte, mit Ton zu arbeiten oder zu malen, würdest du ein Ventil für deine Energie finden.«

»O Mutter«, entgegnet Ursula traurig, denn diese

Möglichkeit ist nie erörtert worden. Sie hatte angenommen, Clare würden die gelegentlichen einwöchigen Besuche genügen.

»Ich war nicht aggressiv genug, und ich fand deine Reise nach England gut und richtig.«

»Also«, fragt Ursula in munterem Ton und wünscht, sie könnte ihre Mutter durch die Telefonleitung berühren, »wohin soll ich Juliette schicken?«

»Mal sehen«, erwidert Clare und verabschiedet sich.

Als Ursula auflegt, haben sich die Aktivitäten in der Küche beschleunigt. Fish hat einen schäbigen Recorder geholt, aus dem Janis Joplin tönt.

»*Oh Lord, won't you buy me an Mercedes-Benz*«, singt Ursula mit, zieht die Knie an die Brust und schlingt die Arme darum. Sie schließt die Augen. »*My friends all drive Porsches, I must make a – mends ...*« Sie versucht Janis' heiseres Klagen zu imitieren.

»*Oh Lord, won't you buy me a color TV*«, stimmt Fish ein. »*Dialing for dollars is trying to find me ...*« Sie lachen.

»Ooooh!« ruft Juliette, während sie durch die Küche und zur Hintertür hinausläuft. Michael blickt nicht einmal auf, Fish lacht immer noch, und Ursula geht zum Fenster des Eßzimmers, um in den Garten zu sehen. Die Scheibe ist schmutzig.

Juliette streckt sich in einem der alten Liegestühle aus und läßt sich von der milden Morgensonne bräunen. Sie trägt Shorts, ein Bikini-Oberteil, hinabgerollte Socken und Sandalen. Ursula fragt sich, warum ihre Tochter beim Sonnen die Socken anbehält.

»Ich muß telefonieren«, verkündet sie an der Küchentür, »und ich gehe nach oben, da störe ich euch nicht.« Weder Fish noch Michael schauen auf. Im Durcheinander ihrer Nachttischschublade findet sie ihr Adreßbuch und setzt sich aufs Bett, um in Portland anzurufen. Die Sehnsucht, alte Freunde zu erreichen, ist fast schmerzhaft. Sie sagt sich zwar, es sei noch zu früh, doch dann sucht sie die erste Nummer und wählt.

Carter stolpert durch ihr Blickfeld, auf dem Weg zum Bad, nur mit Jockey-Shorts bekleidet, wo an der Hüfte die Aufschrift »Jogger« prangt. Seine Zehen bleiben am Teppich vor Ursulas Schlafzimmertür hängen, und er murmelt etwas Obszönes. »Carter!« ruft sie.

Während er verschwindet, erwidert er: »Hi, Mom!«

»Hier ist Ursula Fisher«, sagt sie zu Hank Lutter, als er sich nach dem fünften Läuten meldet. »*Ursula,* Hank. Erinnerst du dich nicht?«

46

»Die Lutters sind das letzte Ehepaar, dem ich eine Scheidung prophezeit hätte«, bemerkt Katie, als ihre Schwägerin von dem Telefonat mit Hank erzählt, und reagiert völlig unbefangen auf das Thema. Sie sitzen auf dem neuen grauen Küchenboden und essen Pizzas, die Carter aus zwei verschiedenen Etablissements geholt hat.

Katie hat bei einer Matinee als Garderobiere fungiert und ist gerade rechtzeitig aufgetaucht, um den Boden zu bewundern. »Er sieht so teuer aus!«

Das sei er aber nicht gewesen, entgegnet Michael. »Ich hab' ihn bei einem Ausverkauf wegen Geschäftsaufgabe gefunden, und die Arbeitskraft war kostenlos, abgesehen von der Pizza.« Er boxt seinen Bruder aufs angewinkelte Knie.

Carter kommt aus dem Wohnzimmer, wo seine Freundin Annabel und sein Kumpel Joel ihre eigene Pizza-Party feiern. »Was sagt ihr? Welcher Belag schmeckt euch am besten?«

Die Erwachsenen starren ihn an.

»Die sizilianische mit den Peperoni ist tiefgekühlt, die andere angeblich hausgemacht. Ich wollte die mit den pikanten Shrimps probieren, aber sie hatten nichts zum würzen. Wäre eine Pizza mit diesem Cajun-Zeug nicht toll? Und statt des kanadischen Specks – dieser Mist schmeckt wie Gummi – würde ich echten italienischen Schinken verwenden. Ich erinnere mich nicht, wie er heißt. Weißt du noch, Mom? Am letzten 4. Juli hast du ihn um die Melonenspalten rumgelegt.«

»Was zum Teufel ...«, murmelt Fish.

»Das ist schon okay, mein Sohn«, sagt Michael.

»Was soll dieses verrückte Interesse für Pizzas, Carter?« fragt Ursula.

Er läßt sich auf ein Knie nieder, um mit ihnen auf einer Höhe zu sein. »Man sollte meinen, der Pizza-Markt wäre gesättigt, was? Pizza Hut, Dominos, Pappy's ... Aber wo gibt's eine erstklassige Pizza, eine *richtige* Pizza? Auf den römischen Straßen wird sie kalt verkauft, mit knusprigen Krusten an den Rändern, mit Oliven und Anchovis ...«

»Wieso weißt du das?« fragt Katie.

Carter grinst. »Als Annabel dreizehn war, hat sie ein Jahr dort gelebt.«

»Und was versuchst du uns zu sagen?« erkundigt sich Ursula.

Joel schreit um die Ecke herum. »Caaarter! Der Film fängt an!«

»Ich meine nur, das ist ein unausgeschöpftes Potential.« Carter verschwindet, und Ursula wendet sich zu ihrem Mann.

»Hat Juliette was gegessen?«

»Wo steckt sie überhaupt?« fragt Katie.

»Draußen«, antwortet Fish. »Vor einer Weile hat sie sich ein Käsesandwich gemacht und ist rausgegangen.«

»Was ist bloß ihr *Problem*?« seufzt Ursula und richtet sich auf.

Michael packt ihren Arm, um sie am Aufstehen zu hindern. »Du hast draußen nichts verloren.«

Sie sinkt in sich zusammen. »Das Mädchen macht mich völlig fertig.«

»Reg dich ab«, sagt Fish. »Das liegt am Ende des Schuljahrs. All die langweilige Scheiße, die sie jetzt noch zu Ende bringen müssen ... Davon hat sie einfach nur die Nase voll.«

»Sie ist eben launisch«, meint Katie. »Das war ich in diesem Alter auch.«

»Was ist mit Hank Lutter?« Michael holt für jeden noch ein Bier aus dem Kühlschrank und setzt sich wieder, an den Schrank gelehnt, die Beine ausgestreckt. »Ich nehme an, du kennst die Einzelheiten, Ursie.«

Ein bißchen nervös erwidert sie: »Ich war so schokkiert, daß ich fragte: ›Wie meinst du das? Ihr seid geschieden?‹ Da *lachte* Hank und erzählte, Jane habe einen neuen Job an der Universität in Santa Cruz. Sie ist Therapeutin im Ärztezentrum, und er sagte, nun könne sie endlich den ganzen Tag in Intimitäten schwelgen. Was soll das denn heißen?« Sie hegt die schwache Hoffnung, Michael würde nicht behaupten, das wisse er ganz genau.

»Offenbar hat sie nach unserer letzten Begegnung mit was Neuem angefangen.« Fish grinst. »Ihre Vorstellung von Therapie hat früher folgendermaßen ausgesehen: Sie fütterte die Kerle, und dann reibt sie sich im Flur an ihnen ...«

»Red nur weiter, Fish«, fordert Katie ihn auf und zupft mit den Fingerspitzen an seinen Haaren.

»Das stimmt«, bestätigt Michael, und Ursula starrt ihn an.

»Was heißt das?«

»Genau das, was Fish gesagt hat. Bevor man nach Hause ging, wollte sie was zu spüren bekommen. Ich glaube, sie fühlte sich tollkühn, aber nicht kompromittiert. Wir waren alle ihre Freunde.«

»Sie war die anständigste Freundin, die wir in Portland hatten!« ruft Ursula empört.

»Weißt du noch, wie ich mit ihr zum japanischen Blumengarten fuhr?« fragt Michael. »Du gingst mit den Kindern in *Bambi* oder *Cinderella* oder irgendeinen anderen idiotischen Film.«

»Ich erinnere mich vage.« Ursula fühlt sich leicht benommen. Die Szene scheint aus einem jener Romane zu stammen, in dem der Autor fünfzig Seiten lang von »ihr« berichtet und dann dieselbe Geschichte noch mal erzählt, aber von »ihm«, und das ist ganz und gar nicht so, wie »sie« geglaubt hat.

»Wir kamen halt nicht aus dem Auto.« Michael beginnt zu lachen. »Sie behauptete, Hank würde so hart für sein Wirtschaftsprüfer-Examen arbeiten und sie vernachlässigen.«

»Ich glaube, das gefällt mir nicht«, wirft Ursula ein, ist aber äußerst interessiert.

»Ihr habt im Auto gebumst?« fragt Fish.

»Nein. Sie redete zwei Stunden lang. Hank dies und Hank das. Gerade hatte sie herausgefunden, daß sie wieder schwanger war, und sie hungerte geradezu nach einem Gespräch.«

»Du hast *zwei Stunden* im Auto gesessen und Jane Lutter *zugehört*?«

Michael, Fish und Katie brechen in Gelächter aus, während Ursula errötet und blinzelt. »Klar«, wird sie von ihrem Mann geneckt. »Aber wir taten es nie wieder, ehrlich, und es hatte auch keine Bedeutung.«

Da fängt sie zu weinen an. »Scheiße ...«

»Jetzt machst du aber Witze, Ursie, ich wollte deine Gefühle wirklich nicht verletzen.« Er kriecht zu ihr und tätschelt ihre Wange. »Tut mir leid, Schatz.«

»Zwei *Stunden*!« blubbert sie, läuft nach oben und wirft sich schluchzend auf ihr Bett. Selbst wenn sie immer noch in Portland lebte, wären die alten Freunde wahrscheinlich neue Menschen. Und auch sie wäre ihnen fremd. Es macht ihr nichts aus, erwachsen zu werden. Aber sie hat nie geglaubt, daß man sich dabei so einsam fühlen könnte, vom Leben im Stich gelassen.

Michael setzt sich zu ihr und streichelt ihren Rücken. »Bedrückt dich irgendwas?«

»Oh ...«

»Ich weiß es, Ursie.«

Sie setzt sich auf. »Was weißt du, Michael Fisher?«

»Daß du dir wünschst, wir würden öfter miteinander reden.«

»So?«

»Ich hatte auch nie die Absicht, Gesprächen auszuweichen. Ich sah bei unseren Diskussionen halt immer Abkürzungen, die schneller zum Kern der Sache führten. Aber ich könnte es auch auf andere Art versuchen. Ich liebe dich.«

Ursula schnüffelt. »War das was mit – Jane?«

Er lächelt sie an. »Du wirbelst Staub auf, wo gar kein Schmutz liegt. Jane Lutter war und ist kein Thema.«

»Ich hatte diese Idee und dachte, Carmen und Winston könnten aus Seattle herkommen. Aber als ich mit Carmen telefonierte, erklärte sie mir, sie würde mit Winston und ein paar Freunden zum Camping fahren. Sie schlug nicht einmal vor, sie würde uns ein andermal besuchen. Übrigens, ich fragte Hank nach den Edsons, und er erzählte, Tony Edsons Diabetes sei so schlimm, daß er sein Augenlicht verliert ...«

»Wie schrecklich!«

»Angeblich behauptet Tony, das spiele keine Rolle, er habe seine Frau und wunderbare Kinder, das Haus, das Land. Er könne auch weiterleben, ohne was zu sehen. O Gott, Michael, über das alles habe ich mit Hank geredet, und ich werde wohl *nie* mehr mit Tony und Bea sprechen. So lange haben wir die beiden nicht gesehen. Kannst du dir vorstellen, wie ich ein solches Gespräch beginnen würde? ›Ich hab' von deinen Augen gehört ...‹« Es sind Menschen, die Ursula geliebt hat.

»Wen hast du sonst noch angerufen, Ursie?«

»Meine Mutter, Hank, Carmen ... Ich versuchte auch einige meiner früheren Kolleginnen in Portland zu erreichen, aber niemand meldete sich.«

Sie liegt auf dem Rücken, und Michael streckt sich neben ihr aus.

»Wo sind Katie und Fish?« fragt sie und fügt hinzu, ehe er antworten kann: »Katie und Fish – hörst du das? Die beiden sind wieder zusammen, nicht wahr?«

»Fish sagt, er wisse es nicht. Jedenfalls will er das Thema Scheidung nicht mehr erwähnen, weil er glaubt, Katie hätte es vergessen.«

»Warum sollte sie sich jetzt noch von ihm scheiden lassen? Er ist ein Heiliger.«

»Hör mal Ursula, ich weiß nicht mehr über die zwei als du.«

»Mit dir spricht Fish. Katie und ich haben ein Jahr lang nicht richtig miteinander geredet. Seit Fishs Verurteilung nicht mehr.«

»Mit Fish unterhalte ich mich hauptsächlich über Häuser und Bauarbeiten.«

Eine Brise raschelt in den Blättern vor dem Fenster, weht über das Bett hinweg und weckt dramatische Emotionen in Ursula. Sie hat das Gefühl, auf einer hohen Klippe zu stehen.

»Sie sind mit Juliette irgendwohin gegangen«, sagt Michael.

»So?« Sie würden die Brandung hören und sich umarmen. Einmal hat der Wind schon Menschen von dieser Klippe geworfen.

»Fish sagte, sie würden nicht lange wegbleiben.« Seine Fingerspitzen streichen über Ursulas Brüste, und sie kehrt in die Realität zurück.

»Nicht jetzt, Michael.«

»Was dann?«

»Ich weiß es nicht.«

Auch er dreht sich auf den Rücken, die Hände über der Brust gefaltet. »Früher dachte ich immer, ich würde viele Freunde haben, in meiner Freizeit ein Bier trinken gehen und komische Geschichten hören. Im Sommer würde ich angeln und wandern. Jede Nacht würde ich dich lieben ...«

Ursula flüstert beinahe. »Aber so ist es nicht gekommen – nicht ganz.« Sie denkt an die Freitagabende in

River Cove. Hat er die Last dieser Verantwortung vorhergesehen? Und die Kinder?

»Erinnerst du dich an die alberne TV-Sendung, die wir ein paarmal gesehen haben, über die alten Studienfreunde, die einander mit ihren Problemen überfallen und sich alles erzählen? Das ist doch Blödsinn, oder? Ich haßte diese Sendung sofort. Sie erschien mir wie eine Reklame für einen gewissen Lebensstil, ein Versuch, die *Idee* von einem Lebensstil zu untermauern. Aber nun denke ich anders darüber. Es ist eine Phantasie über das Thema, wie man sein Leben meistert, wie man grenzenlose Unterstützung von Freunden genießt, wenn man nur cool genug bleibt. Es geht um Freundschaft, über die Art und Weise, wie die Leute in *Dallas* und *Denver*-Clan reich werden. Die Phantasie von der ›großen Kälte‹.«

Ursula wartet eine Weile, dann erkennt sie, daß Michael nichts mehr sagen wird. Sie fühlt sich ihm nahe, staunt über ihn, hat keine Ahnung, was sie antworten oder tun soll. Doch sie kann es nicht auf sich beruhen lassen. »Ich glaube, dafür hat man eine Familie«, beginnt sie zögernd. »Um Hilfe zu bekommen, einen Sinn im Leben zu finden ... Und die Kinder – für neue Chancen.« Auch Gedanken über Altruismus und Staatsbürgerschaft gehen ihr durch den Sinn – Gedanken, die ihr der Vater jahrelang mit sanfter Gewalt eingehämmert hat. Aber dies ist nicht der richtige Augenblick, um eine Neugestaltung des Lebens vorzuschlagen, nicht einmal ihres eigenen Lebens. Sie nimmt an den Wahlen teil, sie spendet für die Notleidenden, sie ist Mitglied in »Pro Familia«.

Michael wendet sich zu ihr und ergreift ihre Hand. »Als Fish und ich in Juliettes Alter waren, gingen wir auf die Jagd. Wir entfernten uns um fünf oder sechs Meilen von der Straße, und da brach ein unglaublicher Sturm los. Der Wind peitschte den Regen. Wir kamen zu einem kleinen Campingplatz mit einer verlassenen alten Hütte. Darin wollten wir den Regen abwarten. Aber es hörte nicht auf, es goß die ganze Nacht, und da hockten wir in diesem winzigen Raum, erzählten uns Geschichten und Witze, bis wir einschliefen. Worüber wir redeten, weiß ich nicht mehr. Vermutlich über kindischen Unsinn. Nie wieder möchte ich mit ihm eine ganze Nacht irgendwo festsitzen. Aber manchmal, wenn er sich wie ein richtiges Arschloch aufführt, denke ich an jenen idiotischen Ausflug. Was für schöne Stunden haben wir in der alten Hütte verbracht! Es war ein Abenteuer.«

Sie dreht das Gesicht zu ihrem Mann. »Wenn wir zwei jetzt in einer solchen Situation wären – worüber würden wir reden?«

»Ich wäre endlich festgenagelt und müßte alle deine Fragen beantworten. Probier's doch aus. Frag mich was.« Er läßt ihre Hand los und berührt wieder ihre Brust.

»Okay. Wenn ich in einem Monat einen Flohmarkt veranstalte, darf ich dann deine alte Töpferscheibe verkaufen? Darf ich deinen Schrank ausräumen? Soll ich die Küchenschränke streichen, damit sie zum neuen Boden passen? Warum redest du mit Fish so viel übers Häuserbauen? Was weiß ich nicht, weil du's mir nie erzählt hast?«

Die Haustür fällt ins Schloß. »Wir sind wieder da!« ruft Katie.

»Vielleicht bauen wir mal ein Haus und verkaufen es«, erwidert Michael.

»Und wer nimmt den Kredit dafür auf?« fragt Ursula und kennt die Antwort.

»Wir sollten mal drüber sprechen.« Aber er steht vom Bett auf und geht nach unten, überläßt es ihr, Liebe und

Gefühle und verschwörerische Verbundenheit in die Reihe zu bringen.

47

Fish hatte Juliette ein Kolibrihäuschen gebaut. Bis zum Einbruch der Dunkelheit sitzen sie flüsternd draußen, wagen sich kaum zu rühren und halten nach Vögeln Ausschau. Er behauptet, der Nachbar habe ein solches Häuschen, und in der Nähe seien schon einige Vögel gesehen worden.

Grade wollen sie's aufgeben, als der erste Vogel heranflattert, mit blaugrünem, goldgeflecktem Hals. Ein zweiter schimmert gelb und orange, mit ein bißchen Grün. Der letzte ist der kleinste, mit glutrotem Hals. Juliette ist hingerissen. Sie sitzt zwischen Katie und Fish im Gras, zupft spielerisch an dürren Halmen. Ein paarmal wispert Fish ihr was ins Ohr, und sie lächelt.

»Erinnerst du dich an die Krähen?« fragt Michael, während der Abend kühl und finster wird.

Fish nickt und bittet Katie: »Würdest du den Wein holen?« Sie zaudert, schaut ihn an, dann Ursula, aber schließlich verschwindet sie und kehrt wenig später mit einer Flasche Rosé zurück.

»Was war mit den Krähen?« fragt Juliette ihren Vater.

»Wir fanden ein Nest voller Babys, und die Mutter lag tot am Boden.«

Fish nimmt einen großen Schluck Wein und reicht die Flasche seinem Bruder, der Ursula fragt, ob sie ein Glas trinken wolle. Sie schüttelt den Kopf und betrachtet die beiden Männer, ohne zu wissen, wonach sie sucht – wonach sie forschen sollte.

»Erzähl doch von den Krähen, Daddy.« Juliette sitzt mit angezogenen Knien da, spielt durch die Löcher in den Sandalen mit ihren Zehen, kratzt ihre Füße durch die Socken hindurch.

»Wir brachten sie ins Haus und fütterten sie«, sagt Fish. »Und wir bauten ihnen ein Nest aus Holz, das wir später in den Garten stellten. Als sie etwas größer waren und fliegen konnten, kamen sie jeden Morgen zu unserem Schlafzimmerfenster und pickten wie verrückt gegen die Scheibe.«

»Das machte einen Mordslärm!« fährt Michael fort. »Sie weckten Mom, und die ärgerte sich immer mehr. Schließlich erklärte sie, wir könnten uns nicht mehr von all diesen kleinen Krähen nerven lassen. Also packten wir sie in zwei Schuhkartons, fuhren mit Pop im Laster ein paar Meilen weit weg und ließen sie frei. Am nächsten Morgen waren sie wieder da. Pick, pick, pick.«

»Und was ist passiert?« fragt Juliette. »Was hat Geneva getan?« Sie schneidet eine Grimasse, als würde sie Böses ahnen.

Fish klemmt die Flasche zwischen die Knie. »Sie verlor kein Wort mehr darüber. Monatelang blieben die Vögel bei uns, dann begann der Winter, und sie zogen zu einem wärmeren Ort.« Mit beiden Händen kratzt er sich an der Stirn. »Dein Dad hatte danach immer einen oder zwei Vögel. Jahrelang bauten wir Nester. Oder einfache kleine Häuser für Zaunkönige und Schwalben – und für Rotkehlhüttensänger einen hübschen Nistplatz in der Form eines Schiffchens. Den hängten wir im Wald an einen Ast, so wie's dein Dad jetzt jedes Jahr macht. Manche unserer Vogelhäuser sahen wie Pueblos oder Pagoden aus.«

Er lacht leise. »Ich bin aus diesem kindischen Unsinn rausgewachsen, aber dein Dad nicht. Trotzdem muß er die Kolibris vergessen haben. Dabei brauchen die nur ein bißchen Zuckerwasser.«

Ursula sieht, daß Michael fast niedergeschlagen dreinschaut, so als hätte Fishs Bemerkung ihn verletzt. »Ich hab' nicht dran gedacht«, gibt er zu.

»Danke für das Häuschen«, sagt Juliette zu Fish mit sanfter, heiterer Stimme. Sie drückt seinen Arm. »Ich habe so wenig Freunde, aber jetzt werde ich jeden einzelnen Vogel kennenlernen.«

Nachdem Ursula gebadet und ihren Pyjama angezogen hat, wandert sie durch das Haus, sammelt Handtücher und Teller, Papier, Bücher, Knäuel aus Katzenhaaren und Schuhe ein. Sie braucht eine halbe Stunde, um für Ordnung zu sorgen. Eigentlich hätte sie gründlich saubermachen müssen, aber sie will ja keine Party geben. Warum sollte sie sich also abplagen? Vor dem Juli wird sie alles auf Hochglanz bringen. Sie liebt den neuen Küchenboden. Dadurch wirkt der ganze Raum wie verwandelt.

Michael trinkt in der Küche ein Glas Wein und kritzelt auf einem gelben Schreibblock.

Ursula zieht einen Stuhl heran, um sich neben ihn zu setzen, und er dreht den Block um.

»Ein Geheimnis?« fragt sie.

»Nein. Aber unwichtig. Ich meine, da du hier bist.«

»Hast du schon entschieden, was wir Carter schenken werden?«

»Vielleicht einfach nur Geld.«

»Wieviel?«

»Je nachdem.«

Sie seufzt. »Für die vier Jahre auf dem College werden wir ihm eine ganze Menge Geld geben müssen. Jetzt würde ich ihm lieber etwas Besonderes schenken.«

»Etwas, das er nach deiner Ansicht haben soll?«

»Bitte, nicht!« fleht sie.

»Er möchte Pizzas für Pizza Hut ausfahren.«

»Worin?«

»In deinem Auto oder meinem Laster.«

»Kommt nicht in Frage. Neulich las ich in der Zeitung, diese gottverdammten Pizza-Lieferanten würden täglich irgendwo Leute über den Haufen fahren. Menschen müssen *sterben* – nur um eine Pizza möglichst schnell irgendwo hinzubringen ...«

»Und deshalb darf er's nicht tun?«

»Er hat einen Job.«

»Ursula, er sollte sich selber einen Job besorgen. Das wäre besser.«

»Mein Auto kann er nicht benutzen.«

»Das habe ich ihm schon gesagt. Und meinen Laster auch nicht. Aber wenn er unbedingt da arbeiten will – nur Gott weiß, warum –, geht uns das wirklich nichts an.«

»Dann sollte er Sharon bald mitteilen, daß er nicht für sie arbeiten möchte. Viele Leute sind ganz wild auf den Job.«

»Auch das habe ich ihm gesagt.«

»Warum stelle ich immer wieder fest, daß du Dinge weißt, von denen ich nichts ahne?«

»Sobald ich eine Gelegenheit finde, dich einzuweihen, tu ich's.«

»Er liegt schon im Bett und schläft. Der Schlaf einer unschuldigen Seele, nehme ich an.«

»Er ist unschuldiger als viele andere Kinder in seinem Alter.«

»Und Juliette? Wo ist sie?«

»Vorhin ging sie noch einmal in den Garten.«

»Es ist schon zehn Uhr.«

»Es ist unser Garten, Ursula. Da kann ihr nichts passieren.« Als sie sich zum Küchenausgang wendet, fragt er: »Warum läßt du sie nicht einfach in Ruhe?«

Die Hand auf der Klinke, erwidert sie: »Wir sehen uns dann oben.«

Er hebt sein fast leeres Glas. »Im Ehebett, Ursula. Prost!« Seine Stimme klingt beinahe zornig.

Juliette kauert auf den Verandastufen, den Kopf gesenkt, eine Wange auf dem Knie. Das Haar fällt ihr über das Gesicht und die Beine. Ihre Mutter setzt sich zu ihr – nicht nahe genug, um sie zu berühren – und schweigt.

Nach ein paar Minuten fragt Juliette: »Weißt du schon, daß Marina zu tanzen aufhört?«

In echter Überraschung erwidert Ursula, das sei ihr neu.

»Nicht einmal beim Sommerballett macht sie mit. Brian würde sie am liebsten umbringen.«

»Hat sie sich über irgendwas geärgert?«

Juliette hebt den Kopf und blickt in den dunklen Hof. »Sie sagt, das anstrengende Training sei ihr zuwider. Nächstes Jahr will sie einen Kurs für Sprechkunde belegen und lernen, wie man Reden hält und debattiert. Sie meint, sie wird die Jungs und Mädchen mögen, die dran teilnehmen, und die fahren auch öfter zu Veranstaltungen außerhalb der Stadt.«

»Bist du enttäuscht?«

»O Gott ...« Juliette schaut ihre Mutter an. »Du verstehst überhaupt nichts. Marina und ich waren immer Konkurrentinnen. Warum sollte es mir was ausmachen, wenn sie abhaut?« *Es muß ihr sehr viel ausmachen*, denkt Ursula. »Aber ihre Mutter ist schrecklich wütend, schreit sie dauernd an und behauptet, ihr fehle die Begeisterung.«

»Begeisterung?«

»Kannst du dir das vorstellen? Marina ist erst fünfzehn, und ihre Mutter fragt: ›Was willst du mit deinem Leben anfangen?‹ Weiß man denn schon mit fünfzehn, was man tun wird, wenn man *alt* ist?«

»Aber du kannst dich begeistern, nicht wahr, Baby?«

»Fürs Tanzen? Ich glaube schon, aber ich weiß es nicht.«

»Kinder wissen nicht ...«

»Nicht?« unterbricht Juliette ihre Mutter erbost. »Und was ist mit den Kindern in der American Ballet Theatre School? Die sind alle nach New York gekommen, aus dem ganzen Land. Glaubst du, die wissen's nicht?«

»Mit fünfzehn?«

»Mit fünfzehn oder sechzehn muß man's wissen.«

Verzweifelt wünscht Ursula, sie könnte erkennen, was Juliette zu sagen versucht. Sie berührt vorsichtig die Schulter ihrer Tochter. »Darling ...«

»Mrs. Clarence sagt, jeder sollte sich für irgendwas begeistern. O Mann! Bildet sie sich ein, sie wäre was Besonderes, weil sie Immobilien verkauft? Ich hab' hier gesessen und darüber nachgedacht. Wer begeistert sich für irgendwas? Vielleicht berühmte Schriftsteller, Schauspieler, Politiker, Baseballspieler. Aber einfache alte Leute? Können die sich auch für was begeistern?«

»Einige schon, andere nicht«, erwidert Ursula mit schwacher Stimme.

»Wie Dad für seine Vogelhäuser? Und Fish für seinen Wein?«

Ursula hält es für besser, zu diesem Thema den Mund zu halten.

»Und du, Mom? Weißt du, was deine Leidenschaft ist? Die Kinder anderer Leute!«

»Juliette, warum bist du so verdammt wütend auf mich?«

»Weißt du, welche Sprünge wir am Ende jeder Ballettstunde machen? *Changements*?«

»Klar, Julie, ich hab's gesehen.« Ursula wird bewußt, wie lange sie nicht mehr in der Ballettschule gewesen ist. Sie erinnert sich an kleine Mädchen in Tutus, Juliette am Barren, an Kürbis- und Elfengestalten. *O Gott*, denkt sie, *es ist so schwierig, wenn sie erwachsen werden.*

»Das ist meine Leidenschaft. Diese Sprünge. Die winzigen, winzigen Bewegungen in der Luft.«

»Du bist eine gute Tänzerin, Schätzchen.«

»In letzter Zeit hatte ich oft diesen Traum. Ich springe hoch, mache einen *grand jète*, die Arme und Beine weit ausgebreitet. Und ich fühle mich wie ein Vogel, wie eine russische Ballerina. Dann schaue ich hinab und schwebe über den Leuten – oder über dem Boden, wo sie eben noch alle waren. Aber plötzlich sind sie verschwunden.« Juliette wendet sich zu ihrer Mutter, die Wangen voller Tränen. »Alle sind fort«, schluchzt sie.

Ursula nimmt sie in die Arme. »Wir sind alle hier, meine süße Julie – bei dir.«

»Tut mir leid«, flüstert Juliette am Hals ihrer Mutter. »Ich weiß nicht, was mit mir los ist.«

Ursula rückt ein wenig von ihr weg, um ihr das Gesicht abzuwischen. »Das ist der Preis für die Leidenschaft. Weil du etwas Besonderes bist.«

Beinahe lächelt Juliette und streckt anmutig einen Arm aus. »In meinem Traum sehe ich wie Natalia Makarowa aus, als sie noch ein Teenager war. Ich trage ein weißes Kleid und sehe genauso aus wie sie.«

48

Erst am Mittwoch findet Ursula eine Gelegenheit, mit Teresa und Angela über das Wochenende zu reden. Sie essen gemeinsam kalte Pasta aus einem Karton, und sie sagt wehmütig: »Beinahe wäre ich gestorben vor lauter Sentimentalität. Das erinnert mich an alte Footballspieler, die längst vergangene Tore heraufbeschwören. Ich weiß nicht, was in mich gefahren ist.«

Teresa leckt ihre Gabel und dann ihre Lippen ab. »Du denkst zuviel nach, das ist dein Problem, Ursula. Und du merkst nicht, daß die Selbstbeobachtung aus der Mode ist. Die ist ein Überbleibsel aus dem letzten Jahrzehnt. Heutzutage solltest du an dein Cholesterin und deine Aerobic-Übungen denken ...«

»Und an den Anbau, der deinem Haus fehlt«, ergänzt Angela. »Ob Teresa nun Witze macht oder nicht, sie hat recht. Du mußt nach draußen blicken, an deinen Kindern vorbei, nicht in die Vergangenheit, sondern in die Zukunft.«

»Ich habe mir überlegt, ob ich bei der Kampagne für die Präsidentenwahl mitarbeiten soll«, erklärt Ursula. »Aber jedesmal, wenn ich mir die Kandidaten anschaue, kriege ich Depressionen. Wir werden wieder einen Republikaner am Hals haben. Und ich werde mich verantwortlich fühlen.«

»Schuldbewußtsein!« ruft Teresa. »Peng!«

»Sieh mal, Ursula ...« Angela faltet den Karton zusammen, wirft ihn mitsamt den Gabeln und Servietten weg. »Fein säuberlich entsorgt ...«

»Ich beklage mich nicht über meine Kinder«, beteuert Ursula. »Ehrlich, ich freu' mich über sie. Denkt doch an all die Schwierigkeiten, in die sie *nicht* geraten sind. Juliette macht es nicht einmal Spaß, einzukaufen.«

»Gehen wir spazieren«, schlägt Teresa vor. »Wir haben noch eine gute Viertelstunde Zeit und können die Nudelkalorien loswerden.« Ursula und Angela stöhnen, fügen sich aber in ihr Schicksal.

Schweigend, mit schnellen Schritten, wandern sie zu einem kleinen Park bei den Bahngleisen. »Wer ist auf die Idee gekommen, dieses Fleckchen Erde zu verschönern?« wundert sich Angela. »In dieser tristen Gegend ... Großartig, nicht wahr?«

»Großartig«, bestätigt Ursula und sinkt auf eine Bank. »Gönnt mir ein bißchen Ruhe.«

Teresa und Angela nehmen rechts und links von ihr Platz.

»Ich will euch erzählen, was mir passiert ist«, sagt Angela. »Obwohl ich mir geschworen habe, das keiner Menschenseele zu verraten ... Ich ging zum Arzt, um ein Muttermal entfernen zu lassen. Es war am Rücken entstanden, direkt über dem BH-Riemen. Ich glaube, im Unterbewußtsein war ich überzeugt, es müßte Hautkrebs sein. Und dann saß ich in der Arztpraxis auf dem Operationstisch, in einem dieser Papierhemdchen, die am Rücken offen sind. Die Sprechstundenhilfe kam mit meiner Krankenkarte an und setzte sich mir gegenüber. Ein Jahr lang war ich nicht beim Doktor gewesen. ›Wir müssen einen Abstrich machen, Angela‹, erklärte sie.

›Okay‹, antwortete ich, ›irgendwann, aber nicht heute. Geben Sie mir einen Termin.‹ Dann ging sie diese Fragenliste durch – Probleme mit der Verdauung, mit der Blase? Kopfschmerzen? Nein, nein. Schließlich schaute sie mir in die Augen. ›Gibt's persönliche Probleme, Angela? Irgendwelche Stimmungsschwankungen?‹ Da brach ich in Tränen aus. Ich begann richtig zu heulen.«

»O Angela!« murmelt Ursula. Und Teresa streichelt Angelas Arm.

»Ich wischte mir mit dem Papierhemd das Gesicht ab, und der Doktor kam herein und entfernte das Muttermal. Er sagte, er würde es untersuchen lassen, aber es sei symmetrisch und hübsch braun und ich solle mich nicht aufregen. In ein paar Wochen würde er den Abstrich machen. Dann kehrte die Sprechstundenhilfe zurück, mit Papieren in verschiedenen Farben. ›Sie trinken doch nicht?‹ fragte sie. Das verneinte ich, und sie legte das grüne Blatt hinter die anderen. ›Kam es in Ihrer Familie zu Gewalttätigkeiten?‹ Das verwirrte mich ein bißchen, aber ich brachte ein Nein zustande. Das rosa Blatt verschwand hinter dem grünen. Nun lag das blaue zuoberst. Das gab sie mir. ›Das sind lauter Bücher, die der Doktor empfiehlt, meine Liebe. Sicher finden Sie dabei etwas, das Ihnen hilft.‹ Übrigens, die Sprechstundenhilfe, die mich ›meine Liebe‹ nannte, ist wahrscheinlich zwanzig Jahre jünger als ich. Ich studierte die Liste der Bücher zum Thema Selbsthilfe – über Depressionen und Ängste, sexuelles Zwangsverhalten und Medikamente. Und Bücher mit Ratschlägen zur Bewältigung der Wechseljahre. Lauter gottverdammte Bücher über die Frage, wie man sich *zusammenreißen* kann.«

»Die verfolgen einen überall«, meint Ursula mitfühlend.

»Wißt ihr, was ich entschieden habe? Daß es ganz normal ist, wenn eine fünfzigjährige Frau mal weint. Die Welt wimmelt von Terroristen und Dieben, in meinem Beruf geht's nur um Fehlfunktionen und Elend, und ich befinde mich bereits auf der Talfahrt zu meinem eigenen Ende. Warum soll ich irgendwas suchen, das mich aufmuntert? Warum soll ich mir was vormachen? Und wißt ihr was? Seit dieser Erkenntnis geht's mir wirklich besser. Es gibt allen Grund, hin und wieder traurig und deprimiert zu sein.«

»Jedenfalls ist das viel vernünftiger, als der schwindenden Schönheit nachzutrauern«, behauptet Teresa.

Und Ursula seufzt. »Ich wüßte nicht, wie ich zurechtkäme, wenn ich keine Sozialarbeiterinnen als Freundinnen hätte.«

49

»Ich habe versucht, mit Carter über sein ursprüngliches Thema zu reden«, berichtet Michael. »Genau das hätte eine gute Lehrerin tun müssen, statt ihm vorzuwerfen, er habe seine Ideen irgendwo geklaut.« Er liegt mit Ursula auf dem Bett, und sie trinken billigen Champagner, ein Überraschungsgeschenk von Carter anläßlich seines High-School-Abschlusses.

»Zumindest das verdient ihr«, hat er seinen Eltern erklärt und sich dann von Michael zur Schule zurückfahren lassen, um in den Charterbus nach Disneyland zu steigen – um dreiundzwanzig Uhr.

»Er hätte sich mit allen möglichen Gebieten befassen können. Anthropologie, Archäologie, Geologie. Es ist keineswegs verrückt, sich die Frage zu stellen, auf welche Weise so wunderbare kulturelle Zeugnisse wie die Pyramiden entstanden sind, warum primitive Völker auf Ebenen weitläufige Figuren auslegen, auf die niemand runterschauen kann. Auch die Astronomie hätte ihm vielleicht gefallen. Ich glaube, daran hat er sogar gedacht. Wußtest du, daß die Astronomen im vorigen Jahrhundert die Beziehungen zwischen ein paar Dutzend britischen Steinkreisen und ihrer Umgebung erforscht haben? Daß sie bereits die Orientierung der Pyramiden an der Sonne und den Sternen analysierten. Carter hätte erfahren, wieviel die prähistorischen Völker über die Kosmologie wußten – Dinge, von denen wir in unseren sogenannten fortschrittlichen Zeiten vielleicht gar nichts ahnen, trotz unserer Raumschiffe. Und das hätte natürlich auch sein mathematisches Denken gefördert.«

Als Michael seinen Redefluß beendet, wendet Ursula ein: »Ich kann mir wirklich nicht vorstellen, daß sich die zugeknöpfte Mrs. Angstrom mit dem fetten Hintern dafür erwärmt hätte.«

Er gießt noch etwas Champagner ein. »Ziemlich süß, das Zeug.«

»Hör mal, das ist ein Geschenk von unserem Sohn Carter – ein edler Jahrgang.«

»Er sah hübsch aus in seiner Robe mit dieser Mütze, was?«

»O ja.« Ursula schmiegt sich an ihren Mann. »Alle waren hübsch mitsamt ihren Pickeln, Hahnenkammfrisuren, Waschbärenaugen und so weiter. Kinder sind nun mal schön.«

»Du bist beschwipst.«

»O nein, nur sentimental. Und erleichtert, weil er's geschafft hat.«

»Du hast nie ernsthaft an ihm gezweifelt.«

»Doch! Ich dachte, in allerletzter Minute würde er irgendwas Ungeheuerliches tun und alles vermasseln.«

»Unsinn! Er ist viel vernünftiger, als du glaubst.«

»Hast du schon mal an die Zeit gedacht, wo beide weg sein werden? Nur wir zwei ... Hast du an deinen Ruhestand gedacht, an die viele Freizeit? Weißt du, daß du dich in zehn Jahren pensionieren lassen könntest?«

»Klar, daran denke ich. Und ich sag' dir was – ich würde es gern tun. Ich will mir die Nacza-Täler in Peru ansehen, die uralten Steinbauten in England, ob sie nun echt sind oder nicht.« Er lacht. »Wenigstens möchte ich mich mal im Südwesten umschauen.«

»Ah, mein Gatte, der Kartograph, wird mit seinen Füßen Landkarten zeichnen.«

»Wahrscheinlich ist das eine dumme Idee, aber ich würde gern da rumwandern, wo – *sie* gegangen sind. Das hab' ich wohl von Pop. Ich wünschte, ich könnte mir's leisten, mit ihm zu verreisen, zu einem Ort, von dem er nie zu träumen wagte.«

»Das wäre doch möglich, Michael, wenn es irgendwas gibt, was du dir ganz dringend wünschst, und du kannst es haben ...«

»So oft denke ich nicht an solche Dinge.«

»Ich hatte keine Ahnung, daß du überhaupt darüber nachdenkst. Ich dachte immer, dein Gehirn wäre leer – das Produkt eines echten Zen-Charakters.«

»Ja, damit liegst du mir ständig in den Ohren. Aber auch ich erhebe den Anspruch auf irgendwas hinter meiner Stirn – etwas, das mir gehört.«

Sie trinken die Flasche leer, löschen das Licht, liegen lange nebeneinander im Dunkel, dann ziehen sie sich aus und kriechen unter die Decke. Als Michael nicht zu Ursula herüberrückt, vermutet sie, er wäre eingeschlafen. Die Augen immer noch geöffnet, denkt sie an seine Worte, an die Landkarten ihres Vaters, an verschiedene andere Landkarten, an die Zeiten, wo es noch keine gegeben hat und der menschliche Geist noch nicht aufgeschlossen für die Welt war, aus Mangel an einem Konzept. Landkarten scheinen Ursula zu umflattern, alte vergilbte, mit spinnwebdünnen Linien.

Michael hat einmal zu ihr gesagt: »Du bist die Tochter deines Vaters. Für dich sind Landkarten Reiseberichte, sie sollen dir erzählen, was, warum und wann und wie geschehen ist. Aber eine Landkarte ist keine Geschichte. Sie liefert andere Informationen – über Entfernungen und landschaftliche Merkmale. Sie zeigt Ebenen und Berge an. In der Geologie offenbart sie Formationen. Sie beantwortet physikalische und naturwissenschaftliche Fragen. Ihre Abstraktionen gestatten uns, etwas zu erfassen, das wir wegen seiner Größe in Wirklichkeit nicht sehen. Die anderen Abstraktionen liegen im Betrachter. Er macht mehr aus einer Karte, als tatsächlich drin steckt.«

»Aber wenn jemand eine Landkarte zeichnet«, hat Ursula erwidert, »muß er in der betreffenden Gegend gewesen sein. Das Land wurde sozusagen in Besitz genommen.«

»Nicht von der Landkarte, Ursie.«

Er ist wach, dreht sich zu ihr und sieht sie an. »Du wärst eine gute Altertumsforscherin, Ursie. Sicher würde dir der Gedanke gefallen, daß es ein System von Zusammenhängen zwischen prähistorischen Stätten gibt und daß du dieses System ergründen kannst. Es ist eine Art des Kartographierens, die zeigen könnte, daß alles durch verlorenes Wissen und verlorene Werte miteinander verbunden ist. Das wäre so *bedeutsam.*«

»Warum interessiert dich das so sehr?« Daß er doch noch wach ist, erfüllt sie mit freudiger Erregung. Seine faszinierenden Gedanken wirken unglaublich sexy. »Glaubst du, es gibt eine Verflechtung von Altertümern?« Verzweifelt forscht sie in ihrem Gedächtnis. Vor langer Zeit hat er ein Buch herumliegen lassen, doch sie erinnert sich nur an eine Landkarte darin, mit unzähligen ineinanderlaufenden Linien. Welches Land dargestellt worden ist, weiß Ursula nicht. Irgendein Gebiet in England.

»Die Idee von Symmetrie und Schemata beeindruckt mich, selbst wenn es nur eine Idee ist. Und mir gefällt die Vorstellung, daß so ein System schon da war, bevor ich es ergründe, und auch nachher noch da sein wird, daß es sogar da wäre, wenn ich niemals existieren würde. Die Orte an sich interessieren mich nicht, nur die Zusammenhänge.«

Ursula denkt kurz nach. Es ist schwierig, still dazuliegen. Sie würde es vorziehen, dieses Gespräch außerhalb des Betts zu führen, irgendwo, wo sie umhergehen oder wenigstens gestikulieren kann. Dann fällt ihr etwas ein. »Wir könnten an verschiedenen Orten und trotzdem beisammen sein. Denn da, wo du bist, wäre auch ein Teil von mir.« Sie lächelt und widersteht nur mühsam der Versuchung, in die Hände zu klatschen.

»Du hast es erfaßt.«

»Die englischen Steinkreise faszinieren mich viel mehr als die Hypothese von jenen Stätten in den Anden, die angeblich UFO-Landebahnen sind. Die kleineren Anlagen in England liegen mir, glaube ich.« Sie malt sich aus, mit Michael über grüne Wiesen zu wandern, alten Männern in Wolljacken mit Gehstöcken zu begegnen. Wind überm Heidekraut ...

Er streichelt ihre Schulter. »Du magst alles, was mehr bedeutet, als man's erklären kann. Und du liebst es, eine Diskussion zu beenden, wenn's noch eine Nuß zu knakken gibt, wenn noch genug übrig ist, über das man nachgrübeln kann. Deshalb dürfte ich dir niemals alles erzählen, meine teure Gattin. Wenn ich's täte, würde ich dich enttäuschen.«

»Ich liebe dich, Michael.«

»Nun zeige ich dir eine Linie des Systems.« Er nimmt ihre Hand und führt sie langsam über seine Brust, hinab zum Hüftknochen und nach einer scharfen Kurve weiter hinunter. Seine Lippen berühren ihr Kinn. »Alles ist miteinander verbunden, siehst du? Man muß es nicht verstehen. Vertrau mir. Das hier ist unsere Ecke in dieser Welt. Es ist unsere Bestimmung, einander immer wiederzufinden.«

Es gelingt ihr nur deshalb, noch eine Weile still zu liegen, weil sie weiß, daß der nächste Moment wunderbar sein wird. Aber etwas muß sie ihrem erstaunlichen, geheimnisvollen, aufreizenden, bemerkenswerten Ehemann noch sagen, bevor er ihr die Sprache raubt. »Weißt du, was mir ganz besonders gefällt? Wenn wir – wohin immer wir auch gehen – gleichzeitig das Ziel erreichen.«

Teil III

Kapitulation

50

Katie liegt auf ihrem breiten Bett in einem Motel nahe dem Flughafen von San Francisco und sieht im TV die *Buddy Holly Story*. Auf demselben Bett schläft ihre Tochter. Hinter dem anderen Bett, beim Fenster, sitzt ihre Mutter unter dem Lampenlicht und liest Stud Terkels *Working*.

Ein Kricketspieler hat Buddy gerade die Vorderzähne ausgeschlagen, aber er klebt sie mit Kaugummi wieder fest und spielt die *Ed Sullivan Show* weiter. Katie liebt die Songs in diesem Film und die Hauptfigur. Sie fragt sich, ob Buddy Holly wirklich so feinfühlig und gut gewesen ist, wie er im Film dargestellt wird. Jedenfalls versteht sie, warum die Puertorikanerin sich in ihn verliebt. Es gefällt ihr, wie er für alles die Verantwortung übernimmt. Und niemand kann ihn hereinlegen.

Die Mutter blickt von ihrem Buch auf. »Ist das der Junge aus Lubbock, der vor ein paar Jahren getötet wurde?«

»Ja.«

June neigt sich wieder über ihr Buch. »Wirklich traurig, wie viele Leute ihre Arbeit hassen.«

»Mutter, hast du jemals Musik gemocht?«

»Oh, die mag ich immer noch.« June schiebt ihr Lesezeichen in das Buch und legt es auf den Tisch. »Früher habe ich mir vorgestellt, ich würde mal für längere Zeit in einer Großstadt leben und Ballettaufführungen und Konzerte besuchen – auch Opern, obwohl ich wirklich nicht weiß, ob sie mir gefallen würden.«

»Du sollst hierbleiben und dir was ansehen.«

»Daran habe ich nicht gedacht. Nun ja, es gibt immer noch das Radio.«

Katie schaltet den Fernseher aus. »Mochtest du Frank Sinatra – diese Art von Musik?«

»O ja. Am Anfang unserer Ehe gingen dein Vater und ich gern tanzen. Damals gab es so gute Tanzmusik. Die Jukebox war voll toller Songs. Und man tanzte ganz eng, nicht so wie die heutige Jugend. Manchmal sagte dein Vater: ›Runter mit dir.‹ Und dann neigte ich mich nach hinten, und er stützte mich mit seinem Arm.«

»Ich höre dich nie Daddys Namen aussprechen. Du sagst immer nur ›dein Vater‹.«

»Das ist nur eine Angewohnheit, Katie.«

»Aber wie denkst du an ihn? Wenn du dich an ihn erinnerst – denkst du da ›Katies Vater‹? Oder ›mein Mann‹? Oder ›James‹?«

June zieht leicht verwirrt die Nase kraus und schnauft nervös. »Ich denke eigentlich nicht an ihn.«

»Aber du hast so lange mit ihm zusammengelebt.«

»Von gewissen Dingen weißt du nichts, Katie. Du hast keine Ahnung, wie man mit großen Veränderungen im Leben zurechtkommt – so wie ich mich damals zurechtfinden mußte, nach dem Tod deines – nach James' Tod.«

»Fish scheint genauso in mir drin zu stecken wie eh und je. Ich kann ihn einfach nicht beiseite schieben.«

Als June anrief, um ihr diese Reise vorzuschlagen, erklärte Katie ihr, sie würde sich vielleicht doch nicht scheiden lassen, und die Mutter erwiderte: »Du mußt wissen, was du tust.« Sie stellte keine Fragen. Und das kam Katie seltsam vor.

»Das ist etwas anderes«, antwortet June jetzt.

»Warum?«

»Pst! Rhea ist müde. Gestern nacht fand sie vor lauter Aufregung keinen Schlaf. Als ich um halb sechs aufstand, war sie schon wach und konnte die Abreise kaum erwarten. Um sich besonders hübsch zu machen, benutzte sie sogar ihre kleine Lockenschere.«

»Und ich? Warum ist es etwas anderes, wenn ich verheiratet bin, als wenn du verheiratet bist?« Katie ist mittlerweile so alt wie damals ihre Mutter, als die Tochter das Elternhaus verlassen hat.

»Überleg doch mal. Dein Vater und ich legten Wert auf ein konventionelles, normales Leben – mit dir, in einem ordentlichen Haus. Und sein Beruf war ihm wichtig. Kein einziges Mal dachte ich an eine Scheidung.«

»Fish und ich, wir sind eben Treibgut.«

»Wir wollen nicht streiten, Darling.«

»Wann hast du zu tanzen aufgehört?«

»Als ich schwanger war.« June spielt mit ihrem Buch, steckt die Finger zwischen seine Seiten, schlägt es an manchen Stellen auf, blickt aber nicht hinein. Katie fragt sich, welche Leute ihre Arbeit mögen, abgesehen von den Traumberufen, wie Filmstar und Arzt und Richter. Sie glaubt, daß Fish jetzt gern arbeitet, zumindest lieber als früher. Da hat ihm nur der Job in der Schiffswerft von Richmond Spaß gemacht. Er erzählte, die schwarzen Jungs hätten immer Dope bei sich gehabt und oft völlig *stoned* in den Schiffsbäuchen gelegen. Und er hat immer wieder betont, er hoffe, die Leute, die Flugzeuge bauen, seien eher bei Sinnen als diese Typen, die Schiffe reparieren.

»Nach meiner Geburt hättest du wieder tanzen können.« Sie versucht sich auszumalen, wie die Mutter im Arm des Vaters gelegen hat, nach hinten geneigt, mit wehendem Rock und flatterndem Haar. Der Vater bekam häufig rote Flecken am Nacken. Dann tauchte er ein Tuch in heißes Wasser und legte es darüber. Und die Mutter ist hinter ihn getreten, um die Tropfen mit einem Schwamm wegzuwischen.

»Damals hat sich alles geändert, James mußte sein Geschäft aufbauen.« June legt das Buch wieder weg, fast außerhalb ihrer Reichweite, und faltet die Hände auf der gläsernen Tischplatte.

»Mochte er seinen Beruf? Autoreifen verkaufen?«

»Heute bist du aber in einer sonderbaren Stimmung.« June lehnt sich in ihrem Sessel zurück und streckt für ein paar Sekunden die Arme aus.

»Stört dich das?«

»Ich möchte mich nicht mit dir herumärgern.«

»Mom, ich bin froh, daß Rhea zu mir kommt. Ich verspreche dir, ich werde gut für sie sorgen, und sie wird es schön bei mir haben.« Katie versucht June zu beruhigen. Es wäre schrecklich, wenn die Mutter sich plötzlich anders besinnen würde, nachdem Katie allen erzählt hat, Rhea würde sie besuchen. Natürlich will sie nur das Allerbeste, fragt sich aber nervös, was das sein mag. Im Grunde weiß sie nicht, wie man mit einer Neunjährigen umgeht.

Sie hat Ursula über ihre Pläne informiert und ihre Angst gestanden. Die Schwägerin war sehr nett und sagte, sie sollten beide zu ihr kommen, wann immer sie wollen. »Im Sommer ist immer jemand da. Ihr könnt bei uns schlafen, im Gästezimmer. Und wenn meine Mutter zur Ballettaufführung kommt, machst du einfach ein Bett für euch am Boden, in Juliettes Zimmer oder im Wohnzimmer.«

June nickt zustimmend. Sie weiß nichts über Katies Lebensstil, nur daß die Tochter ein Apartment bewohnt, zumindest bis Fishs Haus am Monatsende wieder frei wird. Sie muß ganz einfach glauben, daß Katie das Kind gut betreuen wird, sonst wird sie sich's anders überlegen, und die ganze Aktion, das Treffen in San Francisco, ist ohnehin schon teuer genug. »Das weiß ich. Und ich freue mich, daß nun eine Entscheidung gefallen ist.«

Katie denkt allerdings, daß ihre Mutter in Wirklichkeit etwas anderes meint, daß sie jetzt, wo alles entschieden ist, damit leben und sich einreden wird, so sei es am besten. Es muß ja auch die beste Lösung sein, weil June auf die Idee gekommen ist. »Ich verstehe noch immer nicht, warum du dich dazu entschlossen hast, Mom.«

»Das habe ich dir doch erzählt. Eines Abends kam Rhea von einem Besuch bei ihrer Freundin nach Hause. In Emilys Elternhaus hatte eine Familienfeier stattgefunden, und ihre Mutter lud Rhea am nächsten Tag ein, weil so viel vom Dessert übriggeblieben war. Deine Tochter wollte wissen, was eine Familienfeier ist, und als sie dann heimkam, fragte sie: ›Warum habe ich keine Verwandten?‹ Deine Tante Christine warf wir einen vielsagenden, aber völlig überflüssigen Blick zu. Ich weiß nur zu gut, daß Rhea Verwandte hat – andere Großeltern, einen Onkel und eine Tante.«

»Und einen Vater.«

»Allerdings.«

»Als ich Fish sagte, sie würde uns besuchen, geriet er völlig aus dem Häuschen. Er möchte mit ihr zum Strand fahren, zum Crater Lake – und zur Parade am 4. Juli. Es ist so wichtig, für uns alle.«

June beugt sich vor, die Hände aufs Bett gestützt. »Bitte, Katie, du wirst doch aufpassen?«

»Klar. Ich denke an den Sicherheitsgurt im Auto, schneide ihr das Fleisch in winzige Stücke ...«

»Sei nicht albern!« Junes Gesicht nimmt einen verkniffenen Ausdruck an, die Falten auf der Stirn vertiefen sich, der Mund wirkt kleiner. Katie hofft, ihre eigene Miene würde ausdruckslos bleiben und nichts verraten. Ihr Herz pocht heftig.

»Die Gefängnisstrafe hat ihn verändert, Mutter.« Wird June fragen, auf welche Weise? Katie weiß nicht, was sie dann antworten soll. Es ist einfach nur ein Gefühl, das sie mit Fish verbindet. Eine Hoffnung. *Katie und Fish.*

»Mit Rhea habe ich noch gar nicht darüber gesprochen. Ich glaube, sie wird es nicht verstehen.«

»Das diskutieren wir nicht. Er trägt seine Gefängniskleidung nicht mehr.«

»Katie, hör mir mal zu. Das ist dein Kind, dein und Fishs Kind. Ein gutes, süßes, unschuldiges, kluges und liebevolles Mädchen. Ich fürchte mich so davor, morgen abzureisen und dich mit Rhea in eine andere Maschine steigen, in eine andere Richtung fliegen zu sehen. Aber als ich darüber nachdachte, gelangte ich zu einer Erkenntnis. Das Risiko einer Enttäuschung, unangenehmer Überraschungen, irgendwelcher Kämpfe mit der Fisher-Familie oder mit Fisher ist geringer als die Gefahr, daß sie – wenn sie weiterhin ahnungslos aufwächst – sich eines Tages betrogen fühlen könnte. Sie würde nicht wissen, wer sie ist, weil sie nur mich und Christine hat – und dich ganz selten. Ich tue das nicht für dich und Fisher, wenn ich seine Eltern auch bedaure, weil sie neun Jahre lang auf ihre Enkelin verzichten mußten. Ich tue es für Rhea, und sie soll auch bei deinen Überlegungen an erster Stelle stehen. Sie darf nicht verletzt werden.«

»Du müßtest wissen, daß ich unfähig bin, nach Vorschriften zu leben, Mutter. Ich verstehe, was du mir sagst, aber ich kann nicht mehr tun, als mit ihr beisammen zu sein, etwas mit ihr zu unternehmen und – sie zu lieben. Leider schaff ich's nicht, ihr in zehn Tagen eine Identität zu geben.«

»Natürlich nicht.«

Katie beobachtet, wie ihre Mutter zum Bad geht, schaltet den Fernseher wieder ein und verfolgt den unausweichlichen Übergang von Buddy Hollys Geschichte zur Tragödie und Unsterblichkeit. Rhea dreht sich auf die andere Seite, sucht eine bequeme Lage unter der Decke. Ihr kleines Hinterteil bildet einen Hügel mitten auf dem Bett. Wie wird sie aussehen, wenn sie älter ist? Seltsam – beim Betrachten eines Kinderfotos von jemandem, den man als Erwachsenen kennt, entdeckt man vertraute Züge. Und wenn man ihn dann anschaut (zumindest gilt das für manche Leute), denkt man: Wie schade, daß er sich verändert hat, daß er dick oder dünn oder daß sein Gesicht hart oder alt geworden ist, was auch immer. So wie bei Gary Busey. Vor einer Weile hat sie ihn in einem TV-Film über irgendwelche Typen gesehen, die in ein südamerikanisches Land gereist sind, um zwei Geiseln zu retten. Gary Busey spielt den Banker, der alles bezahlt – ein fetter, ekliger Kerl, ganz anders als in der Rolle Buddy Hollys. Wäre er gestorben, würde man ihn wegen dieses großartigen Films im Gedächtnis behalten, so wie man sich an Buddy Holly wegen dreißig Jahre alter Songs erinnert.

Fish hat auf Katies Mitteilung, Rhea würde einige Sommerwochen in Oregon verbringen, mit der Frage reagiert: »Was ist in deine Mutter gefahren? Hat sie Krebs oder was?«

Als die Mutter im Nachthemd aus dem Bad kommt, schaltet Katie den Fernseher aus und kriecht unter die Decke. Alle Lampen sind gelöscht, bis auf jene auf dem Tisch, wo June gelesen hat. Sie setzt sich wieder auf den Stuhl, legt die Füße aufs Bett, verteilt Lotion in den Händen und beginnt ihr Gesicht einzucremen. »Letztes Jahr wurde im College ein ziemlich provozierendes Theaterstück aufgeführt – ›Equus‹. Hast du das mal gesehen?«

Katie murmelt ein »Nein«, und June fährt fort: »Es handelt von einem seelisch kranken Jungen und dem Arzt, der ihm zu helfen versucht. Als der Doktor an seiner Therapie zweifelt und große Mühe hat, eine Entscheidung zu treffen, sagt ein Freund zu ihm: ›Man muß Prioritäten setzen. Die Kinder kommen immer vor den Erwachsenen.‹ In diesem Sinne habe ich versucht, dein Kind aufzuziehen, Katie. Und ich wünschte, ich hätte es auch bei dir getan.« Die Stille ist fast greifbar. *Eine wartet auf ein Wort von der anderen*, denkt Katie. Sie würde gern etwas sagen, um ihre Mutter zu beruhigen, oder zumindest eine intelligente Antwort auf das Zitat aus dem Theaterstück geben. Aber sie leben nicht in derselben Galaxis, sehen nicht dieselben Konstellationen.

»Als du geboren wurdest, änderte sich mein ganzes Leben«, erzählt June leise. »Ich wollte alles richtig machen. Das erforderte meine ganze Aufmerksamkeit. Und als ich mich dann umsah, merkte ich, daß James aus meiner Welt verschwunden war. Er mußte das Geschäft aufbauen. Ob er Autoreifen mochte oder nicht, spielte keine Rolle, Schatz. Über einen solchen Gedanken hätte er spöttisch gelacht. Er tat, was getan werden mußte, in einer Weise, die ihm gestattete, sein eigenes Leben zu bestimmen. Aber er war unglücklich – ich glaube, etwa seit dem Tag deiner Geburt ... Oh, was für schreckliche Dinge sage ich dir da! Zerbrich dir nicht den Kopf darüber, das alles ist Vergangenheit.« Sie hustet, preßt eine Hand auf den Mund und starrt bedrückt vor sich hin.

Also hat sie schon früher solche Kuhhändel betrieben, überlegt Katie verwundert. *Und ich war der Preis. Arme Mutter.* »Ich habe versucht, die Vergangenheit zu verstehen.«

»Als ich erkannte, daß ich eine Tochter bekommen und einen Ehemann verloren hatte, tat ich mein Bestes, um dich nach meinen Vorstellungen zu erziehen – damit sich der hohe Preis lohnte. Während deiner ganzen Kindheit ohrfeigte ich dich.«

»Du hast mich nie angerührt.«

Tränen brennen in Katies Augen. Im Lampenschein schaut sie die Mutter an, deren Gestalt im Tränenschleier verschwimmt. June hat ein Geständnis abgelegt und könnte tief verletzt werden, wenn sie jetzt die falschen Worte zu hören bekäme.

Wenn Katie zum Beispiel sagte: *Du hast nie aufgehört, mich zu verletzen* ... Doch was würde sie damit gewinnen?

June knipst das Licht aus und legt sich ins Bett. Nach einer Weile fragt Katie: »Erinnerst du dich, wie ich mir im Hof den Arm brach?«

»Sehr gut.«

Tapfer fügt Katie hinzu: »Weißt du noch, wie wir mit einem Taxi zum Hospital fuhren? Ich fuhr zum ersten Mal in einem Taxi und war so aufgeregt, daß ich meinen Arm fast vergaß.« Ihre Mutter schweigt. »Du warst wütend ... Ich weiß nicht, wieso ich jetzt dran denke – aber ich frage mich immer noch, warum du böse warst. Weil ich hingefallen bin? Weil ich dir soviel Mühe gemacht habe?«

Sie glaubt, June weinen zu hören, denn aus der Nase dringen seltsame Geräusche.

Und als die Mutter antwortet, klingt ihre Stimme belegt und traurig. »Ich war wütend auf deinen Vater, weil er nicht da war, als wir ihn brauchten. Und ich hatte keine Ahnung, wo er steckte.«

Katie weiß nicht, ob sie ihre Mutter liebt oder nicht, aber in diesem Augenblick erkennt sie eindeutig, daß sie keinen Haß empfindet.

51

Rhea umarmt ihre Großmutter, gibt ihr einen geräuschvollen, schmatzenden Kuß auf den Mund, umarmt sie noch einmal und hüpft lachend umher. »Ore*gon!*«

Katie beugt sich zu ihr hinab und korrigiert die Aussprache. »*Ore*gon.« Ihre Tochter trägt ein hellrosa Kleid mit kurzem Faltenrock und weißen Paspeln am Kragen, dazu Lipgloss, einen Ring mit einer falschen Perle, eine rote Swatch-Uhr und schwarze Lackschuhe. Nach Katies Meinung sieht ihr das Kind nicht im geringsten ähnlich, bis auf die Augenfarbe (braun) und die Stupsnase. Rhea hat volle Lippen, so wie Fish, und hübsche lange Beine wie ihre Kusine Juliette.

In heiterer Gelassenheit und untadeliger Haltung steht June am Flugsteig und küßt Katies Wange. »Ich mache mir keine Sorgen. Alles Gute.«

Katie lächelt ihre Mutter an. »Irgendwann mußt du uns besuchen. Wenn wir wieder in unserem Haus wohnen.«

»Wie nett von dir, mich einzuladen ...«, erwidert June nervös. »Ich weiß, der Staat ist sehr schön.«

»Hast du einen Hund?« fragt Rhea ihre Mutter. »Hast du eine Katze? Hast du Pferde?« Sie steckt einen Finger zwischen die Lippen und saugt lautstark daran. Als sie den Blick ihrer Großmutter bemerkt, zieht sie den Finger sofort wieder aus dem Mund und wischt den Ring am Kleid ab, dann beißt sie in die Unterlippe. Katie findet, daß ihre Tochter den natürlichen Charme eines Filmkindes besitzt. Man braucht sie nur anzuschauen und weiß, daß sie in vielen Szenen die Hauptrolle spielen wird.

Dankbar für die Unterbrechung, lachen June und Katie unbehaglich. Dann beantwortet Katie die Frage des kleinen Mädchens. »Nein, bei mir gibt's nur Menschen, Schätzchen.« Sie ergreift Rheas Hand und zieht sie von June weg. Eine Lautsprecherstimme fordert die Passagiere auf, an Bord zu gehen.

»Gute Reise, Mutter«, sagt Katie.

Rhea reißt sich los und läuft voraus. »Wer wird uns abholen?« fragt sie, als sie in der Maschine sitzen.

»Ich glaube, Fisher und dein Onkel Michael.«

»Und mein Vetter und meine Kusine?«

»Carter hat einen Job, und Juliette probt für ihre Ballettaufführung. Morgen abend findet ihre erste Sommervorstellung statt. Du kommst also gerade rechtzeitig.«

»Ich war noch nie irgendwo«, erklärt Rhea ernsthaft.

»Nun, jetzt ist es soweit.«

»Gibt's bei dir Berge?«

»Ja. kleine Hügel. Und viele, viele Bäume.«

Während das Flugzeug auf dem Rollfeld beschleunigt, umklammert Rhea die Hand ihrer Mutter und wispert: »Das ist so laut.« Sie sprechen erst wieder, als die Maschine ihre Höhe erreicht hat und ruhig durch die Luft gleitet. Rhea blickt aus dem Fenster. »Ich sehe das Meer.«

Katie holt eine Packung Kaugummi hervor, und Rhea nimmt einen Streifen Juicy Fruit, den ihre Mutter eigens für diesen Moment gekauft hat. Beinahe hätte sie sich für Bubble-gum entschieden, aber June wäre entsetzt, wenn ihr Enkelkind an Bord Kaugummiblasen platzen ließe. Und obwohl das wohl nie herauskäme, hat Katie rasch eine andere Wahl getroffen.

Ständig wird sie das Gefühl haben, die Mutter würde ihr über die Schulter schauen. Der Gedanke hat sie anfangs gestört, aber bald ist ihr klargeworden, wie nützlich es sein kann, in gewisser Weise Junes Stimme zu hören – Ratschläge eines Schutzengels. Das würde ihr helfen, wenn sie entscheiden muß, ob etwas richtig oder falsch ist.

Rhea wühlt in ihrem rosa Baumwolltäschchen und zieht ein hellgelbes Buch mit blauen Buchstaben heraus. »Die Mädchen in diesen Geschichten haben immer Ärger. Das gefällt mir.«

»Dafür sind Bücher da«, meint Katie. »Von Schwierigkeiten zu lesen – das ist viel besser, als selber welche zu kriegen, was?« Sie entsinnt sich nicht, welche Lektüre ihr zuletzt Spaß gemacht hat. Bücher über Lebenshilfe sind nicht besonders unterhaltsam.

Rhea ist verwirrt. »Das weiß ich nicht, Katie. Ich glaube, ich war noch nie in Schwierigkeiten.« An ihrem Mundwinkel klebt ein winziger Marmeladenklecks, und Katie wischt ihn sorgfältig weg.

»Ein Restchen vom Frühstück.« Katie hofft, die Geste würde das Kind nicht stören.

Rhea greift wieder nach der Hand ihrer Mutter. »Fliegen – das ist genauso wie in einem Traum.« Sie läßt Katie los und starrt wieder aus dem Fenster. »Ich werde auf der ganzen Reise runterschauen.«

»Weck mich, wenn wir da sind.« Katie schließt die Augen. »Oder wenn du einen hohen Berg siehst.« Nach einer Weile besinnt sie sich aber anders, öffnet ihre Augen wieder und beugt sich zum Fenster hinüber. »Was ist deine Lieblingsfarbe, Schätzchen?«

Das Mädchen legt einen Finger an die Scheibe. »Das da. Himmelblau. Wenn man erst am späten Morgen aufwacht und hinaussieht, und die Farben von der Dämmerung verschwunden sind – dann ist nur der Himmel da. Einfach nur blau.«

Katie kann es nicht glauben. Sie hat mit Rhea das Flugzeug verlassen, und Fish steht nicht in der wartenden Menge. »Wahrscheinlich parken sie gerade«, erklärt sie ihrer Tochter und schlägt vor, bei der Gepäckausgabe Stellung zu beziehen. »Erst schauen wir draußen nach, dann gehen wir zum Fließband.«

Sie eilen an den Schaltern vorbei, zum Gehsteig hinaus. Auch hier läßt Fish sich nicht blicken. Auf dem Rückweg erkennt Katie eine Frau, die vor ihr die Halle betritt. Sie trägt ein weites blau und schwarz bedrucktes Kleid mit tiefsitzender Taille, das feuchte, kurze schwarze Haar ist zu einem fünf Zentimeter langen Pferdeschwanz zusammengebunden. Nun dreht sie sich um, und Katie stellt fest, daß es tatsächlich Joyce ist, die beim Theater arbeitet und an den Versammlungen der Anonymen Alkoholiker teilnimmt.

Noch immer hat Katie nicht entschieden, ob es richtig wäre, mit Joyce zu sprechen. Oder ob es das Prinzip der Anonymität bei den Zusammenkünften verletzen würde. Natürlich steht auf ihren Gehaltsschecks dieselbe Unterschrift, also gibt es eine gewisse Verbundenheit. Während ihr das durch den Sinn geht, hält sie beim Eingang inne. Inzwischen blickt Rhea sich um, als würde sie ihren Vater erkennen, wenn sie ihn sieht.

Joyce entdeckt Katie, läuft zu ihr und umfaßt mit beiden Händen ihren Arm, oberhalb des Ellbogens. »Ich hatte gehofft, Sie würden wiederkommen«, sagt sie, ohne den Ort der Begegnung zu nennen, so daß sie genausogut über Tennisstunden oder andere Aktivitäten reden könnten.

»Gerade bin ich mit meiner Tochter angekommen«, erklärt Katie lächelnd. Sie erinnert sich an Joyces Vortrag bei der Versammlung, weiß aber nicht mehr, worum es gegangen ist.

»Wenn Ihnen die Gruppensitzungen mißhagen und Sie sich mal aussprechen wollen – Sie können mich jederzeit anrufen.« Joyce schenkt Rhea ein Lächeln. »Ich heiße Joyce Devlin.« Dann schaut sie wieder Katie an. »Im Telefonbuch stehe ich unter J.«

Rhea reibt eine Schuhspitze an der Wade des anderen Beins. »Ich bin Rhea Fisher«, stellt sie sich höflich vor und blickt ihre Mutter beifallheischend an.

»Ich habe Sie ein paarmal bei der Arbeit gesehen«, sagt Joyce zu Katie. »Und ich dachte, wir würden uns vielleicht über den Weg laufen. Aber jetzt ist die Kostümwerkstatt geschlossen.«

»Ja.« Über Joyces Schulter hinweg sieht Katie sich in der Halle um. »Wollen Sie verreisen?«

»Ich hole meinen Freund ab«, erwidert Joyce verlegen. »Er war in Seattle, auf Arbeitssuche.« Sie geht vor Rhea in die Hocke, so blitzschnell, daß Rhea glaubt, die Frau wäre hingefallen. »Du siehst deiner Mutter sehr ähnlich.« Nach Katies Ansicht gilt das nur für die Augen und die Nase. Nie hat sie so hübsche blonde Locken besessen wie ihre Tochter.

»Ich sehe auch wie mein Daddy aus«, behauptet Rhea, und im selben Moment fällt Katies Blick auf Fish und Michael, die durch eine andere Tür hereinkommen.

»Ich muß gehen, da sind sie.« Auf ihrem Arm glaubt sie immer noch den Druck von Joyces Fingern zu spüren. Impulsiv berührt sie den Handrücken der Kollegin. »Danke für Ihr Angebot. Ich hoffe, Ihr Freund hatte Glück.«

Joyces bedrückte Miene erinnert Katie an die Versammlung. Plötzlich weiß sie wieder, warum die Frau so unglücklich gewesen ist. Ihr Freund will nicht im Valley bleiben. Nun bereut Katie ihre Worte, und sie überlegt vergeblich, wie sie den Fauxpas wiedergutmachen soll.

»Que será será.« Abrupt wendet sich Joyce ab.

Kommen Sie zurück, will Katie rufen. Sagen Sie mir, was ich jetzt tun soll. Ich weiß nicht, wie ich meine Tochter mit ihrem Vater bekannt machen soll. Ich weiß nicht, wie ich meiner Mutter einreden kann, alles sei okay.

52

»Was tun sie da?« Ursulas Mutter steht in der Frühstücksecke und beobachtet die Mädchen durch das Fenster.

Hätte ich doch bloß daran gedacht, die Scheiben zu putzen, denkt Ursula und antwortet: »Taktstock-Training. Rhea war gestern etwa zwanzig Minuten hier, als sie den Dreh auch schon heraus hatte.« Sie tritt hinter Clare und verfolgt, wie ihre Tochter die Hände auf Rheas

Brust und Rücken legt und etwas sagt. Anmutig reckt das Kind den Körper hoch. Dann streckt Juliette einen Arm vor, hebt ein wenig ihr Bein, neigt den Kopf. Obwohl sie keinen Taktstock hält, glaubt Ursula, sie an der Spitze einer Band marschieren zu sehen. »In Texas ist so was sehr beliebt.«

Clare wendet sich vom Fenster ab. »Dein neuer Küchenboden gefällt mir. Die Jungs haben gute Arbeit geleistet. Das sieht richtig europäisch aus.«

Nachdem Ursula Kaffee eingegossen hat, setzen sie sich in die Frühstücksecke. Michael ist weggegangen, um Brathühner zu kaufen, Ursula hat einen Salat angemacht. Sie muß nur noch den Korb für das Picknick im Park packen. Nun schaut sie auf ihre Uhr. »Bald muß ich Juliette zum Park fahren. Um halb sechs brechen wir alle auf, damit wir gute Plätze kriegen.«

»Wo ist die Mutter des Kindes?«

»Sie hat bei einer Matinee zu tun und kommt dann zum Ballett.« Ursula bemerkt, wie sich eine winzige Falte über der Nasenwurzel ihrer Mutter bildet. Draußen unter der Platane döst Fish in einem Liegestuhl. Die Mädchen stolzieren im Garten umher und lassen sich dann lachend ins Gras fallen.

»Die beiden verstehen sich gut, nicht wahr?« meint Clare.

»Letzte Nacht hat Rhea bei Juliette geschlafen. Ich machte ihr dein Bett, aber da lag sie schon in Morpheus' Armen.«

Katie ist nach Hause gegangen. »Aber Rhea will hierbleiben«, beharrte Juliette, und Ursula überlegte, ob ihre Tochter mit sensiblem Instinkt die Nervosität ihrer Tante wahrnahm. Sichtlich erleichtert hat Katie zugestimmt.

»Und die Kleine lebt in Texas?« erkundigt sich Clare.

»Seit sie ein Baby war. Katie brachte sie hin, nur für einen Besuch, wie wir glaubten. Aber dann kam sie ohne das Kind zurück. Ich dachte, ich würde sterben, fast so, als wär's mein eigenes gewesen.«

»Sicher hatte sie ihre Gründe.«

»Wir hätten Rhea sehr gern bei uns aufgenommen.«

Clare mustert ihre Tochter. »Stell dir doch vor, wie peinlich das gewesen wäre. Es hätte niemals funktioniert.« Sie schiebt ihre Tasse weg. »Wolltet ihr noch ein Kind, du und Michael?«

Erstaunt über diese intime Frage, entgegnet Ursula: »Eigentlich nicht.« Sie lächelt. »Wir hatten ja schon einen Jungen und ein Mädchen, und das gilt doch als perfekt, oder?« Vergeblich wartet sie auf einen Kommentar ihrer Mutter und fährt fort: »Ich habe mich immer gewundert, warum ich keine Zwillinge bekommen habe. Katie übrigens auch.«

»Das wäre ganz schön mühsam gewesen!«

»Aber etwas ganz Besonderes.«

»Ich finde, du hast deine Sache sehr gut gemacht, Ursula.«

»Natürlich. Ich stelle ja nur Spekulationen an. Und manche Zwillinge kriegen tatsächlich Zwillinge.«

»War's was Besonderes, mit einem verheiratet zu sein?«

Ursula holt tief Luft. »Großer Gott, ja! Manchmal hatte ich den Eindruck, ich wäre mit beiden verheiratet.«

Clare ergreift Ursulas Hand. »Du warst eine gute, glückliche Mutter. Ihr seid alle beisammen – und gesund.« Sekundenlang fürchtet Ursula, ihre Mutter würde weinen. Aber Clare sagt nur: »Juliette ist bildhübsch. Mit ihr fühle ich mich besonders verbunden.«

Ursula vermutet, daß dieses Gefühl mit Juliettes Alter

zusammenhängt. Sie war fünfzehn, als ihre Mutter von zu Hause wegging. Glaubt Clare nun, es gäbe in ihrem Leben ein unvollendetes Kapitel, das fertiggeschrieben werden muß? Sie steht auf und ruft durch das Fenster: »Wir müssen losfahren, Julie!« Die beiden Mädchen, die im Gras liegen, heben die Köpfe. Es dauert eine Weile, bis sie Ursulas Gesicht hinter der Glasscheibe entdecken, dann starren sie herüber, in regloser Stille, wie auf einem Foto.

Ursula betrachtet das Gesicht des jüngeren Mädchens, das nicht lächelt. *Was sehe ich*, fragt sie sich. *Vielleicht nur Fisher-Blut oder die Schönheit einer Neunjährigen?* Tränen steigen ihr in die Augen. Oder Sehnsucht? Reicht Michaels geheimnisvolles System verflochtener Altertümer bis zu Rhea? Ursula legt eine Hand an die Fensterscheibe, als wollte sie dem Kind ein Zeichen geben, etwas zu ihm schicken, eine Verbindung herstellen.

Brian erklärt in einer etwas plumpen Rede die Gründe für seine Entscheidung, in diesem Jahr zeitgenössische Musik zu verwenden. Das Programm ist eine »Mischung aus verschiedenen Epochen«. Eine Ballettszene ist von *Giselle* inspiriert und für eine kleine Bühne choreographiert, eine andere speziell für die vier jungen Ballerinen. Außerdem soll die dramatische Interpretation eines französischen Gedichts über die verbotene Liebe eines Ritters zur Frau seines Lehnsherrn geboten werden. Sekundenlang fürchtet Ursula, der Ballettlehrer würde das Gedicht vortragen, aber er erwähnt die Thematik nur, um das Publikum einzustimmen. Schließlich stehe noch eine Gershwin- und eine Rocknummer, von U2 ausgeliehen, auf dem Programm.

Ursula hat die Reste des Picknicks eingepackt, und alle

setzen sich, um auf die Vorstellung zu warten. Rhea lehnt an Fish, Katie hat in der Nähe Platz genommen. Als die Musik erklingt und die Zuschauer verstummen, schlägt Ursulas Herz höher vor Stolz und Vorfreude, und ihre Brust schmerzt. Sie drückt Michaels Hand, und er neigt sich herüber, um ihr zuzuflüstern: »Bedenk doch, wie lange sie geprobt haben.« Dann flattern die Ballerinen auf die Bühne, und sobald sie Juliette entdeckt, entspannt sie sich, denn ihre Tochter fühlt sich sichtlich in ihrem Element. Es wäre unfair, um sie zu bangen. Sie braucht die wachsame Angst der Mutter nicht und kommt sehr gut allein zurecht.

Clare fordert Ursula in der Pause zu einem Spaziergang auf. Sie entfernen sich vom Publikum, wandern zum Parkplatz und dann einen Weg entlang.

Dort umfaßt Clare beide Hände ihrer Tochter. »Weißt du überhaupt, wie begabt Juliette ist?« Ihre Stimme klingt sehr ernst, und die Frage erleichtert Ursula, denn sie hat befürchtet, eine schreckliche Neuigkeit zu erfahren. Was sie antworten soll, weiß sie nicht, und so zuckt sie nur lächelnd die Achseln, ein Bild falscher mütterlicher Bescheidenheit. »Du solltest ihr zu einer besseren Ausbildung verhelfen«, fügt Clare hinzu. »Hier wird sie zuwenig gefordert.«

»Sie hat täglich geprobt, und den ganzen Sommer finden einmal wöchentlich Aufführungen statt.«

»Das weiß ich. Und im Herbst?«

»Sie tanzt morgens, viermal pro Woche, außerdem am Samstag. Du lieber Himmel, Mutter, sie ist erst fünfzehn.«

Clare legt einen Arm um Ursulas Schultern. »Darüber reden wir später. Gehen wir zurück.«

»Nein. Was willst du mir sagen? Was sollte ich nach

deiner Meinung tun?« Ursula glaubt, sich verteidigen zu müssen, und das drückt sich in einem schrillen Unterton aus, der ihr nur zu deutlich bewußt wird.

»Ich finde, du solltest dich nicht mehr über die Dinge aufregen, die Juliette zu dir sagt, und statt dessen an ihr Talent denken.«

»Großer Gott! Und was soll ich *tun*?«

»Da habe ich einige Ideen. Komm mit.«

Ursula versucht, Juliette mit den Augen einer Fremden zu beobachten. Aber das kann sie natürlich nicht. Sie sieht allerdings, daß ihre Tochter zu schweben scheint, während die anderen tanzen, daß die Arme und Beine sich bewegen, als bräuchten sie niemals aufzuhören, daß sie kein Zögern zu kennen scheint. Kein einziger falscher Schritt ... Offensichtlich hat Brian eine sehr kluge Choreographie erarbeitet, um Juliette daran zu hindern, eine allzu dominante Rolle in der Truppe zu spielen. Seine Frau ist die Primaballerina, und von ihr hält er Juliette klugerweise fern, nie treten die beiden gleichzeitig auf.

Die dramatischen großen Tanzfiguren hat er für seine Frau reserviert, für die jüngeren Balletteusen die lebhaften, katzenartigen Bewegungen. Zwei über zwanzigjährige Tänzerinnen sind für den Sommer aus San Francisco hergekommen, viel erfahrener als Juliette. Immer wieder veranlassen sie das Publikum nach besonders kunstvollen Schritten, Beifall zu klatschen, indem sie kurz innehalten, als wollten sie fragen: Hat euch das nicht gefallen?

Aber Ursula sieht, was ihre Mutter sieht – trotz der Einschränkungen, die man Juliette auferlegt hat, ist sie der Engel der Truppe, die geborene Tänzerin. Das Mädchen, das daheim zwei Monate lang gelitten und Trübsal geblasen hat, strahlt nun unerschütterliches Selbstvertrauen aus.

Ursula glaubt zu wissen, was ihre Mutter im Sinn hat, und spürt Tränen auf den Wangen, während Brians alternde Frau vor ihrem jungen Liebhaber dahinschmilzt. Sie wünscht, die Protagonisten würden überzeugender wirken, bessere Fähigkeiten besitzen, und sie würde gern weinen.

53

Eine Feierstimmung erfüllt das Haus. Rhea tanzt auf den Zehenspitzen, versucht eine Arabeske und sinkt lachend auf Katies Schoß. Michael schenkt für alle Wein ein. Auch Carter und Annabel erscheinen. Das Mädchen verblüfft Ursula mit der Frage: »Wo ist Juliette? Ich will ihr sagen, wie wunderbar sie war. Es hat uns so gut gefallen.«

Ursula wendet sich zu ihrem Sohn. »Ihr wart beim Ballett?«

»Klar. Ich hab' mit einem Kollegen getauscht und seine Nachtschicht übernommen.«

»Warum bist du dann nicht zu unserem Picknickplatz gekommen, mein Junge?« will Michael wissen. »Es gab Brathühner.«

»Wir waren ein bißchen zu spät dran und setzten uns auf den Hügel«, erklärt Annabel. »Von dort hatten wir eine phantastische Sicht. Wo ist Juliette?«

»Sie badet«, erwidert Ursula. »Im Kühlschrank findest du Limonade. Hast du Annabel schon mit deiner Kusine aus Texas bekannt gemacht?« Carters Freundin ist wirklich hübsch, denkt sie.

Annabel kniet bei Rhea nieder, spricht ein paar Minuten lang leise auf sie ein. Das Kind kichert, Annabel drückt ihm die Hand und kehrt zu Carter zurück. »Morgen fahren wir zum See und gehen schwimmen. Vielleicht könnten uns Rhea und Juliette begleiten.«

»Ich weiß nicht recht«, sagt Ursula, weil Annabel sie anschaut. »Möglicherweise haben Katie und Fish schon Pläne gemacht.«

»Ich muß arbeiten«, verkündet Fish.

Und Katie fügt hinzu: »Ich bin mit allem einverstanden.«

»O Mann!« jubelt Rhea.

Clare steht auf. »Ich sehe mal nach Juliette.« Wenig später kommt sie zurück. »Du solltest besser hinaufgehen, Ursula.«

Schluchzend kauert Juliette auf ihrem Bett, im Nachthemd, die Knie angezogen, ein Laken über die Füße gebreitet.

»Darling, was ist denn los?« ruft Ursula und setzt sich zu ihr. Sie versucht, ihre Tochter zu umarmen, aber Juliette weicht ihr aus.

Clare tritt näher, und Ursula rückt zur Seite, um ihr Platz zu machen. »Beruhige dich, Juliette!« bittet die Großmutter. »Ich wollte es deiner Mom zeigen, damit sie's nicht zufällig bemerkt und sich aufregt.«

»Was denn?« fragt Ursula bestürzt.

Langsam zieht Juliette das Laken von ihren Füßen, dreht einen zur Seite, und ihre Mutter hält den Atem an. Der Fuß sieht aus, als hätte jemand daran genagt. »Was um alles in der Welt ...«

Juliette heult noch lauter.

Vorsichtig berührt Ursula die Füße ihrer Tochter. An den Seiten hat sich die Haut abgelöst über großen roten Flecken. Auch an den Fersen ertastet Ursula rauhe Stellen und seitlich etwas Schorf.

Clare nimmt das Mädchen in die Arme und zieht es an sich. »Pst! Jetzt ist alles okay.«

»Ich verstehe das nicht.« Ursulas Hände zittern.

»Ich – ich habe nur ein bißchen dran gekratzt«, wimmert Juliette.

»Ein bißchen!« stößt ihre Mutter hervor.

»Pst!« zischt Clare.

»Jetzt ist es *vorbei!*« behauptet Juliette. »Alles *verheilt!*«

»Vorbei?« Ursula betrachtet die Füße noch einmal. Sie kann sich nicht vorstellen, daß es früher noch schlimmer gewesen ist. »Was hat du bloß gemacht, Baby?« flüstert sie.

»Manchmal – hab' ich dran – gezupft.«

Clare zerrt das Leintuch hoch. »Die Flecken sind nicht infiziert«, versichert sie Ursula. »Und Juliette sagt die Wahrheit, sie verheilen wirklich. Sie hat nur ein bißchen die Haut abgezupft.«

»Also deshalb die Socken – um die Füße zu verstecken ...« Ursula berührt ihre Stirn und schließt sekundenlang die Augen. »Warum, Juliette?«

»Ich weiß es nicht.«

»Was soll das heißen – du weißt es nicht?«

Clare legt eine Hand auf den Arm ihrer Tochter. »Alles okay, Ursula. Zu schade, daß du's sehen mußtest, denn jetzt ist es überstanden – nicht wahr, Julie?« Das Kind nickt unglücklich. »Also, geh bitte wieder hinunter. Ich kümmere mich um Juliette und komme etwas später nach. Sie ist erschöpft und braucht ihren Schlaf.«

Zunächst kann Ursula sich nicht von der Stelle rühren. »O Julie ...«

Juliette bricht wieder in Tränen aus und vergräbt das Gesicht im Kissen. Obwohl es ihrer Mutter fast das Herz zerreißt, zwingt sie sich, sie nicht anzufassen, denn damit würde sie alles noch schlimmer machen. Als sie aufsteht, fällt ihr etwas ein. »Hat Brian deine Füße gesehen?«

Die Stimme vom Kissen gedämpft, antwortet das Mädchen: »Ja, heute abend. Morgen will er dich anrufen. Er sagte, wenn ich's dir nicht erzähle, würde er's tun.«

»Ein Glück für ihn!« Ursula marschiert aus dem Zimmer.

Zu ihrer Erleichterung haben alle den Abend erfolgreich, aber anstrengend gefunden. Carter bringt Annabel nach Hause, Rhea ist am Boden eingeschlafen. »Ich könnte sie in mein Bett legen und auf der Couch schlafen«, schlägt Fish vor. Ursula nickt. Katie sammelt die Gläser ein, um sie in die Küche zu tragen. Nach ein paar kurzen Abschiedsworten geht sie.

Endlich können sich Ursula, Clare und Michael aufs Sofa setzen und über Juliette reden.

»Ich war bei ihr, um ihr gute Nacht zu sagen«, berichtet Michael.

»Hat sie dir ihre Füße gezeigt?« fragt Ursula.

»Nein. Sie war völlig erschöpft. Sie umarmte mich ganz fest, und ich glaube, sie schlief schon, als ich das Zimmer verließ.«

»Gut«, meinte Clare.

»Ich sagte doch, sie braucht einen Therapeuten«, seufzt Ursula.

»Du darfst nichts überstürzen«, warnt ihre Mutter.

»Überstürzen! Wie lange dauert das schon?«

»Ein paar Wochen, nehme ich an. Wenn Brian bis heute nichts aufgefallen ist, konntet ihr auch nichts bemerken.«

»O Gott!« stöhnt Ursula.

»Was ist denn mit ihren Füßen?« fragt Michael.

»Ach, die hat sie nur verstümmelt«, entgegnet seine Frau.

»Sie hat an der Haut gezupft«, erklärt Clare. »Es sieht schlimmer aus, als es ist.«

»Hmmm«, murmelt er, ohne Besorgnis zu zeigen.

»Du hast es nicht gesehen«, betont Ursula. »Ich denke, morgen rufe ich einen Therapeuten an.«

»Vielleicht solltest du selber einen konsultieren«, rät Clare.

»Ich!«

»Damit du deine Angst in den Griff kriegst.«

»Mutter!« Ursula schaut ihren Mann an, der eine unmißverständlich neutrale Miene aufsetzt. »Michael!« Dann sinkt sie in sich zusammen und beginnt zu weinen. Er legt einen Arm um ihre Schultern.

»Darling, nimm ein Beruhigungsmittel und schlaf dich aus«, empfiehlt ihre Mutter. »Morgen gehst du zur Arbeit, und ich kümmere mich um Juliette. Jetzt, wo ihr kleines Geheimnis ans Licht gekommen ist, wird sie sich nicht mehr so schuldig und verwirrt fühlen. Weißt du, so schrecklich es auch aussieht – ich bezweifle, daß sie sich wirklich wehgetan hat. Wenn man sich über irgendwas Sorgen macht und das Problem nicht meistern kann, macht man manchmal so was, um sich abzulenken. Man kaut an den Nägeln oder trinkt oder zerfetzt Papier. Juliette hat eben an ihren Füßen gekratzt.«

Ursula ist so zumute, als hätte sie bereits eine Schlaftablette genommen. »Ich kann meinen Kopf nicht mehr aufrecht halten«, gesteht sie verdutzt. Aber es erscheint ihr pflichtvergessen, jetzt einfach ins Bett zu fallen.

»Geh schon nach oben, ich komme bald nach.« Michael küßt ihre Stirn. »Falls Clare interessiert ist, mache ich die Flasche auf, die ich ganz hinten im Kühlschrank versteckt habe – den guten Wein.«

Clare steht auf. »Ich spüle uns zwei Gläser, Michael.«

54

Während die Männer Mr. Melroy helfen, seine Waren vom Flohmarkt-Tisch zu räumen, liegt Rhea auf dem provisorischen Bett hinten in Gullys Laster. Es ist zerknittert und auch nicht besonders sauber, aber sie ist nie zuvor in einem Camper oder Lastwagen gewesen, und die gemütliche Atmosphäre gefällt ihr. Sie liest ein Buch über Vögel und Vogelbeobachtung, das Onkel Michael ihr gegeben hat. Zusammen mit seinen Schülern baut er Nistplätze für Rotkehlhüttensänger – winzige Häuschen, die sie jedes Jahr in den Wald tragen. Er hat versprochen, morgen Wasserschüsselchen in den Garten zu stellen und frisches Obst an die Zweige zu hängen, dann werden noch mehr Vögel kommen. Seine Kinder seien nicht so an Vögeln interessiert, sagt er, und deshalb habe er nicht dran gedacht, ihr sofort von ihnen zu erzählen. Juliette mag nur die Kolibris, die zu dem Spezialhäuschen hinter dem Haus fliegen. Rhea sitzt sehr gern da draußen mit ihrer Kusine, die so schön und klug und eine wundervolle Tänzerin ist.

Rhea sagt Vogelnamen auf. Es ist so ähnlich, als würde man ein Gedicht vortragen oder ein Lied singen – Trauertauben, Ringfasane, Spottdrosseln, Stare, Haubenlerchen, Meisen, Nordamerikanische Schneefinken, Bluthänflinge und Kernbeißer. Wenn Rhea wieder daheim ist, wird sie ihrer Granny sagen, sie müßten im Winter die Vögel füttern. Und ihr nächstes Projekt in der Schule wird von Vögeln handeln.

Oder von Booten. Ihr Vater liebt Boote ebenso wie der Onkel seine Vögel – mit dem Unterschied, daß Michael etwas für die Vögel tut und Fish gar kein Boot besitzt. Er sagt, wenn er wieder in seinem Haus wohnt, wird er ein kleines Fischerboot bauen und darin mit ihr den Fluß hinabfahren, wenn sie nächsten Sommer wiederkommt. Der Gedanke an den nächsten Sommer beglückt sie schon jetzt.

Erstaunlich, wie viele Verwandte sie hat ... Und in Onkel Michaels und Tante Ursulas Haus scheint fast jeden Tag eine Familienfeier stattzufinden. So viele Leute gehen da ein und aus, und anfangs hat Rhea überlegt, ob sie die Namen aufschreiben soll, um sie im Gedächtnis zu behalten. Aber inzwischen kennt sie alle, sogar einige Freunde ihres Vetters Carter.

»He, Süße!« hört sie Onkel Michael rufen. Sie war über dem Vogelbuch eingeschlafen, das von ihrer Brust auf die Steppdecke hinabgeglitten ist. Ihre Lider sind ein wenig verquollen, und sie sieht ihn nur verschwommen. »Du kannst vorn neben Gully sitzen oder mit Fish und mir fahren. Auf jeden Fall mußt du dich anschnallen.«

Sie setzt sich auf und reibt ihre Augen. »Seid ihr fertig?«

»Klar. Melroy hat gute Geschäfte gemacht und uns zu sich eingeladen. Wir sollen uns die Hunde ansehen und Limonade trinken. Hast du Lust dazu? Bevor wir nach Hause müssen, haben wir noch etwas Zeit.«

»O ja!« Rhea kriecht unter der Plane hervor und klettert neben ihren Großvater ins Fahrerhaus.

Fish schaut durchs Fenster herein. »Bist du hungrig?«

Bis jetzt hat sie nicht daran gedacht, aber jetzt verspürt sie tatsächlich Hungergefühle. »Ein bißchen«, erwidert sie, und Fish zieht einen Beutel Popcorn hervor.

Während der Laster die Straße entlangrollt, sagt Rhea: »Ich weiß nicht, wie ich dich anreden soll. Du bist mein Großvater, aber alle nennen dich Gully.«

»Hm, das haben wir noch nicht besprochen, nicht wahr? Was meinst du denn?«

»In Texas habe ich keinen Grandpa. Darf ich Grandpa zu dir sagen?«

»Wenn du willst ...«

»Wie nennt dich Juliette?«

»Gully.«

»Mein Vater sagt: ›Pop‹.«

»Und du nennst ihn ›Fish‹!«

»Stimmt.« Darüber denkt sie ein paar Minuten nach. »Was hast du da für ein Buch?«

»Eins über Vögel. Das hat mir Onkel Michael gegeben.«

»Er liebt Vögel. Beide Jungs hatten welche, als sie noch klein waren, Kanarienvögel, aber auch wilde Vögel. Einmal besaßen wir eine Gans, die wir zu Weihnachten braten wollten. Da müssen die Jungs etwa fünf gewesen sein, jedenfalls gingen sie noch in den Kindergarten. Und weißt du was? Diese Gans starb eines natürlichen Todes, in dem Jahr, wo sie in die High-School kamen. Ich konnte nicht glauben, daß ihr nicht schon längst irgendein Penner den Hals umgedreht hatte. Klar, die Jungs brachten sie meistens über Nacht in den Schuppen oder die Garage. Manchmal schlief sie auch in der Hundehütte.«

»Hatte sie einen Namen?«

Gully lacht. »Gans.«

Er ist ein komischer Mann, denkt Rhea, *in seinem Overall, mit dem langen weißen Haar.* Ihre Großmutter würde meinen, er sei nicht ganz richtig im Kopf. Aber das ist er – und sehr nett. Sie lacht auch. »Ich hatte nie ein Haustier.«

»Einmal brachten sie ein ganzes Nest voller winziger verwaister Krähen nach Hause und behielten sie monatelang. Der Lärm hat Michaels und Fishs Ma fast umgebracht, aber als wir die Vögel loszuwerden versuchten, fanden sie den Weg zu unserem Haus zurück. Jeden Morgen, in aller Frühe, hämmerten sie mit ihren Schnäbeln ans Fenster der Jungs.«

»Mochtest du Vögel, als du noch klein warst?«

»Hunde sind mir immer lieber gewesen. Aber ich hatte auch mal einen Waschbären, ein hübsches Eichhörnchen und ein bis zwei Ratten. Katzen mochte ich nie, im Gegensatz zu Michael.«

»Aber jetzt hast du keinen Hund, nicht wahr?«

»Nein. Mein Hund ist gestorben. Melroy würde mir allerdings einen geben. Willst du mir helfen, einen auszusuchen?«

»Klar!«

»Schau dir diesen blöden Fish an!« Grandpa zeigt auf Michaels Laster, der vor ihnen fährt. Fish hat sich auf seinem Sitz umgedreht und schneidet Grimassen. Kichernd winkt Rhea und streckt die Zunge heraus. »Ich weiß gar nicht mehr, wann ich ihn zuletzt so fröhlich gesehen habe«, fügt Gully hinzu. »Dein Besuch macht ihn sehr glücklich.«

»Mich auch.« Seltsam, bisher hat sie Katie kaum getroffen. Manchmal arbeitet ihre Mutter. Sie schläft woanders und läßt Rhea bei Onkel Michael. Und sie sagt, sie geht nicht gern zu Gully und Geneva.

Rhea hat ein großartiges Gefühl, was ihre Mutter betrifft. Sie denkt, sie müßte irgendwas tun, damit Katie sie mehr liebt, doch ihr fällt nichts ein. Wenigstens weiß sie, daß sie sich in Texas wiedersehen werden. Aber wenn auch alle vom nächsten Sommer sprechen – sie ist nicht sicher, ob sie noch mal nach Oregon kommen wird. Um so wichtiger findet sie es, in diesen Ferien alle kennenzulernen. Sie wird Granny und Tante Christine so viel erzählen können.

»Vielleicht sollte ich ein Tagebuch führen, damit ich nicht vergesse, was ich jetzt alles mache. Unsere Lehrerin sagt, sogar die wichtigen Dinge, die man erlebt, vergißt man, wenn man erwachsen wird, weil das Gehirn ständig mit neuem Zeug vollgestopft wird.«

»Eine gute Idee. Soll ich dir ein Tagebuch kaufen?«

»O ja, danke, Grandpa.«

»Ich finde es großartig, ein Tagebuch zu führen. Manchmal schreibe ich mir auch ein bißchen was auf. Aber es stimmt nicht, daß man später alles vergißt. Wenn man alt wird, so wie ich, wirft das Gehirn viel Ballast ab, und da gibt's Erinnerungen, die unter all dem Kram nur drauf warten, wieder aufzutauchen.«

»An was erinnerst du dich zum Beispiel?«

»Also, an das erste Boot, das dein Dad baute. Frag ihn mal danach, ich wette, er weiß es noch. Damals war er zwölf, und er arbeitete den ganzen Winter an diesem Boot. Damit verbrachte er dann einen wunderbaren Sommer. Einmal tobte ein gewaltiger Sturm. Er hatte das Boot am Flußufer festgebunden, aber es riß sich los und trieb davon. Ein paar Monate später wanderte er durch die Gegend und sah sein Boot im Hof eines alten Mannes. Da lehnte es an einer Schuppenwand. Fish ging zu dem Alten und fragte, ob er ihm das Boot verkaufen würde, er hätte es ganz schrecklich gern. Dann rannte er heim und zog mir das Geld aus der Tasche. Fünfzehn Dollar bezahlte er für sein eigenes verdammtes Boot.«

»Warum hat er dem Mann nicht einfach gesagt, daß es sein Boot war?«

»Das konnte er ja nicht beweisen. Und vielleicht dachte er auch, der alte Mann hätte das Boot davor bewahrt, irgendwo zu zerschellen. Dann wären die fünfzehn Dollar eine Art Belohnung gewesen.«

»Du kannst gute Geschichten erzählen, Grandpa. Die solltest du alle aufschreiben.«

»Meinst du? Wen interessiert es schon, was ein alter Ziegenbock wie ich zu sagen hat?«

»Mich.«

55

Die beiden Mädchen sitzen in Juliettes Bett, als alle anderen schon schlafen, und unterhalten sich flüsternd.

Rhea erzählt ihrer Kusine von Melroys Zuhause. »Da mußt du mal hin. Es ist wirklich lustig. Überall sind Hunde herumgelaufen. Lauter nette, die man streicheln konnte.« Melroy hat ihr gezeigt, wie er die Hunde dazu bringt, Kunststücke zu vollbringen. »Wenn sie's nicht richtig machen, schüttelt er eine Dose voller Bohnen. Die kennen eine ganze Menge Tricks, Juliette.«

Melroy hat mitten im Hof gelegen und die Hunde sind über ihn hinweggesprungen wie über eine Hürde. Nie zuvor hat Rhea etwas so Komisches gesehen. Am liebsten mochte sie Bounder, der ihr überallhin folgte. Wenn sie müde wurde und sich auf den Boden setzte, rannte er um sie herum, leckte ihre Beine ab, sprang hoch und steckte ihr die Nase ins Gesicht. Grandpa erklärte, auch ihm würde Bounder am besten gefallen, und da sagte Melroy: »Der Hund gehört dir, wann immer du willst.« Einfach so.

Juliette gesteht, sie würde Gully und Geneva nicht gern besuchen. »Geneva mag keine Kinder. Hast du das nicht gemerkt?«

»Wir sind nur ein paar Minuten dageblieben, und sie gab mir einen Keks aus einem Beutel, einen Oreo. Der war okay. Sie wollte Fish und Michael zum Dinner einladen, aber die sagten, wir müßten zurückfahren, weil wir alle in ein chinesisches Lokal gehen würden. Da fragte sie, wieso's eigentlich Leute gibt, die nur essen wollen, wenn alles in winzige Stücke geschnitten ist.« Die Granny in Texas meint, manchmal würden alte Leute ein bißchen mürrisch. Dann müsse man höflich bleiben und dürfe sich nicht drüber aufregen, denn vielleicht würde man eines Tages selber so sein. Rhea kann sich nicht vorstellen, jemals so zu werden. Immerhin sind Granny und Tante Christine sehr nett. Und Gully-Grandpa ist auch nicht schlecht gelaunt. Vielleicht ist vor langer Zeit etwas geschehen, das Geneva sehr traurig gemacht hat, und sie kann nicht drüber hinwegkommen. Oder sie wünscht sich etwas und bekommt es nicht. Wenn Rhea ihr helfen könnte, würde sie es tun. Immerhin ist Geneva ihre Großmutter.

»Nach Dads Geburtstagsparty fliege ich nach Seattle«, erzählt Juliette und kann ihre Aufregung nicht verbergen. »Hoffentlich macht's dir nichts aus. Ich bleibe nur ein paar Tage weg.«

»Wahrscheinlich werde ich bald nach dem 4. Juli nach Texas zurückfliegen. Die Zeit vergeht so schnell. Fish sagte, er würde auch noch zum Crater Lake mit mir fahren. Das muß ziemlich weit sein.«

»Nein, nur ein paar Autostunden.«

»Fliegst du nach Seattle, weil deine Großmutter dort lebt?«

»Sie arbeitet für eine Schule, in der Artisten, Schauspieler und Tänzer ausgebildet werden. High-School-Schüler können halbtags hingehen, wenn sie gut genug sind. Ich will da mal vortanzen, und wenn's klappt, müßte ich sehen, welche High-School mich dort aufnehmen würde.«

»Du willst nicht mehr hier wohnen?« Wie kann Juliette so was auch nur denken? Rhea versteht das nicht. Dies ist das netteste Haus, das sie je gesehen hat. So viele Leute tummeln sich darin, und ständig ist was los.

»Meine Mutter hat noch nicht zugestimmt, aber mein Dad sagt: ›Mal sehen.‹ In diesem gewissen Tonfall, der ›ja‹ bedeutet. Ich will ohnehin nur tanzen. Die Schule interessiert mich nicht.«

»Und wenn du erwachsen bist, willst du eine richtige Tänzerin werden?«

»O ja.«

»Ich weiß noch nicht, was ich sein will, wenn ich erwachsen bin. Im Augenblick möchte ich jedenfalls lernen, einen Taktstock rumzuwirbeln. Diese Handdrehung hab' ich endlos lang geübt. Man muß den Stock über die Hand rollen lassen und genau aufpassen, damit man ihn im richtigen Moment festhält. Leider fällt er mir meistens runter.«

»Und was du mir gezeigt hast – wie nennst du das alles?«

»Du meinst das Feuerrad? Das kann ich fast immer, manchmal sogar mit der linken Hand. Aber das muß ich noch üben. Immerhin weiß ich jetzt, wie man mit dem Taktstock salutiert, und ein paar Posen kriege ich auch schon ganz gut hin.«

»Bei der Arabeske eins werde ich dir helfen. Wenn du den Kopf höher hebst, fällt's dir leichter, das Gleichgewicht zu halten.«

»Immerhin kann ich schon rumstolzieren, ohne aus dem Rhythmus zu kommen.«

»Großartig!«

»Juliette?«

»Was?«

»Findest du, daß ich jemandem ähnlich bin? Daß ich zur Familie gehöre?«

»Du siehst aus wie deine Mom und auch wie dein Dad, Rhea, aber hauptsächlich wie ein Kind. Wie du. Hör mal, wir alle mögen dich sehr.«

»Darüber hab' ich schon oft nachgedacht – ich heiße Rhea Fisher, und ich frage mich, ob ich auch wie eine Fisher aussehe. Oder ob ich mich so benehme.«

»Tu das lieber nicht!« warnt Juliette lachend. »Wir sind alle verrückt.«

»Das glaube ich nicht.«

»Jetzt muß ich schlafen. Morgen um neun habe ich Ballettstunde.«

»Ich geh' runter ins Gästezimmer.«

»Gute Nacht.«

Ursula und Michael sitzen nebeneinander auf der Couch im Keller und lesen. Rhea späht von den Stufen herunter und wünscht ihnen eine gute Nacht.

»Komm her, laß dich umarmen!« ruft Michael, und Rhea gehorcht.

Sie hören, wie sie durch den Flur im Erdgeschoß hüpft. »Ein süßes Mädchen«, meint Ursula. Natürlich gelten fast alle ihre Gedanken der eigenen Tochter, aber Rhea ist wirklich lieb.

»Ja, natürlich, aber was glaubst du, warum sie Rhea genannt wurde? Warum hat Katie ihr den Namen eines flügellosen Vogels gegeben?« Rheiformes ist der lateinische Name der Nandus. Das sind die südamerikanischen, flugunfähigen Pendants der afrikanischen Strauße.«

»Laß bloß kein Sterbenswörtchen verlauten!« mahnt Ursula. »Ich wette, davon hat Katie keine Ahnung.«

»Weißt du, was das Komische dran ist? Vermutlich wird es Rhea sein, die's herausfindet. Sie ist intelligent und neugierig. Wenn du mich fragst – sie wird trotz allem Flügel haben.«

Sie steigen die Treppe zum Schlafzimmer hinauf, und als sie nebeneinander im Dunkel liegen, sagt Michael: »Bald müßten wir mal über Carter reden.«

»Wieso?«

»Ich glaube, im Herbst wird er nicht mehr in die Schule gehen.«

Ursula springt aus dem Bett und schaltet die Deckenlampe ein.

»He, das ist doch nicht nötig!« protestiert er.

»Doch. Ich will dein Gesicht sehen, wenn du mir erklärst, was du soeben gesagt hast.«

»Er will eine Pizzeria eröffnen, eine richtig knallige Kneipe, sagt er. Im Ladenzentrum gegenüber vom College gibt's noch was zu vermieten, und das wäre perfekt geeignet.«

»Für so was braucht man Geld, und er ist erst achtzehn.«

»Annabel will ein paar Dollar reinstecken. Ich glaube, sie geht auch nicht mehr zur Schule, zumindest nicht in diesem Jahr.«

»Aber sie wurde auf dem Benington angenommen! Und sie kann sich's leisten!«

»Nun, erst mal will sie zusammen mit Carter die Pizzeria betreiben.«

»Die beiden sind noch *Babys*!«

»Das ist noch besser, als in diesem Alter Babys zu kriegen.«

»O Gott!« An so etwas will Ursula gar nicht denken. »Und was soll das heißen – Annabel steckt etwas Geld rein? Und von wem bekommt er den Rest?«

»Ich habe ihm tausend Dollar gegeben, damit least er die Einrichtung für das Lokal.«

»Michael ... Ohne mit mir darüber zu reden ...«

»Du warst vollauf mit Juliette beschäftigt. Und er mußte eine Entscheidung treffen, sonst hätte er die Chance verpaßt.«

»Unser Sohn wird also *Pizzabäcker*?«

»Nur fürs erste. Das ist gar keine so schlechte Idee.«

»Und er bleibt *zu Hause*?«

»Er will sich im Keller einquartieren, wenn Fish auszieht.«

»Und sein Studium? Seine *Zukunft*?«

»Studieren kann er später immer noch. Er hat mir erklärt, er sei noch nicht bereit, sich ernsthaft auf einen Beruf vorzubereiten. Ehrlich gestanden, ich finde ihn schon ziemlich reif. Und schlimmstenfalls verliert er seine tausend Dollar.«

»*Seine* tausend Dollar?«

»Jetzt gehören sie ihm. Ursula, ich glaube, du solltest dir ein paar Tage frei nehmen, Juliette nach Seattle begleiten und die ganze Sache mit der Tanzschule nicht Clare allein überlassen. Wenn du das tätest, hättest du keine ruhige Minute.«

»Und was hab' ich davon, wenn ich mitkomme?«

»Vielleicht siehst du Juliette dann mit Clares Augen – und den Augen vieler anderer Leute – und würdest dich besser fühlen.«

Sie beginnt zu lachen, geht mit unsicheren Schritten zum Schalter und knipst das Licht aus.

»Was ist denn so komisch?« fragt Michael.

»Gerade ist mir bewußt geworden, daß du in all den Wochen nicht mehr geschnarcht hast. Womöglich schnarchst du nur, wenn du dich langweilst.«

»Oder meine Nase ist nicht mehr verstopft.«

Ursula lacht, bis ihr Tränen über die Wangen laufen. »O Michael, ich dachte schon, deine Schnarcherei wäre das einzige, was hier passiert, und wir würden in einer endlosen Flaute übers Meer treiben.«

»Weißt du, was du vergessen hast? Daß du eine Familie hast. Daß du Kinder hast.«

»O nein!«

»Und du hast die sprichwörtliche Ruhe vor dem Sturm vergessen.«

»Mag sein.«

»Jetzt geht's hier richtig rund, Ursie. So sieht unser derzeitiges Leben aus. Wir beide stecken mitten drin, und mit uns ist alles okay.«

»Hast du's schon gemerkt? Der einzige Ort, wo wir miteinander reden können, ist anscheinend unser Bett.«

»Da treffen wir uns jeden Abend – allerspätestens. Und wir reden nicht nur.«

»O Michael, wenn du jemals aufhörst, mich zu mögen ... Du weißt, was ich meine – wenn du jemals aufhörst, mich zu begehren, dann erschieß mich bitte.«

»Da hab' ich eine bessere Idee. Ich verfrachte dich in den Keller.«

56

Das Ende des Junis fällt in die Wochenmitte. Katie fährt mit Fish zum Haus, um festzustellen, ob die Mieter ausgezogen sind. Vor kurzem hat Michael die Leute wegen der Rückzahlung ihrer Kaution angerufen und die Antwort erhalten, sie würden sich melden.

Fish ist ziemlich nervös. Es drängt ihn, den Keller zu verlassen und endlich wieder in seine eigenen vier Wände zu ziehen. Schon seit Tagen will er hinfahren. Aber sein Bruder spricht ihm das Recht ab, die Schwelle zu überqueren, da die Miete bis zum letzten Tag des Monats bezahlt ist. »Sei geduldig«, mahnt Michael. »Selbst wenn's dein Haus ist.«

Die Familie ißt kalten Aufschnitt zum Abendessen, dann besteht Fish darauf, daß Michael die Mieter noch einmal anruft und fragt, ob das Haus am nächsten Tag frei wird. Niemand geht an den Apparat. »Ich fahre raus und sehe nach, was da los ist!« tobt Fish.

Rhea hört zu, die Augen weit aufgerissen. »Darf ich mitkommen? Ich habe dein Haus noch gar nicht gesehen.«

Ihre Mutter beobachtet, wie Ursula an der Innenseite ihrer Wange kaut, beschließt aber trotzdem: »Wir fahren alle drei hin.« Was soll schon passieren? Falls nötig, wird sie Fish am Ärmel zupfen.

Tagsüber ist es sehr heiß gewesen, und um sieben Uhr abends beginnt die Luft noch nicht einmal abzukühlen. Die Hügel sehen wie braunes Pergament aus. Als sie sich der Umgebung des Hauses nähern, gleiten Grundstücke voller grüner Büsche und Bäume am Wagenfenster vorbei, vom Grundwasser genährt. Das Haus liegt im Schatten, im Sommer ein Vorteil, aber im Winter kann die Atmosphäre etwas trostlos wirken.

Im Vordergarten treffen sie Carol Lee an, die eine Hacke schwingt.

»Was zum Teufel geht hier vor?« schreit Fish, sobald er aus dem Laster gestiegen ist.

Fröhlich schaut sie ihn an. »Ich jäte Unkraut.« Vor ihr liegt ein großes rundes Beet mit Tomatenstauden. Auf kleinen Hügeln wachsen Kürbisse und Melonen.

»Welchen Sinn hat es, was anzubauen, das man nicht ernten kann?« fragt Katie. Erbost blickt sich Fish um, stapft ein paar Schritte in die eine Richtung, dann in die andere. Rhea bleibt im Hintergrund in der Nähe des Lasters.

»Ich war oft hier draußen«, erzählt Carol, »denn ich hatte ein echtes Bedürfnis, richtige Erde unter meinen Händen zu spüren. Und wenn ihr hier einzieht – na und? Mögt ihr keine Tomaten? Keine Zucchini und Zuckerrüben?«

»Übernachten sie hier?« will Fisch wissen.

»Klar.« Carol zeigt mit dem Daumen über die Schulter. »Jetzt sind sie im Hinterhof.«

Fish läuft um das Haus herum, und Katie klopft an die Vordertür. Als sich nichts rührt, öffnet sie die Tür ganz langsam und späht hinein. Nichts deutet auf einen baldigen Auszug hin. Keine Kartons, keine Kisten, keine Koffer. Sie dreht sich um und ruft Rhea zu: »Vielleicht solltest du im Wagen warten, Schätzchen!« Das Kind starrt sie an, will offenbar etwas sagen, wendet sich dann aber ab und klettert in den Laster.

»Sie haben noch nicht einmal zu packen begonnen!« beklagt sich Katie, nachdem sie zu Carol zurückgekehrt ist, die nur mit den Achseln zuckt. »Ihr müßt *alle* raus! Es ist auch mein Haus, und ich ziehe mit Fish wieder hierher.«

»Toll«, meint Carol nonchalant.

Katie eilt zum Laster. »In einer Minute bin ich wieder da. Ich hole nur Fish, dann fahren wir. Bleib drinnen!« Das kleine Mädchen nickt ernsthaft.

Im Hinterhof kniet Prudence auf einer Decke und zieht einen Korb zu sich heran, in dem ein Baby liegt. Das andere hängt über ihrer Schulter. Sky und Fish stehen unter der Lampe an der hinteren Haustür.

»Der verdammte Monat ist *vorbei*!« brüllt Fish.

»Das haben Sie schon gesagt, *Mann*!« schreit Sky zurück.

»Und deshalb sollten Sie schon *draußen* sein!« Fish öffnet die Schuppentür, nimmt eine Flasche heraus und dreht sich drohend um. »Raus!«

Sky weicht einen Schritt zurück. »Legen Sie die Flasche weg. Hier sind auch noch Babys.«

»Fish!« ruft Katie. Sie hat ihn noch nie kämpfen sehen. Normalerweise pflegt er die Flucht zu ergreifen.

Er schleudert die Flasche gegen den Hinterzaun, Scherben fallen zu Boden. »Seien Sie froh, daß ich nicht bewaffnet bin«, sagt Fish, hat aber ein wenig von seinem Elan verloren.

»Das Haus meiner Mom ist noch nicht fertig!« jammert Prudence.

»Warum haben Sie uns das nicht gesagt?« wirft Katie ihr vor. »Das ist unfair.«

»Sie haben ja die Kaution«, betont Sky. »Damit ist die nächste Monatsmiete abgedeckt. Wir ziehen aus, sobald wir können.«

»Eine Kaution ist keine Miete«, protestiert Katie. »Wenn Sie morgen noch da sind, müssen Sie Miete zahlen.«

»Sky hat die Verwaltung angerufen. Um uns rauszukriegen, würden Sie einen Monat brauchen.« Prudence hockt sich auf die Fersen.

»Zum Teufel!« Fish packt Sky, der zu erschlaffen scheint, am Arm, und Katie denkt, der Mann stelle sich vielleicht vor, Fish wäre ein Bär, den man nicht reizen darf. »Am Samstag ziehe ich ein!« kündigt der Hausbesitzer an. »Das ist mein gottverdammter *Geburtstag*!«

»Und wohin sollen wir gehen?« wimmert Prudence. Beide Babys beginnen zu schreien. Sie nimmt das Kind von ihrer Schulter, legt es auf die Decke und schaut es einfach nur an, während es krebsrot anläuft und gellend heult.

»Gehen Sie doch zu Ihrer Mutter«, schlägt Katie vor.

»Oder zur *Hölle*!« brüllt Fish.

Sky reißt sich von ihm los. »Verlassen Sie dieses Grundstück, oder ich rufe die Polizei.«

Fish lacht höhnisch auf. »Die brauchen verdammt viel Zeit, um hierherzukommen, Schlappschwanz.«

»Komm, Fish!« mahnt Katie. »Rhea sitzt im Wagen.«

Er sieht sie an, und seine Miene wechselt von Zorn zu Verwirrung über. *Es ist nicht fair*, überlegt sie. Man konnte zwar damit rechnen, aber es ist unfair.

Fish schlägt mit der flachen Hand auf das Lenkrad und murmelt: »Arschlöcher!«

Rhea fängt zu schnüffeln an und wird von ihrer Mutter getröstet, die hinter den Sitzen auf der Ladefläche kauert. »Schon gut. Wir kaufen Eiscreme. Okay, Fish?«

Er startet den Motor, steuert das Vehikel rückwärts aus der Zufahrt, mit quietschenden Reifen. »Michael müßte sich darum kümmern.«

»Ich bezweifle, daß er irgendwas tun kann. Aber er wird's sicher wissen. Frag ihn morgen, Fish. Jetzt fahren wir zu mir. Wir sind müde.«

Rhea dreht sich zu Katie um. »Ich hab' das Haus gar nicht richtig gesehen.«

»Nein, Baby. Die Leute sind noch nicht draußen. Vielleicht in ein paar Tagen.« Katie hofft, das Kind würde nicht weinen.

»Wann fahren wir zum Crater Lake, Fish?« erkundigt sich Rhea.

Bevor er antwortet, zündet er sich eine Zigarette an. »Irgendwann.«

»Wann fliege ich nach Texas?« Sie neigt sich zu ihrem Vater hinüber. »Wahrscheinlich schon bald ...«

»Am Dienstag, Baby«, erwidert Katie. Schmerzhaft verengt sich ihre Kehle.

Heftig zieht Fish an seiner Zigarette, mehrmals. »Die nächsten Tage muß ich arbeiten. Am Sonntag oder Montag fahren wir zum See.« Katie glaubt zwar nicht, daß er unfreundlich sein will, aber seine Stimme klingt hart und rauh. Besänftigend tätschelt sie Rheas Arm. Jetzt bedauert sie, daß das Kind mitgekommen ist. Ursula hätte ein Machtwort sprechen sollen.

Fish wirft erst Rhea, dann Katie einen überdrüssigen

Blick zu und gibt Gas. »Der Crater Lake ist sowieso nur ein Loch im Boden.«

Als sie die Stadt erreichen, hat er sich beruhigt. Er hält an einem Laden, kauft eine Flasche Burgunder und bei einem zweiten eine Eistüte für Rhea. Lustlos leckt sie daran.

»Fahren wir jetzt zu meinem Apartment, Fish, ich will dir was zeigen.« Katie beugt sich vor und schleckt an Rheas Eis. »Aber *du* darfst nicht hinschauen, weil es eine Überraschung ist«, erklärt sie ihr.

»Was für eine?« Sofort hellt sich Rheas Miene auf.

»Ich sagte doch, es ist eine Überraschung. Sie ist noch nicht ganz fertig.«

»Wann kann ich sie sehen?«

»Am Samstag, nach der Parade.«

»O Mann!« Jetzt verspeist Rhea ihr Eis viel genüßlicher.

Sie halten vor dem Apartmenthaus, und Fish läßt den Motor laufen. »Kommst du nicht mit hinein?« fragt Katie. »Bleibst du nicht hier?« Sie findet es sehr wichtig, jetzt mit ihm zusammen zu sein und ihn in bessere Stimmung zu versetzen. Statt irgendwohin zu gehen und sich zu betrinken, sollte er das Problem mit ihr besprechen.

»Michael und ich fahren morgen früh schon um sechs zum Haus hinaus, bevor's zu heiß wird. Ich schlafe drüben.«

Wilde Wut steigt in ihr auf. *Er schmollt wieder mal,* denkt sie, *kümmert sich weder um Rhea noch um mich.* Wenn er jedesmal allein sein will, wenn's ein bißchen Ärger gibt – was soll dann aus ihnen werden, falls sie mal in ernsthafte Schwierigkeiten geraten? Sie folgt Rhea aus dem Laster und geht zu Fishs Seite herum. »Schalt den Motor ab und komm mit hinein – bitte.«

Widerstrebend dreht er den Zündschlüssel herum. »Ich bin ziemlich schlecht gelaunt.«

»Katie?« flüstert Rhea drängend, nur wenige Schritte entfernt.

»Warte, okay?« sagt Katie zu ihrem Mann. »Laß mich mit ihr reden. Vielleicht fahren wir mit dir. Es wäre möglich, daß sie lieber dort schläft.« Bei Ursula steht ein Bett für Rhea, überlegt sie. Wie kann ich mit Fish beisammen sein, wenn das Kind dabei ist?

Fish nimmt die Weinflasche aus der Einkaufstüte und schraubt den Verschluß ab. »Gut, ich warte.«

An der Wohnungstür hält Rhea den Rest ihrer Eistüte hoch. »Das will ich nicht mehr.«

»Einen Moment, gleich können wir's wegwerfen.«

»Mir ist irgendwie übel.«

Katie stößt die Tür auf und nimmt die Eistüte aus der Hand des Kindes. »Möchtest du ins Bad?«

Rhea geht ins Badezimmer und schließt die Tür. Nachdem Katie die Eistüte weggeworfen hat, steht sie eine Weile in der Küche, dann wandert sie durch das Apartment und knipst alle Lampen an. Schließlich überquert sie den Hausflur und klopft an Maureens Tür.

Die Freundin schaut sich auf ihrem Videorecorder *Drei Männer und ein Baby* an.

»Ah, sehr gut, du bist zu Hause!« ruft Katie. »Kannst du mal kurz rüberkommen und auf Rhea aufpassen?«

»Während du – was tust?«

»Ich will nur mit Fish reden. Er ist in ganz mieser Stimmung und würde ihr nur Angst einjagen. Aber ich muß unbedingt mit ihm sprechen.« Katie sieht Maureens kritischen Blick und fügt hinzu:« Er ist nicht betrunken.«

Seufzend schaltet Maureen den Recorder aus und folgt

ihr über den Flur. »Rhea?« fragt Katie an der Badezimmertür. »Bist du okay, Schätzchen?«

»Ich glaube schon«, antwortet eine dünne Stimme.

»Meine Nachbarin bleibt bei dir. Ich bin bald wieder da.«

»Geh nicht weg, Katie!« jammert Rhea. »Oh ... Ooooh ...«

»Soll ich reinkommen?« Wenn sie sich übergibt, wird mir auch schlecht, befürchtet Katie.

»Nein!« entgegnet Rhea, dann versichert sie ganz leise: »Ich bin okay. Aber es stinkt so.«

Grinsend dreht sich Katie zu Maureen um, die nicht lächelt.

»Also, dann lauf zu Fish.«

Sobald Katie im Laster sitzt, sagt Fish: »Tut mir leid, wenn ich ihr angst gemacht habe. Ich will nur mein Haus wiederhaben – und mein Leben.«

»Ich weiß«, wispert sie. »Ich auch.«

»So?« Er schraubt die Flasche zu und stellt sie hinter den Sitz. »Du willst unser Leben wiederhaben?«

»Nicht so, wie's war.«

»Wie war es denn?«

»Ich wußte nie, was als nächstes passieren würde.«

»Wer weiß das schon?«

»Ich wußte nicht, ob du weggehst, ob du wiederkommen würdest.«

Fish zieht sie an sich, streicht über ihr Haar, ihren Hals, ihre Brüste, berührt sie wie ein Mann, der lange verreist gewesen ist. Das weckt in ihr den Wunsch, seinen ganzen Körper an ihrem zu spüren. »Ich gehe nicht weg«, verspricht er.

Sie schlingt die Arme und ihn, versucht ungeschickt

über den Werkzeugkasten zu klettern. »Komm mit nach hinten«, schlägt Fish vor. Eng aneinandergedrückt liegen sie auf dem Bett. »Michael und ich werden ein Haus bauen, das wir verkaufen wollen«, sagt er. »Später im Sommer, wenn wir diesen Job beendet haben.« Dafür interessiert sie sich nicht besonders. »Und wir zwei ziehen in unser Haus, raus aus Michaels und Ursulas Blickfeld.«

Sie küßt ihn. »Ich muß nach Rhea sehen.«

»Könnte sie dableiben und mit uns leben?«

»Unmöglich.« Katie ist den Tränen nahe. Nur Fish kann sie am Weinen hindern. »Faß mich an.« Sie zerrt an seinem Hosenbund. »Ich will heute nacht bei dir sein.«

»Und Rhea?«

»Du und ich«, erwidert sie, und ein paar Sekunden später sind beide Jeans bis zu den Knien hinabgerutscht. In einem Chaos aus Kleidungsstücken und Beinen finden sie zueinander. Katie klammert sich an ihren Mann, gräbt die Finger in seinen Rücken. »Fish und Katie«, flüstert sie, als sie dann still beieinanderliegen. »Du und ich.«

Sie kehrt in ihr Apartment zurück, aber Rhea und Maureen sind nicht da. Also geht sie zu ihrer Freundin hinüber.

Zusammengerollt schläft das Kind auf der Couch, neben Maureen, die Katie anstarrt. Der Videorecorder läuft fast lautlos.

»Oh, vielen Dank.« Katie streckt die Arme nach ihrer Tochter aus.

Behutsam streicht Maureen das Haar aus Rheas Stirn und ignoriert Katies ausgestreckte Arme. »Laß sie schlafen. Ich bringe sie später hinüber.«

»Ist sie okay?«

»Sie hatte ganz schlimmen Durchfall, und ich wette,

den habt ihr beide heraufbeschworen – du und Fish. Zehn Minuten lang weinte sie, ohne ein einziges Wort zu sagen. Könnt ihr euch nicht zusammenreißen, solange sie hier ist? Was ist bloß los mit dir, Katie?«

»Vielleicht wurde ihr von irgendwas schlecht, das *Ursula* gekocht hat.« Katie zittert vor Wut. »Außerdem – was geht *dich* das an?«

»Ich bin die Nachbarin, der du Rhea anvertraut hast – erinnerst du dich? Bei der du sie sozusagen geparkt hast.«

»Großer Gott, das war doch nur für ein paar Minuten! Ich wußte nicht, daß es dich dermaßen stören würde.«

»Habt ihr gestritten?« fragt Maureen erbost. »War es das? Begreifst du denn nicht, daß Kinder so was mitkriegen?«

»Wir haben nicht gestritten, wir fuhren nur zum Haus hinaus. Die Mieter sind immer noch da, und Fish machte ihnen eine Szene. Das ist ganz allein die Schuld dieser Leute.«

»Sie ist noch so klein, fast ein Baby, und sie scheint euch im Weg zu sein.« Maureens Stimme klingt jetzt nicht mehr so empört. Sie möchte nur ein bißchen dozieren.

»Ich hab' ihr ein Bandleader-Kostüm genährt, mit falschem Pelzbesatz am Rock. Es ist eine Überraschung.« *Warum schaut sie mich so an*, fragt sich Katie ... *Als würde ich eine andere Sprache sprechen* ... Rasch fügt sie hinzu: »Sie hatte es gut bei uns.«

Maureen zieht ihren Arm unter Rhea hervor, die seitwärts auf die Couch sinkt und weiterschläft, und erhebt sich. »Solange sie hier ist, muß sie für dich an erster Stelle stehen. Ist dir das klar?« Katie nickt. *Wie demütigend*, denkt sie. *Nun hat sie sich in meine Mutter verwandelt.* »Und wenn du Ärger mit Fish hast – das kann warten.«

Katie reckt das Kinn hoch. »Ich hab' keinen Ärger mit ihm. Es gibt nur Probleme mit diesen Widerlingen, die immer noch in unserem Haus kleben.«

»Hör mal, Kindchen, ich glaube, die Schwierigkeiten liegen bei dir.«

Da macht Katie auf dem Absatz kehrt und flüchtet in ihr Apartment. Zwei bis drei Minuten später fällt ihr ein, was sie hätte antworten soll: *Ich habe sie nicht am Seeufer allein gelassen, oder?* Aber dafür ist es jetzt zu spät. Außerdem ahnt sie, was Maureen entgegnen würde. *Vielleicht hast du sie nicht am Seeufer allein gelassen, aber du bist in den Büschen gewesen, nicht wahr?*

57

Ursula kommt von der Parade nach Hause, bevor der letzte Festwagen sich mühsam einen Weg auf dem Boulevard gebahnt hat. Die anderen wollen in den Park zu den Jahrmarktsbuden gehen und dort zu Mittag essen, aber sie möchte das Dinner vorbereiten, bevor es noch heißer wird.

Sie redet sich ein, am 4. Juli sei Hitze besser als Regen. Stört es Michael, fünfundvierzig zu werden? Wahrscheinlich nicht, Fish wird's sein, der über die Bedeutung dieses Geburtstages nachgrübelt.

Später werden sich Gully und Geneva zur Familie gesellen. Ursula hat auch Angela und deren Mann eingeladen, ein Lehrerehepaar von Michaels Schule, Teresa und ihren Bruder, der aus New York zu Besuch gekommen ist. Der Garten sieht gepflegt aus. Michael muß Carter ziemlich hart angepackt haben, um ihn zu veranlassen, all die Zweige und sonstigen Abfälle wegzuschaffen. Bei einem Räumungsverkauf im Bi-Markt hat sie acht Gartenstühle aus Metall gekauft, weiße und schwarze, und die hübsche Markise über der Veranda wird ein wahrer Segen sein. Ihr Mann hat die zwei Barbecue-Grills gereinigt und aufgestellt. Mehrere Blumentöpfe schmücken die Veranda, sorgen für ein bißchen Farbe.

Sie gießt sich ein großes Glas Eistee ein, schneidet eine Honigmelone auseinander und beginnt kleine Kugeln aus dem Fruchtfleisch zu lösen. Die wird sie in Prosciutto einwickeln, so wie Carter es neulich vorgeschlagen hat. Gestern abend hat sie Windbeutel gebacken. Nun muß sie noch Gemüse zerkleinern, einen Dip anrühren, außerdem gibt es vier Käsesorten, Hamburger mit Teriyaki-Sauce und viel Knoblauch, in Zitrone mariniertes Hühnchen und französisches Brot, das sie auf der Heimfahrt im Safeway gekauft hat.

Während sie in ihrem Schlafzimmer Shorts anzieht, hört sie ein Auto am Straßenrand halten, dann Stimmen im Keller, dessen Tür wenig später ins Schloß fällt. Der Motor wird wieder gestartet und klingt nach Fishs Laster. Vielleicht will er mit Katie noch was erledigen, bevor sie zurückkommen.

Erst als Katie, Michael und die Kinder zwei Stunden später eintreffen, stellt sich heraus, daß Fish und Rhea verschwunden sind, ohne irgend jemandem zu erzählen, wohin sie fahren und wie lange sie wegbleiben werden. Ursula fragt ihren Mann: »Glaubst du, sie besuchen deine Eltern?« Aber ein Telefonat bestätigt, daß Gully und Geneva gegen vier aufbrechen möchten.

»Irgendwo werden sie schon sein«, sagt Katie ungeduldig. »Warum regt ihr euch so auf? Zweifelt ihr an Fishs Fahrkünsten? Und er ist doch kein Fremder für Rhea, oder?« Zwei Stunden später meint sie: »Irgendwas muß ihn im Hintern gejuckt haben, und es war ihm einfach zu lästig, uns zu informieren.«

Um sechs droht sie, die Polizei zu verständigen, und Michael verspricht, sich auf die Suche zu machen, wenn sie bei Einbruch der Dunkelheit nicht auftauchen. Katie sitzt in der Frühstücksecke, trinkt langsam ein Bier nach dem anderen. Und Ursula erfüllt die Pflichten einer Gastgeberin, unbehaglich und verbittert, aber wild entschlossen, Heiterkeit auszustrahlen. Ihre Gäste brauchen nicht zu wissen, daß da was faul ist. Sie sollen einfach denken, Katie wäre schlecht gelaunt oder würde es vorziehen, allein zu trinken.

Fish verläßt den Freeway, fährt in zügigem Tempo an zwei Einkaufszentren vorbei, an Parkplätzen und Lagerhäusern, Imbißbuden, dann an Wiesen mit Büschen und hohen Bäumen, die alte Farmhäuser umgeben. Auf einem Hügel hat jemand ein zimtbraunes neues Holzhaus gebaut, hier und da stehen Wohnwagen auf kahlem Erdreich, sehen heiß und verlassen aus.

Ohne die Geschwindigkeit zu drosseln, fährt Fish weiter und schweigt, bis die Straße schmaler wird und am Fluß entlang durch kleine Städte führt. Rhea bewundert den Lichtschimmer auf dem Wasser, die Stellen, wo die Wellen weißen Schaum bilden. »Gleich sind wir beim Haus meiner Eltern, schau – hinter dieser Kurve.« Er zeigt nach vorn.

»Gehen wir zu ihnen?« fragt sie enttäuscht.

Bei der Parade hat er vorgeschlagen: »Wollen wir irgendwohin fahren, wo's kühler ist – weit weg von all diesen Leuten?« Eigentlich hat sie sich auf den Park und die Jahrmarktsbuden gefreut. Da ging Juliette hin. Aber

Rhea wollte auch nicht die Chance verpassen, mit ihrem Vater beisammen zu sein. Wenn sie in seinem Laster sitzen würden, nur sie beide, könnte sie ihn vielleicht dazu kriegen, von seinen Booten zu erzählen. Sie will wissen, wo er hinfahren möchte, wenn er wieder eins hat, und was sie lernen muß, um ihn zu begleiten. Wenn es soweit ist, wird sie älter sein und kann Segelunterricht nehmen. Sie stellt sich vor, wie das Meer unter ihr atmen würde, aus der Wassertiefe heraus. Zu dritt – ihr Vater und ihre Mutter und sie, braungebrannt und kraftstrotzend – würden sie auf einer schönen kleinen Insel liegen und ganz, ganz lange dort bleiben.

»Auf der Rückfahrt halten wir kurz bei deinen Großeltern«, erwidert Fish. »Ich will mein Angelzeug und mein Gewehr holen. Das hat meine Ma sicher unter dem Wohnwagen versteckt. Sie kann Waffen im Haus nicht ausstehen. Fünfzig Jahre mit Pop und zwei Söhne – und sie haßt immer noch jede Art von Waffen.«

»In meine Klasse geht ein Mädchen, Vicky Anne. Letztes Jahr hat ihr Bruder die Eltern mit einer Schrotflinte erschossen. Er ist siebzehn, und ich glaube, er haßte sie wirklich. Vicky war nicht daheim, also weiß man nicht, ob er sie auch erschossen hätte.« Fish wirft Rhea einen Blick zu, der sie aufmerken läßt. O nein, er soll nicht glauben, daß sie ihm was Schlimmes zutraut. Und sie hat sich auch gar nicht über sein Gewehr beschweren wollen. Er hat sie nur an Vicky erinnert, das ist alles.

»Scheiße«, murmelt er.

»Granny sagt, er sei in ein Krankenhaus gebracht worden. Er war sechzehn, als er's getan hat, und Granny meint, er wird wahrscheinlich freikommen.«

»Und das Mädchen? Becky?«

»Oh – Vicky. Die lebt jetzt bei ihrer Tante, in meiner

Nähe. Nach der Schule könnte ich mit ihr spielen, aber das erlaubt mir Granny nur ganz selten.«

Sie biegen um eine Kurve, und der Fluß teilt sich bei einer kleinen Insel und flutet dahinter wieder zusammen. Rhea fände es lustiger, dem Ufer in die andere Richtung zu folgen. Es ist verwirrend, gegen die Strömung zu fahren. Sie beobachtet zwar, wie schnell die Wellen dahineilen, bekommt aber kein Gefühl für die fließende Bewegung. »So einen Fluß habe ich noch nie gesehen.« Sie würde ihren Vater gern fragen, wie ihm die Parade gefallen hat. Doch sie befürchtet, er würde antworten, das ganze Getue sei albern gewesen.

»Hast du noch nie einen Fluß gesehen?«

»Einmal – als in Plano eine Kusine von Granny starb. Wir gingen zu ihrem Begräbnis. Meine Großmutter war mit ihr aufgewachsen. Auf der Hin- und Rückfahrt überquerten wir einen Fluß, er war braun und breit und strömte ganz langsam dahin. Granny sagte, in allen Flüssen würde es von Schlangen wimmeln, und man könne nirgendwo schwimmen.«

»Im Rogue gibt's keine Schlangen, aber am Ufer treiben sich Klapperschlangen rum, wenn's heiß ist, an den steinigen Stellen. Manchmal wird ein Wanderer gebissen, aber nur, weil er blöd ist. Man muß eben aufpassen, wohin man tritt.«

Rhea will über den Fluß reden, nicht über Schlangen. »Das Wasser ist hübsch, so leuchtend blau.«

»Wart's ab, du hast noch gar kein richtiges Blau gesehen«, entgegnet Fish. Sie fahren jetzt zwischen hohen Bäumen. Wie ein Band windet sich der Fluß durch einen Canyon. Der Wald scheint kein Ende zu nehmen. Nach einer Weile werden die dichten Föhren und Fichten durch dünne, kahle Nadelbäume ersetzt. »Das sind

Drehkiefern«, erklärt er. »Aus diesem Holz haben die Indianer Rahmen für ihre Wigwams gebaut.« Das fasziniert Rhea, wenn sie auch überlegt, ob er sie vielleicht auf den Arm nimmt.

Alles in Oregon ist neu für sie. Sicher, sie hat erwartet, mehr Hügel und Bäume als daheim zu sehen. Jeder weiß, wie flach das westliche Texas ist. Aber in ihrer Freude auf die Reise hätte sie sich niemals träumen lassen, so viele Bäume und Berge zu sehen, die den Blick ganz ausfüllen und den Himmel verdecken.

Zwischen den Zweigen fallen Sonnenstrahlen auf das Pflaster und bilden ein Muster, das an Jalousien erinnert. Rhea schließt die Augen und sieht immer noch helle Streifen. Sie schläft ein.

»Bald sind wir da«, verkündet ihr Vater, um sie zu wecken. Die Fahrt wird zunehmend interessanter, während es immer höher bergauf geht. An den Böschungen über dem See liegt hier und da etwas Schnee. Sie biegen auf den Parkplatz am Ufer, und Fish schimpft: »Schau dir das an! Nicht einmal hier hat man seine Ruhe vor dem gottverdammten 4. Juli.« Rhea findet es aufregend, eine so große Menschenmenge anzutreffen. Überall laufen Leute in Shorts, Jeans oder Strandkleidern herum, lesen Broschüren, zücken Kameras. Alle scheinen irgendwas zu tun, alle amüsieren sich.

Ihr fällt ein, daß Fish heute Geburtstag hat, aber in diesem Augenblick erscheint es ihr nicht richtig, das zu erwähnen. Sie wünscht, sie hätte ein Geschenk für ihn. Darüber hat sie mit Katie gesprochen und die Antwort erhalten, an Michaels und Fishs Geburtstag finde immer ein Barbecue statt. Mehr würden die beiden nicht wollen. Das hat so geklungen, als wären Geschenke nur was für Kinder, auf das Erwachsene keinen Wert legen. Trotzdem bereut Rhea nun, daß sie nicht daran gedacht hat, einen Bastelkasten zu kaufen und ein kleines Boot für Fish zu bauen. Sicher hätte Onkel Michael ihr dabei geholfen.

Die Leute tummeln sich zwischen den Autos, am Ufer und beim großen Haus mit dem Café und den Souvenirläden. Rhea folgt Fish zu einer niederen Steinmauer am Ende des Parkplatzes, und da steht sie und starrt auf den See. Ganz fest ballt sie die Hände, um ihre Tränen zu bekämpfen. Das ist schöner als alles, was sie je erträumt hat, und gleichzeitig eine schreckliche Enttäuschung. Kein Strand, keine seichten Wellen, wo man waten kann. Nicht einmal ein richtiger See, eher ein Loch im Boden, wie Fish sich ausgedrückt hat. Das Wasser füllt den Krater eines erloschenen Vulkans, steile Felswände steigen an den Seiten empor, und der See liegt ein ganzes Stück von ihnen entfernt.

»Kann man zum Wasser runtergehen?« Sie erinnert sich an den hübschen See, den sie unterwegs gesehen haben, mit vielen Fischerbooten. Dort hätte sie sich wohler gefühlt.

»Die Uferböschung ist zu steil. Wenn du in den See fällst, kommst du nie mehr raus.«

Rhea beginnt zu schluchzen.

»Scheiße!« Fish tritt gegen die Steinmauer, setzt sich darauf und stützt den Kopf in die Hände. »Scheiße!«

»Tut mir leid.« Ihre Nase ist verstopft, ihr Gesicht tränennaß. Sie glaubt, alle Leute würden sie anschauen und sich fragen: Was hat denn das kleine Mädchen. Sie tritt näher zu Fish und weiß nicht, was sie nun machen soll. Schließlich setzt sie sich, wischt ihre Wangen und die Nase mit ihrem T-Shirt ab. »Weißt du, was ich dachte, wie du heißen würdest?« Ihr Atem stockt, bis er sie anschaut.

Er grinst. »Sag's mir!« fordert er sie auf und erweckt den Eindruck, es würde ihn tatsächlich interessieren. So plötzlich, wie sie traurig geworden ist, kehrt ihre Heiterkeit zurück.

»Ich dachte, du heißt Fisher. Granny erzählte mir, Fish sei eine Kurzform von Fisher. Und ich wußte, daß dein Nachname Fisher ist, weil ich ja auch so heiße.« Sie fürchtet, daß sie's nicht besonders gut hingekriegt hat, den Irrtum zu erklären. Wenn man ihn in Worte faßt, wirkt er gar nicht mehr komisch. Früher hat sie sich eingebildet, es läge eine gewisse Magie darin, den Namen immer wieder auszusprechen – Fisher Fisher – ein Zauber, der den Vater herbeirufen könnte. Nun, vielleicht hat es doch geklappt und Granny veranlaßt, sie nach Oregon zu schicken.

»Du bist ein aufgewecktes Kind«, bemerkt Fish. Aufgeweckt? Dieses Wort hat sie mal in einem Buch gelesen, aber noch niemanden aussprechen hören. »Ich heiße Gulsvig Fisher, wie mein Pop. Gulsvig war mal sein Nachname, aber später wurde er nach seinem Stiefvater genannt – Fisher. Doch er behielt beide Namen. Mir gab er den alten Nachnamen, Michael seinen Vornamen.« Lachend schüttelt er den Kopf. »Ziemlich verwirrend, was! Pop nannte mich Gully, so wie auch er gerufen wird. Aber als ich in die Schule kam, redeten mich alle nur mehr mit Fish an.«

»Weil du gern fischen gehst«, errät Rhea. »Genau wie Grandpa. Er sagte mir, er würde lieber angeln als essen, und vielleicht könnten wir mal zusammen Fische fangen. Aber in ein paar Tagen fliege ich nach Hause. Am Strand waren wir auch nicht. Aber alles, was wir unternommen haben, ist wundervoll gewesen. Ich liebe Mr. Melroys Hunde. Magst du Bounder? Grandpa fragte mich, welcher Hund mir am besten gefällt, und da zeigte ich auf Bounder.«

»Bist du hungrig?« fragt Fish. Sie wünscht, er würde irgendwie auf ihre Worte eingehen, zu erkennen geben, daß er ihr zugehört hat. Aber was kann er schon sagen? Wie dumm von ihr, wegen des Sees zu heulen und ihn zu ärgern ...

Tante Ursula hat versprochen, sie würden ein Strandhaus mieten, wenn Rhea wieder mal hier sei, und alle zusammen eine ganze Woche dort verbringen. Jeder scheint anzunehmen, sie würde nächsten Sommer wiederkommen, Granny hat nicht darüber geredet und nur gesagt: »Mal abwarten, wie's läuft.« Jetzt sollte sie ihre Enkelin am Ufer dieses Riesensees sehen.

»Ja, ich habe Hunger.«

Fish führt sie zum Café in dem großen Steingebäude. Er schaut nicht über die Schulter, um festzustellen, ob sie ihm folgt, und das gefällt ihr. Während sie an der Theke Schlange stehen, prüft er den Inhalt seiner Brieftasche und zählt sein Wechselgeld. »Wir sind gut bei Kasse. Was sieht denn besonders verlockend aus?«

Sie beobachtet sein Gesicht. »Makkaroni mit Käse?«

»Makkaroni mit Käse für diese Texanerin«, sagt er zu dem Jungen hinter der Theke. Er nimmt einen Teller Chili. »Ich hasse Makkaroni mit Käse«, erklärt er, nachdem sie sich an einen Tisch gesetzt haben, und Rhea hört zu kauen auf. »Die kochte meine Ma jede Woche, oft sogar zweimal. Und bei der Navy bekam ich sie etwa tausendmal.« Nun sieht er, daß sie nicht mehr ißt. »Ich muß sie ja nicht essen – es sind deine«, fügt er hinzu, und sie nimmt wieder einen Bissen. »Du mußt wissen, was du magst. Und wenn jemand anderer meint, du solltest dies oder jenes vorziehen, braucht dich das nicht zu kümmern.«

Er verspeist seinen Chili und raucht eine Zigarette. Rhea genießt das Getümmel im Café. Wenn sie am Abend ihre Großmutter anruft, wird sie ihr sagen: Du würdest nicht glauben, wie viele Leute da hingekommen sind, nur um einen See zu sehen. Auf der Fahrt hat Fish erwähnt, der See sei so tief wie die Entfernung zwischen Michaels Haus und dem Safeway-Laden. Sie versucht in Gedanken, die Strecke senkrecht zu stellen, um sich diese Tiefe vorzustellen. Wenn sie wieder in der Stadt ist, wird sie die Strecke mal mit Schritten abmessen. Plötzlich erinnert sie sich an das Kästchen mit Buntstiften, das sie letztes Jahr bekommen hat. Die Stifte liegen in Rillen, in Reih und Glied. So viele Blautöne – Kobalt, Taubeneierblau, Türkis, Azur. Und alle diese Farben, in einem einzigen See vereint ...

»Hast du dir mal überlegt, wie ich wohl aussehe?« fragt sie. Er schaut sie kaum an, saugt an seiner Zigarette, inhaliert den Rauch und bläst ihn langsam in die Luft. Immer riecht er nach Rauch, und das bereitet ihr Sorgen. Er saugt das Gift tief in die Lungen, läßt es viel zu langsam entweichen. Sie sieht ihm an, wie gut ihm das gefällt, aber sie weiß, wie gefährlich das Rauchen ist, und möchte ihn warnen. Davon kann man Krebs bekommen. Sie will ihm auch von Kursen über gesunde Ernährung erzählen, ihm erklären, wie man's vermeidet, von einem Blitz getroffen zu werden, und daß man keine Butter auf Brandwunden streichen darf.

Wenn sie etwas gelernt hat, ist sie nie der Meinung gewesen, alle anderen wüßten es schon. Und sie hat sich immer bemüht, in der Schule gut aufzupassen. Granny sagt, eines Tages würde Rhea mehr wissen als sie, und das sei nur natürlich. Die meisten Kinder würden irgendwann klüger sein als ihre Eltern. Rhea bezweifelt allerdings, daß die Großmutter das auch von Katie behaupten würde. Wann immer Rhea nach Fish oder Katie fragt, denkt Granny eine Weile nach, bevor sie antwortet. Sogar bei ganz einfachen Fragen. Deshalb glaubt Rhea, auf jede Frage nach ihren Eltern gäbe es mehrere Antworten und Granny bräuchte ein bißchen Zeit, um zu entscheiden, welche gerade am besten paßt.

Fish drückt seine Zigarette aus. Es bekümmert Rhea, daß er nichts auf ihre Frage erwidert hat. »Ich habe ein Schulfoto für dich mitgebracht«, sagt sie. »Es liegt in meinem Koffer, in Michaels Haus. Wenn du willst, schenk ich's dir.« Plötzlich kommt sie sich albern vor. Was soll er mit einem Foto von ihr, wenn sie ihm ohnehin gegenübersitzt? Wenn er sie anschauen würde, könnte er sie ganz genau sehen.

Ihr blondes Haar ist zerzaust, weil sie in Oregon weder einen Fön noch eine Lockenschere benutzt. Granny hat sie gewarnt. Ihre Dauerwelle würde schrecklich aussehen, wenn sie nicht die richtige Pflege bekomme, aber dann hinzugefügt: »Nun, das wirst du selber herausfinden.« Man könne es ja noch abschneiden und dann glatt nachwachsen lassen. Jeder müsse Fehler machen, um daraus zu lernen. Jetzt wünscht Rhea, sie hätte sich nie eine Dauerwelle machen lassen.

Fish saugt an seiner Oberlippe und an einer Menge Schnurrbart. Sie möchte lachen, zweifelt aber, ob er weiß, wie lustig er aussieht. Manchmal lacht er, wenn niemand anderer lacht. Oder er wartet und lacht erst, wenn die anderen wieder ernst geworden sind. Nachts, bevor sie einschläft, hört sie ihn manchmal sprechen. Er bleibt lange auf, mit Michael oder Carter, wenn der von seiner Arbeit heimkommt. Sie trinken Wein und reden und reden, wenn Ursula, Juliette und Rhea schon längst ins Bett gegangen sind. Gelegentlich ist Katie dabei. Drei Nächte und zwei Nachmittage lang hat sie im Theater gejobbt. Immer wieder verspricht sie, ihre Tochter mal in die Kostümwerkstatt mitzunehmen. Bisher hat sie's nicht getan, und jetzt ist die Zeit fast um. Rhea hat gehofft, der Umzug in Fishs Haus würde noch vor ihrer Abreise stattfinden. Sie hätte gern mit beiden Eltern gleichzeitig unter ein und demselben Dach gewohnt, wenigstens für ein paar Tage.

»Ich wußte, wie du aussiehst«, sagt Fish. »Katie und ich haben dich besucht, als du drei warst. Im Winter. Der Wind wehte den Schnee vor sich her. Ein paar Tage später kamen wir in Mazatlán an, und da war's glühend heiß. Deine Großmutter wollte dich nicht gehen lassen. Wahrscheinlich wär's auch keine gute Idee gewesen, aber ich dachte, du würdest süß aussehen, wenn du nackt im Sand herumläufst.«

Oft hat sie von ihrem Vater geträumt. Sie besitzt ein Foto von ihm, ein Geschenk ihrer Mutter. Es zeigt ihn, wie er bei seinem Laster steht, einen Fuß auf dem Trittbrett, eine Hand erhoben, um die Augen zu beschatten. Aufgrund dieses Bildes hat sie ihn für größer gehalten.

»Im Jahr danach knipste deine Mutter viele Fotos, als sie dich besuchte.« Er schiebt die schmutzigen Teller beiseite, öffnet seine Brieftasche, nimmt zusammengefaltete Zettel heraus – Listen und Zahlenkolonnen, vergilbte Rezepte. »Verdammt, da sind kleine Flecken drauf. Es ist mal naß geworden.« Er wischt mit seinen Fingern über ein Foto und gibt es Rhea. »Die anderen hebt Katie in irgendeiner Schachtel auf. Siehst du das Tuch, das um deinen Kopf geschlungen ist? Eine Bandana. So was hab' ich in Vietnam getragen. Es war ein Witz, den deine Mom mir zuliebe machen wollte, als sie dich so anzog. Ihr eigenes Halstuch band sie um deine Taille. Ich dachte immer, du würdest ganz mager sein – aber schau dir diesen runden Bauch und diese strammen Beine an! Man hätte schon einen Laster gebraucht, um dich aus dem Gleichgewicht zu bringen.«

Das Mädchen auf dem Foto gleicht ihr kein bißchen. Babys verändern sich sehr schnell – das weiß sie, kann aber nicht glauben, daß sie jemals so ausgesehen hat. Und Granny hätte ihr sicher nicht erlaubt, nur Tücher zu tragen. »Das ist ziemlich alt«, sagt sie und gibt ihrem Vater das Bild zurück, und er stopft die Zettel wieder in die Brieftasche. Das Foto steckt er zuletzt hinein. »Fahren wir um den See herum. Vielleicht siehst du so was nie wieder.« Rheas Mund wird trocken. Sie kann nicht glauben, daß er das sagt. »Vielleicht kommst du nie wieder nach Oregon«, fügt er hinzu und steht auf, ohne sie anzuschauen.

Während sie die Berge verlassen und dem Fluß folgen, beginnt sie zu weinen. »Ich will nicht nach Hause«, schluchzt sie und wünscht, Granny und Tante Christine würden nach Oregon übersiedeln.

Fish tätschelt ihr Knie. »Es ist nicht allzu spät geworden. Wir können noch was unternehmen.« Er glaubt, sie meint diesen Nachmittag. »Mal sehen, ob Pop noch daheim ist. Sollen wir einen Fisch für dich fangen?«

58

Nachdem sie aus Fishs Elternhaus geholt haben, was sie brauchen, fahren sie ein paar Minuten lang zu einem breiten gekiesten Bankett über dem Fluß. Dort parken sie. Das Wasser bricht sich an einer steilen, felsigen Böschung und rauscht dann in mächtigem Bogen zum anderen Ufer.

»Die Lachse ruhen sich im tiefen Wasser aus, bevor sie sich zur nächsten seichten, schnelleren Strömung weiterkämpfen«, erklärt Fish. Er zeigt ihr, wie man die konservierten Fischeier in einem kleinen Klumpen rings um den Haken am Ende der Angelschnur befestigt, wie das Gewicht oberhalb des Hakens die Eier hinabdrücken und doch mit der Strömung treiben lassen wird.

Sie wandern ein Stück flußabwärts, steigen zum tiefen Wasser hinab, und Fish wirft die Angelschnur stromaufwärts, über die starke Strömung hinweg. Er dreht an der Spule und rollt die Leine langsam auf. »Die Schnur zwischen deiner Hand und dem Senker muß immer leicht gespannt bleiben. Man muß spüren, wie das Gewicht dahintreibt oder über den Grund hüpft. Und wenn es verharrt, weiß man sofort, daß ein Fisch nach den Eiern geschnappt hat, und – zack – hast du ihn am Haken.«

Ein Köder, denkt Rhea. Das ist also ein Köder.

Sie registriert nicht, wieviel Zeit verstreicht. Wir müssen schon eine Stunde hier sein, überlegt sie. Hinter der steilen Wand der Schlucht sinkt bereits die Sonne. Aufmerksam hat sie Fish beim Angeln beobachtet, aber jetzt wird sie müde, und sie ist enttäuscht, weil er nichts fängt. Er erzählt ihr, manchmal habe er tagelang geangelt, ohne auch nur von weitem einen Lachs zu sehen. »Die Ungewißheit ist das halbe Vergnügen.« Noch während er spricht, hebt er die Rute in plötzlichem Bogen hoch, schrill wimmert die Spule, während die Leine heruntergewickelt und durch die Strömung schnell zum seichten Wasser gezerrt wird. »Wenn wir diesen Fisch an Land ziehen, machen wir einen tollen Fang!« ruft er ihr zu.

Sie sieht den Lachs nicht, beobachtet aber die Bewegung der Schnur, die flußaufwärts schwingt. Fishs Arme kämpfen mit der bebenden Rute. »Einen Lachs anbeißen zu lassen und an Land zu ziehen – das sind zweierlei Dinge. Hätte ich doch bloß das Netz mitgenommen!« Etwas später sagt er: »Dieser gerissene Bastard wechselt ständig die Taktik.«

Der Fisch rast auf gewundenen Wegen so schnell flußabwärts, daß der Angler die Schnur kaum rasch genug aufwickeln kann, um sie straff zu halten. »O Scheiße!« schreit er, sieht wütend und glücklich zugleich aus. »Der Schuft wird sich vom Haken befreien, wenn ich nicht mit ihm Schritt halten kann!« Sie beobachtet, wie sich die Schnur anspannt, wie der Lachs sie immer schneller von der Spule zieht. »Der hat die Strömung auf seiner Seite. Wenn er zwischen die Felsen in dem Loch am Boden schwimmt, wird die Schnur reißen.«

Rhea tritt näher zu ihrem Vater, legt einen Arm um seine Taille, während er mit der Rollerbremse kämpft. »Ich muß ihn stoppen. Dann wird die Schnur vielleicht auch reißen, aber ich weiß nicht, was ich sonst tun kann.« Das Wimmern wird leiser, verstummt schließlich vollends. Fishs Gesicht ist verkrampft, und sie spürt die Anspannung in seinen Muskeln. Wäre sie größer, würde sie den Arm um seine Schultern legen und seine Kraft fühlen. Sie späht an ihm vorbei, und plötzlich sieht sie den Lachs in einer Gischtfontäne hochspringen. Nie hat sie geahnt, daß ein Fisch so groß sein kann. Er taucht sofort wieder unter. Lange Zeit hält ihr Vater ihn fest, gegen die Strömung. Sie hofft, er wird wieder heraufkommen, damit sie ihn genauer betrachten kann, und das sagt sie auch. »Laß ihn nur schmollen«, erwidert Fish. »Bald wird er müde sein.«

Sie kann es kaum erwarten, bis wieder etwas geschieht. Dann geht Fish langsam flußabwärts, als wollte er sich an etwas heranpirschen, behält die Spannung in der Schnur bei, indem er sie im Tempo seiner Schritte aufrollt. Rhea erkennt, daß sie sich dem Lachs nähern, aber der rührt sich nicht.

Und dann erscheint er wieder, wälzt sich an der Wasseroberfläche, noch größer, als sie anfangs geglaubt hat, mit dunkelgrünem Rücken und silbrigen Flanken. Wieder verschwindet er, und sie erkennt, daß er sich dreht und erneut flußaufwärts bewegt.

»Verdammt!« murmelt Fish. »Jetzt ist die Strömung auf unserer Seite, Schätzchen.« Er kann die Leine etwas lockern, während der Lachs gegen den Strom kämpft. Rhea sieht ihn dicht unter der Oberfläche. Er kommt näher, verläßt beinahe die Strömung, schnellt vor, schüttelt den Kopf, dann hält er inne, erhebt sich ein wenig, halb und halb von der Schnur gezogen.

Fish neigt sich zu seiner Tochter. »Wenn er nicht in Panik gerät, können wir ihn an Land ziehen.« Beinahe spricht er im Flüsterton. »Er darf sich bloß nicht bewegen und die Leine zerreißen.« Er deutet mit dem Kopf über seine Schulter. »Stell dich hinter mich, dann kann er dich nicht sehen.« Während sie gehorcht, schwenkt er den Lachs langsam ans Ufer heran, ins seichte Wasser, wo der Fischrücken auftaucht, sobald der Bauch den Kies berührt. In wilder Angst scheint der Lachs zu explodieren. Sie hört einen Knall – die Schnur ist gerissen, und ihr Vater tritt zur Seite, verliert beinahe das Gleichgewicht. Zunächst bleibt der Fisch reglos liegen. Ohne zu überlegen, läuft sie zu ihm, eisiges Wasser umspült ihre Füße, die Waden.

Und dann sitzt sie rittlings auf dem Lachs, der sich heftig windet, und hört ihren Vater schreien. Sie versucht den Lachs festzuhalten, aber er ist zu glatt und zu groß für ihre Hände. Schließlich ertastet sie eine Kieme und steckt einen Finger hinein. Im selben Moment kommt der Vater zu ihr, schiebt den Finger in die andere Kieme. Gemeinsam kriechen sie an Land, den Fang zwischen sich. »Ich wußte nichts ...«, keucht sie, »ich wußte nichts über Fische.«

Vor dem Haus schlägt er vor: »Geh du lieber zuerst hinein.« Es ist fast dunkel. An der Tür gibt er ihr den Lachs. Sie packt ihn bei den Kiemen und trägt ihn mühsam vor sich her, als Fish ihr die Tür öffnet. Am Hintereingang hört sie einen Hund scharren. Die Katze flitzt durch die Halle in den vorderen Raum.

Nun stolpert Rhea in die Küche. Michael, Ursula und Katie sitzen in der Frühstücksecke, Gully und Geneva am Tisch zur linken, im Speisezimmer.

Sie bleibt mitten in der Küche stehen und versucht den Lachs noch höher zu heben. Ihr Kinn berührt seinen Kopf, der Schwanz klatscht gegen ihre Schenkel. »Schaut euch meinen Fisch an!« ruft sie atemlos. Und da rutscht er ihr aus den Fingern, landet am Boden, entblößt ihre nasse, blutige Kleidung.

Über ihren Kopf hinweg starrt Katie auf Fish, und Rhea spürt, wie ihr Vater hinter sie tritt. Er legt ihr eine Hand auf die Schulter. »Ihr werdet's nicht glauben, was für ein Kind das ist.« Vor Freude über seine Worte zieht sich ihr Herz schmerzhaft zusammen.

»Wie konntest du nur, Fish!« ruft Ursula.

Und Katie sagt: »Du Hurensohn.«

59

»Können wir jetzt gehen?« fragt Geneva.

»Nur noch eine Minute«, erwidert Gully. »Sie sind ja gerade erst gekommen.«

»Ein Lachs – in einer knappen Stunde!« erzählt Fish. »Und jetzt werde ich unseren verdammten Fang braten!« Er ignoriert seine Frau und schleppt den schweren Fisch zur Hintertür. Sein Hemd ist schmutzig und feucht.

Juliette schlendert in die Küche. »Seid ihr endlich da?« Sanft kneift sie Rhea in den Arm. »Wir gehen nach oben, und ich mach' dich sauber.«

Der Hund rast hinter Juliette her, und Fish veranstaltet ein großes Spektakel, als er ihm ausweicht. »Bounder!« jubelt Rhea, sinkt zu Boden, um ihren vierbeinigen Freund zu umarmen, und jagt ihn mit Höchstgeschwindigkeit durch die Halle. Dann folgt sie ihrer Kusine die Treppe hinauf. Der Hund rennt wieder in die Küche und bleibt schlitternd vor Gullys Füßen stehen.

»Guter Junge«, lobt Gully. »Braver Bounder.«

»Die Leute sind weg, Fish«, erklärt Ursula. »Wir haben schon gegessen. Im Kühlschrank findest du noch Hühnerfleisch und andere Reste.«

Katie bemerkt, daß Ursula müde klingt und auch so aussieht. »Ich hasse dich, Fish«, verkündet sie, aber ohne Überzeugungskraft.

»Herzlichen Glückwunsch zum Geburtstag, mein Sohn«, sagt Gully.

Fish bringt den Lachs in den Hinterhof, um ihn zu säubern, und Katie geht ihm nach. In ihren Schläfen pocht es. Am liebsten würde sie ihrem Mann an die Kehle gehen, schreien, auf und ab springen. Brennende Energie droht in ihr zu bersten, und sie weiß nicht, was sie damit anfangen soll. Sekundenlang taucht eine Vision vor ihr auf – sie liegt mit Fish auf dem Bett im Laster, wo sie streiten und schwitzen und sich lieben. Dieses Bild weckt ihren Zorn gegen sich selbst. Auf ihn ist sie schon seit Stunden wütend.

»Ich muß die Holzkohle schüren, wenn du den Lachs braten willst, Fish«, bemerkt Michael. »Soll ich ein paar Filets rausschneiden und den Rest einfrieren? Ruf mich, wenn du Hilfe brauchst.« Katie findet seine ruhige Neutralität ebenso ärgerlich wie Fishs Missetat. Die beiden gleichen sich wie ein Ei dem anderen. So als zählte nur der Lachs – so als würde der alles wiedergutmachen.

»Du konntest uns wohl nicht anrufen?« fragt sie Fish und malt sich aus, wie Fish und Rhea bis zu den Hüften im Fluß stehen und ein Walkie-talkie benutzen.

Er zieht sein Messer hervor und schlitzt den Fischbauch auf. Der Anblick veranlaßt sie beinahe, sich zu übergeben. »Du konntest nicht zu deiner eigenen Party kommen und unmöglich bis *morgen* warten?« Ihre Stimme gellt ihr in den eigenen Ohren. Fish schaut nicht auf.

»Willst du einen Teller für Rhea zurechtmachen, Katie?« ruft Ursula von der Küchentür her.

Seufzend läßt Katie ihren Mann und ihren Schwager mit dem Lachs allein. Weitere Beschuldigungen fallen ihr sowieso nicht mehr ein. In sauberen Shorts und einem frischgewaschenen T-Shirt kehrt Rhea in die Küche zurück. »Bist du hungrig, Darling?« fragt Ursula. »Ich kümmere mich schon um sie«, sagt Katie in scharfem Ton. Alle sollen sehen, wer die Verantwortung für dieses Kind trägt, wessen Kind es ist. Vielleicht hat sie es zuvor versäumt, die Kontrolle zu übernehmen, aber von jetzt an wird sie es tun. Wenn ihre Mutter wüßte, daß Rhea allein mit Fish unterwegs gewesen ist, würde sie bis Weihnachten wie am Spieß brüllen. Auf einer Fleischplatte findet sie für ihre Tochter einen geschrumpften Hühnerbruststreifen.

Inzwischen hat Michael den Grill gereinigt und neue Holzkohle geholt. Rhea nimmt eine saure Gurke und ein paar Möhrenstangen aus dem Kühlschrank, setzt sich an den Tisch und paßt auf, daß die Stuhlbeine nicht allzu geräuschvoll über den Boden schaben.

»Willst du eine Limo?« fragt Katie. Schweigend nickt Rhea. Die Mutter bringt ihr eine Dose Sprite, und sie trinkt ein wenig. Sie beobachtet ihren Teller, als würde sich etwas darauf bewegen. Katie weiß, daß das Kind ihrem Blick ausweicht. Das ist verletzend und frustrierend und unfair. *Sie* ist es doch nicht gewesen, die sich aus dem Staub gemacht und allen den Tag verdorben hat. *Sie* ist es doch nicht, die draußen im Hof so ein großes Aufhebens macht und nicht dran denkt, mit den alten Eltern zu sprechen, die viele Stunden lang auf das Geburtstagskind gewartet haben.

Gully zieht einen Stuhl heran und setzt sich zu Rhea. »Wo ist Bounder?« fragt sie.

»Ich hab' ihn wieder in den Hinterhof gebracht.« Er schaut Katie an. »Natürlich nehmen wir den Hund wieder mit. Aber Rhea mag ihn sehr, und ich dachte, sie würde heute gern mit ihm spielen.« Er ist so müde, daß sein Gesicht geschrumpft wirkt, wie das Stück Hühnerbrust auf Rheas Teller. Er wendet sich wieder Rhea zu und schlägt vor:« Vielleicht kommst du morgen zu uns raus und spielst mit Bounder.«

Ursula setzt Wasser auf und spült den Teekessel. »Ich mache eine Tasse Tee für Geneva«, sagt sie zur Wand. »Ich weiß, sie ist vollkommen erledigt. Ha! Wer ist das nicht?«

Wie Katie bemerkt, steht ihre Schwiegermutter kurz vor einer Explosion. Ihren Posten im Eßzimmer hat Geneva noch immer nicht verlassen. Durch die Tür sieht sie Gully neben Rhea sitzen und starrt ihn an, als würde er mit einer anderen Frau flirten.

Fish stürmt durch die Küche und die Treppe hinab, läßt die Kellertür krachend hinter sich zufallen. Wenig später kehrt er zurück mit seinem Recorder und einer Handvoll Kassetten. An der Hintertür dreht er sich um. »Schlaft ihr alle? Das ist hier ja eine richtige *Totenstadt*!« Er klemmt sich den Recorder unter den Arm und nimmt ein Bier aus dem Kühlschrank.

Auf der Veranda begegnet Michael seinem Bruder und kommt in die Küche. »Haben wir Zitrone?« Ursula bejaht und löffelt lose Teeblätter in den Kessel. »Wenn der Fisch fertig ist, habe ich wieder Appetit«, fügt ihr Mann hinzu. »Frischer Lachs! Was für eine Überraschung!« Er verschwindet wieder.

Rhea wendet sich zu ihrer Mutter. »Ich hab' ihn nicht gefangen, ich war einfach nur da.« Im Hof detoniert Janis Joplin.

»Niemand macht dir Vorwürfe, Rhea«, versichert Katie. »Iß auf. Oben hab' ich was für dich.« Sie geht zum Fenster und schaut in den Hof. Ursula knipst draußen das Licht an, kehrt zur Spüle zurück, läßt Wasser über mehrere Teller laufen und stellt sie in die Geschirrspülmaschine.

»Ich bin gar nicht richtig hungrig.« Rhea stützt die Ellbogen auf den Tisch.

»Dann gehen wir hinauf«, beschließt Katie. »Sieh dir an, was ich gemacht habe.«

»Gully, da ist der Tee für Geneva«, sagt Ursula. »Bringst du ihn zu ihr? Dann setzen wir uns alle zusammen.«

Als Katie mit Rhea und Juliette in die Küche kommt, sitzen ihre Schwägerin und die Schwiegermutter am Tisch, Gully ist zu seinen Söhnen und dem Hund hinausgegangen.

»Sieh doch, Tante Ursula!« ruft Rhea. Jetzt fühlt sie sich viel besser. Das Bandleader-Kostüm sitzt recht gut, nur die Strumpfhose ist etwas zu weit. Es besteht aus hellblauem Satin, mit falschem Pelzbesatz, kurzem Faltenrock und engem Oberteil, rundem Ausschnitt und bauschigen Ärmeln. Am Hals und an den Manschetten hat Katie glitzernde Zackenlitzen angenäht. Aber es ist ihr die Arbeit wert, als sie die Überraschung und Freude auf Rheas Gesicht sieht. »Also *deshalb* warst du in letzter Zeit nie da!«

Rhea marschiert mit ihrem Taktstock in den Hof, gefolgt von Juliette. Und Katie setzt sich an den Tisch im Eßzimmer, von wo sie durch die Frühstücksnische und das Fenster hinausschauen kann. Sie beobachtet, wie die beiden Mädchen umherstolzieren. Rhea hebt den Stock hoch, der kläffende Hund springt um die beiden herum.

»Ich weiß nicht, was ich eigentlich befürchtet habe«, gesteht Katie – niemandem im besonderen. »Vielleicht, daß er mit ihr nach Kanada oder Mexiko gegangen ist, daß er sie uns weggenommen hat. Aber die beiden haben sich nur amüsiert. Für Rhea war es ein wunderbarer Tag. Wegen nichts und wieder nichts habe ich eine Szene gemacht.«

»Es war rücksichtslos und dumm von Fish, einfach zu verschwinden, ohne uns zu informieren«, entgegnet Ursula. »Aber es ist sicher besser, vorerst nicht darüber zu reden. Rhea soll sich nicht schuldig fühlen. Kinder sind da sehr empfindlich.«

»Sieht sie nicht wie ein richtig glückliches kleines Mädchen aus?« fragt Katie.

»Das dachte ich auch gerade.«

»Evelyn wurde immerhin neunzehn Jahre alt«, seufzt Geneva. »Aber soviel ich mich erinnere, ist Gully kein einziges Mal allein mit ihr irgendwohin gefahren.«

Die beiden anderen Frauen starren sie an.

»Die Jungs hatten ihre Hunde und ihre Vögel«, fährt sie fort. »Aber wenn Evelyn versuchte, eins der Haustiere zu streicheln, wurde sie gebissen, gehackt oder gekratzt. Einmal hat ihr eine Taube sogar auf den Kopf gekackt.«

Kate und Ursula wechseln einen Blick.

»Wenn er so lange aufbleibt, kriegt er auf der Heimfahrt einen Herzanfall«, klagt Geneva.

»Michael wird euch nach Hause bringen«, verspricht Ursula hastig.

»Er wird nicht schlafen können, im Haus herumrumoren, und dann werde ich auch nicht schlafen können.«

»Du kannst bei uns im Gästezimmer schlafen und jetzt gleich hinaufgehen«, bietet Ursula ihrer Schwiegermutter an. Die Augen drohen ihr zuzufallen, das Haar steht wirr von ihrem Kopf ab, das flaschengrüne T-Shirt weist mehrere Flecken auf. Katie denkt, daß es für Ursula am schlimmsten gewesen ist, weil sie am meisten von diesem Tag erwartet hat.

Langsam geht Katie zum Fenster und starrt in den Hof. Die Mädchen jagen den Hund umher, fangen ihn, setzen sich ins Gras und lassen ihn über ihre Beine springen. Dann liegt Rhea flach auf dem Rücken, und Bounder will über ihren Bauch hinweghüpfen, landet aber halb auf ihrer Brust. Aus dem Recorder tönt eine Grateful-Dead-Kassette. *»Ripple in still waters ... When there is no pebble tossed, no wind to blow ...«*

Eigentlich sollte das ein schöner Abend sein, überlegt Katie und fragt, ohne sich umzudrehen: »Wo ist Carter? Der ließe sich nicht so leicht die Laune verderben.«

»Er arbeitet heute nacht«, antwortet Ursula. »In zwei Wochen gibt er den Job auf und beginnt sein Lokal einzurichten. Es soll ›Annabellas Pizzeria‹ heißen.« Leise trommelt sie mit den Fingern auf die Tischplatte.

»Ein komischer Junge ...«

»Als ob ich das nicht wüßte«, seufzt Ursula.

Fish eilt herbei und zerrt eine Sechserpackung Bier aus dem Kühlschrank. »Gleich ist der Lachs fertig!« ruft er, als er wieder hinausläuft.

Geneva sinkt am Tisch in sich zusammen. »Sein letzter Hund ist vor zehn Jahren gestorben. Warum muß er jetzt wieder einen haben?«

»Ich hole Guly.« Ursula steht auf. »Michael fährt euch beide heim, und Fish und er bringen euch morgen den Laster.«

Geneva legt ihren Kopf auf den Tisch, und Katie folgt ihrer Schwägerin in den Hof. Inzwischen hat Fish eine Rolling-Stones-Kassette in den Recorder geschoben. Die Mädchen wirbeln wieder ihre Taktstöcke umher, marschieren im Hof hin und her. »Schau, Katie!« ruft Rhea, und der Faltenrock fliegt um ihre Hüften. Als sie stehenbleibt, streckt sie ruckartig das Hinterteil hinaus.

In der linken Hand ein Bier, in der rechten eine lange Gabel, rückt Fish den Lachs auf dem Grill umher. Rauch wallt empor.

»Michael, Geneva ist müde und will nach Hause«, erklärt Ursula. »Vielleicht solltest du deine Eltern heimfahren.«

»Wenn ich will, kann ich selber fahren«, sagt Gully. »Aber vorher will ich den Fisch kosten.«

»Ich rede gleich mit ihr, Ursie«, verspricht Michael, reißt die Lasche von einer Bierdose und nimmt einen Schluck. Auch sein Bruder trinkt und rülpst lautstark.

»Wenn du dich besäufst, kannst du zum Teufel gehen«, warnt Katie.

»Wir haben Geburtstag«, betont Michael. »Und ihr beide könntet eine etwas bessere Stimmung verbreiten.«

»Was hab' ich denn verbrochen?« protestiert Ursula. »Gekocht und die Gäste unterhalten. Das Essen serviert und überall saubergemacht?«

»Mit dir habe ich nicht geredet, Michael«, sagt Katie.

»Auch ich trinke Bier«, kontert er.

»Schon gut«, versucht Ursula ihn zu beschwichtigen. »Deine Mutter ist *müde.*«

»Alle sind müde«, mischt sich Fish ein, springt auf den Liegestuhl neben dem Grill und schwenkt die lange Gabel umher. »Alle sind *erschöpft.* Jemand hat was *angestellt* und alle vollkommen *fertiggemacht.* Katie fürchtet, daß Fish nicht *nüchtern* bleibt. Daß er noch mehr *vermasselt* und die *Scheidung verdient.* Fish könnte seine Schlüssel verlieren, das falsche Auto fahren, einen Teller zertrümmern, in seine Hose pissen, *einen Unfall bauen, einen Hippie bumsen. Fish könnte plötzlich durchdrehen, in sein eigenes*

Haus einbrechen und die Arschlöcher erschießen, die immer noch drin rumlungern.« Er rülpst wieder.

»Mein Sohn, ich weiß, wie du dich fühlst«, beteuert Gully. »Ich hab' das auch durchgemacht.«

High and dry tönt aus dem Recorder, und Fish singt laut mit, schwingt die Gabel herum, wirft ein Bein hoch und schwankt bedrohlich. *You left me with not warning ...«* Die Mädchen laufen kichernd mit Bounder hin und her.

Gullys Stimme scheint zu brechen. »Glaubst du nicht, daß der Lachs jetzt gar ist, mein Junge?«

»*High and dry*«, kreischt Fish, »*well I couldn't get a word in ...*«

»Ich gehe lieber«, sagt Gully. »Ich fühle mich nicht besonders.« Er greift nach Michael.

Quietschend rennen Rhea und Juliette hinter dem Hund her.

»*What a way to go ...*«, brüllt Fish, dreht die Schultern herum, der Liegestuhl wackelt und kippt. Fish stürzt ins Gras, der Stuhl prallt gegen den Barbecue-Grill, der Lachs und die Holzkohle fliegen hinab. Alle weichen zurück.

Michael verpaßt Gullys Hand, Fish liegt auf der anderen Seite des Stuhls. Als der alte Mann zurücktritt, stößt Bounder von hinten gegen ihn, Gully stolpert, landet mit einem dumpfen Geräusch am Boden. Er stöhnt, dann rührt er sich nicht mehr.

Katie packt den Recorder und schleudert ihn quer durch den Hof ans Garagentor.

»Grandpa!« schreit Rhea, und Juliette fragt: »Was ist passiert?«

»Was hab' ich jetzt schon wieder getan?« Fish springt auf. »Scheiße, was hab' ich getan?«

Michael und Ursula knien neben dem alten Mann. »Ich glaube, da ist was gebrochen«, murmelt Gully.

Rhea beginnt laut zu weinen. »Es ist meine Schuld«, jammert sie. »Ich hab' Bounder so wild gemacht.« Juliette umarmt sie und bricht ebenfalls in Tränen aus.

Und Katie beginnt mit beiden Fäusten auf Fishs Brust zu trommeln, auf seinen Kopf und die Schultern. Sie sagt kein Wort, ächzt und stöhnt nur und fängt zu schluchzen an. Reglos steht er da, die Arme hängen schlaff herab.

»Zum Glück hat sich niemand verbrannt«, seufzt Ursula.

In der Tür erscheint Geneva. »Hoffentlich seid ihr nun alle zufrieden.«

60

Ursula sitzt mit Katie am Eßzimmertisch unter dem sanften Licht der Hängelampe. Das übrige Haus liegt im Dunkel, bis auf die Nachtbeleuchtung an den Treppen und im Flur des oberen Stockwerks.

Im Schrank über dem Kühlschrank hat Ursula eine Flasche Gin gefunden, außerdem den Rest eines billigen Cognacs und mehrere Miniatur-Weinflaschen, die sie von Flugreisen mitgebracht haben. Den Gin haben sie mit Sprite verlängert, und sie fühlt sich weniger angeheitert als leicht benommen. Wahrscheinlich wäre ihr genauso zumute, wenn sie Wasser getrunken hätte. Sie ist todmüde.

Kurz vor Mitternacht ruft Michael an und erklärt, es würde noch eine Weile dauern. Gullys Herz macht Schwierigkeiten, das liegt an seiner Angina. Der gebrochene Arm ist noch nicht gerichtet worden. »Mom schläft auf einer Couch. Sie ist halb tot. Ich wünschte, ich könnte sie auch in der Klinik lassen.«

»Und du?« fragt Ursula. »Bist du okay?«

»Klar. Warum nicht? Ist Fish da?«

»Nein, er fuhr gleich nach euch weg. Seither haben wir ihn nicht gesehen.«

»Vielleicht ist er in eine Bar gegangen. Oder er kurvt nur herum.«

»Katie meint, er könnte nach Mexiko gefahren sein.«

»Da ist es um diese Jahreszeit zu heiß. Jetzt muß ich einhängen. Wart nicht auf mich.«

»Mal sehen.« Sie legt den Hörer auf und erstattet ihrer Schwägerin Bericht.

Katie erklärt, sie wisse nicht, ob sie die Augen noch lange offenhalten könne.

»Das mußt du nicht«, erwidert Ursula. »Geh ins Gästezimmer. Rhea schläft bei Juliette.«

»Ich hoffte, Fisch würde zurückkommen, sich nicht noch mehr betrinken und keinen Unsinn treiben.«

»Nun, das liegt einzig und allein bei ihm.« Ursula wünscht, es gäbe noch mehr Gin oder besseren Cognac. Das Telefon läutet wieder. »Einen Moment ...« Sie preßt eine Hand auf die Sprechmuschel. »Es sind die Mieter. Sie sagen, Fish sitzt in seinem Laster, auf der Zufahrt. Was glauben die denn, was wir dagegen tun können?«

»Gib mir den Apparat«, verlangt Katie. »Wer ist da?« Dann hält sie den Hörer vom Gesicht weg und teilt Ursula mit: »Das ist Sky, dieser Scheißer. Okay, Sky, er hat einen gräßlichen Abend hinter sind und ist stocksauer auf Sie. Gehen Sie raus und richten Sie ihm aus, daß Katie sagt, er solle heimkommen, hier ist alles okay. Machen Sie's nicht noch schlimmer, verstanden? Und morgen früh packen Sie ihren verdammten Kram zusammen.« Sie knallt den Hörer auf die Gabel.

Ursula verspürt Gewissensbisse, obwohl sie nichts mit der Sache zu tun hat. »Glaub mir, Michael nahm es sehr genau, was die Referenzen und die Kaution anging. Aber alle Leute, die in eurem Haus wohnen wollten, waren ein bißchen – *alternativ.* Weißt du, was ich meine?« Katie weiß es. »Er hat schon die Räumung des Hauses beantragt. Die Mieter befinden sich im Unrecht, aber sie sind nun mal da. Es könnte eine Weile dauern.«

Stöhnend schwenkt Katie ihre Hand vor dem Gesicht hin und her. »Hoffentlich weiß Michael, was er tut, wenn er mit Fish ein Haus baut.«

Ursula stützt einen Ellbogen auf den Tisch und ihr Kinn in die Hand. »Ich will gar nicht darüber nachdenken. Im nächsten Schuljahr unterrichtet Michael nur mehr halbtags, Geographie am Vormittag. Er ändert sein ganzes Berufsleben, nur damit er mit Fish zusammenarbeiten kann.«

»Welch ein Glück für Fish ...«

»Nun, Michael hält sich selbst für den großen Gewinner. Der bisherige Alltagstrott zermürbt ihn, und er arbeitet gern mit seinem Bruder. So viele Probleme Fish auch haben mag, mit Michael gibt's keine, soviel ich weiß. Außerdem meint mein lieber Mann, Fish habe sich etwas gebessert. Die große Wende, die der fünfundvierzigste Geburtstag mit sich bringt ... Ah, welch ein Tag das war!«

»O Ursula, warum habe ich ständig Ärger?«

»Vielleicht weil du darauf wartest.«

»Angeblich kann man aus der Vergangenheit lernen.«

»Was Fish heute tat – einfach abzuhauen wie ein idiotischer Schuljunge – war wirklich kein Grund für die ganze Aufregung. Und Rhea hat den Tag offensichtlich in vollen Zügen genossen.«

»Und wer ist dann schuld an allem? Hat Fish den Grill etwa nicht umgeworfen? Hat er keine Szene gemacht?«

»Das lag nicht nur an ihm. Ich glaube, von allein würde er nie so durchdrehen.«

Katie richtet sich auf. »Ich war's jedenfalls nicht. Ich hab' ihm nicht befohlen, auf den Liegestuhl zu steigen und wie Mick Jagger zu grölen. Verdammt, Ursula, mach mir keine Vorwürfe!«

»Ich bin ziemlich erschöpft, Katie, und ich will niemanden verurteilen oder kritisieren. Weißt du nicht, daß ich dich liebe?« Wieder klingelt das Telefon. Ursula meldet sich, bittet den Anrufer zu warten und reicht Katie den Hörer. »Eine Carol Lee«, wispert sie.

»Carol? Was ist los?« Katie lauscht eine Zeitlang, in sichtlich wachsendem Entsetzen. »Moment mal ...« Sie erzählt ihrer Schwägerin, Fish sei ins Haus gestürmt und werfe die Sachen der Mieter auf den Rasen hinaus.

»Verdammt!« jammert Ursula.

Katie wendet sich wieder dem Telefon zu. »Michael ist nicht da, Carol. Ich weiß nicht, was man tun kann. Aber ich finde, ihr solltet ihm nicht in die Quere kommen. Er ist nicht verrückt, wirklich nicht – er ist ausgeflippt. Wenn er mal kurz Luft holt und merkt, was er treibt, wird er einfach in seiner Karre davonbrausen. Also geht ihm aus dem Weg. Und bring die Babys in Sicherheit.« Sie legt auf, knetet ihre Finger, ringt die Hände. »Bitte nicht!« flüstert sie. »Bitte nicht!«

Ursula geht zu ihr hinüber und legt einen Arm um ihre Schultern. »Willst du mein Auto nehmen und hinfahren?«

Doch da läutet das Telefon schon wieder. Ursula

nimmt den Hörer ab, und Carol Lee erzählt hysterisch, Fish sei in den Hinterhof gegangen und würde nun auf die Flaschen im Schuppen ballern. »Er ballert auf die Flaschen im Schuppen«, wiederholt Ursula und gibt ihrer Schwägerin den Hörer.

Katie lauscht eine Weile und schaut Ursula unglücklich an. Tränen strömen über ihr Gesicht. Sie greift nach Ursulas Hand und rät Carol Lee: »An eurer Stelle würde ich den Sheriff anrufen. Ich kann nichts tun. Wendet euch an die Bullen.« Dann legt sie auf, lehnt sich an Ursula und schluchzt fünf Minuten lang. Nachdem sie sich einigermaßen gefaßt hat, fragt sie: »Man wird ihn wieder einsperren, nicht wahr?«

»Das ist anzunehmen.«

In eindringlichem Ton fährt Katie fort, an Ursula geschmiegt: »Ich kann keine Kaution für ihn zahlen, und ich kann ihn auch nicht in einen besseren Menschen verwandeln. Das will er sowieso nicht.« Seufzend richtet sie sich wieder auf. »Nicht mal für mich selber kann ich einigermaßen sorgen. Und weißt du, was Jeff gesagt hat? Der Typ, der diese Szene wegen meines Autos gemacht hat? Neulich traf ich ihn im Lebensmittelladen. Ich stand vor ihm in der Warteschlange an der Kasse, wartete dann auf ihn, und wir gingen zusammen hinaus. Ich sagte, ich würde mich freuen, ihn zu sehen, und hielt das für eine nette Bemerkung. Er begleitete mich zu meinem Auto, und weißt du, was er mir da erzählte? Er komme sich verrückt vor, weil er mich gemocht habe, und deshalb wolle er nun einen Psychiater konsultieren. Irgend etwas in mir habe an einen Teil seines Wesens appelliert, der noch nicht erwachsen sei. Und da stehe ich neben meinem verdammten Schlitten und fühle mich, als hätte er mich geohrfeigt. Ich hätte ihn in den Wahnsinn getrieben, behauptet er. Habe ich das auch Fish angetan? Oder Rhea? Oder meiner Mutter? Und allen anderen?«

Diesen Unsinn will Ursula sich nicht länger anhören. Die Vernunft der Sozialarbeiterin kehrt zurück. »Was immer das Problem deines Freundes ist oder war, Katie – es ist oder war seines. Wahrscheinlich braucht er einen Psychiater, einen Yuppie-Seelenklempner für seine Yuppie-Flausen. Und was dich betrifft – du hast dich in diesem Winter verdammt gut in den Griff gekriegt. Auf ganz neue Art hast du dich zusammengerissen und unter anderem deinen guten Job behalten. Du sollst Fish wahnsinnig machen? Ich weiß nicht, wie das gehen soll. Wer hat ihn je so geliebt wie du? Wer ist gottverdammte zwanzig Jahre lang bei ihm geblieben? Und nach wem war er immer verrückt, wenn er's auch nicht zeigte? Fish und Katie – das ist wie Mond und Sterne, Brot und Butter, Schuhe und Socken. Ich weiß nicht, was ich dir sagen soll, und warum er ständig alles vermasselt. Aber ich glaube nicht, daß er den Leuten da draußen was zuleide tun wird. Vielleicht schießt er nur auf die Flaschen, weil er mit ihnen fertig ist. Möglicherweise ist das seine Botschaft an die Welt. Du müßtest abwarten und ihn morgen danach fragen. Gib nicht auf, nur wegen der Gefühle, die jetzt inmitten einer sehr langen Nacht in dir aufkommen.«

»Danke, Ursula«, erwidert Katie leise. »Du bist immer für mich da. Ich weiß, ich habe lange nicht mehr mit dir geredet. Keine Ahnung, warum nicht ... Vielleicht mußte ich einfach mein – Zuhause verlassen, verstehst du, und versuchen, außerhalb des Fisher-Dunstkreises zu leben.«

»Ich sehe da keinen Dunstkreis. Da sind nur Menschen, deren Wege einander kreuzen, die zusammengehören. Eine Familie, Katie.« *O Gott, wie sehr ich Michael liebe*, denkt Ursula.

Katie steht auf. »Du bedeutest mir sehr viel, Ursula, und ich weiß, du willst mir helfen. Aber würde es dich sehr stören, wenn ich dein Telefon oben benutze und eine Freundin anrufe, der es ebenso schlecht gegangen ist wie mir? Und danach möchte ich mit meiner Mutter telefonieren.«

Nachdem Katie ins Bett gegangen ist, liegt Ursula noch lange auf der Couch im Wohnzimmer, denkt über ihre Schwägerin und ihren Schwager nach. Ihr müdes Hirn spielt mit mehreren schrecklichen Szenen unter dem Titel: Was wäre gewesen, wenn? Was wäre geschehen, hätten Fish und Katie, einsam und glücklos, versucht, die kleine Rhea aufzuziehen? Hätte das Kind die beiden auf eine höhere Ebene geführt und geläutert? Oder hätten sie ihrer Tochter weh getan?

Wie viele Kinder hat Ursula gesehen, die von genauso pathologischen Eltern abstammen, durch deren Nähe dauernd unter Druck stehen und seelisch gestört sind? Ihr Herz beginnt zu schmerzen, und wie nie zuvor empfindet sie Mitleid mit gewissen »Rabenmüttern«, die ihre Kinder sozusagen »nicht von der Straße fernhalten« konnten. Und sie denkt voller Liebe und Respekt an Katie, die sich vor neun Jahren für Fisher entschieden hat – und dadurch letzten Endes wahrscheinlich doch für Rhea.

Sie kann nicht schlafen, das weiß sie, und so beschließt sie, sich um die Wäsche zu kümmern. Sie knipst das Licht in der Halle an, holt Kleidungsstücke aus Carters und Julies Zimmern, ohne die beiden zu wecken. In einem Korb trägt sie alles in den Keller hinab, legt es zu der

Wäsche, die ein andermal in den Schacht gestopft worden ist, und beginnt den ganzen Berg zu sortieren.

Als die erste Ladung in der Waschtrommel rotiert, schaltet Ursula den Fernseher ein und setzt sich auf die klumpige Couch. Ein alter Natalie-Wood-Film läuft — *Splendor in the Grass. O Jesus*, betet sie, *erlaube bloß nicht, daß das was zu bedeuten hat.* Sie beobachtet, wie Natalie einen Tanzabend verläßt, um sich in gefährliche Gewässer zu stürzen. Der Waschvorgang ist beendet. Sie schiebt die Ladung in den Trockner, steckt die Buntwäsche in die Waschmaschine und geht zum Fernseher zurück. Natalie liegt im Krankenhaus, malt und redet und nimmt wieder Vernunft an. Warum drehen so viele Frauen wegen Warren Beatty durch? Worin liegt sein Geheimnis? Was verspricht er ihnen? Und hält er Wort? Warum wirken sie niemals verbittert?

Sie faltet die trockenen Kleidungsstücke zusammen und legt sie ordentlich in den Korb. Dann schaltet sie den Fernseher aus (Natalie kehrt nicht zu Warren zurück, der ohnehin eine andere geheiratet hat) und steigt mit dem Wäschekorb die Stufen hinauf. Sie hofft, daß Gully okay ist, und wünscht, Michael würde endlich heimkommen. Auf dem Treppenabsatz dreht sie sich um und stößt mit dem Hinterteil die Tür auf. Als sie die Küche betreten will, sieht sie Pajamas auf sich zulaufen. Die Katze ist anderthalb Sekunden zu spät dran, obwohl Ursula den Wäschekorb fallen läßt und nach der Tür greift. Das Tier saust durch den Spalt, und die Tür fällt viel zu schnell ins Schloß.

Sie schnappt nicht zu, der Katzenkopf verhindert das präzise Klicken. Es geht so rasch, daß Pajamas nichts bemerkt und nicht einmal Zeit findet, einen Jammerlaut von sich zu geben.

Ursula öffnet die Tür und schiebt die Katze mit dem Fuß in die Küche. Dann stürmt sie zur Treppe in der Halle, setzt sich auf die unterste Stufe und schluchzt verzweifelt.

Katie eilt die Treppe herab, Juliette folgt ihr wenige Minuten später. Zu dritt begraben sie Pajamas im Garten, hinter der Garage, zwischen dem alten Brennofen und dem Zaun. Die Arbeit ist härter als erwartet, aber mit vereinten Kräften schaffen sie es. Ursula bringt ihre Tochter ins Bett und küßt sie. Dann gibt sie auch der schlafenden Rhea einen Kuß.

»Ich habe Angst vor dem Augenblick, wo Dad es erfahren wird«, gesteht Juliette. »Er wird furchtbar traurig sein.«

»Ja, Liebling«, stimmt Ursula unglücklich zu, und im selben Moment scheint Juliette einzuschlafen.

Ursula geht ins Gästezimmer und fragt Katie, ob sie etwas braucht.

»Wahrscheinlich kann ich schlafen, ob du's glaubst oder nicht«, sagt Katie. »Mal abwarten, wie die Welt morgen aussieht ...« Sie dreht sich zur Wand.

Ursula holt ihr Kissen und legt sich wieder auf die Couch im Wohnzimmer. Zusammengerollt schlummert sie ein.

Als sie erwacht, sitzt Michael neben ihr und streichelt behutsam ihre Hüften. »Wie spät ist es?« fragt sie.

»Fast Morgen.«

»Armer Michael.«

»Pop ist okay. Er muß noch eine Nacht in der Klinik bleiben, zur Beobachtung. Jetzt stehen ihm natürlich schwere Zeiten bevor, mit seinem gebrochenen rechten Arm.«

»Wozu hat man Ehefrauen?« Sie hofft, es klingt nicht sarkastisch, sondern liebevoll, oder es läßt wenigstens gutmütigen Humor erkennen. Auf keinen Fall möchte sie Geneva verspotten.

»Da gibt's ein Problem.«

»Welches?«

»Mit Mom.«

Ursula reibt sich die Augen. »Ich kann dir nicht ganz folgen, Michael. Wo ist deine Mutter?«

»Zu Hause. Aber ich mußte zwei Stunden lang ihren Wutanfall ertragen. Sie ärgert sich über den Hund, und aus irgendeinem Grund ist sie böse auf Rhea.«

»Sie ist eifersüchtig. Das habe ich gestern abend gemerkt. Gully mag Rhea, aber er war gemein zu Evelyn.«

»Großer Gott, das ist fast dreißig Jahre her!«

»Ich glaube, deine Mutter verwahrt in ihrem Gehirn einen umfangreichen Aktenschrank, was Gully betrifft, mein Schatz.«

»Ein bißchen was davon bekam ich heute nacht zu spüren. Sie sagt, heute ruft sie Ruby an, und wenn Ruby sie haben will, steigt sie in die nächste Maschine nach Spokane. Ihre Schwester hat sie eingeladen, mit ihr den Winter in Arizona zu verbringen. Ich versteh's nicht, aber Mom meint es offenbar ernst.«

»Und wer sorgt dann für deinen Dad?« Lachend legt sie einen Finger an seine Lippen. »Dumme Frage, was?«

»Fünfzig Jahre lang hat sie ihn betreut.«

»Und wir haben viel Platz, nicht wahr?« Gegen ihren Willen empfindet sie Selbstmitleid. »Wirklich, ich glaube, mit Gully würde ich gut auskommen. Es ist deine Mutter, die meine Nerven strapaziert.«

»Danke, Ursie. Ich werde tun, was ich tun muß.«

»Und Fish?«

»Du meinst – im Zusammenhang mit Pop?«

»Warum nicht? Auch diese beiden sind miteinander verwandt.«

»Fish hält es mit Pop nicht aus, das weißt du doch. Er hat diese alberne Vorstellung von Pop, wie er früher mal war. Keine Ahnung, warum sich mein Bruder so deutlich dran erinnert ... Jedenfalls werde ich Pop erst mal zu mir nehmen. So, wie's jetzt aussieht, wird er ohnehin nicht allzu alt.«

»Komm her.« Sie schlingt die Arme um den Hals ihres Mannes, küßt seine Stirn, seine Wangen und dann ganz zärtlich seinen Mund. »Ich muß dir was Schreckliches erzählen.« Ihre Kehle wird eng, aber sie schildert tapfer, wie sie seine Katze getötet hat.

Schweigend geht er durch die Hintertür in den Garten hinaus. Die Außenlampe brennt nicht, und als sie durchs Fenster schaut, kann sie ihn nicht sehen. Doch dann hört sie, wie er sich übergibt und vermutlich schluchzt. Sie stellt sich auf die Veranda, um auf ihn zu warten. »Michael«, ruft sie, »kann ich dir helfen?« *Oh*, denkt sie, *wie albern das klingt – wo ich doch dran schuld bin.* Aber der Gedanke an ihren traurigen Ehemann, der da draußen in der Dunkelheit erbricht, ist so schmerzlich. Wieviel kann man in einer einzigen Nacht ertragen? Wie viele Tränen sollen noch vergossen werden?

Sie hört Michaels Schritte, dann sieht sie ihn an der Hausecke, wo er am Hydranten seinen Mund ausspült. Als er auf die Veranda kommt, nimmt er Ursulas Hand. »Setzen wir uns hier draußen für ein paar Minuten hin. Ich bin zu müde, um zu schlafen.«

Sie lehnt sich an seine Schulter.

»Schon vor langer Zeit wollte ich dir was erzählen.« Seine Nase ist verstopft, seine Stimme belegt.

»Willst du's mir wirklich jetzt sagen?« Sie hofft, daß es nichts Schlimmes ist.

»Ich hätte es dir längst sagen sollen ...« Er fängt wieder zu weinen an, sein ganzer Körper zittert. Um ihn zu trösten, legt sie einen Arm um ihn.

»Es tut mir so leid um die Katze.«

Es dauert eine Weile, bis er sich beruhigt. »Ich werde sie vermissen, aber sie war kein Kind. Ich kann mir jederzeit eine andere Katze besorgen.« Er wendet sich zu Ursula und küßt sie, überrascht sie mit seinem nassen Gesicht und seiner Leidenschaft. »Hör mir zu. Es dreht sich um die Zeit, wo ich zum Friedenskorps ging und dann vor dem Abschluß der Ausbildung zurückkam, damit ich nicht nach Übersee geschickt wurde.«

Sie begreift nicht, warum er das gerade jetzt erzählt. Immer hat sie Verständnis für seine Sorge um die Eltern aufgebracht. Sie ist bereit, Gully in diesem Haus aufzunehmen, und sie beklagt sich nur selten über Geneva. Warum muß er ihr noch einmal erzählen, er habe das Friedenskorps seiner Mutter zuliebe aufgegeben?

»Ich tat es deinetwegen«, fügt er hinzu.

»Was? Nicht für Geneva?«

»Das war nur ein Vorwand. Ich weiß nicht, warum ich all die Jahre dachte, ich könnte dir die Wahrheit nicht gestehen. Jedenfalls sagte ich mir, Fish würde die Navy etwa zur selben Zeit verlassen wie ich das Friedenskorps. Und ich hatte eine Heidenangst, du würdest zu ihm zurückkehren wollen – nicht zu mir.«

»Oh, ich glaub's einfach nicht!« Ein heißer Zorn steigt in ihr auf, den sie sich nicht erklären kann. Wie schwer ist es ihr gefallen, ihn zu heiraten, nachdem sie gedacht hat, er wäre Geneva zuliebe heimgekehrt. Und dann hat er ihr zwanzig Jahre lang die Wahrheit verheimlicht. Plötzlich wird ihr der Sinn seiner Worte bewußt. »Du bist meinetwegen zurückgekommen?«

»Beinahe hätte ich's geschafft, mir einzureden, ich würde dich vor meinem Bruder retten wollen. Aber ich tat es für mich. Es war meine Chance, glücklich zu werden. Erinnerst du dich, wie du an meiner Tür aufgetaucht bist, mit einem Koffer voller Kleider? Nie hätte ich geglaubt, ich könnte dich für mich gewinnen. Ich war der glücklichste Mann von der Welt. Und ich konnte einfach nicht das Land verlassen und alles aufgeben. Außerdem wollte ich mich nicht für zwei Jahre von dir trennen. Nachts saß ich in meinem kleinen Schlafsaal, hörte französisch-afrikanische Dialekte und dachte – Ursula, Ursula.«

»Das hast du mir nie erzählt?«

»Ich war wohl zu schüchtern. Dann ging die Zeit dahin, und allmählich fand ich's zu albern, um darüber zu reden. Aber in diesem Sommer erkannte ich, daß du's erfahren solltest. Du mußt wissen, wie sehr ich dich damals liebte – wie sehr ich dich jetzt liebe.«

Der Himmel färbt sich rosa, dann durchdringt ein immer helleres Blau die Morgendämmerung. »Ich liebe dich auch«, flüstert sie. »Und ich möchte so gern ins Bett. Aber ich muß dir auch was sagen.« Und dann erklärt sie ihm, wo sein Bruder ist.

61

Beim Wohnwagen sieht Katie niemanden. Sie überquert die Straße, sucht sich einen Weg am Flußufer entlang. Da sie zu ihrer Khakihose Tennisschuhe trägt, finden ihre

Füße sicheren Halt. Zuerst entdeckt sie Gully, er sitzt auf einem jener Klappstühle, die man zu Freiluftkonzerten mitnimmt, und kritzelt etwas in ein Notizbuch. In der Nähe kauert Fish am Ufer, die Knie hochgezogen, und liest ein zerfleddertes Taschenbuch. Es ist ein wundervoller Altweibersommertag im Oktober, und die Szene wirkt so friedlich und sanft – Fish und sein Vater am Wasser – , daß Katie einen Klumpen im Hals spürt.

»Hi, Jungs!« Sie bleibt hinter ihnen stehen, und als sie sich umdrehen und sie erkennen, springen sie auf. Rasch klettert sie ein Stück die Böschung hinab. »Setz dich doch wieder hin, Gully!« Sie umarmt ihn, riecht seinen Schweiß und die Erde auf seinem Overall.

Liebevoll reibt er ihren Rücken. »Katie, Katie«, murmelt er, dann tritt er zurück. Sie wendet sich zu Fish, zögert nur einen Sekundenbruchteil, dann umarmt sie auch ihn, etwas schüchtern und nicht so ausgiebig.

Dann hockt sie sich zwischen den beiden ins Gras. »Was schreibst du da, Gully?«

Grinsend schwenkt er sein Notizbuch. »Meine Lebensgeschichte. Kannst du's glauben?«

»Das ist großartig.«

»Eure kleine Tochter hat mich mit so vielen Fragen bestürmt. Wann fing ich meinen ersten Fisch? In was für einem Auto lernte ich fahren? Ich erzählte ihr, meine Mutter sei mit uns in ein Reservat bei Missoula gezogen, als ich noch ein Rotzlümmel war, und Rhea wollte alles darüber hören. Also beschloß ich's aufzuschreiben.« Er klopft auf sein Notizbuch. »O Gott, das wird eine endlos lange Story.«

»Michael und ich lassen sie abtippen«, sagt Fish. »Pop ist ein phantastischer Schriftsteller.«

Der alte Mann steht wieder auf. »Mein Arm tut weh.

Allzu lange kann ich nicht schreiben, aber was hab' ich denn anderes zu tun? Jetzt werde ich vor dem Dinner ein Nickerchen halten. Was gibt's zu essen, Fish? Katie ist gerade rechtzeitig gekommen. Eigentlich sollten wir in die Stadt fahren und uns in einem Restaurant eine richtig gute Mahlzeit gönnen.«

»Das ist schon okay, Gully«, erwidert Katie. »Später esse ich mit Ursula und Michael eine Pizza. Bei Carter.«

»Du kommst doch vor deiner Abreise noch mal her und verabschiedest dich?«

Hastig küßt sie Gully. »Das ist nicht nötig. Ich komme ja zurück.«

Da rückt er ihr lächelnd seinen Klappstuhl zurecht. »Dieser Junge da hat gut für mich gesorgt«, betont er und geht davon.

Sie setzt sich auf den erstaunlich komfortablen Stuhl. »Was liest du da?« fragt sie und zeigt auf das Taschenbuch in Fishs Hand.

»Ray-Bradbury-Geschichten.« Er legt das Buch auf den Boden.

»An der Busstation gebraucht gekauft für einen Vierteldollar. An einem Sonntag kann man hier nicht viel tun.«

»Wo ist Geneva?«

»In Flagstaff. Dort haben sie eine entfernte Verwandte.«

»Es überrascht mich, daß du bei deinem Dad wohnst. Was macht er, während du arbeitest?«

»Er macht seine kleinen Ausflüge – jetzt, wo er wieder fahren kann. Und er ist oft mit seinem Freund Austin Melroy zusammen. Wir haben Bounder behalten und im Schuppen beim Haus untergebracht.«

»Ich hab' ihn gesehen. Jetzt scheint er sich besser zu benehmen.«

»Oh, da muß er ziemlich schläfrig gewesen sein.«

Sie schauen sich an, scheu wie Schulkinder.

»Dad kommt auch gern zu der Baustelle, wo ich mit Michael arbeite«, erzählt Fish. »Da kann er im Camper schlafen, oder er sitzt in einem Liegestuhl und schaut uns zu – oder er beaufsichtigt uns, wie er's nennt. Ein netter alter Knabe, Katie.«

»Er überhäuft dich also nicht mit Moralpredigten und animiert dich nicht zur Buße?«

»Eigentlich nicht. Obwohl ich meinen Teil von seinen Sprüchen abbekommen habe. Zum Beispiel: *Der Sieg wird nicht mit Siebenmeilenstiefeln, sondern zentimeterweise erreicht.*«

»General MacArthur? Robert E. Lee?«

»Nein. Louis L'Amour.«

»Ich bin zum Haus hinausgefahren und etwas verblüfft gewesen, als ich Carol Lee angetroffen habe.«

»Sky und Prudence zogen erst Ende August aus. Natürlich will ich das Haus nicht wieder vermieten, und Carol bot mir an, drauf aufzupassen, bis ich wieder drin wohne. Ich dachte mir, warum nicht.«

»Ich würde gern selber drauf achten.«

»Du meinst, du willst da draußen einziehen?«

»Wenn's dir recht ist ...«

»Also – bist du nicht zu deinem Birnenmann zurückgekehrt?«

Katie lacht schallend. »Ich weiß nicht, ob er seine Italienreise schon beendet hat oder wo er sonst stecken mag, aber – nein, ich bin nicht zu meinem Birnenmann zurückgekehrt, und ich hab's auch nicht vor.«

»Gehörst du wieder zu mir?«

Diese Frage hat sie erwartet und sich hundert Antworten ausgedacht, aber jetzt fällt ihr keine einzige ein. »In gewisser Weise schon«, erwidert sie schlicht. »Wir sind nicht geschieden.« Sie lächelt ihn an. »Vierhundert Dollar – zum Fenster rausgeschmissen ...«

»Ich hab' mich am Morgen immer gleich angezogen für den Fall, daß noch ein paar amtliche Papiere abgeliefert werden.« Er scheint es mit Humor zu nehmen.

»Tut mir leid, daß ich dir nicht geschrieben habe, dir nicht gesagt habe, was ich mache. Ich war bei meiner Mutter, weil ich erst mal mit ihr und Rhea zusammensein wollte.«

»Eine lange Zeit, um's mit June auszuhalten.«

»Diesmal war's okay. Irgendwann werde ich dir davon erzählen. Hör mal, ich bleibe noch ein paar Tage bei Michael. Kannst du inzwischen dieses Mädchen rausbugsieren?«

»Klar. Sie kann zu ihrem Bruder ziehen. Übrigens, sie bedeutet mir nichts, Katie – nicht einmal als Freundin.«

»Wohnst du hier, bis Geneva zurückkommt? Weißt du, wann das sein wird?«

»Ich kann auch jetzt verschwinden. Für Gully war's viel schlimmer, als er noch den Gips trug.«

Sie steht auf und legt den Klappstuhl zusammen. Fish folgt ihr die Uferböschung hinauf. An der Straße sagt sie leise: »Jetzt bin ich nicht mehr so verzweifelt.«

»Ob du mir glaubst, weiß ich nicht – aber ich bin's auch nicht mehr. Abgesehen von den unaufhörlichen Gedanken an Rhea, von der Frage, ob ich je wieder mit ihr zusammensein werde. Ich denke, ich hab' mich in sie verliebt.«

»Du hast ihr geschrieben. Das war sehr nett von dir. Sie hat sich wahnsinnig gefreut.«

Er packt ihr Handgelenk. »O Katie, sei nicht gemein ...« Da schmiegt sie sich in seinen warmen Arm, legt den Kopf an seine Brust, hebt ihn aber nicht, um sich küssen zu lassen. Nach einer Weile schiebt sie ihn sanft von sich. »Gib mir eine gottverdammte Liste«, bittet er ernsthaft, »und schreib alles drauf, was ich tun soll.«

»Das will ich dir nicht sagen. Du sollst es selbst herausfinden.«

»Was denn bloß?«

»Du mußt erwachsen werden, Fish.«

In seiner Wange zuckt es, und er schaut weg. »Aber du bist hier, so oder so.«

»Ja, ich bin hier. Komm, ich hab' was für dich mitgebracht.«

Sie führt ihn zu ihrem Wagen. Auf dem Vordersitz steht eine Kiste mit Birnen. Katie nimmt eine heraus, hebt sie zwischen sein Gesicht und ihr eigenes. Das Obst leuchtet im exquisiten Rot eines Pfirsichs, aber seidenglatt, mit einer Rubin-Schattierung. »Beiß ab! Diese Birnen schmecken köstlich, und es war sehr mühsam, sie zu beschaffen.«

Sie hält die Frucht fest, und er beginnt sie zu verspeisen. Wann immer er abgebissen hat, dreht sie die Birne ein Stückchen herum. Ein Bissen nach dem anderen. Klebriger Saft tropft auf ihre Hand. Sie legt die Birne an ihre eigenen Lippen, saugt den Saft aus dem Abdruck seiner Zähne, dann reicht sie ihm das Obst wieder und tritt ein wenig näher.